運河碼頭

趙立凡題

运河码头

第一部

【风云初现】

上

房忆雪 著

新世界出版社
NEW WORLD PRESS

图书在版编目（CIP）数据

运河码头. 第一部. 上，风云初现 / 房忆雪著. --
北京 : 新世界出版社，2019.9
ISBN 978-7-5104-6879-7

Ⅰ. ①运… Ⅱ. ①房… Ⅲ. ①长篇小说－中国－当代
Ⅳ. ①I247.5

中国版本图书馆CIP数据核字(2019)第181453号

运河码头. 第一部. 上，风云初现

作　　者：房忆雪
策划编辑：张铁成
责任编辑：张晓翠
责任印制：王宝根
出版发行：新世界出版社
社　　址：北京西城区百万庄大街24号（100037）
发 行 部：（010）6899 5968　（010）6899 8733（传真）
总 编 室：（010）6899 5424　（010）6832 6679（传真）
http：//www.nwp.cn
http：//www.nwp.com.cn
版 权 部：+8610 6899 6306
版权部电子信箱：nwpcd@sina.com
印　　刷：三河市金元印装有限公司
经　　销：新华书店
开　　本：880mm×1230mm　1/32
字　　数：321千字　印张：16.5
版　　次：2019年9月第1版　2019年9月第1次印刷
书　　号：ISBN 978-7-5104-6879-7
定　　价：98.00元

目录

目录

序

我的故乡窑湾

人们说，大亲之爱，莫过于父母；大美之爱，莫过于故乡。我出生在江苏大运河畔窑湾古镇一个诗书世家，在我很小的时候，就听镇上的老人们讲，我们是喝皇家水长大的。这个皇家水，并不是皇帝家的水，而是京杭大运河的河水。大运河就是我们中华民族千余年来的龙脉之水。

大运河北起北京，南到杭州，一路越过高山平原，浩浩荡荡而来，流经此处便拐了一个弯头。千百年来，白帆竞渡，商家云集，日积月累，这个弯头就形成了一个集镇，取名为窑湾。

千年运河百道湾，黄金分割在窑湾！

窑湾是京杭大运河畔一处水运要津，绝佳的地理位置，使得这里自古便是兵家必争之地，特别自楚汉以后，历代政治家、军事家都要在这里大兴土木，屯兵布阵，连镇内的建筑，都是按照历史传说奇门遁甲七星八卦迷宫阵布局建造的。

清朝道光年间，窑湾武举人藏纡青为了防御匪盗等侵袭，将原有的土木结构建筑改成了砖石结构建筑。此建筑建造艺术高超、奥妙无穷，具有极高的历史价值，不仅是我国亦是世界军事文化遗产中的瑰宝。

此地，就是我记忆中的故乡！

年幼的我，受父亲影响很深。他是旧时代过来的知识分子，喜欢读古旧小说文章和吟唱诗词，读书吟诗像唱歌，朗朗上口。我四五岁的时候，他就教我背唐诗，我学会的第一首诗是“一去二三里，烟村四五家。亭台六七座，八九十枝花”。那时家里的藏书很多，父亲教导我从小读书认字，我一半是听父亲读书，一半是自己学着看书，读了也是一知半解，父亲笑话我是唱“仰脸歌”。

读罢诗，我便依偎在母亲的身边，日夜聆听着大运河潺潺的流水声和船夫的号子声，朝夕相伴着南来北往浩荡的白帆和散发着芳香的土地，对那里的一草一木都怀有极为深厚的感情。特别难忘的是精致的朱漆门窗、高大的匾额砖雕、幽深的青石街道以及被脚力磨得光滑发亮的石阶码头，它们无数次出现在我的子夜梦回中，默默诉说着昔日的繁华与辉煌。

往事越千年，何时不思家！

历史上窑湾古镇是人才辈出的地方。我家乡的优秀作家房忆雪写作《运河码头》，我甚感欣慰，这也正是我所期望的事情。更让我欣慰的是，作品叙事流畅凝练，情节环环紧扣，文风简洁明快，人物形象饱满立体，主题积极向上。

此书在充分尊重史实的前提下，通过民国年间窑湾两大家族对大运河码头的争夺，以及集资修建东陇海铁路的艰难历程，将商业战争、人情世态和大运河文化等完美融合，不但展现了大运河在商业贸易中的重要性，更彰显了重信义、识大体的中国传统商业伦理，弘扬了中华优秀传统文化。

如今，《运河码头》即将付梓。书中那些熟悉的街道场景和风土人情，让我思乡之情更盛，特别是运河码头和东陇海铁路，更让我拂去岁月的尘埃，想起很多前尘往事。

上世纪五十年代，我在窑湾中学初中毕业后，就是乘着一条木船穿过大运河，通过东陇海铁路，被保送到新沂中学读书的，然后又从新沂到兴化、扬州、南京、北京甚至更远更远。

到北京后，我进入中央新闻纪录电影制片厂和中央电视台工作，并在徐肖冰、侯波两位老师的引领下，开始了我的新闻人生，让我做梦都想不到的是，此后不久，他们就将我带进中南海工作，而且是在领袖身边。

我仍然记得，第一次见到毛主席的情景。当时，我只有16岁，完全是一副土得掉渣的乡下孩子窘相，没想到的是，正因为如此，反而让领袖对我感到亲热和信任。从此以后，这一幕便像烙印一样，永远定格在了我记忆的最深处。时至今日，一个甲子过去了，每每想起，我仍然感到无比的幸福与喜悦。

感谢生我养我的苏北大地，赋予我力量和勇气！

从那时起，我跟随着毛泽东、周恩来、陈毅、邓小平、宋庆龄等党和国家领导人，走遍了世界一百多个国家和地区，看到了最精彩的世界，记录下一个个珍贵的历史瞬间，真是身处国际风云，心系乡音乡情。这六十年来，我多次荣获中国新闻奖和中国广播电视新闻奖，正是故乡的温暖和炽爱，一直助燃着我为理想终生奋斗。

一别经年，我无数次思念着窑湾和大运河，并为此写下了很多诗篇。那里有我朝思暮想的爹娘，有我魂牵梦绕的童年和少年。虽然历经时代巨变，早已物是人非，但是那浩浩荡荡的大运河水，却从隋唐奔流到今天，并将一直奔流下去。这种坚韧不拔、百折不挠的精神，正是窑湾先人精神的写照。

历史一去不复返，英雄的故事却传颂至今！

我愿借此机会，以故乡赤子之心，祝福窑湾更加美丽繁荣，祝福大运河长流不息，以颂祺福！

2019年元月10日

赵立凡于北京

赵立凡，1943年出生，新沂窑湾南大街人，历任中央电视台高

级记者、新闻采访部副主任、新闻编辑部主任、新闻中心副主任、国家广播电影电视部总编室副主任、中央电视台副总编辑、中央电视台书画院院长、《中国电视报》总编辑、央视网总顾问、国家广播电视协会常务理事、专家组副组长，教育部语言文学研究所特约研究员、北京第二外国语学院和北京中华文化学院山水画研修院名誉教授、中华诗词学会理事、中国书法协会第三届理事。1992年起，享受国务院政府特殊津贴，著有《赵立凡诗词书法集》《心路微澜》《一往情深》《千秋丰碑》《寻找快乐》《英雄谢幕》《红楼梦中人》等。

作者序

千年运河百道湾，黄金分割在窑湾！

大运河自诞生之日起，即成为中国最重要的南北交通大动脉，甚至一度是王朝的生命线。自西汉张骞开辟陆上丝绸之路，大运河漕运的优点愈加凸显。尤其是明代郑和开辟海上丝绸之路后，漕运作为衔接陆上丝绸之路和海上丝绸之路的枢纽，更是空前发达！

被称为大运河第一古镇的窑湾，坐落于江苏省徐州市新沂市西南部，民国前隶属宿迁、邳县两地，京杭大运河、故黄河、老沂河和骆马湖在此交汇，因其特殊的地理位置，历史上是闻名全国的军事重地。早在两千多年前，西楚霸王项羽在此征收八百窑工，揭竿讨秦；元末明初，军事家刘伯温在此利用民房建筑，设置“奇门遁甲八卦迷魂阵”军事阵地，有力地打击了元军十万铁骑！

更重要的是，窑湾因为地处中运河黄金分割点，成为物资运输集散地。曾经，全国有十八个省的商人在此设立会馆和店铺，有十个国家的商人和传教士在此兴建商号和教堂。

1912年，中华民国成立。同年，清宣统皇帝退位。与此同时，窑湾效仿上海的模式，“以商代政”宣布脱离宿迁、邳县两地的行政管辖，成立窑湾市。

1914年，第一次世界大战爆发。窑湾商会巧妙把握商机，派代表前往北京，和正在作战的英国、法国、美国、加拿大、比利时等五国签订了《粮食换石油合同》。此后不久，又先后与俄罗斯及亚非拉多个国家和地区签订了《民间进出口贸易合同》。

于是，窑湾商人通过大运河航道，将丝绸、陶瓷、茶叶、烟丝、甜油、绿豆烧等中国土特产，向北途经北京通州，转运恰克图乃至俄罗斯全境及其邻国；向南途经上海，转运东南亚乃至非洲、欧洲各地，然后再将各国的石油、自行车、缝纫机、火柴、电灯、电池、皮货等运回国内！

因为有效利用了丝绸之路商业贸易路线，窑湾商业帝国很快达到鼎盛时期，一度成为大运河畔最璀璨的明珠，并获得了“黄金水道金三角”以及“苏北小上海”等美誉！

引　言

窑湾，1914年初春时分。朦胧的晨曦中，天际突然显现出一道耀眼的阳光。一声长似一声的鸡鸣声响彻天际。

北城门上，可以清晰地看到两个龙飞凤舞的烫金大字——“窑湾”。“窑湾”两个字的上方，是字体略小的“北门锁钥”四个宋体字。

随着日渐东升，一座青砖碧瓦、气势磅礴、飞檐画柱的古城渐渐从沉睡中苏醒过来，越来越显现出清晰的轮廓。

臧家香堂内，供奉着一个身着古装、头扎儒生巾、手中拿着舢板的清瘦男人画像。男人的画像下，是历代臧家祖先牌位。

此刻，神龛上的香炉里插满大把香火，香火已经烧了一半，整个香堂内烟雾缭绕。

臧家老、中、青三代六名后人身着长衫，正神色庄严地跪在香案前，对着祖先牌位顶礼膜拜。

其中一个中年人的神情尤为肃穆，他就是臧家码头现任当家人臧家梁。

此时，臧家梁双手合十，口中念念有词道：“请臧家列祖列宗保佑我此次北京之行，旗开得胜、马到成功！”

北京饭店内，以臧家梁为首的身着西装的中方代表，和金发碧眼的洋人代表分坐两头，正在进行激烈的谈判。经过唇枪舌剑，双方代表签订了合同，随后热烈握手，一时间掌声四起。

立刻，早已等候一旁的记者蜂拥而上，刹那间，镁光灯此起彼伏，两人握手的画面被永远地定格了下来。

随即，北京各大报社内，以《窑湾与欧洲五国签订粮食换石油合同》为头版头条的报纸一份份被印刷出来，发行于大街小巷！

第1章　大运河偶遇

大运河两岸芦苇萋萋，航道内帆影点点。

忽然，一阵划破长空的汽笛声打破清晨的宁静。

随即，一艘大货船由南向北而来。

前后船身隐约可见“江苏/窑湾”及“蛟龙号”字样。

一队队赤身精壮的纤夫，拉纤逆水而行，粗犷、雄浑的劳动号子此起彼伏：“……哟嗬嗬……哟嗬……从宿迁哦到窑湾，四五十里不换肩……”

不远处的运河堰上，一条宽宽长长的码头向河里延伸出来，码头上停靠着大大小小的船只。脚夫们穿梭在码头和运河堰之间，将装满小麦、大米、玉米、甜油、绿豆烧、桂花糕等当地土特产的麻袋，分别搬运到写着“江苏/窑湾”字样的大船上。

大运河堰西边是郁郁葱葱的芦苇，东边是一望无际的玉米地。

两个二十岁左右、身着洋装的男孩子，正推着自行车，百无聊赖地行走在运河堰上。其中一个满脸阳光的男孩，正是臧家梁的儿子臧远航，另一个眉眼深邃的，则是他的好友吴俊锋。

臧远航百无聊赖地望着大运河的船来船往，忽然眼睛一亮，提议道："这个时节，大运河里的银鱼、青虾、螃蟹味道是最鲜美的，不如我们去吃船菜吧。"

吴俊锋却用一只手翻了翻空空如也的裤袋，泄气地说："你看，比狗舔的还干净。"

臧远航诧异地问："哎，你可是吴半街的二少爷哦，刚又当上盐行总经理，身上的钱竟然还没我这个穷学生多，谁信呢？"

吴俊锋郁闷地说："卖盐的儿子，也喝淡汤哦。"

臧远航只好双手一摊，无奈道："不如我们来进行比赛骑自行车吧，谁输了谁请客，怎么样？"

吴俊锋不服气地说："比就比，谁怕谁？"

两人边说边跳上车，自北向南飞驰而去！

不远处的大运河堰西边，有一棵粗大的古银杏树。

树下芦苇丛中，有一个年约十八九岁的姑娘，正是三益甜油坊老板徐立春的大女儿徐佩芸。只见她身着质朴的蓝底白花旗袍，戴着一双小小的珍珠耳坠，脸上不施粉黛，看上去颇为素雅大方。此时，她正挎着篮子，飞快地采着芦苇叶。

此时，阳光正好，青春正好！

徐佩芸一边寻找着大小均匀的芦苇叶，一边望着大运河里连绵不绝的船只，嘴里轻轻哼起了那首悠扬而又凄美的《今生醉了却又醒》：

春分时节，天还是这样寒冷；豌豆初生，芽儿尚嫩；妾弄青梅，郎骑竹马；一对小儿女，双飞西园草。

芒种过后，露珠把柴门轻叩；稻未熟透，秧苗渐黄；临别之际，蓦然回首；在不经意间，相思已写就。

处暑霜降，夜半沾衣人未觉；树将枯萎，花亦凋零；欲诉离情，却无尽头；正如枝上叶，一岁一葳蕤。

立冬已至，今生醉了却又醒；昔你往矣，杨柳依依；今我来思，雨雪霏霏；坐拥孤衾泪，问君几时归？

她唱完一曲，不由得忧伤地望着渐行渐远的船只，轻轻地叹了一口气。

正在这时，河堰上响起一个清脆的声音："姐姐，你是不是又在想涟泰哥？"

徐佩芸猛一抬头，只见一个衣着华贵、相貌俏丽、气质温柔的姑娘站在河堰上，正是她同父异母的妹妹徐佩萍。

此时，徐佩萍边说边向姐姐走来。

徐佩芸立刻制止道："不要进来，芦苇叶很扎人的！"边说边慌乱地上了河堰。

徐佩萍顺势接过她手中的篮子，歉然地说："姐姐，采芦叶这些粗活，有用人做的嘛，怎么需要你动手？是不是我妈又支使你了？"

徐佩芸宽厚地笑了笑："甜油坊那么忙，就是妈不让做，我也应该帮手的。"

姐妹俩一边说着话儿，一边上了大运河堰。

大运河堰上，忽然旁边闪过刺眼的亮光，同时传来自行车清脆的铃响！

走在后面的徐佩芸，率先反应过来，不由惊呼一声："小心！"

话音未落，就看到从北边飞驰而来两辆自行车，骑车之人正是进行比赛中的臧远航和吴俊锋！

吴俊锋成功越过姐妹俩，骑到前面，然后回头得意地笑道："这次我赢定啦！"

已经落后的臧远航本想下车，但是听了这话，便犹豫了一下，将刚刚抬起准备下车的腿迅速缩了回去。

于是，他把车头一歪，也想要绕开姐妹俩，但由于惯性，还是向徐佩萍猛冲了过去。

虽然有篮子挡住了自行车，但徐佩萍还是被惯性带到路中间，"扑通"一声倒在了地上。

立刻，篮子里的芦苇叶撒得满地都是。

随即，臧远航也连人带车摔倒在地上。

徐佩芸连忙拉住妹妹，心疼地问："佩萍，你怎么样？"

吴俊锋回头见此情景，便下了自行车，走到徐佩萍面前，蹲下身去，关切地问："你没事吧？"

徐佩萍抬头望着他，脸一红，倏又羞涩地低下了头。

与此同时，徐佩芸已经小心拉起了妹妹的衣袖，只见她白嫩的胳膊上，有一处已经被篮子上的竹片剐破，流出一缕缕鲜血来。

徐佩芸心疼地用手帕帮妹妹包扎好，然后霍地站了起来，走到已经吓呆的肇事者面前，愤怒地质问道："你是怎么骑车的？"

臧远航已经扶起自行车，身上到处都是泥土，脚腕处也剐破了一块，鲜血直流，为了防止被人看到，他赶忙塞了块手绢在袜子里，同时拉下裤子。

然后，他装作没事人一样，苦着脸连声说："对不起，对不起，实在是对不起。"

徐佩芸怒气冲冲道："现在说对不起有什么用？早干什么去了！"

臧远航此时很狼狈，强忍着来自脚腕的疼痛，慌乱中便自我安慰道："好在也不是什么大伤，最多花点钱包扎一下吧。能用钱解决的问题，就不是问题。"

没想到徐佩芸听了这话，误以为他是指自己妹妹的伤，就更加愤怒了："别以为有钱就了不起，这世上用钱解决不了的问题多了去了！不信的话，你拿钱给我买颗星星试试？常言道，富不过三代，你们臧家从发家到你这辈子，正好是第四代。三岁看老，像你这种四体不勤、五谷不分的天生败家子，到时候恐怕连西北风都喝不成！”

臧远航一时气结：“你、你、你……”

徐佩芸学着他的腔调，讽刺道：“怎么？你、你、你结巴啦？”

吴俊锋见势不妙，连忙扯了扯好友的衣袖，小声劝说：“算了，好男不和女斗。”

徐佩芸挑了挑眉毛道：“一个撞倒了别人还这么嚣张的人，算得上什么‘好男’！”

臧远航又疼又气，也被激怒了，便咬牙切齿地说：“女孩子家家，伶牙俐齿的，简直像个母夜叉！”

徐佩芸毫不示弱道：“你简直像个公夜叉！”

此言一出，所有人都愣住了。

回过神来，臧远航和吴俊锋不由得哈哈大笑起来，连徐佩萍都忍不住笑出了声。

徐佩芸自知失言，气得连连跺脚，弯腰捡起篮子，就向臧远航扔去。

臧远航连忙闪身躲过，慌里慌张地扶好自行车，飞身上车而去。

吴俊锋连忙跟了上去：“等等我，等等我，你输了，要请我吃船菜哦！”

臧远航没好气地说：“吃你个大头菜！”

午后的运河码头，停泊着南来北往的货船、客船，桅杆如林。几百名码头工人正在搬运货物，运货车辆熙熙攘攘、络绎不绝。

沿码头的青石台梯拾级而上，大运河堰上有一高二低木结构牌楼。门楣上书写着四个斗大的烫金字“运河码头”。两边是对联，上联是“船中争日月”，下联是“水上度春秋”。

码头的北边不远处，有两层青砖碧瓦的楼房，门楣上写着“运河码头管理处”字样。

一个圆头圆脑、二十二三岁的年轻人拿着电报，匆匆跑进管理处，他就是臧远航已逝大爷臧家柱的儿子、臧远航的堂哥臧远方。

此时管理处一楼办公室内，职员们都在忙碌着，其中一个衣着朴素、身材微胖、端庄大方的女职员，正在埋头看文件，她正是臧远航二大爷臧家栋的女儿臧远茹。

听到脚步声，臧远茹一抬头，就看到了堂哥，连忙招呼道：“大哥，怎么才回来？三叔已经等你很久了。”

臧远方扬了扬手中的电报，气喘吁吁地说：“电报才到，三叔呢？”

正在这时，一脸忧虑的臧家梁从总经理办公室走出来，看到大侄子，立刻迎上来，同时焦急地问：“远方，怎么样了？”

臧远方连忙将电报递过去，认真地说：“三叔，我刚刚接到电报，潜龙号已经从上海起航了。”

臧家梁这才松了一口气：“那就好，照此推算，就算因为运河水面风向影响，十六号之前也一定能到达杭州，三益甜油坊的这批货，就不会延期了。”

臧远方温顺地答道：“是的。”

臧家梁满意地点了点头，就要往外走。

臧远茹忽然想起什么，连忙追上来说：“三叔，和同福鸡蛋厂的那份合同，我已经安排在明天上午十点签。”

臧家梁果断道：“改在今天下午三点。”

臧远茹诧异地问：“为什么？你可是从来不在下午签合同的呀。”

臧家梁解释说：“后天是我们码头二百三十七周年庆典，我已经订下三天的堂会，请的是徐州最著名的柳琴戏班前来演出。听远方说，你爸把庆典会场布置得很漂亮。我要先把手头的工作做了，明天去验收会场及一应设施，后天就要派上用场了。唱堂会本来是很高兴的事，如果因为设施出现问题，那就很扫兴了。”

臧远方小声提醒道：“会场一直是二叔负责，我们要是去验收的话，二叔又要怪我们不信任他了！”

臧家梁却把眼一瞪，没好气地说：“你年纪轻轻的，做事怎么缩手缩脚的？你二叔怎么就不怪自己没有做过一件让我们信任他的事情？不去监督他，难道还任他为所欲为吗？”

臧远茹连忙打着圆场道：“三叔，你就别生气了，我爸那脾气，你是知道的，再说大哥也是好心。”

臧家梁看了看侄子，恨铁不成钢地说：“好心？说白了就是前怕狼，后怕虎！要是你们个个都像他这副窝囊相，我们码头还怎么做生意？”

臧远方听了这话，就更加地手足无措了，看上去一脸委屈，嘴唇动了动，却最终什么也没有说。

第2章　两只斗败的公鸡

庆典会场上，此刻也是一片忙碌。

会场内最先映入眼帘的是戏台，戏台的前台门柱上，有一木刻的阳体朱漆镏金楹联：“或为君子小人，或为才子佳人，出场便见；有时风平浪静，有时惊天动地，转眼皆空。”戏台的顶上，悬有一朱漆描金的横匾“声满歌楼”。

一个身材微胖、头发花白的中年男人，就是臧家梁的二哥臧家栋了。

此时，他正站在戏台前，用手示意工人挂灯笼，口中不停地指挥着：“往左，再往左。”

工人将右边柱子上的灯笼往左挂，却又偏离了右边的柱子。

臧家栋又用手示意：“往右，再往右。”

工人又将灯笼往右，却因为重心不稳，一下子从梯子上摔下来，发出“啊”的一声尖叫，同时“扑通”一声，重重地跌落在戏台上。

臧家栋愤怒地骂了句："废物！"

正朝这边走来的臧远方见此情景，连忙跑上去想扶起工人，并担忧地问："曹强，你怎么样？摔伤了吗？"

曹强痛苦地龇着牙，半天都没有爬起来。

与此同时，臧家栋见到三弟过来，连忙迎上去，指着戏台，得意地说："我们这个戏台啊，是全徐州最大、质量最好的。别看台基是单层的，可是做台基的木头，都是来自四川的上好楠木，是我专门托人从上海运来的……"

正在这时，臧远方终于把摔伤的曹强扶起来，却发现他的后背上，赫然插着一根尺把长的木刺，不由倒吸了一口凉气，抬手就要把木刺拔掉！

臧家梁正好转过头来，看到这一幕，连忙制止道："不要……"

但是已经晚了，木刺被臧远方拔下后，曹强一声惨叫，后背上立刻就流出了汩汩的鲜血来。

臧家梁当即大惊，一边奔上戏台，一边大声喊道："快送去济世堂让赵先生看看！"

闻讯过来几个工人，立刻手忙脚乱地和臧远方一起，把曹强架走了。

臧家栋望着一行人远去的方向，忽然意识到什么，连忙急匆匆向戏台走过去，迅速掀开台基上的红地毯，果然发现刚才工人摔伤的地方，一块薄木板已经碎成几块了。

他脸色不由一沉，就想用红地毯把碎木板盖起来。

但是，已经晚了！

臧家梁已经看到了，立刻快步走过来，蹲下身子，仔细查看了碎木板，脸色阴沉得像是要拧出水来。

随即，他指着木板，不无讥刺地说：“这么薄的木板，就是你托人专门从上海运来的四川上好楠木？”

臧家栋心虚道：“这……这……这个……”

臧家梁站起身来，拍了拍双手，冷冷地问：“戏台连工带料，总共花了多少钱？”

臧家栋只好道：“一……万八。”

臧家梁脸上怒火更盛：“超支多少钱？”

臧家栋硬着头皮说：“八、八千。”

臧家梁紧追不放：“八千？你有多少进账啊？”

臧家栋擦了擦额头上的汗，恼羞成怒道：“你怀疑我？”

臧家梁指着被砸穿一个洞的木板，强忍着怒气说：“我也不想怀疑你，可是这些木板，让我不得不怀疑你！”

臧家栋却毫不相让：“工人摔伤了是他自己不小心，与这些木板有什么关系？”

臧家梁反唇相讥：“噢，照你这样说，刀把你的手割伤了，是你自找的，与刀及持刀人没有任何关系喽？”

臧家栋自知理亏，便激动地拍着胸脯，先发制人道："家梁，你到底把你二哥我看成什么人了？告诉你吧，别说我有钱，就是我没有钱，八千块都不够我塞牙缝的！"

臧家梁冷哼一声："好大的口气！八千块不够你塞牙缝的？你那是什么牙？西班牙还是葡萄牙？"

正在这时，一个身材瘦长、双眼乱转的年轻人提着鸟笼子过来，正是臧家栋的儿子臧远胜。

他见此情景，原想悄悄溜走，听了这话，立刻走过来，凑到臧家梁面前，不服气地说："三叔，你还别看不起我爸！就算八千块不是个小数目，我爸现在也不会放在眼里喽！"

臧家梁眉毛一挑，嘲弄地说："你比你爸胃口还大？八千块不放在眼里？怎么，你爸发什么横财了？"

臧家栋连忙暗中"嘘"了一声，示意儿子不要说出来。

没想到，臧远胜却将脖子一拧，硬气道："爸，那些钱是别人主动送上门来的，又不是你去偷去抢的，说出来怕什么？"

见儿子已经把话都说到这份上了，臧家栋又气又急，但是也只能干跺脚！

臧家梁越发惊诧了，不由得失声叫起来："远胜，你把话说清楚了，是谁把钱主动送上门来？我就不信，这天上还真有馅饼掉下来？"

臧远胜还想说什么，臧家栋再也忍不住了，大喝一声道："逆子！你给我闭嘴！”

臧远胜转头看着父亲圆睁的双眼，吓得立刻闭了嘴。

臧家梁却厉声道：“远胜，你说！”

臧家栋也毫不相让：“远胜，你敢！”

一时间，兄弟俩就像两只斗鸡似的互相瞪着，脸红脖子粗的。

臧远胜看看这个，又看看那个，吓得大气都不敢出，直到发现两人只是互相干瞪着，不再管他，这才嘟囔了一声说：“算了，我还是遛我的鸟去吧。”

他刚走不久，臧家栋也冷哼一声，收回了目光，拂袖而去！

臧家梁望着他们父子俩远去的身影，信步走到会场外，脸上却若有所思。

正在这时，臧远方急匆匆走过来。

臧家梁连忙迎上去，焦急地问：“远方，曹强情况怎样？伤得严重不严重？”

臧远方心有余悸道：“赵先生说，伤口幸好偏离心脏一指，并无大碍。但是毕竟伤筋动骨，又流血过多，最少要一百天才能复原。”

臧家梁这才长舒了一口气说：“我和赵先生同属江西会馆，他是明末御医赵学敏的后人，其医术和医德远近闻名。既然赵先生说无大碍，我也就放心了。只是你一定要做好伤者的安抚和赔偿工作，绝不能有任何亏欠。”

臧远方点点头道："放心吧，三叔。"

臧家梁不但没有放心，反而深深地叹了一口气，忧心忡忡地说："庆典还没有开始呢，就出了这样的乱子，看来不是什么好兆头啊。"说到这里，忽然想起什么，"对了，我刚才听远胜说，有人主动把钱送给你二叔？这件事你知道吗？"

臧远方摇摇头道："我不知道。不过有一次，我看到二叔和四爷爷在一起嘀嘀咕咕，说到什么辫子军，后来看到我过去，就闭了嘴。"

臧家梁立刻吃了一惊："辫子军？"眉头一皱，神情更加严肃起来，"我们做生意的，只要和这些军阀扯上关系，准没有好事，我一定要查清楚这件事！你先去找四爷爷问问！"

臧远方答道："好的。"便匆匆而去。

第3章　血洗辫子军货船

臧家大院是典型的明代赣派建筑，正门装饰丰富，大门石材使用了豆绿石雕；砖木结构的楼房前低后高，层层叠进，错落有致；再加以树木遮掩，以及亭阁点缀，山墙起伏，飞檐翘角，让整个大院虽然看起来结构封闭，视野却极为开阔。

穿过院内小径走进主楼，客厅很大，布置得也很整洁雅致，既有中式的八仙桌、太师椅，又有西式的沙发、茶几、电话等，一应俱全。

老太爷臧增福和妻子曹秀英、二房臧家栋和妻子庄淑环、三房臧家梁妻子郭文芳及儿子臧远航等坐在茶几前，正在用人的伺候下吃小儿酥，气氛看上去非常和睦融洽。

臧家栋忽然问侄子：“远航，你和俊锋，还像以前那样要好吗？”

臧远航自豪地说：“当然，我们的友谊地久天长。对了二大，你怎么想起问这个了？”

臧家栋掩饰道：“没什么，就是随便问问。”想了想又说，“别看俊锋很少说话，他可比你有心计，以后多和他学学。”

臧远航却不以为然地说：“哼，他就比我大一岁、高一年级，能有什么心计啊？”

臧家栋摇了摇头，却不置可否。

正在这时，臧家梁面色冷峻地走进来，后面跟着臧远方。

臧增福立刻招呼道：“家梁、远方，你们回来得正好，快来吃小儿酥。”

臧家梁却板着脸坐在沙发上，一动都不动，只是冷冷地盯着自己的二哥。

臧家栋立刻避开他的目光，但是却掩饰不住一脸的惊慌。

庄淑环看到丈夫的表情，便望着小叔子，语带讥刺地说：“我说他三叔啊，你一进门就拉长个脸，莫不是我们谁借你白米还你黑豆了？”

此言一出，室内的气氛，变得更加紧张了。

臧远航看了看众人，连忙打圆场道：“爸，这小儿酥是二大前几天去徐州买的，我就吃了一口，甜得我满地找牙呢。”

听了这话，所有人都笑起来，只有臧家梁不笑！

他像是没听到儿子的笑话一般，仍然像刚才那样瞪着自己的二哥。

臧家栋见状，越发心虚了起来。

等到大家笑罢，臧家梁忽然一字一顿地问：“二哥，你去徐州的时候，见到辫子军了吗？”

臧家栋听了这话，拿小儿酥的手忽然就是一抖。

好半天，他才故作茫然地说：“辫子军，什么辫子军啊？”

臧增福看了看二儿子的脸色，立刻意识到什么，连忙转头问三儿子：“家梁，发生什么事了吗？”

臧家梁不动声色道：“爸，你还是问二哥吧，他比我更清楚。”

臧家栋立刻一惊，不等父亲发问，便结结巴巴地反问：“你、你还知道什么？”

臧家梁往沙发上一仰，看似胸有成竹地说：“四叔知道的，我都知道了。怎么，你是自己和爸说呢，还是由我告诉爸？”

臧增福立刻皱起了眉头，催促道：“家栋，你快说啊，到底发生什么事了？”

臧家栋张了张嘴，却欲言又止。

庄淑环见状，暗中用胳膊捅了丈夫一下，故作无辜地说：“他爸，那些辫子军又不是你杀的，你怕啥？”

听了这话，所有人都倒吸了口凉气，同时发出一阵惊呼，然后纷纷将目光对准臧家栋。

臧家梁的脸色越发严峻了起来。

臧家栋的额头立刻就冒出了豆大的汗珠，颤抖着嘴唇，却半天都说不出一句话来。

正在这时，臧远方领着一个年近五十的秃头男人，急匆匆走了进来。此人就是臧增福的四弟、臧家栋和臧家梁的四叔臧增年了。

臧增年刚一进门，就亲热地招呼道："家栋，你找我有什……"他说到这里，就发现众人神色凝重，立刻闭了嘴，不解地问，"你们这是怎么了？发生什么事了吗？"

臧家栋立刻扑到他面前，一把揪住他的衣服，怒目圆睁地说："你不是答应替我保密的吗？怎么全都说出去了？"

臧增年茫然道："家栋，我说什么了啊？"

臧家栋气愤地说："你还在装蒜？"

臧增年眼珠一转，忽然想起来什么，不确定地问："莫非，你是指……吴俊旺血洗辫子军货船的事？"

听了这话，所有人都惊叫起来！

臧增福和臧家梁的脸色，更是阴沉得像是要拧出水来！

臧家栋简直气疯了，猛地把四叔往地上一推，恨声道："你真是狗肚子里盛不了四两香油！"

他们虽然不同辈分，但是年岁相当，从小又在一起长大，所以彼此之间比较亲密，平时说话都不太顾忌，在盛怒之下，更是口无遮拦了。

臧增福生气地说："家栋，你怎么说话呢？好歹他也是你长辈！"

臧增年倒是没有在意，却把双手一摊，更加无辜了："可是这件事，我真的谁都没告诉啊，家栋，你要相信我。"

臧家栋不由一呆，随即意识到什么，立刻回过头冲到三弟面前，恼羞成怒道："这么说，是你骗了我？"

臧家梁冷冷地说："不是我骗你，是你自己心里有鬼！"

臧家栋猛地扬起了巴掌！

臧增福立刻呵斥道："逆子！"

臧家栋只好缩回手，恶狠狠地瞪着三弟。

臧增福气得直咳嗽，好半天，才语重心长地说："家栋啊，你都是快五十岁的人了，怎么净干些糊涂事啊。这死人头上有糨糊，你赶紧把事情经过说出来，与你无关呢，最好；与你有关呢，大家也要想个解决的办法才是啊。"

臧家栋见隐瞒不下去了，只好低下头，沮丧道："好吧，我全都说了吧。六天前，家梁去北京通州谈生意，我在码头南边钓鱼，刚钓一会儿，就看到一艘大货船，由南向北开来，河水漫过船身侧舷的吃水线，看起来很重。我正寻思着这不是一只普通的货运船时，就看见吴光淮的大儿子吴俊旺，带着一伙精壮汉子，从芦苇荡里蹿出来。货船里虽然有不少辫子兵，却个个身上都带着伤，那些伤兵还没来得及还手，就被吴俊旺连人带货血洗了，只有一个受伤稍轻的，跳水逃走了。我吓得连滚带爬跑上河堰，还是被吴俊旺发现了。为了堵住我的嘴，他将抢来的一大箱大洋，全部给了我……”

臧增福听到这里，猛地将拐杖往地上“砰”地一戳，气愤地说：“吴俊旺这分明就是谋财害命啊！他祖上吴洪兴来自福建，是明末海税官，祖祖辈辈全都待人宽厚，勤勉节俭，怎么传到他手里，就是强盗作风了呢！”转而呵斥二儿子，“你个不肖子，我们臧家祖上臧应选来自江西，是明朝景德镇官窑瓷器总监，四子十二孙被发配到窑湾，虽然现在宗族势力强大，从事各行各业的都有，但世代均是儒商，为人正直无私。你大爷家三哥家庆，任职邮传部主事，家梁又是商会会长，你却为一己私利，助纣为虐，实在是丢尽了臧家的脸面！”

曹秀英也不满地说：“家栋，俊旺年轻莽撞就罢了，你说你眼看就年近半百的人了，就不知道杀人偿命的道理吗？”

臧家栋却摊摊手，无辜道：“我承认大洋是我拿了，可人不是我杀的啊，这件事就是说到天边去，也与我完全没有关系的吧？”

臧家梁一直铁青着脸，听了这话，霍地站起来，怒吼道：“与你没有关系？与你关系大着呢！”

臧家栋故作茫然地看着众人，然后气急败坏地说：“你们看，你们看，他又开始往我头上扣屎罐子了。”

曹秀英打着圆场道：“是啊，家梁，虽说你二哥贪财不对，可是这件事，和他完全没有关系的呀。”

臧增福却瞪了妻子一眼，呵斥说：“真是妇人之见！”

臧家梁望了望母亲，又望了望一屋子的人，一字一顿道：“这件事不但和他有关，和所有窑湾人都有关！”

除了臧增福，所有人都茫然地望着他。

臧家栋更是很不服气道：“你就会危言耸听！”

臧家梁并不理他，而是语气沉重地说：“你们想想，现在辫子军在徐州拥兵自重、声名显赫，却在我们窑湾栽了这么大一个跟斗，他们能咽得下这口气吗？”

听了这话，所有人都焦急地说：“是啊，是啊，这可怎么办呢？”

臧增福将期待的目光望向三儿子，深深叹了一口气，充满期待道：“家梁，你得想个法子才是啊。”

臧家梁沉吟片刻，终于说：“是得想个法子！不过此事事关重大，恰好陆市长又去南京开会了，我得马上去徐州，找人了结此事。”

臧增福立刻阻止道：“那不行！明天就是码头二百三十七年庆典了，不但窑湾及周边地区各界头面人物都要前来祝贺，就连北京、南京、上海等地，都有代表前来参加，你要是不主持，客人怎么办？庆典怎么办？”

曹秀英附和说：“是啊，家梁，你就过了三天庆典再去吧。”

臧家栋却眼珠一转，不服气道：“我就不信，少了他地球就不转了？庆典我也可以主持的啊。”

臧增福瞪了他一眼，没好气地说：“先不说别的，‘三敬酒’可不是普通的‘敬天敬地敬祖宗’，单单敬酒词，你能背得出几句？”

臧家栋张了张嘴，还是不得不闭上了。

所有人都齐声附和道：“是啊，那么长的敬酒词，没谁背得出来的。”

臧家梁犹豫了一下，只好重又坐下，闷声说：“那……好吧。”

事情就此告一段落，客厅内很快又响起了欢快祥和的笑声。

臧家梁犹豫了一下，终是不忍扫大家的兴，只好强打精神，剥了一块小儿酥放进嘴里，却喃喃自语道：“只是不知道，辫子军会不会给我三天时间呢。”

第4章　周年庆典

徐家大院具有典型的江南建筑风格，屋顶和檐口都有华丽的装饰，外墙壁雕梁画栋，并且非常注重室内装饰。只见堂屋的地面，是由大方砖或木地板铺成，木格扇隔墙，北墙根长条几、八仙桌、太师椅，东山墙放书架或博古架，架上放古董、玉器、盆景、文房四宝，墙壁上还挂着古今名人字画。

此时，一个打扮得花枝招展的中年女人，正在给一个七八岁的小男孩擦脸，他们就是徐佩芸的继母柳兰香和同父异母的弟弟徐佩剑。

忽然，她似乎想到了什么，眼珠一转，便拉着儿子，一扭一扭地向厨房走去。

此时的厨房内，徐佩芸正在切菜做饭，因为想着心事，一不小心，手被切掉了一块肉，她竟然没有知觉，继续切着菜。

女佣刘妈立刻惊呼起来："大小姐，你的手流血了，快去拿布包扎一下吧。”

另一个年轻的女佣，却不屑地小声说：“什么大小姐，还不是和我们这些用人一样要干粗活！”

刘妈叹了一口气，好心解释道：“别看大小姐和我们一样干粗话，她可是上过洋学堂的，知书达理，是我们能比的吗？”边说边撕下一块布，小心地给徐佩芸包扎起来。

徐佩芸不禁感激地说：“刘妈，谢谢你。”

没想到，匆匆赶来的柳兰香，正好看到这一幕，脸上立刻闪过一丝不屑。

徐佩剑却亲热地跑到大姐面前，关切地问：“大姐，你的手流血了？痛不痛？”

徐佩芸捧着弟弟的小脸，爱怜地说：“一看到佩剑，姐姐就不疼了。”

徐佩剑天真地道：“真的？那我帮你吹一口气吧，吹一口气就不流血了。”

说完，竟然真的向姐姐的伤口处“呼呼呼”地吹起了气，引得大家哈哈大笑。

只有柳兰香不笑，一把将儿子扯到身边，紧绷着脸说：“佩剑，去念书。刘妈，你还不快点干活！”

徐佩剑噘着嘴，很不情愿地说：“噢。”

刘妈赶忙放下包了一半的纱布，恭敬道：“是。”

柳兰香却看都不看大女儿手上的伤口，反而催促说："佩萍胳膊上的伤口还在结疤呢，快把参汤熬好了送过去。"

徐佩芸温顺地说："是。"说完，将受伤的手指胡乱缠好，拿起人参，做起了汤。

一旁的刘妈，无奈地摇了摇头。

柳兰香冷哼一声，这才满意地退出了厨房，直奔后院而去。

徐家大院后院西厢房内，五月的阳光透过雕花窗格照进房间。

徐佩萍坐在绣花的棕绷下，正在绣一对戏水鸳鸯！

柳兰香走到她身后，爱怜地说："乖女儿，是不是准备用这对鸳鸯，给俊锋绣对香荷包啊？"

徐佩萍噘着嘴，羞涩地回道："绣什么呀，今年的端午节已经过去了。"

柳兰香得意地说："今年过去了，还有明年呢。我的乖女儿，又漂亮又温柔。吴家确实是有钱，不过我们甜油坊的生意也不差，你和俊锋两个，算得上是郎才女貌、门当户对了。"

徐佩萍闻言，不由开心道："是呀，是呀。那天我跌倒在地，他还很关切地问我有没有事呢。"

柳兰香却又有些犹豫道："俊锋什么都好，就有一点不好，只是次子，以后不能全部继承吴家家业。"

徐佩萍立刻涨红了脸，噘了噘嘴说："我喜欢的是他这个人，又不是吴家的家业！”

柳兰香见女儿不高兴，连忙赔笑道：“当然，当然，‘图猪又不图厩’。”随即又释然说，“不过俊锋就算继承一半家业，也够你一辈子吃穿不愁的了。”

徐佩萍眉头一急，正要反驳，就看到大姐端着一个碗走进来，连忙站起来，亲热地说：“姐姐。”

徐佩芸微微一笑，快步上前，将碗递到她面前，爱怜地道：“来，喝碗参汤吧。”

徐佩萍接碗时，却忽然看到她的手，不由难过地说：“姐姐，你的手怎么也破了？过来一起喝吧。”边说边将参汤送到姐姐嘴边。

柳兰香连忙夺过了参汤，急急道：“你姐她喝过了。”

徐佩芸暗中叹了口气，但还是笑笑说：“是的，我喝过了，你快趁热喝点吧。”

柳兰香却撇了撇嘴，阴阳怪气道：“佩萍，俊锋那边，你可要找一切机会抓住他呀。别像有些人啊，对方都跑到美国去了，她还在傻等，说不定人家早就在那边结婚生子了呢。”

徐佩萍担心地望了望姐姐，着急地说：“妈，你怎么哪壶不开提哪壶呢？”

徐佩芸却笑着安慰道：“没事的，涟泰每个月准时给我来信。无论别人怎么看，我会一直等他回来的！”

柳兰香用手指着她，气急败坏地说："等他回来！等他回来！你还能一辈子赖在娘家当老姑娘不成？"

徐佩芸好脾气道："妈，虽然爸整天忙于甜油坊的生意，但是我们这个家，还是由爸做主。只要爸开口撵我，我立马就走人！"

柳兰香听了这话，更加恼羞成怒起来了："你！你！你亲妈死得早，你好歹也叫我一声妈，有你这样和长辈说话的吗？"

徐佩芸微微一笑，却并不出声。

柳兰香却越发动了气，手指都要指到她额头上去了。

徐佩萍连忙拦在两人之间，打着圆场说："算了，算了，妈，我去端菜，马上要吃饭了。"

柳兰香立刻拉住她的手，没好气道："你是大家闺秀，这些粗重活是你干的吗？"指了指大女儿说，"粗重活是留给他们那些用人干的！"

徐佩萍很不高兴，反驳说："妈，你怎么可以这样说？她是我姐姐嘛，都考上金陵女子师范的，要不是你不喜欢，她现在都是洋学堂的女学生了，怎么会是用人呢？"

柳兰香却撇了撇嘴，不以为然道："谁叫她亲妈死得早呢，小姐的身子丫鬟的命！"

徐佩芸虽然已经习惯了继母的指桑骂槐，还是倍感委屈，但为了家庭的和睦，为了不让父亲为难，只好强忍了眼泪，黯然退出了房间。

徐佩萍瞪了母亲一眼，连忙追上去，歉然地说：“姐姐，姐姐，你生气了吗？”

徐佩芸强颜欢笑道：“没有，你赶紧回去，把参汤喝了吧。”

徐佩萍越发歉疚了，诚恳地说：“姐姐，对不起，我代妈向你道歉。”

徐佩芸拍拍她的手，哽咽道：“我有爸，有你和佩剑，还有涟泰，我没事的。”

徐佩萍感动地搂着姐姐，并亲热地将头靠在她的肩膀上。

第5章　送到嘴边的肥肉

庆典会场内摆满了酒席，戏台上方布置得富丽堂皇，前方的红幅上写着“运河码头二百三十七周年庆典”字样。戏台三面是酒席，臧家亲朋好友和码头工人们坐在各个席位上，举杯庆祝，热闹非凡。

臧家人热情地迎接各方来宾，包括操着英、法、德等国语言的洋人。

当臧家梁走上戏台时，记者们的镁光灯立刻闪个不停。

他微微一笑，冲台下抱拳道：“各位同仁，大家辛苦了！今天是我们运河码头二百三十七周年庆典！我们码头能发展到今天这个规模，除了各位同仁的辛勤和努力，更重要的是，要感谢我们的母亲河——大运河！”

听了这话，在场所有人的神情，都变得肃穆起来，因为按照惯例，接下来就是每年例行的重头戏——“三敬酒”环节了！

与此同时，与会宾客也纷纷端起酒杯。

臧家梁站在高高的舞台上，面向不远处的滔滔大运河，表情庄严，感慨万千地说：“大运河自诞生之日起，就成为中国最重要的南北交通大动脉，甚至一度是王朝的生命线！其作为衔接陆上丝绸之路和海上丝绸之路的枢纽后，漕运更是空前发达！当然，所有这一切，都离不开历史的铺垫……”

没想到刚说到这里，忽然就听到西北方向隐约传来一阵噼里啪啦的声音，这声音有些可疑，既像枪声又像鞭炮声。

会场上有些耳朵灵的人也听到了，都以为是谁家结婚放个鞭炮什么的，这也是常有的事情，所以并没有放在心上，但是臧家梁却是一愣，率先反应过来，立刻联想到辫子军，连忙停止演讲，小声对身旁的助手郑一飞道：“你马上去看看，发生什么事了！”

郑一飞立刻意识到事情的严重性，连忙飞奔而去！

与此同时，会场上的人在片刻的惊讶过后，不由议论纷纷：“怎么回事？每年例行的三敬酒环节，今年怎么没有了？”

此时此刻，臧家梁被疑似枪声的声音搞得心烦意乱，哪里还有心情继续？

但是为了稳定会场秩序，他只好强忍着内心深处隐隐的担忧，挥了挥手，简略地说：“窑湾占据了天时地利人和，所以我们的商业传奇，会继续在这片土壤中，不断延续下去！现在，让我们一起来合唱《大运河之歌》吧！”

说到这里，他打起了拍子，率先唱了起来！

与会宾客虽然不解，但听他如此一说，全部站了起来，打起拍子，纷纷应和着。

大运河啊
你从北向南，流经高山平原
你不惧激流险滩，一路奔腾叱咤扬帆
你无私奉献浇灌良田，恩泽遍地千古流传
你勘破繁华落寞弹指之间
却依然沉默向前，日复一日，年复一年
大运河啊，你是一条巨龙
承载华夏风雨一肩
弹奏炎黄子孙最悲怆的音弦

大运河啊
你京腔京韵，直奔吴语江南
你历经兵荒马乱，战火不断硝烟弥漫
你无论朝代几番变迁，笑看输赢史册青汗
你见证国之兴亡民之恩怨
却依然豪情不减，冬去春来，岁岁年年
大运河啊，你是一条巨龙
承载华夏半壁江山

一时间，戏台上下群情高涨，雄浑、响亮的歌声传遍整个窑湾的上空！

一曲终了，臧家梁又朗声道："大家唱得很好，请坐下！在这个具有纪念意义的日子里，我们码头订下三天堂会，请的是徐州最著名的柳琴戏班同义堂，现在，请大家开始听戏。"说完，便跳下台去。

与会宾客见状，全都诧异地望着他，纷纷议论说："怎么把每年挨桌敬酒的环节取消了？"

好在，戏台上及时响起了锣鼓喧天的声音："呛采呛采呛呛采……"

但是还没等大幕拉开，有心急的票友便喊了起来："先来段'走五里'过过瘾！"

然后大家都跟着附和道："对，先来段'走五里'。"

据传柳琴戏来源于徐州及周边地区，农民们为抒发喜怒哀乐之情，并结合当地运河号子、日常民歌、田园景色和自然音响等，形成的一种地方剧种，因其演唱时尾音翻高或有帮和，曲调十分优美，把人的魂都拉去了，故此也称作"拉魂腔"，是当地人的主要精神食粮。

柳琴戏有很多优秀的传统曲目，深受当地人们喜爱，《张郎与丁香》即是其中之一，讲的是善恶终有报的故事，特别是郭丁香的

“走五里”唱段，更是家喻户晓。

好在这种貌似过分的要求，同义班早就习以为常了，很快就让扮演女主角郭丁香的二脚梁子（即青衣）粉墨登场了：

走一里来回头望，舍不得堂楼上的公婆娘；走二里来回头望，舍不得上房婶子与大娘；走三里来回头望，舍不得鸡鸭和牛羊；走四里来回头望，舍不得门前的几行桑；走五里回头望，杨柳枝遮住俺的凤凰庄……

她刚一亮嗓子，人群中就传出了喝彩声和欢呼声，甚至有不少票友还跟着哼唱了起来。

臧家梁趁机摆脱了尴尬，匆匆向会场外走去！

没想到在他路过主桌时，二哥臧家栋便幸灾乐祸地问：“你是不是掉魂了？连那么重要的‘三敬酒’环节都省略了？”

臧增福也疑惑地说：“是啊家梁，你今年是怎么了？别说‘三敬酒’了，竟然连挨桌敬酒的礼节都省略了，你知道那些码头工人会怎么想？”

臧家梁却头也不回道：“稍后再和你们解释！”边说边径直走向大门口。

没想到，迎面就看到一个身着洋装、戴着眼镜、胸佩怀表、身材高大的人走进了会场，此人正是市长陆文安。在他身后，是警察局姜局长和几个警察。

臧家梁顿感一阵轻松，快步迎了上去。

陆文安双手抱拳道："家梁老弟，恭喜恭喜。"

臧家梁连忙抱拳回礼："文安兄，同喜同喜。"然后压低了声音，急急地问，"刚才那一阵噼里啪啦声，你听到了吗？"

陆文安点点头，不以为然地说："听到啦，肯定是又有大户人家娶亲了，否则鞭炮没有这么响。"

臧家梁明白他什么也不知道，连忙道："恐怕事情没有那么简单！烦请文安兄移步，我有要事相商。"

陆文安见到他郑重其事的样子，便有些惊讶，但还是跟着移步到庆典外围的一棵古槐树下。

臧家梁警惕地望了望四周，然后小声将"吴俊旺血洗辫子军货船"的经过，一五一十地告诉了他。

陆文安听完，不由大吃一惊："这可是一件天大的事情啊！"

臧家梁点了头头，但刚张了张嘴，还没来得及答话，就听西边的大运河方向，传来一阵清脆的枪声，仿佛近在耳边一样！

两人同时大吃一惊！

会场在片刻的沉默过后，人群便像炸了锅似的四散而逃！

臧增福连忙站起身来，安慰道："大家不要着急，相信市政府和商会会妥善处理的！现在，大家各就各位，继续听戏、继续听戏……"

大家听了这话，才半信半疑地重又坐了下来。

与此同时，陆文安和臧家梁连忙带着姜局长他们，朝大运河方向匆匆跑去。

他们刚一走出西门，就遇到迎面跑来的臧远方和郑一飞。

臧家梁连忙迎上去，焦虑地问："远方，今天码头是你值班，刚才发生什么事了？"

臧远方气喘吁吁地说："码头来了一个团的辫子军，在一个姓宋的团长的带领下，说要血洗窑湾，为货船上死难的伤兵们报仇！"

臧家梁、陆文安吃了一惊，同时脱口而出："这么快？"

回过神来，陆文安立刻吩咐姜局长："传我的令，即刻全城戒严！警察局全部出动，向各瞭望哨增派警力，并四门落锁，马上逮捕吴俊旺！这场灾难是由他惹起的，不能让他跑了。"

姜局长立刻道："是。"说完便带着几个警察，回头向城内冲去。

陆文安又转头向臧家梁，语气坚定地说："我们窑湾的奇门遁甲八卦迷魂阵，一年三百六十五天都处于高度戒备状态，一个团的兵力肯定能够应付过来，暂时无须着急。但是我们必须立刻召集商会代表开会，最好能够将这件事和平解决。同时知会十国驻窑湾代表，让他们拍电报到上海各国租界，由租界出面向驻守徐州的张大帅提出抗议。"

臧家梁果断道："好，我马上去办！"

此时，吴家烟丝店总经理办公室内，吴俊旺正坐在老板椅上，他长得很精壮，也算周正，只是滴溜乱转的双眼总是似笑非笑的，看上去有一股子邪气。

他正将二郎腿跷在桌子上，得意地数着手中的银票。忽然，吴俊锋“砰”地推开房门，气喘吁吁地说：“哥……”

吴俊旺手中的银票来不及收回，不由怒道：“滚……”但是他看到来人是弟弟时，脸色这才缓和下来，抽出两张银票塞进他手中，笑眯眯地说，“拿去花吧。”

吴俊锋不由一惊，连忙推开了，并催促道：“哥，你还是赶紧回家吧，爸在家发好大的火呢。”

吴俊旺连忙问：“发生什么事了？”

吴俊锋望了望他，欲言又止：“我不能说。”

吴俊旺拍拍他的肩，亲热地说：“从小到大，为了你，我可是挨了爸不少打呢，咱们兄弟俩好得像穿一条裤子似的，你还有什么话不能对我说的？”

吴俊锋想了想，只好道：“刚才有一个伙计听到外面枪响，因为胆小害怕，就把和你血洗辫子军货船的事情告诉爸了。”

吴俊旺闻言，惊得差点儿跳起来，立刻气急败坏地说：“是哪个狗东西这么没良心，看我不剁了他！”边说边抬腿要往外走。

吴俊锋连忙拉住他：“你不会知道是谁的，爸连我都没告诉。”然后几乎是哀求了，“哥，我真的很不明白，我们吴家不但垄断着周边上百里的烟丝业和盐业，还有很多别的生意，钱多得可以把大半个窑湾买下来，你不是早就答应过我，再也不赚那些丧良心的钱了吗？怎么还去血洗辫子军的货船呢？”

吴俊旺却把头一昂，理直气壮地说：“送到嘴边的肥肉，不吃白不吃！”

吴俊锋痛心疾首道：“那你也要看是谁的肉！现在虽说是民国了，但军阀混战，张勋拥兵徐州，声名显赫，连黎元洪和姑父段祺瑞都得忌他三分，你还敢吃他的肉？就算你不要命了，你也不能连累我们全家还有整个窑湾啊……”

正在这时，吴俊旺的助手崔玉存推门进来，附在他耳边，小声提醒道：“大老板，辫子军已经兵临城下，商会又派人来催你去开会了。”

吴俊旺正被弟弟训得极不耐烦，便怒吼道：“开个屁会！”

崔玉存吓得立刻退了回去。

这时，大运河方向的枪声，明显越来越近了。

吴俊锋见哥哥发怒，也不敢再说下去了，只急得像热锅上的蚂蚁一般，万分焦躁地说：“怎么办呢？怎么办？”

吴俊旺眼珠一转，强作镇静道：“俊锋，我有些事情得去处理一下，你先替我去开个会吧。至于爸爸那边，我会解释清楚的。你放心，不会有事的。参与这件事的人，都是自己的弟兄，做得很隐秘。只有臧家栋是个外人，可是我已经给了一箱子大洋，堵住他的嘴了。”

吴俊锋却更加焦躁了：“臧家栋虽然是个废物，可是家梁叔人却很精明。只要被他觉察到蛛丝马迹，臧家栋肯定会开口，到那时，我们吴家的名声就全完了。”

吴俊旺听了这话，也有些急了，忽然阴冷地一抹脖子：“无论他有没有开口，为防万一，让他永远闭嘴就是了！”

吴俊锋不由一呆，张了张嘴，似乎还想说什么。

但是吴俊旺已经带着几个人，迅速冲出了烟丝店，直奔码头庆典会场而去！

第6章　兵临城下

此时的庆典会场，虽然秩序井井有条，但是自从枪声一响，大家哪里还有心情听戏？

臧增福焦急地望着会场大门，不住地唉声叹气；曹秀英看着戏台，也是一脸愁苦。

庄淑环将饭碗往旁边一推，郁闷地说："心里慌得很，这饭没办法吃了！"

郭文芳连忙低声劝道："二嫂，你不要这样。大家都看着我们呢，我们要是乱了，整个会场就更乱了。"

曹秀英也附和道："是啊，是啊，还是文芳明事理。"

庄淑环却冷哼一声，瞪了妯娌一眼，没好气地说："就你会做好人！"

郭文芳委屈极了，但还是息事宁人，并没有反驳。

与此同时，旁边的臧家栋眼珠子转来转去，忽然心神不宁地说：“糟糕！”

臧增福诧异地问：“怎么了，家栋？”

臧家栋闷闷不乐道：“爸，你想啊，此次辫子军是为报仇而来，除了吴家人，就只有我们臧家人知道这件事。现在家梁参与处理，一定会涉及吴家，那个吴俊旺心狠手辣的，他要是有个好歹，岂能放过我们臧家？”

听了这话，在场的所有人都着急起来。

臧增福焦虑地喃喃自语：“怎么办？这可怎么办是好呢？”

臧家栋小声提议说：“爸，不如我去找家梁，让他把吴俊旺是始作俑者这件事，全部隐瞒下来吧。”

臧增福眼睛一亮，随即黯淡下来，正色道：“那可不行！从大局考虑，若是隐瞒下来，固然讨好了吴家，可辫子军也不会放过我们窑湾的呀。”

臧家栋怂恿说：“哎呀，爸，我们首先得保住自家，才能从大局考虑，你说是不是？”

臧增福还想说什么，但张了张嘴，却什么都没有说。

曹秀英也附和二儿子道：“他爸，算我求你了，就让家栋去吧。”

臧增福想了想，终于下定决心：“好，家栋，那你快去吧。”然后又瞪了他一眼，“要不是为了整个臧家，这次我决计饶不了你！”

臧家栋连连点头：“谢谢爸妈。”刚想起身，犹豫了一下，又道，“你们知道的，家梁从来没把我这个二哥放在眼里。要去也行，得远航和我一起去。”

臧增福立刻意识到什么，愤怒地说：“你还想拉个孩子和你一起去冒险？”

臧家栋厚着脸皮道：“你都说了嘛，是为整个臧家考虑，又不是只为我自己一个人。”

臧增福还想说什么，臧远航已经站起来，果断地说：“好，我和你去！”

臧家栋不禁喜形于色，连忙拉着侄子，急匆匆走出了会场。

此时城内的大街上，忽然有人喊道：“戒严了！戒严了！”

行人们听了这话，便迅速作鸟兽散，商家也各自关门。

与此同时，吴俊旺带着十几个精壮汉子，气势汹汹而来，正好和臧家栋、臧远航撞了个正着。

吴俊旺立刻大喝一声：“臧家栋！你的死期到了！”

看到对面凶神恶煞般的一群人，臧家栋一时竟然吓得愣住了，好半天，才哆哆嗦嗦地说：“你、你想杀人灭口？”

吴俊旺并不说话，却阴笑着，一步步向他逼近。

走在后面的臧远航，拾起一块砖头，猛地朝吴俊旺扔去，并趁其躲闪之时，迅速拉起二大爷，拐进了旁边一条巷子。

吴俊旺反应过来，立刻命令道：“给我追。”

谁知话音刚落，却被姜局长带着十几个警察悄无声息地围住了。

姜局长厉声说：“把他们全都给我绑起来。”

吴俊旺愤怒道：“我看你们谁敢绑我？”边说边把手一挥，迅速发起了攻势！

然而，姜局长带的人个个身手敏捷，并且武器装备精良，很快就占据了上风！

此时，在徐家大院西厢房内。

柳兰香急急推开门，焦虑地喊道：“佩萍，佩萍。”

但是室内却空无一人！

她不由大惊失色，边喊着“佩萍”边朝院内跑去，见到用人就问：“看到佩萍了吗？看到佩萍了吗？”

所有人都摇摇头！

柳兰香吓得连声音都变了调。

此时徐佩芸正在院内打扫落叶，听到喊声，立刻停住了扫帚，小心翼翼地问：“妈，佩萍怎么了？”

柳兰香尖声叫道：“佩萍不见了，这下你高兴了吧！”

徐佩芸着急地说：“佩萍是我妹妹，她不见了，我怎么会高兴呢？”

柳兰香愤怒道：“不见的怎么不是你！你知不知道，我一看到你这个拖油瓶，就想起自己只不过是个填房！”

徐佩芸听了这话，不由握紧了拳头，眼泪在眼眶里打转，但是始终没有掉下来。

她放下扫帚，小声说：“我这就去找佩萍。”

柳兰香边催促边尖刻道：“快去快去！找不到你就死在外面，再也别回来了！”

城内各个街道上，人群一边尖叫，一边狼奔豕突，好一副兵荒马乱的景象。

臧家栋叔侄二人走着走着，不知道什么时候，竟然被人群挤散了。

臧远航一边拼命地向前跑，一边回头看后面有没有追兵。

与此同时，徐佩芸也一边在街上走，一边东张西望地找妹妹，同时焦急地喊着：“佩萍，佩萍！”

两人迎面而来，电光石火之间，都意识到对方的存在，猛地撞在了一起，同时“哎哟”一声，然后各自下意识地停住了脚。

臧远航看清楚对面的来人后，惊呼一声并迅速后退半步说：“母夜叉？”

徐佩芸同样惊呼一声并后退半步：“败家子？”

这时，只听不远处传来一声怒喝：“快走！”

两人同时一惊，徐佩芸还想说什么，臧远航就“嘘”了一声，连忙将她拉进旁边一个较为隐蔽的角落里。

不一会儿，就看到姜局长他们押着五花大绑的吴俊旺经过！

臧远航惊诧地瞪大眼睛，这才长舒了一口气。

徐佩芸望着他，又望了望远去的姜局长，疑惑地问："发生什么事了？"

臧远航瞪了她一眼，没好气地说："你不需要知道。"这才意识到自己还拉着她，连忙甩开说，"哎呀，我还是放开你吧，拉母夜叉的手，我怕自己会变成公夜叉。"

徐佩芸随手抄起一根腕口粗的木棒，就要打过去。

臧远航连连摆手道："别，我还有更重要的事情要办。"边说边头也不回地跑走了！

徐佩芸气得将木棒一扔，连连跺脚。

三益甜油坊内，此时也是一片忙乱景象。

五十余岁、体形略胖的老板徐立春，正和二女儿向门外走去，边走边哄劝说："佩萍，爸爸还有急事，你自己先回去吧。"

徐佩萍却紧紧拉着他的衣襟，胆怯地说："爸，我怕。"

正在这时，徐佩芸推门闯进来。

徐立春立刻责怪道："佩芸，外面兵荒马乱的，你怎么也跑出来了？"

徐佩芸捂着怦怦乱跳的胸口，努力镇静地说："爸，我是来找佩萍的。”转向妹妹，“快跟我回去吧，妈找不到你，都担心死了。”

徐佩萍立刻奔过来，委屈万分道：“刚才我正在逛街，先听到枪声，接着就看到人到处乱跑，说是辫子军来了，我就吓得躲到爸爸这儿来了。”

徐立春挥挥手说：“好了，你们快回去吧。现在辫子军兵临城下，不知道会出什么大事呢，姑娘家还是不要到处乱跑的好。”

徐佩芸停在门口，却犹豫着并不离开。

徐立春催促道：“怎么还不走？我还要去市礼堂开会呢。”

徐佩芸小声说：“爸，以后我不想待在家里了，想来你这里帮忙。”

徐立春敷衍道：“行了，行了，你们快走吧。”

徐佩芸高兴地一鞠躬：“谢谢爸。”

姐妹二人迅速离开三益甜油坊，徐立春也撩起长袍，急匆匆向礼堂走去。

第7章 谁去与辫子军和谈

市礼堂内，几十名商人代表济济一堂，个个都是一脸紧张。

吴俊锋进来后，悄悄找了一个角落坐下，看上去心事重重的。

陆文安见人来得差不多了，便表情凝重地说：“各位，前不久，有一艘辫子军货船途经窑湾，不幸遭到血洗，船上大量金银财宝被抢劫一空不说，还有三十名伤兵被杀。现在辫子军一个团兵临城下，扬言要血洗窑湾，你们说应该怎么办？”

山西会馆主事、裕兴隆钱庄老板闫一认毫不犹豫道：“我们做生意的，要和气生财，当然是讲和了。”

代表们纷纷附和说：“是啊，是啊。”

陆文安忽然望向角落里的吴俊锋，若有所思地问道：“俊锋贤侄，你爸身体不好可以理解，你哥怎么也没来呢？”

吴俊锋见自己被点了名，不由一愣，但还是故作平静地说：“我哥生病了，让我替他出席。”

陆文安略一沉吟便说：“既然来了，你就说说自己的意见吧。”

吴俊锋想了想道：“那就恕我直言了，我主张将敌人消灭于城外！”

代表们听了这话，全都望向他，同时议论纷纷。

闫一认叹了口气，率先说：“那将是一场血战了。”

代表甲附和道：“就是。”

代表乙也道：“就是。”

……

吴俊锋不以为意道：“以我们窑湾现有的军事布局和武装力量，消灭一个团的兵力，还是绰绰有余的！”

代表们纷纷摇头劝道：“年轻人，不要太冲动啊！”

陆文安无奈之下，只好望向臧家梁，一脸期待地问：“家梁兄，你认为呢？”

臧家梁果断地说：“我认为不妥！消灭一个团的兵力固然容易，但张勋还有三万辫子军在徐州，再来报仇怎么办？”

代表们立刻点头，纷纷随声附和：“是啊，再来报仇怎么办？”

吴俊锋不由恼羞成怒道：“那依家梁叔的意思，别人都欺负到我们家门口来了，我们还要当缩头乌龟不成？”

臧家梁见他执迷不悟，便话中有话地说：“这件事是我们有错在先，虽然来龙去脉知道的人不多，但是俊锋贤侄不会不知道吧？”

听了这话，所有代表都将目光看向吴俊锋，议论纷纷。

吴俊锋脸一红，不禁恼羞成怒道：“家梁叔，你这话是什么意思？我知道什么？我什么都不知道！”

话音未落，外面又响起一阵清脆的枪声！

代表们全都一怔，不由得面面相觑！

陆文安严肃地说：“现在事情迫在眉睫，大家不要再吵了。综合各位的意见，我们制定两个方案，首先争取和谈，和谈不成，再以武力解决也不迟。现在的问题是，由谁去与辫子军和谈？”

听了这话，刚才还闹哄哄的礼堂，顿时变得鸦雀无声了。

臧家梁略一沉吟，便挺身而出道：“为了城内老百姓财产的安全，为了停靠在码头的千余只货船的安全，我愿意只身前往！”

此言一出，代表们同时爆发出热烈的掌声！

陆文安赞赏地点点头，表情凝重地说：“好，那就这样定了！家梁贤弟，不必硬碰，见机行事！”

臧家梁重重地点点头，大踏步走出礼堂，直奔北城门而去！

陆文安这才向大家一挥手道：“其余人跟我一起去北城门炮楼，以防有变！”

代表们暂时松了一口气，纷纷走出了礼堂。

吴俊锋自知以一己之力难以挽回狂澜，只好低垂着头，走在了最后。

没想到，他刚走出门，就看到崔玉存慌里慌张地迎上来说：“二老板，不好了不好了，大老板不见了，到处都找不到他！”

吴俊锋气急败坏地吼道："那就再去找！"

崔玉存有些为难，但还是连声道："是，是。"

没想到，他刚走几步，吴俊锋又叫住他说："回来！"

崔玉存诧异道："二老板，什么事？"

吴俊锋沉吟片刻，还是说："以眼下的形势看来，怕是凶多吉少。找到大老板后，就让他不要回来了，到外面避避风头。"

崔玉存领命而去！

臧远航匆匆赶到北城门时，却看到臧家梁只身缓缓向城门口走去。

他当即一惊，不由得大喊一声："爸。"

臧家梁回头看到儿子，眼中闪过一丝慈爱和不舍，郑重吩咐道："远航，万一我有什么三长两短，代我照顾好臧家、管理好码头。"

臧远航哽咽道："爸，我会的。"

随即，北城门缓缓打开，臧家梁只身走了出去。

正在城门外严阵以待的辫子军，见城里走出一个人来，立刻将全团的枪口，都对准了他！

臧家梁仿佛没有看见一般，仍然镇静地一步步向前走去。

为首的宋团长举起手枪，厉声呵斥道："站住！你再往前走一步，我就开枪了。"

臧家梁一字一顿地说："宋团长，自古以来，两军交战，不斩来使。更何况，我们还没有开战呢。”

宋团长竖起了大拇指，称赞道：“倒是有几分勇气，你是何人？”

臧家梁朗声说：“大丈夫行不改名、坐不改姓，我是窑湾商会会长、运河码头现任当家臧家梁！素闻宋团长南征北战、有胆有识，现在却将全团枪口对准一个手无寸铁之人，实在不是大丈夫所为！”

宋团长反唇相讥道：“如此说来，血洗我途经窑湾的伤兵和货船，倒是大丈夫所为了？”

臧家梁诚恳地说：“宋团长，对此事件，我代表全体窑湾人，向贵军深表歉意，臧某也正是为此事前来，请借一步细说。”

宋团长沉思片刻，便把手一挥。

于是，原先对准臧家梁的枪便放了下来。

臧家梁整理了一下衣衫，不卑不亢地走到严阵以待的辫子军阵前。

他站定身形，神情肃穆地向全体官兵抱拳，面露愧色道：“各位弟兄，臧家梁在这里先向大家赔罪了。我身为窑湾商会会长，却没有及时制止惨剧发生，这是我的失职。在此，我向牺牲的弟兄们深表哀悼，我们愿意承担由此引起的所有经济损失和赔偿，恳请宋团长退兵！”

听了这话，宋团长身边一个满脸瘀伤、胳膊上吊着绷带的伤兵，立刻激动起来，充满仇恨地说："想要我们退兵，除非我那三十个兄弟能活过来！"

宋团长也掷地有声道："他的意见，就是我的意见！"

臧家梁语气沉痛地说："逝去的生命已然无法挽回，但是如果你们执意不退兵，将会有更多的生命因此逝去。"

宋团长固执地说："你不必多说，我一定要让全窑湾的人，给我的三十个弟兄陪葬！"

臧家梁见状，便软中带硬道："谁给谁陪葬，恐怕还说不定呢。"

宋团长闻言，脸色不由一变，同时咆哮道："你说什么？有种你再说一遍！"

臧家梁一字一顿地说："谁给谁陪葬，恐怕还说不定呢。"

宋团长把手向他脖子上一比画，恶狠狠地说："你知不知道，我现在掐死你，就像掐死一只蚂蚁那么容易！"

臧家梁回望着窑湾四周城墙上，荷枪实弹的炮楼和枪口，毫无惧色道："不错，现在我是处在你们的枪口之下，可是，请你们抬头往城墙上看看，你们整个团，都处在我们窑湾的枪口之下！"

宋团长一指旁边的两门大炮，不屑地说："你们再厚的城墙、再高的枪口，也不够我几炮轰的！"说到这里，他冷冷地看着臧家梁，"不过你只身前来谈判，也算一条汉子。你还有什么话要说的吗？再不说，我就下令开炮了！"

臧家梁轻蔑道："你们只有两门大炮，窑湾却是八方炮台。真正打起来，你们是输定了。再说，窑湾自古为兵家必争之地，城内布有奇门遁甲八卦迷魂阵，易守难攻。城外周边二十里村庄的联防、警察局、小刀会是不怕死的。"说到这里，又回转身指着城门，"你们看，这北城门上'北门锁钥'四个字，就是宋代名将岳飞留下的。当年，岳飞率领岳家军在这里大败金兵，城外堆满了尸首，把大运河都染红了。你们比之当年的金兵，如何？"

宋团长闻言，不由抬头看了看窑湾城，眼中的狂傲之气顿减，闪过一丝担忧，又犹豫地看了看自己的军队。

臧家梁趁机劝说："宋团长，自古仁者无敌！张大帅出兵为国为民，你们却将枪口对着普通老百姓，张大帅就要失掉窑湾的民心了。现在，驻守窑湾的英国、法国、美国、意大利、比利时等十国商人的电报，早已经飞到上海各租界。恐怕你们还没回到徐州，张大帅就已经收到十国租界的联合抗议书了。"

宋团长听了这话，脸色终于有些缓和下来，但还是态度强硬道："可是，你们窑湾人血洗了我们的伤兵和货船，这笔账不能就这么完了！"

臧家梁爽快地说："请宋团长回禀张大帅，如果军队缺军需粮草，窑湾可供奉大洋若干，你们回去也有个交代。"

宋团长沉思片刻道："要想让我同意，必须得答应我两个条件。"

臧家梁坚定地说：“只要我们能办到的，一定会尽力而为！”

宋团长迟疑了一下，还是问：“你们真的会尽力而为吗？”

臧家梁点点头，掷地有声道：“是的！什么条件？你尽管说！”

宋团长思考片刻，便说：“其实很简单，一是每死一人，赔偿两万大洋，总共应该赔偿我们六十万大洋，一个子儿也不能少！二是将血洗我伤兵和货船的为首者押来，由我们就地正法！”

臧家梁犹豫了一下，试图说服他：“六十万大洋不成问题，如果宋团长嫌钱少的话，我们还可以再商量。只是为首者，能不能放过他呢？”

宋团长十分坚决地说：“不行，这是我的底线！如果你们不答应，就算我同意了，也没法向其余的弟兄们交代！那就只有血洗窑湾，为我的三十个弟兄报仇了。”

辫子军异口同声地喊道：“血洗窑湾，为弟兄们报仇；血洗窑湾，为弟兄们报仇……”

臧家梁自知无法周旋，只好无奈地说：“那好吧，但这件事事关重大，我回去商量一下，如何？”

宋团长挥挥手，不耐烦道：“给你们半个小时。若半个小时后还不把人押来，我们立刻攻城，就算拼个鱼死网破，也要血洗窑湾，为弟兄们报仇！”

臧家梁见他态度坚决，知道再说无益，便抱了抱拳，脚步沉重地走进了北城门炮楼！

第8章　就地正法

北城门炮楼内，陆文安、徐立春以及商会代表们，全都提心吊胆的。

吴俊锋更是着急万分，不住向门外眺望着，非常担心哥哥会突然出现！

正在这时，臧家梁表情凝重地走了进来。

一向看重礼节的陆文安，三步并作两步迎上来，连寒暄都免了，单刀直入地问：“谈得怎么样？”

臧家梁扫了吴俊锋一眼，沉声道：“他们答应和解了，但是有两个条件。”

吴俊锋率先着急地问：“哪两个条件？”

其余代表们也纷纷发问：“对啊，哪两个条件？”

臧家梁表情越发地凝重了起来，严肃地说：“一是赔偿六十万大洋；二是将血洗伤兵和货船的为首者押去，由他们就地正法！”

吴俊锋不由大惊，失声喊道："不能答应，绝不能答应！我们的城墙固若金汤，武器装备先进，消灭一个团的兵力绰绰有余！"

臧家梁摇了摇头，苦笑着说："他们虽然只有一个团的兵力，但毕竟是正规军，若不答应，倘若开战，就算我们侥幸赢了，付出的代价必然十分惨重！更不用说，从此就和张大帅结下仇了！"

吴俊锋慌乱至极，也顾不得尊长了，便冷笑一声道："什么结仇不结仇的！依我看，你是怕你们运河码头上的人员和货船损失惨重吧？"

臧家梁反唇相讥道："何止是我运河码头上的货船？窑湾若战，哪家的百姓和货物可以独善其身？你们吴家的烟丝店和盐行，亦不能幸免！"

吴俊锋气急败坏地道："你、你！"

徐立春神情严肃地说："俊锋贤侄，话可不是你这样说的！运河码头上的人和货船，可不仅仅属于臧家，我们各个商家都有份呢。决不能让一颗老鼠屎祸害满缸酱，大家说是不是？"

所有人纷纷应和："就是，就是。"

闫一认也果断道："我认为家梁兄说得有理。倘若一开战，就算侥幸赢了，辫子军必会再次前来报复，到那时，窑湾必定是人财两空，血流成河！"

宝通成钱庄老板王志信也附和道："对，我们不能拿全窑湾的人命开玩笑！我同意交出血洗伤兵和货船的为首者，也愿意出钱。”

所有代表纷纷道：“对，我也愿意出钱……”

吴俊锋眼看敌不过众人，只好轻蔑地讥笑道：“为首者是谁，大家都不知道，看来只好随便找一个替罪羊了！”

臧家梁同情地望着他，提醒说：“你可能有所不知！当初伤兵和货船被血洗时，有一个伤兵跳水逃跑了，现在，他就站在宋团长的身边。所以，这个替罪羊可不是随便找的。”

吴俊锋不由失声叫道：“啊？”望了望空无一人的炮楼外，忽然又冷笑起来，“你们有本事，就把为首者抓来啊，我料你们是抓不到的，还是另想办法吧，哈哈哈。”

陆文安冷哼一声，忽然大声喝道：“把吴俊旺带进来！”

吴俊锋不由一呆，随即看到被五花大绑的哥哥，脸上的笑容立刻就僵住了，回过头来，恶狠狠地质问臧家梁：“姓臧的，是你告的密？！”

臧家梁眉头微皱道：“要想人不知，除非己莫为！”

吴俊锋立刻掏出枪，拦在哥哥面前说：“谁敢带走我哥，我就一枪崩了谁！”

听了这话，室内立刻陷入了僵局。

正在这时，北城门外忽然传来一声震耳欲聋的炮响！

臧家梁看着表，紧张地说：“他们给我们的时间，还剩最后五分钟！”

但是吴俊锋仍然拿着手枪，拦在其兄面前！

电光石火之间，城门外传来了辫子军震耳欲聋的呼喊声：“再不交人，我们就开炮了！”

陆文安把手一挥，沉声命令道：“押出去！”

吴俊旺眼见大势已去，便高声大喊：“弟弟救我，弟弟救我！”

吴俊锋像发疯一样，血红着眼睛，挥舞着手枪咆哮道：“谁敢动我哥，我一枪崩了他！”

与此同时，外面传来辫子军震耳欲聋的呼喊声：“十、九、八……”

陆文安一使眼色，姜局长等人立刻蜂拥而上，卸了吴俊锋的枪，同时将吴俊旺押了出去！

吴俊锋虽然被几个强壮的警察按住，但是仍然在声嘶力竭地喊道：“放了我哥！放了我哥！放了我哥……”

当臧家梁、姜局长和几个警察押着吴俊旺出现在北城门口时，几乎是踩着最后一个“一”字的。

辫子军见到他们一行人，立刻停止了呼喊。

臧家梁向宋团长抱拳说：“人，我给你们带来了！”

宋团长还没来得及说话，站在他身边的伤兵看到吴俊旺，双眼像是要喷出火来，猛地冲到他面前，一边拼命撕打着他，一边哭喊道：“你还我弟兄，你还我弟兄，整整三十个弟兄啊，都还那么年轻，最小的才十六岁啊，呜呜呜！”

眼见吴俊旺的脸上都开了花，宋团长这才出手制止说：“休得放肆！”

伤兵又狠狠地向仇人双眼挥了两拳，这才很不情愿地住了手。

宋团长严肃地问：“你看清楚了，那天血洗我伤兵和货船的凶手，是面前的这个人吗？”

伤兵充满仇恨地说：“就是他，烧成灰我都认识！他一口气打死了我十几个弟兄，血洗了货船之后，还把其余弟兄活活推进了水里淹死！我要不是提前跳水逃走，也早死在他的枪下了！”

吴俊旺见事已至此，也无法争辩了，只好“扑通”一声跪在地上，歇斯底里地哀号道：“我错了，我愿意把吴家大院所有家产都给你们，只求饶我一命，我……”

宋团长却厌恶地一挥手！

吴俊旺自知大势已去，但还是望着身后的方向，垂死挣扎地喊道：“弟弟救……”

最后那个“我”字还没有喊出口，就听到“啪”的一声枪响！

与此同时，正在北城门炮楼内发疯一般喊着“放开我”的吴俊锋，一听到枪声，立刻停止了挣扎，接着发出狼一样绝望的惨叫：“哥……”

但是，一切都已经晚了！

枪声过后，硝烟尚未散去，吴俊旺还没说完话的嘴巴，生生僵住了，然后“扑通”一声直挺挺地倒在了血泊之中！

吴俊锋见状，又发出一声狼一样的哀嚎：“哥……”

不久，一行车马驮着三百六十余家商户捐献的六十万大洋，缓缓出了北城门，很快上了大运河堰！

宋团长这才大手一挥道：“撤！”

辫子军终于解除包围，跟在车马后面，向徐州方向浩浩荡荡而去！

除了一脸仇恨的吴俊锋，所有的窑湾人，都长舒了一口气，纷纷向臧家梁表示感谢！

第9章　你给我哥陪葬

吴家大院内挂满了白幡，哭声震天!

吴俊锋的爷爷吴宪生，因为又生气又心疼，几度晕厥；父亲吴光淮得了肺结核，原本就身体不好，因为失子之痛，咳嗽得更为剧烈了，每次咳嗽，挂在衣襟上的空旱烟袋一晃一晃的；母亲窦玉美，更是哭得死去活来的。

窦玉美边擦眼泪边说："我那短命的儿啊，你就这样走了啊，让娘以后可怎么活啊！"

吴俊锋红着眼圈劝说："妈，你别太难过，我哥走了，还有我呢。"

他妹妹吴俊莹也边哭边劝慰道："是啊，妈，还有我和二哥呢。"

窦玉美却越发哭得伤心了："你们是你们，俊旺是俊旺，他可是吴家长子啊。俊旺，你死得好惨啊，呜呜呜！"

正在这时，崔玉存匆匆走进来，轻声说："臧家来人了！"

吴俊锋想着哥哥死前的惨状，情不自禁地握紧了拳头！

与此同时，就看到臧家栋、臧家梁、臧增年以及几个码头职员走进来。

吴俊锋完全没有了往日对长辈的尊敬，而是充满仇恨地望着他们，一字一顿地说："臧家梁，你是来看吴家笑话的吗？"

臧家梁表情沉痛地说："俊锋贤侄，请节哀顺变。"

吴俊锋立刻暴跳如雷道："你说得倒轻巧，人都死了，怎么节哀？"

臧家梁试图安慰他："发生这样的事，大家心里都很难过……"

吴俊锋却毫不客气地打断他的话："这次死的是我们老吴家的儿子，你心里难过什么？等你们老臧家的儿子死了，你再难过吧，哼！"

臧家栋脸色一变，就指着吴俊锋愠怒道："臭小子，你竟然诅咒我们臧家？"

吴俊锋毫不示弱地说："我就是要诅咒你们臧家断子绝孙、永世不得超生！"

臧家栋气得一跳三尺高，连珠炮似的吼道："你们吴家才断子绝孙呢！你哥做了亏心事，死了也白死啊……"

他刚一开口，臧家梁就意识到大事不妙，立刻怒喝道："二哥，闭嘴！"

但是，已经晚了！

臧家栋的那番话，可以说是字字如毒针，已经深深刺进吴俊锋灵魂的最深处，让他残存的理智，彻底崩溃了！

只见他并不说话，而是血红着眼睛，像疯了一样掏出枪，迅速冲出门去！

吴光淮连忙喊道："俊锋，你要去哪儿啊？"

吴俊锋恶狠狠地说："我要让臧家梁断子绝孙！"

臧家栋这才知道图了一时嘴快，却闯了大祸，连忙问："家梁，怎么办？怎么办啊？"

虽然臧家梁对他一肚子气，但这个时候，也不好发作，只能镇定地吩咐道："我去找文安兄想办法，你马上派人去通知远方、远胜和远航，让他们赶紧躲起来！"说完，便迅速冲出吴家大院！

吴家大院外，臧家栋和臧增年也带人跟了出去，臧增年低着头一直往前走。

没想到，臧家栋却一把拉住他问："四叔，你去哪儿？"

臧增年脱口而出："当然是去商业学校啊。"

臧家栋撇了撇嘴问："你去那里做什么？"

臧增年有些着急地说："家梁刚才不是让我们去通知他们三兄弟躲起来吗？你去通知远方和远胜，我去通知远航。"

臧家栋却冷笑一声，恨恨道："通知个屁！按理说，我是次子，大哥得病早死了，码头当家的位子，本来就应该是我的，却被他抢了去！我都忍了二十多年了，趁这个好机会，此仇不报，更待何时？”

臧增年咽了口唾沫：“可是好歹远航也喊我一声四爷爷，实在有些不忍心。”

臧家栋却轻蔑地说：“他还喊我二大呢，我都忍心，你有什么不忍心的？人各有命，富贵在天。走，我们先去小蓬莱通知远胜去。”

臧增年本来就没有什么主见，现在听对方如此一说，便连犹豫一下都免了，就跟在他身后走了！

三益甜油坊内人来人往，徐立春正在和伙计们忙碌着。

正在这时，徐佩芸走进客厅，亲热地喊道：“爸。”

徐立春诧异地问：“佩芸，你怎么来啦？”

徐佩芸故作天真地说：“我来帮忙的呀，辫子军围城那天，你不是答应我了嘛。”

徐立春解释道：“那天情况紧急，爸来不及和你细说。”然后又语重心长地说，“佩芸啊，别看现在的生意越做越大，爸一点都不辛苦。现在爸的心愿就是一家人能幸幸福福过日子，你和佩萍都能嫁个好人家，佩剑快快长大。虽然我天天忙生意，你亲妈走得也早，幸好你现在的妈对你不错，也还算持家有道，你应该好好待在家里，和佩萍一样学做女红才是呀。”

徐佩芸听了这话，想着那个所谓的妈，背着父亲，对自己长年累月地辱骂和刁难，不由感到万分委屈，但她还是强忍着没有流泪，勉强笑了笑，张了张嘴，还是什么都没有说。

徐立春见状，立刻意识到什么，便警觉地问：“怎么，你妈对你不好？”

徐佩芸心里苦笑一声，连忙摇头道：“爸，看你说的，妈对我比对佩萍还好呢。我只是看你年纪大了，佩剑还小，想帮你减轻些负担而已。”

徐立春疼爱地说：“你这孩子，比你亲妈还聪明，不做生意实在是可惜了。正好没什么事，我带你到后院去看看吧。”

这等于是间接同意女儿留下了。

徐佩芸立刻鞠了个躬，开心地说：“谢谢爸。”

与此同时，她也暗中长舒了一口气。

此时的窑湾商业学校内，身着西装、金发碧眼的英国老师马克，正在用英文给学生讲课：“同学们，英国的礼仪和中国有许多不同，这是因为……”

坐在正中间的臧远航，正在聚精会神地听着。

就在这时，后面一个调皮的男生拿起笔，在他的衣服上作势乱画。

忽然，一滴墨水重重地滴了下来，把雪白的衬衣，染出了黑蓝的一块。

臧远航立刻感觉到某种异样，连忙回头，看到对方正在慌忙把笔收起来，但手上却染了一手的蓝墨水。

他立刻明白了什么，反手往后背一摸，竟然摸了一手的墨水，不由恼怒地问："王建平，你在干什么？"

王建平扮了个鬼脸说："不用谢，我是故意的。"

正在讲课的马克听到吵闹声，立刻放下书本，不满地问："怎么回事？"

王建平连忙挤眉弄眼的，示意臧远航不要说出真相。

臧远航只好郁闷地回道："报……报告，我想上厕所。"

马克疑惑地看了看他，还是推了推眼镜，宽容地说："去吧。"

臧远航这才长舒了一口气，瞪了王建平一眼，郁闷地跑出了教室。

他刚一走进厕所，吴俊锋就拿着枪，气势汹汹地闯进了学校。

门卫连忙拦住他说："这是学校，闲人免进！"

吴俊锋却将枪抵在门卫头上，怒喝道："滚！"然后猛地将对方推倒在地！

门卫连滚带爬地起来，连忙跑进屋内，开始猛摇电话："给我接警察局……"

与此同时，吴俊锋已经拿着枪，凶神恶煞一般地冲进学校。

他才刚从这所学校毕业一年，也经常来找好友玩，所以很容易就找到了教室。

但是放眼望去，却并没有看到臧远航的身影，仇恨让他失去了理智，他便一把抓住正在讲课的马克，恶狠狠地说：“快把臧远航给我交出来！”

马克吃了一惊，意识到来者不善，刚想说什么，忽然看到臧远航已经从厕所里出来，正低着头走过来。

臧远航完全没有意识到面前的危险，看到吴俊锋，甚至还像以往那样，惊喜地喊了一声：“俊锋。”边说边加快脚步，想要迎上去。

马克立刻大声喊道：“远航，快跑！”

与此同时，臧远航也已经看出对方来者不善，猛地停住脚步，回过神来，转身就跑！

电光石火之间，吴俊锋也看到了他，抬脚就要去追，却被马克紧紧抱住了！

这个时候，吴俊锋完全没有了原先的谦恭尊重，顾不得对方是自己最尊敬的老师了，便持枪胡乱砸去，想要摆脱他的纠缠！

马克顿感眼冒金星，趔趄了一下倒在地上，不得不松开了手！

吴俊锋立刻向臧远航追去！

就这样，两位曾经的好朋友，一前一后，在大街上拼命奔跑着，吓得行人纷纷躲避。

马克从地上爬起来，赶忙也想要追上去，没想到刚到校门口，就遇到臧家梁和陆文安带着警察局的人飞快地跑进来。

臧家梁看到他，立刻焦急地问：“马克先生，远航呢？”

马克把手往东南方向一指，急急道：“臧远航朝那边跑了，吴俊锋拿枪在后面追呢！”

一行人闻言，连忙追了上去！

第10章　真是欺人太甚

三益甜油坊后院十分宽敞，几百口写着“甜油”字样的瓷缸盘龙附凤，整齐地摆放在院内，院内飞满了蜜蜂和蝴蝶。

徐佩芸吃惊地问：“爸，怎么这么多蜜蜂和蝴蝶？”

徐立春自豪地说：“甜油都是纯粮酿造，油气醇香扑鼻，所以才招来这些蜜蜂、蝴蝶。别看这些蜜蜂、蝴蝶不起眼，有灵性着呢……”

他刚说到这里，忽然客厅传来伙计的高声喊叫：“当家的，当家的……”

徐立春只好和女儿说：“我去去就来，你自己先随便看看吧。”

徐佩芸乖巧地说：“好。”

三益甜油坊外，臧远航早已经跑得快要断气了，回头一看，吴俊锋依然拿着枪跟在后面，紧追不放！

更令他万万没想到的是，就因为这一回头，竟然被路上半截砖头绊倒了！

两人的距离，因此越来越近了！

吴俊锋一边追一边怒喝道：“臧远航，我今天就要你给我哥陪葬！”

话音刚落，抬手就打了一枪！

臧远航连忙朝旁边巷口一闪，子弹擦肩而过！

他慌乱中已经分不清东西南北了，径直就往里面的巷子跑去，但没跑几步就发现，前面竟然是个死胡同，心下当即一惊，猛地回头，却看到和吴俊锋的距离越来越近了，近得可以听到对方“咚咚咚”的脚步声！

好在左边墙上有几缕爬山虎的藤条，他情急之中抓住了，然后使出全身的力气，翻过了墙头，“扑通”一声摔倒在地！

墙外的藤条也应声而断！

恰在这时，吴俊锋追到了墙根，望着断了的藤条，气得连连跺脚，几次试着想要爬上墙头，但均滑了下来，只好沿着墙根，寻找进入院子的大门！

三益甜油坊的后院内，徐佩芸正饶有兴趣地在油缸间穿梭，忽然听到墙边的响动，不由吃了一惊，循声望去，看到一个人正狼狈万分地爬起来，身上还沾满了爬山虎的绿叶！

她以为是贼，便情不自禁发出一声尖叫，然后就想喊人。

没想到对方骤然转身，轻轻“嘘”了一声，示意她不要声张。

徐佩芸这才吃惊地发现，来人竟然是臧远航，便没好气地问：“败家子，你在这里鬼鬼祟祟做什么？”

虽然她的话中有明显的敌意，但这个时候，臧远航没时间和她计较，而是急切地说：“吴俊锋在追杀我，快找个地方让我躲一下。”

徐佩芸想起不久前吴俊旺的死，立刻收敛起情绪，毫不犹豫地指着一只油缸说：“这缸是空的，赶紧跳进去。”

此时，前院已经传来了吴俊锋的怒喝声！

藏远航走投无路之际，便想也不想，迅速跳了进去！

徐佩芸刚把斗笠盖上，吴俊锋就拿着枪冲进了后院！

徐立春惊慌失措地跟在后面，急急地说：“我们这里真的没人进来。”

吴俊锋却理都不理他，发疯一样扑向了满院的甜油缸！

徐立春看着站在空缸边神情有些慌乱的女儿，立刻明白了什么，不禁皱了皱眉头，悄悄吩咐沈掌柜：“快去通知陆市长和臧会长。”

沈掌柜立刻点点头，迅速转身离去。

与此同时，吴俊锋一缸一缸地搜过去，边搜边掀，很快就要搜到了臧远航藏身的甜油缸前！

徐佩芸非常紧张，情急之中，竟然鼓起勇气，走到吴俊锋的面前，拦住他说：“你别掀了！你知道不知道，我们的甜油制作很难的，你掀开哪缸，哪缸味道就不鲜美了。”

吴俊锋举着手枪，恶狠狠地说：“再不走开，休怪我的枪子儿不长眼！”

徐立春赶忙护住女儿，想拖延时间：“小女不懂事，别跟她一般见识。不过俊锋贤侄，再怎么说，你哥有错在先，臧会长纯粹是从窑湾大局考虑，你现在找他儿子报仇，于情于理都说不过去啊。”

吴俊锋却一把推开他，冷冷地说：“走开，别拦我！”边说边向众人挥舞着枪，血红着眼睛，像疯了似的，“谁敢再拦我，我先毙了谁！”

众人一时愣住了，同时停住了脚步！

吴俊锋冷哼一声，便想掀开面前油缸上盖着的大斗笠！

臧远航只好从里面站了起来，急急地说：“俊锋，我们是好朋友啊……”

吴俊锋不由一怔，随即反应过来，恨声道：“好个屁！自从我哥死的那一刻，我们就是仇人了！现在，你以命抵命吧！”

他边说边把枪口对准了臧远航的脑袋！

臧远航自知在劫难逃，只好听天由命地闭上双眼！

说时迟那时快，徐佩芸立刻扑上去，紧紧掣住吴俊锋的手，想要把枪口抬起来！

吴俊锋完全没提防，枪口立刻上扬，“啪”的一声，打死了停在树枝上的一只飞鸟！

他不由大怒，用力将徐佩芸推开！

女人的力气毕竟有限，徐佩芸站立不稳，头就要磕到旁边的缸沿！

臧远航见状，连忙拉住了她！

吴俊锋趁此机会，再次举起了枪，直指臧远航的脑袋！

徐立春和伙计们回过神来，连忙扑上去，紧紧掣住吴俊锋拿枪的手。

所有人都异口同声地："不要啊，不要！"

吴俊锋血红着眼睛，虽然毫不相让，但是毕竟孤掌难鸣，便气急败坏地喊道："你们要是再不松手，我就一枪一个！"

正在双方闹成一片之时，忽听一个冷冷的声音响起来："吴俊锋，你疯够了没有！"

众人回头一看，竟然是陆文安带着姜局长等人赶到了。

吴俊锋见状，也不由一呆！

趁此机会，陆文安一挥手，姜局长等人立刻一拥而上，卸下了吴俊锋的枪。

吴俊锋一边奋力挣扎一边歇斯底里道："我哥只有一个，他还那么年轻，不能白死啊！"

陆文安简直忍无可忍了，怒喝道："你哥没有白死，已经有三十名辫子军伤兵给他陪葬了！那些伤兵，大多数比他更年轻，最小的才十六岁！”

吴俊锋却恶狠狠地瞪着臧远航，一字一顿地说：“就算今天杀不了你，还有明天、后天、大后天……总有一天，我会杀了你！”

他撂下这话，便转身离去！

臧远航望着他决然的背影，仰天长叹道：“天哪，我们两个是好朋友呀，现在怎么会变成仇人了啊！”

陆文安知道，臧吴两家的这个仇，铁定是结下了。

他想了想，不由心生愧疚，当即命令道：“你们立刻通知所有商户，到市礼堂开会！”

众人领命而去。

陆文安对徐立春点点头，两人一边说着话，一边朝前院走去。

一时间，刚才还乱哄哄的后院，立刻就冷清了下来。

臧远航这才回过神来，看了看面前这个勇敢的姑娘，感激地说：“谢谢你救了我。”

徐佩芸却冷冷地回道：“你错了！我救的不是你，而是为了保护窑湾百姓和财产，不顾个人安危，只身到辫子军阵前谈判的臧会长的儿子！”

臧远航尴尬地笑了笑，硬着头皮说：“不管怎么说，我还是要谢谢你，以后再也不叫你母夜叉了。”

徐佩芸立刻笑靥如花：“那好啊，以后我就可以叫你公夜叉了。”

臧远航差点气结！

市礼堂内，陆文安、臧家梁、徐立春、吴俊锋等几百号商人济济一堂。

陆文安开门见山地说："各位，事情的经过，大家都十分清楚，我就不一一赘述了。但我要强调的是，这次窑湾的兵荒之灾，原本由吴俊旺引起，究其原因，是他对钱财太过贪婪，完全丧失了人性，才欠下累累血债，血债血偿，所以他的死，是罪有应得、死不足惜！而让全体窑湾人躲过兵荒之灾的，是商会会长臧家梁。臧会长自始至终，都是从窑湾大局出发，没有掺杂任何私人感情和恩怨。但是现在，吴俊旺之弟吴俊锋却将所有罪过都推到臧会长头上，想让臧会长的儿子臧远航给一个罪人陪葬，这件事，大家认为吴老板做得对吗？"

这一声"吴老板"，虽然也算是敬称，但叫得很是见外。与会的商人，个个都是人精，岂会听不出其中的疏远与冷淡？

因为按理，他是应该叫"俊锋贤侄"的！

闫一认率先鄙视地看着吴俊锋，毫不犹豫地说："不对！臧会长只身和谈，是为了保护我们的生命和财产，吴老板不应该公报私仇，大家说对不对？"

商人们异口同声道："对！"

臧家梁立刻站起来，感动地鞠躬道："谢谢大家，谢谢大家。"

吴俊锋见此情景，虽然内心深处对臧家梁更加仇恨，但是表面上，却只能脸色阴沉地坐在礼堂的一角，紧咬着牙关，一声不吭。

陆文安望了他一眼，便果断拿出一份文件，神情庄严地说：“现在已经是民国了，窑湾是以商代政。为了保持窑湾政治稳定和经济繁荣，并惩恶扬善，以示后人，我与商会代表们紧急碰头，拟定了一份《三百六十余家商户联合声明》。”说到这里，他威严地咳嗽了一声，这才继续道，“此声明全文如下：吴俊旺纠集无知伙计、盐贩子和民众，血洗辫子军伤兵及货船，手段残忍、情节恶劣、血债累累，不但给窑湾名誉造成了不可估量的损失，也给窑湾带来了兵灾，无论是按照民国刑法还是历朝历代律例，吴俊旺都罪该处死。因此，其弟吴俊锋不得再为泄私愤牵连无辜。若臧家梁之子臧远航人身安全受到任何外来威胁，均视为吴俊锋所为，吴俊锋必须承担由此带来的一切责任与后果！并且此后，所有窑湾商人均不得再与吴家进行任何生意往来。自即刻起，本声明生效！”

众商人听到这里，纷纷叫好。

吴俊锋的脸色越来越难看，听到这里，再也忍不住了，一下子跳了起来，咆哮如雷道：“真是欺人太甚了！凭什么‘均视为吴俊锋所为’！要是他臧远航被雷劈死了，我也要承担责任和后果吗？”

话音刚落，会场上立刻炸开了锅。

商人甲用手指指着他说：“怎么这样说话呢？”

商人乙也义愤填膺道：“这话哪里是人说的，简直连畜生都不如！”

其余商人亦纷纷附和，清一色指责吴俊锋：“简直是混账逻辑！”

……

吴俊锋见犯了众怒，担心稍不留神，吴家在窑湾就没有了立足之地，所以只能恨恨地望着臧家梁，不敢再多说一句话了。

陆文安却理都不理他，兀自挥手示意大家：“各位静一静，静一静！这份声明，市政府和商会均已经盖了章，如果大家同意，就请在上面签名盖章吧！”

话音刚落，商人们纷纷站起来，走到台前，轮流在那份声明文件上签名盖章。

臧家梁感动地抱拳作揖道：“谢谢大家，谢谢大家。”

众商人纷纷还礼，几乎众口一词：“这次要不是臧会长出头，窑湾在劫难逃了！”

吴俊锋听了这话，更是气得咬牙切齿、脸红脖子粗的！

陆文安望着签名，满意地点点头，对吴俊锋说：“吴老板如果足够诚意，也请签个名吧。”

商人们纷纷附和道：“对，吴老板，你也签个名吧。”

吴俊锋被大家逼到了墙角，迫于态势，只好强忍着怒气，恨声道：“好，我签！”说完，便粗暴地接过笔，龙飞凤舞地画上了自己的名字，因为用力过猛，落笔处差点被戳透！

但是无论如何，签了就好，所有人都长舒了一口气。

陆文安看了看臧家梁，又看了看吴俊锋，趁机道："古人相逢一笑泯冤仇，今天你们二位，就相逢握手泯冤仇吧。"

臧家梁爽快地伸出去，友好地说："俊锋贤侄，谢谢你既往不咎！"

但是他的宽容和担当，并没有让吴俊锋有所收敛，反而连正眼都不看他，冷哼一声，扬长而去。

臧家梁伸出去的手，就这样僵在空中，好半天都没有收回来！

第11章　编派自己的女儿

与此同时，臧家大院客厅内，臧家人都围坐在一起。

臧远航新换了一套衣服，捧着一杯姜汤，心有余悸地坐在沙发上，一言不发。

臧增福不停地唉声叹气。

曹秀英心疼极了，苦口婆心道：“远航啊，你好歹也喝口姜汤啊，这乍暖还寒的，小心受凉了。”

郭文芳却担忧地说：“姓吴的今天没有得逞，一定不会善罢甘休的，这往后的日子可怎么过啊？”

臧增年愧疚地小声说：“对不起啊，远航，都怪我没有及时通知到你。”

臧家栋却瞪了他一眼，责怪道：“与你有什么关系，这都怨家梁结下这么大的梁子。你们看好了，以后还不定有什么事情发生呢。”

刚从市礼堂回家的臧家梁，正好走到门口听了这话，眉头不由一皱，快步走进客厅。

所有人立刻围了上来，纷纷问：“事情处理得如何了？”

臧家梁摆摆手，故作轻松地说：“你们放心吧，陆市长已经出面摆平这件事了。就算吴俊锋再恨我，他也不会拿自己的身家性命以及吴家在窑湾的两百多年基业做赌注。”

听了这话，所有人都长舒了一口气。

臧远航开心地问：“我就说俊锋不会真的杀我，我们以前是好朋友嘛。他和他哥从小感情就好，只是承受不住打击，一时犯了糊涂罢了。”

臧家梁却眉头一皱，斥责道：“你太天真了！你给我记住，现在的吴俊锋，已经不是你的好朋友，而是仇人了！现在的臧吴两家，也不再是世交，而是仇家了！”

大家也纷纷责怪道：“是啊，远航，你真是太天真了！”

臧远航虽然不想承认这个残酷的事实，但一想到刚才惊险恐怖的一幕幕，还是惭愧地低下了头，郁闷道：“我是太天真了。”

臧家梁这才点点头，旋即又若有所思地说：“不过从吴俊锋今天的表现来看，虽然不敢再要你偿命，但他也绝不会放过我们臧家的。”又转向大侄子说，“远方，从现在起，你帮我盯着他的一举一动，有情况随时告诉我。”

臧远方连连点头：“好的！”

臧家梁刚想回后院，忽然又想到什么："对了，这次多亏了徐家大女儿和三益甜油坊的一众掌柜、伙计，我们得好好感谢感谢他们才是。所谓'受人滴水之恩，必当涌泉相报'！"

臧远航郑重道："我一定谨记爸爸教诲！"

吴家大院客厅内，家具布置得非常传统和简朴，八仙桌上的电话，是唯一的亮点。

此时，吴家人都坐在沙发上，正焦急地等着什么。

不一会儿，吴俊锋就气势汹汹地走进家门。

吴俊莹连忙迎上去，焦急地问："二哥，你怎么才回来，爷爷都担心死了。"

吴俊锋径直走到沙发前，气急败坏道："欺人太甚！真是欺人太甚！"

吴宪生叹了口气道："俊锋啊，听爷爷的话，别再闹了。你哥刚走，你要是再有什么三长两短，我们老吴家，可真的是绝后了啊！"

吴俊莹附和说："是啊，二哥，别再闹了。"

吴光淮也强忍悲痛道："这件事呢，我冷静下来，和你爷爷反复商量过了，我们不能责怪臧家。再怎么说，也是你哥有错在先。"

吴俊锋却语气强硬地说："我哥是错了，但是认真追究起来，要不是臧家栋、臧家梁两兄弟合起伙来出卖了我哥，他也不会死的啊！”

吴光淮眉头不由一皱，有些责怪地望着儿子说：“你这个想法，也有些钻牛角尖了。怎么能怪臧家呢？你要怪就怪我吧。是我不该太节俭了，再加上我觉得‘儿要穷养’，所以你们兄弟二人，自小到大都没有零花钱，甚至我生病后，家里的生意都由你哥接管，我还是把钱管得死死的，他需要多花钱，就只能另想办法，这是被我逼得走上绝路了啊！”说到这里，他剧烈地咳嗽了几声，悔恨得连连捶胸。

窦玉美没好气道：“那照你这样说，俊旺就白死了？”

吴光淮呵斥说：“妇道人家，头发长见识短，你懂什么？”

窦玉美怒道：“你要是真懂的话，就不会讲什么‘儿要穷养’，逼俊旺铤而走险了！”说完，便伤心地哭起来，“我可怜的儿子啊，你死得好惨……”

吴俊锋安慰母亲说：“妈，你放心！我哥从小就疼我，我绝不会让他白死的！”

窦玉美这才释然，抹着眼泪道：“这才是我的好儿子，你哥生前没有白疼你啊。”

吴光淮不由苦笑一声，提醒说：“可是你们别忘了，吴家的生意，也要通过码头，才能运往天南地北的。你如果与臧家为敌，他们不接我们生意，那麻烦就大了！”

吴俊锋却胸有成竹道：“这个事情，我早就想好了。你放心吧，我不会直接与臧家对着干，但是自然会有人替我出面的！”

吴光淮见儿子如此固执，只好无奈地问：“你到底想要怎样啊？”

吴俊锋掷地有声地说：“既然不能让臧远航给我哥陪葬，那我就搞垮码头，让臧家倾家荡产，让他们流落街头，个个生不如死！！”说完，摔门而去！

吴宪生不由仰天长叹道：“造孽啊，真是造孽！”

徐家大院客厅内，徐立春和三个孩子正在吃饭。

柳兰香甩着手帕走进来，斜了徐佩芸一眼，一副似笑非笑的样子。

徐立春关切地问：“你去哪儿了，怎么现在才回来？”

徐佩芸站起身来，温顺地说：“妈，给你留了饭，我去给你端来。”

柳兰香没好气道：“别忙活了，我吃过了。”

徐立春不满地问：“你又去打牌了？”

柳兰香阴阳怪气地说：“我就打牌怎么啦？打牌总比勾搭野汉子强。”

徐立春眉头一皱道：“你什么意思？谁勾搭野汉子了？”

柳兰香却瞪了大女儿一眼，撇了撇嘴说：“问你的好女儿呗。”

徐立春将碗“砰”地往桌上一放，怒声道：“佩芸她一个没出阁的大姑娘，没根没据的事，你这个当妈的，怎么把话说得那么难听！”

柳兰香却把头一拧，不服气地说：“我才没有胡说呢。我刚才打牌时，听窦玉美说了，之前臧远航就是被佩芸藏在甜油缸中，才躲过了俊锋的枪子儿。他们两个要是没一腿，姓臧的凭什么躲到那里，不躲到别处去？”

徐佩芸气得不行，但仍然紧握着拳头，压抑着怒火。

好在徐立春并没有听信妻子的话，而是呵斥道：“你糊涂啊你！窦玉美的话你也能信！她是吴俊旺和吴俊锋的娘，为人一向尖酸刻薄，嘴里能说出什么好话来！那天吴俊锋像只疯狗似的，拿着枪到处追臧远航，是我、佩芸和一众伙计拦住他的，怎么变成佩芸勾搭野汉子了！佩芸和涟泰虽然没有婚帖，但这桩婚事是两家默认了的。如果这些流言蜚语传到赵家人耳朵里，像什么话！连带我们苏镇扬会馆和江西会馆，都会生出嫌隙的。”

柳兰香自觉气短，但还是嘴硬地说：“好了，好了，就当我什么都没说好吧。”

徐立春并没有善罢甘休，而是教训道：“佩芸是我们的女儿，就算外人胡说，你身为母亲，也应该解释才对，怎么可以跟着外人，一起编派自己的女儿呢？”

徐佩芸看到父亲为自己说话，很是感动。长久以来，她之所以面对继母的苛刻而委屈自己，也是不想让父母因为自己而争吵，影响家庭的和睦和弟妹的幸福。

想到这里，她便宽容一笑说：“爸，算了，那些话又不是妈说的，再说她也是为我好。”

柳兰香立刻眉开眼笑道：“是啊，是啊，你看佩芸都不计较了，你还计较什么？”

徐立春恨铁不成钢地瞪了她一眼，警告说：“不许再有下次了！”

徐佩萍疑惑地问：“姐姐，我记得那次臧远航把我撞倒，你们两个吵得很凶，他还骂你是母夜叉呢，你怎么还帮他？”

徐佩芸严肃地说：“佩萍，不是你想的那样。我帮的是为窑湾免去兵灾的臧会长的儿子，而不是去帮臧远航这个人。”

柳兰香忍不住一甩手帕，撇撇嘴接话道：“这有什么区别吗？”

徐立春狠狠瞪了妻子一眼，责怪地说：“你看你，又来了！”

柳兰香讪笑道：“好了，误会解除了，吃饭吧，都吃饭吧。”

话音刚落，却看到刘妈走进来，身后跟着提着大包小包礼品的臧远航。

徐家人一见，全都愣住了！

第12章　四箱大洋

臧远航刚一进门，就讨好地说：“大叔、大婶、佩芸、佩萍、佩剑，你们都在啊。”

柳兰香嘿嘿一笑，不怀好意地望了望徐立春。

徐佩芸的脸立刻涨得通红，没好气地质问道：“你来我家做什么？”

臧远航将礼品放在桌上，一改两人之前的敌对状态，友好地说：“我来谢谢你啊，前几天要不是你让我跳进甜油缸里，我早就去见阎王爷了。”

柳兰香又似笑非笑地望着徐立春。

在她看来，臧远航的到来，结合徐立春刚才的那番话，简直就是赤裸裸的打脸啊。

徐佩芸也感觉这太讽刺了，不由恼羞成怒！

只见她霍地站起来，将礼物扔出门外，怒声道：“出去，我再也不要见到你！”

这一切发生得太快太突然了，臧远航立刻就蒙住了！

然后，他一头雾水地问：“怎么回事？这次我可没骑自行车，更没撞倒你妹啊？”

徐立春叹了口气，只好说：“远航啊，你也别太在意，只是现在外面流言蜚语很多，你以后还是不要来我家为好！”

臧远航茫然道：“可是我好像并没做错什么，再说我是表示感谢的，为什么不能来？”

柳兰香阴阳怪气地说：“你还没做错什么啊？本身你站在这里就是个错！”

臧远航越发摸不着头脑了，但是见此情景，也只能尴尬道：“那好吧，我走就是了！”边说边转头朝院外走去。

徐佩芸竟然提着礼物追出来，没好气地说：“把你的东西拿走，别让我再看到你！”

话音未落，就将礼物扔出门外，然后“砰”的一声关上了门。

臧远航捡起礼物，气急败坏道：“说翻脸就翻脸，还真是个母夜叉。”

吴俊锋一边走一边苦思冥想着，能有什么两全其美的好办法呢，既可以把臧家打垮，又不影响吴家的生意。

想着想着，他便信步走进了吴家烟丝店。

没想到刚一进门，就看到崔玉存和一个身着黄色洋装的年轻姑娘正在争吵着什么。姑娘长得很漂亮，特别显眼的是，左边眉梢里，有一颗绿豆粒大的黑痣。

吴俊锋眉头不由一皱，立刻走过去问：“怎么了？”

崔玉存还没来得及说话，那个漂亮的姑娘就抢先一步，急急道：“老板，我是刘莉莉，崔经理说要解雇我。”

吴俊锋不满地问：“我不是和你说过了，烟丝店的人事架构，一律照旧的吗？”

崔玉存为难地说：“可她是大老板生前新招的秘……秘书，现在大老板走了，她没事可做了呀。”

刘莉莉立刻道：“谁说我没事可做的，我可以给客人倒茶、陪客人说话，还可以……”

崔玉存打断她的话，毫不客气地说：“这些事情，随便一个伙计都能做的嘛，何必要高薪聘用你？”

刘莉莉很不服气道：“伙计能和我比吗？我可是正规大学毕业的，再说了，我……”

吴俊锋听到这里，立刻就明白了什么。自己哥哥生前，虽然并没有结婚，但也是个拈花惹草的主。现在哥哥已经走了，按理说，留下她已经没有什么意义了。

但是念在哥哥的情分上，他还是无奈地说：“好了，不用吵了，以后你去盐行上班，给我做秘书吧。”

刘莉莉闻言，立刻笑靥如花，深深鞠了一躬道：“谢谢老板！”

崔玉存苦笑了一下，这才想起什么，连忙问：“二老板，不，老板，请问有什么事情需要吩咐吗？”

吴俊锋摇摇头：“你忙你的，我只是想随便看看。”

崔玉存见他面如寒霜，便不敢再言语了。

吴俊锋来到哥哥生前的办公室，只见里面空荡荡的。

他伸手一摸，桌子上竟然是一层厚厚的灰尘，不由得就红了眼圈，伤感地坐在老板椅上，想起最后一次见到哥哥的情景，便试着摆出了同样的姿势，跷起二郎腿放在了桌子上，并下意识地拉开了抽屉。

立刻，就看到一沓厚厚的银票，静静地躺在那儿。

他惊讶地拿起银票，就看到“裕兴隆”“宝通成”“昌胜”等钱庄的名字，双眼不由一亮，心里顿时有了主意！

于是，他揣着银票，站起身来，“噔噔噔”就下了楼。

崔玉存连忙道：“老板慢走。”

吴俊锋急急地说：“这里有掌柜的，也没有什么事情需要你做的，以后你就做我助手吧，先跟我一起去裕兴隆钱庄，我要见闫一认！”

崔玉存连连点头：“好！”

窑湾的商人，绝大部分是明末政治移民的后代，还有少部分人是山西移民的后代，即在康熙年间，政府在当地施行“圈田令”，将地主土地强行夺去，然后把人赶到地震灾区。

其中有一些山西商人，就到了窑湾，他们看到古槐和关帝庙，就想起家乡，于是就在此住了下来，并集资修建了山西会馆。

山西会馆具备了汉族传统民居建筑的重要特点，即坐北朝南，注重内采光，用木梁承重，以砖、石、土砌护墙，把堂屋作为中心，除了雕梁画栋，屋顶和檐口等处，也都有各种花纹装饰。

山西会馆的商人，主要经营钱庄，其主事闫一认经营的裕兴隆，就是窑湾最大的钱庄，位于山西会馆对面。

这天，他查了半天的账本，已经很累了，便揉了揉太阳穴。

正在这时，伙计进来通报道：“老板，吴家大院吴俊锋老板求见。”

闫一认厌恶地说：“他和他哥一样，也是个心狠手辣的主，在窑湾名声都臭了，我们还是离他远一点吧，就说我不在。”

没想到，话音刚落，吴俊锋就走了进来。

他扬了扬手中的银票，皮笑肉不笑道：“闫老板，我哥可是在你这里存了整整十万呢，这人虽然走了，茶还没凉啊。”

闫一认不卑不亢地说：“吴老板多虑了。我们裕兴隆也是老字号了，在这十里八乡的商誉，都是响当当的。只要你有字据，我们连一文钱都不会少的。”说到这里，忽然想起什么，试探地问：“那现在，你要取出来吗？”

吴俊锋脸色这才缓和下来，不置可否道：“我要不要取出来，还得看闫老板你的表现了。”

闫一认眉头一皱，疑惑地问：“我的表现？我什么表现？”

吴俊锋干脆地说：“闫老板也是个明白人，那我就打开窗户说亮话吧，我听说臧家在你这里抵押贷款了，请你马上向他们催债！”

闫一认不由一愣，随即果断拒绝道：“这绝对不行！臧家确实在我这里抵押贷款，但是，合同还有七个月才能到期。现在催债，算是毁约，是要赔钱的。”

吴俊锋爽快地说：“赔多少钱，都由我出！”

闫一认仍然坚决摇头：“这不仅是钱的问题，主要是有损我们钱庄的商誉，也违背我闫某人做人的良知和底线！”

吴俊锋见他油盐不进，便有些恼羞成怒了：“闫老板，如果我没记错的话，除了我哥的十万，我们吴家烟丝店、盐行等多项生意加起来，在你们裕兴隆总也存了有三十万了吧，要是全部取出来，裕兴隆就算不倒，也会元气大伤了吧。你要是不催债，我就要一并取出来了！”

闫一认脸色不由一黯，但还是冷笑一声，果断地说：“好！”然后转头命令道：“去，陈掌柜，将吴俊旺和吴家大院存在钱庄的四十万，全部取出来，一分都不许少！”

陈掌柜有些犹豫，提醒道：“这，老板……四十万可不是小数目啊……”

闫一认昂然地说：“四十万虽然不是小数目，可是和我裕兴隆的商誉以及闫某人的人格比起来，一文不值！”然后又命令道，“还不快去！”

陈掌柜无法，只好赶紧去了账房。不一会儿，伙计们就抬出了四个箱子。

闫一认指着箱子，淡然道：“吴老板，整整四十万，请查收。”

吴俊锋其实并没有真的要取钱，只是想吓唬一下他，逼其向臧家催债。万万没想到，事情竟然演变到了这一步。

他不由恼羞成怒，咬牙切齿地说：“好，闫老板，既然你无情，就别怪我无义了，有你后悔的那一天！”

闫一认轻蔑道：“我闫某人从不做亏心事，也绝不会后悔！”然后从容不迫地端起了茶杯，再也不看他一眼！

陈掌柜正窝着一肚子火，故意高声喊：“送客！”

吴俊锋见事已至此，只好指挥崔玉存等人，抬了四箱大洋，气急败坏地离开！

闫一认看到他们远去，刚才悠然的脸色，一下子变得难看了起来，不由放下茶杯，重重地叹了一口气。

陈掌柜担忧道：“这一下子就没了四十万，我们可是元气大伤啊。”

闫一认故作镇静地说：“裕兴隆在此经营了一百多年，没有那么容易倒的！”然后想了想又说，“这件事一定要严密封锁消息，不能让任何人知道。否则，引起挤兑就麻烦了。”

但是事情的发展，往往出乎意料！

虽然吴俊锋取钱的事情被隐瞒了下来，但裕兴隆快要倒闭的消息，却像长了翅膀一样，很快传遍了窑湾以及周边地区，一时间前来取钱的人，简直是络绎不绝。

好在闫一认早有准备，表面上勉强应付了下去，但是经此一劫，裕兴隆作为窑湾实力最强的钱庄，算是元气大伤了！

一时间，其余的十二家钱庄，个个人心惶惶。

第13章　做梦去吧

裕兴隆快要倒闭的消息，当然是吴俊锋派人传播的，所以他眼见时机成熟，又派人打探好了其余钱庄的经营状况，这才信心百倍地走进了宝通成。

此时，宝通成柜台前冷冷清清的。

老板王志信见状，更是忧心忡忡，一边翻看账本，一边问：“现在我们总共还有余款多少？”

唐掌柜小心翼翼地说：“还有不到十万。”

王志信脸色不由一变，张了张嘴，似乎想要说什么！

正在这时，外面忽然传来伙计的通报：“吴家大院吴老板求见。”

唐掌柜脱口而出：“他不是来取钱的吧？”

王志信闻言，面色不由一凛！

虽然他原本情绪不高，但还是强打精神迎上来，故作热情地说："不知吴老板驾到，有失远迎啊，恕罪，恕罪！"

有了裕兴隆的铺垫，吴俊锋也就不绕弯子了。

于是，他似笑非笑道："听说王老板最近生意不太景气，所以特来慰问。"

王志信听了这话，深深地叹了一口气说："不瞒吴老板说，确是如此，都怪王某无能啊。"

吴俊锋却正色道："这怎么能怪你呢？要怪都怪那个臧家梁，一定要与辫子军讲和，结果好了，总共集资了六十万，听说至少有二十万是从宝通成取出去的，可有此事？"

王志信点点头，但还是有些自责地说："此事不假！上次集资的六十万里，确实有将近二十万是宝通成的。此事虽然间接由臧家梁引起，但都是那些商户的个人行为，他事先也并不知道会引起这样的结果。"说到这里，忽然想起什么，非常担忧地问，"怎么，连这些你都知道了？"

吴俊锋微微一笑，并没有正面回答，而是单刀直入道："除此之外，我还知道，我哥生前在你们宝通成存了二十万，我们吴家烟丝店、盐行等多项生意加起来，在宝通成存了也有十万，加起来总共有三十万了吧，要是我全部取出来的话……"

王志信听了这话，额头立刻就冒出了冷汗来！

于是，他眼珠一转，连忙赔笑说："吴老板有什么事情，尽管吩咐王某就是了！"

吴俊锋干脆地说：“看来王老板也是个明白人，既然我们共同的仇人都是臧家梁，据说他也在你这里抵押贷款了，那我就打开窗户说亮话吧，要想让我不取出来存款也可以，请你马上向臧家催债！”

王志信不由一愣，随即弱弱道：“臧家确实在我这里抵押贷款了，但是，合同还有九个月才能到期呢……”

吴俊锋毫不客气地打断他的话，态度强硬地说：“对了，除了我刚才说的三十万，还有我们各大店铺的伙计以及吴家大院的用人，他们在你们这里存的钱加起来，也有不少吧？要是这些钱也一起取出来的话，那么挤兑就是在所难免的，聪明如王老板，应该不想步裕兴隆的后尘吧。更何况，宝通成可不如裕兴隆家大业大啊。”

王志信听了这话，立刻明白了裕兴隆的现状与面前这个人的关系！

顿时，他额头上的冷汗就下来了，结结巴巴道：“这、这、这，恐怕一时凑不出这么多啊……”

吴俊锋这才笑眯眯地说：“好说！只要你马上向臧家催债，这三十万我就一直存着，并且，我再存十万进来，趁裕兴隆自顾不暇之机，说不定可以让你现在冷清的生意，变得好起来呢，不知王老板意下如何？”

王志信眼睛一亮，迅速衡量了一下眼前的局势。

他手头余款连十万都不到，倘若自己不合作，对方真的取走三十多万，那么不但宝通成肯定倒闭，自己也会倾家荡产，被千夫所指！

可是如果自己合作，不但可解眼前的困境，还多了十万进账，何乐而不为呢？

想到这里，他把憋在心里多日的怨气，索性都发泄了出来："'我不杀伯仁，伯仁却因我而死。'臧家梁坑我在先，就别怪我无情无义了！"

吴俊锋立刻把大拇指一竖，称赞道："有仇报仇，有怨报怨！王老板真是好血性！"

王志信只能尴尬一笑，虽然他知道臧家梁本意并不是想坑自己，但在宝通成生死存亡的关头，除了和面前这个人站在一条阵线上，自己已经没有任何退路了！

他想到这里，便咬了咬牙说："那么，你需要我做什么？"

吴俊锋诡秘一笑，不自觉地压低了声音道："听说你在扬州，有一个仁兄弟，现在已经是……"

王志信不由一怔，随即无奈地点了点头。

两人又密谋了好一会儿，吴俊锋这才笑眯眯地起身告辞，然后踌躇满志地走出宝通成，径直朝大街上走去。

崔玉存跟在他后面，疑惑地问："老板，我们还要到哪里去？"

吴俊锋胸有成竹地说："去昌胜，去三晋源，总之只要和臧家有借贷来往的，我全部都要拿下！”

运河码头管理处大办公室，职员们正在井然有序地工作着。

臧家梁带着郑一飞，心事重重地走进来。

职员们立刻恭敬地站起来，打着招呼：“老板早安！”

臧家梁敷衍地说：“大家早安。”

没想到他们刚走到总经理办公室门口，就看到臧远方急急慌慌地迎上来说：“三叔，我正有事找你！”

臧家梁立刻问：“是不是吴俊锋那边有什么动静了？”

臧远方摇摇头：“暂时还没有，不过这段时间，他先后去了裕兴隆和宝通成，今天又从昌胜出来，并且刚又进了三晋源。”

臧家梁脸色一变：“裕兴隆、宝通成、昌胜和三晋源，这几家都与我们有或多或少的借贷。裕兴隆口碑一直很好，实力也非常强大，前段时间被挤兑，就有些莫名其妙。”沉吟片刻，便命令道，“现在吴俊锋又频繁出入其他钱庄，看来是准备对付我们了。你马上通知全体高层管理人员，我要开一个会！”

臧远方和郑一飞连忙答道：“是。”

运河码头会议室，码头的高层管理人员陆续走进来。

臧家梁坐在会议桌一头，看上去十分忧心。

臧家栋、臧增年、臧远茹坐在一边。臧远方、臧远胜、郑一飞坐在另一边。

臧家梁威严地扫了众人一眼，开门见山地问："现在吴俊锋频繁拜访与我们有借贷关系的几家钱庄，对于这件事，大家都有什么主意？"

臧远茹疑惑地说："三叔，你是不是认为他在背后做手脚？"

臧家梁严肃地说："对！虽然上次陆市长他们签了声明，只能表明远航的生命安全暂时没有问题，但是从吴俊锋那天的表现来看，简直像疯了一样。所以，他绝对不会轻易放过我们臧家的。现在，他没有办法一命偿一命，就一定会从钱财上找我们麻烦。这几天，他已经先后拜访了与我们有借贷业务的几个钱庄，看来是准备在钱上和我们为难了。"

听了这话，所有人都沉默了下来。

臧增年率先发表意见："我赞成！自从辫子军围城过后，我一直都很担心啊。担心得白天吃不下饭，夜里睡不着觉，我……"

臧家梁毫不客气地打断他的话，不耐烦地说："好了，好了，我不想听你啰里啰唆的，像老太婆的裹脚布似的没完没了，却又没一句说到点子上。"

臧增年翻了翻白眼，只好郁闷地闭了嘴。

臧家梁望向大侄子问："远方，你有什么意见？"

臧远方想了想道："我们码头这几年发展得很快，欠着钱庄不少贷款……"

臧家梁不满地说："我是问你的主意，不是让你鹦鹉学舌的！"

臧远方张了张嘴，还是委屈地闭上了。

臧家梁又把目光扫向其余两个人问："远胜、一飞，你们两个有什么看法？"

臧远胜正在想着晚上吃什么，听到自己被点名了，才像刚惊醒似的说："啊？我？"

郑一飞则嗫嚅道："真要让还钱的话，那就还呗。"

臧家梁瞪了他们一眼，不耐烦地说："好了，既然大家都说不出好主意，那我就说了。为了防止钱庄催债，我决定退掉上海耶松船厂订造的那艘新船，大家有什么意见吗？"

听了这话，一直没说话的臧家栋却坚决反对道："我意见大了去了！现在退掉的话，之前付的订金就没有了，那么多的钱啊，就等于在大运河里打了个水漂，连个响都没听到啊，太不值得了！"

臧家梁没好气地说："那你有没有想过，要是我们不退订，还要支付更大的一笔钱。如此一来，就更难还上钱庄的贷款了。到时候，运河码头就得改姓吴了。如果只是失去一艘新船的订金，就可以保住码头的话，我认为非常值得！"

臧家栋却不以为然道："要我说这件事，还是你太杞人忧天了。我记得，我们所有的贷款，最少七个月才能到期。在合约期内，钱庄没有毁约的道理。要是毁约，他们要赔钱的！更何况，那些钱庄的老板，一个个都精得像猴似的，单凭吴俊锋一个毛头小子，能支使得了他们？做梦去吧。”

臧家梁愠怒地说：“你到底有没有脑子？吴家有的是钱，甚至多到可以轻松买下那几个钱庄！所以只要吴俊锋想搞垮我们，他是不会在意赔那点钱的！”

臧家栋反唇相讥道：“你冲我发什么脾气？早知今日，何必当初？”

臧家梁强压着怒火，故意冷冷地问：“当初怎么啦？”

臧家栋迎着他的目光，毫不示弱地说：“你要是早知道自己不是吴家的对手，当初就不该得罪他们！”

臧家梁再也忍不住了，猛地站起来，直视着二哥，一字一顿道：“如果我不得罪吴家，你早就被吴俊旺灭口了，你知道不知道？”

听了这话，臧家栋的脸色立刻涨得通红，张了张嘴，却半天说不出一句话来。

臧家梁再不理他，命令说：“远方，你立刻打电报到上海，请他们不要再造了，订金我们宁愿不要了。”

臧远方连忙站起身来：“好，我马上就去。”

臧家梁挑战性地看了二哥一眼，冷哼一声，拂袖而去。

臧家栋恼羞成怒地一拍桌子，用手指着三弟的背影，示意在座的各位：“你们看，你们看，没大没小的，他眼里还有我这个二哥吗？商会会长了不起吗？码头当家了不起吗？”

臧远胜不服气地说：“爸，三叔就是很了不起呢，现在很多人都夸他保住了整个窑湾。”

臧家栋拿手中的文件狠狠抽了儿子一下，恨铁不成钢道：“不知好歹的臭小子，我还不是为了你！”

臧远茹不满地说：“爸，这些话你刚才怎么不早说，现在三叔走了，你才想起来说？”

臧家栋“啪”地一拍桌子，呵斥道：“怎么？连你个臭丫头也看不起我了吗？你怎么事事都向着外人，你到底是叫我爸还是叫他爸？”

臧远茹委屈地说：“当然是叫你爸了。”

臧家栋冷哼一声：“你还知道你是叫我爸？你什么时候用这种口气说过你三叔？要是当初我做了码头当家，你还敢这样跟我说话吗？”

臧远茹立刻红了眼圈，默默转身走开了。

郑一飞连忙说：“我也要去做事了。”

臧增年见状，也想跟着出去。

臧家栋却拉住他说：“四叔，你评评理，是不是他们这些人，全都合起伙欺负我？”

臧增年和稀泥道：“哎呀，这些人哪，就是这个样子啊，你大人大量，别理他们就是了。”

第14章　留下买路钱

三益甜油坊后院，徐佩芸闷闷不乐地站在甜油缸前，有一搭没一搭地翻着面酱。

徐立春走过来看到了，连忙夺过木锹，心疼地说：“佩芸，这些事有伙计的嘛，怎么需要你做！我已经和沈掌柜说好了，以后你跟着他学习进货出货就行了。”

徐佩芸勉强笑笑道：“好的，爸。”

徐立春劝慰说：“佩芸，我知道你心里不太舒服。刚才我遇到你赵大，他肯定也听到什么风言风语了。”

徐佩芸紧张地问：“赵大怎么说？”

徐立春鼓励道：“你不用担心，你赵大是个明事理的人。他和我说，佩芸做得对，上次要不是臧会长，搞不好张大帅就要和窑湾开战了，纵然窑湾的奇门遁甲八卦阵很厉害，但是也很难抵挡人家的三万正规军。就算我们人能幸存下来，估计窑湾城内外也给毁得差不多了。说到底，是臧会长为窑湾、为我们每个人免去了一场血光之灾。所以他为此得罪了臧家，吴俊锋要杀他儿子，我们每一个窑湾人，都不应该见死不救！”

徐佩芸惊喜地睁大眼睛，感动地说：“赵大真是这样说的？”

徐立春点点头：“一字不差！”

徐佩芸刚才还紧皱的眉头，立刻就舒展开来了。

正在这时，沈掌柜慌慌忙忙走过来，连声喊道：“老板，老板。”

徐立春连忙迎上去问：“沈掌柜，什么事？”

沈掌柜焦急地说：“中宁街一家杂货店，急需要两桶甜油。可是今天伙计们都忙，调不开人，你看怎么办？”

徐立春摊摊手，无奈道：“还能怎么办，只好等伙计们忙完手中的事情再说了。”

沈掌柜着急地说：“可是，杂货店也急着要啊。”

徐立春只好道：“再去催催伙计们吧，实在不行，我亲自去送！”

徐佩芸心疼地望着父亲，果断地说：“我去送！”

徐立春立刻劝阻她：“你一个姑娘，哪里能干这些粗重活？等会儿伙计们回来了，再送也不迟。大不了这笔钱我们不赚了。”

话音未落，徐佩芸已经快步走到前院，挑起两桶甜油，歪歪斜斜地上了路。

挑水劈柴这些粗重活计，她在家可是没少干，只是父亲不知道而已。

虽然她的脚步非常平稳，但是作为父亲的徐立春，到底还是有些不放心。

他追出门去，又叮嘱道："小心啊，别滑倒了。"

徐佩芸回头一笑："爸，你就放心吧，我能行！"

中宁街上，臧远航穿着雪白的上衣，正和臧远胜在街上溜达。

堂兄弟俩有说有笑，很快来到一家卖手电筒的店铺前。

臧远胜拿起一个手电筒，称赞说："喂，这个手电筒，可比上次我们买的那种亮多了。"

臧远航有气无力道："再亮也比不上四爷爷的脑门亮哦。"

臧远胜放下手电筒，勾住他的肩，神秘地说："最近你总是心神不定的，是不是喜欢上了哪家姑娘了，说出来我帮你参考参考。你二哥我别的不行，这点本事还是有的。"

臧远航郁闷地说："还不是因为那个母夜叉。"

臧远胜不明就里，惊讶地问："你口味真重，竟然喜欢母夜叉？"

臧远航瞪了他一眼，没好气地说："我才不想做公夜叉呢。我说的母夜叉，是指三益甜油坊的徐佩芸。"

臧远胜立刻兴致勃勃道："她啊，我见过的，长得倒是不错。

你和她要是有什么过节的话，我倒可以帮你出出气。”

臧远航委屈地说：“是这样，上次俊锋要杀我时，她也算救我一命，我爸就让我送礼物去谢谢她。我也是真心想谢她，没想到啊，她不但不感激，还把我的礼物全扔出去了，把我痛骂了一顿。你说我什么时候受过这个窝囊气，这几天，我是越想越气！”

臧远胜刚想要劝慰他，忽然一抬头，正好看到徐佩芸正吃力地挑着两桶甜油，歪歪斜斜地躲避着街上的行人。

他双眼一亮，当即示意道：“哎，你看那是谁来了？”

臧远航抬头一看，立刻和二哥同时不怀好意地笑起来。

臧远胜附在他耳边，小声说：“你按我说的做，对付女孩子，我最拿手了！”

此时，徐佩芸第一次挑这么重的两大桶甜油，一心想要保持两桶甜油的平衡，根本无暇顾及行人。

正担心间，忽然就感到一个黑影，生生地拦住了去路！

她下意识地猛一抬头，就看到臧远航正手插裤袋，笑眯眯地站在自己面前。

她被肩上的扁担压得痛苦，便没好气地说：“好狗不拦路！”

臧远航学着江湖人物的口吻，故作凶恶道：“此树是我栽，此路是我开；欲从此路过，留下买路钱。”

徐佩芸知道他是找事来了，便毫不示弱地说：“光天化日之下，难道你还想打劫不成？”

臧远航挑衅地望着她，毫不掩饰地讥刺道："你想得美啊，无财无色，就算有人想劫，都困难重重啊。"

徐佩芸正累得不行，又被他这么一气，委屈得几乎要哭出声来："我没闲心跟你耍嘴皮子，快让开！"

臧远航撇撇嘴道："我就不让，你能怎么着我？"

徐佩芸瞪了他一眼，转身回头，想走另一条路。没想到刚一转身，就看到臧远胜已经笑眯眯地拦住了去路。

徐佩芸气呼呼地问："你又想怎么样？"

臧远胜吊儿郎当地说："当然是替我弟弟收买路钱喽。"

徐佩芸不由仰天长叹，带着哭声喊道："我今天真是倒了大霉了，怎么遇到你们这两个败家子！"

臧远航得意地说："喂，二哥，你怎么把母夜叉惹哭了，小心公夜叉来找你算账哦，快哄哄她吧。"

臧远胜连连摆手："我没那个闲心，还是你哄吧。"

臧远航勉为其难地说："好吧，就当我做好事了。"边说边笑眯眯地往前走来。

徐佩芸气得脸都青了，索性将甜油桶放在地上。

然后她猛地转身，拿起扁担愤怒道："臧远航，你真是欺人太甚了！今天不教训教训你，还真辱没了我'母夜叉'的名头！"

徐佩芸放桶、转身、拿扁担、说话的动作，简直是一气呵成！

等到毫无提防的臧远航回过神来，已经收不住脚步了，瞬间就被甜油桶绊了个狗吃屎。

与此同时，甜油桶也倒了，“哗啦啦”倒了他一头一脸一身的褐色甜油。

他下意识地发出一声惨叫：“救命啊，快救命啊。”但是抱着头，甜油就流到衣袖上了；抱着衣袖，甜油又流到裤子上了。

一时间，他手忙脚乱，简直不知道是先顾头，还是先顾脚了。

徐佩芸看到他狼狈的样子，立刻拿起扁担，开心地哈哈大笑起来。

她边笑边说：“本想给你个小小的教训，你怎么就把甜油桶给撞开了，咯咯，咯咯咯！”

臧远航因为眼睛被甜油遮住了，便用手胡乱地去摸脸，没想到越抹，脸上的甜油就越多了。

臧远胜简直毫无立场，看到堂弟如此狼狈，竟然也跟着哈哈大笑起来。

他边笑还边嘲弄道：“顾头不顾腚，哈哈，顾头不顾腚。”

臧远航想要爬起来，无奈地上浸满了甜油，很滑，他慌乱之中，竟然抓住了扁担的另一头。

没想到徐佩芸就势一撬，扁担竟然挑开了他的裤腰带。

于是，徐佩芸和臧远胜笑得更加大声了。

臧远航意识到大事不好，低头看到裤子开了，吓得赶忙提着裤子落荒而逃！

臧远胜立刻追了上去，还边追边放声大笑：“风紧，我也扯呼了！母夜叉真是太厉害了，哈哈哈！”

徐佩芸望着他俩的背影，不由笑弯了腰，在后面大声喊道：“两个败家子，别让我再看到你们！”说完，便收拾起扁担，想要重新挑起甜油桶。

没想到猛一转身，才发现吴俊锋正怔怔地望向这边！

徐佩芸有些尴尬，便恼羞成怒地说：“看什么看？小心看到眼里拔不出来！”

吴俊锋不禁竖起了大拇指，由衷地称赞道：“佩芸，你真是个聪明又勇敢的好姑娘！”

徐佩芸对他完全没有好感，便翻了翻白眼说：“好不好关你鬼事！”说完，便捡起扁担，挑起只剩半桶的甜油，转身就走。

直到她的身影消失在街的尽头，吴俊锋还傻傻地站在原地，一脸的若有所思！

第15章　有冤报冤有仇报仇

臧家大院，郭文芳正在吩咐女佣：“张嫂，今晚做个锅烤鱼炒辣椒吧，三老爷想吃了。”

张嫂还没来得及答应，郭文芳就看到儿子狼狈地跑进门，浑身上下到处都沾满了棕褐色的东西，连头脸都没能幸免。

郭文芳不由吃了一惊，连忙迎上去问：“怎么回事？”忽然用手扇了扇鼻子问，“你身上怎么一股子甜油味？”

臧远航恼羞成怒道：“今天真是倒了大霉了！我刚走到街上，就遇到那个徐佩芸，挑着两桶甜油，不会挑就别挑嘛，结果洒了我一身。”他故意隐去了自己挑事的环节。

郭文芳不由皱眉：“徐佩芸到底也是大户人家的小姐，怎么能让她去挑甜油桶呢？看来，柳兰香的脾气还是没有改。”

臧远航闻言，立刻惊讶地问：“妈，你和柳兰香很熟吗？”

郭文芳不屑地说：“何止熟悉，我们在娘家时，曾经还是好姐妹呢。年轻时，她生得漂亮，心性也高，只是后来，她变得好赌，又嫁到徐家做了填房，脾气也越来越暴躁，我们才渐渐疏远了。常言道，‘有其母必有其女’，徐家的两个姑娘，你还是少接触为好！”

臧远航不以为意道：“可是我听说，徐佩芸并不是她亲生的女儿。”

郭文芳瞪了儿子一眼，没好气地说：“我不管，反正名义上喊她妈！虽然佩芸救了你，但是到此为止吧。以后，我不想再和柳兰香扯上半点关系！”

臧远航自言自语道：“可是今天受了这么大的羞辱，我一定不会放过徐佩芸的！”

郭文芳疑惑地问：“你说什么？”

臧远航连忙掩饰道：“哦，没、没说什么。”

傍晚时分，臧家大院客厅内，一大家人坐在饭桌前。

因为臧家梁的脸色一直不好，所以也没人敢出声，只是默默地吃着饭。

郭文芳看到丈夫吃得极少，便拿起一块煎饼，卷上了菜递过去说：“你再吃一块吧，我专门让张嫂给你做的锅烤鱼炒辣椒。”

臧家梁将煎饼挡了回去，意兴阑珊道：“我没有胃口，你自己吃吧。”

臧家栋却卷起一块煎饼，夹了好大一筷子菜放进去，一边嘶嘶啦啦地嚼着，一边夸张地说："软软和和的煎饼卷锅烤鱼炒辣椒，给个神仙都不换哦！"

臧家梁望着他无事一身轻的样子，心里极不舒服，索性放下碗筷，严肃地说："明天是吴俊旺七七，按照规矩，吴俊锋会到北城门为他哥哥招魂。我们臧家老老小小都要黑衣黑裤出席，不能出现一点红色，女人更不能穿裙子和高跟鞋，都知道了吗？"

所有人都说："知道了。"

只有臧家栋把眼一瞪，愠怒道："姓吴的七七，关姓臧的什么事？我们凭什么要参加？"

臧家梁耐着性子解释说："确实不关我们的事。但是为了表达我们臧家和解的诚意，就必须参加。"

臧家栋不以为然道："吴俊锋都把你当杀兄仇人了，这个梁子是铁定结下了。就算我们再怎么表达诚意，他也不会买账的。"

臧家梁却坚决地说："买不买账是他的事，表不表达是我们的事。"说到这里，便不再理他，而是转头吩咐道，"孙管家，明天我们臧家家里家外，绝不能见一点红色，记住没有？"

孙管家点头道："记住了。"

臧家栋喝了一口小米粥，却慢悠悠地说："明天我约了庆兴行的客户签合同，没有时间参加。"

臧家梁语气强硬道："合同哪天都可以签，等下我亲自打电话通知庆兴行，明天的合同改期。”

臧增福也劝说：“是啊，家栋，合同哪天签都行，俊旺的七七，可只有一天呢。”

臧家栋只好心不甘情不愿地闭了嘴。

臧家梁威严地扫了大家一眼，又命令道：“我再声明一次，明天臧家一个都不能少，否则，就是对吴家和解的诚意不够，我一定不会轻饶他！”

臧家栋不由脸色一变，生气地瞪了弟弟一眼。

臧家梁装作没看见，继续说：“好了，大家早点睡吧，明天出席时，不要哈欠连天、无精打采的，那样会显得很没礼貌。”

臧增福深深叹了口气，惋惜道：“唉，臧吴两家在窑湾都有二百多年的基业，我和吴宪生可谓情同手足，没想到现在弄成这个样子，真是让我寒心哪。”

吴俊旺七七那天，天一亮，乌云就笼罩了半边天，更增添了悲伤的气氛。

臧家老老小小清一色黑衣黑裤，早早地等在北城门外。

不一会儿，招魂的人群就从吴家大院走了过来。

为首的道长身着道服，手执八卦旗和白幡，一路撒着纸钱。

吴俊锋捧着哥哥的照片亦步亦趋，后面便是吴家亲朋好友。

臧增福看到吴宪生颤巍巍的样子，作势想要走过去。

但是窦玉美却紧走了两步，故意挡住了公公的视线。

臧增福只好尴尬地停住了脚步。

窦玉美边哭边喊：“我的短命的儿啊，你回家吧。”

吴俊莹流着泪喊：“大哥，你回家吧。”

吴家亲属也边哭边喊：“回家吧，回家吧……”

只有吴俊锋阴冷着脸，紧闭着嘴唇，自始至终一言不发。

臧家梁犹豫了一下，还是走到吴宪生和吴光淮的面前，表情沉痛地说：“吴大、光淮兄，节哀顺变！”

吴宪生点了点头，吴光淮则长长地叹了一口气。

父子俩虽然并没有回话，但是脸上没有一丝一毫的敌意。

这让臧家梁稍感安慰。

没想到，吴俊锋见状，却目不斜视、一字一顿地说：“哥，你在九泉之下，有冤就报冤，有仇就报仇！”

说完这话，他便转过身来，凶狠地望着臧家梁，眼睛里像是要喷出火来！

与此同时，天边忽然滚过一阵惊雷，眼看暴风雨就要来了！

第16章　共结秦晋之好

吴家大院客厅内，吴家人围桌而坐。

他们个个面容悲戚，尽管桌上摆满了菜，却没有人拿起碗筷。

吴俊锋最后一个入座，望着主位上摆着碗筷的空位子，诧异地问：“怎么？爷爷没来吃饭？”

窦玉美叹了口气说：“你哥七七那天，他淋了雨，再加上悲伤过度，就病倒了。”

吴俊锋担忧道：“那赶快去济世堂啊。”

吴光淮安慰说：“这个不用你担心，赵先生已经看过了，喝了药刚睡着。你坐下，我有事和你说。”

吴俊锋以为父亲发现了什么，便心虚地问：“什么事？”

吴光淮望着这仅剩的儿子，目光不由得柔和起来，郑重地说：“有两件事。第一呢，你哥走了，你现在就是我们吴家的当家。以前，吴家生意是以烟丝业为主打，我年轻时为了检验烟丝质量，经常品烟，长期下来，就养成了抽烟的坏习惯，才得了肺结核，幸好赵先生医术高明，把我救下了，由此我也深深意识到，抽烟有害健康，我不想你再步我后尘，所以以后，你要逐渐减少烟丝店的生意，好好发展盐行的生意。我们虽然是商人，但绝不能唯利是图，也要考虑是否利国利民。”

吴俊锋爽快道：“没问题，我们是有盐运执照的，只要多花些银子和精力，肯定不比烟丝生意差。不过现阶段，烟丝店还必须照常运行，得等盐行生意好起来了，我们再逐渐缩小规模，直至完全取代。”然后急切地问，“那第二件事是什么呢？”

吴光淮没想到儿子考虑问题如此周全，不禁满意地点点头，继续说：“第二件事，就是私事了。这几年，我们吴家家门一直不太顺。先是我病了，再就你哥走了，现在你爷爷也倒下了，不知道什么时候能好起来。我就寻思着，想让你赶紧找个姑娘结婚了，冲冲家里的晦气。”

窦玉美点点头，附和道：“我也正想这事呢。”转头问儿子，“俊锋，我们吴家家大业大，告诉妈你看中哪家姑娘了，只要我托人去说，一准会同意的！”

吴俊锋却摇摇头，郁闷地说：“我哥刚刚去世，大仇未报，这个时候，我哪有心情去考虑个人问题呢！”

吴光淮眉头一皱，不满道：“你怎么还提报仇的事情？我不是和你说了吗？这次，真的是你哥做错了！”然后自责地叹了一口气，“想我老吴家自福建被发配于此，虽然数代节俭，但全是深明大义的儒商，没想到你哥却贪婪成性，出此逆子，真是辱没了家门啊，唉！”

吴俊锋却把头一拧，倔强地说：“无论我哥做错什么，他都是我哥！我若不为他报仇，就辜负了我们两兄弟的情分！”

吴光淮见儿子如此固执，只好摇摇头，无奈道：“你呀，现在已经钻进牛角尖了，等过了这阵子，慢慢就会想通的。不过结婚的事情，可得尽快。你哥要是早早结婚有了孩子，也不至于身后无子。所以你不能再犯你哥的错误了，得早点结婚，这不是你一个人的事，也关系到为吴家开枝散叶啊。”

吴俊锋想想也是这个理，便爽快地说：“好吧，爸，我听你的。”

吴光淮脸色这才缓和下来，对妻子说：“这事就交给你了，不过一定要记住，常言道‘娶妻娶德、纳妾纳色’，姑娘可以不漂亮，但一定要门当户对、知书达理。”

窦玉美点点头，试探地问儿子：“同福鸡蛋厂端木老板的大女儿，你看怎么样？”

吴俊锋摇摇头。

窦玉美又问：“裕兴隆钱庄闫老板的二女儿呢？”

吴俊锋再次摇摇头。

窦玉美还想问：“那庆兴行……”

吴俊锋眼前不由闪过那天，徐佩芸挡在自己和臧远航之间，勇敢而坚定的身影！

于是，他便站起来，不耐烦地说：“妈，你说的都不行！还是我自己找吧！”

窦玉美听了这话，只好半信半疑地闭了嘴！

码头管理处会议室内，臧家梁坐在会议桌一头，会议桌左边是臧家栋、臧增年、臧远胜，右边是臧远茹、臧远方、郑一飞。

臧远茹正在念财务报表：“这个月，我们有五笔漕运费还没有收到，分别是盛昌、福添、永丰、利兴和富隆。”

郑一飞加了一句：“欠款最多的是永丰，有六千多。”

臧增年责怪地说：“永丰经常是这样，我印象中没有一次是准时付款。几乎每次都要拖欠好几天，才能付清。”

臧家栋却不以为然道：“哎呀，做生意嘛，当然是把钱捂在自己口袋里，捂得时间越长越热乎喽。”

臧远方主动说：“等一下我到码头点货，点完我就去永丰收账，实收应该是六千五百三十八。是不是，远茹？”

臧远茹点头道：“是的，大哥。你去收永丰的，其余四家就由我和一飞去收。”

在大家讨论的时候，臧家梁却一直紧皱着眉头，看上去若有所思。

他在没人说话的时候，竟然自言自语地说：“表面上看起来风平浪静，越是这样，我越担心底下暗流汹涌。”

大家闻言，不由得面面相觑！

臧远方犹豫了一下，还是安慰道：“三叔，你别想那么多。现在大运河又不是汛期，近期风向也很平稳，不会耽误货期的。”

正沉浸在自己世界的臧家梁，没提防思绪被人打乱了，便愠怒地说：“你小子，脑袋里成天想什么呢？我不是担心货期，我是担心吴俊锋到底会用什么办法报复我们！”

三益甜油坊内，此时一片忙碌。

徐佩芸拿着一份文件，走进办公室说：“沈掌柜，法国要的这批甜油，明天就要出货了，还剩余三十罐……”

没想到话音还未落，门口就传来一个响亮的男声：“三十罐我全包了！”

徐佩芸回头一看，竟然看见吴俊锋站在门口，正笑眯眯地望着自己。

她眉头不由一皱，淡淡地说：“怎么是你？”

吴俊锋笑眯眯地说：“除了我，还能有谁？”然后，很随意地在她对面的椅子上坐下了。

他这副随和可亲的样子，与那天的凶神恶煞简直判若两人。

徐佩芸有些不习惯，也很不喜欢，便低下头去，装作整理文件，没有再搭理他。

一时间，气氛便有些尴尬。

沈掌柜生怕大客户受了冷落，便故意打趣道："吴老板，你家真不愧是'吴半街'，出手果然阔绰。"

吴俊锋矜持地说："小事一桩，送到盐行让账房结账就是了。"

沈掌柜立刻道："好，我马上派人送去。"边说边起身走了出去。

吴俊锋客气地一抱拳："那就谢谢了。"

徐佩芸感觉不妥，便提醒道："甜油味道就算再鲜美，也只能是做菜的调料，既不能当饭吃，又不能当水喝，你一次买那么多干什么？"

吴俊锋好脾气地说："反正又不会坏。不过我今天来，可不仅仅是为了买甜油。"从他进门到现在，眼睛就一直盯着她。

徐佩芸立刻意识到某种异样，便避开他的目光，继续整理桌上的文件，语气仍然淡淡地问："哦，那你来做什么？"

吴俊锋犹豫了一下，还是鼓起勇气，目光灼灼地说："徐小姐，请原谅我的唐突。请问，你可愿意与我共结秦晋之好？"

徐佩芸简直不敢相信自己的耳朵，吃惊地抬起头，诧异地望着他："你说什么？"

吴俊锋不由尴尬起来，但还是又重复了一遍："请问，你可愿意与我共结秦晋之好？"

徐佩芸知道自己没有听错，便断然拒绝道：“不愿意！”

吴俊锋不由一呆，随即沮丧地说：“这么果断？为什么？”

徐佩芸毫不犹豫道：“因为我已心有所属……”

她还想说什么，却看到妹妹走了进来。

她立刻想起妹妹的那点小心思，再望望坐在自己对面的吴俊锋，就有些尴尬了。

徐佩萍只看到一个年轻男子背对着自己，坐在姐姐面前，原本以为只是一般的客户，并没多想。

于是，她像往常那样，亲热地喊了声：“姐姐。”

徐佩芸只好勉强笑道：“佩萍，你来啦。”

吴俊锋闻讯，猛地转身，正好和一个衣着华丽、穿金戴银的俏丽女孩四目相对！

徐佩萍眼睛瞬间一亮，立刻惊喜地叫起来：“俊锋？怎么是你？”

吴俊锋却有些惊讶，回头望了望衣着朴素，仅戴了一对小小珍珠耳环的徐佩芸。

他不禁疑惑地问：“徐佩芸、徐佩萍，你们真的是亲亲的两姐妹吗？”

徐佩萍得意地说：“当然了！”然后走上前挽住姐姐的胳膊，亲热地说，“你看我们俩长得很像吧？”

吴俊锋摇摇头：“一点都不像呢。”

徐佩萍顿觉无趣，便转移话题道："对了，你怎么在这里？"

吴俊锋只好支吾道："这个，这个，我……"

徐佩芸看他吞吞吐吐的样子，怕妹妹误会，便接口说："俊锋有事正好路过，就顺便进来买了些甜油。"说到这里，便转移话题道，"佩萍，你找我有事吗？"

徐佩萍撒娇地说："姐姐，现在正是大运河青虾最鲜美的季节，我想让你带我去小蓬莱吃醉虾。"

徐佩芸刚想答话，没想到吴俊锋眼珠一转，竟然抢先道："正好我也想吃呢，不如我请客，大家一起去吧。"

单纯的徐佩萍不疑有他，能和日思夜想的人儿一起吃饭，反而让她有些激动："那太好了，姐姐，一起去吧。"

徐佩芸却摇头说："我不去，佩萍，你也不要去了。我今天还有事，改天再带你去吧。"

听了这话，吴俊锋立刻变得沮丧起来。

但是兴奋的徐佩萍并没有注意到他的变化，而是感激地朝姐姐做了个鬼脸，亲热地说："俊锋，那我们两个去吧。"

吴俊锋只好道："好吧，我们走。"

但是他走到门口，还是表情复杂地回头看了看，欲言又止。

徐佩芸连忙低下了头，装作没看到。

第17章　借我十块大洋

当天晚上，徐家客厅的饭桌上，就多了一只透明的玻璃器皿，里面放着不少活蹦乱跳的水生物。

徐立春夫妇和徐佩萍、徐佩剑围坐在桌前，兴高采烈地议论着什么。

徐佩芸走到客厅，不由惊讶地叫起来："怎么这么多青虾？哦，还有螃蟹和银鱼。"

徐佩萍自豪地说："这些都是俊锋送我的，他说有了这些东西，不用去饭店，在自家就可以做一桌上好的船菜呢。"

徐立春打开玻璃器皿的盖子，将身子已经变红、但是仍在活蹦乱跳的醉虾放在嘴里，闭着眼睛细细享受着："这大运河的醉虾啊，一定要用万茂酒厂的绿豆烧才是绝配。既有虾的鲜香，又有酒的清冽，实在是人间美味啊。对了，你们知道这醉虾又叫什么吗？"

柳兰香眉开眼笑道："他爸，你就别卖关子了。"

徐立春摇头晃脑地解释道："这醉虾又叫'三弹跳'，所谓三弹跳，就是筷子夹起来时弹跳一下；送到嘴边时弹跳一下；用牙齿咬时又弹跳一下，哈哈哈。"

柳兰香打趣地说："看你高兴成那样，恐怕不仅仅是因为醉虾吧。"

徐立春得意道："当然啦，未来女婿送的嘛。"

徐佩芸闻言，当即吃了一惊。

她立刻转向妹妹，疑惑地问："未来女婿？谁？"

徐佩萍立刻羞红了脸，不好意思地低下头。

柳兰香自豪地说："你看你，这么明摆的事情，还用问吗？佩萍刚才不是说了嘛，俊锋不但请她去小蓬莱吃了饭，送了这么多虾呀，螃蟹呀，银鱼呀，还送她回家的。最重要的是，俊锋还说，你爸以后抽烟的烟丝啊，我们家以后吃盐什么的，只要他家有的，都全给包了。"

徐佩芸平静地问："就这些？"

柳兰香不满道："就这些还不够啊？他要不是看上我们家佩萍，怎么需要费这么多周折？街上的姑娘多了去了，他怎么不请别人去吃饭、送别人东西、包别人家老爸的烟丝和家里吃的盐啊什么的？"

徐佩芸犹豫了一下，望着妹妹一脸幸福的笑意，想说什么，但话到嘴边，还是咽了回去。

徐立春看了看大女儿，似乎明白了她的意思，便语重心长地说：“按理呢，吴俊旺出事后，俊锋又大闹了那么一场，吴家在窑湾的名声就不怎么好了。不过呢，说到底，我们也得理解，任谁一下子没有了亲人，并且是以那么惨烈的方式，所以做出失去理智的事情，也是在所难免的。再说吴家家底厚，俊锋本质上还是个好孩子，最重要的是佩萍又喜欢，这桩亲事若能成，也是很不错的。”

柳兰香附和道：“就是就是，谁没有犯错的时候呀，只要佩萍喜欢就行。”

徐佩芸感觉他们的话，貌似有道理，似乎又经不起推敲。但是倘若她直接把吴俊锋本意是想请自己吃饭的事情说出来，不知道一向飞扬跋扈的继母会说出怎样尖酸刻薄的话来。更何况，这对正沉浸在幸福中的妹妹，也是很大的打击吧。

想到这里，她张了张嘴，还是闭上了。

徐佩萍欢天喜地地说：“从第一眼看到俊锋，我就很喜欢。能嫁给他，是我这辈子最大的心愿了。姐姐，你不祝福我吗？”

徐佩芸只好道：“佩萍，我祝你幸福。”

徐佩萍开心极了：“谢谢姐姐。”

柳兰香眉开眼笑地憧憬着：“依我看，吴家很快就会派人来提亲了。”

运河码头上，一如既往地忙碌着。

不远处停靠着一艘大船“蛟龙号”，“蛟龙号”上写着“小上海窑湾”的字样。

运河堰上堆满了一个个写着“三益甜油”字样的黑陶瓷罐，码头工人正在将这些甜油罐搬到“蛟龙号”上。

不远处，徐佩芸和臧远茹两人，正头碰头在核对数据。

核对完毕，徐佩芸还是有些不放心，叮嘱道：“这批甜油很重要，装上了船，以后就拜托你们了。”

臧远茹信心十足地说：“交给了我们码头，你就尽管放宽心吧。”忽然像是想起什么，“对了，佩芸，涟泰他在美国还好吗？”

徐佩芸听到“涟泰”两个字，眼角眉梢立刻就溢满了笑，略带骄傲道：“他很好，还有一年就可以回来了。”

臧远茹若有所思地点点头：“那恭喜你们早日团聚。”

徐佩芸客气地说：“谢谢远茹。”

她说完这话，便拿着文件，一边哼着“春分时节，天还是这样寒冷”，一边脚步轻快地走上运河堰。

大运河堰上，忽然，臧远航从一棵银杏树后面冒了出来。

只见他懒懒地拍着巴掌，似笑非笑地说：“这歌不错，就是唱得太难听了。”

徐佩芸看到是他，歌声立刻戛然而止，戒备地问：“你又想做什么？”

臧远航挑衅地说：“我不想做什么，不过呢，那天你的甜油弄脏了我的白衬衣，害我回家被我妈骂了一顿，你得赔我衬衣钱。”

徐佩芸眉毛一挑，但还是息事宁人地问：“多少钱？”

臧远航干脆道：“也不多，三十块大洋。”

徐佩芸当即吃了一惊：“三十块，你抢钱庄啊！”

臧远航炫耀地说：“你以为我那是普通的衬衣啊，那是我妈专门托人在上海定做的，买的是最高级的布料、请的是最好的裁缝、做的是最新潮的款式……”

徐佩芸实在不想听他啰唆，便不耐烦地打断道：“好了，好了，明天在这个地方，我就把钱还你，从此两不相欠！”

臧远航阴阳怪气地说：“这就对喽，给你三天时间吧，一定要把三十块大洋给我。”心里却暗想：“母夜叉，我看你去哪里弄到这笔钱，谁不知道你继母管得严啊！”

徐家大院东厢房内，徐佩芸飞快地走进卧室，小心打开箱子，从箱子里取出一个包，但是数了数，也只有二十块大洋，便沮丧地坐在床上，焦急地叹了一口气。

情急之中，她不由自言自语地说：“我以前被妈苛刻得厉害，就这点私房钱，可怎么办呢？”

正在这时，徐佩萍欢快地走进来，看到姐姐对着几块大洋发呆，立刻关切地问："姐姐，你需要钱？"

徐佩芸看到妹妹，眼睛不由一亮，便急急地拉住她说："是的，佩萍，你能不能借我十块大洋，不要告诉妈，好吗？"

徐佩萍点点头，并嘲笑道："要是让外人知道，堂堂徐家大小姐，连十块大洋没有，还不让人笑掉大牙？"

徐佩芸高兴地说："那你是答应了？"

徐佩萍点点头，却又摇摇头："借你可以，但我有个条件。"

徐佩芸爽快地说："只要你借给我钱，什么条件我都答应，快说吧。"她相信生性善良的妹妹，是不会为难自己的。

没想到，徐佩萍却道："你知道，现在我经常和俊锋见面，他总是在我耳边念叨，说想要和我们家人多接触，可是他每次想请你吃饭，你都拒绝，这次你一定要答应哦。"

此时的徐佩芸，正一心为钱发愁，便火急火燎地说："好了，好了，我同意，赶紧把钱借给我吧。"

徐佩萍很快拿了钱过来："喏，给你。"

徐佩芸赶紧将钱用一条绣着白色栀子花的手帕包好，喃喃自语道："太好了，以后再不要和那个败家子有任何牵连了。"

码头管理处总经理办公室内，臧家梁坐在桌前，面前堆满了文件，正一页一页地看着。

忽然，他眉头一皱，便痛苦地用双手按住了头部。

正在这时，臧远茹推门进来问：“三叔，你找我？”

臧家梁闻言，赶忙放下手，努力镇静自己说：“是的，我们蛟龙号在扬州码头起航了没有？”

臧远茹回道：“下午三点已经起航了。”

臧家梁叮嘱道：“你要盯紧一点，这是甜油坊运往法国的第一批甜油，徐老板十分紧张。所以，一定要提前到达上海，否则，我们要赔一大笔钱的，能赔死我们。”

臧远茹郑重地说：“好，我知道了。”说完便退了出去。

臧家梁迅速用双手捂着头部，面露痛苦之色。

没想到，孙管家又走了进来。

臧家梁赶忙又放下手，强忍着头疼问：“家里有事吗？”

孙管家说：“三老爷，老太爷有点不舒服，太太让你回家一趟。”

臧家梁立刻紧张起来：“我早上出门还看到他在打太极拳呢，怎么就不舒服了？严重吗？”

孙管家摇摇头：“太太没说，不过我看老太爷还能行走，应该不是很严重。”

臧家梁这才略略放下心来，但还是说：“那好，我回去看看。”刚走下一楼，还不放心，又走到臧远方、郑一飞桌子前，吩咐道，“远方、远茹、一飞，你们三个人，一定要盯紧蛟龙号的行程，如果有什么风吹草动，要立刻通知我！”

臧远茹、臧远方、郑一飞异口同声地说：“是。”

第18章　两不相欠

臧家梁坐在黑色轿车里，缓缓行驶在中宁街，很快进入了臧家大门。

但是当他一脸担忧地走进大厅时，却发现父母和妻子，正坐在桌边慢悠悠地喝着茶。

他立刻快步走上前，焦急地问：“爸，你哪儿不舒服？”

臧增福摇摇头：“我没有不舒服，我是听文芳说，你经常头疼，有时半夜疼得睡不着觉。她几次催你去看病，你都担心码头的生意，说什么也不肯去，还让她不要告诉别人，这究竟是为什么啊？”

臧家梁沉吟片刻道：“爸，我始终觉得，吴俊锋不会轻易放过我们臧家。就算他不能在远航身上做文章，但他一定会想办法对付我们码头。所以，在这关键时刻，我们一定要时刻小心，不能出任何差错，更不能让他抓住任何把柄。如果他知道我身体有恙，一定会更加肆无忌惮对付我们的。”

臧增福心疼地说：“家梁啊，这么重的担子都压在你身上，你一个人应付不来。你二哥是靠不住了，孩子们还小，你更应该好好保重自己的身体才是啊。”

曹秀英也说：“是啊，家梁，不如你去济世堂请赵先生帮你看看，好好调理下身体。赵先生医术高明、医德高尚，你大可以放宽心。对外人呢，就说是你爸病了。”

臧家梁刚想拒绝，忽然又感觉到头部一阵剧烈地疼，只好说：“这样也好，自从辫子军那件事后，我的神经每天都绷得紧紧的，头就疼得越发厉害了，没一点精神。不如好好调理下，养精蓄锐，以后无论吴俊锋采用什么手段，我都不怕，反正兵来将挡、水来土掩。”

臧增福释然道：“你能这样想，是最好不过了。”

臧家梁长吸了一口气，随即出门坐进轿车，直奔济世堂而去。

宽阔空旷的大运河航道，一时间狂风大作，雷雨交加！

正向南疾驰的“蛟龙号”，忽然在河面上转了个方向，迎风破浪，艰难地向北逆行着。

大清窑湾邮电局内，臧远茹正焦急地等在电报室窗外。

此时的电报室内，电报机在“嗒嗒嗒”地响着。

不一会儿，身着绿色制服的电报员，扯出一张细长的电报。

臧远茹焦急地问：“怎么样？”

电报员念道：“上海码头回复，‘蛟龙号’仍未进港。”

臧远茹看了看手表，疑惑地自言自语道：“没道理啊，‘蛟龙号’这个时候，应该早就到上海了。”

她拿着电报，心事重重地走出了邮电局，越想越不对，便拦了一辆黄包车，急急地说：“去臧家大院，快点。”

黄包车拉上她，很快飞奔到了臧家大院门口。

臧远茹下车付钱后，便急急向家里走去，但是却被一个声音喊住了：“远茹。”

臧远茹回头看到来人，便恭敬地说：“三婶。”

郭文芳善意提醒道：“你女孩子家家的，走这么快做什么？要被人笑话的。”

臧远茹焦急地说：“码头出事了，我得赶紧告诉三叔。”

郭文芳听了这话，眉头就是一皱，不满地说：“码头，又是码头！远茹，你是晚辈，按理我这个做三婶的，不该在你面前说气话。但是，我嫁入臧家二十年了，这二十年来，码头和臧家的重担，全都压在你三叔一个人身上，他连我们母子的死活都管不了。现在，他夜夜头疼得睡不着，实在撑不住了，被你爷爷奶奶硬逼着刚去济世堂找赵先生看病，你就别再拿码头的事情去烦他了。臧家又不是只有他一个人！还有你爸、你弟和远方呢。”

臧远茹委屈地嗫嚅道：“可是三婶，这件事很重要，我必须得赶紧告诉三叔。”说完，又抬脚想往家里走。

郭文芳见她不听劝，索性撂下了脸，口不择言道：“我知道了，他只是你三叔，又不是你爸。你是想他早点死，让你爸和你弟继承臧家的家业，对不对？”

臧远茹吓得连连摆手：“三婶，你别误会，我绝对没有那个意思。我知道我爸和我弟都不成器，如果码头交给他们管理，迟早会倒闭的。臧家这辈只有我一个女孩，三叔待我亲如己出，我怎么会想他死呢？”

郭文芳冷冷地说：“要是没有这个意思，那你就让他好好养病，不要再拿码头的事情去烦他了。”

臧远茹只好“嗯”了一声，赶紧缩回了脚。

郭文芳见她低眉顺眼的样子，便有些不忍心，语气也缓和下来：“远茹，我知道你是个好孩子，和你爸妈不一样，刚才三婶只是太担心你三叔的身体，一时气糊涂了，说话难听些，你别在意啊。”

臧远茹着急地说：“三婶你别多想，我真的不在意。”

郭文芳这才释然，叹了口气，担忧地道：“你知道吗？你三叔头疼已经很严重了，但是这家里家外又都靠着他。所以，他生病的事，千万别让任何人知道，包括你爸妈和你哥，否则，又不知道要生出多少是非来。”

臧远茹重重地点头：“请三婶放心，我知道了。”

窑湾商业学校，臧远航和几个男生嘻嘻哈哈、勾肩搭背地从学校里走出来。

男生甲提议道：“同学们，这次考试，臧远航又得了第一，英语还考了满分，看来出国留洋是完全没有问题了，让他请客庆祝庆祝，大家说好不好？”

男生们齐声说：“好啊，好啊。”

他们吵闹着，刚在学校门口拐了个弯，却听到后面传来一声叫喊：“臧远航，你等一下！”

臧远航吓得一个激灵，转身看到怒目而视的徐佩芸，立刻尴尬起来。

男生甲嬉笑着：“远航，这是谁啊？”

臧远航假装咳嗽，摸着鼻子说：“咳，咳，她嘛，她是……”

男生乙看他支支吾吾的，便促狭地说：“是你表姐还是表妹啊？”

臧远航挑衅地望着徐佩芸，故意大声说：“既不是表姐，也不是表妹，她是母夜叉。”

徐佩芸看他那年少轻狂的样子，越发轻视了。这些年，她早就被继母的苛刻和辱骂磨炼出了坚强的意志，对方这么点小伎俩，对她而言，不过是小菜一碟罢了。现在她最想做的，就是早点把钱还上，从此和这个人毫不相干！

所以，她并没有生气，而是好脾气地说：“请放尊重点，我是来还……”

但还没等她说完，旁观不嫌局大的男生乙，便嘻嘻笑道：“看来时代真的是变了，连母夜叉都这么漂亮了。”

此话一说，所有男生都大笑起来。

徐佩芸扫了他们一眼，讽刺道：“你们一个个，将来都是要继承家族生意的。可是看你们现在笑得放肆的样子，和街头小流氓无异。我真替你们的父母担心，你们以后是否能担起当家大任！”

听了这话，男生们的笑容立刻僵在了脸上，但是他们本来就理亏，根本找不到反驳的理由！

于是一群堂堂七尺男子汉，就这样在大庭广众之下，被一个年轻女孩子训得臊眉耷眼的。

臧远航见状，不由尴尬地说：“现在你们总该明白，我为什么叫她母夜叉了吧。好了，今天我请客，你们先去点菜，我马上就到。”

男生们如获大赦一般，很快嬉笑着向小蓬莱走去。

臧远航见同学们都走了，便嘲弄道：“说你是母夜叉你还不信，你看你一来，把我的同学都吓跑了……”

徐佩芸懒得和他理论，将包着大洋的手帕往他面前一送，语气非常疏远和冷淡：“废话少说！这是三十块大洋，你赶紧拿去！”

臧远航懒洋洋地接过了，却是一副漫不经心的样子。

徐佩芸提醒道：“你数清楚了，从此我们两不相欠！”

没想到，臧远航却将大洋“哗啦啦”全部倒进旁边的垃圾桶里。

徐佩芸惊诧地瞪大眼睛，不相信地望着他！

臧远航丢完大洋，轻松地拍拍手说：“世界清静了！以后，你就还欠我的。”

徐佩芸不由仰天长叹：“老天爷啊，怎么有人败家败到如此境界！臧远航，你败家都败成精了，你不是败家子，你简直就是败家精！”边说边心疼地走向垃圾桶，顾不得脏臭，捡起了刚被撒落的大洋。

此时江西会馆旁边的济世堂内，臧家梁把手放在脉枕上。

赵延成先生五十出头的年纪，身材清瘦、气质儒雅，此时正用三根指头，轻轻按在他的右手腕处把脉。

臧家梁捂着疼的部位，紧张地望着他，小心翼翼地问：“赵先生，我身体怎样？要不要紧？”

赵延成安慰道：“此病属真元亏损，阴寒太盛，‘火主炎上’，故则邪火上头。只需用干姜、附子的大热来助阳祛寒，再配合葱白来通阳气即可，应该暂无大碍。此病三分药七分养，病人不能太劳累，更不能受刺激，切记切记。”

臧家梁这才长舒了一口气，感激地说：“谢谢。”

赵延成点点头，便开起了药方。

臧家梁拿着一大包中药，从济世堂走出来，然后钻进了等候已久的轿车。

但刚走没几步，司机就看到一个姑娘低着头走在路中央。

这个姑娘正是徐佩芸，她已经把垃圾桶翻了个遍，把所有看到的大洋都捡起来了。

此刻，她正拿着包大洋的手帕，一块块数着：“……二十一、二十二、二十二块……二十八。”

因为她挡住了去路，司机不住地按着轿车喇叭声，但是徐佩芸太专注于数钱了，并没有发觉。没想到数了好多遍，才只有二十八块，怎么也凑不到三十。她有些烦躁地踢起路上一块小石子，只听“砰”的一声，小石子不偏不倚，就砸在了车上。

臧家梁被吓了一跳，问司机：“小于，发生什么事了？”

小于回道：“我看一下。”然后把头伸出窗外，大声问，“喂，你怎么回事？把路拦住了还要砸车？”

徐佩芸猛一抬头，看到自己不知道何时，已经站在了路中央，这才恍然大悟，赶紧道歉：“对不起，我一时没注意。”边说边迅速走到路边，继续前行。

臧家梁立刻认出了她，连忙拉下车窗，招呼道：“佩芸，上次多亏你救了远航，我……”

没想到，徐佩芸听了这话，却毫不客气地打断说：“臧会长，你来得正好，你给我评评理……”

第19章　蛟龙号仍未进港

大清邮电局内，电报员从电报机中拿出一份电报。

臧远方焦急地站在窗口，充满期待地问："怎么样？"

电报员念道："上海码头答复，蛟龙号仍未进港。"

臧远方不由得叹了口气，郁闷地自言自语说："还没到，这到底是怎么回事啊？"

临近傍晚，臧家大院客厅内。

臧家梁闭着眼睛，疲惫地倚靠在沙发上。

臧远航原本是风风火火地走进来，但是看到父亲，立刻放慢了脚步，蹑手蹑脚地想从他身边走过。

没想到，在经过沙发时，臧家梁立刻睁开了眼，似乎很和蔼地说："今天是星期天，怎么一天到晚都没有看到你的人影？"

臧远航连忙停住脚步，赔笑道："爸，你今天没去码头啊？"

臧家梁冷着脸说：“我是问，为什么没见到你人影，不是要回答你我为什么没去码头！”

臧远航得意道：“因为这次年级考试，我又得了第一，英语还是满分。”

臧远航不动声色地说：“还有呢？”

臧远航听到父亲没完没了地问，就越发着急了：“还有啊，还有呢，就是，这个分数，出国留学肯定是不成问题了。”

臧家梁仍然继续问：“还有呢？”

臧远航只好硬着头皮道：“还有啊，还有就是，我又到瑞云斋买了几本原版英国文学作品。”

臧家梁貌似满意地点点头：“你说得也对。毕竟我们窑湾主要是和丝绸之路沿途国家做生意，所以英文要好，能出国留学那就更好了。”

臧远航以为过关了，便激动道：“爸，这么说，你是同意我出国留学了？真是太好了，我要更加努力学习了。好了，不和你说了，我要进卧室做功课了。”

臧家梁站起来说：“你等一下，我送你一样东西。”

两父子一问一答，貌似还算和谐。

臧远航直到听说父亲要送东西给自己，才隐约觉得有些不大对劲，半信半疑地问：“爸，不年不节的，你送我什么东西？”

臧家梁佯装嗔怒地说：“我要送东西给自己儿子，还要选时间吗？好了，我去拿了，你好好猜一下，你现在最想要的是什么！猜出来有奖！”

臧远航望着父亲的背影，惊喜极了！

臧家大院厨房内，此时，用人们正在准备晚饭。

臧家梁从客厅出来，径直走进了厨房。

看到他进来，领头的女佣连忙迎了上去，恭敬地问：“三老爷，有什么需要吩咐的？”

臧家梁沉着脸问：“张嫂，擀面杖放哪儿了？”

张嫂疑惑地一指旁边墙壁上一溜大大小小的擀面杖说：“在那儿呢。三老爷，你想吃什么面，我马上给你擀。”

臧家梁走过去，捡了一根最粗的在手里掂量了一下说：“不用了，我自己擀！”

正在忙碌的用人们听了这话，个个都吃惊地瞪大了眼睛，纷纷低声议论道：“三老爷这是唱的哪一出啊？”

臧家大院客厅内，臧远航正坐在沙发上，笑眯眯地苦思冥想，并自言自语道：“爸爸要送我什么呢？手表、自行车还是……”一拍脑袋，“对了，我想起来了！护照，肯定是出国护照！”

正在这时，就看到父亲将手背在身后，大步走了进来。

臧远航立刻迎上前去，兴奋地说：“爸爸，我知道你要送我什么了。”

臧家梁不动声色地问：“那你说说，我要送你什么？”

臧远航激动地说：“你要送我护照？怎么样，我猜得没错吧，你一定要好好奖励我哦。只是爸爸，你怎么那么厉害，我可从来没和你说过想出国留学啊。”

臧家梁闻言，简直怒不可遏了，大喝一声：“你没说过，我就不知道了吗？”

说完，便猛地抽出藏在背后的擀面杖，劈头盖脸地打了过去！

臧远航脸上还正带着笑呢，完全没提防父亲会来这一出，屁股立刻被打了个正着，不由“哎哟”一声，一蹦三尺高，在客厅里躲来躲去！

臧家梁拿着擀面杖，满客厅追赶，追上就劈头盖脸地打过去！

臧远航眼看躲不过，只好边躲边着急地问：“爸，停下！停下！我又没做错什么事，你凭什么打我？”

臧家梁听了这话，更加愤怒了：“你还没做错事？你只想着出国留学，成天吊儿郎当就是个错，我不打你我打谁！”

臧远航带着哭腔道：“我确实想着出国留学，但是说我成天吊儿郎当就是造谣，纯粹是造谣！你把造谣的人找出来，我要和他当面对质！”

臧家梁听了这话，更加怒了：“造谣？”又一擀面杖打过去，“你自己做的事不承认，还说别人造谣？你都是十八岁的人了，竟然为了一点个人的小恩小怨，就千般刁难人家一个女孩子，还把整整三十块大洋扔进垃圾桶，也是别人造的谣？”

臧远航听了这话，立刻想到一个人：“徐佩芸？是她，一定是她造的谣！”

臧家梁又一擀面杖打过去：“你这混账东西！自己做了坏事不知道反省，还说是别人造谣！”

郭文芳闻讯跑出来，边跑边喊：“怎么回事？怎么回事？”

臧远航看到母亲，立刻像看到救星一样扑过去：“爸爸打我，妈妈快救我！”

郭文芳连忙把儿子护在身后，向丈夫喊道：“别打了，远航都这么大了，有话好好说嘛。”

臧家梁和儿子之间隔着妻子，左右都打不到，便怒气冲冲地吼道：“慈母多败儿！你再这样护着他，等他出了国啊，离我们千山万水的，以后这个儿子，就等于白养了！”

郭文芳生气地说：“你拿着那么粗的擀面杖，下手又那么重，我不护着他，他会被你打死的！”

臧家梁推开妻子，再次出手，边打边说：“打死就打死，棍棒底下出孝子！”

好在这时，臧增福夫妇和其余家人闻讯，都慌里慌张地赶了过来。

曹秀英赶紧把小孙子拉到自己身边，心疼地说：“快让奶奶看看，打到哪儿了？”

臧远航胡乱指着全身，带着哭腔说：“打得我全身都痛啊。”

臧家梁听了这话，立刻揭谎道：“全身都痛？我根本没打到他！”边说边又举起擀面杖。

众人连忙拦住了。

臧增福教训说：“家梁哪，常言道，‘房内教妻、堂中教子’，你是他爸，你打他也是应该的。可是，现在远航都这么大了，你再打他有什么用呢？你不想让他出国留学，就慢慢和他讲道理嘛。”

臧家梁忧心忡忡地说：“我哪里有时间和他讲道理？吴俊锋只比他大一岁，现在人家在暗地里不知道想什么招数对付我们，我们码头随时都有可能发生不测！他却还成天只想着出国留学，只想着耍少爷脾气，一点都不考虑码头和家人的安危！”

臧远航非常不服气地说：“我和俊锋是好朋友嘛，他不过是一时糊涂了，事情哪里会有你想象得那么严重。”

臧家梁听了这话，差点儿气结：“你！你！你这个是非不清、恩怨不分的狗东西，读书都把脑子读迂了！吴俊锋那天都差点把你毙了，你还当他是好朋友？徐佩芸救了你的命，你却还千般刁难人家！”说到这里，他放下擀面杖，沮丧地跌坐在沙发里，绝望地说，“唉，码头要是落到别有用心的人手中，那些工人怎么办？那些货物怎么办啊？连带窑湾刚刚开始腾飞的工商业，都会因此受到牵连的啊！”

臧远航听了这话，再望着父亲生无可恋的样子，这才意识到问题的严重性，刚才还不更世事的脸上，忽然就闪过了一丝阴影。

臧增福叹了一口气安慰儿子说：“家梁啊，你也不要太难过，远航现在还小，还不知道承担家族责任和社会道义，等大了自然就好了。”

臧家梁却摇摇头：“他不小了，已经十八了！”然后转向儿子，咬牙切齿地说，“臧远航，窑湾的孩子，从小就习文练武，一满十八岁即可接管家族生意。无论你以前有过什么想法，出国留学也罢，到大学继续深造也罢，现在都必须放弃！明天开始，你必须辍学到运河码头上班，从最底层的学徒做起！”

所有人都发出“啊”的一声，面面相觑！

臧远航回过神来，竟然“扑通”一声，跪在地上，不断哀求道：“爸，求你现在别让我到运河码头上班，好吗？我只有出国留学，见识了外面的世界，才能将码头的生意做得更大更好啊！”

臧家梁坚决地摇了摇头，随即下意识地摸了摸剧烈疼痛的头部，故作平静地说：“孙管家，你明天一早，就带他到码头，交给事务部的任青经理……让任经理安排他扫地、擦桌子、洗厕所！”

臧远航见事已至此，意识到现在说什么都无用，不由得在心里发出一声长叹：“该死的徐佩芸，都怪你！”

第20章　忍无可忍

第二天一早，码头管理处的一楼办公室内，就看到臧远航破天荒没有穿雪白的衬衣，而是换了一身藏蓝色的工作服，拿着一块破抹布，一边心不在焉地抹着办公桌，一边有气无力地唱着柳琴戏《喝面叶》。

……大路上来了我陈士铎了，赶会赶了三天多。我想起来，东庄上唱的那台戏了，一个个唱得是真不错。头一出唱的是三国戏了，赵子龙大战长坂坡；第二天唱的是七月七，牛郎织女会天河哪……

唱着唱着，拿着抹布，便擦到了两位堂哥的桌子前。

臧远方忍不住捂住了耳朵，苦着脸道："远航，哥求求你，能不能别再唱了，陈士铎本来是个搞笑的角色，被你唱得像个怨妇了。"

臧远胜附和道："就是啊，真可怜，简直惨过被张郎休掉的郭丁香哦，哈哈哈。”

臧远航气得直翻白眼，却也无可奈何。

臧家大院后院臧家梁卧室内，他按了按头部，没感觉疼了，便满意地伸了伸懒腰。

正在这时，郭文芳端着一碗中药，小心翼翼地走进来，看到丈夫醒了，便关心地问：“感觉怎么样？昨晚睡得还好吗？”

臧家梁点点头：“睡得很好，好久没有睡得这么舒服了，头也一次没疼过，赵先生的药，真是很管用。”说到这里，揉了揉惺忪的眼睛问，“几点了？”

郭文芳看了看墙上的时钟说：“快九点了。”

臧家梁不由一惊，猛地掀开被子就要下床，嘴里还念叨着：“迟到了，迟到了，你怎么不早点叫我？”

郭文芳劝慰道：“爸已经让孙管家通知了码头，说你今天不去上班了。来，把这碗药喝了，好好休息一天吧。”

正在换衣服的臧家梁，只好接过药碗，一饮而尽，然后将碗递给妻子，还是说：“不行，我还是得去上班。”说完，跳下床就走。

郭文芳在后面连声喊道：“唉，唉，你的身体……”

但是臧家梁却头也不回，很快就大踏步出了门。

大清邮电局内，臧远茹在窗外焦虑地徘徊着，不时望向电报室的窗口。

过了好一会儿，电报员终于从窗内招呼她说：“臧小姐，你有电报了。”

臧远茹闻言，立刻冲到窗户边，焦急地问：“怎么回复？”

电报员一字一顿地念道：“上海码头答复，蛟龙号仍未进港。”

臧远茹不由急躁起来：“哎呀，究竟出了什么事了呢？蛟龙号到底去哪里了啊？”边说边冲到门口，焦急地招呼道，“黄包车，黄包车。”

但是欲速则不达，几辆黄包车过来，上面都坐满了人。

好不容易来了一辆空车，她才拦住坐了上去。

臧远茹焦急地说：“码头，快点。”

黄包车拉着臧远茹，迅速向码头急驶而去。

运河码头管理处，臧远方、臧远胜、臧增年、郑一飞和几个职员鱼贯而出。

臧远方边走边回头：“走快一点啦，周经理已经在等我们了。”

正在这时，一辆白色的轿车在门口停住，臧家梁神情严肃地从车里下来。

臧远方惊讶地问："咦，三叔，孙管家不说你今天不上班了吗？怎么……"

臧家梁看他们一群人，不由愠怒地说："怎么？才刚上班，你们就要收工了？"

臧远方解释道："今天是周经理儿子满月，我们想早一点过去……"

正好这时，臧远茹也从黄包车上跳下来了，连忙跑上前去，惊喜地喊道："三叔，你来上班了？"

没想到，臧家梁却只对她扫了一眼，然后怒气冲冲地对大家吼道："废话少说，全都给我进会议室！"

他撂下这话，也不管别人反应，率先冲进了管理处。

众人互相看了看，只好一头雾水地跟在他身后。

第21章　内忧外患

码头管理处会议室内，桌子上摆满了一盘盘时鲜水果，臧家栋正在吞云吐雾，臧增年端着茶杯，慢悠悠地品着，看上去惬意无比。

他不但自己喝着茶，还又拿出茶叶，倒了一杯递到对面：“家栋，这是刚出的西湖龙井，味道着实不错。当家的不在码头，我们的小日子过得舒服多了。”

臧家栋喝了一口茶，鄙视地说：“是的，他不在啊，上上下下的人都很开心，再没有人跟在后面喊‘工作、工作、工作’了，天天忙得跟兔子一样，烦都烦死了。”

臧增年笑嘻嘻道：“所以啊，希望他明天还请假。”

臧家栋舒服地仰躺在椅子上，同时把脚搁在桌子上，附和地说：“不仅希望他明天请假，还希望他永远不来才好呢。”

两人越聊越投机，不由哈哈大笑起来。

正在这时，忽然门外传来一阵嘈杂的脚步声。

两人连忙把桌上的水果皮放进茶杯，迅速端正了坐姿，正儿八经坐在桌子前，一个装作打算盘，一个装作看文件，看上去很忙碌的样子。

可是臧家梁推门进来，并没有看他们一眼，而是径直坐在自己的座位上，一脸盛怒！

臧远方、臧远胜和郑一飞不知道发生了什么事，紧张地站在会议桌边。臧远茹张了张嘴，但是望着三叔阴冷的脸，只好把涌到嘴边的话，又强行咽了下去。

臧家梁扫了大家一眼，厉声说："你们知道吗？刚才我来上班的路上，正好碰到三益甜油坊的徐老板，他很紧张自己的那批货，就关心地问我现在到哪里了？我也不知道，就顺便去大清邮电局打了个电话，这才发现，原本应该在凌晨两点钟靠岸的蛟龙号，到现在还没有进港！"

大家听了这话，均是一脸茫然。

只有臧远茹咬了咬嘴唇，但是没有吱声。

臧家梁望着大家的神情，越发生气，猛地一拍桌子，愤怒地说："我感到很丢脸，真想找堵墙一头撞死！蛟龙号是我们码头最大的船只，一直以来，载货量最多，也最昂贵！现在，这么大的一艘船不见了，码头竟然没有一个人知道，要不是徐老板，我现在还蒙在鼓里！远方、远茹、一飞，我昨天回家之前怎么吩咐你们的？

我说那艘船很重要，如果有任何风吹草动，一定要通知我！”说到这里，他又猛地一拍桌子，怒喝道，“你们为什么把我话当耳边风？为什么这么不负责任？”

臧远茹委屈得眼圈都红了。

臧远胜只想着吃喝玩乐，心思压根儿没放在工作上，简直是一脸呆萌。

郑一飞小心翼翼地说：“老板，不好意思，我今天很忙，跑来跑去的，可能一时疏忽了。”

臧远方安慰说：“是啊，三叔，你不要这么担心。那些船是这样，难道你忘了，去年年底，我们的潜龙号晚了六天才靠岸，不是也没事，对不对？”

臧家梁咬牙切齿地说：“可是这次，不一样了！”

臧远方想了想，鼓起勇气道：“三叔，真的没有什么不一样的。你是不是太过忧虑了？把什么事都往吴俊锋身上想？”

臧家梁闻言，猛地站起来，冷冷地看着他，提高了声调说：“我太过忧虑？你们当然是无忧无虑，你们当然乐观了，因为你们全都不在乎，没有责任感嘛。”说到这里，他气急败坏地指着臧远方的脑袋，“无论发生什么事，都要等我回来解决，你们自己到底有没有脑子，你们头上长的是猪脑子吗？如果你们不是猪脑子，如果你们还记得吴俊锋那天疯狂又仇恨的举动，你们就知道我现在在担心什么了！”

臧远茹再也忍不住了，弱弱地说：“三叔，这次蛟龙号的事，我也一直在追，但是、但是……”

臧家梁猛地一拍桌子道：“但是什么？你追，就凭你？你追有什么用？你能追出来什么名堂？我问的是，你没追出结果的时候，为什么不告诉我？”转身面对大家吼道，“你们个个都猪脑子，是一群只知道吃干饭、不知道干活的废物！”

郑一飞委屈地说：“老板，我们这些人都跟了你这么久，真的是很尽心尽力去做。可你动不动就骂我们是猪脑子、是废物，真是太不把我们当人看了。”

臧远方附和道：“是，三叔，我们虽然没有你能干，但也是有自尊心的嘛。”

臧增年更是羞得老脸通红，小声嘟囔道：“我再怎么无用，好歹也算是你长辈啊，你这样骂我是犯上，你知道不知道？”

臧家梁不但没有消火，反而更怒了：“说你们是废物怎么啦，你们明明就是废物，怎么还不服气了？啊？”

郑一飞很不高兴地说：“老板，我跟了你这么久，我确实从你身上学到了不少东西。但是现在，我真的受不了了！”

臧远茹忍不住哭了起来。

臧家梁竟然把手指向她的鼻梁，咆哮道：“你哭什么哭，我还没死呢！”

一直冷眼旁观的臧家栋，再也忍不住了，大声喊道：“我真是忍无可忍了，远茹是我女儿，是我生我养的，你有什么资格这样和她说话！”

臧远茹连忙劝父亲：“爸，你不要这样，我没事的。”

臧家栋却狠狠地瞪了女儿一眼：“你没事，我有事啊！”猛地一拍桌子，霍地站起来，走到三弟面前，气急败坏地对他吼道：“我和你是一个娘生一个娘养的，你却说我是猪脑子，我是猪脑子，那你是什么？骂人也不要太过分啊。现在我就去找爸爸分家产，大不了我们二房开家小些的码头，每天想做什么做什么，不用每天看你那驴脸过日子！”

臧家梁冷冷地说：“求之不得！”

臧家栋被噎得直翻白眼，回过神来，便猛地一转身，挥挥手说：“四叔、远方、远茹、远胜、一飞，我们走，不受这窝囊气了！”

臧远茹边抹眼泪边难过地说：“三叔，我……”

臧家栋猛地拉住她的手，安慰道：“远茹，别哭了。你爸我虽然没什么本事，但是也不会让你饿死，走，快跟我走！”

臧远方、臧远胜和郑一飞原本还想说什么，但也被臧增年连拉带扯地推出了会议室的门。

正在外面擦地板的臧远航，听到吵闹声，连忙推门进来，看到眼前的情景，不由吃了一惊，立刻问：“四爷爷，发生什么事了？你们怎么都走了？有事好好说嘛。”

臧增年唉声叹气道："有什么好说的，我们都是猪脑子，是只知道吃干饭的废物！"

臧远航想拉这个，又想拉那个，但是人人都甩开了他的手，摔门而去！

他不由急了，走到父亲身边，提议道："爸，你去给他们道个歉，把他们留下来啊。"

臧家梁本来就着急，看到这个样子，就更加生气了，语气强硬地说："'蛟龙号'整整两天不见踪影，竟然没有人告诉我！他们不是废物是什么，我没说错！想让我道歉，门都没有！爱走不留！少了几盘驴肉，照样能成席！"说完，铁青着脸，走进一楼办公室，拿起桌子上的算盘，"噔噔噔"走向自己的办公室。

臧远航不由一愣，连忙追上去，一边追一边喊："爸，求你了，去道个歉吧，码头不能没有人做事的啊。"

运河码头管理处总经理办公室，臧家梁连头都不回，径直走进来，并反锁了门，"砰"的一声将算盘放在桌子上。

他拿出一份纸，纸的开头是两只帆船的图标，图标当中是"窑湾运河码头"六个大字。六个大字下面，是更小的一行字：每日出入账记录表。

他双手熟练地打着算盘！

打了一会儿，他忽然又烦躁地将算盘拨乱；再打，再拨乱，如此反复，终于崩溃，猛地站起身来，情绪终于失控，将算盘高高举起，“砰”的一声摔到地上。接着，又狂躁地将办公桌上的文件胡乱向空中抛去。

一时间，办公室内一片狼藉。

没想到，文件还在空中飘的时候，他忽然感觉头部传来一阵剧烈的疼痛，便下意识地伸手捂住，忽然，他身体趔趄了一下，整个人便直挺挺地向后跌去。椅子被他扑倒在地上，椅子又带动了桌子，发出一阵“噼里啪啦”的巨响，连同他一起跌倒在地！

来自身体的剧烈疼痛，让臧家梁强撑多时的意志力，终于彻底崩溃了。

他再也忍不住了，从胸膛深处发出一声长长的哀号：“啊……”

随后跟来的臧远航，立刻听到了椅子倒地的声音，更加焦急，一边大声喊着“爸爸”，一边拼命扭动门锁。

但总也扭不开，情急之中，他后退几步，然后飞起一脚向门踢去，这才闯了进去。

此时室内，臧家梁的头疼稍微有些缓解，于是他半躺在地上，一手扶着办公桌的一角，一手支撑着地面，似乎想要爬起来，但是因为身体太过虚弱，努力了几次，都没有成功，甚至“扑通”一声，身体又重重地落回到了地面。

臧远航迅速扑到爸爸身旁，害怕地哭喊道：“爸，你怎么了？”边说边把父亲搀扶起来。

臧家梁这才瘫坐在椅子上，长长地吸了一口气，完全没有了往日的冷峻与严肃，看上去说不出地沮丧与颓废！

臧远航难过地说：“爸爸，你为什么要把自己一个人关在房间里啊？”

心灰意冷的臧家梁，一改往日的强硬作风，竟然带着哭腔说：“你们不是都不做事吗？没关系，都让我一个人做好了。”

臧远航看到父亲的样子，顿感心酸，连忙解释说：“爸爸，你别太难过，还有我呢。以后，我一定不再提出国留学的事了，好好留在码头做事。另外，刚才虽然四爷爷和二大很生气，但是我看得出来，大哥大姐和一飞哥他们，并不是真的想离开。我想这里面可能有些误会，你去和他们解释一下，不就行了吗？”

臧家梁固执地摇摇头，苦笑一声说：“解释？有什么好解释的？反正我已经习惯了。你二大不但从来不帮忙，还到处找机会落井下石、煽风点火，我看他是巴不得我死，好坐这个当家之位。但是他为人太过自私贪婪了，码头要是落到他手里，不出一年肯定完蛋！你四爷爷向来没有主见，只要能混吃混喝就行，再加上年龄大了，人越来越糊涂；远方呢，虽然人好，就是太好了，老实得三脚踹不出个屁来；远胜本质倒是不坏，但和他爸一样，油滑得像泥鳅，有个机会就想跑出去吃喝玩乐；至于远茹，再怎么努力，毕竟是个姑娘家，性格太温顺了；一飞倒是商业学校的高材生，当初是我从几百名学生中挑选出来的，虽然他很能干，人也忠心，但我们做的毕竟是家族生意：所以码头的重任，怎么可以交给他们这些人担当啊！”

臧远航刚出校门，并不能理解父亲话中的深意，便安慰道：“爸爸，你不要这样想。我虽然不懂做生意的事情，但感觉可能是你平时太严肃了，所以他们很怕你，才造成你们之间没有沟通好……”

这话虽然出发点是好的，但是听到臧家梁的耳朵里，便有些隔靴搔痒了。

于是，他刚刚略有缓和的脸色，更加痛苦和哀伤起来，情不自禁发出一声绝望的长叹：“啊，这是天要亡臧家了啊！”

臧远航见父亲如此，更加紧张了起来，慌乱地问：“爸，你怎么啦？爸，你怎么啦？”

臧家梁望着这唯一的儿子，情不自禁发起了牢骚：“远航啊，爸没什么，爸就是心里堵得慌啊。你大爷虽然能干，奈何英年早逝；你二大不成器不说，还那么自私贪婪。你爷爷年老体衰后，便做主让我接任当家之位。想这二十多年来，我独自经营这么大一个摊子，早已经身心交悴。码头好不容易有了现在的规模，臧家也有了不俗的口碑，但却是内忧外患，一想到这些，我真是心里堵得慌哪。以我多年的航船经验，这次蛟龙号不见了，不是他们想的那么简单，其中一定有问题。可是，我又想不出问题究竟出在哪里？”

臧远航听了父亲推心置腹的一番话，忽然感觉到，作为臧家子孙，自己的肩上生来就是有重担的，并不能任性而为！

想到这里，他便想分担忧愁：“爸爸，你太劳累了，不如先让小于送你回家，我马上再到邮电局去查一查。”说完，便站起身来。

臧家梁摆摆手，阻止儿子说：“你先别去！现在，你不但是爸唯一的儿子，更是码头今后唯一的希望。所以有很多事情，爸想和你好好谈一谈。”

臧远航只好重又蹲下来，一改往日的年少轻狂，懂事地说：“好的，爸爸，你说，我听。”

臧家梁看到儿子认真的模样，倒也略感欣慰，便按了按头部，不无自豪地说：“自从我们和欧洲五国签订了粮食换石油的合同后，这几年窑湾经济发展得十分迅速，名声更是远播到世界各地，此后不久，又先后与欧洲多国和东南亚、非洲等地签订了民间进出口贸易合同，即通过大运河航道，这条衔接陆上丝绸之路和海上丝绸之路的枢纽……”

说到这里，他长长喘了一口气，这才继续道，“窑湾商人将丝绸、陶瓷、茶叶、烟丝、甜油、绿豆烧等中国土特产转运国外，向北途经河北张家口到达北京通州，再转运恰克图乃至俄罗斯全境及其邻国；向南途经大上海到达南洋，再转运到东南亚乃至非洲、欧洲各地，然后再将各国的石油、自行车、缝纫机、火柴、电灯、电池等洋货运回国内！可是万万没想到的是，窑湾经济的高速发展，对我们码头来说，却是一把双刃剑！为了满足日益增长的货运需求，我们不得不大规模购买船只、扩大经营，可是这都需要钱，再加上你二大不断地中饱私囊，我无奈之下，只好被迫向大小钱庄抵押借贷。所以现在，别看码头外面光鲜热闹，其实基本是已经被掏空了，没有任何抗击风险的能力。如果不出事还好，我们可以通过盈利，慢慢从里面补上。但是万一有什么风吹草动，比如倘若吴俊锋利用家大业大，暗中收买钱庄向我们施压，到那时，就算我们会印钞票都来不及了，码头就不得不倒闭了啊。”

臧远航不由一怔，这才意识到蛟龙号延迟进港的严重性，同时也理解了刚才父亲为什么会突然情绪崩溃，但是他不想再施加压力，便故作轻快地说：“爸爸，你要乐观一些。你不是常说，‘兵来将挡，水来土掩’吗？我马上去订船票，和你去上海查个清楚。”

臧家梁却仿佛没听到儿子的话一般，兀自喃喃自语道：“垮了，我们的运河码头要垮了，为什么你二大他们，就看不出这个危机呢？码头要是垮了，不但上千名员工的饭碗会砸掉，也会给飞速发展的窑湾经济带来毁灭性的打击啊。”说到这里，他的双眼忽然就湿润了，痛苦地用头撞击着办公桌。

臧远航赶忙拦住他，安慰道：“爸，你不要这样，你说过的，不到最后关头，绝不放弃希望。既然事情已经发生了，我们应该想的是如何解决，而不是责怪这个、抱怨那个的。”

说到这里，他的神情忽然坚定了起来，表态道：“说起来，都怪我以前只想着见识外面的世界，从来不考虑家人的感受和社会的责任。我现在才知道，码头的担子压在你肩上有多重。爸，你放心，我以后绝不会再想着出国留学了，我一定要留下来，帮你好好守护码头。从现在开始，无论发生什么事，我都会在你身边，我一定会支持你的。不过在这多事之秋，码头正是用人的关键时刻，所以二大他们，我就是去求，也一定要把他们求回来！但是他们回来后，你一定要向他们道歉。常言道，‘大丈夫能屈能伸’。我相信，只要我们父子齐心协力，一定会渡过这一难关的！”

臧家梁看着儿子的一言一行，脸上的哀伤这才略有舒缓，重重地点了点头！

臧远航又紧紧地握了握父亲的手，这才走出办公室，走出管理处，大踏步向小蓬莱而去！

臧家梁望着他的背景，强烈地意识到，这个一向让他担心的儿子，似乎一下子就长大了！

第22章　请你吃船菜

第二天一早，码头管理处大办公室内，电话铃声、算盘声、打字机声此起彼伏。职员们像往常一样，有条不紊地工作着。

臧远航也一改往日的消极怠工，一边勤奋地擦着桌子，一边不时注视着办公室进出人员。

不一会儿，只见臧家梁的身影，就像以往那样，及时出现在门口。他一改昨天的崩溃失态，神态自若，目光也不似往日那般严厉，似乎柔和了许多。

此刻，郑一飞正坐在自己的办公桌前，忙碌地打着字。

臧家梁扫了众人一眼，略一沉吟，便径直走到助手面前，诚恳地说："一飞，对不起，昨天我一时气急，口不择言，言辞太过激烈了，请接受我真诚的道歉。"

郑一飞没想到一向强硬的老板会向自己认错，便有些惭愧，自责道："是我不好，没有把你的吩咐放在心上，没有尽到自己应尽的职责。”

说完，两人不由相视一笑，前嫌尽释。

臧家梁又走到侄女的办公桌前，亲切地招呼道：“远茹。”

臧远茹连忙站起身来，像什么都没发生过似的，恭敬地问：“三叔，什么事？”

臧家梁叮嘱道：“你每隔一小时打电话到上海码头问一下，问问我们的船到底是怎么回事？”

臧远茹认真地说：“我会的，三叔。”说完，便有些不好意思地笑了笑。

臧家梁疼爱地说：“你看你啊，眼睛都哭红了，像只小兔子似的。那么大的姑娘家，要坚强一点，不要动不动就哭鼻子。”

臧远茹揉了揉眼睛，不好意思道：“我马上去洗洗。”

臧家梁又走到大侄子的办公桌前，温和地说：“远方，你坐我的车，去宿迁钟吾书院找你家庆大，他虽然现在只是个股东，不过以前曾担任过邮传部主事，在上海还有些人脉，你请他帮忙打听一下我们的货船有什么内幕消息，马上去！”

虽然自始至终，他的声音并不大，但是言简意赅、有条不紊，看上去一副大将风范！

臧远方心悦诚服地说：“好的，三叔。”然后转身，一路小跑奔出管理处，钻进停在门口的小轿车里，飞驰而去！

臧远航看到这里，不由欣慰地笑了起来！

没想到，臧家梁吩咐完毕，就走到他面前，故作严肃地说：“臧远航，你笑什么笑，严肃点！以后，你就是我的特别助理，不用再在这里擦桌子了。”

臧远航眼睛不由一亮，连忙放下手中的抹布，调皮地敬了个礼：“是，老板。”

臧家梁爱怜地瞪了他一眼，便命令道：“你上任的第一件事，就是先帮我写个告示贴在外面，让各个商户和码头工人们都看看，蛟龙号不是不见了，只是因故耽误了船期，让他们放下心来，不要胡乱猜想。”

臧远航再次敬了个礼：“遵命！”

臧家梁想了想，又吩咐道：“安抚好各家商户和码头工人后，你就到徐家甜油坊走一趟，告诉徐老板，这批甜油一定能顺利运到法国，如果有耽搁，我们绝对会按合同规定，赔偿一切损失，让他不必太担心。”

臧远航点点头：“好的。”

徐家甜油坊大厅内人来人往，看上去生意非常好。

臧远航匆匆走进去，问一个柜台伙计：“你好，我有事要找你们老板。”

话音刚落，徐佩芸就拿着一份文件，从办公室款款走出来。

她抬眼望去，不由嘲弄道：“哦，臧少爷，你也太小气了吧，为了三十块大洋，竟然追到这里来了！”

臧远航想起自己之前做的混账事，不禁有些羞愧地说：“徐小姐，实在对不起，不过现在，我有很重要的事情要和徐老板谈。”

徐佩芸扫了一眼他没来得及换的还沾着不少灰尘的藏蓝色工装，冷冷道：“我爸不在，有什么事你就和我说吧。”

臧远航着急地说：“不行，这件事很重要，我一定要直接和徐老板说。”

徐佩芸讽刺道：“倘若两国建交，也没有哪国元首会亲自接见对方国家一个负责扫地、抹桌子的学徒工吧？”

臧远航因为职位转变太快，还没来得及换衣服，只好妥协道：“那好吧，我就和你说说吧。是这样，我们蛟龙号货船因故耽误了两天船期，但因为是提前三天从码头起航，所以你们这甜油，一定能顺利运到法国，保证不耽误货期。否则，我们一定会按合同，赔偿你们的一切损失，请转告徐老板，不必太担心。”

徐佩芸虽然对这个人抱有成见，但对臧家这种勇于担当的行为还是非常钦佩的，便爽快地说：“你放心吧，我爸经常说，臧徐两家虽然交情不算太深厚，但也算是多年生意合作伙伴，正是臧会长代表商会与欧洲签订了一系列协议，我们的甜油才能走出国门。所以，对你们码头的信用和臧会长的为人，我爸是绝对不会有丝毫怀疑的！”

臧远航不禁感动地说：“谢谢令尊对码头和我爸的信任，我们一定不会让他失望的！”

徐佩芸忽然想起什么，脸色一沉道：“好了，我知道了。只是那三十块大洋，有两块找不到了，等我凑齐了再还你吧。”

臧远航闻言，不由愧疚地说：“怎么会叫你赔？那天是我无事生非的，本来就是罪有应得。要赔，也是我赔给你打翻的甜油钱呢。”

徐佩芸故意夸张地看了看外面：“哎呀，我看看，今天太阳是不是从西边出来了？窑湾有名的败家精臧远航少爷，居然浪子回头了？”

臧远航并没有理会她话中的讽刺，而是真诚地说：“不好意思，以前是我对不起你，不过以后不会了。其实我应该谢谢你，要不是你，我爸就不会让我去当学徒工，我也就不会知道经营码头有多么艰难。昨天发生的一件事，让我感觉到自己忽然之间就长大了，我……”

徐佩芸不耐烦地打断他的话：“行了，行了，要抒情你对着大运河尽情抒吧。这是甜油坊，我也不是知心姐姐，我要收工了。”

臧远航闻言，眼睛不由一亮道：“你还没吃饭吧，不如我请你吃船菜，当作赔礼道歉了。”

徐佩芸当即拒绝道：“不必了。”

臧远航委屈地说：“你也太狠心了吧，连赔礼道歉的机会都不给我。”

徐佩芸微微一笑道："你想要让我和你去吃饭，除非大运河的水都干涸了；大运河的水当然是不可能干涸的，所以，我也绝不可能和你一起吃饭，告辞了！"

但是她刚想抬脚，却惊讶地看到，吴俊锋和自己的妹妹，竟然肩并肩站在门外！

臧远航立刻意识到徐佩芸目光有异，连忙回头，吃惊地发现，门口站着一个熟悉而陌生的身影，竟然是差点杀死自己的那位曾经的好友，不由就是一呆！

其实吴俊锋刚一站到门口，就看到自己喜欢的姑娘和谁在一起了，他的心在原本仇恨的基础上，又增加了一层嫉恨，但怨毒的目光只是一闪而过，便被强行压住了！

只见他故作平静地说："哦，原来你在这里？"

臧远航想起那天可怕的一幕幕，以及现在父亲的担忧，不知道对方又会做出什么疯狂的举动来，便下意识地握紧了拳头，充满戒备地回道："是，我在这里，你是不是很遗憾那天没把我杀死？"甚至于，他已经做好了决一死战的准备！

没想到，吴俊锋却挑眉一笑，像什么事都没有发生过一样，面带羞愧，好像很诚恳地说："对不起，我那天一时没想通，失去了理智，希望你能原谅。"

这话太出乎意料了！

臧远航不由惊讶地望着他，好半天，才试探地问："那你现在，是想通了？”

吴俊锋拍拍他的肩膀，亲热道：“早就想通啦，过去的就让它过去吧，以后我们还是好朋友，不是吗？”

臧远航虽然半信半疑，但还是礼貌地说：“谢谢你想开了，我们永远都是好朋友！”

他原本还想就吴俊旺的事情，好好和对方解释一下，但是没想到，一直冷眼旁观的徐佩芸，却疑惑地望着妹妹，迅速转移了话题：“佩萍，你们怎么一起来了？”

徐佩萍撒娇地说：“姐姐，你不是答应过我，我们三人一起吃顿饭的嘛。”

她说到这里，便羞涩地望向身边的人儿，却没想到，对方正深情地凝望着自己的姐姐。处于恋爱中的姑娘，即便再单纯不懂事，也立刻敏感地意识到了什么！

顿时，她脸上的笑容就凝固了，不由也向姐姐看去，一脸的若有所思。

一时间，室内的气氛，变得更加诡异了。

与此同时，徐佩芸也意识到妹妹神色的变化，为了打消她的顾虑，只好道：“刚才远航也正要请我吃饭呢，没想到你们就来了。不如，我们四个人一起去吧。”

果然，徐佩萍听了这话，不但暗中责怪自己误会了姐姐，俏丽的脸上也重新焕发了光彩，促狭地冲臧远航一笑，兴奋地说：

“那真是太好了！”然后深情地望着身边的人儿说，“俊锋，我们走吧。”

吴俊锋为了给心爱的姑娘留个好印象，一直强忍着心中的仇恨，脸上努力保持着微笑，现在听了这话，笑容立刻就僵住了。但是这次请吃饭，原本是自己反复请求来的，倘若现在退却，等于自打耳光了。想到这里，他只好皱了皱眉，不情不愿地跟了上去！

第23章 “小蓬莱”吃饭

这是一家漂亮的小洋楼，门楣上写着“小蓬莱”三个烫金大字。两旁各写一副对联，上联是“乾隆首创”，下联是“苏菜独步”。

这栋洋楼是窑湾第一栋欧式建筑，兴建于光绪二十八年，被命名为“小蓬莱酒馆”，以船菜为主，不少外地商人，特别是外国商人特别喜欢来此品尝美味佳肴。

此时，徐佩萍在前，臧远航在后，四个人很快就走到了门口。

吴俊锋的兴致虽然不是很高，但是徐佩萍却十分开心。

她站在门口，非常天真地问：“对了，我每次来都想问，这苏菜到底是江苏的苏还是苏州的苏啊？”

吴俊锋听到这么个简单的问题，不禁诧异于她的愚蠢，心中便有些鄙视了，但还是耐心地解释道：“当然是江苏的苏了，里面菜品非常丰富，包括徐海菜、淮扬菜、金陵菜和苏锡菜，因为这家酒楼主要消费人群并不是省内人，而是在此设立会馆和店铺的十八个省的商人、在此兴建商号和教堂的十个国家的商人和传教士以及运河码头上南来北往的各地客商们。”

徐佩萍从小就是被严格按照大家闺秀的标准培养的，再加上母亲固执地认为，“女子无才便是德”，甚至连大门都很少出，所以虽然她行为举止温柔贤淑，女红也做得相当不错，但只是略识几个字而已，并没有读过什么书。

吴俊锋的一番话，让她听得似懂非懂的，却又不好意思再问什么，只能充满爱慕地说：“你懂得可真多啊。”然后为了掩饰自己羞红的脸，便转身向后面喊道，“姐姐，走快点。”

徐佩芸回头望了望远远跟在后面的臧远航，眉头不由紧皱起来，但还是勉强笑着说：“你们先进去点菜吧，我和远航有几句话要谈。”

徐佩萍听了这话，以为他们两个人之间已经暗生了情愫，惭愧自己刚才误会的同时，也更加开心了，调皮地说：“那好吧，不急的，你们慢慢说哦。”

说完，便拉着不时回头的吴俊锋，兴冲冲地走了进去。

徐佩芸望着他们的身影，不由轻轻叹了口气。

她等了好一会儿，臧远航才慢条斯理地赶到，便有些不满道：“好像你不太愿意过来，刚才可是你提出来请我吃饭的呢。”

臧远航苦笑着摊摊手：“可是我没想到是和吴俊锋一起来啊。

虽然现在他好像没事人似的，但是想起他那天疯狂的举动，我还是感到别扭。”

徐佩芸无奈地说：“你以为我不别扭吗？可是事已至此，再别扭也得把这顿饭吃完了啊，我答应妹妹的。”

小蓬莱内，吴俊锋和徐佩萍已经走了进来。

只见室内铺着红地毯，雪白的墙壁被天花板上悬挂的水晶吊灯映衬得越发耀眼，看上去十分豪华。

看到老顾客进来，服务员立刻快步迎了上来，恭敬地问：“吴少爷、徐小姐好，请问几位？”

吴俊锋回道：“四位。”

服务员把他们引到二楼一个雅致的包间，递上菜谱：“两位，请点菜。”

吴俊锋胸有成竹地说：“不需要点了。葡萄鱼、银鱼抱蛋、五果汤等，总之把你们店里好吃的统统都端上来。”

服务员知趣地说：“是，吴先生。”然后退了出去。

徐佩萍有些着急起来：“我姐姐他们怎么还不进来呢？”

吴俊锋并没有回答，而是走到落地窗户边，拨开窗帘，看到臧远航和徐佩芸正在说着什么，距离很近，看上去有些亲密，他不由皱了皱眉。

徐佩萍也跟了过来，顺着他的目光一看，便充满憧憬地说：

“以前姐姐很讨厌远航的，真没想到他们会走到一起。以后，我们四个就可以经常来这里吃饭了。”

吴俊锋听了这话，眼睛不由一亮，若有所思地问：“以前你姐姐很讨厌远航吗？”

徐佩萍点点头说：“当然啦，他们一见面就要吵架呢。昨天晚上，我还听到姐姐骂他是败家精呢。”

吴俊锋听了这话，紧皱的眉头立刻就舒展开了，脸上露出一丝笑意。

臧远茹匆匆跳下黄包车，便向码头管理处飞奔！

此时会议室内，臧家梁、臧家栋、臧远胜、臧增年、郑一飞正围桌而坐，并不时望向门口，全都在焦急地等待着什么。

忽然，所有人眼睛均是一亮！

只见臧远茹火急火燎地推开门，气喘吁吁地说：“查到了，查到了。”

臧家梁立刻迎上去，紧张地问：“怎么回事？”

臧远茹飞快道：“我们的蛟龙号，从扬州出发，走了二十海里之后，就被扬州的海关拍了电报，要求立刻掉头，现在还被扣押在扬州码头。”

臧家梁吃惊极了：“掉头？我掌管码头二十几年，从来没有发生过这样的事情！”不由捶捶头，苦思冥想起来，“这其中一定有问题，可究竟是哪个环节出了问题呢？”

正在此时，臧远方也提着公文包，上气不接下气地冲进来，因为匆忙，差点跌倒！

他喘着粗气说：“查到了，查到了。我到钟吾书院，把情况和家庆大一说，他当即就打了几个电话，才知道原来此次蛟龙号被扣在扬州，是一个叫贾以刚的副市长下的命令。”

臧家梁眉头不由一皱，重复地念了几遍这个名字：“贾以刚？贾以刚？贾以刚？”眉头却是越皱越紧了，并喃喃自语道，“原来是贾以刚！可是，他和我虽然并不交好，但也一直是井水不犯河水，为什么要为难我们码头的货船呢？”

臧远方闻言，不禁诧异地问：“三叔，贾以刚是谁？他和吴俊锋很熟悉吗？”

臧家梁摇摇头说：“他和吴俊锋倒不熟悉，但是和宝通成的王志信却是多年的老相识。以前王志信每次去扬州，他都会带着王志信到处游玩，两人吸大烟、找扬州瘦马，关系非同一般。如果我没有猜错的话，吴俊锋一定是联合了王志信，狼狈为奸，假公济私，暗中耍花招扣了我们的船。他们这是想把我置于死地，想让运河码头倒闭啊！”

没想到臧家栋听了这话，却立刻像是抓住了把柄似的，阴阳怪气地说：“所以说呢，我们生意人，千万不要得罪任何人，哪怕是一条狗。你从来不听我的劝，硬要强出头，自寻死路。现在好了吧，不但得罪了吴俊锋，现在连王志信也卷了进来，你准备怎么办呢？”

臧家梁冷冷地望着他，一脸愤怒！

臧远茹连忙打圆场道：“爸，现在你说这些还有什么意思呢？再说了，如果当初三叔不出头，就算窑湾不被辫子军血洗，吴俊旺也肯定不会放过你的，你哪里还能坐在这间会议室里发牢骚？”

臧家栋正幸灾乐祸呢，没想到却被自己女儿打脸了，便沉下脸呵斥道：“你这个臭丫头，胳膊肘向外拐的东西，我怎么养了你这只白眼狼！”转脸又对三弟道，“再怎么说，码头我也占两成股份，你想死就去死好了，别拉着我垫背，真不知道你是怎么当这个家的！”

臧家梁却理都不理他，而是转身对大侄子说：“远方，你回家说一声，就说我今晚不回了，从现在开始，我要不分白天黑夜守在码头，直到处理完这件事为止！”

臧远方虽然有些吃惊，但还是恭敬地说：“好。”

臧家栋气愤地冷哼一声，转身就走。

臧远茹望着他的背影，忽然想起什么，跟着追了上去。

运河码头管理处门口，臧家栋步子迈得极大，很快就走了出去。

臧远茹小跑似的在后面喊：“爸，爸。”

臧家栋却连头都不回，还准备坐上一辆黄包车。

臧远茹连忙加快了步伐追上去，拦住他说：“爸。”

臧家栋生气地瞪着女儿，不耐烦地说：“臭丫头，你还知道我是你爸！”

臧远茹没心情和他拌嘴，而是焦急地说：“爸，我有话想问你一下。”

臧家栋不耐烦地说：“什么话，快说，我还有事呢！”

臧远茹咬了咬嘴唇，还是鼓起勇气问：“爸，你老实告诉我，这次有没有像以前那样，将既没有打烙印又没有报关的枪支弹药，私自放到蛟龙号上？”

臧家栋听了这话，眼中立刻闪出一道不安，但稍纵即逝，然后先发制人道：“你问这些做什么？你现在眼里只有你那个好三叔，哪里还有我这个亲生父亲？我在码头的那两成股份，以后都会给远胜的，你一分钱都别想。既然你眼里没有我这个父亲，又不占股份，你在码头就是个小职员，你这个小职员，现在还想查老板的账吗？真是太无法无天了！”

臧远茹苦口婆心地说：“你怨我没有把你当爸，那你有没有想过，这些年来，你做过一件让我看得起你的事情吗？现在遭遇危机，我们所有人都应该放下私人恩怨，合力对敌才是啊。你身为股东，怎么可以在这关键时候起内讧呢？”

臧家栋冷笑一声道：“那你们就好好去对敌吧！现在蛟龙号被人扣押了，你快去找你那个好三叔想想办法吧，别再来烦我了。”

说到这里，命令车夫，“去小蓬莱。”

臧远茹想要去拦，但却被车身挂了一下，她不由趔趄了一下，站稳后又追上去大喊：“爸，爸。”

但是黄包车很快跑得不见了踪影。

臧远茹连忙拦住后一辆黄包车，对车夫说：“去小蓬莱。”

于是，两辆黄包车一前一后，向小蓬莱急驰而去。

第24章　堪比鸿门宴

此时，在小蓬莱酒楼二楼雅座，室内气氛有些诡异，臧远航、徐佩芸、吴俊锋看上去各怀心事。

只有徐佩萍一脸兴奋，不住地往吴俊锋碗里夹菜，边夹还边说：“俊锋，看你瘦的，听说这葡萄鱼又好吃又能滋养身体，你多吃些吧。”

吴俊锋看到臧远航和徐佩芸坐在一起，一直被强按住的妒火，便“噌”地蹿了上来，借机愠怒道：“吃、吃、吃，你就知道吃！你把菜都夹给我了，别人吃什么？”

徐佩萍不由一呆，完全没有想到，对方刚才还笑容满面的，怎么转眼就发了这么大的脾气，立刻委屈起来，涨红着脸说：“我……我……”

徐佩芸听了这话，眉头不由一皱，生气地瞪了吴俊锋一眼，似乎有话要说。

吴俊锋见状，连忙又好脾气地说：“佩萍，你别生气啊，我是担心你都夹给我了，自己没得吃呢。”

徐佩萍听了这话，脸色这才缓和下来，但是眼泪仍然委屈地在眼眶里打转。

臧远航打圆场道：“佩萍，考你一个问题。”

虽然徐佩萍的眼泪还在眼眶中打转，但性格温顺的她，还是噘着嘴说：“什么问题？”

臧远航指着窗外问：“站在这个窗口，可以看到东西两个当铺，你知道关于这两个当铺，有什么典故吗？”

徐佩萍立刻来了兴趣，好奇地睁大眼睛问：“有什么典故？”

臧远航耐心地说：“很多人只知道乾隆曾六下江南，其中四次到窑湾微服私访，还写了名句：‘盼从冀兖寒迟茁，看到徐淮绿满田。第一江山春好处，十分梅柳色徒传。’却很少有人知道，有一副绝对也是出自窑湾。”

徐佩萍有些不好意思道：“别说对联了，这首诗我也是第一次听说过呢。”

吴俊锋轻蔑地扫了她一眼，不易察觉地撇了撇嘴。

只这一眼，便被徐佩芸尽收眼底，很为妹妹不值。

好在臧远航见徐佩萍的脸色已经缓和了，便暗中松了一口气，继续道：“话说他第三次来窑湾时，带了不少随行大臣，其中就有《四库全书》总纂修官纪晓岚。君臣一行下榻在天后宫的望月楼，一边吃着窑湾船菜，一边看着窗外大运河上来往的船只。乾隆不由想起了同样景象的北京通州，于是一时兴起，便吟诵道：‘南通州，北通州，南北通州通南北。’大臣们听了都面面相觑，便拼命想各处地名，差不多把全国的重要地名都过了筛子，可就是想不出合适的下联。还是纪晓岚有办法，他只扫了一眼窗外的东、西当铺，立刻就对出了下联，‘东当铺，西当铺，东西当铺当东西’，十分工整巧妙。乾隆忍不住拍案叫绝，这副对联也成为千古绝对流传了下来。”

徐佩萍双手支腮，听得入了迷，但还是困惑地问：“这有什么工整巧妙的呢？”

一直沉默不语的吴俊锋听了这话，再次刷新了对她愚蠢的认识，心中越发地不喜欢了，同时望向徐佩芸，奇怪同一父亲的两姐妹，一个勇敢有主见，一人愚蠢没见识，怎么差别就这么大呢？

臧远航虽然也有些郁闷，但还是解释道：“乾隆的上联用了‘南’‘北’‘通’‘州’四个字重复组成，纪晓岚的下联也是由四个字‘东’‘西’‘当’‘铺’重复组成。”

徐佩萍皱眉想了好一会儿，才恍然大悟道：“嗯，真的是呢。”感觉太伤脑子了，便不想再继续这个话题，然后夹了一块葡萄鱼放在吴俊锋的碗里，含情脉脉地说，“你尝尝，酸酸甜甜很好吃的。”

吴俊锋正一边想着心事，一边偷偷瞄向姐姐，没想到却被妹妹打断了思路，便不耐烦地说：“我不用尝，早就知道了，你以为谁都像你那样后知后觉啊。”

徐佩萍又碰了钉子，刚刚被臧远航逗出笑容的脸，再次僵住了。

徐佩芸担心妹妹下不了台，便催促道：“大家别只顾着说话，赶紧吃饭吧，下午我还要去追一批货呢。”

接下来，大家全都沉默了，只顾埋头吃饭。

因为接连碰了吴俊锋两次钉子，徐佩萍一直在自责，不知道自己到底是哪里做错了，惹对方不高兴，所以完全没有食欲；因为吴俊锋对妹妹不耐烦的样子，让徐佩芸心疼得不行，所以连筷子都不想碰一下；因为曾经的好友兼仇人吴俊锋在场，所以臧远航吃得非常别扭；因为臧远航在场，并且一直和徐佩芸坐在一起，所以吴俊锋也吃得味同嚼蜡。

这哪里是吃饭，分明是鸿门宴啊！

各怀心事的四个年轻人，饭菜没动几下，吴俊锋便匆匆喊来伙计结账了。

小蓬莱一楼，臧家栋正独坐在一间雅座，优哉游哉地喝着小酒。

臧远茹急匆匆走进来，焦急地问：“爸爸，都什么时候了，你还有闲心在这里喝酒？”

臧家栋猛一抬头，见是自己的女儿，不由恼羞成怒道：“怎么又是你？我把你养这么大，不是让你跟踪我的！”

臧远茹动之以情，晓之以理地说：“爸，你是知道的，现在政府对枪支弹药这块管理得越来越严格了，主要方法是发持枪证和给枪械烙印。持枪证登记枪械的型号、种类、配子弹数量、持枪人的名字、住址、枪号等。同时，在枪械上烙印，注明枪号，做到一枪一证，不可以私下运输和贩卖的，否则一经查获，那可是重罪啊。所以请你认真回答我，到底有没有在蛟龙号上私放枪支弹药？”

臧家栋恼羞成怒道：“你哪只眼睛看到我私放枪支弹药了？”

臧远茹苦口婆心地说：“爸，你自己心里清楚。以前，我不止一次见到你放的，但是为了你的面子，我从来都不敢说。可是这次情况不同了，只有确定你放或没放，我们才可以找到应对的办法呀。否则，后果会很严重的，你知道不知道啊，爸爸？”

臧家栋脸色一变，将酒杯往桌上一摔，猛地跳起来，简直是咆哮了：“臧远茹，我再一次警告你，我不会回答你那个无聊的问题，要是把我逼急了，小心我和你断绝父女关系！”

臧远茹听了这话，委屈的眼泪在眼眶里打转，只好恨恨地望了望父亲，跺了跺脚，飞快地冲出门去。

但是因为她跑得太快，并且只顾擦眼泪，在走过酒楼拐角时，完全没有看清楚脚底的路，竟然不小心碰到了一块凸起的石头，她身子顿时一个趔趄，同时脚面传来钻心的疼痛。

她立刻蹲下身子，痛苦地抱住了脚，忍不住委屈地号啕大哭起来！

第25章　被海关扣押

臧远航一行四人正好走出小蓬莱。

虽然吴俊锋脸色不是很好，但徐佩萍还是温顺得像只小绵羊似的，可怜巴巴地跟在他身后。

这让吴俊锋更加生气了，因为如此一来，就不能单独和心仪的姑娘说话了。但是大庭广众之下，又不能把她推开，只好甩开大步，几乎是小跑一样向前走去！

徐佩萍亦步亦趋地追赶着，娇弱的身子，很快就上气不接下气了。

臧远航刚才在酒楼里，已经意识到他们两个之间的问题了，见状不由怜悯地说："你妹妹这是何苦呢？"

徐佩芸无奈道："我了解妹妹，她虽然是个单纯善良的姑娘，但是倘若认准一件事，就不会轻易放下了。"

两人说到这里，正好转弯，臧远航刚想接话，忽然发现，堂姐蹲在不远处的角落里，哭得稀里哗啦的。

他连忙对徐佩芸一抱拳道："不好意思，失陪了。"边说边快步跑过去，关切地一迭声问："大姐，你怎么了？谁欺负你了？告诉我，我一定不会便宜他的！"

臧远茹看到堂弟，眼泪流得更多了，艰难地抬着伤脚，委屈地说："我爸他、他、他实在是太过分了……"

臧家大院门口，臧家栋红光满面的，一边哼着小曲，一边打着饱嗝，笑眯眯地走过来。

臧远航气喘吁吁地从后面追上来："二大，二大。"

臧家栋听到声音，便转过身来，好脾气地说："哦，远航啊，是不是又想问二大要零花钱了。"边说边从口袋里掏出一沓钞票递过去，大方地说，"喏，拿去吧，趁着年轻，想吃就吃、想喝就喝、想玩就玩，别像你爸似的，一天到晚都是码头、工作的，像个苦行僧，没趣极了。"

臧远航连忙将钱塞给他，认真地说："二大，我现在在码头上班，已经有工资了，不再是过去的穷学生了。我找你，是因为别的事情。"

臧家栋拍着胸脯保证道："有什么事你尽管说，我可不像你爸那样假正经，只要二大能办到的，一定会帮你的。"

臧远航严肃地说："既然如此，那二大就请告诉我，你是不是将没有烙印和报关的枪支弹药，私自放在蛟龙号上了？”

臧家栋闻言，刚才还笑眯眯的脸色，立刻就沉了下去，愠怒道：“又来了，又来了，我今天真是撞了鬼了！”

说完这话，便再也不理侄子，头也不回地走进家门。

臧远航连忙跟在后面，边追着边喊道：“二大、二大……”

臧家栋却头也不回，索性甩开了大步。

臧家大院客厅，臧家栋刚走进来，臧远航就抢先一步拦住他，并穷追不舍道：“二大，你一定要说清楚，这件事可大可小的。你究竟放了多少枪支弹药上船，数量多少？”

臧家栋无路可走，只好愠怒地说：“刚才远茹逼我，现在你又逼我，你们烦不烦啊？”

臧远航见他仍然不开口，情急之下，便威胁道：“你要是再不说，我就直接告诉我爸了。”

没想到臧家栋闻言，简直暴跳如雷了：“你去告吧，你去告好了！你告诉你爸，我不仅走私枪支弹药，我还贩卖烟土、倒卖人口，总之什么都卖。这样回答你满意了吧！去告啊，你去告啊，别说你告诉你爸，你就是告到北京，我都不怕！”说完，便一屁股坐在沙发上，看上去气得不轻。

臧远航毕竟年轻，又是小辈，一时竟被二大的气势唬住了。

正在他不知道如何是好时，忽然传来一声咳嗽，回头一看，发现爷爷惊讶地走了进来。

他连忙迎上去招呼道：“爷爷。”

臧增福望着怒气冲冲的二儿子，疑惑地问："我老远就听到你们吵起来了，怎么回事，以前你们伯侄两个的关系，不是一直很好的吗？"

臧家栋闻言，便霍地站起来，理直气壮地说："爸，你来得正好！你评评理，码头我占两成股份，我现在等于是用我自己家的船，运送一点点枪支弹药，送给亲朋好友防身，是不是不可以？算不算犯法？"

臧远航连忙补充说："爷爷，蛟龙号被扬州海关扣押了。"

臧家栋怒喝道："这根本就是两回事！船被人扣起来，是因为你爸得罪了人，让人整了，跟我运不运送枪支弹药没有半点关系！"

臧远航立刻抓住他的话头，趁机说："噢，运送枪支弹药？你终于承认你在船上放了枪支弹药，我马上去告诉我爸！"

臧增福却阻拦道："远航，不要去啦。现在码头乱成一团，你就不要节外生枝了。"

臧远航犹豫道："可是，爷爷，这么大的事……"

臧增福连连摆手，示意孙子不要再说下去，然后苦口婆心地劝道："远航，你还是个孩子，对生意上的事情还没有判断力，两件事不一定有关系的。你爸那个暴脾气，如果知道这件事，一定会和你二大大吵大闹的，到时候内忧外患，你是想让码头倒闭吗？"

臧远航委屈地说："我虽然不懂生意上的事情，可我也知道，这件事关系重大，如果我爸不知道这事，就没有办法采取相应的措施，蛟龙号一定凶多吉少，码头也会很危险。所以，把这件事瞒着我爸是不负责任，以后他要是知道了，一定会很难过的。我本来已经答应他了，以后要好好学做生意的嘛。”

臧家栋不屑地上下打量了一下他，然后冷哼一声道：“学做生意？就凭你？你从小到大，除了读书，还会干什么？吴俊锋只比你大一岁，人家都暗中买通王志信，让人把蛟龙号扣了，你倒好，还嘻嘻哈哈地和他一起吃饭喝酒，别以为我不知道！”

臧远航闻言，不由吃了一惊道：“怎么可能？他刚才还说，以后和我还是好朋友呢。”

臧家栋讽刺道：“这话你都信？你三岁小孩吗？被人卖了还帮人数钱？臧远航，你这不是单纯，你这是轻信，是愚蠢，你知道吗？还想做生意，我看你还是继续做你的留学大梦吧！”

臧远航被噎得直翻白眼！

虽然他对二大很不满，但是却不得不承认，吴俊锋前头给自己家挖了那么大一个坑，后头却还说和自己是好朋友，这“翻手为云，覆手为雨”的功力，实在不是一般的深厚。虽然臧家世代儒商，自己绝不会如此卑鄙，但是却一度相信了他的话，这说明自己对人情世故，看得实在是太肤浅了，而这正是做生意的大忌啊！

想到这里，他不禁心服口服了，然后直视着二大，郑重其事地说：“我错了，但我会改的！但是你错了，你会改吗？”

臧家栋几乎是咆哮了：“我再说一遍，我没错！”然后，拂袖而去！

第26章　煽动闹事

运河码头边停靠着好几艘大船，工人们正在将堆积如山的麻袋扛上船只，到处是一片繁忙的景象。

忽然，工人老吕举着报纸，边跑边喊：“大事不好了，大事不好了。”

工人们立刻围上来，吵吵闹闹地问道：“什么大事，什么大事？”

已经养好伤重新回来上班的曹强，也着急地问：“我们码头出事了吗？”

工人们纷纷疑惑地说：“不会吧？”

老吕却指着报纸，激动地说：“你们看，这是今天的《窑湾商报》，说我们的蛟龙号被扬州海关扣押了。”

曹强吃惊地地瞪大眼睛：“怎么会？蛟龙号是我们码头最大的一条船，这次运载了整整一船的甜油啊！”

工人甲担心地说："那完蛋了！码头这次一定损失很惨重，要赔偿一大笔钱，我们怎么办呢？"

工人乙迅速爬到麻袋上面，激动地说："如果这件事不能解决，码头一定会倒闭，大家说怎么办？"

工人们立刻七嘴八舌的，个个群情激昂，议论纷纷。

码头管理处大办公室内，职员们也在边看报纸，边议论纷纷。

正在这时，臧家梁带着臧远航，看似非常平静地从外面走进来，径直奔向会议室。

办公室职员们互相望了望，立刻焦急地跟了上去。

郑一飞走在人群前头，边走边指着手里的报纸，着急地说："老板，《窑湾商报》都登了，说我们的蛟龙号被海关扣押了，这是真的吗？"

臧家梁毫不意外地点点头，同时迈开大步继续前行。

码头管理处会议室内，臧增年和臧远胜两人正拿着报纸，小声议论着，看到臧家梁一行人进来，连忙闭了嘴。

臧家梁坐到自己的位子上，平静地说："我们的蛟龙号被扬州海关扣押了！"

大家听了这话，全都疑惑地望着他。

郑一飞小心翼翼地问："老板，原来你都知道了？"

臧家梁点点头道："是的。不但《窑湾商报》登了，上海、扬州、徐州等好多家报纸都登了，不但把蛟龙号被扣押的事曝光了，甚至还说我们码头出了这么大的问题，很快就要倒闭了。”

臧增年忧心忡忡地说：“如果这个时候，吴俊锋再趁热打铁，威逼利诱其余钱庄，让我们还债，码头就真的要倒闭了啊。”

臧远胜也唉声叹气地说：“唉，那我们怎么办呢？”

臧家梁却胸有成竹道：“叹什么气？‘兵来将挡，水来土掩’就是了。”

正在这时，只见臧远方慌里慌张地跑进来，一边跑一边喊：“不好了，出事了，码头出事了！没人干活了，工人们都到运河堰上开会去了！”

听了这话，所有人都吃了一惊。

原本忙碌的码头上，此时空无一人。不远处的大运河堰上，此刻站满了工人。

他们将搬运部主管杨洪生团团围住，吵闹不止。

杨洪生虽然着急，但还是努力安慰道：“大家静一静，静一静。码头没有问题，绝对没有问题，只要大家做好自己的本职工作就行了。”

工人们却举着报纸，纷纷说：“报纸上都登了，你还说没事？”

杨洪生面对混乱的场面，急得额头上都冒出了汗，但是却又无计可施，只能嘶哑着声音喊：“不信谣、不传谣！”

但是没有用，工人们仍然乱作一团。

正在这时，忽然不远处传来一阵阵的吵闹声。

紧接着，一顶装饰豪华的轿子，越来越近了。

工人们立刻将视线集中在轿门上，疑惑地互相打听道：“这是谁啊？”

很快，就看到宝通成唐掌柜从轿后面走出来，然后恭敬地打轿门，随即，身着笔挺西装的王志信趾高气扬地走了出来。

立刻有工人认出了他们，纷纷惊讶地叫道：“宝通成王老板，他来干什么？”

王志信微微一笑，刚想说话，就听到不远处，传来一声小轿车的喇叭声。

大家立刻循声望去，只见一辆白色轿车缓缓驶过来，从车里走出一身休闲打扮的臧家梁，看上去像什么事都没发生似的，他身后跟着两个侄子臧远方、臧远胜和助手郑一飞，四个人气定神闲地走进人群中。

王志信看他心情似乎不错的样子，脸上的狂傲之情锐减，甚至有些怀疑自己的眼睛。

没想到臧家梁却主动走上前，笑容满面地招呼道：“哟，这不是宝通成的王老板吗？王老板，今天什么风把你吹来了？哈哈哈。”

王志信这才想起自己此行的目的，不由得意起来。但是还没等他说话，刚才还群情激昂的工人们，纷纷和臧家梁打起了招呼。

甚至于，曹强还挤到人群前面，感激地说：“老板，我回来上班啦。”

臧家梁关切地问：“曹强，你身体恢复得怎样？”

曹强由衷地说：“谢谢老板，现在我什么事都没有了，身上连伤疤都看不到了呢。”

臧家梁称赞道：“赵先生不愧是明御医后人，他的医术别说在窑湾，在全国都赫赫有名。”

听了这话，立刻有工人们前来打听事情经过。

曹强一边讲解养伤经过，一边不停地感激道：“老板真是好人啊，不但把我的医药费全付清了，还把我一家老小的吃穿用度，全都包圆啦！”

工人们纷纷竖起了大拇指道：“跟着这样的老板，真是福分呐。”

王志信看到臧家梁和工人们如此亲密，一脸的不耐烦，却也无计可施。

正在这时，工人甲拿着报纸走到臧家梁面前，指着报纸问：“老板，这报纸上说，我们的码头即将倒闭，是不是真的？”

其余工人们，也跟着纷纷发问。

听了这话，王志信立刻变得皮笑肉不笑起来，同时也是精神一振。

臧家梁却连看都不看，便轻松地说：“这几份报纸，我早已经看过了，这是有奸人看我们码头生意太好了，心生嫉妒，于是就贿赂上头，目的是想抢我们的生意。我现在正准备去扬州，告他们造谣诽谤呢。”

工人们听了这话，立刻喜笑颜开道：“那太好了，我们早就知道没事的。”

臧家梁将手一挥：“没事，没事，当然没事！我再给大家吃颗定心丸，今年分红，各位都有份，只比往年高，绝不会比往年低！”

工人们兴奋地说：“太好了，太好了，谢谢老板。”

臧家梁微微一笑道：“好了，时间不早了，码头上还有很多货没卸呢，大家快去干活吧。”

工人们刚受到莫大的鼓舞，于是边说边笑，一齐向大门涌去。

王志信一竖大拇指，讽刺道：“臧会长真是巧舌如簧啊。”

臧家梁这才把脸转向他，平静地说：“王老板，没想到在这里遇到你，真是凑巧啊。”

王志信冷哼一声道：“不是凑巧，我今天是专门来通知你的，我要找你催债了，可要准备好了哦。”

还没离开的工人们听到这话，说笑声立刻停止，吃惊地转回头，重又向两人围拢来。

臧远方、臧远胜和郑一飞担心极了。

臧家梁却连眼睛都不眨一下，胸有成竹地说：“连本加利，一共是大洋十六万整。你放宽心，我已经让人把钱准备好了，随时都可以送过去！”

王志信听了这话，刚才还很得意的笑容，立刻就僵在了脸上！

第27章　他们死定了

码头管理处总经理办公室，臧家梁坐在椅子上，一副忧心忡忡的样子。

臧远方、臧远胜和郑一飞站在他的办公桌前，一改刚才的精神抖擞，全都是垂头丧气的样子。

臧远方担心地说："三叔，我们码头哪里有十六万还人啊？"

臧家梁瞪了他一眼，没好气地说："我当然知道没钱还，说说还不行啊。我们的蛟龙号刚被王志信的猪朋狗友扣押了，他就来闹事了，事情哪里会这么巧？我要是不稳住他，工人们若是知道真相，还不定乱成什么样子。现在码头最主要的是稳住局面，我已经有了一个全盘的计划。我不但要把蛟龙号和那些货要回来，我还要好好惩罚一下王志信，让他背后的黑手，以后不敢再打我们码头的主意才行！"

臧远方更加焦急了："那我们现在怎么办呢？"

臧家梁胸有成竹地说：“一飞，你马上通知顾律师，我要和他去扬州一趟。”

郑一飞立刻道：“好，我马上通知。”

臧家梁又吩咐说：“远胜，马上帮我订去扬州的船票。”

臧远胜点点头：“好的。”

臧家梁最后拍拍大侄子的肩膀说：“远方，你和远茹一定要稳定码头工人的情绪，防止王志信再来煽动闹事，等我回来！”

臧远方郑重地说：“好。”

码头管理处大办公室，臧远航垂头丧气地走进来，恰好遇到正焦急等待他的堂姐。

臧远茹看到他，立刻一瘸一拐地迎上来，小声问：“远航，怎么样？到底我爸放没放私货？”

臧远航点点头：“二大承认他放了。但是，爷爷说两件事不一定有关系，让我不要告诉我爸。”

臧远茹沉思片刻说：“爷爷虽说做事不够果断，但毕竟有几十年的码头管理经验，也许真的是我多虑了。这件事如果让三叔知道，和我爸肯定又要发生一场争执。不如，你不说我不说，就这样算了吧。”

臧远航却摇摇头道：“虽然我没有在码头做过事，更没有爷爷经验丰富，但是我生在臧家，从小就在码头玩耍，对生意上的事，还是略知一二的。我认为我们并没有多虑。不行，我一定要把这件事告诉爸爸。”

臧远茹还想要阻止他：“可是……”

但是臧远航已经迅速走远了，她一瘸一拐地追了几步，只好停了下来，眼睁睁看着堂弟快步走到了总经理办公室门口。

码头管理处总经理办公室内，臧家梁衣着整齐，正在打电话：“……是，院长，我是臧家梁，关于副市长贾以刚下令扣押我们货船的事，我明天就去扬州处理！”停顿一下，笑容满面道，“呵呵，那真是太好了，我已经买了船票……好，好，再见，再见。”

他刚放下电话，郑一飞就带着一个手提公文包的人走了进来：“老板，我带着顾律师来了。”

臧家梁站起身来，兴奋地说：“好，顾律师，我想请你和我一起去扬州，向当地法院提交诉状！”说完这话，便带着一行人，信心百倍地走出了办公室。

当臧远航火急火燎地走到总经理办公室时，父亲恰好带着一行人走出来。

他见此情景，便急切地说：“爸，我要告诉你一件事！”

臧家梁不以为意道：“有什么事等回来再说，我现在马上要去扬州打官司。”

臧远航疑惑地问：“去扬州打官司？”

臧家梁胸有成竹地说：“是的，我们的船在扬州被扣押了，我刚刚已经联系上了扬州法院院长，这个院长素来以清正廉洁著称。他在电话中告诉我，一定会秉公执法。如果真有行贿受贿、徇私舞弊的行为，绝对不会放过贾以刚一干人等。到时候，指使他这样做的人，就不会有好日子过了，搞不好要蹲大牢的！至于王志信，也就不会再闹腾了。”

臧远航连连摆手：“爸，不可以，绝对不可以……”

臧家梁挥挥手打断他的话，胜券在握地说：“远航，你还小，还不懂生意上的事。对付真小人，我们一定不可以心慈手软，要痛打落水狗。否则，他以后只要逮着机会，还会想方设法置我们于死地的。”说到这里，不由冷笑起来，“贾以刚和王志信不是猪朋狗友吗？我让他置法律于不顾，官商勾结坏事做尽，现在遇到我臧家梁，他们死定了！”

正在这时，臧远方拿着一叠文件迎上来：“三叔，你要的文件和账簿，我都准备好了。”

臧家梁踌躇满志道：“好，我们马上出发！”

臧远航连忙跟上去，焦急地喊道：“爸爸，爸爸。”

臧家梁不再理他，带着一行人径直走向大门。

他边走边吩咐跟在身后的律师：“运河码头在窑湾经营二百三十多年了，在业界都是有口皆碑。我臧家梁做人一向是堂堂正正，‘坐得端、走得直、站得正’；做生意更是正大光明，每一宗生意都是有单有据，绝不存在任何违法乱纪行为，所以各位不用担心，这场官司，我们一定会打赢的。这叫‘有理走遍天下，无理寸步难行’！”

码头管理处大办公室，一行人边说边走了过来。

臧家梁笑容满面地说：“各位同事。”

职员们立刻站起身来，齐声回道：“老板。”

臧家梁昂然道：“我这次到扬州，不但要要回蛟龙号和那批甜油，我还要把幕后黑手揪出来，让他从此不敢再在我背后放冷箭！”

臧远航终于拨开人群走上前来，着急地喊道：“爸爸，爸爸。”

臧家梁看到又是儿子，便不耐烦地说：“远航，现在是关键时刻，你不要再添乱了。有什么事，等我从扬州回来再说吧。”

他撂下这话，便带着一行人走出了管理处。

码头管理处门口，职员们齐祝福道：“老板，一路顺风。”

臧家梁举手向职员们示意：“谢谢大家，你们安心工作，等我的好消息吧。”

臧远航再次挤上来：“爸爸，我有重要的事情一定要和你说。”

臧远方提醒道：“有什么事回来再说吧，再晚就赶不上客船了。”

臧家梁却连理都懒得理他，抬手就去拉车门！

臧远航顾不得人多了，只好大喊一声道：“爸爸，这件事很重要的，关系到二大！”

臧家梁听到“二大”两个字，立刻停住手，沉吟片刻，便示意儿子走到旁边的走廊下，看了看表，不耐烦地说：“快说吧，你二大怎么啦？”

臧远航郁闷地说：“爸，我看你还是不要去打官司了，一定会输的。”

臧家梁却不以为意地问：“为什么？”

臧远航不敢看父亲自信满满的双眼，只好低下头小声道：“你还不知道吧，二大偷偷将没有打烙印和报关的枪支弹药放在蛟龙号上了。”

臧家梁闻言，不由大吃一惊：“你说的可是真的？”

臧远航犹豫了一下，还是说：“当然是真的，大姐不会骗我的。其实不仅仅是这次，二大这样做，已经有很长一段时间了，只是你不知道而已。”

臧家梁闻言，身子一个趔趄，猛地用手捂住头部，痛苦地低吼道：“很长一段时间？很长一段时间了？我得有多蠢，竟然对此一无所知啊！”

臧远航赶忙扶住他，焦急地喊道：“爸爸，爸爸。”

众人见状，连忙围了上来，七手八脚把他抬回到管理处。

码头管理处大办公室内，臧家梁用手捂着头部，看上去非常痛苦。

臧远航赶忙递过一杯水。

臧家梁吃下了药丸，这才放下捂着额头的手，疲倦地坐在椅子上。

臧远航关切地问：“爸爸，你没事了吧？”

臧远方看了看，焦急地问：“三叔，你还要去扬州吗？”

臧家梁生硬地说：“我们自己有把柄被人抓着，还去个鬼啊去，自投罗网吗？”

臧远茹担忧地问：“那我们现在该怎么办？”

臧家梁叹了口气说：“现在是我们有把柄在别人手里攥着，只能自认倒霉了。眼下唯一的办法，就是赶紧查查账簿，看看到底还剩多少钱，马上派人到扬州找关系去疏通。”

郑一飞走进来问：“老板，顾律师还等在外面呢，这个官司到底要不要打？”

臧家梁没好气地说：“打什么打？我们现在拿什么和人家打？天时、地利甚至人和我们都不占先机，于情于理甚至于法都是我们不对。疏通关系啊，疏通关系还能大张旗鼓吗？那不是把事情闹得更大了吗？”

正在这时，孙管家急急忙忙赶进来：“三老爷，老太爷让你赶快回家，说有要事相商。”

臧家梁揉了揉额头，站起来就要向外走。

臧远航连忙扶住他：“爸，你歇着，我回家看看爷爷有什么事。”

臧家梁苦笑着说：“还是我去吧，估计是你二大那边，又不知道出什么幺蛾子了。”

臧家大院客厅内，臧增福正坐在沙发上，大口大口地喘着粗气。

臧家栋怒气冲冲地站在一边，看到三弟走进家门，立刻怒目而视。

臧家梁连忙扶着父亲的背，关切地问：“爸，你怎么了？谁又惹你生气了？”

臧增福好不容易止住喘，这才嘶哑着声音说：“我没事的，不过我听你二哥说，蛟龙号被扬州海关扣押了，你还要带着律师去打官司，是不是？”

臧家栋仍然一脸怒气地瞪着三弟。

臧家梁装作没看到一般，安慰父亲说：“没有那么严重的，爸，我们这么大的码头，遇到困难也是很正常的嘛，想办法解决就是了。”

臧增福点点头道：“你说得也对，做生意嘛，总是有起有落的。不过刚才你二哥和我说，这些年，你得罪人太多了，他不想再和你担惊受怕了，想拿回他的两成股份。”

臧家梁诧异地抬头，看着所谓的二哥，目光冰冷如铁！

臧家栋毫不示弱地回瞪了他一眼。

臧家梁走到他面前，一字一顿地说："我不同意！"

臧家栋闻言，立刻就火了，也逼近一步，气势汹汹地说："当初爸爸决定由你做码头当家时，根据之前入股多少签订了协议，上面写得清清楚楚，码头我占两成股份。我现在只不过是拿回我的两成，你凭什么不同意？"

臧家梁当仁不让道："上面也写得清清楚楚，那两成股份，你想要拿走，必须经过我同意才行！"

臧家栋气极，抓住三弟的衣领，作势要打他。

臧家梁毫不退让道："你打啊，你打啊，你敢动我一根汗毛，那两成股份，我一定会想办法收回！"

臧家栋气极，手却只能停在半空中。

于是，兄弟俩像两只好斗的公鸡一样，怒目而视！

臧增福着急地劝道："家栋啊，我们虽然是生意人，但也是尊孔孟之道的儒商！你动不动就暴跳如雷，哪有半点窑湾子弟之风啊。"

听了这话，臧家栋冷哼一声，只好将手放了下来。

臧家梁整理下衣服，走到父亲面前，安慰道："爸爸，你别气坏了身子，我不会和他一般见识的。"

臧家栋怒气冲冲道："谁稀罕和你一般见识！你要是一时拿不出那么多钱，也可以分期给我，不过利息按钱庄的规矩核算，一个子儿都不能少！"

臧家梁坚决地说："别说利息没有，就连你原先的本金，我也绝不会给你一分钱！”

臧家栋走到父亲面前，气急败坏地说：“爸，爸，你听他说的是什么话？这是人说的话吗？两成股份是我的，他凭什么一分钱都不给我！”

臧家梁冷冷地说：“就凭我刚刚才知道，这么多年，原来你一直偷偷利用我们的货船，走私枪支弹药，破坏码头商誉！你扪心自问一下，成天只顾着打自己的小算盘，为私利置码头利益、整个窑湾经济利益于不顾，到底还有没有做人的底线和良知？”

臧家栋立刻气结，伸出手指指点着他：“你、你、你……”却半天也“你”不出什么来。

臧家梁愤怒而坚决地说：“你让码头遭此大劫，别说现在急需用钱，就是以后赚了很多钱，我也不会再分给你一分一毫！”

臧家栋咆哮道：“你这是想独吞？！”

臧家梁毫不相让道：“我赚了钱，宁愿拿去乐施堂和孤寒院做慈善，也不会给你！”

臧增福声嘶力竭地说：“家梁，你能不能少说两句！再怎么说，他也是你二哥，有话好好说嘛，都是自家兄弟，一定要人头打个狗脑子出来？”

臧家梁轻蔑地望了二哥一眼，撇了撇嘴说：“爸，你问问他，这些年来，可有一丝一毫的兄弟情分！”

臧家栋恶狠狠瞪了他一眼，冷哼一声，拂袖而去！

第28章　又让我给你当挡箭牌

徐家大院客厅，徐佩萍笑容满面地从门外走进来，甜甜地叫了声：“妈，我回来啦。”

柳兰香亲热地迎上去：“佩萍，看你高兴成这个样子，是不是又和俊锋约会去了？”

徐佩萍红着脸点点头：“嗯。”

柳兰香关切地问：“你们每次约会，都聊的什么？”

徐佩萍害羞地说：“妈，这怎么好意思对你说呢？”

柳兰香用手指点了点她的额头，爱怜地说：“臭丫头，妈这不是打探你的隐私，这是为你好啊。”

徐佩萍疑惑地问：“为我好？你的意思是？”

柳兰香若有所思地说：“按理，你们约会也有一段时间了，吴家应该托人来提亲了。但是前几天我看到吴光淮，他对我还像平常一样，好像压根儿都不知道你们约会这件事似的。”

徐佩萍脸上的笑容也僵住了，但转瞬又恢复了常态："可能是俊锋认为时机不成熟，还没来得及和家里说吧。"

柳兰香不置可否地摇摇头："每次约会，他对你好，还是不好？"

徐佩萍想了想道："有时很好很好，有时好像又不太好，甚至有两次还发了很大的脾气，不过一会儿就又好了。"

柳兰香皱了皱眉说："这倒没什么，男人都有脾气的嘛。那你告诉妈，你们平时都聊些什么？"

徐佩萍想了想道："聊得也不少，对了，他好像很关心我们家里的事，特别喜欢听我和姐姐以前的事情。"

柳兰香不由郁闷起来："怎么会聊这些？好像我感觉哪里不太对劲呢？"

徐佩萍忽然想到什么，开心地说："噢，对了，他还说，我的性格温顺贤淑，像白糖水；姐姐的性格外柔内刚，像……像……"

柳兰香着急地催促道："哎呀，臭丫头，到底像什么？"

徐佩萍咬着手指想了半天，这才说："像……像绿豆烧。"

没想到柳兰香闻言，竟然惊喜地连声道："这就好，这就好，我的好女儿，你就不用担心了。"

徐佩萍不禁小心翼翼地问："妈，俊锋这个比喻，到底是什么意思呀？"

柳兰香一拍巴掌道："哎呀，笨丫头，这还用问吗？男人娶妻嘛，当然是喜欢给生活增加甜味的白糖水了；谁会喜欢整天喝酒呢，喝多了发酒疯不说，还会伤身！”

正在这时，徐佩芸从外面走进来，听了这话，脸上不由掠过一丝担忧。

她沉吟片刻，便向码头走去。

运河码头上，像往常一样装货卸货，正忙得不亦乐乎。

徐佩芸毫不犹豫地在人和货物中间穿梭，脸上却掠过一次次失望。

好在不远处的臧远茹见状，连忙走上前，热情地问：“佩芸，有什么可以帮到你？”

徐佩芸有些不好意思，但还是正色道：“我想找远航，上次运往新加坡和马来西亚的那两批甜油，是由他负责的，我好像把数据搞混了，需要找他核对一下。”

臧远茹笑笑道：“那你别在这里找了，他刚去邮电局了。”

徐佩芸道了谢，立刻转身而去。

大清邮电局内，臧远航焦急地等在电报室外面。

过了好一会儿，电报员终于喊道：“臧先生，你的电报。”

臧远航接过电报，默默念道：“扬州方面回复，蛟龙号上午九时已经从扬州起航。”他兴奋不已，“真是太好了！这批货本来就是提前三天上船，现在只耽搁了两天，一定不会耽误货期了。”他边看电报边低头向外走去。

徐佩芸正好走进邮电局，一抬头就看到他，犹豫了一下，便对着他的背影喊道：“唉，唉，败家精，不不，远航，臧远航……”

大清邮电局外，臧远航并没有听见，仍然急匆匆地往前走。

徐佩芸急了，立刻改口道：“败家精，败家精！”

臧远航竟然条件反射般地停住了，回转身看到是她，不由怒了，大踏步走到她面前，一字一顿地说：“我警告你，现在我在码头帮爸爸做事，已经不是败家精了！”

徐佩芸强忍着笑意说：“叫你名字你听不到嘛。”

臧远航瞪了她一眼，没好气道：“叫我干什么？是不是又想让我给你做挡箭牌了？”

徐佩芸不屑地说：“还挡箭牌呢，就你这肉体凡胎，别说是箭，一阵大风都能把你刮倒！”

臧远航故作大度地说：“算了，我今天心情好，不想和你计较。什么事，快说！”

徐佩芸犹豫了一下，还是为难地说：“其实也没什么事。你和吴俊锋曾经是好朋友，你知不知道，他到底喜欢什么样的姑娘？”

臧远航轻松道：“当然是你妹妹那样的了，现在他们两个人频繁约会，整个窑湾谁不知道？”

徐佩芸不满地说："这话说和没说一样！"

臧远航刚想说什么，忽然听到一个甜甜的声音说："喂，停车。"

这声音清脆悦耳，正在说话的两个人，立刻同时循声望去，只见一个十八九岁的姑娘，坐在黄包车里，姑娘的衣着十分新潮，身着纯白色连衣裙，戴着太阳镜和遮阳帽，一看就是见过世面的人。

与此同时，车夫很快停了车，姑娘给钱下车，竟然向他们走过来，并惊喜地喊道："远航！"

臧远航诧异地问："请问你是？"

姑娘摘下太阳镜和遮阳帽，"咯咯"一笑道："你不认识我啦？我是慧珊，陆慧珊啊。"

臧远航惊喜地说："慧珊，是你啊，变得这么漂亮了。你不是在上海女中念书的吗？怎么回来了？"

陆慧珊撒娇地说："人家毕业了嘛。这么久不见，你就一点都不想我？"

这么直白大胆的问话，让臧远航有些猝不及防，脸腾地红了，但还是不好意思地说："当然想了，我们一起长大的嘛。"

徐佩芸见状，便识趣地说："你们聊，我先走了。"

臧远航热情道："先别走啊，给你介绍一个朋友。这位是陆市长的女儿陆慧珊。慧珊，这是三益甜油坊徐老板的大女儿徐佩芸。"

徐佩芸礼貌地伸出手："慧珊，你好。"

陆慧珊却装作没看见似的，将眼光越过她的头顶，环顾四周的建筑物，"哇"的一声感叹道："几年没见，真不愧是'苏北小上海'啊，窑湾的变化可真是太大了，再这样发展下去，能赶得上十里洋场了。"

徐佩芸的手举在半空中，只好讪讪地缩了回去。

臧远航皱了皱眉埋怨道："慧珊，佩芸和你握手呢，真没礼貌。"

徐佩芸不动声色地说："没关系，你们聊，我先走了。"

臧远航知道她虽然通情达理，但却是爱憎分明的，连忙歉然道："佩芸，你别生气，我代慧珊向你道歉。"

徐佩芸平静地说："你放心，我从不和听不懂人话的人一般见识。"

陆慧珊气呼呼地问："你骂谁？谁听不懂人话？"

徐佩芸微微一笑道："陆小姐既然听得懂人话，我当然就不是说你了。"

陆慧珊立刻张口结舌，半天说不出话来。

徐佩芸再不理他们，转身拂袖而去。

陆慧珊望着她的背影，轻蔑地说："哼，有什么了不起，不过就是一个没见过世面的窑湾乡下野丫头，竟然如此嚣张，真是太好笑了！"回头责备道，"远航，好久不见，没想到你品位越来越低了，竟然和这种人交往！”

臧远航很不高兴地纠正道：“第一，窑湾可不是乡下，这里的姑娘都是儒商之后，个个都很有教养的，绝不是乡下野丫头；第二，窑湾要是乡下，那你也是乡下野丫头呢。”

陆慧珊傲然道：“你真是的，我可是在上海见过大世面的，怎么能和乡下野丫头扯上关系。”

臧远航感觉她和以前不一样了，但是张了张嘴，涌到嘴边的话却是：“我还有急事要去码头，改天再去看你，先告辞了。”说完这话，头也不回地转身就走。

陆慧珊望着他的背影，气得连连跺脚。

第29章　欠债还钱天经地义

吴家盐行办公室，吴俊锋坐在办公桌前，不停地抽着烟，室内烟雾缭绕。

正在这时，妹妹吴俊莹推门走了进来。

她一进门就皱了皱眉，推开窗户，埋怨地说：“二哥，看你啊，爸现在已经知道抽烟有害健康，都准备放弃烟丝店生意了，你倒好，成天抽烟，也不怕伤身。大哥没了，你再有个三长两短的，爸爸妈妈，还有爷爷可怎么活啊？”

吴俊锋叹了口气道：“我真是没想到，扣船这么严重的事情，都能被臧家花钱摆平。看来臧家还是有一定实力的，要想搞垮他们和码头，并没有我想象中的那么容易呢。”

吴俊莹劝道：“爸正是让我来告诉你呢，这次臧家梁拿了近十万到扬州疏通关系，估计码头的流动资金所剩无几了。还有，臧家栋正闹着退股，码头工人也人心惶惶。要是你这个时候，再去鼓动各家钱庄向他们讨债，码头和臧家就完了，这是乘人之危，你绝不能那么做！”

吴俊锋却将烟头使劲按在烟灰缸里，恶狠狠地说：“我必须得乘人之危，我就是要让码头和臧家完蛋！”

吴俊莹苦口婆心道：“二哥，如果那样，所有窑湾人都会戳着我们吴家的脊梁骨骂的。”

吴俊锋却咬牙切齿说：“骂就骂吧。俗话说‘长兄如父’，我和臧家梁就是有杀父之仇了，想要我不追究，那是绝对不可能的！”

码头管理处总经理办公室内，臧家梁懒懒地半躺在办公椅上，微眯着双眼，紧皱着眉头，一脸忧郁。

臧远航捧着一沓文件，推开门进来说：“爸，这是我们码头和裕兴隆、宝通成、昌胜等钱庄的来往账目。”

臧家梁有气无力地说：“放到桌子上吧。”

臧远航本来转身要走，但想了想，还是收回脚步，小心翼翼地问：“爸，蛟龙号已经如期抵达上海，那批甜油也在运往法国的途中，你怎么还整天心事重重的？”

臧家梁终于睁开眼，坐直了身子打开账簿，边看边说：“我是担心，王志信和他的背后黑手，不会就此罢休啊。”

话音还没落，臧远茹就慌里慌张地推门跑进来，边跑边说：

“三叔，远航，宝通成的王老板来了。”

话音未落，就看到王志信带着两个跟班，气势汹汹地闯了进来。

臧家梁抬头看到他们，毫不惊讶。

三人如入无人之境，围着办公桌不请自坐，一看就是来者不善。

臧家梁佯装茫然地问：“你来干什么？”

王志信嘲弄地说：“你不是说已经把钱准备好了吗？我来取了！”

臧家梁淡淡道：“哦，你来得好像不是时候。”

王志信把眼一瞪说：“废话少说！连本加利十六万，马上把钱给我！”

臧家梁拍了拍桌上的文件，平静道：“我刚查了一下账簿，我们欠你们的那笔钱，还有两个月才到期。”

王志信冷笑一声，抽出一份合同，然后放到桌子上说：“臧会长，你仔细看清楚了，合同上清清楚楚写着，在特殊情况下，我们可以提前收回那笔款项，不过利息需要减半。现在宝通成资金周转困难，就是特殊情况了，我愿意把利息减半，快把钱还我吧。”

臧家梁冷冷地问：“合同上也写着，提前收回款项，必须经由双方同意，否则，视为违法。”

王志信望了他一眼，毫不示弱地说：“什么叫违法？如果说到违法，我只知道，你们不经过任何法律程序，直接就把人家吴俊旺杀了，就是最大的违法。”

臧家梁简直忍无可忍了，便讽刺道：“你说吴俊旺被杀违法？如果我没记错的话，辫子军围城那天，当陆市长就交出为首者还是开战征求各位商人代表意见时，王老板可是坚决支持交出为首者的！怎么现在，态度忽然就一百八十度大转弯了呢？说吧，吴俊锋给了你什么好处？”

王志信被戳到了痛处，便答非所问道：“此一时彼一时嘛。”

老练如臧家梁，怎么会不明白其中的原因，于是便开门见山地问：“那么，吴俊锋到底给了你什么好处？让一向正经做生意的你，不惜背信弃义？”

王志信闻言，老脸瞬间就涨得通红，恼羞成怒道：“我没有时间和你绕圈子，总之还钱！”

臧家梁强忍怒火说：“你想破坏规矩我也没办法。不过你突然让我还钱，我没有一点准备，手头没有这么多，于情于理，你是不是得给我一个期限呢？”

王志信嘲弄地说：“臧家的底细，别人不知道，我是一清二楚的。来之前，我就做好准备了。好，毕竟臧王两家也算是世交，我也不想做得太绝。我们生意人讲究的是八八发发，八天，我八天后会再来的。”

撂下这话，王志信便收起桌上的合同，霍地站起身来，带着两个跟班，扬长而去。

臧远茹和臧远航互相看了看，却也无计可施。

臧家梁阴沉着脸，缓缓站起身来，掀开了日历，停在八号那一页，猛地撕了下来！

码头管理处会议室，臧家栋、臧增年、臧远胜坐在会议桌一边。

臧远方、臧远茹、郑一飞、臧远航坐在会议桌另一边。

臧家梁正在主持会议："王志信那个疯子，逼我们八天后还钱，也就是本月八号，我们一定要把他的十六万还上。刚才我让远茹算了一下，除去上次到扬州疏通关系的十万，码头现在的流动资金只剩三万。也就是说，我们还要筹到十三万，大家说说，还有什么好的筹钱办法？"

臧远胜义愤填膺地说："王志信真不是个东西，先是找他的狐朋狗友扣了我们的船，逼得我们不得不把钱全部拿去疏通关系，现在又来催我们还钱，这分明是要把我们码头赶尽杀绝啊？还说八号要来收我们的钱，我们就是不还，看他能怎样！"

臧家梁不耐烦地打断他的话："好了，好了，远胜，这些事情大家都知道，我找你们来是看看怎么解决问题的，不是要你来发牢骚的！"

臧增年小声分辩道："远胜也提出解决问题的办法了，就是不还嘛。"

臧远胜不服气地一扭脖子："就是嘛，我也是在想办法啊。"

臧家栋打断儿子的话，阴阳怪气地说："你也是的，现在我们都被人逼到墙角了，除了低声下气向别人求和，还有什么法子可想哦。好了，好了，四叔、远胜，我们还是走吧，别在这里浪费时间了，没用的。"

他撂下这话，站起来就径直往门外走去。

臧增年和臧远胜犹豫了一下，同时望了望臧家梁，也跟了出去。

三人出去后，会议室的门就被"砰"的一声带上了。

臧家梁的脸色阴沉得仿佛要拧出水来，将拳头握得"咯吱咯吱"响，却一句话都没有说。

臧远茹歉然地说："三叔，你别难过，你知道我爸就这个脾气……"

臧家梁咬牙切齿道："我知道他恨我，但码头毕竟是臧家几代人的心血，我没想到在这关键时刻，他竟然等着看笑话！"

臧远航连忙安慰道："爸，你别生气。不如我们去找那些还欠着我们漕运费的商家，把眼下的情况和他们说一下，看他们能不能提前把钱付给我们。虽然数目都不大，不过加在一起，也不是一笔小数目，说不定就能还上了呢。"

臧远茹眼睛一亮，连忙站起身说："这主意倒是不错，我去看看还有多少账没收回来。"

没想到臧远航却早有准备："大姐，不用了。"然后拿起一个本子，如数家珍道，"蔡和兴印刷厂欠我们四千五百块，赵信隆酱园店欠三千九百块，接着永丰欠我们五千六百块。全部是十二号到期清付。早一两天付清应该没有问题。绿豆烧酒厂的欠债比较多，有八千五百块。是下月三日到期，不过他们资金比较充裕，陆市长又向来好说话，是可以商量的。”

臧远茹一边听一边飞快地在本子上计算：“三叔，如果这些账全部收齐，就有两千三百五十块呢。”

臧远方高兴地说：“积少成多，应该可以还上了。”

郑一飞忽然想起什么了：“对了，还有同福鸡蛋厂的欠债最多，有一万五千块。虽然还没到期，不过我们可以催一下……”

在众人说话的时候，臧家梁一直捂着头部，状极痛苦。

他听到这里，再也忍不住了，打断大家的话说：“不行，王志信已经不讲商誉了，我们不能像他那样，否则，就全乱套了。”

臧远航不服气地说：“爸，都什么时候了，你还在讲商誉？”

臧家梁语重心长道：“远航，我知道你现在懂事了，对码头也很用心。但是你要时刻给我牢牢记住：窑湾自古以来都是儒商，做生意最讲‘商誉’两个字。破坏规矩不但会令我们码头的商誉受损，也会破坏窑湾的经济秩序。我身为商会会长，绝不能带这个坏头。”

臧远航郑重地点了点头。臧远方张了张嘴，似乎还想说什么。

臧家梁却毫不客气地截住了他的话头：“就这样定了，你们不必再说了，我们另想办法吧。”

第30章　祖母绿戒指

臧家大院客厅内，臧增福夫妇、臧家栋夫妇、臧家梁夫妇、臧远方、臧远茹、臧远航一家人正在围桌吃饭。

臧家梁端起碗，将半碗饭拨到妻子的碗里。

郭文芳疑惑地问：“怎么，今天的饭菜不合你的胃口。”

臧家梁无精打采地说：“最近胃口不是很好，可能是太累了。”

臧增福点点头：“唉，最近码头的事一件接着一件，是够心烦的。”

臧家梁安慰道：“爸，你不用太担心，我会应付的。”

臧家栋不由撇了撇嘴，冷哼一声。

曹秀英瞪了二儿子一眼，劝道：“家栋，不是我说你，你身为二哥，理应多帮帮弟弟才是啊，怎么能动不动就给他泼冷水呢。”

庄淑环扫了小叔子一眼，阴阳怪气地说：“妈，你不要太偏心。就是家栋想帮，人家也未必让呢。”

臧远茹望着三叔阴暗的脸色，连忙打断了她妈的话：“妈，好了，吃饭了，不要再说了。”

庄淑环却用手一指她的额头，责怪道：“你呀，到底是从我肚子里生出来，还是从谁肚子里生出来的，整天胳膊肘向外拐！”

郭文芳趁机意味深长地说：“二嫂，这你就要好好检讨检讨自己了，为什么你们夫妇生了远茹，远茹却这么乖巧懂事呢？”

庄淑环立刻把脸撂了下来：“他三婶，你这是什么意思？”

郭文芳反唇相讥道：“二嫂，我说远茹乖巧懂事你还不高兴啊，难道硬要我说她没有家教、无理取闹吗？我可不想像你似的，经常睁着眼说瞎话！”

庄淑环气得直喘粗气，霍地站了起来，却说不出一句反驳的话来，只能将手指伸在半空中，指天戳地地说：“你、你、你……”

郭文芳见目的达到，便悠悠地喝了口茶，慢条斯理地说：“二嫂，小心气大伤身哪。”

庄淑环气得一屁股坐在椅子上，哭天抢地道：“哎哟，太欺负人了，这日子我没法过了呀。”

曹秀英“啪”地把筷子往桌子上一放，气愤地说：“你哭什么哭，我还没死呢！”

庄淑环这才止住哭，将碗往桌上一推，怒声道：“不吃了！”便起身离席而去。

臧家栋也站起身来道：“我也不吃了，气饱了！”

臧增福摇了摇头，叹了口气说："唉，真是家门不幸，内忧外患哪！"

臧家大院后院三房小院客厅内，臧家梁正站在穿衣镜前，缓缓地换上睡衣，脸色很是严峻。

郭文芳脚底生风地走进来，一屁股坐在椅子上，愠怒地说："刚才二房两口子，可真把我烦死了。码头他们也有一份嘛，又不都是我们三房的。我知道，这么多年，他们一直对你做这个当家耿耿于怀。可是当家有什么好，费心费力不说，还吃力不讨好！"

臧家梁停了好一会儿，才慢悠悠地开口道："你既然知道他们烦，就别再来烦我了。"

郭文芳望着丈夫，叹了口气，心疼地说："我哪里是想烦你，我是气不过。家梁，你和我说实话，这个难关，我们到底能不能渡得过！"

臧家梁扣纽扣的手，情不自禁地停了下来，犹豫了一下，还是说："恐怕，很难哪！"

郭文芳张了张嘴，但是最终什么都没有说。

小蓬莱二楼雅座内，郭文芳面前摆了满满一桌子酒菜，不住地向门口张望着，好像在等什么人。

终于，过了好久好久，一个雍容华贵、穿金戴银的中年女士才姗姗而来，她正是王志信的太太刘桂花。

郭文芳连忙起身，亲热地说："桂花，你终于来了，快请坐。"

刘桂花却冷淡着脸，只"嗯"了一声，才心不甘情不愿地坐下。

郭文芳赔笑道："桂花，再怎么说，二十年前，我们一同嫁进窑湾，再加上这么多年的交情，也是算是好姐妹了。好久没见了，你看，这些菜全部都是你最爱吃的。"

刘桂花看了看那些菜，脸色这才缓和下来，但还是冷声道："别说那些没用的了！找我有什么事，你就直说吧。"

郭文芳尴尬地笑了笑，还是说："虽说欠债还钱，天经地义。可是你知道，我们码头虽然外面风光，底子实在是空得很。我想请你劝说下王老板，让他看在臧王两家多年世交的分上，不要再为难我们了。"边说边从随身的坤包里，取出一只精美的首饰盒道，"这是我娘留给我的祖母绿戒指，我知道你一直很喜欢，送给你。"

刘桂花原本冷着脸，看到了戒指，眼睛不由一亮，立刻就有些不好意思起来了："哎呀，这怎么好意思，实在是太贵重了。"

但是话音还未落，郭文芳就强行给她戴在了手上。

刘桂花望着戒指，立刻喜笑颜开起来。

郭文芳赞叹道："你十指纤细、白嫩，这戒指戴在你手上，最配不过了。"

刘桂花点了点，却又叹了口气："文芳，难为你的一片苦心，我也不是不明事理的人。虽然你们确实借了我们钱庄的钱，但是并没有到期，我们当家的就逼你们还钱，确实是坏了规矩。这样吧，我回去好好劝劝他，看看有没有回旋的余地。”

郭文芳感激地说：“那就太谢谢了。”

臧家大院客厅内，臧增福夫妇、庄淑环和郭文芳正在悠闲地喝着茶，享受难得的午后时光。

庄淑环忽然眼珠一转，幸灾乐祸地说：“我看现在码头这一难关，我们臧家恐怕是难过了。”

郭文芳却自信满满地说：“我相信只要大家齐心协力，人人都像我和家梁一样用心，什么关都难不倒我们臧家！”

庄淑环立刻眉毛一挑问：“你这话是什么意思？”忽然，她眼角的余光，看到郭文芳光秃秃的手指，像是发现了新大陆一般，惊叫起来，“哎呀，你的祖母绿戒指呢？”

郭文芳不由一惊，连忙掩饰地将手往身后藏。

正在这时，忽然就看到臧家梁怒气冲冲地走进来。

他将一只精美的首饰盒，往妻子面前“啪”地一放，所有人都吓了一跳。

郭文芳脸色更是不由一变！

她看了看丈夫，犹豫着打开首饰盒，赫然见到自己送给刘桂花的那只祖母绿戒指，不由结结巴巴地问：“这、这戒指怎么会在你手里？”

臧家梁怒气冲冲地说：“问你自己！”

郭文芳自知不好隐瞒，只好沮丧道：“这是我送给刘桂花的，她收了戒指，答应回去劝说王老板的。”

臧家梁猛地将首饰盒推到地上，怒声道：“我真是丢脸啊，现在整个窑湾都知道了，我臧家梁是个无能的男人，自己摆不平的事，只好让老婆上阵！”

郭文芳不由恼羞成怒：“她收的时候可是欢天喜地的呢，怎么可以这样做事？”

说完，她抬脚便要向外走。

臧家梁见状，立刻呵斥道：“回来，你还嫌我的脸丢得不够大吗？刚才王志信来找我了，说让我分码头一成股份给他，我们欠的债就不用还了。我没同意，他回去就派人把这个盒子送来了！”

郭文芳诧异地问：“那你怎么不同意？分一成股份给他，总比码头倒闭强吧。”

臧增福也附和道：“是啊，家梁，文芳说得对。只要王志信从此不再与我们为难，就算分一成股份给他，还有九成在我们臧家手中呢。再这么斗下去啊，只会家无宁日的。”

臧家梁气得直拊掌：“爸，文芳，你们怎么都这么糊涂呢？王志信这样做，肯定是有人在背后指使的。如果我没猜错的话，那个人就是吴俊锋，他的野心，并不仅仅在于码头的一成股份，而是为了整个码头和臧家啊。如果我不答应，也许还可以想办法渡过这个难关；如果我答应了，那就是引狼入室，码头从此更是永无宁日了！”

臧增福半信半疑地问：“原来是吴俊锋在背后指使，你确定？”

臧家梁郑重地点点头：“我确定！宝通成隶属山西会馆。一直以来，晋商的钱庄在窑湾乃至全国都是以‘诚信为本’，口碑非常好。王志信就更不用说了，我和他打过那么多年交道，从来没见他做过任何一件不守规矩的事。可是这次，他不但破天荒坏了规矩，甚至于连他们山西会馆的主事闫一认老板，在得知这件事后，出面替我求情，他都很坚决地拒绝了！这不合情理，除了一种解释，就是有人在背后唆使！而这个人，除了吴俊锋，没有别人！”

这是城南一户居民家三间茅草屋，屋内虽然简陋，倒也布置得十分整洁。

一个半岁大的病孩子躺在堂屋的软床上，脸色苍白，嘴唇干裂。

老吕和妻子守在病床前，正在给孩子喂水。

孩子喝了水，剧烈咳嗽了一阵子，又昏昏沉沉地躺了下去。

老吕妻子收回碗，带着哭腔说：“我可怜的拴住，你一定不能死啊，你要是死了，娘可就活不成啦。”

老吕拍了拍妻子的肩，安慰道：“孩儿他娘，你别说这些丧气话，我刚才去‘施医堂’看病，正好轮到赵先生坐诊，他说拴住只是感冒引起的急性肺炎，只要按时吃药，不会有什么事的。”

老吕妻子这才止住哭，感叹道：“说起来，幸好我们是住在窑湾，有专为穷人开的施医堂，各大药堂名医轮流坐诊，医药费全免。否则，我们家里老的老、小的小，哪里付得起那么昂贵的医药费啊。”

正在这时，门外传来敲门声，同时有人喊：“请问，吕叔在家吗？”

老吕立刻有些激动地说：“可能是听说拴住病了，乐善堂的人送钱来了，我去开门。”

没想到门一打开，外面站着的竟然是臧远航。

老吕顿时手足无措道：“小老板？怎么是你？”

臧远航关切地说：“吕叔，我爸听说拴住病了，让我来看看他。”

老吕感动地说：“快请进，快请进。”他将臧远航领进屋，又冲屋里激动地喊道，“孩儿他娘，你看看谁来了？”

老吕妻子回头一望，连忙站起来，惊讶地说：“小老板？”

臧远航恭敬地叫了声“吕婶”，然后关切地望着拴住说：“呼吸很平稳，应该没什么大问题。”边说边从口袋里掏出一个小包道，“这是十块大洋，等拴住醒了，带他出去买点厚衣服。小孩子嘛，穿得暖暖和和的，就不会生病了。”

老吕连忙推辞道：“这怎么好意思呢？码头接连出事，现在也急等着用钱呢。”

臧远航故作轻松地说：“就算再急等着用钱，这十块钱也帮不了什么忙，你就收下吧。”

老吕这才感恩戴德地收下了，连声道：“老板可真是个好人哪，无论码头发生什么事，从来都没有亏欠过我们工人一分钱，谁家有难，他总是第一个出来帮我们。”

老吕妻子忽然想起什么：“对了，小老板。中宁街南的那家富余粮行，和你们码头有生意往来吗？欠你们的账多不多啊？”

臧远航闻言，惊讶极了：“吕婶，你怎么想起来问这些？”

老吕妻子说：“是这样，我正好给富余粮行老板做帮佣，好像他们家现在的情况非常不好，好久没收到粮食了，听说快要撑不下去了。”

老吕一听就急了：“富余粮行和我们码头是有生意来往的，我经常搬运他们家的货呢。孩儿他娘，你说的是真的吗？”

老吕妻子听了这话，便有些犹豫了：“我也是听别的用人议论的，是真是假，我一个做用人的，哪里有本事知道太多呢。”

臧远航感激地说：“太谢谢了，吕婶，你如果以后再听到富余粮行什么消息的话，一定要让吕叔及时通知我。”

老吕妻子点点头，爽快道：“好的。自从你吕叔去码头做事后，虽然出苦力，可是赚的钱是教书先生的十几倍。现在，我们家的日子越来越好过了。老板又对我们这么好，我和你吕叔一样，都不想码头有什么损失。”

第31章　富余粮行倒闭

码头管理处总经理办公室内，臧家梁皱着眉头，紧紧盯着日历上大大的红“三”，猛地扯下一张纸，急急写着什么。

正在这时，臧远航走进来说：“爸爸。”

臧家梁头也不抬地问：“拴住的病情怎么样了？”

臧远航回道：“听吕叔和吕婶说，赵先生已经去看过了，没什么大碍。我去时，他已经睡着了，呼吸很平稳。”

臧家梁点点头，释然道：“嗯，那就好。”说完，便不再理儿子，继续写着什么。

臧远航却站着不走，又喊了一声：“爸。”

臧家梁抬头看着他，疑惑地问：“你还有什么事吗？”

臧远航犹豫了一下，还是说：“现在外面呢，有传言说富余粮行好久没收粮食了，可能快要撑不下去了，他们还欠我们六千块的漕运费呢，我想去催催。”

臧家梁立刻问："那笔钱到期了吗？"

臧远航摇摇头："那倒没有，我刚查了一下，下个月十三号才到期。"

臧家梁便有些不耐烦："就是了，还没到期呢，你怎么去催啊？"

臧远航试探着问："那我就过去看下，传言是不是真的，好不好？"

臧家梁生气地将笔丢在桌子上，用不容置疑的语气，干脆地说："不好！"

臧远航疑惑地问："为什么？"

臧家梁强忍着怒气，解释道："一方面，就算追回来也无济于事；另一方面，万一富余粮行倒闭的事只是谣言，我们去追债，就失了商誉，同时把富余粮行的老板得罪了。你想想，为了那几千块钱，损人不利己，多不值得呢？"

臧远航言不由衷地说："噢，知道了。"

臧家梁知道他口服心不服，便继续苦口婆心地说："远航啊，你不必为这件事烦心了，好好做你的分内工作就是了。"

臧远航闻言，不由瞪大了眼睛，吃惊地问："爸，你要出远门？"

臧家梁点了点头，叹了口气说："还有六天，王志信就要上门要债了。我在窑湾欠债太多了，都不好意思向别人开口。想来想去，我决定去上海找我一个老同学，当年他初到那边投资时，没有多少钱，我曾给过他很大的帮助。现在他在上海滩生意做得很大，我想去找他，不知道他能不能看在过去的情分上，周转个十万八万的，帮我渡过这个难关。”

臧远航关心地问：“那你什么时候走？”

臧家梁轻快地说：“一飞已经给我买了船票，今天晚上就启程。”说到这里，便望了望儿子，非常不放心地叮嘱道，“远航，你在做生意方面虽然有一定的天赋，但是毕竟年轻，还没有多少经验。所以，我对你并没有太高的要求。只要你记住我说的话，好好替我守着码头，不要让你二大他们借机生事就是了。”

臧远航只好道：“好吧，爸。”

运河码头上一如既往地繁忙着，汽笛声响起，又一只大货船靠岸了。

臧远航拿着文件夹和笔，正在指挥工人们搬运：“这批货是景德镇上好的青花瓷，大家搬运的时候小心点。”

杨洪生安慰道：“小老板，大家都是老工人了，你就尽管放心吧。”

一个老工人附和道：“就是，小老板，你还在娘胎的时候，我就在这里搬货啦。”

引得工人们一阵哈哈大笑，这让臧远航很不好意思。

正在这时，他忽然感到耳朵痒痒的，不禁用手去摸，却摸到一枚芦叶，立刻回头，竟然发现身后站着陆慧珊。

他不由惊喜地说：“慧珊，是你？”

陆慧珊噘了噘嘴巴，扫兴地说：“小时候你最怕痒了，我一用芦叶扫你耳朵，你就跳起来。好像现在，你不像以前那样怕痒了哦。”

臧远航解释道：“人都会变的嘛，现在我们都是大人了，还能像小孩子一样怕痒吗。”

运河堰上，两人边说边走。

陆慧珊站在堰上，望着前方波涛汹涌的运河以及两岸迎风飘扬的碧绿的芦苇叶，不禁感慨万千道：“这三年来，我一直在上海读书，特别想念大运河，想念窑湾，想念绿豆烧的香味，想念甜油调的凉拌菜，想念船菜，还有你。”

说到最后，她不由羞红了脸，含情脉脉地望着对方。

臧远航转过脸去，故意岔开了话题问：“听说你在上海念的中学，都是全英文授课，这次回来，是要将你们家的祖传绿豆烧生意做到全世界吧？”

陆慧珊噘了噘嘴说：“我才不想呢。”

臧远航好奇地问：“那你想做什么？”

陆慧珊迎着他的目光，大胆道：“我们同学都说，女孩子这一生，读再多的书也没有用。关键是，能嫁给自己喜欢的人，然后相亲相爱过一生。所以，我就回来了。”

臧远航立刻避开她的目光，转头看着码头忙碌的工人说：“窑湾的男孩子，自幼习文练武，既有北方男儿的高大俊朗，又有南方男儿的风流儒雅，你一定会找到自己喜欢的人。”

陆慧珊脸上的笑容，立刻就僵住了，黯然地问：“远航哥，你是不是心里有人了？”

臧远航立刻红了脸，支吾道：“这……这个……暂时没有吧。”

陆慧珊有些失落，但还是好奇地问：“那你想要找个什么样的？”

臧远航实在不想回答这个问题，便顾左右而言他：“你看现在，码头内忧外患，乱成一团糟，我完全没有心情考虑别的事情。”

陆慧珊鼓起勇气道：“既然暂时没有，那你现在就考虑考虑我呗。”

臧远航诧异极了：“啊？你？”

陆慧珊自知失言，不由羞愤地“嘤咛”一声，跺了跺脚，捂着脸跑开了。

臧远航着急地在后面喊：“慧珊，慧珊……”

但是陆慧珊羞愧难当，早已经跑远了。

臧远航一直回味着她刚才的话，不知道这算不算表白，可是因为整整三年的隔阂，自己对她已经有些陌生了，想着想着，便有些心慌意乱地走下运河堰。

第32章　世事如棋时时新

运河码头上，正在扛麻袋的老吕忽然看到他，连忙放下麻袋迎上来："小老板、小老板。"

臧远航只好强打精神问："吕叔，什么事这么慌张？"

老吕焦急地说："小老板，那天拴住他娘不是和你说过，富余粮行快要倒闭的事情吗？"

臧远航点点头："是啊，我记得呢，怎么了？"

老吕焦虑地说："今天中午，富余粮行的老板给你吕婶结了工钱，让她明天不用去了。"

臧远航不由吃了一惊："啊？"

老吕继续说："原本你吕婶觉得这件事有些蹊跷，主家夫妻俩天天愁眉苦脸的，看上去好像发生了天大的事似的，于是就偷偷问那家的小姐，小姐说，再过几天，他们全家就要跟着爸爸去南京了。"

臧远航简直惊呆了："那么说，这件事是真的了？"

老吕重重地点点头："铁定是真的。那家小姐才十岁，一向很亲近她的，是不会说谎的。富余粮行在窑湾的生意，做得虽然不算太大，却也有十几年的根基了。这么一大家人，说走就走，还这么神不知鬼不觉的，照我看，肯定是要到外地躲债去了。小老板，他们欠码头的漕运费还清了吗？"

臧远航摇摇头道："还没呢。"

老吕听了这话，两手一拍道："哎呀，这可怎么是好啊。估计这几天他们就会偷偷走掉，我们码头的钱可就打了水漂了。"

臧远航安慰道："吕叔，你先别着急。我爸现在应该还没有上船，我马上去告诉他！"说完这话，便立刻向管理处狂奔而去。

码头管理处外，一辆黑色小轿车停在门外，臧家梁穿戴整齐，提着公文包，正在大踏步向门外走去。他的身后，跟着臧远方和臧远茹。

臧家梁边走边吩咐道："远茹，我最快后天上午从上海回来。后天要发工资了，你先把工资计算好，等我回来再发放即可。"

臧远茹爽快地说："放心吧，三叔。"

此刻不远处，臧远航已经跑下运河堰，向他们飞奔而来，边跑还边喊："爸爸，爸爸。"

可惜臧家梁并没有听到，吩咐完毕，立刻钻进了车里，吩咐小于道："开车。"

所以臧远航刚刚跑过来，车子就已经缓缓开动了。

他立刻使劲全身的力气，想要再跑几步，向小轿车追去。

臧远方、臧远茹连忙阻止他说："危险！"

臧远航却不顾三七二十一，远远跑到了车头前，站在路当中，张开双臂拦住了车！

坐在后面的臧家梁，透过车窗看到时，不由大喊一声："停车！"

于是，小轿车贴着臧远航的衣服，"嘎"的一声刹住了！

臧家梁下了车，气急败坏地骂道："臭小子，你活得不耐烦了，做什么不好，偏要拦车？"

臧远航解释道："爸爸，我有急事找你！"

臧家梁心有余悸地说："再急的事，能比你的命重要吗？"然后不耐烦地问，"你有什么事，快说，我还赶时间呢。"

臧远航犹豫了一下，还是说："富余粮行……"

臧家梁一听这三个字，就生气道："又是富余粮行，我不想听！"回头吩咐侄子侄女，"你们两个当哥当姐的，给我盯住这臭小子，别让他在码头捣乱！"

臧远方、臧远茹同时说："是，三叔。"

臧家梁撂下这话，就狠狠地瞪了儿子一眼，然后转身上了车，再次命令小于："开车！"

小轿车再次启动，很快扬起了一阵尘埃。

臧远航望着小轿车远去的方向，不由焦急地喊道："爸爸，爸爸。"

臧远方和臧远茹一左一右，紧紧拉着他。

臧远航无可奈何，却挣脱不了，气得直跺脚。

一大早，码头管理处大办公室内就堆满了一麻袋又一麻袋的小麦。

陆续来上班的职员们，惊讶地望着麻袋，纷纷议论道："这是怎么回事啊？"

正在这时，老吕又扛了一个麻袋，走进来问："小老板，这批大米放在哪儿啊？"

臧远航赶紧从货物后面走过来说："就摞在刚才那批小麦上面吧。"

老吕答应着，利索地将身上的麻袋摞起来。

杨洪生又跑进来问："小老板，外面的那批玉蜀黍怎么办啊？"

臧远航想了想说："看上去天气还好，就先放在门口吧，找些油布盖起来就行了。"

正在这时，臧家梁带着郑一飞走了进来。

职员们立刻站起来，纷纷鞠躬问候道："老板，你回来啦。"

臧家梁望着办公室里的麻袋，不由皱了皱眉问："怎么我才刚走了多久啊，办公室就变得这么乱了？这麻袋里装的都是什么东西？”

臧远航连忙解释道：“爸爸，上次我不是和你说了吗？富余粮行要撑不下去了，他们还欠我们六千九百块，所以我让工人们把粮食搬进来，准备抵押欠债。”

臧家梁听罢，脸色立刻阴沉了下来，狠狠地瞪了他一眼，径直走进了自己的办公室。

臧远航连忙跟了上去。

运河码头管理处总经理办公室，父子俩一前一后走进来。

臧家梁将公文包扔到办公桌上，然后“啪”的一声拍上去，愠怒道：“你干的好事！”

臧远航站在办公桌前，歉然地说：“爸，对不起。”

臧家梁厉声问：“我去上海那天，你奋不顾身拦我的车，是不是就有了这个想法了？”

臧远航点点头道：“是的。可是你不让我把话说完，就走了。”

臧家梁霍地站了起来，指着他的鼻子说：“还有什么好说的？我不是早就告诉你了吗？做生意最讲究是‘商誉’。我反复说过了，我对你的要求并不高，你能替我管理好码头就行了，不要管那些琐碎的小数目，你怎么就不听呢？我刚一离开，你就自作主张，你看你把我们码头办公室都堆成什么样子了？我们是经营码头的，是做大生意的，不是开杂粮铺的！”

臧远航张了张嘴，想要分辩：“可是，爸……”

臧家梁打断他的话，指着自己的脑袋说：“现在我是一个头两个大，你还嫌我不够烦吗？抵押欠债？你收回来的这些粮食，就算全卖出去，又能值多少钱呢？万一富余粮行不是真的完了，我怎么有脸见他们老板呢？”

臧远航看到父亲痛苦的模样，只好委屈地说：“爸，也许是我太鲁莽了。”

臧家梁见儿子认了错，脸色这才缓和下来，语重心长道：“无论发生什么事，你都要始终记住，我们窑湾的运河码头，能经营二百三十年不倒，靠的就是‘商誉’两个字，你明白我的意思吗？”

臧远航没想到父亲如此生气，只得无奈地说：“那好吧，等一下我让工人把这些粮食全部搬回去，再向他们赔罪吧。”

臧家梁脸色这才缓和下来，疲惫地说：“这件事，我们理亏得太厉害了，我和你一起去赔罪吧。”话音刚落，他身子一歪，差点儿晕倒，赶紧扶住桌子，并拼命地揉着头。

臧远航连忙上前，把父亲扶在椅子上坐下，同时担心地问：“爸，是不是这几天，你到上海没有按时吃药，头疼的老毛病又犯了？”

臧家梁摆摆手说：“没关系，可能是我太累了。”

码头管理处，臧家父子一前一后走出总经理办公室。

此时，老吕带着几个工人，刚刚整理好麻袋，正要往外走。

臧远航郁闷地说："吕叔，麻烦你们再将这些小麦什么的，搬回富余粮行吧。"

老吕吃惊地睁大眼睛问："啊，为什么？"

臧家梁挥挥手道："你们不用多问了，赶紧搬吧。"

老吕他们无奈，只好各自搬起一只麻袋，闷闷地向门外走去。

没想到，正在这时，臧远方迎面急匆匆地跑进来，气喘吁吁地问："你们为什么要把这些粮食搬走？"

老吕望了望他，又望了望臧家父子，只好无奈地问："老板，我们到底是搬还是不搬啊？"

臧家梁瞪了侄子，不满地说："远方，你可是跟了我好几年了，远航糊涂，你也跟着糊涂吗？"

臧远方连忙解释道："三叔，你误会了。我刚才在街上遇到几个朋友，他们说富余粮行的老板，因为经营不善，撑不下去了，要完了。我跟着过去一看，只见好多债主围在富余粮行门前。听说那个老板，已经离开窑湾到南京躲债去了。"

臧家梁听了这话，不由吃惊地望着儿子："这么说，你是对的？"

臧远航还没来得及说话，臧远方便点点头说："是啊，三叔。幸好这次远航事先得到消息，连夜找来人手，把这些粮食全部搬进来，多多少少值点钱嘛。我看到很多与富余粮行有生意往来的商家，亏得一塌糊涂呢。”

臧家梁脸色一扫刚才的阴沉，赞赏地对儿子说：“远航，你真正长大了！”

臧远航指着老吕，感激地说：“这次多亏了吕叔。”

臧家梁闻言，便紧紧握着老吕的手，称赞道：“这次，多亏了你啊！你可是为码头立了大功了。从现在起，你就是搬运二组组长了，我马上让人写份通告！”

老吕激动地说：“谢谢老板。”

码头管理处会议室内，臧家梁神情黯然地坐在座位上，臧远方、臧远茹、臧远航和郑一飞围桌而坐，室内的气氛十分压抑。

好半天，臧远茹才小心翼翼地开了口：“三叔，今天七号了，后天就是王志信规定的最后期限了，那笔钱……”

臧家梁叹了口气说：“唉，我这次去上海，找遍了所有的同学朋友，但是一听说借钱，那些所谓的好同学好朋友啊，有的直接连电话都不接了，有的勉强见面了，也找各种理由诉苦，结果只有一个，没钱。这趟上海之行，简直是一无所获，真是‘人情似纸张张薄’啊。”

臧远航却坚定地说：“后面还有一句，‘世事如棋局局新’。爸，只要没到最后关头，我们决不轻言放弃！”

臧家梁不由仰天长叹道：“能走的路，我们都已经走过了，却条条都是死胡同。实在不行，只好给他们一成股份了。”

臧远航沉吟片刻，当即反对说：“这绝对不行！你说过的，王志信虽然要的只是一成股份，但他幕后还有黑手，所以就算他们得到了一成股份，肯定会有更大的野心，我们怎么能引狼入室呢？”

臧家梁摇摇头，凄然一笑道：“但凡有一丝希望，你以为我会考虑放弃吗？我们已经走投无路了啊。”

第33章　我要天天看你笑

臧远航极有把握地说："这几天，我查看了所有的账目，如果同福鸡蛋场、山狮火柴厂、荣生粮行、万昌陶瓷店、徐家甜油坊、万茂酒业等六家大客户可以早日清还货款，应该有七万两千块。加上其他小客户的小额款项，像印刷厂、丝绸店、帽壳厂、酱园店等，都是合作多年的老客户了，如果知道我们有困难急需用钱，他们一定愿意帮忙的。要是他们也能早日付清的话，加起来有三万两千块。再把富余粮行这批粮食处理掉，差不多有五千块。这样，三个数总共加起来，再七凑八凑的，差不多就有十六万了。"

臧家梁闻言，简直不敢相信自己的耳朵："你的意思是，我们有机会还清宝通成的钱？"

臧远航郑重地点点头说："是的，爸。"

臧家梁眼睛一亮，立刻来了精神，当即吩咐道："远方、一飞，你们马上去外面看看，有谁需要富余粮行的那批货。"

臧远方和郑一飞马上站起身来："是。"

臧家梁继续说："远茹、远航，你们再好好查查账簿，看看还有哪批货款我们现在可以收得回来。"

臧远茹回道："是。"

码头管理处大办公室内，指针已经指向了零点过半，但室内依然灯火辉煌。

职员们坐在各自的办公桌前，加班加点忙碌着，有的面前摞着厚厚的账簿，认认真真地翻查着；有的低着头，噼里啪啦敲打着算盘。

臧家梁紧张地在办公室内踱来踱去，焦急地等待着一个结果。

时间过得真快，转眼就是第二天破晓时分了。

东方的天边，浅浅显露出了鱼肚白。

一阵紧似一阵的鸡鸣声过，将大运河和码头从沉睡中唤醒。

终于，正在打算盘的臧远茹无奈地站起身来。

臧家梁连忙走到她面前，焦急地问："怎么样？"

臧远茹郁闷地说："三叔，我算来算去，也只筹到十二万七千块，还欠三万三千块。"

正在这时，电话铃急速地响了起来。

臧家梁立刻接了电话，听着听着，原先紧绷的神情，渐渐缓和了下来："……好，好，夏老板，真是太谢谢你了。"他放下电话，兴奋地说，"公茂行的王老板，刚刚买下富余粮行的那批粮食，有六千六百块。远航，快算算，还差多少？"

臧远航闻言，连忙拿过算盘，埋头算起来，然后苦着脸说："还是差两万六千四百块。"

话音刚落，臧远方和郑一飞就提着公文袋，急匆匆地闯了进来。

人还没进门，臧远方就一脸兴奋地说："终于收到万昌陶瓷店的货款了。"

臧家梁立刻扑过去，扯住他的衣襟，不相信地问："是真的吗？"

臧远方肯定地点点头："是真的。我们真是很幸运，现在当家的二爷爷，本来去上海谈生意，要到十五号才回窑湾的，这次因为身体不适，提前几天来找赵先生看病，刚刚乘夜船来呢。两万五千八百二十块，分文不差。"

臧家梁激动地一拍手道："太好了，你二爷爷不愧是我们臧家同族长辈，这可是帮了大忙了！"然后转向侄女问，"现在还差多少，赶紧算一算。"

臧远茹飞快地拨动着算盘："原来差两万六千四百块，现在又多了两万五千八百二十块，还差五百八十块！"

臧家梁立刻站起来，从口袋里掏出一沓钞票，放在桌子上说：

“我这里有二百三十块。”

臧远茹拨动了一下算盘：“还差三百五十块。”

臧远航从身上掏出钱说：“我这里有一百二十五块。”

臧远茹再次拨动了一下算盘：“还差二百二十五块。”

众人见状，纷纷从口袋里掏钱。

臧远茹打开坤包，拿出一沓钱说：“我这儿有一百一十块。”

众人看了看算盘，异口同声地说：“还差一百一十五块。”

臧远方翻遍所有口袋道：“我这里有七十八块。”

众人再次异口同声地说：“还差三十七块。”

郑一飞也拿了一些零碎的钞票：“我这里有三十八块半。”

众人第三次异口同声地说：“还差……”

说到这里，大家忽然你望望我，我望望你，同时发出了热烈的掌声。

臧远航兴奋得差点儿跳起来：“太好了，我们不但凑齐了十六万，还多出一块五毛钱！”

臧家梁命令道：“远方，你马上去通知王志信，让他即刻过来收钱！”

臧远方领命而去。

臧家梁望着大家，如释重负地问：“那我们多出的一块五，该怎么办呢？”

所有人异口同声地说：“小蓬莱！”

小蓬莱一楼雅座内，臧家梁带领夜里参与算账的职员们，围桌而坐。

桌上摆满了丰盛的菜肴。

臧家梁端起酒杯，向大家鞠躬感谢道："这次码头能渡过难关，全靠各位同仁齐心协力，辛苦了，我臧家梁在这里敬大家一杯。"

众人纷纷端起酒杯，怀着胜利的喜悦说："干杯、干杯。"

一时间，满桌的人推杯换盏，觥筹交错，十分热闹。

小蓬莱大堂内，崔玉存红光满面地剔着牙齿，从另一间雅座里走出来。

忽然，从一间雅座里传出了臧家梁洪亮的声音："服务员，再来半打上好的绿豆烧。"

崔玉存皱了皱眉头，立刻止住了脚步。

正在这时，服务员端着一大摞吃空了的盘子，从那个雅间走出来。

崔玉存连忙追上他，塞给他一块大洋，然后悄声问："里面是什么人？"

服务员收了大洋，恭敬回道："是商会臧会长和码头管理处的人。"

崔玉存闻言，若有所思地点点头。

吴家盐行办公室内，吴俊锋阴沉着脸，一根接一根地抽着烟。

王志信疑惑地说："吴老板，我的欠债要回来了，你应该高兴才是啊。"

吴俊锋却叹了口气道："债是要回来了，但是同时，我们也失去了掣肘臧家的筹码。"

王志信由衷地说："这个臧家梁，可真不简单呢。"

吴俊锋皱了皱眉，将烟头狠狠拧在烟灰缸里，郁闷地说："我原本以为，运河码头只剩下个空壳子了，没想到在短短的八天内，他们竟然能筹到十六万，还没有一分借债。现在看来，是我当初判断失误了，或许他们的实力，远远比我们想象中强大得多。"

王志信犹豫了一下，还是问："那你，还要不要为你哥报仇了？"

吴俊锋正想说什么，忽然崔玉存匆匆走了进来，进门就喊："老板。"

吴俊锋立刻警觉地问："臧家那边有什么动静？"

崔玉存汇报道："他们还完钱后，臧家梁就带着一行人，正在小蓬莱庆贺呢。"

吴俊锋咬牙切齿地说："臧家梁，你高兴得太早了！"

黄昏时分，运河码头上仍然在一如既往地忙碌着。

老吕带着工人们，正在搬运写着"三益甜油坊"字样的黑瓦罐。

徐佩芸焦急地望了望天，催促道："快点，快点，天就要黑了。"

工人甲不耐烦地说："徐小姐，这是瓦罐，不是棉花，我们要是快了，很容易弄碎的。"

工人乙也嘟囔着："就是，就是。"

正在点货的臧远航，听到吵闹声连忙走过来。

他对工人们说："你别听她的，慢慢搬就是了。"

徐佩芸闻言，生气道："喂，败家子，你有没有基本的安全意识？还剩这么多呢，再慢今天就搬不完了。搬回油坊又不划算，留在这里被人偷啊？"

臧远航微微一笑道："不要紧的，实在搬不完，像他们一样做就是了。"

此时，不远处，已经有人正将没有搬完的粮食、陶瓷、丝绸、火柴等货物堆放在一起，然后在周围用粉笔画着圈圈。

徐佩芸不由瞪大眼睛，惊讶地问："他们在干什么？"

臧远航解释道："这是我们码头的规矩。如果货物当天没有及时处理完，就堆在运河堰上，用粉笔、绳子、泥块或别的东西，将货物画个圈围起来，就说明这些货物是有主的了，别人不能随便动。如果丢失，我们码头会照价赔钱。不过我听爸爸说，自码头成立以来，这种事还从来没有发生过呢。"

徐佩芸不禁有些赫然："我只知道窑湾治安是'路不拾遗，夜不闭户'，没想到码头竟然也是，实在惭愧。"

臧远航打趣道："这也难怪，你是刚开始接触码头，这里面的道道，以后你会慢慢知道的。"

徐佩芸好奇地问："除此以外，还有什么道道？"

臧远航自豪地说："还有就是，我来运河码头上班以后，和爸爸学到很多经商之道，连爸爸都说我已经长大成人了。所以啊，你以后不要再叫我败家子了。你看，我都好久没有叫你母夜叉了。"

徐佩芸把眼一瞪，故作不屑地说："败家子就算成才，也不过是败家精而已。"

臧远航顿时气结道："你？"

徐佩芸看着他认真的样子，不由笑起来："我怎么？我说得不对吗？"说完，扬长而去。

臧远航望着她的背影，情不自禁地喃喃自语道："佩芸，你知不知道，你笑的样子，有多灵动！以后，我要天天看你笑！"

第34章　什么时候娶我女儿

夜幕已经降临了，徐家大院西厢房内，徐佩萍坐到花绷前，一边有一针没一针地绣着牡丹，一边想着心事。

柳兰香走到她身后，轻轻喊了声：“佩萍。”

徐佩萍完全没提防，吓了一跳，绣花针立刻将手指刺出了血。

她连忙将伤口处放在嘴里，心不在焉地吮吸着，看上去十分沮丧。

柳兰香端起女儿的手，心疼地说：“你看你这孩子，怎么一点都不小心，在想什么呢，那么入神？”

徐佩萍噘着嘴，没有出声。

柳兰香忽然想起什么了：“对了，佩萍，这段时间，你怎么总是坐在家里？没有去和俊锋约会吗？”

徐佩萍委屈地说：“俊锋已经好长时间没有约我了。”

柳兰香脸色一变，愠怒道：“这个吴俊锋，以为他是‘吴半街’的少爷就了不起吗？我们徐家在窑湾也是有头有脸的！他把我女儿当成什么人了，想约就约，不想约就不约？不行，我得找他算账去！”

徐佩萍立刻急了，连忙拉住母亲的手，阻止道：“妈，不要！这怎么好意思呢。再说俊锋他，也从来都没有在我面前表示过什么。”

柳兰香沉吟片刻，忽然笑道：“这有什么呀，他不表示没关系，妈就逼他表示呗。”

徐佩萍眼睛不由一亮，随即又担心地问：“可是妈，这能行吗？”

柳兰香胸有成竹地说：“你放心，妈虽然没读过几年书，好歹也嫁到窑湾这么多年了，自有分寸的。”

码头管理处总经理办公室，臧家梁正在给一份文件盖章。

臧远航敲了敲门，走进来说：“爸，你找我？”

臧家梁将文件递给他，严肃道：“吴家盐行有一批货，马上就要运往江西了，这是合同，你送给吴俊锋吧。以后码头与吴家的所有项目，一概都由你负责。”

臧远航疑惑地问：“可是爸，我听二大说，上次蛟龙号的事，可能就是吴俊锋在背后捣的鬼；这次宝通成逼债，他也脱不了干系。如此一来，吴家的生意，我们还有接手的必要吗？”

臧家梁果断地说：“以上那两件事，根据蛛丝马迹，确实都与他脱不了干系。甚至我觉得，他没有达到目的，绝不会就此罢手的，所以以后，码头说不定还会有更大的麻烦。但是怀疑毕竟只是怀疑，别说我们没有找出确凿的证据，证明这两起事件都与他有关，就算能找出来，我们也不可以拒绝吴家的生意，因为毕竟，运河码头并不仅仅属于臧家，而是属于所有窑湾人的，所以我们不能舍本逐末，与善恶不分的人一般见识，否则，我们与他们又有什么区别！”

臧远航闻言，不禁对父亲的宽阔胸怀肃然起敬，但还是试探地问：“那我与他的关系，该如何相处？”

臧家梁沉吟片刻说：“你就装作对他的所作所为，一无所知，然后见机行事就是了。”

臧远航点点头，领命而去。

吴家盐行会议室内，臧远航和吴俊锋分坐在会议桌两侧，互换签了合同，甚至还象征性地握了握手，但是两只手刚一碰到，就迅速分开了！

吴俊锋叮嘱道：“这批货就交给你们码头了，一定要如期运往江西。”

臧远航认真地说：“你放心吧，你们盐行现在，每年有八千吨盐要经由码头运往全国各地，是我们的大客户，一定不会掉以轻心的。”

说这话时，他的表情非常冷静和职业化，仿佛他们从前，除了公事，没有任何私人关系似的，更别提什么好朋友了。

吴俊锋自然意识到了他的变化，也觉得很是无趣，便没话找话说：“另外，还有几个细节需要注意，比如……”

突然，一声急促的敲门声打断了他的话。

吴俊锋有些不高兴，便向外面喊道：“我正在接待客人呢，有什么话不能等一下再说！”

正在这时，新转来的秘书刘莉莉，急慌慌推门而入，但是她张了张嘴，还没来得及说话，后面一个女人就跟了上来，竟然是柳兰香，看上去特意打扮了一番，有些与年龄不相符的花枝招展。

吴俊锋和臧远航见了她，不由互相看了看，吃惊地瞪大了眼睛，竟然同时愣住了。

柳兰香却并没觉得自己的贸然闯入，有任何的不妥，反而亲热地说：“俊锋呢……”

吴俊锋只好尴尬地招呼道：“徐太太。”

刘莉莉连忙解释说：“老板，刚才这位太太在大堂里大吵大闹，说要找你，我不让她进来，她就硬闯进来了。”

吴俊锋朝她挥挥手说：“好了，我知道了，这里没你的事了。”

刘莉莉如获大赦一般，鞠了躬就走出门去了。

与此同时，柳兰香已经快步走进了会议室。

臧远航见状，更加尴尬了。

他想走吧，双方的话还没有谈完；不走吧，好像又有些不太合适。

在他无比纠结间，柳兰香已经坐下了。

吴俊锋便客气地说："徐太太，请喝茶。"

柳兰香微笑着端起茶杯，一边喝着茶，一边机警地望着他，然后清了清嗓子。

吴俊锋被她看得很不自在，主动说："徐太太，你找我有什么事吗？"

柳兰香倒也不绕弯子，开门见山道："是这样，你上次送了不少青虾、螃蟹和银鱼给我们家，我的女儿觉得你对她有点意思，是不是啊？"

吴俊锋听成"我大女儿"了，双眼一亮，随即不好意思地说："想不到已经被她看出来了，令爱真是聪明过人。是啊，我确实很喜欢她，她的性格和见识，也很适合我们吴家。"

臧远航闻言，知道说的是徐佩萍了，倒也不觉得什么，反正人家郎有情妾有意的，已经约会很久了，倒也合适。

柳兰香更是高兴极了，赶紧添油加醋道："你能这样想，那真是再好不过了。我女儿常常在我面前称赞你。"说到这里，竟然扳着手指头，一条条列举着说，"说你有风度、有才华、有上进心，你们吴家是窑湾最有钱的，却一点儿都不像很多子弟那样败家！"

吴俊锋听到这里，才感觉有些不对，便疑惑地问："她真的是这样说的吗？可是她从来没有说过这话呀？甚至于……"他想要把上次徐佩芸拒绝自己的话说出来。

没想到，柳兰香急于为女儿辩解，便打断他的话道："哎呀，女孩子家，肯定害羞啦，怎么好意思当你的面说出来？"

吴俊锋听了这话，心中的疑虑立刻烟消云散了，连声道："过奖了，她真是过奖了。"

柳兰香见他的样子，就知道这事有眉目了，立刻趁热打铁道："那就恕我直来直去啊，常言道，'男大当婚，女大当嫁'，既然你们双方都有这个意思，那不知道你打算什么时候娶我的女儿呢？"

这也太直截了当了吧！

吴俊锋不由瞪大了眼睛，吃惊地说："啊？这样是不是太着急了一点啊？"

柳兰香这才意识到，自己有些性急了，但还是就坡下驴说："你不急就没有机会啦。不是我夸我自己女儿，她真是又聪明又漂亮，已经有好几家抢着来提亲啦。如果你再不去提亲，我就要接受别人家的聘礼啦。"

臧远航听了这话，心中不由一动，恍惚间就想起了徐佩芸来。

吴俊锋听了她的话，立刻就急了，连忙摆手道："别，千万别！"说完，尴尬地看了看臧远航，却欲言又止。

臧远航见状，连忙站起身来，拿着合同说：“那你们先谈吧，有些未尽事宜，我们另找时间再说。”

吴俊锋正有此意，倒也不挽留他，便抱拳道：“也不是什么大事，稍后我派个伙计过去说一下就行了，臧老板慢走。”

臧远航也抱拳道：“吴老板请留步。”

两人的语气，同样地客气而疏远！

虽然并没有再起直接冲突，但是之前发生的很多事情，已经在他们之间产生了深深的隔阂，所以不知不觉中，连说话的语气都彻底疏远了！

臧远航说完，便大踏步走了出去。

柳兰香见状，却有些不高兴了，责怪地说：“怎么，你是嫌弃我们徐家配不上你，所以不想让外人知道吗？”

吴俊锋连忙赔着笑道：“当然不是啦！不过自古婚姻大事，是‘父母之命、媒妁之言’，我得先回家和爸爸妈妈商量一下，很快就会有消息的。”

柳兰香简直高兴得合不拢嘴，一迭声地说：“那一言为定、一言为定了。你快回家和他们商量吧，我先告辞了。”

吴俊锋客气地说：“徐太太慢走。”

虽然他认为对方这样主动上门，好像有些不妥，但是一想到此人乃是未来的丈母娘，他还是笑眯眯地送出了好远。

柳兰香见他如此热情，更是高兴得不行，便坐上一辆黄包车，兴高采烈地往中宁街驶去。

不大一会儿，黄包车就驶到了中宁街老凤祥门口。

柳兰香便大声喊道：“停车、停车。”然后匆忙把钱给了车夫，便往店里走去。

没想到刚下来，就遇到一位相熟的太太问：“哟，徐太太高兴得嘴巴都笑到耳朵边了，这是遇到什么喜事了啊？”

正不知道如何向外宣布的柳兰香，立刻笑逐颜开地大声说：“喜事，大喜事！吴家大院的吴俊锋，正在托人到我家提亲呢。”

街上的人听到这个消息，立刻围观上来，纷纷表示祝贺，以及羡慕嫉妒恨！

第35章　有钱能使鬼推磨

中午，吴家大院内。

吴光淮和小女儿吴俊莹，正坐在八仙桌前，埋头噼里啪啦地算着账。

窦玉美端着一杯茶走过来，招呼道："他爸，喝茶。"

吴光淮答应一声，伸了一个懒腰，接过茶杯，却一下子跳起来，然后生气地冲妻子吼道："你捡到宝啦，放这么多茶叶？"

窦玉美连忙解释说："不是啊，这些茶叶是你以前喝剩下的，我让佣人们放在院子里晾干，回收再泡的。"

吴光淮这才满意地点点头道："这还差不多，不愧是我吴光淮的太太，越来越会勤俭持家了。"

吴俊莹不高兴地说："哎呀，爸爸妈妈，我们家可是有名的'吴半街'，有盐行、烟丝店、房地产等等诸多生意，一行比一行赚钱，不用再这么吝啬了吧？"

吴光淮却语重心长地说：“俊莹哪，你还小啊，不知道‘小富由俭，大富由天’这个道理。别的不说，就说这盐行吧，你知道做这行有多辛苦吗？”

吴俊莹正在说什么，就看到二哥笑容满面地走进来说：“爸，妈，俊莹。”

她连忙亲热地迎上去说：“二哥，你今天中午怎么回来吃饭啦？”

吴俊锋刚想说什么，没想到父亲却抢了先：“俊锋啊，你回来得正好。”

吴俊锋好奇地问：“爸，有什么事吗？”

吴光淮微笑着说：“就是你的终身大事啦。之前你说自己找，却这么长时间都没找到，所以，我和你妈商量了一下，约了媒人，等一会她会来我们家……”

吴俊锋连忙摆手，并笑眯眯地说：“已经不用啦，爸爸妈妈，我其实早就相中一个姑娘了。”

吴光淮闻言，立刻如释重负道：“哎呀，那太好啦，不用我操心啦。”

吴俊莹打趣地问：“二哥，那姑娘一定很漂亮吧？”

窦玉美关心地问：“到底是哪户人家的女儿啊？”

吴俊锋得意地说：“是三益甜油坊徐老板的女儿。”

吴光淮高兴道：“那太好了！徐家虽然没有我们吴家摊子铺得

大，但是他们这几年把甜油坊经营得风生水起，听说他们家的甜油都卖到国外去了，在全国也找不到第二家了……”

吴俊锋几次想打断他的话，终是不忍，急得不行。

窦玉美见状，连忙打断丈夫的话说：“好了，好了，他爸，你看俊锋都急死了，你说了这么多，徐家的婚事，你到底是赞成还是反对？”

吴光淮连连点头道：“我当然是举双手双脚赞成了。”

吴俊锋开心极了：“谢谢爸。”又转向母亲问，“妈，你呢？”

窦玉美也点点头：“我当然是赞成了。徐家两个女儿，一个聪明能干，一个温柔贤淑，无论你娶哪个，我都喜欢。”

吴俊锋焦急地说：“可是徐太太说，现在已经有好几户人家，抢着要给她女儿下聘礼呢。”

窦玉美不屑地说：“你怕什么？以你的人才和吴家今时今日的地位，只要我们下了聘礼，其他的人全都靠边站！”说完便向门外喊道，“许管家。”

瘦小的许管家连忙跑进来说：“太太。”

窦玉美吩咐道：“吴家就要和徐家结成亲家啦，你快去请一个能干的媒人，让她去送婚帖。”

许管家领命而去。

吴光淮因为高兴，连咳嗽都变少了，甚至还对妻子说：“为了表示庆祝，今天中午做个红烧鲤鱼怎么样？”

自从大儿子出事后，他才意识到自己太过节约，反而养成其自私贪婪的恶习，所以现在，吴家在吃穿方面，虽然仍然不能和别的富贵之家比，但却比以前大方了不少。

吴俊莹听了这话，双眼不由一亮道："太好了，我都好久没吃鱼了。"

吴俊锋忽然想起什么，撂下一句："我去告诉爷爷，他最喜欢吃鱼了，特别是红烧鲤鱼！"然后便急匆匆朝后院走去。

吴家大院后院一间古朴的房间内，吴宪生斜躺在床上，看上去脸色稍微红润了些。

不一会儿，贴身小厮端着一碗粥走进来说："来，老太爷，喝碗莲子羹吧，小姐刚刚炖好的。"

话音刚落，吴俊锋就走进来了，亲热地喊道："爷爷，我要结婚了。"然后接过莲子羹说，"小福，你去歇着，我来吧。"

小福赶忙把碗给他，然后退了出去。

吴俊锋坐在床前，轻声说："爷爷，我可能很快就要结婚了。"

吴宪生听了这话，浑浊的双眼不由一亮，激动地说："结婚好啊，我们吴家，是该有点喜气了。"

吴俊锋边说边用勺子舀了一勺莲子羹，吹了吹，小心翼翼地喂进了爷爷的嘴中。

吴宪生原本还想说什么，但是喝了莲子羹，鼻子不经意间嗅了一下，眉头就是一皱，然后打量着孙子，慈爱地问：“俊锋，你瘦多了，手上还有好重的烟味，有什么事让你不开心吗？”

吴俊锋犹豫了一下，还是说：“爷爷，上次我让王志信联合他的仁兄弟贾以刚，在扬州扣了臧家最大的一艘货船，这件事你知道吗？”

吴宪生吃惊地问：“上次臧家的那艘船被扣，原来是你从中做了手脚？”

吴俊锋沮丧地说：“是的，爷爷。可惜最后，还是被臧家梁花钱找人摆平了。看来，是我小看这个人了。”

吴宪生责备道：“俊锋啊，说起来，吴臧两家自从清初来窑湾，已经有两百多年了，生意上常有往来，也算是世交。听爷爷的话，不要再为难他们了。”

吴俊锋闻言，便有些不耐烦了：“爷爷，好了，这些事情我都听过八百多遍了。无论如何，我不可能让我哥白死的！”

吴宪生叹了一口气：“俊旺走了，我也很难过。但是这件事，毕竟是俊旺有错在先，不能怪在臧家头上的呀。”

吴俊锋却咬牙切齿地说：“总之，如果不是臧家梁打着为窑湾大局着想的旗号供出我哥，我哥绝不会死的！我哥活着时，虽然脾气不太好，但是对家人却从不大声说话，特别孝顺爷爷，在我们三兄妹中，你也是最疼爱他的。”

吴宪生哽咽道："我那可怜的大孙子啊，你这一走，可是割了爷爷的心头肉啊。"

吴俊锋趁机说："不过上次扣船事件，臧家梁为了疏通关系，花了近十万；还有这次，王志信又提前逼债，臧家已经被掏得差不多了，只要我们趁热打铁，一定不费吹灰之力，就会把臧家赶尽杀绝的！"

吴宪生见孙子油盐不进，气得拍打着床沿，同时怒声道："能用的法子你都用了，完全没用，你还想怎样啊？"

吴俊锋固执地说："我想了好几天，想请爷爷你出面，以你的威信，联合与臧家有借贷往来的八家钱庄，对他们说，码头财政出现问题，就要倒闭了，逼臧家梁还钱。"

吴宪生连想都不想，当即连连摆手道："俊锋，千万不要那样啊！退一步讲，俊旺的事，就算是臧家不对，但我们这样在背后使坏，会影响我们吴家两百多年的'商誉'。你们知道，窑湾都是儒商，祖祖辈辈最讲究的就是'商誉'两个字啊。"

吴俊锋听了这话，便气得不顾了尊长，血红着眼睛，大声咆哮道："你开口儒商闭口商誉商誉的，难道'商誉'能比我哥的命还重要吗？就算你不帮我，我也一定会让臧家家破人亡的！"

吴宪生没想到小孙子会发这么大的火，气得浑身都颤抖了，甚至连话都说不出了，只能大口大口喘着粗气。

吴俊锋这才急了，连忙呼唤道："爷爷，爷爷。"

闻讯赶来的小福，连忙端来一杯热水喂了下去。

吴宪生被呛了一口，终于悠悠地醒过来了，但是看到孙子，不由长长地叹了一口气，又重重地闭上了眼睛。

吴家盐行办公室内，吴俊锋坐在桌前，一脸阴郁，反复在纸上写着“运河码头”四个字。

崔玉存站在身后，轻声问：“既然老太爷不准备出面，那老爷呢？”

吴俊锋摇摇头：“我爸也不会出面的。退一步说，就算他出面也不行，谁不知道他是有名的‘铁公鸡’，平时把一个铜钱看得比天还大，那些钱庄老板对他不会服气的。”语气一变，恨声道，“真没想到臧家梁如此精明，简直就像只狡猾的老狐狸！上次蛟龙号的事，要不是因为臧家栋在船中夹带私货，他真上告的话，不但贾以刚的乌纱帽保不住，我也得跟着完蛋。所以以后，我们做事要更加小心了。如此一来，就算他知道我在暗中操纵，也无可奈何！”

崔玉存疑惑地问：“那我们怎样才能夺得码头？”

吴俊锋胸有成竹地说：“有钱能使鬼推磨！要想让更多的鬼来推磨，就得给更多的钱！”

第36章　借贷关系

王志信家的院落，虽然占地面积不是很大，但也是典型的山西民居，布置得十分雅致，看上去古色古香的。

吴俊锋刚一走进院内，王志信就热情地迎了上来："哎呀，吴老板，大驾光临，蓬荜生辉啊！"边说边客气地把他领进了堂屋，并吩咐下人道，"去，沏上茶叶店刚送来的信阳毛尖。"

吴俊锋微微一笑道："这信阳毛尖可是好东西啊！我记得1915年，为了迎接巴拿马运河通航，在美国旧金山举行了首届万国博览会，中国作为国际博览会的初次参赛者，第一次在世界舞台上公开露面。全国各地著名茶区都积极筹备了参赛茶样，最后经过评判，信阳毛尖茶以外形美观、香气清高、滋味浓醇的独特品质，被授予了世界茶叶金质奖状和奖章。"

说话间，伙计已经沏上了茶，他一边喝着，一边不断地赞赏着："果真名不虚传！好茶，真是好茶啊！"

王志信竖起大拇指道：“没想到你对茶文化了解得如此深入，真是后生可畏啊！”然后眼珠一转，若有所思地问，“不过吴老板此行光临寒舍，应该不仅仅是为了品茶吧？”

其实吴俊锋自从走进王家，便注意到，对方说话间，眼角眉梢都是笑，完全没有了两人初次见面时的勉强，便心知肚明了，于是干脆地说：“王老板敞亮，我也就直说了吧，想必我没有取出三十万，并分两次拿出二十万存入，宝通成的生意，一定运转得不错吧？”

王志信眉开眼笑道：“何止不错，简直是相当好，甚至把裕兴隆的一些老主顾都抢了过来，惹得其余的十一家钱庄，个个都眼红得很呢。”

吴俊锋闻言，心里更有底了，便不动声色地问：“呃，那挺好的。不知道王老板，能不能像前两次那样，再帮我一个忙呢？”

王志信不由紧张起来，随即释然道：“估计这次，我没有办法再给你帮忙了，因为现在，我与臧家没有任何的借贷关系了。”

吴俊锋却胸有成竹地说：“有没有借贷关系无所谓。现在裕兴隆基本算完了，宝通成就是窑湾最大的钱庄了。只要你利用自己的威信，联合其余七家与臧家有借贷关系的钱庄老板，对他们说，运河码头财政出现问题，就要倒闭了，逼迫臧家梁还钱就是了。”

王志信立刻将头摇得像拨浪鼓：“不行，这事绝对不行！上次我提前催贷，已经把臧家彻底得罪了，这次要是再联合七家钱庄催命，别人会怎么看我？会戳着脊梁骨骂我唯利是图的！”

吴俊锋冷笑一声：“你以为现在就没有人骂你唯利是图了吗？”

王志信立刻涨红了脸，但张了张嘴，却一句反驳的话都说不出！

吴俊锋趁机道：“当然，这个忙不是让你白帮的，我会再将二十万存入宝通成的！”

王志信双眼不由一亮，连声道：“好说，好说！”

吴俊锋微微一笑，便将具体实施步骤细细叙说了一番，这才告辞而去。

虽然内心深处，王志信并不是很情愿，但看在四十万的分上，态度极为友好，甚至还热情地将客人送出了很远。

没想到，吴俊锋竟然在大门口拐弯处，遇到了晒得黑黑的王志信的儿子王建平。

他当然认得曾经是好友的这位同学，立刻亲热地抱拳道：“建平兄，好久不见，在哪里发财啊？”

王建平连忙回礼，委屈地说：“发什么财啊，被发配到庄稼地里干农活了。”

吴俊锋惊讶地望着父子俩。

王志信连忙解释道：“你是知道的，他就会要小聪明，成绩一向不好，这不快毕业了吗？我想让他接管生意，又怕他吃不了苦，就把他放到王楼他外婆家，先干干农活，锻炼锻炼。”

吴俊锋闻言，眼睛一亮道：“那以后，还请建平兄多多帮衬才是。”

王建平连忙客气地说：“哪里哪里！”

宾主双方寒暄了几句，吴俊锋这才快步离去。

王建平望着他的背影，疑惑地自言自语道：“什么意思？吴家生意做得那么大，只有他帮衬我，怎么需要我帮衬他？”眼珠一转，忽然想起什么，便问父亲，“对了，爸，他来我们家做什么？”

王志信暂时还不想让儿子知道自己与吴俊锋的详细交易，只好敷衍道：“也没什么，他又把二十万存进了我们宝通成，有些不放心，特意过来找我闲聊的。”

王建平“哦”了一声，却是一脸的若有所思。

早晨，臧家大院后院三房小院内。

郭文芳洗涮完毕，便提着小包，从客厅里走出来。没想到在经过儿子卧室时，却听到里面传来了伤感的歌声。

……芒种过后，露珠把柴门轻叩；稻未熟透，秧苗渐黄；临别之际，蓦然回首；在不经意间，相思已写就。

处暑霜降，夜半沾衣人未觉；树将枯萎，花亦凋零；欲诉离情，却无尽头；正如枝上叶，一岁一葳蕤……

郭文芳不由微微一笑，推开其卧室的门，只见儿子穿着一套崭新的西装鞋履，正在对着镜子摆弄着头发造型。

郭文芳若有所思地问：“远航，这一大清早的，你鬼叫什么？”

臧远航连头都没回，边摆弄着头发边问：“妈，你来得正好，你看我梳什么样的发型好看呢？”

郭文芳骄傲地说：“我生的儿子嘛，长得那么帅，顶个西瓜壳都好看。”

臧远航沮丧道：“西瓜壳？那么难看，你这不是成心让我找不到媳妇吗？”

郭文芳打趣地说：“原来你大清早就唱这么哀怨的歌，是做梦娶媳妇了呀。”

臧远航立刻涨红了脸，不好意思道：“才不是呢。”

郭文芳急切地问：“告诉我，是谁家的姑娘。不过呢，以我们远航的眼光，那姑娘一定不会差的。”

臧远航自豪地说：“那当然，一般的姑娘，我也看不上啊。”

郭文芳立刻笑了：“看，承认了吧。快告诉我是哪家姑娘，我好派人去提亲。”

臧远航惊喜极了：“妈，当真？”

郭文芳正色道：“妈什么时候骗过你？”

臧远航试探地问：“那我说了？”

郭文芳催促道：“你是男子汉啊，别吞吞吐吐的了。再不说，我就走了。”

臧远航连忙拉住说："妈，别走，我说，我说还不行吗？"

郭文芳佯装生气道："那就快点，妈妈的时间很宝贵，上午要去育婴堂看那些可怜的孤儿弃婴，下午还要去孤寒院看那些鳏寡老人呢。"

臧远航不好意思地挠挠头，还是鼓起勇气道："那个，我看中了三益甜油坊徐老板的女儿。"

郭文芳闻言，脸上的笑容立刻就僵住了，没好气地说："我不是提醒过你，让你离柳兰香的两个女儿远点吗？常言道'闺女穿她娘的鞋——老样子'，那个女人人品有问题，女儿能好到哪里去？"

臧远航解释道："妈，我看中的是大女儿，根本不是她亲生的。再说了，她亲生的二女儿，都和俊锋约会好长时间了呢。"

郭文芳双眼一亮，埋怨说："原来如此，谁让你不早说！我们码头接连两次出事，你爸一直怀疑是吴俊锋暗中捣的鬼。你和他原本就是好朋友，要是能成连襟，说不定还能化解臧吴两家的恩怨呢。"

臧远航连忙解释道："哎呀，妈，你不能这样想！我喜欢佩芸，纯粹是因为喜欢，和吴家恩怨没有关系的，一码归一码！"

郭文芳不以为然道："就算不是一码事，现在也变成一码事了。好了好了，等你爸晚上收工回来，我和他好好商量，然后找个媒人，再选个良辰吉日去提亲。"

臧远航调皮地敬了个军礼："谢谢妈。"走了两步，又不放心地回头叮嘱道，"听说现在有不少人到徐家提亲呢，你让爸快点啊，我怕再晚就来不及了。"

郭文芳骄傲地说："放心吧！以我们臧家在窑湾的名望，就算再晚，也一定来得及！"

因为有了母亲的承诺，臧远航心情大好，在运河码头上一边点货，一边开心地吹着《今生醉了却又醒》的歌曲口哨。

臧远方打趣地问："远航，今天早上怎么这么高兴，你捡到宝啦？"

臧远航嘿嘿一笑，神秘地说："比捡到宝还让我高兴呢。"

臧远方好奇地问："哦，什么好事，快说来听听。"

臧远航故意卖着关子："过段时间你就知道了。"

臧远方还想说什么，正在这时，就看到老吕急匆匆向他们跑过来，一边跑一边大声喊道："不好了，不好了。"

臧远航不由得变了脸色，立刻惊讶地问："吕叔，出了什么事了？"

老吕气喘吁吁地说："我……我看到王志信带着一大群人，气势汹汹地朝管理处那边去了。"

臧远航和臧远方对视一眼，同时叫了一声"不好"，立刻向管理处方向飞奔去！

第37章　可别赖账

与此同时，码头管理处的总经理办公室内，臧家梁正坐在桌前，手里拿着一张支票。

抬头是两个字：支票。下面几行字：

祈付：宝通成钱庄

金额：壹拾陆万。

发票人签名：臧家梁

备注：

他目不转睛地盯着支票，一脸忧虑。

正在这时，臧远茹推门走进来问："三叔，你找我有事？"

臧家梁皱着眉头，疑惑地说："嗯。我很担心，今天都十二号了，离规定的期限已经过了四天了，王志信怎么还不来要账呢？"

臧远茹安慰道："反正我们早已经派人通知他了，或许，他是不是良心发现了？"

臧家梁苦笑一声道："绝不可能！我担心的是，他不知道又要耍什么鬼花招。你马上准备一下，我亲自把支票送过去。"

臧远茹立刻说："好，我马上去准备。"

臧家梁点点头，也站起身来，和她一起走出房间。

没想到，叔侄俩刚刚走到一楼，就看见王志信带着一群钱庄老板、掌柜伙计们，气势汹汹地闯了进来。

众人看到他们，立刻迎上来，异口同声地说："臧会长……"

为首的王志信却并不说话，而是得意万分地望着眼前的一幕。

臧家梁暗中平复了一下情绪，努力镇静地问："王老板，你又想要什么鬼花招？"

王志信却幸灾乐祸地回道："臧会长，恐怕这话，你不该问我，该问问你自己吧。"说完，目光便望向人群中的老板掌柜们。

代表甲立刻会意道："臧会长，不好意思啊，你们码头欠我们三晋源的九万块，希望你尽快还给我们。"

代表乙附和道："是啊，臧会长，我们元丰行现在也急需要周转，你欠我们的五万六千块，这几天就还我们吧。"

代表丙上前一步："臧会长，我们仁和行的银根也是很紧，你欠我们的六万三千块麻烦你也给清了吧。"

代表丁也不甘落后："是啊，臧会长，你欠我们谦和钱庄只有不到一万，你就先还给我们吧。"

其余代表也迅速围上来，纷纷说："是啊，臧会长，先给我们吧，先给我们吧……”

在代表说话的时候，王志信脸上像是乐开了花。

臧家梁气得半天说不出话来，愤怒地望着他，忍无可忍地问：“王老板，你可真阴险，竟然伙同这么多家钱庄，提前向我逼债！”

王志信皮笑肉不笑地回道：“我这不叫阴险，叫阳险，我摆明了就是要和你过不去！不过呢，我已经替你算过账了，你们码头欠八家钱庄的贷款，总共是五十八万七千二百块。你们只要拿出六十万，就绰绰有余啦。”

臧家梁脸色一变，强忍怒气道：“六十万？你这是想逼我们码头倒闭吗？”

王志信笑眯眯地说：“臧会长，谁不知道你们经营运河码头多年，家大业大，我想你肯定有的是办法。比如我的钱，你短短八天，就能筹到十六万，不是很厉害的嘛。不如这次再给你七天时间，相信筹六十万肯定不在话下了。”

臧家梁一字一顿地问：“你真的想要逼我们码头倒闭？”

王志信讥刺道：“不是我说你啊，你说你堂堂商会会长，动不动就说倒闭的丧气话，多不好听啊。”然后转身向各钱庄代表大声问，“各位，臧会长身为窑湾商会会长，一向是最看重‘商誉’的人，我们就给他七天的时间，让他去筹钱，大家说好不好？”

代表们纷纷叫道：“好，七天就七天……”

王志信对大家的表现十分满意，转过身来说：“臧会长，就这样说定了。七天后，我们再来收账。到时候，你可别再赖账了啊。”

代表们异口同声地说：“对啊，可别赖账啊。”

臧家梁紧紧咬着牙关，充满仇恨地望着王志信，眼睛里仿佛要喷出火来。

无奈对方却视而不见，得意地冲众代表一挥手说：“今天就算正式通知臧会长了，大家都回去等好消息吧，我们走！”

众代表这才像得到命令似的，跟在他身后向门外走去。

运河码头管理处门口，他们刚走出来，就和得到消息跑来的臧远方、臧远航两兄弟撞了个正着。

王志信故作吃惊地问：“哟，这不是远航吗？你不是一心想要出国留洋的吗？怎么到码头跑腿啦？”

臧远航并没有理会他话中的讽刺，而是愤怒地问：“你又来做什么？”

王志信皮笑肉不笑地说：“还能做什么，当然是要钱喽！”说完冷哼一声，带着一群人扬长而去！

码头管理处大办公室，大家个个表情凝重，一脸肃穆！

特别是臧家梁，因为这突如其来的打击，再次感到了一阵紧似一阵的头疼，但是他强忍着，仍然把头昂得高高的，直到王志信他们的背影下了运河堰，并完全消失了，他紧绷的神经才放松，却再也支撑不住了，双手捂住头部，踉跄一下，就“扑通”一声摔倒在地！

臧远茹吓得立刻扑过去，大声哭喊道：“三叔三叔，你怎么了？”

臧远方也立刻飞奔过去：“三叔三叔，你醒醒。”

好在臧远航虽然害怕，但是仍然理智地说：“快送去济世堂！”然后和几个人七手八脚，把父亲抬上了轿车！

司机小于立刻猛踩油门，风驰电掣般地驶向济世堂。

江西会馆济世堂内，赵延成正好在坐诊。

他见到双眼紧闭的臧家梁，不敢怠慢，命人将他抬进诊室内的床上，飞快号了号脉，然后便扒开了眼睛，看到瞳孔仍然紧缩着，这才稍稍松了一口气。

众人焦急地等在候诊室，眼巴巴地望着里面，紧张得大气都不敢出！

与此同时，赵延成已经迅速拿出银针，对着臧家梁的人中、内关等穴位，轻而准地扎了下去。

当他再次回到候诊室时，臧远航连忙迎上来，急切地问：“赵大，我爸爸要不要紧？”

赵延成一边写处方一边说：“令尊是急性脑中风。”

臧远航不由大吃一惊："啊？脑中风？"

臧远方和臧远茹等人也吃惊得合不拢嘴！

赵延成安慰道："好在症状还不算太严重，虽然现在意识模糊，但是暂时没有生命危险，只要坚持喝药并配合针灸，以后会慢慢恢复的。不过……"

臧远航连忙问："不过什么？"

赵延成严肃地说："不过以后一定要好生静养，不能太过劳累，更不能再受刺激了。"

所有人听了这话，同时吃了一惊："啊？"

臧远航强忍着悲痛，声音哽咽道："谢谢赵大，只要我爸还活着，无论怎样都好！"

臧家大院后院三房小院臧家梁卧室内，臧增福夫妇、臧家栋夫妇、臧远方、臧远茹、臧远航、臧远胜等都焦虑地站在床边。

郭文芳正在给丈夫艰难地喂药，喂完后，又细心地给他擦去嘴唇上的药汁。然后，臧远航把父亲靠着的枕头拿出来，轻轻将父亲放回到床上躺好。

可惜自始至终，臧家梁虽然有吞咽功能，但是意识很是模糊，看上去非常虚弱。

曹秀英边抹眼泪边心疼地说："我儿子还这么年轻，老天怎么不让我这把老骨头替他得这个病呢？呜呜呜……"

臧增福叹了口气，红着眼圈自责道："说起来都怪我！这二十多年，整个码头的重担，全都压在他一个人身上，他又不是铁打的，身体怎么能吃得消呢？"

臧家栋却不以为意地撇了撇嘴，指手画脚道："都怪他自己！样样都要争强好胜。你说你好好经营码头就罢了嘛，还要做什么商会会长；你做商会会长也就罢了，偏偏要出什么风头，结果不但得罪了吴俊锋那个'疯子'，连王志信也不知道什么时候都给得罪了。"

臧远方鼓起勇气说："二叔，三叔并没有得罪王志信。在陆市长发起的那份《三百六十余家商户联合声明》会议上，他还是比较支持三叔的。"

臧家栋却呵斥道："你年纪轻轻懂什么？要是他不得罪人家，人家会发动八家钱庄一起催债？"然后继续指责床上一动不动的三弟，"这下好了吧，你生病了，留下一个烂摊子让我们去收拾。"

臧增福再也听不下去了，猛地拿起拐杖对着他的头打去，边打边呵斥道："你还好意思说风凉话？这些年，你身为哥哥，但凡为家梁分担一点压力，他也不会这么累！"

臧家栋赶紧用手去挡，同时委屈地说："爸，你怎么倒怨起我来了？"

庄淑环没好气道："偏心呗！要不是当初偏心，又怎么会在大哥死后，把码头当家给了老三？"

曹秀英立刻气极，颤抖着手指着二儿媳妇：“你、你、你到底还有没有良心？”

庄淑环却阴阳怪气地说：“我当然有良心，要不躺床上的人就是我了。这是人在做，天在看呀！”

臧远航听了这话，便一脸怒容地望着二大娘，却碍于其长辈身份，不好发作。

好在臧远茹不满地说：“爸、妈，都什么时候了，你们还说这种风凉话？”

庄淑环呵斥女儿道：“满河鱼虾，单选你啊？远航都还没说话呢，哪里就轮到你了？”

郭文芳一直强忍着没有吱声，听到这里，再也忍不住了，厉声地对臧家栋夫妇说：“要吵回你们自己房间吵去！”又转头安慰公公婆婆道，“爸、妈，家梁暂时没事了，你们去歇息一下吧，这儿有我呢。”

庄淑环不满地冷哼了一声。

臧增福只好无奈地说：“文芳哪，你就多操操心了，有事随时叫我们。”

郭文芳点点头：“我会的。”

曹秀英抹着眼泪说：“那就辛苦你了，唉。”

于是，臧增福夫妇俩相互搀扶着走出门去。

臧家栋夫妇原本还想说什么，臧远胜连忙把他们推出了门：

“爸，妈，我们也回去吧。”

其余人等，也都跟着走了出去。一时间，屋里只剩下了三房的一家三口。

臧远航望着父亲昏昏沉睡的样子，一脸难过。

郭文芳安慰道：“远航，你累了一天，也回去歇息吧。”

臧远航连忙说：“妈，我不累的。”

郭文芳望了望儿子，叹了口气道：“我本来还打算，今晚好好和你爸谈谈你向徐家提亲的事。没想到他忽然就病倒了，你看这事……”

臧远航连忙打断母亲的话，郁闷地说：“妈，现在爸病成这样，码头没人掌管大局，还有八家钱庄的事，真的是千头万绪啊，我哪有心情考虑个人感情的事呢。”

郭文芳点点头，爱怜地说：“我们的远航，真的长大了！”

第38章　婚帖

徐家客厅内，柳兰香正坐在桌子边，得意地望着面前一只朱红色的首饰盒。

不一会儿，徐佩萍就走进来问：“妈，你找我有什么事吗？”

柳兰香笑眯眯地说：“当然是好事了。”然后打开一个首饰盒，拿出两只玉镯摇了摇说，“佩萍哪，虽然这两只玉镯不是价值连城。不过呢，是你奶奶生前戴过的，她临死前说了，一定要留给孙女。听说这种传家宝戴在身上，是可以避邪的。”

徐佩萍开心地说：“谢谢妈。”但刚想要接，忽然有些犹豫了，“可是，奶奶只知道姐姐，并不知道我。并且姐姐是长孙女，按理留给她才是的。”

柳兰香却撇了撇嘴，不屑地说：“什么长孙女！在我眼里，她只是个用人罢了！”重又将玉镯递给女儿，催促道，“快拿着吧，出嫁那天戴上。”

徐佩萍迟疑了一下，但是因为太喜爱了，还是接下了。

恰在这时，徐佩芸走了进来。

徐佩萍连忙将玉镯藏在了身后。

但是徐佩芸还是听到了柳兰香的话，便惊喜地问：“佩萍，你要出嫁啊？嫁给谁？”

徐佩萍不由低下了头，羞涩地说：“姐姐。”

柳兰香炫耀道：“还能有谁？当然是吴家大院的吴俊锋喽。”

徐佩芸眼里掠过一丝疑惑，但还是欣慰地说：“佩萍，恭喜你，俊锋什么时候向你求的婚？这是好事啊，为什么要瞒着我？”

徐佩萍不好意思地说：“不是我要瞒着你，是妈不想让人知道，她先去找……”

柳兰香连忙喝道：“佩萍！”

徐佩萍这才意识到失言了，连忙捂住了嘴。

但是已经晚了！

聪明的徐佩芸立刻明白了什么，转头问继母：“妈，原来是你去找的俊锋？”

柳兰香连忙给小女儿使了个眼色，同时掩饰地说：“我当然不会去找俊锋啦？呵呵，这种事情女方家怎么好主动呢？是俊锋……”说到这里，舌头却立刻打了结，冥想苦思了好一会儿才道，“噢，对了，是俊锋向我求的婚……”

徐佩芸更加吃惊了：“俊锋向你求的婚？”

徐佩萍听了这话，也不由捂嘴笑了起来，促狭地说：“妈……妈……”

柳兰香责备地瞪了小女儿一眼，讪笑道：“你看，你看，我都高兴糊涂了，是俊锋他不好意思直接向佩萍求婚，通过我，转给佩萍的。我说了这半天，你该明白了吧？”

说到这里，她长舒了一口气，喝了一口水，心有余悸地拍了拍胸脯。

徐佩芸虽然还有些疑惑，但仍然抓住妹妹的手，认真地说：“佩萍，那我要好好恭喜你了。你们约会有一段时间了，也该瓜熟蒂落了。”

徐佩萍点点头，幸福道：“嗯，我也希望涟泰哥能早点回国，姐姐也能像我一样幸福。”

徐佩芸充满信心地说：“我会的，涟泰每个月都要给我来一封信呢，这个月，又快要来了。”

柳兰香听到“涟泰”两个字，便气不打一处来，正要出言讽刺两句，但还没等她开口，就听到门外忽然传来一个夸张造作的女性声音：“徐太太在家吗？”

话音还未落，只见一个穿着小白鞋，衣着花枝招展、脸上搽着厚厚的脂粉、手里扬着一块粉红色手绢的中年女人，已经赫然站在了门口。

此人就是远近闻名的媒婆，因为素爱穿白鞋，年轻时人又长得漂亮，于是人送外号“小白鞋”。

柳兰香看到她，双眼不由一亮，连忙三步并作两步迎上去，热情地说：“哎呀，白大嫂啊，快请坐，快请坐。”

“小白鞋”飞快扫了一眼室内华丽的陈设，便眉飞色舞道：“徐太太，真是恭喜你啊，吴老板请我给你送婚帖来了。”边说边递过一张红色的婚帖。

柳兰香接过婚帖，兴奋地说：“谢谢你啦。”

徐佩萍在片刻的惊讶过后，兴奋得脸都红了，急忙跑到母亲身边，看着婚帖，仍然不相信地问：“妈，俊锋他真的要娶我了？”

徐佩芸这才暗中松了口气，也跟着走过去。

徐佩萍兴奋地拉着姐姐的手，和她紧紧拥抱在一起。

柳兰香望着婚帖，得意地对小女儿说：“我一早就说过了，你一定会成为吴家大院的新媳妇。”又转身向媒婆道，“白大嫂，辛苦你了，我早就给你准备好喜钱了。”说完，便塞给她好大一块银子。

“小白鞋”笑得合不拢嘴：“整个窑湾，再没有比徐太太更大方的了。”

柳兰香叮嘱道：“婚帖我收下了，你快回去告诉俊锋，让他准备好聘礼吧。”

“小白鞋”连声道：“放心吧，这事就包在我身上啦。那我就不多坐了，吴老板还等着我回话呢。”然后手绢一甩，便洒下一串自以为银铃般的笑声，心满意足地走了。

柳兰香笑哈哈地把她送出了门。

屋里只剩下姐妹二人了，徐佩芸真诚地说：“佩萍，恭喜你，你终于如愿以偿，可以嫁给自己心爱的人了。”

徐佩萍喜不自禁道：“谢谢姐姐，我一定会成为整个窑湾最幸福的新娘！”抬头一看母亲回屋了，连忙撒娇地说，“妈，我想看看结婚的日期。”

柳兰香便将婚帖递给她，哈哈一笑说：“看吧，看吧，看了也就心安了。”

徐佩萍激动地将婚帖捂在胸前好一会儿，这才轻轻打开，当看到“婚帖”两个字时，又惊喜地叫起来：“妈，真是婚帖哎，我真的要成为吴家大院的媳妇了。”

柳兰香打趣道：“看把你高兴得，今夜肯定睡不着了。”

徐佩萍立刻就红了脸，不好意思再看下去，胡乱塞给了姐姐。

徐佩芸也跟着笑起来，但是刚一接过婚帖打开，脸上的笑容忽然就僵住了，同时发出一声惊叫：“不对，这婚帖上怎么写着我的名字？”

徐佩萍闻言，立刻就呆住了！

柳兰香连忙跑过来，一把夺过婚帖，紧张地说：“我看看，我看看。”

婚帖刚一打开，母女三人便同时念了起来：“徐佩芸？”

柳兰香、徐佩萍不由面面相觑，同时惊慌地问：“怎么会这样？怎么会这样？”

徐佩芸更是连脸色都变了。

徐佩萍回过神来，立刻哭喊道：“妈，怎么回事？这到底是怎么回事啊？难道你去找俊锋，不是给我提亲，是给姐姐提亲？”

柳兰香连连摇头：“怎么会？你才是我的亲生女儿啊。”

说到这里，忽然想起，当吴俊锋听说自己女儿夸他时，说的话是：“她真的是这样说的吗？可是她从来没有说过这话呀？甚至于……”

当时自己担心他误会了女儿的心意，所以一下子就把话给打断了！

柳兰香想到这里，终于明白过来了，自言自语地说：“我想起来了，原来俊锋一直喜欢的人是你姐姐，他还以为我是去给你姐姐提亲呢。”然后捶胸顿足道，“哎呀，这件事都怪我太性急了，没有把话说明白，这下完了，全完了！”

徐佩萍听了这话，更加无助了，拼命拉扯着母亲的衣襟，绝望地哭喊道：“妈，那我现在怎么办呢？”

徐佩芸见状，便安慰道：“妈、佩萍，你们放心，我从来就没有喜欢过俊锋，除了涟泰，我不会嫁给任何人。所以，无论如何，我都不会接受这份婚帖的。”

徐佩萍好像看到了希望一般，立刻停止了哭泣，但还是不相信地问："姐姐，你说的可是真的吗？"

徐佩芸掷地有声地说："当然是真的！"

柳兰香却摇摇头道："现在不是你不嫁就能解决问题的，而是俊锋他……"说到这里，忽然沮丧起来，"而是俊锋他要娶的人是你啊！"

徐佩萍刚刚冒出的希望火苗，又被这话无情地浇灭了，双眼一黯，再次哭喊了起来，"那我怎么办呢？俊锋要是不娶我，我宁愿去死！"边说边夺门而去。

柳兰香赶忙追上去："佩萍，佩萍……"

徐佩芸也跟着追上去："佩萍，佩萍……"

柳兰香却将她往旁边一推，恶狠狠地说："都怪你，别假惺惺了！你给我走开！"

徐佩芸只好无奈地站住了，又气又急，却也无可奈何。

徐家大院后院西厢房内，徐佩萍飞奔回卧室，便趴在床沿上，伤心地呜呜大哭起来。

紧随而来的柳兰香，连忙坐在床上，小心翼翼地说："佩萍，你不要哭了，你把妈的心都哭碎了。"

徐佩萍边哭边捶着床沿道："俊锋不娶我，我活着还有什么意思，不如死了算了。"

柳兰香心疼地说："你要是死了，妈也活不成了。"

徐佩萍伤心欲绝道：“不死还能怎么办？现在俊锋要娶的人是姐姐，不是我！没有了俊锋，我活在这个世界上，就半点意思都没有了。”

柳兰香安慰道：“你别急，让妈再想想办法，再想想办法。”

第39章　码头新任当家

臧家大院后院三房小院静悄悄的，臧家梁刚被灌下了药，继续昏昏沉沉地睡着了。

郭文芳红着眼圈，不断地给他按摩脚心。

臧增年蹑手蹑脚地走进来，关切地问：“文芳，家梁醒了吗？”

郭文芳淡淡地说：“哦，四叔也知道关心他？”

臧增年赔笑道：“文芳，看你说的，再怎么样，家梁也是我的侄子是不是？出了这么大的事，我能不过来看看吗？”

郭文芳毫不客气地说：“他还是二哥的弟弟呢，但是连二哥都不关心他。码头谁不知道，你就是二哥的应声虫？”

臧增年讪讪道：“文芳，你话可不能这样说，我虽然是长辈，自己却没什么本事，不过是大哥可怜我，赏我口饭吃，这才勉强当上码头的小经理，当然知道自己的分量。别说是家栋了，你们家的任何一个人，我都不敢得罪。再说了，我看家梁的身体呢，一时半会儿可能恢复不了。这码头当家的位置，我认为非家栋莫属了。”

郭文芳闻言，不由皱了皱眉头，冷笑一声道：“四叔原来是来做说客的。二哥如果适合当家的话，早在二十年前大哥去世时，他就当上了，还用等到现在！”

臧增年胸有成竹地说：“可是，现在家梁生病了，几个孩子还小，没有做生意的经验。所以，再也就没有比家栋更合适的人选了啊。”

郭文芳立刻气极，便冷笑一声道：“这件事是码头大事，还轮不到你一个小经理操心。别看爸平时不管事，他心里还是比谁都亮堂的！”

臧增年见她态度强硬，只好讪讪地说：“那是，那是。”便灰溜溜地退了出去。

臧家大院客厅内，吃过晚饭后，郭文芳便站起身来说：“我得去看看家梁了。”

臧增福却叫住她说：“别急，你先坐下，我有话要说。”

郭文芳望着公公严肃的脸，只好犹豫着坐了下来。

此时，臧增福夫妇、臧家栋一家四口、郭文芳母子、臧远方等人，虽然像往常那样坐在客厅里，但个个都是心事重重的。

臧增福望了望儿孙们，深深地叹了一口气，表情凝重地说：“常言道‘祸不单行’，没想到现在，这句话竟然应验到我们臧家头上了。八家钱庄前脚刚来要债，后脚家梁就病倒了，整个人都昏昏沉沉的。他这病，我看一时半会是好不了了。码头的大局必须有人主持，你们都是我臧家的儿孙，都来说说吧，下一任的码头当家，该由谁出任比较好？”

大家听了这话，都没有回答。

臧家栋见状，便霍地站起身来，气急败坏地说：“欠了那么多的外债，我们根本还不起！完了！臧家完了！码头更完了！还要什么当家？依我看哪，赶紧把这座房子里所有值钱的东西，全都卖了，每个人分点钱逃命去吧。免得七天过后，那些债主涌上门搬的搬、抢的抢，到时候大家毛都捞不到一根，只能流落街头喝西北风了！”边说边作势就要去搬东西。

臧增福怒声喝道：“家栋，你给我坐下！”

臧家栋只好住了手，冲父亲翻了翻白眼，但张了张嘴，还是很不服气地坐了下来。

臧增福气得胡子直打颤，拐杖把地戳得“乒乒乓乓”响，然后厉声说：“你们都给我听好了，只要我还有一口气，谁都别提分家这两个字，更不能毫无担当地逃走！”扫了儿孙们一眼，语气这才缓和下来，苦口婆心地劝道，“家栋啊，家梁病倒了，远方他们几个孩子还小，按理，这个当家，该由你来做才是啊，你怎么能说那些丧气话呢？”

没想到，臧家栋却气急败坏地说：“二十多年前，大哥死了，你都不让我做码头当家。现在注定要关门了，你就想让我收拾烂摊子，我告诉你吧，门儿都没有！”

俗话说，“知子莫若父”。

臧增福太清楚自己的二儿子了，所以并没有丝毫惊讶，只是微微抬了抬眼皮道：“如此说来，这个当家，你是不做了？”

臧家栋甩了甩衣袖，坚决地说：“不做，当然不做。生意红火时没有我什么事，现在谁不知道码头要倒闭了，想让我做替罪羊，怎么可能？”

臧增福“哦”了一声，又把目光转向二孙子说：“你不做的话，就让远胜做吧。”

臧远胜指了指自己的鼻子，简直不相信自己的耳朵：“我？爷爷，你不是开玩笑吧？”

臧增福并不回答他的话，而是继续问：“那你是不是也不想做？”

臧远胜把头摇得像拨浪鼓：“不做，当然不做。我就是想遛我的鸟，连班都不想上呢，更不想找那个洋罪受，还整天吃力不讨好的！”

臧家栋拍了拍儿子的肩膀，欣慰地说：“真不愧是爸的好儿子，我们不去替别人背那个黑锅！”

臧增福点点头，接着问大孙子：“远方，那你呢？”

臧远方连连摆手：“不行，我绝对不行！”

臧增福眉头一皱问："莫非你也不想背这个黑锅？"

臧远方苦笑道："爷爷，你误会了，我怎么会那样想呢。"说到这里，脸上不由显出一丝愧疚来，"只是我爸还在世时，就告诫过我，虽然我是臧家长孙，为人又忠厚老实，但是天生无能无才，只能为臣，不能为君，所以这一辈子，只能做做小事、打打杂，不能担当大任的。"

臧增福不由点点头，赞赏地说："你父母去世得早，一直是我和你奶奶把你拉扯大的。爷爷没看错，你是个诚实的好孩子。"说完这话，便将目光投向唯一的孙女问，"远茹，你有没有兴趣做这个当家呢？"

臧远茹沉思片刻道："爷爷，别怪我说丧气话。八家钱庄联合要债，这件事真的很棘手，别说是我，就算三叔没有病倒，他也是肯定摆不平的。我看码头倒闭呢，是早晚的事情。所以这个当家，要不要都无所谓了。"

臧增福叹了口气，无奈地将目光对准最小的孙子："远航，你呢？"

臧远航犹豫了片刻，还是鼓起勇气说："爷爷，只要你同意，我愿意出任这个当家！"

没想到他的话音还没落，臧家栋气得脸都歪了，出言不逊道："就凭你？乳臭未干的毛头小子，我看是和你爸一样，想做当家都想疯了！"

郭文芳不满地说："二哥，你这样说远航，未免太不公平了。你们都不当，这个家总得有人当是不是？"

臧远方小声提醒道："远航啊，虽然二叔的话偏激了一点，但也不是没有道理。王志信是摆明了没事找事，连三叔那么精明强干的人都气病了，更别说是你了。我看我们真的不如听二叔的话，把家分了，各自拿点钱逃命去吧。"

臧远航却昂起头，郑重地说："爷爷、奶奶、二大爷、二大娘、妈妈、大哥、大姐、二哥，虽然我没有做生意的经验，但是我相信爸爸常说的一句话，那就是'水来土掩，兵来将挡'，不到最后关头，绝不放弃希望！"

臧家栋讽刺道："行了，行了，你能耐大了。从今以后，码头当家，就由你来做了，我是举双手双脚赞成！"

臧远航认真地说："好，'君子一言……'"

臧家栋掷地有声道："'驷马难追'！"

臧增福叹了口气，无奈地说："既然这样，那么远航，从现在开始，你就是码头新任当家了。"然后颤抖着双手，递过一个小小的保险箱，郑重道，"这里面是我们码头的印章、码头和钱庄商号往来合同的印章以及所有保险箱的钥匙，以前是你父亲保管，现在全部交给你。"

臧远航接过保险箱后，重重地点了点头！

夜幕已经降临，臧家大院后院三房小院内，透过窗户的亮光，依然能看到郭文芳正静静地守着床上昏睡的人，看上去一脸哀伤。

臧远航抱着父亲的脚，用力按摩着，眉头却皱成了一个疙瘩。

与此同时，臧家大院后院二房小院客厅内，却是另一番景致。

臧家栋和妻子春光满面地走进来，便浑身舒坦地躺在太师椅上，甚至还轻快地唱起了柳琴戏：“……想当初含羞带怒离张家，现如今乔装改扮试素花。她若是依然执拗不愿嫁，我只好一刀两断舍弃她；她若是主意改变随我去，我这个新科状元就认下她。有道是‘君子不念旧时恶’，从今后恩恩爱爱过生涯……”

庄淑环给丈夫沏上一壶热茶，但还是疑惑地问：“看你高兴得！对了，刚才我就不明白了。自从当年爸让家梁出任码头当家后，你这心里就憋着一肚子气。前几天得知家梁病倒了，你还让四叔去做说客。现在终于可以名正言顺地做上当家这个位置了，你怎么就一口回绝了呢？还连带着不让远胜出头？”

臧家栋喝了一口茶，得意万分地说：“你们妇道人家哪，就是头发长见识短！”

庄淑环白了丈夫一眼，但还是好奇地问：“那你头发短见识长，倒是说来我听听，看有没有道理。”

臧家栋嘿嘿一笑道：“自从四叔在三房那里碰了钉子，这几天啊，我经过反复考虑，终于想明白了。凭我这些年的积蓄，就算码头垮了，我们二房的日子，也会过得很滋润。大房和三房他们，可就说不定喽。现在这个当家，可不好做了哦。所以啊，别说我没那个本事扭转乾坤，就算是有，我也绝不会出那个恶人头！”

庄淑环想了想，便附和道：“那倒也是啊。”转而又担忧起来，“要是码头真的渡过这一关了呢？你不是就亏大了吗？”

臧家栋冷哼一声，轻蔑地说：“远航那个乳臭未干的毛头小子，不知道天高地厚，更是没有一丁点儿做生意的经验，怎么可能渡过这一关？我们就等着看他的笑话吧，哈哈哈！”

第40章　暂停营运

第二天一早，码头管理处的会议桌两边，就坐满了码头的重要职员，大家都静静地不发一言。

臧远航紧皱着眉头，在房间里踱来踱去，踱来踱去。

一圈，一圈，又一圈。

终于，臧远航停住了脚步。

臧远方见状，便小心翼翼地说："远航，你别急，反正还有六天时间呢。"

臧远航点点头，但是并没有吱声。

臧家栋便阴阳怪气地说："没有金钢钻，就不要揽那个瓷器活哦。"

臧远航看到二大那张幸灾乐祸的脸，知道此时内忧外患，再也容不得自己多想了，立刻下定了某种决心，迅速从旁边的文件柜里抽出了一张白纸，并拿出笔砚。

与会人员见状，全都紧张地望着他。

臧远航饱蘸了毛笔，“刷刷刷”地在白纸上，写下龙飞凤舞的几行字，然后站起身来，径自走出了会议室。

职员们见状，互相望了一眼，便无声地、自发地跟在后面！

码头管理处门口，臧远航脚步沉重地走出来。

当他回身站定，望着门楣上书写的烫金字的“运河码头管理处”，以及两边对联“船中争日月”和“水上度春秋”时，面色不由一凛！

与此同时，职员们的神情，也是个个哀伤而肃穆！

运河码头上，搬运工人们像往常一样，正扛着一麻袋一麻袋的货物，在有条不紊地忙碌着。

忽然，工人甲急匆匆向码头跑来，一边跑一边惊呼道：“不好了，出事啦，出事啦。”

工人们闻讯，便好奇地围拢过来问：“出什么事了？”

工人甲大声喊道：“码头要倒闭啦，大家快跟我来啊。”

工人们不由发出一声惊叫，立刻放下货物，纷纷跟着他往管理处跑去！

好在闻讯而来的老吕，拦住了正在奔跑的工人们，并斥责道：“你们乱跑什么？”

工人甲喊道："码头要倒闭了！"

老吕不由一呆，随即劝慰道："胡说！码头好好的，怎么会倒闭呢？你们不要信那些谣言，回去好好干活吧！"

工人甲委屈地说："不是啊，是真的要倒闭了。"

工人乙不耐烦地说："倒闭不倒闭，我们去问问臧会长不就知道了？"

工人们全都附和道："是呀，是呀。"边说边继续向管理处跑去。

老吕焦急地喊道："回来，你们快回来啊。"

但是工人们一片慌乱，根本没有人听他的。

老吕无奈，想了想，便拔腿向相反方向跑去。

码头管理处门口，臧远航举起手上的白纸，深深叹了一口气，然后粘上糨糊，果断地贴到门上，并努力铺平！

只见白纸上赫然写着几行字：

因故暂停营运

直至另行通知

运河码头启

看着这份告示，所有人都惊呆了！

臧远茹回过神来，便激动地制止道："远航，你不能这样做。运河码头两百多年基业，从来没有停运过！"

臧远方也劝道："远航，把告示撕了吧。你说过的，'不到最后关头，绝不放弃希望'。还债的期限还有六天呢。我们可以去求求那八家钱庄的老板，或者分一成股份给王志信……"

郑一飞附和道："是啊，小老板，把告示撕了吧。再说就算停运，也还没到时候呢。"

职员们见状，均指着臧远航，惋惜地议论纷纷。

杨洪生摇摇头，直接唉声叹气地说："真没想到，臧会长英明一生，却生了这么个不肖子啊。"

臧远胜嘲弄地说："早知道码头新当家就是为了宣布码头倒闭，别说是我了，就是到大街上随便拉个要饭的，也都会做啊。"

臧家栋冷哼一声道："真没想到，码头竟然败在他手中！家门不幸，真是家门不幸啊！"

与此同时，大街上、运河堰上、货船上，工人们闻讯从四面八方奔跑而来，很快就汇成一股洪流，直奔管理处。

工人丙边跑边问："到底怎么回事？码头是不是真的会倒闭啊？"

工人甲连连点头道："是啊，是啊，我们要赶去堵住老板，让他把薪水发给我们才走。"

工人乙立刻转身招呼道："大家快点，晚了就要不到钱了，那可是我们的血汗钱呢。"

工人们纷纷附和道："是啊，是啊。"

于是，他们跑得更快了。

码头管理处门口，不知什么时候，原本晴朗的天空，竟然下起了绵绵细雨来。

臧远航伫立在雨中，痛苦地望着那份告示，不知道过了多久，终于缓缓地转过身来，面向职员们，神情严肃地说："我已经决定了，你们什么都不必再说了。从现在起，码头正式停运，你们也各自回家吧……"

正在这时，老吕拿着一支船篙，从大运河岸边急急慌慌地跑了过来。

他费力挤进人群，焦急地呼吸着："小老板，一千余名码头工人，正从运河堰赶来，准备找你要工钱呢。我是走水路来的，快跟我一起上船逃走吧。"

臧远航坚决地说："不，在这关键时刻，我不会离开码头半步！"

与此同时，已经可以看到运河堰上飞奔而来的一大群人影，并听到隐隐传来愤怒的呐喊声。

臧家栋悄悄退到儿子身边，扯了扯他的衣襟说："来者不善！我们还是快走吧，免得到时候受牵连。"

臧远胜却满不在乎地说："关我什么事啊？又不是我要停运

的。”但想了想还是说，“不过，反正我也不想上班了，正好去遛我的鸟呢。”

就这样，父子俩一前一后，迅速退出了人群，抄小路返回了城内。

臧增年见状，犹豫了一下，也跟在他们身后溜走了。

老吕仍然在焦急地劝道：“小老板，快点，再晚就来不及了。”

臧远茹附和说：“是啊，远航，你快和吕叔走吧，先保命要紧。”

臧远方催促道：“你快走吧，这里有我呢。”

职员们也纷纷劝道：“是啊，老板，你快躲一躲吧。有些工人脾气暴躁，为了钱，会和你拼命的。”

可是任凭大家怎么劝说，臧远航都站在那儿，纹丝不动。

无奈之下，职员们只好自发围成一圈，将他团团圈在了中间。

很快，工人们就来到了面前！

工人甲气喘吁吁地说：“老板呢？老板在哪儿？”

其余工人全都随声附和，群情激昂，将职员们挤在当中。

臧远航挤出职员们的包围圈，冷静地说：“大家有什么事，就和我说吧。”

工人乙不满道：“和你有什么好说的，我们只找当家的！”

臧远航一字一顿地说：“从现在开始，我就是码头的新任当家了！”

听了这话，所有人都愣住了！

臧远方赶忙解释道："对，对，因为当家的忽然病倒了，所以以后码头的事，就全权交给新当家处理了。"

工人甲听了这话，情绪越发激动，指着大门上的告示，愤怒地问："你是我们新当家？哪有新当家上任第一天，就让码头停运的？"

工人乙附和道："是啊，我都在码头做了十几年了，从来没有停运过一天！"

工人丙不耐烦地说："大家不要和他废话了，既然你现在是新当家了，那么快把薪水发给我们吧。"

工人们听了这话，纷纷挥舞着拳头，喊声震天响："对，快把薪水发给我们……"

臧远方和职员们见状，都十分担心！

臧远航却望着工人甲，平静地问："请问，今天是发薪水的日子吗？"

工人甲脱口而出："那倒不是，还有十几天呢。"

臧远航继续问工人乙："请问，码头以前欠过你们一分钱的薪水吗？"

工人乙摇摇头，老老实实地说："从来没欠过，平时还给我们好多福利。"

其余的工人们听到这里，全都安静下来。

臧远航点点头，这才说：“我知道，你们都是好样儿的。你们中有的人，已经在码头干了三四十年。这么多年来，我们码头从来没有拖钱欠你们一分钱的薪水。所以，就算现在码头倒闭，我臧远航也绝对不会拖欠大家一分钱的薪水。我以码头二百三十多年的‘商誉’和臧家列祖列宗的名义起誓：我臧远航，决不会拖欠大家一分钱薪水，立此为誓！”说完，将大拇指放在嘴里，猛咬了一口，然后重重地按在了告示上。

立刻，雪白的告示上，便显现出一个血红的大拇指印，异常醒目！

人群中不由发出一声“啊”的惊呼！

但工人甲还是梗着脖子说：“哼，你说得好听，你要是跑了，我们到哪里找人要钱？”

可惜这次，其余的工人都没有再应和他了。

臧远航反问道：“你再想想，我要是想跑的话，早就跑了，现在还会站在这里吗？”

工人们纷纷点头：“那倒是，那倒是。”

老吕趁机打圆场道：“既然小老板都这样说了，现在码头又暂时停运，我们正好回家抱着老婆孩子，好好休息休息吧。”

一句话说得工人们都笑起来，渐渐散了开去。

臧远茹望着他们远去的背影，不由长舒了一口气，但还是担心地问：“远航，我们现在连八家钱庄都应付不过来，哪里有钱发薪水给工人们呀？”

臧远航脸上的笑意，立刻就凝固起来，郁闷地说：“码头已经空得掉底了，我哪里找那么多钱？就是印钞机现印也来不及了。但是我不那样说，还不知道他们会闹出什么样的乱子来呢。”

臧远方担忧道：“可是，瞒得了一时，瞒不了一世呀。”

臧远航痛苦万分道：“好好想想，让我再好好想想。”

码头管理处总经理办公室，臧远航径直走进来，疲惫地坐在父亲曾经坐过的位置上。

只见桌面上，打开看一本硬皮笔记本。

笔记本的扉页上写着两行小字。

一行是：每日工作记录

另一行是：臧家梁

臧远航下意识地一页一页地翻看着。

翻到最后一页，他的眉头就皱得更紧了，不禁喃喃自语道：“六十万？六十万？我到哪里去找六十万啊？”说到这里，忽然抱住了头，痛苦地问，“爸，怎么办？怎么办？我究竟该怎么办啊？”

第41章　运河花船

晚饭时分，臧家大院客厅里，臧增福夫妇、臧家栋夫妇、郭文芳、臧远方、臧远茹等人坐在饭桌前，个个脸色阴沉。

臧增福恨铁不成钢地说："这个远航，怎么搞出这么大的事？简直就是胡闹！我们码头自从开业到现在，二百多年来，可从来没有停止过营运！"

臧家栋幸灾乐祸地说："唉，我还以为他有什么好主意，可以渡过这次难关呢，没想到竟然是这样当家的。要是这样瞎搞，三岁小孩都能当哦。"

臧增福瞪了他一眼，转头问："远航呢？"

臧远茹摇摇头："不知道，我们回来时，已经找不到他的人影了。"

臧远胜也小声抱怨道："远航可真是的，他身为码头当家，这个时候，怎么能不见了呢？"

臧增福略一沉吟，便命令道："远方，你派人去找找吧。码头、货仓统统给我找一遍。"

臧远方回道："好的，爷爷。"

但是他刚转身要走，庄淑环却又不怀好意地加了一句："远方啊，现在天快黑了，运河里的花船也要开过来了，你顺便派人去那儿找找吧。说不定啊，呵呵呵。"

郭文芳脸色不由一变，愠怒道："二嫂，你可真会讲笑话，我们家远航又不像有些人家的孩子，绝不会去那种地方的！"

臧远胜听了这话，脸上便掠过一丝不安。

庄淑环瞪了儿子一眼，也明白了什么，立刻一蹦三丈高："郭文芳，你这话是什么意思？"

曹秀英眼看两个儿媳妇又要吵起来了，便大声呵斥道："都什么时候了，你们还搞窝里斗？都少说两句行不行？"

妯娌俩互瞪了一眼，这才心不甘情不愿地闭了嘴。

曹秀英干脆地说："远方，不必派人去花船。远航是我看着长大的，他绝对不会去那种地方的！"

臧远方点点头："好的，奶奶。"说完便迅速出了门。

臧增福望着大孙子的背影，不由喃喃自语道："难道说，这个码头的新当家，是我选错了？"

因为一到夜晚，运河码头便停靠南来北往的船只。那些有钱的客商，为了打发寂寞漫长的旅途，便想要饮酒作乐，所以花船就应运而生。

花船上的歌伎，大多数是资质上乘的穷人家女儿，一般要从六岁开始读书学艺，琴棋书画、弹唱歌舞是必学的课程，她们或吟诗弈棋，或歌舞弹奏，总之各展才艺，和娼妓是有本质上的区别的。

即便如此，窑湾商会仍然有明文规定，白天绝不允许花船出现在码头边，必须停靠在最少三里远的位置，并且不得占用大运河航道，只能隐蔽在岸边的芦苇荡中！

至于真正的娼妓们，则是被禁止进入大运河的，以免污染了河水。

已经夜幕降临了，大运河航道里却是灯火通明、丝竹声声。

只见各类花船，陆续从三里外的芦苇荡中，驶到运河码头北一里处的地方停下来。很快，数十艘大小不一的花船上，就坐满了富有的客商和官员们。随即，便传来不绝于耳的觥筹交错声和男人女人们的嬉笑声。

一时间，以码头为中心，就形成了方圆数里的灯火通明、丝竹声声、欢歌笑语的场景，看上去十分热闹。

在其中最大的一艘花船包厢中，一群打扮得花枝招展的姑娘，正在劝一个年轻英俊的客人饮酒。

此客人正是臧远航，只见他像喝水一样，“咕咚咕咚”地向肚里灌着绿豆烧。在他面前，已经空了好几罐“绿豆烧”了。

姑娘甲诱惑道：“臧少爷，你已经喝了很多了，不如好好去歇息吧。”

臧远航一把将她推开，重又开了一罐，其余的姑娘们便不敢再上前了。

臧远航拿起新开的一罐酒，摇摇晃晃地站起来，大着舌头，不满地说：“什么破花船，真是浪得虚名，连酒都不能喝得痛快！”说完，便站起身来，猛地一挥手，姑娘们尖叫着躲开了。

于是，他便脚步踉跄地走了，一边打着酒嗝一边唱道：

大运河啊

你从北向南，流经高山平原

你不惧激流险滩，一路奔腾叱咤扬帆

你无私奉献浇灌良田，恩泽遍地千古流传

你勘破繁华落寞弹指之间

却依然沉默向前，日复一日，年复一年

大运河啊，你是一条巨龙

承载华夏风雨一肩

弹奏炎黄子孙最悲怆的音弦

……

夜半时分，徐家大院客厅内。

天外忽然传过来阵阵雷声，随即便下起了瓢泼大雨，打得门窗噼里啪啦地响作一团。

柳兰香母女焦急地望着门外的大雨，看上去忧心忡忡的。

徐佩萍郁闷地说：“糟了，妈，下这么大的雨，轿子都不好坐了，爸爸怎么回来呢？”

柳兰香也在客厅里踱来踱去，担心地说：“是啊，是啊，早上天还晴得好好的，他就没带伞和雨靴，这可怎么办呢？”

好在这时，徐佩芸拿着两把伞走进客厅，安慰道：“妈，佩萍，你们别着急，我马上去接爸爸。”

没想到徐佩萍看到她，脸色一下子就变了，竟然连理都不理，生气地转身走了。

柳兰香也冲她翻了个白眼，冷哼一声：“你这个死丫头，就知道讨好你爸。”

徐佩芸无奈之下，便把两把伞递给她说：“那我不去了，你去吧。”

这时天边“轰隆隆”又滚过一串响雷，雨下得更大了！

柳兰香犹豫了一下，便连连摆手道：“不不不，还是你去吧，你去吧。”

徐佩芸撑着一把伞，拿着另一把，毫不犹豫地冲进了雨中。

三益甜油坊外，徐立春和徐佩芸父女俩各撑着一把伞，深一脚浅一脚地走进雨里。

隐隐约约地，前方传来一个人的歌声：

大运河啊

你京腔京韵，直奔吴语江南

你历经兵荒马乱，战火不断硝烟弥漫

你无论朝代几番变迁，笑看输赢史册青汗

你见证国之兴亡民之恩怨

却依然豪情不减，冬去春来，岁岁年年

大运河啊，你是一条巨龙

承载华夏半壁江山

谱写炎黄子孙最雄壮的诗篇

……

忽然，一巨大的闪电打过来，透过转瞬即逝的闪光，徐氏父女惊讶地发现，唱歌的人竟然是臧远航！

此刻，他迎面而来，手拿着一罐酒，一边喝着一边唱着，已经淋得像只落汤鸡了。

徐佩芸首先看到了他，连忙对父亲说：“爸，那不是臧远航吗？他这是怎么了？”

徐立春同情地说：“现在码头内忧外患的，臧会长又病倒了，他这是借酒消愁呢。”

这时，又一个闪电打过来，刚才还在歌唱的臧远航，已经醉得一塌糊涂，便“扑通”一声摔倒在地上了。

徐立春晃了晃手电筒，不由焦急地说：“这么大的雨，他又喝醉了，这样躺在大街上，很容易出事的。走，我们过去看看。”

父女连忙跑过来，借助手电筒的光亮，看到臧远航倒在地上，手中还握着只酒瓶，已经不省人事了。

徐立春连忙蹲在地上，一连声地喊道：“远航，远航。”

但是臧远航却响亮地打起了呼噜。

徐立春焦急地说：“天这么冷，雨又大，得赶紧把他弄回去，否则就算不被冻死，也会被淋死的！”说完便把雨伞递给女儿，然后用力想把地上的人驮到背上。

但是因为他身形矮胖，拼尽全力也没有把人驮起来，自己却跌倒在雨地上，好半天都没有爬起来。

徐佩芸惊叫一声，连忙搀住父亲，心疼地说：“爸，我来吧！”

徐立春还想说什么，女儿已经将雨伞塞进他手中，索性坐在地上，努力了几次，终于将臧远航驮了起来，在大雨中艰难前行。

徐立春在后面大声说：“你一个未婚姑娘家，这样驮着他，不好让外人看到的呀，还是去老宅子吧，那地方偏僻些。”

就这样，他打着伞，女儿背着臧远航，父女俩相互扶持着，一步步艰难地向前走去！

第42章　子债父还

第二天清晨，西大街徐家老宅子的卧室内，已经换了一身干净衣服的臧远航，正在呼呼酣睡。

徐立春坐在床头，不时地给他的额头敷冷毛巾。

不一会儿，徐佩芸便端着一碗热气腾腾的姜汤走进来。

徐佩芸小声问：“爸，他醒了吗？”

徐立春用手试了试他的额头，赶紧缩回了手：“这方法没用，额头越来越烫了，可能是昨天淋雨感冒了。你先喂他喝点姜汤，我去济世堂给他抓药去。”

徐佩芸点点头：“好的。”然后把姜汤放在桌上。

徐立春走了两步，却又不放心地转回头来，叮嘱道：“佩芸，你一定要好好照顾他。”

徐佩芸佯作嗔怒道：“爸，你还怕我虐待他？”

徐立春摇摇头：“那倒不会。”走了两步，却还不放心，“我知道你一直认为远航是个败家子，有些看不起他。其实这孩子虽说喜欢耍点小聪明，但是我看得出来，他宅心仁厚，不奸不滑，是块做生意的好材料。”

徐佩芸郑重地说：“爸，你放心。虽然以前我对他是有些成见，但是自从他进码头做事以后，我发现他变得越来越稳重了。特别是这次，在码头和臧家面临危机存亡的双重危机之时，他没有退缩，没有瞻前顾后，而是勇敢地挑起当家的重担，让我意识到他的胆识和魄力，以后的成就，绝不会在臧会长之下！”

徐立春拍拍她的肩，爱怜地说：“真不愧是我的好女儿，又聪明又善解人意，真是便宜了赵涟泰那个臭小子了。”

徐佩芸羞涩地说：“爸，你看你，又笑话我了。”

臧家大院客厅，早饭桌上的气氛，显得尤为沉重。

除了臧家栋夫妇满脸的幸灾乐祸，其余人都焦虑万分。

正在这时，臧远方从外面匆匆走进来。

臧增福夫妇、郭文芳、臧远茹等人连忙起身，纷纷问道：“远方，怎么样了？找到远航没有？”

臧远方摇摇头，沮丧地说：“没有，整整一夜，别说码头货仓了，我让人连整个窑湾城都翻了个遍，也没有看到远航的人影子。”

说到这里，他忽然欲言又止。

郭文芳立刻觉察到了，急切地问：“远方，怎么，你还有什么事情瞒着我们吗？”

臧增福催促道：“哎呀，都什么时候了，你有什么事就尽管说吧。”

臧远方这才嗫嚅着说：“刚才在运河码头上，我遇到一个从花船上下来的熟人，他说昨夜在花船上，看到过远航被一群姑娘包围着，喝得酩酊大醉。”

众人闻言，都一惊，不由异口同声地“啊”了一声！

臧增福更是失望了，重重地叹了一口气，无力地跌坐在椅子上。

曹秀英却疑惑地说：“远航这孩子，一向老实正派，怎么可能做出那种事情呢？”

臧家栋却阴阳怪气道：“再怎么说，远航也是个男人嘛，又血气方刚的，压力一大，去花船也是很正常的事情喽。”

郭文芳激动地反驳说：“不可能，不可能，远航绝不可能去花船！”

臧远方则自言自语道：“去花船未必就是寻欢作乐啊。昨晚下大雨，很多酒楼一早就关了门。”忽然一拍脑袋说，“我明白了，远航一定是去那儿喝酒了，我再去找找！”

他刚要出去，却看到孙管家慌里慌张地跑进来，边跑边说：“老太爷，老太爷，出大事了，出大事了。”

臧增福不由“啊”一声，焦急地问：“什么事？”

孙管家指着大门口，惊慌失措地说：“王志信带着另外七家钱庄代表，硬闯进来了。”

话音刚落，就看到王志信带领一群人，气势汹汹地涌了进来。

臧家人全都大吃一惊，纷纷站了起来，如临大敌！

王志信冲臧增福抱抱拳，幸灾乐祸地说：“老太爷，别来无恙啊。”

臧增福用手指着他，气结道：“你……你们想干什么？”

王志信嘿嘿一笑道：“老太爷，你别激动。臧家梁现在病倒了，听说码头改由臧远航当家。那么新的臧老板呢？”目光在臧家人中扫视了一眼，眉头一皱道，“怎么，他不在吗？”

钱庄代表甲添油加醋地说：“不会是跑了吧？”

其余代表们听了这话，立刻激动起来，七嘴八舌地说：“把臧远航交出来！把臧远航交出来！”

王志信用手示意众代表安静，然后指着臧增福说：“既然父债不能子还，那就子债父还吧。大家有什么话，和臧老太爷说就是了。”

于是，钱庄代表甲便向臧增福伸出手，故作可怜巴巴地说：“老太爷，我们钱庄已经穷掉底子了，麻烦你先还清我们的欠债吧。”

其余代表们也纷纷伸出手说：“是啊，快还给我们吧。”

臧增福被代表们挤得连连后退，身子一个趔趄，差一点儿就没站住脚跟。

臧远方连忙搀扶住爷爷，低声下气地对众代表说：“大家静一静，现在远航只是暂时离开家了，又不是不回来了。我爷爷都这么大年纪了，你们就不要这么吵闹了，好不好？算我求你们了。”

臧增福也顾不得年老体衰了，放下脸面哀求道：“是啊，是啊，你们不要担心，远航是个孝顺的孩子，他不会置我们这一大家子不管不顾，自己跑掉的。我们码头和你们都合作这么多年了，有什么事情，大家坐下来协商，好不好？”

钱庄代表们见状，越发盛气凌人了，纷纷喊道：“有什么好协商的，还钱就是了。”

一时间，钱庄代表们吵吵嚷嚷，乱成一团。

王志信幸灾乐祸地望着臧家人，一副扬扬得意的样子。

他甚至还故意严肃地说：“静一静，大家静一静，有话慢慢说、慢慢说嘛，哈哈哈。”

第43章　这个烂摊子

与此同时，臧家大院门口，一辆灰色轿车缓缓停下。

随即市长陆文安从轿车里下来，一脸严肃。

当他看到“臧宅”两个字时，更加生气了，跨过门槛，便怒气冲冲地走了进去。

臧家大院客厅，臧增福夫妻、臧家栋夫妇、郭文芳、臧远方、臧远茹、臧远胜等人已经被逼到了墙角，个个都是惊慌失措的。

陆文安见状，便一声怒喝：“怎么乱哄哄的？这里是菜市场吗？”

客厅里所有人听了这话，都吃了一惊，连忙慌乱地站起来。

臧家人看到来人，以为遇到了救星，这才暗中松了一口气。

但是他们还没有来得及打招呼，陆文安就开始毫不客气地指责他们道：“你们臧家到底是怎么回事？运河码头不但是窑湾，更是整个国家的经济命脉，你们说停运就停运，也不通知我一声，压根儿就不把我这个市长放在眼里，是不是？”

臧远方连忙摆手道：“不是，当然不是。陆市长，你别误会，你听我解释……”

陆文安却指着码头方向，怒喝一声道：“解释？有什么好解释的？现在我们的运河码头停运，货物只能经宿迁、邳县等地码头运送，费时费力不说，那几家码头的吞吐量还十分有限，很多家商户都耽误了货期，南来北往的停靠客货船，船期因此受到严重影响。你们知道给窑湾乃至整个国家，造成多大的经济损失吗？”

臧家栋见他都把事情上升到国家层次了，知道这次闹大了，赶忙撇清道：“陆市长，你是知道的，码头的事，一向是家梁在管。现在交给远航了，一时间又找不到他的人，我们真的不知道该怎么办才好呢。”

陆文安听了这话，气简直不打一处来，没好气地说：“不知道怎么办才好？臧家栋，你枉活了一大把年纪！”

臧远方小声分辩道：“我们真的不知道该怎么办嘛。”

陆文安却指着他的鼻子，愤怒地说：“码头你占两成股份。”又指着臧家栋的鼻子说，“你也占两成股份，你们总共加起来就占了四成，还敢和我说不知道该怎么办？你们是码头的股东，每天也人五人六地去上班，现在却跟我说不知道该怎么办？原来你们上班根本没带脑子，纯粹是吃干饭的啊？”

郭文芳见状，连忙解释道：“陆市长，码头停运这件事，确实与他们无关，都是远航这孩子自作主张的。”

陆文安立刻问她：“那臧远航现在人在哪里？”

郭文芳歉然地说：“我们也正在找他呢，这不，到现在还没找到呢。”

陆文安听了这话，双目一瞪，简直是咆哮了：“我不管你们找得到找不到，如果三天之内，运河码头再不开始营运，我就把他抓去坐牢，罪名是‘扰乱民国政府国家经济’！”

这个罪名，可着实不小啊！

所有人听了这话，都大吃一惊！

陆文安大发雷霆后，却还是没有完全消气，又指着臧家栋和臧远方说：“还有你们两个，身为股东，也要负连带责任的！”

臧家栋和臧远方闻言，不由郁闷地对望一眼，却也无可奈何！

要债的钱庄代表们见状，担心引火烧身，连忙退了出去。

臧家大院后院三房小院臧家梁卧室内，臧增福夫妇和郭文芳走进房间，女佣连忙站起来。

郭文芳轻声问：“怎么样，三老爷还在睡吗？”

女佣点点头说：“是的。”

郭文芳叹了口气，坐在床前，拉着丈夫的手，难过地说：“家梁，现在，你病倒了，远航不见了，码头就成了一个烂摊子了！”说到这里，她不禁哽咽起来。

曹秀英望着儿子苍白憔悴的脸，又忍不住擦起了眼泪。

臧增福痛心疾首道：“唉，想我臧家，祖祖辈辈积德行善，怎么会落到如此境地啊？”

没想到正在这时，臧家栋率领一家四口和臧远方五个人，怒气冲冲地闯了进来。

臧远茹在身后拼命想要拉住他：“爸爸，爸爸，你听我说，我们不能在这个时候落井下石啊。”

臧家栋却将她猛地一推，大声呵斥道：“臭丫头，你给我滚开！”

臧远茹完全没有提防，一个趔趄，差点跌倒。

郭文芳见来者不善，立刻站起身来，戒备地说：“二哥，你要做什么？”

臧增福也吃惊极了：“家栋？你这是怎么了？”

臧家栋冲着郭文芳，怒气冲冲地吼道：“你们三房死抢烂抢，接连两次抢去了当家的位置。现在却把码头弄成这个样子，欠下一屁股的债不说，偏偏还在这关键时候，家梁犯病了，远航跑了，你们高兴了吧？高兴了吧？”

臧增福叹了口气，所有人都低下头，大气都不敢出。

臧家栋继续手舞足蹈地说：“喏，爸，当初你执意要把码头当家的位置传给家梁。不错，他是比我能干，可是太爱出风头了，到处树敌。我呢，这些年来，身为二哥，在后面给他擦屁股都擦不过来呀。现在上面要抓人了，你们又想让我去做替罪羊了，我告诉你们，门儿都没有！”

臧增福气得直用拐杖戳地，苦口婆心地说：“家栋哪，做人要讲良心！当初你大哥意外去世，原本是想让你做当家的。可正是因为你的一次重大失误，导致码头欠下了一屁股的债，仅剩下两条破船，你却整日只知道吃喝玩乐，连家都不回。万般无奈，我只好让家梁做了当家，那时候文芳才刚嫁过来，把所有陪嫁都当了，再加上她娘家的帮衬，好不容易填补了亏空，码头生意才得以起死回生，并渐渐走入正轨。前几年，正逢第一次世界大战爆发，家梁抓住时机，到北京和欧洲五国签了《粮食换石油合同》，码头才越来越壮大，有了现在的规模。就算他在辫子军围城那天，为大局得罪了小人，始作俑者也是你啊……”

臧家栋听了这话，便不耐烦地将手一挥道：“好了，你不用再提那些陈芝麻烂谷子的事情了。总之，过去的事情就过去了。虽说我和家梁是一奶同胞，但是亲兄弟明算账。这些年来，我只是个挂名股东，码头的大小事务，从来没有管过，每次开会，我的任务就是唱反调，可是人家根本就不听我的。”然后从儿子手中接过一个本子，一边翻一边说，“你们看你们看，你们大家都来看一看，这是会议记录，每一次都没有我的签名，白纸黑字，清清楚楚。”

他说到这里，越发气急败坏了起来：“别说是这种小会，就连每个季度的股东大会，也都是你的那个好儿子签名。”然后把手一挥道，“好了，现在我还站在这里，也算是仁至义尽了。这几天快要憋屈死我了，我在北京通州码头有几个朋友，我要去找他们，好好散散心了。码头这个烂摊子，你和你的好儿子、好孙子，慢慢处理吧。”说完转身就要走。

臧增福焦急地说：“家栋，这个时候，你可不能走啊，留下这么一大家老小，可怎么办啊？”

臧家栋好像没听到父亲的话一样，拉住妻子、儿子和女儿说：“站在这里干什么？还不快回去收拾行李，我们去通州好好玩几天。”

臧远茹甩开他的手，执拗地说：“要走你们走吧，我不走。”

庄淑环生气道：“这孩子，快跟我走。”

臧家栋却拉走妻子，没好气地说：“我们走，就当没生她这个女儿，让她留下来陪葬吧！”

说完用力一推，臧远茹站立不稳，差点跌倒。

郭文芳连忙扶住她，心疼地说：“远茹。”

臧远茹立刻扑在她怀里，哽咽道：“三婶，对不起。”

郭文芳拍着她的肩，深深地叹了口气，安慰道：“傻丫头，这怎么能怨你呢？‘人往高处走，水往低处流’啊。”然后又喃喃自语道，“远航，你在哪里啊？你到底在哪里？”

徐家老宅子里，臧远航终于艰难地睁开眼睛，但是看到眼前陌生的景物，不由一呆，随即使劲地摇了摇头。

正在这时，徐佩芸端着一碗中药走了进来。

臧远航见到她，立刻诧异地问：“你怎么也在这里？”

徐佩芸看他醒了，便把药碗递给他，同时解释说：“你睡了整整一天两夜，现在终于醒了。来，趁热喝了吧，感冒很快就会好的。”

臧远航喝过中药，说了声“谢谢”，想要下床，却一下子又倒下去了，差点跌下床来。

徐佩芸连忙将他扶着躺下，安慰道：“先别动，你喝的是高浓度绿豆烧，后劲大着呢，再加上被雨淋成了重感冒，能醒过来已经是万幸了。”

臧远航这才明白了什么，只好弱弱地问：“这是哪里？”

徐佩芸答道：“这是我们家的老房子。”

臧远航又问：“我怎么会在这里？”

徐佩芸没好气地说：“你前天晚上喝得不省人事，醉倒在雨夜的大街上。要不是我和爸爸经过，现在你还在大街上躺着呢。”

臧远航下意识地看了看身上宽大的灰色旧长衫，尴尬地问：“这……这衣服……是你换的？”

徐佩芸瞪了他一眼道：“你想什么呢？这衣服我好不容易找出来的，让我爸给你换的。我爸守了你一夜，他怕妈担心，昨天早上去给你抓了药后，就先回家了。”

臧远航听了这话，脑海里忽然就出现被王志信他们逼债的场景、工人们围着他讨要薪水的场景以及前天晚上在花船中的场景，不由大叫一声，双手痛苦地抱住了头。

徐佩芸看他的样子，原本有些戒备的目光，立刻变得柔和了起来，劝慰道："码头的事情，我都听说了。你也别太难过了。前天晚上你醉倒街头前，口中还唱着《大运河之歌》。这首歌曲调雄浑有力，虽然我唱不好，但里面的歌词特别打动我。"

说到这里，便轻轻哼唱起来：

大运河啊

你从北向南，流经高山平原

你不惧激流险滩，一路奔腾叱咤扬帆

……

臧远航听到这里，终于抬起头，喃喃自语道："你不惧激流险滩，一路奔腾叱咤扬帆……"忽然不自信地说，"可是我……"

徐佩芸坚定地说："没有可是！你总该知道吧，清康熙七年，山东郯城发生大地震，当时天崩地裂，整个窑湾都沉入水中。大灾过后，因为饥荒和瘟疫，此地十室九空，沦为一片废墟。于是，清政府将一大批明末旧官员和反清复明义士流放至此。这批人各施所长、重文习武，才有了现在兵不敢动、匪不敢掠的商贸重镇'小上海'。你们码头现在的处境，比之当年的废墟如何？"

臧远航脱口而出："当然是好得多了。"

徐佩芸郑重地说："既然我们的窑湾先人，能在废墟上重建家园。那么，只要你足够努力、足够坚强，也一定能达到自己的目的，让运河码头起死回生的！"

臧远航似有所悟道："是不是，就像大运河的水一样，从北到南，无论流经高山平原还是激流险滩，总能浩浩荡荡，直奔吴语江南！"

徐佩芸点点头："是的。窑湾码头有二百多年的基业，臧家祖祖辈辈都有良好的商誉，有了这些，你还怕什么呢？"

臧远航眼睛不由一亮，随即又黯然下来，沮丧地说："我也不想怕，可是面对八家钱庄来要钱，我却是不能不还啊！可是窟窿太大，就算把我们臧家所有的家当都卖了，一时也还不起啊！"

没想到徐佩芸听了这话，却不以为然地说："既然还钱这条路走不通，那为什么不另辟蹊径呢？"

臧远航听了她的话，眉毛一扬，立刻顿悟，同时目光也变得越来越坚毅了起来。

第44章　谁敢踏进后院

运河码头不远处的绿豆烧小酒馆，老吕和几个码头工人正在喝酒。

工人甲发着牢骚说：“那个王志信，可真不是个东西。”

工人乙随声附和道：“是啊，是啊，贷款还没有到期呢，就到处说码头要倒闭了，还拉着其余七家钱庄一起来催债，真是坏规矩。”

工人丙却道：“我才不管那些有钱人的破事呢，我只想知道，我们到底能不能结到薪水？”

老吕拍着胸脯保证道：“你们就把心放到肚子里去吧。这些年来，臧家一向对工人们有情有义，薪水一定不会少我们的。”

他边说边端起一杯酒，扬头刚想喝，没想到眼角的余光却扫到，臧远航坐在一辆黄包车上，从酒馆门口飞奔而过。

老吕连忙放下酒杯，惊喜地喊道：“小老板？不，老板！”

其余的工人们听了，也连忙飞奔出了酒馆，跟在黄包车后，一边追一边喊："老板，老板！"

臧远航听到喊声，连忙回头，见是老吕他们，便命令车夫道："停车，快停车。"

黄包车很快停了下来。

臧远航刚付完钱，还没完全下车，工人们就迅速围了上来。

老吕担心地问："老板，你怎么还不赶紧离开窑湾啊？"

臧远航并不回答他的话，而是关切地问："吕叔，你们几个在这儿，码头别的工人怎么样？"

老吕叹了口气："大多数老工人，都很担心码头和臧家，但是有少部分新工人很生气。他们说你不发薪水就跑掉，一个个都要来找你算账呢，说再不发薪水就要和你拼命。还有那些钱庄的代表们，也在你们家等着你呢。"

工人甲补充说："连陆市长也说要抓你去坐牢呢。"

工人乙附和道："是啊。因为码头停运耽误货期，很多货主到你们家要求赔偿，有的要抄家，有的要打要杀啊，真是吓死人了。"

其余的几个工人们，也纷纷说："是啊，现在好多人都在找你呢。"

老吕劝慰道："老板啊，你就不要留在窑湾了，这里太危险。趁现在还没有别的人发现你，我用小船把你偷偷送去骆马湖的马圩村吧，我小舅子住在那里打鱼为生。你放心吧，他们那个村子非常隐蔽，没人会知道的。”

工人甲点头说：“老板，你就去马圩躲躲吧。”

工人乙也说：“是啊，不要留在这里了。”

工人丙附和道：“对啊，老板，你不要留在这里了，快离开窑湾吧。”

臧远航听了这些热心的话，十分感动。

他紧紧握住老吕的手，坚定地说：“吕叔，你就放心吧！码头有你们这些好工人，我臧远航就一定有能力收拾好这个烂摊子。”

老吕担忧地说：“那怎么行呢？他们都在到处找你呢，这里太危险了。”

臧远航胸有成竹道：“大家放心吧，只要有我臧远航在，码头就一定在；我臧远航有一口饭吃，就绝不会让你们饿着肚子。”

工人们见他态度如此坚定，纷纷道：“那就好，那就好。”

时间过得真快，中饭时间又要到了。

但是此时的臧家客厅内，坐满了前来要账的人。

臧家用人端茶送水地伺候着，十分忙碌。

臧增福夫妇、郭文芳、臧远方和臧远茹坐在一个角落里，不住地唉声叹气。

钱庄代表甲不耐烦地说：“都等了一天半了，这个臧远航，怎么还不回来？”

钱庄代表乙好奇地问："都说臧会长脑中风了，是真是假？"

钱庄代表丙想了想说："不好说，搞不好是父子俩一起跑路了。"

这句话刚一出口，客厅里立刻像炸开了锅一样。

王志信跷着二郎腿，悠然自得地吸着烟，听到这里，不禁阴阴地笑起来。

他不但没有解释，甚至还怂恿道："臧会长有没有犯病，到他卧室看看不就知道了？"

听了这话，代表们立刻站了起来。

代表甲提议道："不如，我们去后院看看？"

代表乙点点头："对，我们去看看。"

所有代表都随声附和，并作势要往后院走。

郭文芳闻讯，立刻拦住他们说："赵先生说了，家梁现在意识模糊，必须静养，不能再受任何刺激了！"

代表们听了这话，便有些犹豫了。

王志信却煽风点火道："臧太太，你不让大家进去看，大家怎么能知道他是真病还是装病呢？"

代表们纷纷附和说："对啊，不看看怎么知道是真病还是装病呢？"

郭文芳气得浑身发抖，却也无可奈何。

代表们立刻想要越过她，直奔后院！

臧增福夫妇和臧远方、臧远茹见状，连忙站到了郭文芳身旁，想要尽力阻止。

可怜此时的臧家，除了胆小的臧远方，只剩下老弱妇女了，完全不是那群如狼似虎的债主的对手。

很快，他们就被挤到了一边！

于是代表们蜂拥而上，就要挤开后院的门！

正在这关键时刻，客厅门口忽然传来一个冷冷的声音："我看谁敢踏进后院半步！"

听了这话，所有人都停住脚步，纷纷回头。

他们竟然看到，穿着一身宽大灰色旧长衫的臧远航，虽然面容憔悴，却神态自若地走进来。

代表们都吃了一惊，纷纷喊道："回来了，回来了。"边说边迅速围上去，个个情绪激动。

臧家人像溺水的人抓住了救命稻草，全都惊喜地迎了上去。

臧增福抖抖索索地走上前来，红着眼圈说："远航，真的是你吗？"

曹秀英抹着眼泪，连声道："回来就好，回来就好。"

郭文芳强忍着难过，责怪道："远航，这两天你去哪里了，你不知道我们有多担心。"

臧远方郁闷地说："远航，你回来得正好，不见到你，这帮人死活不走。"

代表甲毫不客气地说："把钱还给我们，我们自然会走的。"

其余代表也纷纷随声附和："是啊，是啊，把钱还我们吧。"

臧远航平静而礼貌地说："大家都别吵了，今天我很累，要到后院休息了，你们也请回吧。"

代表们没想到他竟然如此平静，顿时就怒了："你什么态度？"

臧远航却理都不理他们，径直向后院走去。

代表们无法，只好将目光转向王志信。

王志信终于坐不住了，大声呵斥说："臧远航，你给我站住！"

臧远航缓缓转过身来，冷冷地望着他。

王志信态度强硬地说："码头停运的告示贴出后，这两天，你连个人影儿都不见。现在刚回来就想去休息，太不把我们放在眼里了。我告诉你，现在整个窑湾都闹翻天了，陆市长说了，等到三天期限一到，马上抓你去坐牢。"

臧远航冷笑道："我当然知道，但是现在，离陆市长和你们给我的期限，还剩三天，时间还没到呢，你就带人躺在我家里吃吃喝喝，小心我告你们私闯民宅！"

他撂下这话，转身就往后院走去。

代表们立刻想要追上去，并纷纷指责道："他怎么能这样，看这样子分明是想要赖账嘛。"

王志信却拦住他们，恶狠狠地说："那就再给他三天时间，看他还能冒多大的泡！"

第45章　人的心会变的

吴家盐行办公室内，吴俊锋站在一张办公桌前，正在向一位职员交代着什么。

正在这时，门忽然“砰”的一声被推开了，然后吴光淮猛地闯进来，气急败坏地喊道：“吴俊锋！”

吴俊锋连忙迎上去，诧异地问：“爸，你怎么来了？”

吴光淮愠怒地说：“怎么回事？运往杭州的那批盐，怎么还没有发货？杭州那边，是和我们合作二十多年的老客户了，老板都电话催我几次了。”

吴俊锋连忙解释道：“对不起，爸爸。因为运河码头停运，我们只好把货运到皂河码头装船，所以耽误了货期。”

吴光淮叹了口气：“这个王志信，可真是无理取闹，自己坏了规矩不说，还发动其余七家钱庄一起坏规矩！再这样胡闹下去，别说码头会倒闭，整个窑湾的经济都会受到牵连啊。”然后想到什么，瞪着儿子一样，试探地问，“王志信和臧家无冤无仇的，不会是你在背后唆使的吧？”

吴俊锋不由一怔，随即连忙摆手：“爸，你想到哪儿去了？我怎么会和这件事有牵连呢？再说王志信哪里会听我的呢？”

吴光淮这才点点头：“也是啊，他都一大把年纪了，又不是三岁小孩。”但还是不放心地说，“那你就多联系附近的码头，现在天气虽说不热了，但是也还没上冻，多放一天，那些盐就多损失几斤啊。”

吴俊锋信心十足地说：“你就放心吧，爸。”然后扶着父亲走出盐行，上了停在门外的轿子，这才略略松了一口气。

没想到，他刚转过身，却看到面前站着一个姑娘，不由惊喜万分道：“佩芸，你怎么来了？快请进。”

徐佩芸点点头，跟在他身后走进办公室。

吴俊锋兴奋地说：“我没想到你会来，快请坐。”

徐佩芸却摇摇头：“不用了，这个给你。”然后从包里掏出婚帖，轻轻放在他的办公桌子上。

吴俊锋的脸色一下子就变了，尴尬地说：“婚帖？”

徐佩芸歉然道：“谢谢你的好意，但是对不起，我不能接受。”

吴俊锋却一把握住她的手，急切而深情地说：“我在大运河堰上，第一眼看到你，就喜欢上你，直到你答应和我一起吃饭，我才知道你终于接受我了……”

徐佩芸立刻抽出手，同时急急打断他的话说：“我想你是误会了。我答应和你一起吃饭，并不是接受你，而是以为你是佩萍的男朋友。”

吴俊锋连忙解释道：“误会的人是你！我是因为不敢接近你，才频频和佩萍约会，想曲线从她那儿打听到你的消息。”

徐佩芸听了这话，不由生气道：“你明明知道佩萍很喜欢你，你怎么可以利用她的感情？真是太过分了！”

吴俊锋却不以为意地说：“我没有利用她的感情。我已经跟她说得很清楚了，我已经有喜欢的人了，她应该知道，我喜欢的人并不是她。”

徐佩芸疑惑地问：“是吗？你是怎么和她说的？”

吴俊锋想了想说：“我说她性格温顺贤淑，像一罐白糖水；你的性格外柔内刚，像一坛绿豆烧。可是你知道，白糖水再好，也不过润润口，绿豆烧才是男人的至爱呀。”

徐佩芸皱了皱眉，不满道：“可是你有没有想过。白糖水可以增添生活的趣味；绿豆烧酒喝多了，发酒疯不说，还会伤身！”

吴俊锋惊讶地说：“这个，我真的没想过。如果佩萍会错意了，我向她赔礼道歉，但是我真正爱的人，自始至终都是你！”

徐佩芸坚决地说：“谢谢你的这份感情，对不起，我不能接受。佩萍很喜欢你，如果你爱她，请深爱；如果你不爱她，请离她远点，越远越好。”

吴俊锋却固执道：“我不爱她，但绝不会离她太远。”

徐佩芸眉毛一扬地问：“为什么？”

吴俊锋固执地说：“因为我爱你，我一定要成为她的姐夫！”

徐佩萍只好道：“可我早就告诉你了，我已经心有所属！”

吴俊锋立刻瞪大了眼睛，情绪激动地问：“那人是谁，是谁？是臧远航吗？”

徐佩萍摇摇头：“不是。”然后犹豫了一下，终于还是说，“是济世堂赵先生的儿子。”

吴俊锋诧异极了：“你是说赵涟泰？可是他现在正在美国留学呀。”

徐佩芸点点头：“就是他。涟泰现在是在美国。可是他离开窑湾前，我们就已经有了约定，等他五年学成回国后，我们就结婚。”

没想到吴俊锋听了这话，却不以为然地说：“我劝你还是醒醒吧。他在美国眼界开阔了，会认识很多更为优秀的姑娘。再说，人都会变的。他已经离开窑湾整整四年了，你就死了这条心，嫁给我吧。”

徐佩芸坚定道：“就算他会变，我也会守着这个约定，直到确信他变的那一天为止！”

说到这里，她歉然地鞠了个躬，转身就走。

吴俊锋望着她的背影，猛地一拍桌子，杯子里的水洒了一桌，眼看流水即将漫向婚帖，他这才回过神来，连忙捡了起来。他望着婚帖，不由喃喃自语道："徐佩芸，我一定要你的名字，出现在吴家的家谱上！以后，我把婚帖带在身上，遇到你一次，就送给你一次！"

臧家大院在数天的喧嚣过后，终于清静了下来。

可是臧远航自从钻进后院自己的卧室，就再也不出门了，甚至连一日三餐，都是用人端进端出。

虽然大家都很着急，但是也不敢催促他，担心他像上次那样，又了无踪迹了。

好在王志信说话倒还算话。

第一天，他们没来要债。

第二天，他们没来要债。

但是到了第三天，臧家人就意识到该来的总归要来了！

清晨，臧家大院客厅。

臧增福夫妇、郭文芳、臧远方和臧远茹像往常那样，陆续走到饭桌前。

臧增福望着身旁的空位，不禁担忧地问："远航这孩子，怎么还不出来吃饭呢？"

郭文芳立刻吩咐女佣："快去叫航少爷。"

女佣领命而去。

没想到，臧增福刚拿起筷子，就听到门外传来一阵凌乱的脚步声。

他立刻意识到不妙，猛一回头，果然看到王志信带着一群人，又浩浩荡荡地闯了进来。

臧增福心脏不由一缩，但也只能故作平静地招呼道："你们吃过早饭了吗？"

王志信却冷笑一声，生硬地说："我不是来和你打哈哈的。今天是最后的期限，我们又来要债了。"

代表们纷纷附和道："是啊，快把我们的钱还给我们吧。"

王志信扫了一眼桌边的人，轻蔑地问："臧远航呢？不会是又跑了吧？"

郭文芳连忙道："没跑，在呢，我已经让人去叫了。你们先随便坐，放心吧，他马上就会过来的。"

王志信倒也不客气，大大咧咧就坐在了沙发上。

一时间，偌大的客厅里，再次坐满了债主。

陆文安祖籍虽是苏州，但是因为其年轻时长期生活在北京，所以陆家的宅院，是典型的老北京四合院，这种建筑风格至少有三千多年的历史了，其格局为一个院子四面建有房屋，通常由正房、东西厢房和倒座房组成，从四面将庭院合围在中间，故名四合院。

陆家因为人口众多，所以是前堂后寝的五进院。第一进院与三进院相同，第二进院是对外使用的厅房和东西厢房，之后再设一道垂花门，在厅房和这道垂花门之间形成第三进院，垂花门之后为正房和厢房所在的第四进院，是主院。并且还有后罩房，就构成了第五进院。

此刻身着长袍马褂的陆文安，疾步从院内走出来，并迅速拉开了停在门口的轿车车门。

但是他一只脚刚刚跨进小车，就看到女儿也跟着跑了出来，并焦急地喊道：“爸爸，爸爸。”

陆文安疑惑地问：“慧珊，什么事？”

陆慧珊犹豫了一下，还是问：“如果臧家还不上钱，你是不是真的会派人把远航哥抓去坐牢？”

陆文安眉头一皱道：“你问这个干什么？”

陆慧珊拉着父亲的手，撒娇地说：“爸爸，陆臧两家不仅是几代世交，你和臧叔叔又是多年的好朋友，现在臧家有难，你一定不会见死不救的，是不是？”

陆文安却严肃地说：“这些话，不是你一个女孩子该说的。爸爸身为一市之长，向来公私分明！”撂下这话后，便钻进轿车，“砰”的一声关上了车门。

陆慧珊的小脸立刻涨得通红，气得直跺脚！

第46章　我是无赖我怕谁

臧家大院门前，一辆灰色轿车徐徐停了下来。

车门打开，只见陆文安一脸严肃地钻出车门，径直走进院内。

臧家大院客厅，此时，臧家和王志信他们，同时将目光盯着与后院的通道！

看到陆文安走进客厅，所有人都不由一愣。

钱庄代表们纷纷站起来，恭敬地招呼道：“陆市长。”

陆文安立刻抱拳回礼，然后即将目光转向臧家人，冷冷地问：“臧远航呢？”

王志信把手一摊，故意火上浇油地说：“我们也在等他，三请四催地也不过来。这是什么世道，欠钱的反而成大爷了吗？”

陆文安闻言，脸色越发严峻了起来，高声叫道：“马上派人把臧远航给我叫出来！”

臧远方和臧远茹互望一眼，连忙站起身来，异口同声地说：

“我去！”

于是，兄妹俩急急忙走向臧家大院后院三房小院，飞也似的扑到臧远航的门前，同时急急地喊道：“远航，远航！”

但是当他们推开房门时，却惊讶地看到，堂弟仍然躺在床上，还穿着昨天那套半旧的灰色长衫，经过几夜的翻滚，衣服已经是皱巴巴的了，其主人怔怔地盯着天花板，胡子拉碴，看上去好几天都没有刮过了。

臧远茹催促道：“远航，你怎么还不快起床？客厅里围满了前来要债的人，陆市长正在发脾气呢，你赶紧换了衣服去见他！”

臧远航却一点都不急，胸有成竹地说：“来得正好，我就是在等他！”

臧远方催促道：“那你快去洗涮，我去帮你拿衣服换。”

臧远茹也焦急地说：“我去帮你打洗脸水。”

臧远航则摆摆手道：“大哥、大姐，你们不用麻烦了，我就是要这个样子出去见他们。”

他边说边下了床，但是只趿拉双拖鞋，并故意把衣服揉得更皱了，把头发也弄得乱蓬蓬的，全然是一副穷困潦倒的倒霉鬼形象，说不出的落魄与邋遢，完全不似往日那个年轻潇洒的英俊青年了。

就这样，他全然不顾大哥大姐诧异的目光，便大踏步走出了门，直奔客厅而去！

臧远方和臧远茹郁闷得互相望了望，本来还想劝解，但是见他态度如此坚决，再加上时间紧迫，只好无奈地跟在了他的身后。

就这样，姐弟三人，很快来到了前面的客厅。

钱庄代表甲率先看到了他们，赶忙惊呼起来：“出来了，出来了，大家快看。”

代表们循声望去，纷纷松了一口气道：“来了，来了，终于来了。”

于是，所有人全都站起来，包括陆文安。

臧远航连忙朝他走去，并歉然地说：“陆市长，真不好意思，竟然还惊动了你的大驾。”

陆文安冷冷地瞪了他一眼，厉声道：“臧远航，你少给我打马虎眼！谁给你的权力，竟然敢私自把码头停运了，自己却不见了人影，让这么多人到处找你！年纪轻轻的，你做的这是什么乱七八糟的事？”

臧远航重重地叹了一口气，惭愧地说：“不是我不想见他们，是我自知有愧啊。你看我的样子就知道了，我现在有多落魄。我爸躺在床上不省人事，留下码头这个烂摊子给我收拾。真是一步错、步步错啊！关云长当年过五关斩六将也不过如此吧，可我又不是关云长，连新上任的第一关都过不去。现在好了，码头停运了，臧家完了，我更是什么都没有了。”

陆文安听了这话，这才仔细打量了一下面前的人，只见他宽大的旧长衫皱成一团，头发凌乱得像鸡窝，甚至于连胡子都疯长成了连鬓，眼前不由就闪过曾经那个青春灿烂的少年。

于是，他心里一酸，脸色不由自主就缓和了下来，同时态度也软了下来，语气温和道：“远航，你不能只想着自己和臧家，你得顾全大局。我们码头是窑湾、徐州甚至整个苏北最重要的交通枢纽，当年你爸去北京和欧洲五国签订《粮食换石油合同》，也为窑湾立下了汗马功劳。这些年，运河码头与窑湾的经济相辅相成、齐头并进，才有了现在的繁荣昌盛。现在好了，你说停运就停运，你知道不知道，你再这样搞下去，窑湾会大乱的呀！”

钱庄代表们个个都是聪明人，他们从陆文安的话中，就想起了一个成语，即“兔死狐悲”。

于是刚才还一脸怒气的代表甲，率先反应过来，郁闷地说：“臧远航啊臧远航，我们三晋源钱庄资本总共是一百万，借给你们十万。如果你们还不了钱，我们很可能也要跟着倒闭的。”

其余代表们也纷纷附和道：“是啊，我们也是啊。”

臧远航苦着脸说：“大家都是做生意的，做生意就有赚有赔的嘛。不管怎么说，运河码头也经营二百多年了，我们臧家接手也有好几代了。现在搞成这个样子，你们以为我愿意吗？”

代表乙听了这话，一改之前的蛮横无理，好脾气道：“臧老板，有什么过不去的坎，大家坐下来慢慢谈嘛，不要动不动就说倒闭，好不好？你要是还不上钱，我们钱庄也会跟着倒霉的嘛。”

臧远航摊摊手，无奈地说：“码头停运也是迫于无奈啊。但凡有一点办法，我也不会出此下策的啊？”

代表丙赔着笑脸说：“那你也不能说倒闭就倒闭，再想想别的办法嘛。”

臧远航却气定神闲地往沙发上一坐，非常干脆地说：“办法有的啊，就是像现在这样，停运喽。”

代表乙弱弱道：“你怎么能这样说呢，你这样说真是太不负责任了嘛！”

代表甲也是痛心疾首：“当初我们借给你们的，可都是白花花的银子啊。码头要是停运了，就没进账了，那些银子不就打了水漂了吗？”

臧远航满不在乎地说：“那我没有钱怎么办呢？要不你们去问我爸要吧，那些钱当初是我爸向你们借的，又不是我，关我什么事啊？”

代表们听了这话，全都急了，纷纷指责道：“你怎么能这样说话呢？”

陆文安更是气得脸都青了，几乎是咆哮了：“臧远航，你信不信我叫人把你抓起来！”

臧远航双手一并，送到他面前说：“那你就叫人抓吧，正好我进去坐几年大牢，出来连钱都不用还了。”

代表们听了这话，不由面面相觑。

一直在旁边看热闹的王志信，听了这话立刻就急了，忍不住跳到臧远航面前，嘲弄地说：“我看你这架势，是想要无赖不还钱了是吧？”

臧远航吊儿郎当地说：“耍无赖又怎么样？我是无赖我怕谁！”

王志信咬牙切齿道：“哼，你爸是脑中风，我看你是穷疯了！”

臧远航不以为然地说：“我穷疯了又怎么样？反正我的码头已经倒闭了，但是你们的钱庄都还要继续经营下去。现在，我是光脚的，你们就是穿鞋的。难道我一个光脚的人，还怕你们这些穿鞋的不成？”

王志信瞪了他一眼，恶狠狠地说：“你试试看怕不怕！”

臧远航回瞪了他一眼，毫不示弱道：“那我倒要试试看，你这个坏了规矩不讲商誉的人，还能用什么方法来对付我！”

王志信气得怒目圆睁道：“我有无数的方法可以对付你！”

臧远航眉毛一扬，挑衅地说：“无数的方法？你的本事大了！”

王志信简直暴跳如雷了：“当然大了！我的本事比老天爷还大！”

两人同时用手指指着对方的鼻子尖，像两只斗红了眼的公鸡，充满仇恨地看着对方，互不相让！

陆文安知道这样吵下去，也不是办法。

于是他走到两个人中间，将他们隔开，同时劝解说：“你们两个，不要再吵了，好不好？无论什么事情，都能找到解决办法的呀。”

周围人见他们两个仪态尽失，全都苦笑着摇头。

臧远航这才收回目光，冷哼一声，扫了众人一眼，客气地说：“我要去吃早饭了，你们要不要一起？”

代表们立刻拦住他的去路，不满地说：“这也太过分了吧。你欠我们那么多债不还，还有心情吃早饭？”

臧远航走不了，索性坐回沙发上，悠闲地跷起了二郎腿。

陆文安见状，不由无奈地摇了摇头，但还是走过去，拍了拍他的肩膀，劝慰说：“远航，俗话说，‘瘦死的骆驼比马大’。你们码头这么大的规模，肯定不会说完就完的。‘虎父无犬子’，我想你一定有办法，可以渡过这个难关的，是不是？”

臧远航这才点点头，终于说：“是啊，办法不是没有。我爸在没中风之前，想带我去北京通州和俄罗斯、伊朗等几家国外商行谈生意。如果谈妥的话，渡过这个难关根本不成问题。”

陆文安这才长长松了一口气，责怪道：“你为什么不早说？既然这样，码头继续运营下去，不就没有问题了嘛。”

臧远航爽快地说：“继续运营下去确实没有问题，问题是没有流动资金。”然后扫了钱庄代表们一眼，为难地说，“如果这八家钱庄不再向我追债，还肯借钱给我的话……”

代表甲闻言，不由失声叫起来：“什么？还要借钱给你？”

王志信嘲弄道：“臧远航，没有人会借一个子儿给你，你就别做春秋大梦啦！”

代表乙情绪激动道：“欠的债还没还呢，你还有脸跟我们借新债？”

王志信附和道：“就是，拦路抢劫的都没有他这么狠的！”

臧远航听了这话，便不高兴了，霍地站起来，走到他的面前，没好气地说：“我狠？你到底还有没有良心啊？我好心好意坐下来给你想办法，你却说我狠？”

于是，两人再次像两只斗鸡一样，互相瞪着！

王志信用手指指着他的鼻尖，厉声道：“我就说了，你能怎么着我？”

臧远航原本也想用手指指着他鼻尖，但手抬到半空中，又忽然放下了，微微一笑道：“我不能怎么着你，不过，我就真的狠一次让你看看。”然后转身吩咐道，“孙管家，送客。”

孙管家回了声“好”，然后便冲王志信一拱手说：“王老板，请吧。”

正准备大吵大闹的王志信，没想到却碰了个软钉子，气得浑身颤抖，差点儿吐血！

臧远航趁此机会，抬腿就走向了饭桌边，竟然拿起一张煎饼，准备吃早饭了。

代表们见状，全都急了，迅速跟在他后面。

与此同时，刚才还很嚣张的他们，口气纷纷软了下来，全都可怜巴巴地说：“你还我的钱啊，你不能借钱不还啊。”

臧远航却理都不理，继续给煎饼卷上锅烤鱼炒辣椒。

陆文安气得暴跳如雷道："臧远航，你以为我不敢抓你去坐牢吗？"

臧远航平静地转过身来，毫不畏惧地说："好，那我就在这里等着你派人来抓我吧。"说完，竟然咬了口煎饼，慢慢地咀嚼起来。

王志信气急败坏地说："我告诉你，这牢你是坐定了！"

臧远航不急不缓道："反正呢，我是一个子儿也没有了，你们爱怎么着就怎么着吧。"

王志信咬牙切齿道："臧！远！航！"边说边张牙舞爪地扑过去，大有决一死战的架势！

陆文安再次站在两人之间，责怪道："你们两人，怎么就像炮仗一样，点火就着呢？你们能不能心平气和地坐下来，好好谈谈？"

王志信听了这话，简直是咆哮了："你看他这一副无赖相，你叫我怎么心平气和地与他谈？"

陆文安眉头一皱，飞快思考了一下眼前的局势，便严肃地问："远航，那你告诉我，你还需要多少钱，码头才能重新运行起来？"

臧远航眼里闪过一丝不易察觉的光亮，郑重地说："我已经算过了，不需要太多，只要八家钱庄，每家再借给我一万块就可以了。”

代表甲一听就激动起来：“要是一万能换回九万，也是很值得的呀。”

其余代表也议论纷纷附和道：“是啊，一万块，倒也不多啊。”

王志信一看风向似乎有些变了，立刻吼道：“哪来这么多钱借给你，臧远航，我看你该进精神病院了！”

臧远航却连理都不理他！

陆文安示意大家安静，然后说：“大家安静一下，听我说。无论如何，一定不能让码头这个交通枢纽停运，不能扰乱窑湾的经济秩序，更不能破坏窑湾市面现有的平静！否则，要是引起挤兑，谁都没有好日子过。”

各个钱庄代表纷纷点头称是。

陆文安扫了大家一眼，继续道：“现在，有请八家钱庄的代表，马上跟我去市礼堂开会。”说完，他带头走出门去。

代表们纷纷跟在他后面，相继走了出去，边走还边说：“走，快走，开会吧，开会吧，哎呀，除此以外，确实也没有别的办法了啊。”

王志信见状，简直气得不行，但是看到大家都出去了，也只好狠狠地瞪了臧远航一眼，垂头丧气地跟在了后面。

臧远茹望着离开的人群，不由长舒了一口气，惊喜地问：“大哥，我们码头是不是没事了？”

臧远方点点头，心有余悸地说："是的。"

臧远航站起来，走到臧增福夫妇面前，"扑通"一声跪下，然后紧紧握着他们的手，坚定地说："爷爷奶奶，你们放心，运河码头不会倒闭的，我们臧家一定会渡过这个难关！"

老两口欢喜地望着面前最小的孙子，忍不住老泪纵横！

郭文芳望着儿子，不由欣慰地说："远航，你真的长大了！"

第47章　这一关算过去了

臧家大院后院三房小院臧家梁卧室内，郭文芳母子坐在床边。

臧远航紧握着父亲的手，哽咽道："爸爸，你怎么还不好起来呢？如果你好起来了，你就会教我怎么做，我就不会这么累了。爸爸，你知不知道，今天面对那群讨债的人，我有多么害怕啊！"

郭文芳则激动得又哭又笑："你不知道，我们的儿子，今天表现得有多优秀！"

臧远航擦了擦眼泪，坚决地说："爸爸，你放心，无论发生什么事，我一定不会放弃码头，一定要保住一千多名工人的饭碗，保住大运河的这个交通枢纽。你还记得那首《大运河之歌》吗？你以前最喜欢唱的，我现在就唱给你听。"

说到这里，他忍不住轻轻地哼唱了起来：

大运河啊

你从北向南，流经高山平原

你不惧激流险滩，一路奔腾叱咤扬帆

你无私奉献浇灌良田，恩泽遍地千古流传

你勘破繁华落寞弹指之间

……

郭文芳边听边不经意地望了望丈夫，却看到他迷迷糊糊地睁开了眼睛，嘴唇张了张，又张了张。

她以为是自己眼花了，情不自禁地揉了揉，睁眼再看时，却再次看到丈夫又努力张了张嘴。

她终于确信自己没有看错，忍不住紧紧握住他的手，惊喜地叫起来："家梁，家梁，你终于醒过来了吗？"

臧远航吃惊地问："妈，你怎么啦？"

郭文芳激动地说："我刚才看到你爸的嘴唇动了一下，不，两下，似乎是想要说话呢。"

臧远航疑惑地问："是你眼睛哭花了吧？"

郭文芳冲丈夫喊道："家梁，远航不相信呢。你动一下，你再动一下。"

话音刚落，臧家梁嘴唇动了几动，竟然缓缓地说："文……芳，我……要……喝……水……"

郭文芳连忙给他喂水，同时忍不住放声大哭："家梁，你终于能说话了，呜呜呜。"

臧远航简直不敢相信自己的眼睛，扑到床边，激动地喊道：

“爸爸，爸爸，你真的醒过来了吗？”

臧家梁喝了口水，爱怜地看了看儿子，竟然又喊了一声：“远、远航……”

这次相比刚才，口齿清晰了不少。

臧远航确定父亲终于醒过来了，高兴得差点儿跳起来，同时大叫道：“我爸醒过来啦，我爸醒过来啦！”

这声音震耳欲聋，久久回荡在臧家大院内！

臧增福夫妇、臧远方、臧远茹以及用人们，立刻惊喜地从各个角落飞奔过来！

臧家大院客厅内，臧家梁已经被妻子搀扶进来。

他端坐在椅子上，虽然身体还有些虚弱，左胳膊活动不太灵便，但是看上去精神还不错。

臧增福声音哽咽道：“家梁，你终于醒过来了。”

曹秀英也在不停地抹着眼泪。

所有人都又哭又笑。

臧家梁靠床头坐着，口齿清晰地问：“爸、妈，我睡了多久了？”

臧增福感叹道：“你睡了整整七天。这七天来，大家都很担心你。不过，已经逢凶化吉了，也算是臧家祖宗的造化呀。”

臧家梁忽然想起什么，连忙费力地想要站起来，同时急切地说：“码头，我得去码头看看，那八家钱庄还逼着我们还债呢。”

郭文芳连忙拉住他，安慰道：“你放心吧，那件事儿子已经摆平了。”

臧家梁诧异地望着儿子，不相信地问：“远航，你？”

臧远航不好意思地笑了笑，冲他做了个鬼脸：“爸爸，是我！”然后将事情的前因后果，大概说了一遍。

臧家梁这才长舒了一口气，重新坐回椅子上，赞赏地点点头：“老子在《道德经》里曾说过，‘功遂身退，天之道也’。看来我这次生病，是老天爷觉得我该功遂身退了，哈哈哈。远航，好好干，你不但有胆有识，比爸爸更懂进退，我相信码头在你手上，一定会发扬光大！”

臧远航目光坚定地说：“我会的，爸爸。”

码头管理处大办公室内，臧远航正在打电话。

职员们全都紧张地望着他。

臧远航终于说：“谢谢，非常感谢，再见。”

他刚一放下电话，职员们立刻迫不及待地围了上去。

臧远茹急切地问：“远航，陆市长怎么说？”

臧远航长吸了一口气说：“没事了，这一关我们算是过去了。”

职员们个个高兴得不行：“好，太好了！”

臧远航忽然深有感悟道："我现在才发现，原来这个世界上，真的是光脚的不怕穿鞋的。现在向我们要债的八家钱庄中，除了王志信不愿意借钱给我们，其余七家，每家同意借给我们一万块。"转过头去说，"事不宜迟！大哥，你马上给我买一张去通州的船票，上次有意向的那几家洋行，我马上去和他们签约，争取把几宗买卖全部接下来。"

臧远方爽快地说："我马上去。"

臧远航又道："大姐，你打电话给上海耶松船厂，上次造了一半的那艘船，我们马上续约，让他们继续造下去。"

臧远茹开心地说："好。"

臧远航望了望职员们，坚定地说："各位同仁，虽然这次事件得到圆满解决，但是以后大家一定不要掉以轻心。王志信和他的幕后黑手，是绝不会善罢甘休的，只要被他们逮着机会，他们就一定会再生事端。不过还是那句老话：'兵来将挡，水来土掩！'"

第48章　胜过爱你一千倍

王家大院客厅内，王志信正在一杯接一杯地喝着闷酒。

刘桂花走过来，关切地说：“你也别太难过了。”

王志信郁闷道：“我能不难过吗？现在全窑湾的人，都在背后指着我脊梁骨，骂我坏了钱庄的规矩，有违商誉呢。”

刘桂花安慰道：“这话我怎么没听人说啊？你别瞎想。”

没想到话音刚落，其子王建平就大踏步从门外走进来，边走还边大声质问道：“爸，怎么街上的人都在传，说你造谣臧家财政危机，煽动七家钱庄去提前催债，到底是不是真的？”

王志信听了这话，脸色不由涨得通红！

刘桂花担忧地看了看丈夫，连忙责怪儿子道：“臭小子，你胡说什么！”

王建平执拗地问：“爸，到底是不是真的？”

王志信强自镇静道：“怎么是我造谣？臧家本来就是财政危

机嘛。”

王建平惊讶极了：“这么说，那些传言都是真的？是你逼得臧家差点破产？是你逼得远航差点去坐牢？”

王志信听了这话，老脸便有些挂不住了，不高兴地问：“你不是一直看不惯臧远航吗？怎么现在又帮他说话了？”

王建平一时被噎住了，随即坦然地说：“我看不惯他，只是嫉妒他成绩比我好罢了，我又和他没有什么仇什么怨。再说帮理不帮亲，我怎么就不能帮他说话了！”随即又想起什么，试探地问，“对了，爸，外面都说你和臧家之所以反目成仇，是背后有人唆使，这是真的吗？”

这话直指王志信的软肋！

他立刻呵斥道：“逆子，有你这样和父亲说话的吗？”

王建平不由一呆，随即嘟囔道：“你不是一直告诫我，做人要讲诚信，做生意要守商誉的吗？怎么你自己，反倒背信弃义了？”

王志信听了这话，顿时恼羞成怒！

只见他霍地站起身来，猛地将手中的酒杯扔向儿子，同时咆哮道：“逆子，闭嘴！”

只听“当”的一声脆响，酒杯弹击到柱子上，然后哗啦啦碎了一地。

王建平见父亲如此反应，便知道外面的传言不是空穴来风了，气得扭头就走！

刘桂花连忙追上去："建平，建平。"

王志信又羞又气，无力地跌坐在椅子上，又灌了一口闷酒。

没想到正在这时，却听到身后传来吴俊锋的轻笑："王老板，恭喜你立了大功啊！"

王志信脊梁立刻挺直了，沮丧地说："吴老板言重了！王某不才，就算拼尽了最后脸面，却连臧家的汗毛都没动一根，甚至于还促使其余七家钱庄，每人借了一万给他，简直是偷鸡不成反蚀把米啊。"

吴俊锋却摇头道："话可不能这样说。虽然结果并不如我们预期，但是也算摸清了臧家的家底子了。如果我没有猜错的话，码头现在真的就剩下一副空架子了。"说完，便把手一挥道，"王老板请看。"

立刻，随从便抬来了两个沉重的箱子。

王志信只看一眼，就明白里面装的是什么了，不由一呆，结结巴巴地说："这……这……"

吴俊锋笑眯眯地说："这是我之前说好的二十万存款，你检查一下，可是一分都不少哦。"

王志信不由激动起来，但是随即目光一黯道："臧家父子实在是太精明了，我再帮你对付他们的话，商誉就彻底没了，生意不好做，宝通成恐怕就保不住了。'无功不受禄'，所以这些钱，你还是拿回去吧。"

吴俊锋却摇了摇头说："你放心吧，我暂时不会再让你帮我做什么了。这次事情没有办妥，并不怪你，而是因为臧家家大业大，并不是那么轻易就能被打倒的。如果一击即中，那臧家也就不是臧家了。并且我知道，这件事你已经非常尽力了，所以我必须得遵守承诺。"

听了这话，王志信这才放下心来，垂涎欲滴地望着面前的二十万，拍着胸脯保证道："既然吴老板如此明事理，那么以后有什么用得到我的地方，王某人一定竭尽全力！"

有了这句话，一切就都好办了！

于是，两人又寒暄了一阵子，吴俊锋才心满意足地告辞而去。

在门外等候很久的刘桂花，见他离开，这才走进客厅，担忧地问丈夫："你还要继续帮他吗？"

王志信无奈地说："你还是没有明白啊，现在我和他，也就是我们宝通成与吴家大院，已经不是帮与不帮的问题了，而是一条绳上的蚂蚱了！"然后问妻子，"建平呢，他去哪里了？"

刘桂花叹了口气："他去小蓬莱喝闷酒去了。"

王志信苦笑道："这孩子，没想到还这么有血性！他哪里知道，我当初要是不与吴俊锋合作，早就破产了。别说到小蓬莱喝闷酒，去大街上喝西北风还差不多！"

徐家大院后院东厢房内，在甜油坊劳累大半天的徐佩芸，疲倦地走进了卧室，原本想换件衣服，但是拉开衣柜，却看到了里面一只小巧而精致的朱红色首饰盒。

她唇边不由露出一丝微笑，从另一个箱子底拿出钥匙，然后小心翼翼地打开，里面赫然出现一沓厚厚的信件。

徐佩芸随手取出最上面的一封信，细细地品读起来。

佩芸：

一别快四年没见了，真是十二分地想念啊！

美国的生活虽然多姿多彩，但是我几乎很少出去玩，而是把所有的时间都用在学业上了。我很矛盾，既想在美国待得更久些，学到更多的西医学知识，不辜负父亲的期望；又想早一点回到窑湾，回到你的身边，以慰彼此的相思之苦。

虽然我的导师谢尔逊教授极力挽留，希望我毕业后能留在美国，用中医填补西医的空白，但是我更愿意回到祖国的怀抱，用西医填补中医的空白！

无数个异乡的日日夜夜，我是多么想念大运河两岸的芦苇，想念味道鲜美的船菜，想念绿豆烧酒的醇香，想念甜油的芬芳，想念家人和你啊！

没有我的日子里，你还喜欢唱那首《今生醉了却又醒》吗？我每次想念你的时候，总会唱那首歌，可惜没有你和；你想念我的时候，也会唱那首歌吗？

好在还有一年，我就可以完成博士论文了。明年，我要让你成为我最美丽的九月新娘！

涟泰

×月×日

不知什么时候，徐佩萍悄悄地走进来。

她见到这些信，便有些促狭地问："姐姐，你又在想涟泰哥了？"

徐佩芸一脸幸福地说："是啊。"忽然想起什么，"佩萍，怎么，你不生我的气啦？"

徐佩萍歉然道："我听妈说，你去还了吴家的婚帖。以前都是我不懂事，错怪你了。"

徐佩芸宽容地说："没事的。"

正在这时，院外忽然传来邮递员的喊声："徐佩芸，美国来信！"

徐佩芸一改平时的稳重，高兴得差点跳起来，边向外跑边说："来啦，来啦。"

于是姐妹俩一前一后，欢快地跑下楼去，跑向院外。

徐家大院门口，徐佩芸从邮递员书里接了信，道了声"谢谢"，便欢天喜地地走进院内。

徐家大院内，徐佩芸将信紧紧捂在自己的胸口。

忽然，她意识到某种不对，这封信竟然很薄，完全不似以前厚厚的一封。

想到这里，她忙不迭地打开，但是还没来得及看，她脸上的笑容，就倏地消失了。

信竟然是用红笔写的，只有寥寥的几行字，并且语气十分冰冷生硬！

徐小姐：

你好！经过反复考虑，我认为自己一个接受过西方先进思想、文化教育的留美医学博士，和一个从来没有离开过窑湾的小城姑娘，无论在文化、思想、视野等各个方面，都大相径庭。就算勉强结合，也一定不会幸福的。

所以，我重新找了一位各方面都和我匹配的新女友，我爱她，胜过爱你一千倍！

祝你幸福，再见！

赵涟泰

×月×日

徐佩芸读罢信，只感觉到自己的心，不由自主地沉下去，沉下去，并且浑身的血液，好像是要凝固了一般！

她很想放声大哭，但这个从小就失去母亲的女孩子，早就知道哭不但解决不了任何问题，甚至还有可能引来继母更大的羞辱甚至毒打。

所以，自她懂事以后，就从来不哭了！

这么多年来，赵涟泰是她最大的精神支柱，现在，这个支柱轰然倒塌了，她唯一能做的，就是强忍着刻骨的心痛和悲伤，像被人施了定身法一样，呆立在了原地，不哭不闹，不悲不伤！

徐佩萍原本还想打趣几句呢，但见此情景，不由诧异地问："姐姐，你怎么了？"

徐佩芸却像傻了一样，一动都不动！

徐佩芸一把从姐姐手里夺过了信，匆匆看罢，也不由愣住了！

她不相信地扬了扬信，反复问道："怎么会这样？怎么会这样？"

柳兰香闻讯跑过来，急切道："我看看，我看看。"看过信，却幸灾乐祸地笑了。

然后她脸色一沉，辱骂声便不绝于耳："我早就说过了，像你这样又笨又蠢又克母又抢妹妹男人的小贱货，本来就不值钱，现在被男人玩了这么多年，又像破布一样扔掉了，就更没有人要了！我劝你还是赶紧找个又丑又穷又残疾的老光棍嫁了吧，也不知道人家会不会要你……"

这些恶毒的诅咒，像锋利的匕首一样刺进徐佩芸的内心，字字见血，让她原本崩溃的大脑更是变得一片空白，到最后，她只看到继母的嘴动来动去，却完全没有听到对方在说什么了。

徐佩萍再也听不下去了，一改往日的温顺，很不高兴地说："妈，姐姐正难受呢，你就不能少说两句吗？"

柳兰香冷哼一声，看到徐佩芸木雕泥塑一般的表情，感到有些吓人，这才意犹未尽地闭了嘴。

徐佩萍望着姐姐木然的脸，担忧地说：“姐姐，你哭吧，哭出来会好受些。”

徐佩芸听了这话，眼泪立刻决堤一般地流了下来。虽然阳光很好，天气很热，但她还是感觉到浑身如冰冻一般寒冷，只好弯下腰，紧紧抱住了自己！

第49章　政府大换血

福建会馆天后宫，门前有四根红色抱柱，神殿上铺琉璃瓦，飞檐翘角。

妈祖娘娘头戴女王冲天冠，坐在神台上，身旁两名站着的宫女掌着长扇。

神台前，三炷香在袅袅升起。

徐佩芸和徐佩萍跪在蒲团上，这一对双双失意的人儿，面对着菩萨们，虔诚地拜了又拜。

不知道过了多久，姐妹俩才终于从蒲团上站起来，肩并肩走出了妈祖庙。

福建会馆天后宫外，徐佩萍看到姐姐脸色稍有缓和，这才小心翼翼地说："姐，我看你愁眉不展的，是不是还在想着涟泰哥？不，坏心肠的赵涟泰！"

徐佩芸苦笑道：“想又如何？不想又如何？他已经有了新欢，哪里还会在乎我这个旧爱？”

徐佩萍愤愤不平地说：“你对他那么好，苦等了他整整四年，谢绝了那么多好姻缘，他却如此绝情，良心都让狗给吃了！”

徐佩芸叹了口气：“其实通过赵涟泰这件事，我也算是明白了一个道理，就是不要对一个人太好，因为终有一天，你会发现，越是对一个人好，越是蠢到不计代价不顾回报，他就越会认为你一文不值。正所谓，最贱不过感情，最冷不过人心。”

徐佩萍听了这话，心中不由一动，喃喃自语道：“最贱不过感情，最冷不过人心。确实，我一想起俊锋的所作所为，我的心就好冷好疼呢。”

徐佩芸苦笑道：“我又何尝不是呢？以前，我觉得自己人生的所有愿望，就是等涟泰回窑湾，我做他的新娘，和他举案齐眉，为他生儿育女。但是自从接到他的绝交信后，我发现我的人生已经没有愿望了。我要让自己彻底忘记，哪怕痛不欲生！”

徐佩萍却不相信地说：“但是刚才，你还是许愿了呀。”

徐佩芸苦笑道：“我许的愿就是，从现在开始，无论谁向我求婚，只要他是个男人，我一概答应！”

徐佩萍听了这话，不由大吃一惊，劝导道：“无论是谁？姐姐啊，婚姻大事，关系到一生一世的幸福，你不能这样视如儿戏。”

徐佩芸凄然一笑：“连妹妹你都开始谈婚论嫁了，我已经不年轻了。最主要的是我的心，‘爱如死灰，情似枯槁’。我再也不会爱任何人了，如果不能嫁给最心爱的人，那么嫁给怎样一个男人。对我来说，又有什么区别呢？”

让人万万没有想到的是，她话音刚落，吴俊锋赫然站在她们面前！

姐妹俩看到他，同时愣住了！

吴俊锋落落大方地招呼道：“佩芸、佩萍，你们也在这里啊，真是好巧哦。”

徐佩萍冷哼一声，理都不理他，然后拉住姐姐，没好气地说：“姐姐，我们走！”

徐佩芸也并不想和他纠缠，便跟随在妹妹身后，准备和他擦肩而过。

没想到恰在这时，吴俊锋却喊住她们：“等等。”

姐妹俩下意识地停住了脚步，只见吴俊锋从口袋里拿出上次的婚帖，递给徐佩芸说：“这是你上次落在盐行的东西，还给你。”

徐佩芸疑惑地问：“你怎么知道会在这里遇到我？”

吴俊锋诚恳地说：“我不知道会遇到你。但是自从你把婚帖退给我之后，我每天都带在身上，准备见到你一次，送给你一次，直到你收下为止。”

徐佩芸咬了咬嘴唇，好半天才说：“你应该知道，我爱的人不是你。并且这一生，我不会再爱任何人了，所以就算你得到我的人，也得不到我的心。”

吴俊锋坚定地说：“能得到你的人，对我来说，就已经足够了！至于你的心嘛……”说到这里，他不经意地瞟了徐佩萍一眼，满脸的无所谓。

徐佩萍听了这话，眼圈迅速就红了。

徐佩芸扫了她一眼，脑海中立刻显现出继母那些恶毒的咒骂来！

……像你这样又笨又蠢又老又克母又抢妹妹男人的小贱货，本来就不值钱，现在被男人玩了这么多年，又像破布一样扔掉了，就更没有人要了！我劝你还是赶紧找个又丑又穷又残疾的老光棍嫁了吧，也不知道人家会不会要你……

徐佩芸想到这里，不由痛苦地咬了咬嘴唇，然后果断道：“你的婚帖，我收下了。”说完便作势要接。

吴俊锋没想到第一次出手，就这样顺利，不由惊喜极了，连忙将婚帖递过去，深情地说：“佩芸！”

徐佩萍立刻就不高兴了，便想要阻拦：“姐姐！”

徐佩芸却毫不犹豫地接过婚帖，同时歉然道：“对不起，佩萍，你已经知道了，我刚才在妈祖娘娘面前许过愿的，神仙是不能骗的。更何况，我对赵涟泰如此深情，他却辜负了我，让我痛不欲生；俊锋亦对我如此深情，我不想辜负他，更不想让他像我一样，为此痛不欲生。”

徐佩萍怨恨地望了她一眼，用力地跺了跺脚，气急败坏道：“只要你接了婚帖，我们姐妹间的情分就尽了！”撂下这话，便哭着跑开了！

徐佩芸不由一呆，连忙想要追上去：“佩萍，佩萍……”

吴俊锋却撇了撇嘴道：“别追了！她越是这样，越显得心胸狭窄、自私自利！”

徐佩芸叹了口气：“无论如何，她都是我妹妹。”

吴俊锋连忙转移话题：“好了，好了，我们不说她了。”然后激动地说，“佩芸，谢谢你。真没想到，第一次你就会收下，我太意外了。”

徐佩芸淡淡道：“这封婚帖我先收下，你回去再准备一份聘礼，最好把结婚日期定在明年九月。”

吴俊锋连声道：“没问题，绝对没问题。”又有些疑惑地问，“为什么是明年九月？”

徐佩芸凄然一笑：“因为，我要做最美丽的九月新娘！”

吴俊锋并不知道，明年九月，正是赵涟泰曾经承诺的与她结婚的时间！

码头管理处会议室内，臧远航坐在主持人的位置上。

臧家栋、臧远胜、臧增年坐在一边。臧远方、臧远茹、郑一飞坐在另一边。

其他的位置上，也坐满了各级职员。

臧远航兴奋地说：“这次我去通州，和俄罗斯、伊朗等国家，总共签订了六笔大生意。”

臧远茹同样兴奋地说：“除了宝通成，其余七家钱庄的贷款，也全部到位了。”

臧远方无限憧憬道：“如此说来，我们码头不但没有倒闭，以后的发展，还会越来越好呢！”

臧远航意气风发地说：“是啊。这段时间大家辛苦了，等这批漕运费到账，大家奖金全部翻倍。”

听了这话，职员们全都高兴地欢呼起来。

唯有臧家栋冷笑一声，很是不屑。

臧远航装作没看到，继续说：“我这次去通州，除了签订合同外，还特别拿着父亲的名帖，去拜会了通州码头的大当家郭正义。你们知道，我们码头的船只，之所以能在大运河上畅通无阻，除了依靠青帮会的力量，更重要的是依靠官府的支持。据郭正义讲，因为各地军阀势力此消彼长，北洋政府方面已经开始新一轮大换血，也包括水利部这块。在商言商，对我们商人来说，无论他们政治人物如何翻云覆雨，都无所谓，关键是不要影响我们做生意。所以，我想让大家都动动脑筋想一想，谁最有可能做上下一任水利部部长。”

臧家栋阴阳怪气地问：“我也去了通州，还专门去漕运码头转了转，不过这个消息，我从来没有听说过呢，可靠不可靠啊？”

臧远胜听了这话，忍不住提醒道：“爸，我们只是见了几个码头中下层，又没见到大当家。”

臧家栋原本想要表明自己也是见过世面的，没想到却被当场拆了墙角，顿感颜面扫地，却也只能狠狠地瞪了儿子一眼，无话可说。

臧远航轻描淡写地说：“二大，你不是不知道，通州码头的大当家，历来和军政两界人物来往密切，他可是跺一跺脚，整个北京都要发抖的人物。这个消息，你说可靠不可靠？”

臧家栋想想也是，只好不吭声了。

臧增年讨好地说：“可靠，当然可靠。当年你爸去北京和欧洲五国接洽，听说就是郭正义在当中牵的线呢……”

臧远航看到四爷爷又扯远了，只好打断他的话说：“好了，好了，闲话少说，书归正传。我希望大家可以帮忙想一想，究竟哪个人，最有可能当上下一任的水利部部长。我准备用三万块大洋送个大礼，打通这个关节。”

臧远方想了想道：“我个人认为，一共有五个人有可能得到这个职位。特别是现在的水利部副部长伍化年和海关关长张继平，我觉得这次升职的可能性比较大。”

臧家栋闻言，便带着教训的语气说：“年轻人啊，看问题不能浮于表面。现在是政府大换血。所谓大换血，归根结底就是派系斗争，哪派占了上风，哪派就是最后的赢家。依我看啊，伍化年这几年站错队了，张继平后台不硬，要是大换血的话，他们两个，能保住现在的职位，已经是万幸了，升职完全不可能。还是想想谭松林吧，他是副总理办公室的秘书，可能性最大了。”

臧远航点点头，转头问：“大姐，你认为呢？”

臧远茹沉吟片刻道：“我觉得教育部副部长曹华言的可能性比较大，因为他是实干派，又在美国留过洋，现在北洋政府方面和美国关系很好，好像很重用在美国留过洋的官员。”

臧增年却摇摇头，不以为然道：“你错了！做官是要靠关系的，要会溜须拍马的，你以为是靠真才实学啊，简直太幼稚了！”

臧远茹不服气地反驳道：“四爷爷，你不要这么说。现在已经不是腐朽的清政府，是民国了，北洋政府方面，还是很看重真才实学的。”

臧远航将目光转向堂哥：“大哥，你认为呢？”

臧远方想了想道：“我也觉得远茹说得有理，现在北洋政府方面是新作风，相比较以前，好像更看重真才实学一些。”

臧远航最后将目光转向二堂哥问：“二哥，你认为呢？”

此时，臧远胜正一脸的不屑，便撇撇嘴说：“这件事好简单的，怎么需要你们讨论来讨论去的？”

臧家栋见到儿子出言不凡，便充满期望地鼓励道：“那你认为最有可能是谁？”

臧远胜语气狂傲地说："管他有可能是谁！只要把所有有可能就任下一任水利部部长的人选，全部列出来，然后每个人送上三万块，不就得了？如此一来，这一步棋就走得稳稳当当了，绝不会出半点差错。"

听了这话，所有人都笑起来。

臧远胜茫然地问："笑什么？你们都笑什么？我说得有什么不对吗？"

臧家栋打了儿子一下，恨铁不成钢地说："对你个大头鬼啊！谁不知道，把所有候选人全部买下来，一定稳当啊。"

臧远胜摸着头，委屈地说："那你还打我？"

臧家栋忍不住骂道："你用脑子想一想，那得花出去多少冤枉钱？金山银山都不够花的！"

听了这话，大家笑得更大声了。

臧远胜这才意识到自己似乎真的有那么一点愚蠢啊，只好尴尬地笑了笑。

臧远航连忙解围道："好了，刚才大家说的意见，都很有道理。二哥的想法也没有错，只是我们不必做无谓的浪费。现在各军阀势力此消彼长，时局动荡，至于谁是最后的人选，真的好难说，我们还是再观察一段时间，再决定送谁吧。"

第50章　人都瘦了一圈

当天下午，臧家大院后院三房小院客厅内，臧远航将藤条旅行箱子打开，一件件往外翻着衣服用品。

臧家梁欣慰地望着儿子，关切地问：“这次去通州见到郭正义先生，感觉怎么样？”

郭文芳站在一边，看上去却是忧心忡忡的。

臧远航高兴地说：“以前只听人家说他是通州码头老大，以为他是个凶神恶煞般的人物呢。没想到见了面才知道，他待人十分可亲，一点架子都没有。”边说边从箱子里拿出一套黑色西服道，“爸，这是我给你买的一套北京最流行的西装。”

臧家梁接过衣服，感慨万千地对妻子说：“我们家远航，真是长大了，都知道孝敬爸妈了。”

郭文芳勉强笑笑，敷衍道：“是啊，是啊。”

臧远航见状，连忙又拿出一套酒红色旗袍：“妈，你也有份，别不高兴。”

谁知道他拿旗袍时，竟然又扯出一个做工精巧的盒子来。

郭文芳立刻小心地捡起来，看着上面是不认识的洋文，便将盒子里的瓶子抽出来，不禁惊喜地问：“香水？送我的？”

臧远航连忙抢过来，歉然道：“妈，你要是喜欢，我下次去通州，再买一瓶送给你呗。”

臧家梁立刻明白了什么，便打趣地说：“买香水不是送你妈，那是送哪个姑娘？”

臧远航搔搔头，不好意思地说：“让妈和你说吧。”

臧家梁只好转向妻子，兴致勃勃地问：“原来你知道？快说，是谁家的姑娘？”

没想到，郭文芳却支吾道：“是徐家大女儿徐佩芸。”

臧家梁闻言，不由惊喜地连声称赞说：“那可是个好姑娘，虽然长相不如她妹妹出色，但是知书达理，一点都没有富家小姐的娇贵之气。上次要不是她机智勇敢，远航早就倒在吴俊锋的枪口下了。现在帮她爸管甜油坊，听说非常聪明能干。我们臧家要是娶她做了媳妇，那可是便宜了远航这小子了。”然后又责怪妻子道，“你也真是的，这么好的消息，怎么不早点告诉我？”

郭文芳叹了口气，郁闷地说：“我本来是准备早点告诉你的，可是你忽然就病倒了。”转身对儿子道，“远航，爸妈对不起你。我也是刚得到消息，没想到吴家抢先一步，佩芸已经收下俊锋的婚帖了，两人明年九月就结婚了！”

臧远航闻言，不由大吃一惊，下意识地握紧手中的香水，失声叫道：“什么？俊锋和佩芸要结婚了？”

臧家梁也惋惜道：“真是一步错步步错啊，都怪我！”

郭文芳担忧地望着失魂落魄的儿子，安慰道：“远航，你也不必太难过了。说起来，他们这桩婚事，最受伤的人并不是你，而是佩萍，听说两眼哭得像桃子似的，整个人都瘦了一圈呢。”

臧远航这才想起来之前的种种，急忙问：“对了，俊锋和佩萍之前不是一直约会的吗？我还以为他们会订婚呢。”

郭文芳有些幸灾乐祸道：“谁说不是呢？听说还是柳兰香主动给小女儿提的亲呢，不知道最后订婚的怎么就成大女儿了。现在这娘儿俩，可都成窑湾的笑话了！”

臧远航听了这话，恍然明白了什么！

傍晚时分，徐家大院客厅内，一家人正在吃饭。

一向和蔼可亲的徐立春，脸色破例阴沉起来，闷头吃饭夹菜，看上去很不高兴。

徐佩萍用胳膊碰了碰母亲，疑惑地问：“妈，爸今天是怎么啦？”

柳兰香小声说：“谁知道呢？自从你姐接了俊锋的婚帖，都没见他有过笑脸。”

忽然，小儿子佩剑忽然叫起来："妈，我要吃爸面前的那盘熏烧肉，我夹不到。"

柳兰香便将一只空碗递给丈夫说："你帮他夹几块吧。"

要是以往，就算不等妻子说，徐立春也会主动夹的。

没想到这次，他却将空碗往桌上猛地一放，桌上的菜和汤汁顿时溅得满桌都是。

与此同时，徐立春"啪"的一拍桌子，呵斥道："吃、吃、吃，这么大的人了，就知道吃，你能不能长点出息啊你。"

自幼受宠的徐佩剑，没想到一向好脾气的爸爸，竟然会发这么大的火，被吓得"哇哇"大哭起来。

柳兰香心疼地把儿子抱在怀里，一边哄一边尖声说："这几天你抽的什么疯？回到家就拉着一张驴脸，是我在家做错什么事了，还是我在外面偷人养汉子了？"

徐立春没好气地说："你还说你没做错事？不知道你是怎么教孩子的，教得男贪吃、女贪财！"

柳兰香和小女儿对望一眼，同时有些茫然了。

徐佩芸心中一跳，强装镇静地继续喝着汤。

柳兰香心虚地问："佩剑贪吃是事实，不过你得把话说清楚，谁贪财啦？"

徐立春瞪了妻子一眼，愠怒道："不贪财能接了吴家的婚帖？"说到这里，转脸痛心疾首地望着大女儿，"佩芸，我已经忍了好几天了，事到如今，我再也忍不住了。你亲妈死得早，你知道我从小就最疼你，好在你也很懂事。只是没想到，你却做出这种有辱门风的事情来。那个吴俊锋，除了他家的钱比赵家多些，他哪一点比得上涟泰？更何况，你和涟泰虽说并没有婚帖，这桩婚事却是徐赵两家都默认了的。昨天，你赵大向我问起这件事，我真恨不得找块豆腐一头撞死。哎哟，我这张老脸啊，都没地方放了啊！”他一边说一边扇着自己的脸。

徐佩芸却依然低着头，一小口一小口地喝着汤。但是她豆大的泪珠，却一颗颗地滴落在碗里。

柳兰香则是一脸的幸灾乐祸。

徐佩剑也吓得停止了哭闹。

徐佩萍虽然一直在生姐姐的气，但是看她那样子，便也不由同情起来，忍了又忍，还是苦涩地说：“爸，你误会姐姐了。赵涟泰在美国已经有了新的女朋友，是他用红笔写信和姐姐绝交的。”

徐立春闻言，不由吃惊地“啊”了一声，歉然道：“对不起佩芸，爸爸错怪你了。真没想到，赵涟泰竟然是这样的人！”

徐佩芸强擦了擦眼泪，平静地说：“没事的，爸，你慢吃。”然后再也吃不下一口饭，起身就回了房间。

徐立春连忙追上去，边追边担心地说：“佩芸，你别太难过了，爸爸一定要把你的婚礼办得风风光光！”

柳兰香见状，便责怪小女儿道：“你也真是！她都把俊锋抢去了，你还帮她说话！”

徐佩萍咬了咬嘴唇，虽然没有说话，但是俏丽的小脸，也满是幽怨。

……

大运河堰古银杏树下，徐佩芸凄然地望着来来往往的船只，不由轻声地哼唱起来：“……处暑霜降，夜半沾衣人未觉；树将枯萎，花亦凋零；欲诉离情，却无尽头；正如枝上叶，一岁一葳蕤……”

忽然，身后传来一个男声：“……立冬已至，今生醉了却又醒；昔你往矣，杨柳依依；今我来思，雨雪霏霏……”

徐佩芸连忙转身，看到臧远航正站在她身后，连忙擦了擦眼泪，勉强笑笑：“怎么是你？”

臧远航目光一黯，有些酸溜溜地说：“那你以为会是谁？”

徐佩芸并没有直接回答他的话，而是幽怨地说：“我十四岁那年，考上金陵女子师范，我妈不让我去上，我很想念我亲妈，于是就站在这儿，唱了据说是她在世时，最喜欢的这首歌。当时，和你一样，一个男孩接住了后面的部分。从那以后，他在我心里，从来就没有离开过，直到现在。”

臧远航心里很不是滋味，但还是强颜欢笑道：“这么浪漫的事，我怎么从来就没有听俊锋提起过呀？”

徐佩芸苦笑着摇了摇头，没有说话，但是却深深地叹了一口气。

臧远航鼓起勇气，小心翼翼地说："如果俊锋让你不快乐，那么你离开他，好不好？"说到这里，他便冲动地抓住她的手。

徐佩芸慌忙把手缩回来，解释道："你误会了，俊锋并没有让我不快乐。"

臧远航痛苦地说："可是没有你，我会不快乐。佩芸，你知道吗？这些天里，我经历了人生最艰苦以及最痛苦的日子。我每一顿饭都是食而不知其味，我的心里，就像打翻了五味瓶一样，尝尽了酸甜苦辣咸。我曾经试过众叛亲离，试过怒火中烧，失了方寸，我亦试过醉酒，要不是你，甚至差点儿横死街头。但是无论遇到多大的困难，我都觉得，你一定在不远处的某个地方，静静地看着我，默默地支持我，所以我才能一直坚持到现在。我知道，你一直认为我是个败家子，所以，我想和八家钱庄打赢这场仗，做出成绩给你看，然后再向你求婚。"说到这里，他不由沮丧起来，"自从你那天在甜油坊救了我以后，我就觉得自己是和你有缘的。所以乍一听到你和俊锋订婚的消息，你知道我有多痛苦吗？"

徐佩芸感动而决绝地说："即便有缘，也是无分！"

臧远航眼见事情无法挽回，便深深叹了口气，无奈地说："那我祝你幸福吧。"

徐佩芸脸色这才缓和下来，也有些伤感地说："谢谢！"

臧远航忽然想起什么，连忙从口袋里掏出一个盒子，递过去说：“对了，这是我从通州给你带的香水，法国巴黎的，送给你做……”

他后面的“订婚礼物”四个字还没说出来，身后却传来一个冷冷的声音：“不必了！”

原来不知什么时候，吴俊锋已经赫然站在了他们面前。

臧远航、徐佩芸下意识地抬头，同时吃惊道：“俊锋？”

吴俊锋瞪了臧远航一眼，冷冷地说：“我代佩芸谢谢你，但是她是我的未婚妻，不会接受除我以外的任何男人的礼物！”

臧远航只好收回香水，沮丧地说：“好吧，我知道了，那祝福你们吧。”

吴俊锋却并不打算轻易放过他，而是充满敌意道：“你们刚才说的话，我都听到了。远航，再怎么说，你也是我的朋友。佩芸现在已经是我的未婚妻了。‘朋友妻，不可欺’的道理，你应该是懂的，麻烦你以后离她远点，能有多远就离多远！”

徐佩芸急忙解释道：“俊锋，你误会了，远航他没有……”

吴俊锋轻蔑地说：“我是不是误会他，他自己心里最清楚。”

臧远航忍不住反唇相讥道：“是的，你心里清楚，但是我心里也同样清楚，你和佩萍约会了好长一段时间。现在我才知道，原来你只是想利用佩萍对你的感情做幌子，以此来接近佩芸，可是你知不知道，你这样做，会让佩萍有多受伤？”

徐佩芸听了这话，双眼不由一黯。

吴俊锋却据理力争道：“但是，如果我勉强自己和不爱的人在一起，受伤的就是我自己。”

臧远航毫不示弱地说：“那你也不应该把自己的幸福建立在佩萍的痛苦之上！就算她爱你，如果你不利用她，不给她造成错觉，让她以为有希望，她是绝不会像现在这样痛苦的！”

吴俊锋自知理亏，当然无力反驳，不由恼羞成怒道：“如果你认为佩萍很痛苦，你可以去找她呀！没人拦你！”

臧远航一字一顿地说：“你以为别人都像你那样卑鄙吗？”

徐佩芸也瞪了未婚夫一眼，责怪道：“你真是太过分了！”

她撂下这话，转身就走。

吴俊锋自知失言，连忙追了上去：“佩芸，佩芸，你听我解释……”

臧远航望着他们双双远去的身影，再看看自己手中的香水盒，不禁苦笑起来，作势要将香水瓶扔进大运河。

但是他的手伸在半空中，却又缩了回来。

第51章　业绩发布会

码头管理处会议室内，臧远航坐在主持人的位置上。

臧家栋、臧远胜、臧增年坐在一边。臧远方、臧远茹、郑一飞坐在另一边。

会议一开始，臧远茹就兴奋地说："上次远航在通州签的那几大笔生意，让码头赚了个盆满钵满。短时间内，不仅还完了那八家钱庄的新旧贷款，我们还略有剩余。再这样做下去，我们又可以多买几艘新货船了。"

臧远航虽然也很高兴，但还是谦虚道："之所以有现在的业绩，主要还是码头前几年打下的基础好，所谓'前人栽树，后人乘凉'嘛。我刚接到电话，不但原来的几家洋行愿意继续与我们合作，又有两家洋行与我们有合作意向了呢。所以过几天，我还得再去一次通州。"

臧远方激动地说："那简直是太好了。真没想到，这次我们码头，不仅起死回生了，生意还越做越大了。”

臧家栋看到如今蒸蒸日上的形势，心里却很不是滋味，就故意泼一瓢冷水道：“年轻人哪，我劝你们不要高兴得太早了。常言道：‘木秀于林，风必摧之。’恐怕生意做得越大，越不是什么好事呢。”

臧远航当即反驳道：“那么照二大你的意思，我们码头关门岂不是更好？这样，就不怕风摧了。”

大家听了，忍不住哈哈大笑起来。

臧家栋被噎得直翻白眼，但是张了张嘴，却一句话都说不出。

臧远航再不理他，而是望着大家说：“下周是码头一年一度的业绩发布会，也是我第一次主持这种发布会，届时，希望大家一定光临，好好给我打打气。”

大家纷纷说：“没问题。”

当然臧家栋除外，他在嫉妒的同时，狠狠地瞪了一眼羡慕不已的儿子。

对于一向帮理不帮亲的女儿，他已经完全放弃了，但是坚决不能让儿子的胳膊肘也向外拐，这是原则问题！

臧远胜只好把笑容僵在脸上，赶紧闭了嘴。

一周后，码头管理处四周张灯结彩，中外宾客云集，记者的镁光灯不停闪烁着。

主席台上面的横幅上，写着一行楷书：运河码头业绩发布会。

臧远方率先跳上主席台，对着扬声器大声宣布道：“我们运河码头一年一度的业绩发布会，现在正式开始。现在，由我们的新任当家臧远航给大家讲话！”

当臧远航跳上台时，人群立刻轰动起来！

有的说：“哇，这么年轻啊！”

有的说：“不但年轻，还很帅气啊。”

更有的说：“不但年轻帅气，还很聪明会做生意啊。”

……

特别是那些年轻的未婚小姐们，更是有的一脸爱慕，有的则窃窃私语，好似过来相亲一般！

其实这是臧远航第一次面对大场合，很是紧张，但他还是努力镇静道：“女士们、先生们，大家早上好！我谨代表运河码头，热烈欢迎各位出席本码头一年一度的业绩发布会。”

他的脸庞英俊明朗，他的身姿笔直挺拔，他的神态不卑不亢，他的嗓音洪亮有力，这哪里是业绩发布会，分明是偶像见面会啊！

一时间，会场内外响起了经久不息的掌声！

陆慧珊和父亲陆文安坐在最前面的嘉宾席上，她和很多女孩一样，满脸爱慕地望着臧远航，掌声比任何人都热烈！

主席台上，臧远航继续说：“在这里，我很高兴向各位宣布，本码头过去一年的业绩很好。我特别要感谢窑湾三百六十余家商户的友好合作与大力支持。但是我们绝不会有任何的松懈和自满，反而会因此更加努力。未来的日子里，我们不但希望能为窑湾全体商户提供更快速、更优质的服务，同时也希望能更加充分发挥大运河航道的枢纽作用，把陆上丝绸之路和海上丝绸之路沿途的生意，做得更多、更远、更完善，谢谢大家！”

人群中再次发出了一阵热烈的掌声，甚至还伴有姑娘们的尖叫声！

臧远方等大家稍稍平静下来，即挥了挥手说：“现在各位新闻界的朋友，可以开始提问了。”

记者甲率先站起来说：“我是《徐州日报》的记者，请问臧老板，你们码头今年的业绩这么好，明年会有什么大计呢？”

臧远航意气风发地说：“在未来的一年里，我们码头有以下三项宏图大计。第一，我们拟从英国购买五艘小火轮；第二，我们还需要增招最少三百名码头工人岗位；第三，我们还将在陆上丝绸之路和海上丝绸之路沿途，发展更多的生意合作伙伴！”说到这里，他面向台下，深深鞠了一躬！

立刻，会场上响起了雷鸣般的掌声！

这次，姑娘们不再尖叫了，而是向台上扔去了鲜花、手绢甚至头饰！

陆慧珊一边鼓掌，一边调皮地向臧远航竖起了大拇指。

臧远方这才总结性地说：“我们的运河码头业绩发布会到此结

束，谢谢各界朋友的出席，明年再见！”

随即，在众人的簇拥下，臧远航走到了陆文安面前，感激地说：“陆大，谢谢你。倘若不是你的鼎力支持，我们码头渡不过上次的难关。”

陆文安拍了拍他的肩，安慰道：“过去的事情，就不要再提了。”又竖起大拇指，赞赏地说，“远航，你讲得真是太好了，特别是三项宏图大计，真是颇有乃父之风，青出于蓝而胜于蓝啊。”

臧远航不好意思道：“陆大过奖了。本来就是我爸写好的演讲词，不过是借我的嘴说出来而已。”

陆慧珊调皮地说：“远航哥，你今天也很帅哦，比上海滩的那些影视明星，也毫不逊色呢。”

臧远航打趣道：“是吗，你真是越来越会说话了。”

陆文安宠溺地望着女儿，爱怜地说：“这丫头，没别的优点，就是嘴甜。”

陆慧珊忽然想起什么：“噢，对了远航，过几天是我生日，爸妈要在来仕登西餐厅，给我办一个很大的生日舞会，你和三叔三婶一定要来哦。”

臧远航诚恳地说：“生日快乐，我们一定会去的！”

第52章　他输定了

傍晚时分，吴家大院客厅内，吴光淮父女俩正围坐在饭桌前。

不一会儿，窦玉美从后院走了进来。

吴俊莹噘着嘴说：“妈，饭菜都凉了，二哥怎么还不出来？”

窦玉美郁闷地说：“我都叫了好几遍了，他不来我有什么办法？”说到这里，不由叹了口气，“唉，也是难怪。运河码头召开一年一度的业绩发布会，听说非常成功，他心里堵得慌呢。”

吴光淮不满地说：“那也不能连饭都不吃啊？”

窦玉美无奈地摇了摇头。

吴俊莹站起身来说：“我去看看。”

此刻的吴家后院吴俊锋卧室内，吴俊锋正怔怔地坐在书桌前，一根接一根地抽着烟。

吴俊莹走进来，猛地将他的烟从手中拿掉了，责怪地说：“二哥，你再这样抽下去，臧家没倒，你的身体就先垮了。”

吴俊锋沮丧地说：“俊莹，我这心里憋得难受啊。我下了那么大功夫买通王志信，给臧家设了一道又一道关卡，可是他们都安然渡过了。我原以为臧家在明我在暗，再加上臧家梁又倒下了，那个只会读死书的臧远航，根本就不是我的对手。可是万万没有想到，别看那小子表面上迂腐，实际上却比他老爸还难对付！你知道吗？那天八家钱庄的人去要债，陆文安还要逮捕他，他只是略施小计，竟然就金蝉脱壳了！”

吴俊莹打断他的话：“那天的事情，我已经知道了。”

吴俊锋立刻警觉地问：“你是怎么知道的？”

吴俊莹犹豫了一下，还是支吾着说：“是、是远方哥告诉我的。”

吴俊锋闻言，不由愠怒道：“远方哥远方哥，你叫得倒亲热，你知不知道，我们的好大哥，就是被他们臧家给害死的！”

吴俊莹没想到二哥会发这么大脾气，有些害怕，但还是强自镇定道：“远方哥还说，其实上次，王志信和远航斗，无论是赢了还是输了，他都是输定了！”

吴俊锋更加愤怒了：“凭什么？他凭什么这样认为？”

吴俊莹耐心地说：“你想想人家臧家借款还没到时间，王志信就无缘无故去要债了，自己要就罢了，还唆使了其余七家钱庄，这得有什么不共戴天的大仇啊，可是臧家和王家不但无冤无仇，之前还一直关系不错，那么一定是被别人给当枪使了，所以他就算赢了，也很丢人的呀。”

吴俊锋刚想反驳，忽然意识到什么，一把搂过妹妹的双肩，用力摇晃着，同时气极败坏地问：“臧远方和你说这些做什么？是不是你告诉他，王志信是被我当枪使了？”

吴俊莹疼得眼泪一下子就流下来了，哀求道：“你放开我！”

没想到，吴俊锋却摇得更大力了，同时怒吼道：“你到底有没有告诉他，有没有？”

吴俊莹哭喊道：“没有，我没有！”

吴俊锋这才停止了摇晃，同时放开手，但还是不相信地问：“真的没有？”

吴俊莹使劲喘了几口气，哽咽道：“真的没有！我在街上闲逛，正好遇到他。现在全窑湾的人到处都在说这件事呢，我就问了他，他只是随口和我闲聊了几句而已。”

吴俊锋忽然意识到什么，不禁喃喃自语道：“他和你说这些做什么？难道是臧家已经知道了事情的真相，故意给我个警告？”又咬牙切齿道，“就算是警告也不怕，大不了鱼死网破！臧远航，你这是逼我直接出面，好调转枪口对准我吗？哼，做梦去吧！”

夜幕已经降临了，但是窑湾城内外，依旧是灯火通明。

特别是城内最高大气派的欧式建筑来仕登西餐厅，更是彩灯闪烁，在黑暗中显得尤为耀眼。

门口停着好多辆轿车。

一辆白色轿车在门口停住，车里先是走出臧远航，然后走出臧家梁夫妇。

臧家梁虽然身体还有些虚弱，但是看上去十分精神。

陆文安带着家人，连忙迎上去，握着老朋友的手，激动地说：“老伙计，好久不见，好久不见了啊。”

臧家梁声音洪亮地说：“老伙计，你差点就真的见不到我了，哈哈哈。”

与此同时，臧远航将一束鲜花递给身着公主裙的漂亮女寿星道：“慧珊，祝你生日快乐！”

陆慧珊接过花，开心地说：“谢谢。”

郭文芳看着两个年轻人，不禁称赞道：“慧珊，你变得真是越来越漂亮了。”

陆慧珊调皮地说：“再漂亮也没有三婶气质好呀。”

一句话说得郭文芳眉开眼笑，不由亲热道：“看这张小嘴，甜得跟抹了蜜似的。”顿了一顿，忽然若有所思地转头问，“慧珊也不小了，订下婆家了没有？”

慧珊母亲丁玉红摇摇头，认真地说：“她刚从上海回来不久，我还没有去想这件事呢。不如你看哪家孩子合适，给她介绍介绍吧。”

郭文芳望着走在前面的臧远航和陆慧珊，微笑着点点头，郑重地说："一定。"

然后两家人有说有笑地走进了来仕登。

此时，西餐厅内已经布满了各式气球和鲜花，小提琴和钢琴合奏出欢乐的琴声。

男宾一律西装，女宾则是旗袍或洋装，个个有礼有节地端坐在餐桌周围。

身着黑色燕尾服的服务生们，来回穿梭地忙碌着。

虽然所有这一切，在领文明之先的北京、上海等大都市不算什么，但是在仍然以农耕为主的苏北地区，却显得尤为新鲜奇特。

不一会儿，客人就陆续就座了。

陆文安这才站起身来宣布道："女士们、先生们，今天是小女慧珊的生日，请的都是陆家的亲朋好友，感谢你们前来参加。大家请便，慢用。"

于是，客人们开始用餐，个个严格按照西餐的礼仪行事，端着一副架子。

臧远航的餐厅礼仪受过老师马克的指导，倒是可圈可点，甚至拿刀叉的动作都非常正规，只是他切了一块牛排，却喝了一口白酒。

坐在他旁边的陆慧珊责备道："吃西餐的规矩呢，吃白肉喝白酒、吃红肉喝红酒嘛。你的主菜是煎牛排，怎么要了白酒？"

臧远航无所谓地说：“名堂倒不少，我喜欢吃什么要什么呗。”

因为声音稍有些大，已经有人转头向他们这边看过来了。

陆慧珊便有些尴尬，只好压低了声音提醒道：“可是，吃西餐的规矩总是要严格遵守的，否则，别人会说你老土。”

臧远航反驳道：“为什么要拿别人的规矩当时尚，视自家的规矩为老土？当有一天中国强大了，我们的规矩自然就时尚了！”说到这里，指了指她盘里的牛排说，“你看你要的牛排啊，可真够洋气的啊，啧啧啧，还带着血水。按照我们中国人的饮食习惯，不但不卫生还不容易消化呢。可怜见的，现在又不是原始社会，干吗还要茹毛饮血啊？”

因为他的声音太大，引得更多人好奇地望着他们。

陆慧珊一时气结：“你？”

郭文芳见状，连忙打圆场说：“慧珊，远航这孩子向来并不热衷于吃西餐，你就多担待些吧。”

陆文安却不以为然道：“我倒是觉得，不热衷于吃西餐，并没有什么不好。这正说明他不会迷信西餐，更不会盲目跟风，具有独立思考能力和创新精神。这种独立思考能力和创新精神，也正是我们窑湾最重要的文化传承。况且，我们老祖宗还说，‘食不言，寝不语’呢，请问在座的各位，谁能真正做到？”

所有人都纷纷摇头说：“这个还真的做不到。”

陆文安继续道：“这不就是了。中国的不少老规矩，因为跟不上时代的变化，已经被历史淘汰了，何必把别国的老规矩奉为圣旨呢？再说了，别国的规矩也许适合别国人，但是未必适合我们中国人。特别是‘吃白肉喝白酒、吃红肉喝红酒’这句话，我最不爱听了。如若按照这个说法，是不是只能‘吃羊肉喝洋酒’了呢？”

众人听罢，全都忍俊不禁地笑起来。

臧远航促狭道：“那吃青菜是不是一定得喝绿豆烧酒了呢？”

此言一说，大家纷纷发表高见：

“吃紫菜喝紫酒？”

“吃白菜喝白酒？”

“吃蓝菜喝蓝酒？”

“吃黄瓜喝黄酒？”

“吃红薯喝红酒？”

“吃金鱼喝金酒？”

“吃银鱼喝银酒？”

“直接吃铜喝铜得了。”

“吃铜喝铜，那在座的各位，不就成十八铜人了？”

“这里不止十八个人啊，五百罗汉还差不多……”

听了这话，餐厅来宾已经笑成了一团！

几位未婚姑娘也顾不了淑女形态，有的笑得趴在桌子上，有的直揉肚子。

连训练有素的服务生、小提琴和钢琴演奏员也忍俊不禁，早已经曲不成调了。

一时间，西餐厅的气氛，达到了最高峰。

等众人终于笑罢，一直笑眯眯看着大家的陆文安，忽然站起身来，向嘉宾们举起酒杯，同时慷慨陈词道："刚才各位尽情发挥想象的翅膀，特别是年轻人，都说得非常好，也表现得十分踊跃！由此，我寄希望于年轻一代，一定不要墨守成规，而要善于创新，寻找到一条适合我们自身的发展道路！来，为我们窑湾的经济冲出中国，走向世界而干杯！"

众人的情绪被调动到最高，纷纷举起酒杯一饮而尽。

于是，刚才虽然庄重严肃，但是多少有点做作的餐桌气氛，立刻变得热烈活泼了起来。

愉快地吃完饭后，大家便起身来到舞场中央。

成双成对的舞伴翩翩起舞，臧远航和陆慧珊亦灵巧地穿梭其间，两个年轻人高超的舞技很快获得全场热烈的掌声。

陆慧珊开心地笑着、舞着，完全沉浸在幸福之中！

第53章　做不成爱人就是仇人

午夜的街头，城中心的中宁街上，店铺门口的大红灯笼，仍然一闪一闪地亮着。

臧远航和陆慧珊肩并肩漫步其中，笑容满面地边走边聊，看上去非常亲热。

不远处传来时断时续的梆子声，伴随着打更人悠长的声音：“天干物燥，小心火烛……”

臧远航、陆慧珊忽然对望一眼，同时笑了起来。

臧远航好奇地问：“你在笑什么？”

陆慧珊用撒娇的口气说：“我是女孩子嘛，当然是你先说了。”

臧远航咧嘴一笑道：“我在笑陆大说的那句‘吃羊肉喝洋酒’，真是太好笑了。平时那么严肃的一个人，真没想到能说出如此幽默的话来。”

陆慧珊无奈地说：“我爸呀，平时没有别的爱好，就喜欢吃红烧牛肉喝绿豆烧，我都说过他多少次了，让他红肉配红酒，估计今天，是有感而发吧。”说到这里，不由想起什么，又“咯咯咯”地笑起来。

臧远航再次问：“你还没告诉我，你笑什么呢。”

陆慧珊略带羞涩地说：“我在想，两家的老人可真有意思。他们好像是约定好了似的，都不让我们坐车，偏偏让你步行把我送回家。”

臧远航不由一愣，随即支吾道：“这……这个……”

陆慧珊情不禁地停住脚步，大大的眼睛，深情地望着他问：“远航哥，难道你就没有发现，他们是在给我们制造单独相处的机会吗？”

臧远航犹豫了一下，还是说：“对不起，慧珊，我心里其实……其实已经有人了。”

陆慧珊的双眼迅速盈满了泪水，过了好久，才颤抖着声音问：“谁？”

臧远航苦涩地说：“就是……就是你上次见到的那个女孩子。”

陆慧珊双眼一黯，随即又亮了起来，急急道：“你说的是徐佩芸啊？现在窑湾谁不知道，她和我的远房表哥吴俊锋已经订婚了，婚期定在明年九月。”

臧远航却避开她的目光，轻声而坚定地说：“可是我喜欢她，只要她没有结婚，我还是有希望的，是不是？”

陆慧珊闻言，脸色一下子变了，紧咬着嘴唇，过了好半天，才哽咽道：“可是我也喜欢你，只要你没有结婚，我也还是有希望的，不是吗？”

臧远航连忙摆手道：“你别这样，这样对你不公平。”

陆慧珊却毫不退让：“那你这样，对你又公平吗？”

臧远航迟疑了一下，还是说：“我和你是不同的。在我最困难、最艰苦的时候，是佩芸鼓励我、安慰我，让我重新振作起来，勇敢地面对一切。所以，她之于我，不仅是她的外表上的吸引力，更是我心灵的知己、精神的寄托。”

陆慧珊心中不由一疼，但还是强忍着眼泪问：“那么我之于你呢？”

臧远航犹豫了一下，还是说：“你之于我，只不过是因为门当户对，彼此在一起熟悉了，成为好朋友而已。”

陆慧珊顿感莫大的屈辱，不由尖声叫起来：“原来我在你心中，仅此而已！臧远航，你真是太过分了！”

臧远航没想到她反应这么大，连忙安慰道：“慧珊，不要这么激动。虽然我们是好朋友，但我一直当你是妹妹。我们只是从小在一起玩耍，从来没有心灵上的相通。所以，我们之间的感情，只是喜欢，而不是爱。你之于我如此，我之于你，亦是如此。当有一天，你遇到你真正爱的人，你会明白，你其实并不是真的爱我。”

陆慧珊捂着耳朵，大声说：“我不管！我不管！从小到大，我想要得到的东西，没有一样是得不到的，包括你！”

臧远航无力地分辩道：“我不是东西，我是人！”

陆慧珊一字一顿地说：“对，你是人，仇人！”

臧远航沮丧道：“我们做不成爱人，还可以像以前那样做朋友。”

陆慧珊恨恨地说：“不，做不成爱人，就是仇人！”

说完这话，她再不多言，转身就跌跌撞撞地跑了。

臧远航赶紧追上去：“慧珊，慧珊……”

但只要不能给予等同的爱，就算是追上，一切也都是徒劳无益的，不是吗？

想到这里，他下意识地停住了脚步，无奈地喃喃自语道：“曾经沧海难为水，除却巫山不是云！”

暮秋的清晨，虽然并不算太冷，但昨夜下了一场寒霜，所以树梢、草叶，甚至连脚下的大地，都铺上了白蒙蒙的一层，再加上满树的枯黄，看上去甚是萧索。

但是徐佩芸仍然起得很早，匆匆吃了早饭，便来到运河堰，认真检查着堆放在这里的甜油罐。

前去上班的臧远航，远远地走了过来，当看到那个瘦弱而忙碌的身影时，不禁生出了几分怜惜。

徐佩芸正好转脸，两人一时竟四目相对。

臧远航眼睛一亮，随即又黯淡下来，礼貌地招呼道：“早安。”

徐佩芸也礼貌地回应道：“早安！”

码头管理处大办公室，臧远航刚刚走进来，臧远茹就迎了上来，紧张地说：“吴俊锋来了，正在会客室等你呢。”

臧远航眉头一皱，连忙问：“吴俊锋？什么事？”

臧远茹摇摇头道：“他没说，不过看上去很生气。”

臧远航立刻加快了脚步。

码头管理处会客室内，吴俊锋正在踱来踱去，看上去一脸的不耐烦。

臧远航虽然知道来者不善，但还是礼貌地招呼道：“俊锋，早安。”

吴俊锋听到他的声音，霍地转身，一脸怒色道：“怎么回事？臧远胜明明答应我，上次的货船能提前五天到厦门，也就是十六号到，现在已经十七号了，怎么还没到？”

臧远航诧异地问：“可是我明明记得，我们签的合同上，是二十一号到的呀。”

吴俊锋听了这话，更加不高兴了：“当时我问臧远胜可不可以十六号到时，他回答我是可以的！”

臧远航耐心解释道：“我们的合同，是根据货船在运河上的航行时间确定的，如果不是情况特殊，时间一般不会提前或延迟太久。但是，提前五天到，是绝对不可能的。”

吴俊锋脸色一沉，怒声说：“既然不可能，当初为什么又轻易许诺？害得我在码头上又囤积了大量的食盐。你知不知道，那些盐都是多么辛苦从东海运来的。囤积一天，盐分化掉多少，我们就亏损多少钱。每天化掉的不是盐，那是白花花的大洋啊！”

臧远航却不动声色地说：“在商言商，一切以合同为准。对你的损失，我很抱歉。”

吴俊锋没好气地说：“这次怨我轻信人言，就自认倒霉了。以后告诉你们码头的人，做不到的事，不要信口开河！”

臧远航歉然道：“你放心，我会的。但是也请你以后除了合同，任何人的话都不要轻信，以免造成不必要的损失。否则一切后果，我们码头概不负责。”

吴俊锋冷哼一声，话中有话地说：“虽然你们码头是千里古盐道的第一个渡口，但是如果失去我们吴家这个大客户，相信你们码头的商誉，也会损失不小啊。”

臧远航立刻听出话中有话，便眉头一皱问：“你这话是什么意思？”

吴俊锋霸道地说：“我的意思很明确，以后你少在我背后搞小动作！还有，离佩芸远一点，别让我再看到你在她身边五米以内出现。否则，后果自负！”

说完这话，拂袖而去！

臧远航望着他的背景，不由咬牙切齿道："真是欺人太甚！"

正好这时，一直观察两人情况的臧远茹，看到吴俊锋走了，连忙跑过来问："远航，怎么回事？因为臧吴两家有恩怨，所以涉及吴家的所有业务，我们一直很小心，从来没出过差错，今天俊锋是怎么啦？"

臧远航并没有直接回答，而是表情沉重地说："马上开会！"

第54章　以鸟为妻为子

码头管理处会议室内，臧远航主持会议。

臧家栋、臧远胜、臧增年坐在一边。

臧远方、臧远茹、郑一飞坐在一边。

臧远航神情严肃地问："二哥，是你答应吴俊锋说，那条货船可以提前五天到厦门的？"

臧远胜满不在乎地说："是又怎么样？"

臧远航不满道："你怎么能答应那条船可以提前五天到？那是船又不是飞机，没长翅膀，不会在天上飞！这次就算了，以后说话要考虑好了再出口。"

臧远胜并不是争强好胜的人，看到堂弟发火，立刻就没了脾气，弱弱地说："知道了。"

没想到臧家栋却不满地说："远胜不过是随口说说而已，他吴俊锋自己是猪脑子，心里没有一点数吗？再说了，一切以合同为准！”

臧远航耐着性子说：“二大，吴俊锋虽然精明，但是毕竟刚刚接手盐行，人又比较刚愎自用，货运方面的经验肯定不足。但是出了这样的事情，我们不应该怨天尤人，而应该从自身找原因，引以为戒，防止再让别人找上门来大吵大闹，影响我们的商誉。”

臧家栋听了这番话，脸色就更加不好看了，霍地站起身，怒斥道：“臧远航，你算老几？我开始在码头做事的时候，你还不知道在哪里凉快呢！现在刚刚做了当家，竟然敢教训起我来了？我知道你和你爸一样看我不顺眼，不过作为长辈，我还是好心劝你，还是把对付我的心思，用来对付王志信和吴俊锋吧，哼！”说罢，愤然离席！

臧远航没料到自己的好心竟然被别人当成了驴肝肺，一时间脸色也气得铁青！

曾几何时，他和二大的关系还是不错的，甚至于一度，还埋怨父亲对其太过苛刻了。可是有那么一刻，他终于明白了父亲的苛刻，当初，他肩上的担子该有多重啊！

臧家大院客厅内，臧增福夫妇、臧家梁夫妇和庄淑环正在边聊天边喝茶。

正在这时，就看到臧家栋怒气冲冲地从后院走了进来。

臧增福惊讶地问：“家栋，今天怎么这么早就收工了？”

臧家栋一屁股坐在沙发上，气呼呼地说：“还不是因为你那个好孙子？动不动就把火气撒在我头上。他哪里把我当二大了，简直当我是二杆子呢。这个班，我不上也罢！”

臧家梁皱了皱眉，却不以为意地冷哼一声。

郭文芳则直截了当地说：“二哥，远航是我儿子，我是知道他的。虽然他有些年轻气盛，但是做人做事很讲原则分寸，绝不会无缘无故往你头上撒火的。”

臧家栋翻了翻白眼，还没来得及接话，庄淑环就一下子跳起来了。

只见她双手叉腰，连珠炮似的说：“好你个郭文芳，平时我真是太小看你了，真是会咬人的狗不叫啊！你说这话是什么意思？你说你们家远航不会无缘无故撒火？那就是说你二哥无事生非了？你要是不信你二哥的话啊，叫你那宝贝儿子回来对对质不就是了！”

郭文芳毫不示弱地说：“对质就对质，谁怕谁啊？”

曹秀英赶紧呵斥道：“你们妯娌俩就别吵了，还嫌家里不够乱吗？”

臧增福则转脸问二儿子：“家栋啊，远航是你亲侄子，你要多帮帮他才是。对了，他做事还行吗？下面的工人们服不服他？”

臧家栋幸灾乐祸地说：“工人们服他有什么用？人家吴俊锋不服他啊。我和你们说实话吧，吴俊锋今天就来码头兴师问罪了，依我看啊，上次要债的事，他虽然没有直接出面，但是把王志信当枪使无疑了。所以啊，他是不会这么轻易放过我们臧家的。爸，你也别怪我说话不好听。依我看哪，一天不和吴家和解，臧家就一天没有好日子过。”

曹秀英连忙制止道：“你年过半百的人了，怎么还哪壶不开提哪壶？”

她边说边仰天连吐三口口水，同时发出“呸呸呸”的声音，这是当地人，因为说了不吉利的话，用以去晦气的常用方法。

臧家梁沉思片刻，却道：“我觉得二哥说的话呢，也不是没有道理。自从我们和吴家结怨后，我的心每天都吊在嗓子眼里，担惊受怕地过日子。一会儿我们的船被海关克扣了，一会儿王志信问我们要钱，一会儿八家钱庄一起逼我们倒闭，唉，这事情，真是一件接着一件啊，整天没个安生！”

臧家栋立刻附和道：“对对对，常言道，‘冤家宜解不宜结’嘛。依我看哪，干脆我们摆五十桌讲和酒，家梁再亲自到吴家赔礼道歉，你们看怎么样？”

臧家梁却眉头一皱，轻蔑地说：“讲和？”然后冷哼一声道，“想都别想！”

臧家栋眼见自己的提议被否定了，再次愠怒道：“爸，妈，你们看他，又来了，又来了！我好好和他说话，他没有一次能认真听的，也从来没有把我这个二哥放在眼里！”

臧家梁毫不客气地说：“那你也做几件让我把你放在眼里的事

情啊！我们摆讲和酒，我再亲自去赔礼道歉，这就向所有人表明，当初吴俊旺被枪毙是杀错了！你知不知道，如此一来，就会给窑湾人树立一个很坏的榜样，以后大家都会学着吴俊旺那样去抢劫、去杀人了！更何况，你还是没有看明白，以吴俊锋‘睚眦必报’的性格，无论我们多么有诚意，只要他不吃够苦头，是绝对不会放过我们的！”

臧家栋讥刺道：“是，你比我看得明白，你也比我有本事，那你就想个办法，让他吃够苦头呗。”

臧家梁叹了一口气：“吴家在窑湾家大业大，让他吃够苦头，谈何容易啊？”

听了这话，所有人都面面相觑！

秋日的早上越发冷清，但是东方刚泛起鱼肚白，码头又开始了一天的忙碌。

徐佩芸像往常一样，在运河堰上检查着甜油罐。

臧远航经过她的面前时，仍然礼貌地招呼道：“早安。”

但是徐佩芸并没有像昨天那样回应，甚至连看都不看他一眼。

昨天吴俊锋前去码头吵闹，聪明如她，已经猜出了事情的大概，实在不想再节外生枝。

她的反应，让臧远航十分失落。

码头总经理办公室内，臧远航手里拿着一只香水瓶，痛苦地喃喃自语道："佩芸啊，佩芸，你连早安都不和我说了。难道今生，我们真的注定有缘无分了吗？"

傍晚时分，臧家大院内，臧家人正在围桌吃饭，臧远航将外套搭在肩上，垂头丧气地走了进来。

郭文芳责怪道："远航，你怎么现在才回来？"回头吩咐道，"张嫂，你去厨房把留给航少爷的饭菜端来。"

臧远航却闷声闷气地说："我累了，想去房间休息一下，你们先吃吧。"

曹秀英望着他无精打采的背影，担忧地说："这孩子，怎么啦？最近总是垂头丧气的，像是有什么心事似的？"

臧家梁想了想说："是不是码头工作太累了？"

臧家栋却不屑地撇撇嘴："天天坐在管理处，肩不挑担、手不提篮的，累什么呀累！"

庄淑环笑眯眯地说："远航也有十九岁了吧，依我看呀，该娶妻生子喽。"

臧远胜委屈地说："我比他还大一岁呢，是不是也该娶妻生子了？"

臧远茹打趣道："你还要娶妻生子啊，你整天遛鸟，就以鸟为妻为子吧。"

臧远方故作吃惊道：“以鸟为妻为子？那叫什么？叫鸟妻鸟子呀？”

所有人听了，全都哈哈大笑起来。

郭文芳却没有笑！

第55章　玩得还算开心吗

来仕登西餐厅内，郭文芳和陆慧珊相对而坐，两人都是各怀心事，有一口没一口地喝着咖啡。

陆慧珊首先忍不住了，一脸委屈地问："三婶，你约我来这里，有什么事吗？"

郭文芳这才说："慧珊，我想问问你，怎么这么久没见你到我们家玩了？记得你去上海读书前，几乎每天都要到我们家里来的呢。"

陆慧珊沮丧地说："那是以前。现在远航哥的心里，都被那个徐佩芸占得满满的，根本就没有我的位置了。"

郭文芳却不以为然道："徐佩芸好歹也算是个大家闺秀，可她那个继母，为人尖酸刻薄不说，还好赌钱。俗话说，'近朱者赤，近墨者黑'嘛。虽然因为远航喜欢，我还差点托人到徐家提亲了，但是我这心里，总有个疙瘩。现在好了，她和吴俊锋订了婚，我心里的疙瘩也就没有了。我们臧陆两家，不但门当户对，还世代交好。所以呢，我一直想让你当我的儿媳妇。”

陆慧珊摇了摇头，苦涩地说：“可是，远航好像很爱佩芸。他甚至说，只要佩芸没有结婚，他就还有希望呢。”

郭文芳握住她的手，亲热地说：“远航看上去好像很成熟稳重，只有我这个当妈的知道，他其实还是个没有长大的孩子。我已经人过中年了，对人生看得很透。感情往往就是这样，你最爱的人，未必会和你终老。佩芸终究是要嫁入吴家的，她最多只是远航青春岁月中的一段回忆。只要你坚持，有资格和远航终老的，肯定是你。”

陆慧珊眼睛一亮，随即又暗淡下来，苦涩地说：“不是的，三婶，他说我们之间只有喜欢，没有爱。”

郭文芳鼓励道：“你越是这样说，我越觉得你们有缘。所谓爱，就像烟花一样，灿烂而不长久；可是喜欢，却像涓涓流水一样，虽然细小，却一直向前。今天没有感觉，不代表他日不会志趣相投；今天打打闹闹，不代表他日不会恩恩爱爱。所以说，你喜欢的东西，一定要靠你自己去争取。能不能得到，那要看你是不是努力去争取了。”

陆慧珊闻听此言，脸上的愁容一扫而过，笑得格外灿烂和美丽！

码头管理处大办公室内，职员们紧张而有序地忙碌着。

陆慧珊走进来时，臧远茹刚好拿着文件正要出门。

臧陆两家是世交，孩子们自幼就来往密切，当然是认识的。

陆慧珊见到她，立刻亲热地招呼道："大姐。"

臧远茹也马上认出了她，便打趣地说："慧珊，你来找远航的吧？"

陆慧珊不好意思地点点头。

臧远茹有些遗憾道："真是不巧，远航到市礼堂开会去了。"

陆慧珊倒也不见外，随和地说："没事的，你去忙你的事吧，不用管我了。"

臧远茹点点头："好吧，远航办公室在最里面那间，你可以到那里去等他。"

陆慧珊说了一声"好"，便径直向前走去。

码头管理处总经理办公室，陆慧珊推开门，坐在臧远航的皮椅上，一脸兴奋。

忽然，她敏感地捕捉到一丝异样的香气，便使劲抽了抽鼻子，开始在办公桌的抽屉里乱翻起来。

在最后一个抽屉里，她看到一瓶香水，便下意识地拿起来，却发现下面压着一封信。

她立刻毫不犹豫地打开信封，只见上面写着：

佩芸：

你知道吗？每天早上能在大运河堰遇到你，是我现在最幸福的事。但是每次和你说“早安”，你却再也不理我了。

其实，我希望你不要理我，因为如此，我才可以对我们的感情有诸多想象的空间。我担心你一开口，说出什么绝情的话来，让我的心沉到大运河底。现在，我是码头的当家，整个码头的命运都掌握在我的手里。所以，我再也不能像以前那样整天年少轻狂般过幸福时光了。

我把全部的爱都给了你，这一生，我再不会爱上任何人。为了不让自己太痛苦，我只好把精力放在运河码头上，我感觉自己好累啊。我多么想你能像那个雨夜一样，安慰我，鼓励我，给我勇气和力量。

永远爱你的远航

×月×日

陆慧珊浑身颤抖地看完，再也忍不住内心的嫉妒，将信撕得粉碎。在漫天的碎纸片中，又拿起香水瓶，便想要往地上扔！

恰在这时，臧远航推门而入。看到此景，不由一怔，回过神来，立刻焦急地大喊：“你干什么？快放下！”边说边要过来抢。

陆慧珊见状，更加生气，冷笑一声，然后毫不犹豫地举起手，将香水瓶“砰”的一声扔在地上。

原本精致的瓶身，立刻就摔得粉粹，同时香水洒了一地！

立刻，室内便充斥着扑鼻的芳香！

臧远航连忙蹲下身，想要去捡，但是没提防，手却被玻璃划出了血！

陆慧珊不由惊叫一声，连忙扑过去说："啊，血！"

他又疼又急，粗暴地甩开她的手，同时怒斥道："难道你爸妈没有教过你，不可以随便乱翻别人的东西吗？"

陆慧珊被甩了个趔趄，也怒了，反唇相讥道："难道你爸妈没有教过你，不可以爱上别人的未婚妻吗？"

臧远航不由一呆，随即惋惜地说："可是当我爱上她时，她还没有未婚夫！"

不说这话还好，一说这话，陆慧珊的双眼，顿时就涌上了委屈的泪水，咬牙切齿地说："臧远航，我恨你！"

说完这句话，便捡起桌上的坤包，疯了一样地冲出门去！

臧远航蹲下身来，想要将碎片合在一起，但哪里还合得上？看到香水在瓶子的碎片中慢慢弥散开来，他不由深深地叹了一口气，痛苦而深情地呼唤道："佩芸佩芸，这好像是我的心啊。"

码头管理处门口，陆慧珊"噔噔噔"地下了楼梯，然后飞也似的向门口冲去，没想到，却和提着鸟笼子的臧远胜，正好撞了个满怀！

臧远胜一个没提防，被撞了个趔趄，转了几个圈，人站住了，手中的鸟笼却扔出了很远。

他连忙跑过去，但是鸟笼的门已经被摔开了，一只小小的翠绿的鸟儿，扑棱着翅膀，欢快地鸣叫一声，头也不回地飞上了天空，瞬间就不见了踪影！

臧远胜不由捶胸顿足道："我的鸟啊，我整整养了三年的鸟啊！"

与此同时，陆慧珊也被撞了个趔趄，她不由惊叫一声，站稳脚跟后，便想要继续往前冲！

没想到，臧远胜却猛地冲到她面前，伸开双手拦住她，同时怒吼道："陆慧珊，你赔我的鸟！"

陆慧珊刚想发火，但是等到看清面前的人，竟然是臧远航的堂哥时，忽然眼睛一转，当即改变了主意，笑意盈盈地说："我没钱赔你的鸟，不过如果你愿意，我可以陪你去跳舞。"

臧远胜不耐烦道："别废话，我只想要我的鸟！你想要跳舞，叫远航陪去。"

陆慧珊却亲热地扯住他的胳膊，用撒娇的口吻说："不嘛，我就想要你陪嘛。"

臧远胜猛地一甩手，着急地说："快放开！大庭广众之下，拉拉扯扯，成何体统！要是叫远航看到，我就是跳进黄河也洗不清了！"

虽然陆慧珊和臧远航并无婚帖，但是他们俩从小要好，却是人尽皆知的。

她听了这话，立刻噘了噘嘴，然后强忍委屈，娇嗔道：“黄河洗不清，不是还有大运河嘛。”

此刻，臧远胜和她站得很近，她说话之间，那少女特有的香甜而湿热的气息，扑面而来！

正值血气方刚的臧远胜，望着对方那一启一合的红唇，顿感脸红心跳，于是便求饶似的说：“好，去！我和你去还不行吗？”

来仕登西餐厅的舞池内，臧远胜和陆慧珊跳着探戈，十分兴奋。

一曲终了，两人回到座位。

陆慧珊脸色这才缓和了下来，甚至有些惊喜地说：“你从来没离开过窑湾，真没想到，探戈竟然跳得这么好。”

臧远胜不以为然道：“北京上海有的，窑湾也都有。”然后关心地问，“怎么样？今天玩得还算开心吗？”

陆慧珊端起一杯咖啡，轻轻呷了一小口说：“说实话，很开心，好久都没有这么开心过了。”

臧远胜得意地说：“虽然我不像远航那样聪明上进，也没有他会做生意，但在玩方面，我可是远远比他在行的。如果你喜欢，我就带你玩遍整个窑湾，然后再去骆马湖划船采菱角，去马陵山五华顶看日出，去宿迁的皂河看乾隆行宫，去沛县看汉城，或者去徐州看楚霸王项羽的戏马台，你说好不好？”

但是在他说这些话的时候，陆慧珊的眼泪，却一滴滴地掉下来，把桌子都打湿了一片。

臧远胜见状，立刻就慌了神，不解地问：“慧珊，慧珊，你怎么了？”

陆慧珊摇摇头，却越发哭得厉害了。

臧远胜着急极了，一迭声地说：“你怎么了？是不是我哪句话说得不对，惹你生气了？”

陆慧珊边哭边说：“我没事的。”

臧远胜越发手足无措了，忽然一拍脑袋，想起了什么：“对了，你怎么忽然想起来和我跳舞？是不是和远航吵架了？”

陆慧珊委屈道：“没有，只是我一件最心爱的玩具被别人抢走了。”

臧远胜立刻拍着胸脯说：“什么玩具？你告诉我，我一定帮你再抢回来！”

陆慧珊原本对他并无任何男女之情，不过是用他来填补感情上的一时空白，甚至有点想报复臧远航的意味，但是这些话，又怎么好对他明说呢？

所以，她只好猛烈摇头道：“不关你的事，你先走吧。”

臧远胜却更加担心了：“我怎么能先走呢？是我把你带出来的，我得把你带回去的呀。”

陆慧珊心中一动，这些话要从臧远航的嘴里说出来，该有多好啊！

想到这里，她更加心烦意乱，实在不想再和他做过多纠缠了，便气急败坏道："你走啊，快走啊，我不想再看到你们臧家的人！"

说完，她便将手中的咖啡杯往地下一扔，索性趴在桌子上，放声大哭起来。

臧远胜被洒落的咖啡溅了一身，也有些恼火了，犹豫了一下，还是灰溜溜地走了。

第56章　逼他由暗到明

码头管理处总经理办公室内，臧远航正在聚精会神地批阅着文件。

忽然，外面传来了敲门声！

臧远航头也不抬地说："进来。"

郑一飞这才推门进来说："老板，我们在上海订造的货船模型，已经送来了，我是先拿上来给你看呢，还是直接送到模型室？"

臧远航高兴地说："耶松船厂的速度还真是快呢。货船呢，不仅属于我一个人的，更是属于我们全体码头人的。你就先放在一楼大厅里，让各位同事先睹为快吧。"

郑一飞立刻回道："好的。"

码头管理处大办公室内，刚到的货船模型，被摆放在一张桌子上，下面铺着崭新的红地毯。

模型周围站满了职员，大家个个神情兴奋，纷纷赞叹道：“好大啊，我从来没有见过这么大、这么漂亮的货船呢。”

职员甲连声“啧啧”说：“这艘货船，得花不少钱吧？”

职员乙附和道：“那还用说，肯定很贵啦。”

臧远航笑眯眯地说：“这样的船，可以让我们钱生钱的，花多少钱都值得！大家说，值不值？”

职员们异口同声地说：“值，当然值。”

正在这时，老吕拿着一份文件，有些胆怯地走进来。

臧远航立刻热情地招呼道：“吕叔，过来看看我们的新货船模型呗。”

老吕谦卑地说：“老板，我只知道出苦力，不懂这些的。”

臧远航鼓励道：“常言道，‘内行看门道，外行看热闹’嘛。再说了，你是我们码头的一员，码头也有你的一份呢。这艘新货船呢，是目前国内最新的型号，是我们码头特意从上海订造的，载货量比我们现在最大的‘蛟龙号’还要大呢。现在全苏北最大的货船，只有我们窑湾的运河码头才有。”

老吕疑惑地问：“这么大？肯定也很长呢，那我们以后搬货，不是要走很远的路了吗？”

臧远航安慰道：“不会的，现在用人力，以后工业技术越来越发展了，会使用机器搬运的，你们就不用像现在这么辛苦了。”

老吕听了这话，却更加忧虑了，愁眉苦脸地说：“用机器啊？那码头以后会不会用不到我们这些出苦力的工人了？”

臧远航态度坚决地道：“吕叔，你尽管放心吧，只要有我臧远航在，就绝不会砸任何一个人的饭碗！我们运河码头的存在，并不仅仅是为了哪一个家族的大富大贵，而是为了窑湾经济的整体发展，是为了让所有窑湾人都过上最好、最幸福的生活！”

听了这话，老吕紧皱的眉头，这才舒展开来。

其余的职员们，也都情不自禁地鼓起了掌。

所有人纷纷感动地说：“谢谢老板，谢谢老板。”

崔玉存站在大运河堰上，不住地东张西望。

臧远方从远处走来，正好看到他，犹豫了一下，就想要走过去搭话。

没想到，崔玉存一回头看到他，却迅速下了运河堰，很快就不见了踪影。

臧远方望着他的背影，不禁若有所思起来。

码头管理处大办公室内，职员们还三三两两地聚在货船模型前，兴致勃勃地指点着、议论着。

正在这时，臧远方走了进来。

臧远航连忙招呼道：“大哥，快来看我们的新货船模型。”

臧远方点点头，走到他面前，小声说：“远航，刚才我看到崔玉存站在大运河堰上，鬼鬼祟祟地向我们管理处张望，我刚想过去，他立刻就溜掉了。”

臧远航眉头立刻皱了起来，严肃地说：“崔玉存以前和吴俊旺做了不少坏事，血洗辫子军货船那事，他逃过一劫，没想到现在却又成了吴俊锋眼中的红人。看来吴俊锋亡我之心不死，也许又一轮的战斗，即将开始了！”

臧远方担忧道：“那我们怎么办？”

臧远航毫不犹豫地说：“还是那句话，‘兵来将挡，水来土掩’。”忽然想起什么，“对了，我让你想办法警告吴俊锋，逼他由暗到明，不要再拿贾以刚、王志信这些人当枪使，如此，我们就可以向市政府递交诉状，告他扰乱窑湾正常的经济秩序了。这件事情，你进展得怎么样了？”

臧远方点点头道：“我已经警告过了。先是那天遇到吴俊莹，她正好向我打听八家钱庄要债的事，我就趁机和她提了一下；再就是我已经让人散布出去，王志信是被人当枪使了，估计现在全窑湾的人，没有谁不知道的了。”

臧远航胸有成竹地说：“那就好。只要能逼他亲自出面，和我们明枪明箭，事情就好办多了。”

第57章　薄情寡义的东西

中宁街珠宝店外，徐佩萍提着大包小包的东西，和母亲两人从老凤祥店内走出来。

柳兰香兴高采烈地说：“哈哈，有钱就是好啊，想买什么买什么！”

徐佩萍伸出两只手，有些不好意思地问：“妈，你看我身上戴两个玛瑙手镯、六枚青玉戒指、两个水晶耳环、一串铂金项链，加起来有一斤多重呢，是不是像个暴发户啊？”

柳兰香佯装嗔怒道：“你这个丫头，怎么说话的呢？这家珠宝店老板的先祖是苏州来的陈子冈，那陈子冈可是万历年间著名的琢玉艺人，连故宫博物院里都珍藏着他的名贵玉雕。这样的店铺，岂是一般的暴发户光顾得了的吗？”

徐佩萍又摸了摸头道：“还有啊，我这头上也插了满头的发簪。刚才在店内，我对着镜子照了一下，简直就像给人家射箭用的箭靶子呢。”

柳兰香把脸一冷，仰天连吐三口口水：“呸呸呸，有你这样比喻的吗？真不吉利。现在吴俊锋和那个死丫头订了婚，你就更应该好好打扮打扮，讲讲排场，争取找到一个比吴家更有钱有势的才行呀。”

徐佩萍听了这话，神情立刻黯然下来，郁闷地说：“吴家是吴半街，窑湾比他们更有钱有势的，要到哪里去找呀？”

柳兰香想了想，不觉也泄了气：“那倒是。”旋即脸上就堆满了怒色，咬牙切齿地骂道，“都怪那个死丫头，明知道你喜欢俊锋的嘛，还要暗中横刀夺爱，亏你还当她是好姐姐呢。”

徐佩萍虽然心里也很不舒服，但还是解释道：“妈，其实这件事，也怨不得姐姐的，是俊锋他……”

没想到正在这时，忽然旁边有一个凶神恶煞的人影一闪！

柳兰香脸色一变，连忙拉着女儿拐向旁边的巷子，同时连声说：“快走，快走！”

徐佩萍疑惑地问：“妈，怎么啦？”

柳兰香却头也不回地催促道：“哎呀，别管啦，快走吧。”

但是她们刚走到一个拐角，前面就传来一声阴阳怪气：“徐太太，躲得了初一，你躲得了十五吗？”

原来不知道什么时候，刚才那个凶神恶煞的人影，已经抄了近道，再次拦住了她们的去路。

徐佩萍闻言，当即抬头一看，只见来人是一个四十岁左右的壮年男人，五大三粗不说，还一脸的络腮胡，长得非常吓人，一看就是走江湖的，便不由自主向母亲身后缩了缩，同时哆哆嗦嗦道：“你、你、你是什么人？”

柳兰香更是慌了神，色厉内荏地问：“朱老六，你想干什么？”

此刻的朱老六，不知道什么时候，已经将视线从她身上移开，色眯眯地盯着她身后的女儿道：“这是你女儿？长得不错嘛，很像你年轻的时候……”

徐佩萍立刻吃惊地问：“妈，他是谁？”

柳兰香脸色一变，却是赔上笑脸，好脾气地说：“朱老六，有话我们好好说嘛。”转身吩咐女儿，“你去杂食店买两包桂片糕，你爸最爱吃了。妈有点事要和你朱六叔谈谈。”

徐佩萍犹豫了一下，只好疑惑道：“好。”然后抬脚就想走。

但是没想到，朱老六却拦住她的去路，淫笑道：“丫头，别走嘛，陪六叔聊聊天呗。”边说边想要动手动脚的。

柳兰香连忙将女儿拦在身后，厉声喝道：“让她走！否则，我就来个鱼死网破，到时候你一分钱都别想拿到！”

朱老六犹豫了一下，只好咬咬牙道：“柳兰香，算你狠！”说完便很不情愿地让开了一条路。

尽管徐佩萍知道，自己这个时候不应该离开母亲，但是强烈的恐惧，还是让她迅速就挤了过去，然后匆匆跑开了。

朱老六望着她俏丽的身影，颇有些垂涎欲滴。

柳兰香立刻明白了他的心意，愠怒道：“朱老六，我警告你，你要是敢动我女儿一根汗毛，我绝不会放过你。”

朱老六这才收回淫邪的目光，却毫不示弱地说：“你要是老老实实把那笔赌债还上了，好说；要是不还，到时候可别怪我翻脸不认人！我朱老六行走江湖多年，什么事做不出来？”

柳兰香听了这话，脸色不由一变，随即哀求道：“你是知道的，我们家的账目全都是我家老爷管。十万哪，可不是个小数目。你得容我慢慢想办法，我一定还你的，一定。”

朱老六闻言，脸色这才稍稍缓和一些：“你说话要算话！”

中宁街杂食店内，老板娘招呼完一个客人，徐佩萍就慌慌张张地走上前。

老板娘热情地问：“丫头，又给你爸买桂片糕呀，要几斤啊？”

徐佩萍一边望着远处的母亲，一边失魂落魄道：“是呀，大娘，给我称二斤。”

老板娘称了二斤，很利索地包成了两个纸包，一边递给她，一边循着她的目光问：“丫头，你在看什么啊？”

徐佩萍连忙道：“没，没什么。”然后匆匆付了钱，拿起桂片糕就向外走。

但是她刚走几步就停住了，不知道是该回到母亲处，还是往哪里走。

没想到正在这时，就看到吴俊锋迎面而来。

她的心不由一疼，当即把头一低，便想绕路走开。

与此同时，吴俊锋也看到她了，犹豫了一下，还是迎上去，拦住她的去路，并讨好地招呼道：“佩萍，买桂片糕啊。”

徐佩萍听到这日思夜想的声音，心里不由一酸，低声道：“是的。”

吴俊锋关切地问：“刚才你好像是要躲开我，是不是？”

徐佩萍连忙摇头，声音也不自觉地哽咽了起来：“哪有？”

恰在这时，已经安抚完朱老六的柳兰香，正急匆匆走向杂食店门口，刚想进去，不经意间抬头，就看到吴俊锋和徐佩萍正在说着什么。

她脸一沉，立刻转身走上前去。

与此同时，吴俊锋大大方方地说：“佩萍，现在我和你姐姐已经订了婚，以后我们就是亲戚了，我会把你当成自己的亲妹妹一样爱护的。以前的事，是我不好，没有把话说清楚，让你产生了误会。现在，请你原谅我，好吗？”

说完，他真诚地伸出手。

徐佩萍犹豫了一下，刚想伸出手，却被人一把拉住了。

她猛地抬头，见到是母亲，张了张嘴，但是根本没来得及说话。

因为正好憋了一肚子气的柳兰香，已经怒目而视，并大声吼开了："吴俊锋，你和姐姐订了婚，还来调戏妹妹做什么？你还嫌伤害她伤害得不够深吗？"

徐佩萍急忙解释道："妈，俊锋他没有……"

吴俊锋也连连摆手说："徐太太，你误会了。"

柳兰香用手指指着他的鼻子，气急败坏地道："我没有误会！别以为我不知道，你们男人呀，就是这副德行，吃着碗里的看着锅里的，临了还要掂记着瓢里的！"

吴俊锋尴尬地说："徐太太，你真的是误会了，你听我把话说完……"

没想到，柳兰香却越发大声了："我不听！我和你这个不负责任、薄情寡义的东西，有什么好说的！"

吴俊锋见她完全不给自己说话的机会，简直无语了。

徐佩萍看到已经有人过来围观了，连忙拉着母亲的衣襟，难为情地说："妈，我们走吧。"

柳兰香却还是用手指指着吴俊锋，不停地骂着"负心汉""无情郎"，甚至连"陈世美"都骂出来了。

饶是吴俊锋再精明，也完全没有了还手之力，只能弱弱地反驳着："你以前可不是这样说的啊，你以前可不是这样说的啊，你以前说我有风度、有才华、有上进心……"他都不好意思再说下去了！

偏偏柳兰香还是不依不饶，理直气壮地骂着："以前是以前，现在是现在。”

任谁都知道，吴家大院的少爷，刚和甜油坊徐老板的长女订了婚，没想到现在，竟然被徐太太当街谩骂，这可是足够上《窑湾日报》的大新闻啊。

一时间，看热闹的人越来越多，更多的人还在陆续赶来！

吴光淮正好经过此处，他原本想去济世堂拿药，听到吵闹声，也抱着看热闹的想法挤进了人群，没料到竟然是自己的儿子！

他迅速拨开人群，冲未来的亲家母怒吼道：“喂，喂，你女儿还没过门呢，你就开始欺负女婿啦？”

柳兰香手指本来还在指着吴俊锋，听了这话，立刻把手指转向他，冷笑一声：“哟，我当是谁呢，原来是窑湾无人不知、无人不晓、大名鼎鼎的铁公鸡啊！”然后瞪了所谓的女婿一眼，口气变得越发严厉了，“说我欺负你儿子？你问问他我为什么欺负他？哼，不做亏心事，不怕鬼叫门！”

吴光淮更加不高兴了：“你说我是铁公鸡我承认，你说我儿子做缺德事，打死我我都不承认！你这个疯婆子，又不是鬼，大白天叫什么门？”

柳兰香气极败坏地问：“你说谁是疯婆子？”

吴光淮毫不相让道：“我就说你，怎么啦？”

柳兰香立刻扑到他面前，冲他大喊大叫道：“铁公鸡，铁公鸡，铁公鸡……”

吴光淮没想到她骂人功力如此之强，刚才的气势立刻就弱了很多，赶紧捂住了耳朵，无奈地说："真是活该我倒霉啊，摊上你这么个亲家！"

没想到柳兰香听了这话，差点儿就跳起来，拍着胸脯，怒气冲冲地说："倒霉的是我！做了个赔本买卖，差点就买一送一了啊！要不是佩芸那个死丫头接了婚帖，我才懒得和你做亲家呢！"

因为她声音太大，话说得又快又急，唾沫星子喷得到处都是！

其中大部分，都落在了吴光淮的脸上。

他一边擦脸，一边连连后退，息事宁人地说："唉，算了，我自认倒霉，不和你说了，不和你说了。"

柳兰香却得理不饶人，步步紧逼道："我今天正式通知你，不准备金山银山做聘礼，休想把那死丫头娶过门！"

吴光淮一听到与钱有关的话，就感觉到肉疼，生气地问："喂，金山银山？你是嫁女儿还是卖女儿！"

柳兰香没好气地说："我嫁女儿还是卖女儿与你无关！总之就算你是铁公鸡，我也要带皮带肉拔下你几根毛来！"

吴光淮毫不相让道："你卖女儿啊你？"

柳兰香指着他的鼻梁："你铁公鸡啊你？"

吴光淮为了把话说得简短有力，就简略道："你卖女儿！"

柳兰香也跟着简略了："你铁公鸡！"

吴光淮再次简略："卖女儿！"

柳兰香再次跟上："铁公鸡！"

就这样，两人一个"卖女儿"，一个"铁公鸡"不停重复着，像两只好斗的公鸡一样，各不相让。

此时，围观的人群已经是里三层外三层的，像看戏一样热闹。

吴俊锋和徐佩萍同时窘得满脸通红，各自去拉父母，却怎么拉都拉不开。

正在僵持不下之时，柳兰香忽然哈哈大笑起来！

立刻，所有人都被她笑糊涂了。

吴光淮吓了一大跳，连忙撇清关系说："她八成是个疯子！大家作证，可不是我把她逼疯的啊！"

柳兰香瞪了他一眼，没好气地说："你才疯了呢！"然后面对围观的人说，"你们听，你们听，铁公鸡，卖女儿；铁公鸡，卖女儿。哈哈哈，铁公鸡要卖女儿呢。好笑，真是太好笑了。"

吴光淮立刻气结："你，你，你！"

柳兰香却不屑地瞪了他一眼，得意地说："铁公鸡，想和我斗，等你身上的毛长齐全了再说吧。"然后以一副胜利者的姿态，拉住女儿说，"佩萍，我们走！"

徐佩萍正巴不得呢，连忙跟在母亲身后，急急离开了。

与此同时，围观的人群也渐渐散去。

只留下吴家父子俩站在原地，不由面面相觑！

吴光淮回过神来，便指着母女俩的背影，气急败坏地说：

“这、这、这个疯婆子，简直就是个泼妇，你给我找的就是这样的好亲家？”说完，便气得连声咳嗽。

吴俊锋自知理亏，连忙安慰道：“爸，你不要着急，身体要紧啊。”

吴光淮猛地甩开儿子的手，气急败坏地说：“我能不着急吗？这个疯婆子是想要我的老命啊。”

与此同时，母女俩也快步经过了杂食店，径直向家里走去。

柳兰香边走边关切地问：“佩萍，你刚才有没有被那个负心汉占到便宜？”

徐佩萍连忙摇头说：“妈，你真的误会了，俊锋是在向我道歉呢。说实话，现在想想，其实每次约会，都是我主动提出来的，并且他的话题也始终都是围绕着我姐姐。如果我没有先动心，我应该能分得清楚他到底爱的是谁。”

柳兰香用手一指她的额头，恨铁不成钢地说：“你啊，就是太死心眼了。你要是有你姐姐一半聪明能干，妈也不需要这样操心了。”

徐佩萍委屈地说：“妈。”

但是接下来，她却又不知道该说什么了。因为从小到大，她被父母捧在手心里，特别是母亲，严格按照大家闺秀的标准要求她，她的世界，除了父母、姐姐和弟弟，再也没有其他什么了。

第58章　著名的浪荡子

臧家大院客厅内，臧家人正围坐在一起，个个神情严肃。

刚刚走进来的臧远航，小声问堂姐："爸爸这么急把我们叫来，到底有什么事？"

臧远茹摇摇头道："我也不知道呢。"

当臧家人全部到齐后，臧家梁扫了一眼大家，神态倒还算轻松："大家不要紧张，今天找你们过来，也没有什么大事，主要是开个家庭会议，商量一下码头年审问题。"

众人纷纷疑惑地问："我们的营业执照到期了？"

臧家梁点点头道："快了。大家都知道，我们码头的执照是三年审一次，审查合格了才能拿到新的执照。不过也不要紧，每次的所谓年审，都只是走走过场，一般拿个万儿八千的疏通疏通相关官员就可以了。今年，我们的执照还有七个月就到期了。以前都是我去，不过现在，我这身体，肯定是不行了。你们谁愿意去北京办理这个事情？”

臧家栋抢先说：“远胜去。”

臧远胜立刻缩了缩身子，底气不足道：“爸，我懂什么呀？”

臧家栋鼓励道：“你不是最懂吃喝玩乐吗？只要好好陪那些官员吃喝玩乐就行了。你没听说过吗？陪他们做一百件好事，不如陪他们做一件坏事。”

臧家梁却摇摇头说：“二哥说的固然有些道理，但有些事情还是要考虑得周全些。远胜连初级商业学校都没有读完，就到码头来混日子了，算起来也有五六年时间了，可是至今，我们有几条船他都不清楚。虽然不过是走过场，但是那些官员也不全都是吃素的，也得要表示表示的。到时候倘若人家问起码头的事，他一问三不知，又陪玩得过火了，反而于事无补。”

臧远胜闻言，不但没有怒色，反而好像解脱了一般，连连点头道：“就是，就是，还是三叔了解我。”

臧家栋打了他一下，恨铁不成钢地说：“了解你个头啊。”然后又瞪了三弟一眼，语带讽刺道，“我就知道没有远胜什么事，这么大的事，还得留给你那能干的好儿子去办才行呀！既然已经内定好了，这个会还有什么开的必要呢？大家说是不是？”

大家看着他，没有人发表任何意见，包括庄淑环，她其实远比丈夫更了解自己的儿子。

臧家栋见状，顿感无趣，冷哼一声，很不高兴地坐了下来。

臧远航听了二大的话，却赶忙连连摆手道："爸，我不行的。那些官员都是'酒精考验'过的，你知道，我一喝多了就想睡觉。到时候，他们喝得精神着呢，我自己先睡着了，那还怎么办正事呀。"

臧家梁也打了他一下："臭小子，我说过让你去了吗？"

所有人都愣住了，包括臧家栋。

臧增福疑惑地问："家梁啊，远胜不行，远航也不行，那你是想让谁去呀？"

臧家梁胸有成竹地说："我想让远方去。"

所有人听了这话，全都面面相觑。

臧远方也指了指自己，不相信地问："我？"

臧家梁点点头，肯定地说："是的，你。"

臧远方却连连摆手道："我肯定不行。三叔，你是知道的，我向来不懂得应酬，只能做些跑腿的小事。"

臧家梁鼓励道："你和我去过一次北京，对年审的流程都很熟悉。最主要的是，虽然你做事不像远航那样有魄力，也没有远胜那样会走捷径，但是你酒量很大，为人又稳重踏实，我相信你肯定行的。再说了，年审三年才审一次，每次都是走走过场而已，一定可以通得过的，你怕什么呢？"

臧远方犹豫了一下，只好说："那，好吧。"

臧家栋见事情就这样确定了，不由失望地翻了翻白眼。

吴家盐行总经理办公室内，吴俊锋正坐在办公桌前一根接一根地抽烟。

刘莉莉走进来问：“老板，你找我？”

吴俊锋皱着眉头问：“玉存去哪儿了？怎么找不到他的人影儿？”

刘莉莉想都不想道：“应该是在码头了，这段时间，他经常在那边转悠，我这就去找他。”说完，迅速离开房间，坐上一辆黄包车，急匆匆往码头驶去。

果然，不大一会儿，崔玉存就随她推门进来了。

吴俊锋立刻问：“怎么样？打听到什么好消息了吗？”

崔玉存苦着脸说：“消息倒是有，只是不知道好不好。”

吴俊锋有些失望，但还是不死心地问：“那是什么消息，说来听听吧。”

崔玉存轻描淡写地说：“听说他们码头的营业执照，每三年年审一次，今年还有七个月就要到期了。不过你是知道的，年审这种事，都是走过场而已嘛，没什么悬念的。”

没想到，吴俊锋闻言，却立刻掐灭了烟头，沉吟片刻，即双眼放光道：“这可是天大的好消息啊！我们的机会来了！”

崔玉存诧异地问：“这与我们有什么关系呢？”

吴俊锋笑眯眯地问：“你还记得，我们还小的时候，甜油坊老板徐立春的二弟徐立秋吗？”

崔玉存茫然道：“记得，他怎么了？”

吴俊锋神秘地说：“我在商业学校读书时，有一个叫林辉的同学，毕业后去了北京，我们一直保持着联系。现在，林辉就在他手下做跟班。”

崔玉存闻言，诧异道：“徐立秋那样的人，还能有跟班？他可是著名的浪荡子啊，特别会吹牛皮，人送外号‘牛皮大王’，把他爸留给他的钱都败光了，在窑湾实在混不下去了，才跑去通州的！”

吴俊锋点点头说：“就是他。别看他在窑湾名声不好，到通州可就发达了。听说开始也是在运河码头上瞎混的，很快就因为长相英俊帅气，被一位大官看中了，带到北京，还让其做了女婿。他原本也当了几年小官的，后来老丈人生病去世了，他的职位就很难升上去了，索性就做起了掮客，现在本事可大了，不但在政军商界混得风生水起，连黑道都卖他个面子呢。”

说到这里，他忽然诡秘一笑，警惕地望了望门口，然后压低了声音，小声说着什么。

崔玉存听得眉开眼笑，不禁竖起大拇指，连连称赞道：“妙，实在是妙啊！”

吴俊锋踌躇满志地说：“哼，这一次，臧家父子就算插上翅膀，也难以逃出我吴某人的手心了！”

又到了晚饭时间，徐家大院的厨房热气腾腾的。

徐佩芸在砧板、灶台前忙碌得脚不沾地，累得满头大汗的。

不一会儿，她就和几个用人开始上菜了。

徐家大院客厅内，徐立春正坐在饭桌前看信。

菜上到一半，柳兰香才带着小女儿走进来。

徐佩芸连忙迎上去，同时亲热地说："妈、佩萍，你们回来啦。"

徐佩萍胆怯地望了母亲一眼，小声回道："姐姐。"

柳兰香却冷哼一声，看都不看继女一眼。

正好这时，徐佩剑也放学回来了。

一家人围桌而坐，没想到徐立春还在看信。

徐佩芸提醒道："爸，该吃饭了。"

徐立春"噢"了一声，却还在看信，并且是一脸喜色。

柳兰香心中不由一动，便没好气地说："看得那么入神，是不是你哪个相好的来信？快拿来给我看看。"边说边伸手就要去夺。

徐立春倒是坦然，索性将信递给她。与此同时，信里掉下一张照片。

徐佩芸捡起来一看，只见一个酷似徐立春的中年男人，穿着西装打着领带，身材挺拔，面貌英俊，看上去十分有气派。

她心中一动，立刻就想到了一个人。

与此同时，柳兰香接过信扫了一眼，不禁尖声叫起来：“天哪！愚弟立秋？那个吃喝嫖赌、五毒俱全的牛皮大王？他要回来了？”

徐佩萍也吃了一惊，脱口而出道：“二叔？他败光了爷爷留给他的那份家业，连爸爸的这份，也败得差不多了，他还回来干什么？”

徐佩芸小声分辩道：“也不能这样说。二叔到北京，也有十多年了，人常说故土难离，窑湾总归还是他的家嘛。”

柳兰香却将信往桌子上一放，气哼哼道：“家？他心里还有这个家？当年你们还小，要不是你们的爸，死死守着祖宗留下的这份家业不放，这个家早就被他卖光了。赌博不说，还吸鸦片、逛窑子，吃喝嫖赌抽，简直是五毒俱全啊！就算我们成天像防贼一样地防着他，他还是把甜油坊后院的那些百年酱缸，偷偷拿了二三十只出去卖呢。还好那些酱缸不值什么钱，要是值钱啊，早就被他卖光了！这倒也罢了，关键是他嘴巴甜得像抹了蜜，把死的都能说成活的，马屁拍得比打雷都响，可是正事一样都不做，谁不知道他是著名的牛皮大王啊！要不是臧家梁见他可怜，给他牵了一条线去通州码头，恐怕他现在早就饿死在大街上了！”她越说越气，到最后简直气得脸都变形了。

徐立春听到妻女如此说自己的弟弟，倒也并不恼，而是笑眯眯道：“你不要再用老眼光看待新事物嘛，立秋现在可是今非昔比了。他在信上说，他到了通州后，就被北京一个很有来头的大官看上，并做了其女婿，自己也当上了官，现在岳父虽然去世了，但是人脉还在，他在政军商三界都混得风生水起，没有一个权贵不认识他，没有一个富商不巴结他呢。”

柳兰香撇了撇嘴，轻蔑地说：“哼，能看重一个吃喝嫖赌、五毒俱全的著名浪荡子，还收他做了女婿？就算这个大官眼瞎，他女儿也眼瞎吗？”

徐佩芸见继母越说越激动，不知道接下来还要说出什么难听的话来，便连忙转移话题道：“爸，那二叔这次回来，是准备定居还是只回来探亲？”

徐立春却摇摇头：“既不是定居也不是探亲，而是我们窑湾有一个钱庄老板想用重金，聘请他回来帮一个大忙。”

柳兰香仍然不屑地说：“真不愧是牛皮大王，我看他这牛皮吹得，比鼓还大！先是在北京遇到大官，现在又有窑湾钱庄老板重金聘请他。这么说，他倒成了香饽饽了，是撞上什么狗屎运了？”

听了这话，所有人都做呕吐状。

徐佩萍擦了擦嘴，责怪地说：“妈，吃饭的时候，你说这个干吗？还让不让人吃饭了呀。”

徐佩剑扬起小脸，天真地问：“妈，什么叫狗屎运？二叔是不是眼睛看不见，撞到狗屎上了？”

柳兰香瞪了儿子一眼，气急败坏地说：“去，去，去，吃饭还堵不住你的嘴！”

徐立春瞪了她一眼，愠怒道：“什么狗屎运不狗屎运的，你都几十岁的人了，说话还这么难听？这样怎么能给孩子们做好榜样？”

徐佩芸忽然想起了什么，便问：“对了，爸，既然二叔当年在窑湾口碑那么差，怎么还有钱庄老板请他呢，是哪个钱庄老板？”

徐立春随口回道：“宝通成的王志信。”

柳兰香轻蔑地说：“哼，我还以为是谁呢，原来是那个最不讲信用的家伙啊。现在整个窑湾谁不知道啊，人家臧家和他无冤无仇的，借款还没到期，他就联合八家钱庄去要债了，结果偷鸡不成反蚀把米，丢人都丢到他姥姥家了。一个不讲信用，一个牛皮大王，可真是绝配呢。难怪王志信会请他，原来是王八遇到绿豆，对上眼了。”

徐佩剑又扬起小脸，好奇地问：“妈，什么叫王八？绿豆也有眼睛吗？它和王八是怎么对上眼的？”

徐立春狠狠地瞪了妻子一眼，呵斥道：“什么话都在小孩子面前乱说，你嘴上能不能找个把门的？”

柳兰香自知失言，连忙讪笑着，夹起一小块肉塞进了儿子的嘴。

徐佩芸疑惑地问：“爸，二叔在北京这么年，从来没有和我们联系过，更没有听说过他和王志信有什么联系。这次，王志信怎么会忽然重金聘请他了呢？”

徐立春摇摇头：“谁知道呢？以前，窑湾的所有钱庄都是做内庄，到清末时，很多还都是做本业。但辛亥革命爆发后，各家钱庄就内庄、外庄兼做了。不过大批洋货进入窑湾后，现在各家钱庄为牟取重利，就摒弃本庄兼做外庄了。特别是王志信，最会投机倒把了。这次请你二叔回来，估计就是想利用你二叔在北京的人脉关系，扩大他的钱庄业务呢。”

徐佩芸眉头一皱，不禁陷入了沉思。

第59章　事情很紧急

早晨，大运河堰上。

徐佩芸像往常一样，正在清点自家的甜油罐数量。

臧远航迎面走过来，礼貌地一鞠躬："早安。"

他原本以为，对方还是会像以前那样不说话，于是打完招呼就准备走人。

没想到这次，徐佩芸却破例回了句："早安。"

臧远航惊喜极了："佩芸，你？"

徐佩芸犹豫了一下，还是说："我在北京的二叔来信了，说宝通成钱庄王志信高薪聘请他来窑湾帮忙。"

臧远航诧异极了："你二叔？我们很小的时候就听说他了，王志信怎么会请来他？"

徐佩芸提醒道："'事出反常必有妖！'"

撂下这话，她便匆匆走开了。

臧远航望着她的背影，立刻就明白了什么，心中不由一动，下意识地加快了脚步！

运河码头管理处会议室，臧远航在主持会议。

一边坐着臧家栋、臧远胜、臧增年。一边坐着臧远方、臧远茹、郑一飞。

大家刚一坐定，臧远航开门见山地说："各位，我刚刚得到一个消息，王志信高薪聘请徐立秋来窑湾帮忙。二大，这个徐立秋，你应该很熟悉的吧。"

臧家栋不由愣了一下，随即哈哈大笑起来："哈哈，哈哈哈……"

与此同时，臧增年也跟着哈哈大笑起来。

不大一会儿，一个就笑出了眼泪，一个则笑得直不起腰。

几个年轻人不由得面面相觑。

臧远胜小声咕哝着："疯了，疯了，两个人都疯了。"

臧家栋一边擦眼泪一边认真地说："我不是疯了，我是开心的笑，幸灾乐祸的笑。你们等着看吧，王志信这次是死定了。什么人不好请啊，偏请了个窑湾人所共知的牛皮大王。还重金请他来帮忙，是想让他帮忙给自己找棵树，用来挂绳子上吊的吧。"

臧远方半信半疑地问："二大，有你说的那么严重吗？"

臧家栋还没来得及说话，臧增年就抢了先，倚老卖老道："年轻人哪，别看我们老了，要论社会阅历，你们几个开轿车都赶不上。徐立秋那个人啊，人送外号‘牛皮大王’，‘三斤半的鸭子，二斤半的嘴’，除了嘴巴会说外，屁大的小事都做不好。王志信这次请他来，我看是死定了！”

臧远茹好奇地问：“怎么会死定？”

臧增年嘿嘿一笑道：“那还用说，被他活活给气死呗。”

臧家栋幸灾乐祸地说：“就算王志信不被他活活气死，也一定会活活被他害死！”

臧远航听了这话，脸色就越来越舒展，语气轻松地说：“原来我还以为王志信高薪聘请徐立秋，是不是会对付我们呢。现在听你们这样一说，我就彻底放下心来了。今天的会就开到这里吧，十一点我还要去上海和美国一家洋行签一单大合同呢，散会。”

三益甜油坊总经理办公室，徐佩芸拿着账本走进来。

徐立春招呼道：“佩芸，你回来啦？运往德国的那批甜油起航了没有？”

徐佩芸点点头：“爸，你放心，早上七点已经准时起航了。”

话音未落，电话铃忽然激烈地响起来。

徐立春刚想站起身去接，就听外面传来伙计的喊声：“老板，英国洋行的史密斯先生来访。”

徐立春连忙往外走，同时吩咐道：“佩芸，帮我接个电话。”

说完，便慌慌张张地出去会客了。

徐佩芸只好拿起电话："喂？你好！"

与此同时，电话里传来一个熟悉而陌生的男中声："你好，我是徐立秋，我找你们老板……"

徐佩芸闻言，不由惊喜道："二叔？你是二叔？我是佩芸啊，你现在在哪里？听说你要回来了……"但是听着听着，她的脸色渐渐变了，好一会儿才说，"原来是这样啊。好的，我记住了，今天晚上六点的船，你放心，我一定去接你的。"

放下电话，她皱了皱眉，脑海中不由浮现出一幕幕昔日的场景：

辫子军想要血洗窑湾，臧家梁庄严肃穆地走向辫子军阵营……

在三益甜油坊后院，吴俊锋的枪指向臧远航时的穷凶极恶……

在中宁街，臧远航被他泼了一身甜油，狼狈不堪的样子……

在那个雨夜，臧远航躲在床上，紧皱着的眉头……

每天早上在大运河堰相遇，臧远航和她打招呼、道早安……

想到这里，她霍地站了起来，抓起坤包，迅速向门外走去！

此时的甜油坊大厅内，徐立春正在和一个金发碧眼的洋人谈论着什么。

徐佩芸急匆匆走过来，正好被父亲看到了，便惊讶地问："佩芸，你脸色这么难看，发生什么事了？"

徐佩芸撂下一句话："爸，我有急事！"边说边头也不回地冲出门去！

臧远航和助手郑一飞手提着行李，站在码头等候的人群中。

他看着一望无际的平静河面，看看表，焦急地问："说是十一点开船，这都十点五十了，船怎么还不来？"

郑一飞安慰道："可能晚点了。"

第60章　恭敬不如从命

徐佩芸从甜油坊出来后，便在大街上匆匆跑着，路上行人都诧异地望着她。

好在不一会儿，她就招呼一辆黄包车，径直驶向码头管理处。

下了车，她就飞奔进了一楼大办公室。

此时，臧远茹正在打着算盘。

徐佩芸焦急地跑到她桌前，气喘吁吁地说："远茹，远航在哪儿，快带我去见他。"

臧远茹看着她的样子，不由吃惊地问："远航他有事出去了，发生什么事了？"

徐佩芸紧紧抓住她的胳膊道："事情很紧急，来不及和你细说，快告诉我远航在哪儿？我要马上去见他！"

臧远茹虽然有些莫名其妙，但还是说："他去码头了，十一点的船。"

两人抬头一看，墙上的时钟指针正指向十一点。与此同时，码头传来一声长长的汽笛声。

徐佩芸不由大吃一惊，立刻放开臧远茹，用尽全身力气朝码头跑去！

臧远茹越发奇怪，在后面大喊："佩芸，你别跑了，船已经来了，你追不上的！"

运河码头上，客船已经抛锚靠岸了。

臧远航和郑一飞随着人流，一级级下了码头的台阶，向船上走去。

与此同时，徐佩芸听到一声紧似一声的鸣笛声，跑得更急了！

当她看到臧远航和郑一飞的身影，忍不住大声叫起来："远航、远航，臧远航……"

但是船的鸣笛声，再加上人群的道别声，周围一片嘈杂，根本就听不到！

运河码头上，当徐佩芸终于跑过来时，臧远航的一只脚，已经踏上了跳板。

她只好拼尽全身力气，大喊了声："败家子！"

臧远航下意识地一回头，正好就看到了徐佩芸正焦急地朝自己招手。

于是，他连想都没想，就收回了甲板上的脚，然后拉回郑一飞，转身就回到了码头。

徐佩芸慌忙走过去，很快与他会合了，顾不得寒暄，便焦急地对他说着什么。

臧远航听了，脸色越来越冷峻了起来！

这时，又一声汽笛声响起，并响起了催促旅客的哨子声。

不远处的郑一飞，焦急地说："老板，船要开了，我们快走吧。"

臧远航语气坚决道："取消这次行程！一飞，你马上买两张到徐州台儿庄的船票，我要和佩芸去台儿庄！"

郑一飞不由吃惊道："啊，老板，可是，我们是要去上海签合同的啊，为什么要改去台儿庄？"

臧远航果断地说："你什么都不用管了，现在最重要的是两点钟之前赶到台儿庄码头！"

台儿庄运河码头上，一阵悠长的汽笛声响起，一艘客船由南向北而来，很快停靠在岸边。

臧远航和徐佩芸早已等候在此了。

等客船抛锚靠稳，臧远航站在入口处，叮嘱道："我先守在这儿，你进去各个船舱找找。"

徐佩芸立刻道："好。"边说边随人流上了船。

此时的船舱内，有人上、有人下，看上去非常混乱。

徐佩芸走在拥挤的船舱中，反复客气地说："麻烦让让，麻烦让让。"

忽然，旁边一个正在睡觉的身材魁梧的男人醒了。

只见他揉了揉眼睛，站起身来拉住一个旅客问："请问，先生，是不是到窑湾了？"

徐佩芸听到这声音有些熟悉，再加上"窑湾"两个字，立刻回过头，眼睛当即一亮，惊喜地叫起来："二叔？你是我二叔？"

徐立秋端详了她半天，不由就笑了，但还是试探地问："你是佩芸？"

徐佩芸鼻子一酸，亲热地说："二叔，真没想到你还能记得我。"

徐立秋爽朗地说："记得记得，怎么会不记得？你比小时候长高了，也更漂亮了。怎么样，你那个继母对你还像以前那样坏吗？"

徐佩芸犹豫了一下，还是摇摇头说："比以前好多了。"

徐立秋怜悯道："你啊，和你亲妈一样，就算受再大的委屈，也不会表现出来的……"

他原本还想说什么，忽然看到一个年轻人向自己走过来，同时客气地说："徐先生好。"

徐立秋立刻疑惑地看着侄女问："佩芸，这位是？"

徐佩芸连忙介绍道："二叔，他是我朋友，现在窑湾的运河码头当家臧远航。"

徐立秋眼珠一转，立刻抱拳道："臧老板，幸会幸会。"

臧远航边回礼边说："经常听我爸提起，当年你离开窑湾，还是他从中牵的线，帮你在大运河第一码头通州谋了个职位。现在你在北京混得风生水起，却连封信都不写一封给他呢。"

徐立秋立刻机灵地道："这些年，我之所以没有给臧会长去信，正是因为他对我恩重如山，片纸寸笔，难以表达我心中的深情厚谊啊！"

臧远航不由竖起大拇指，称赞道："怪不得我爸时常念叨你，徐先生真是太会说话了。"

徐立秋微微一笑道："既然话都说到这份上了，那大家都坐吧，坐下来好好谈谈。"

臧远航点点头："那就好好谈谈吧。"

三人刚一坐下，徐立秋就开门见山地说："臧老板，你不会是这么凑巧，正好和我坐同一班船吧。"

臧远航见状，便也不绕圈子了，直接说："徐先生果然名不虚传！好，那我们今天就把这船舱当成谈判席，来谈一项合作，怎么样？"

窑湾运河码头上，一声尖锐的汽笛声响起，一艘客船缓缓由南向北驶来，停靠在岸边。

王志信率领唐掌柜等人，紧紧盯着每一个旅客，生怕自己错过了什么。

终于，徐立秋的身影出现在甲板上了，身后还跟着林辉等几个跟班。

王志信立刻迎了上去，紧紧握住他的手，热情地说："立秋，好久不见了！"

徐立秋声音洪亮道："哎呀，志信，你是宝通成钱庄的堂堂大老板，让你来接我的船，怎么好意思呢？"

王志信不以为然地说："不要那么见外嘛，虽然多年没见，你我自幼一起长大的情谊，我还是永生难忘的啊。"

他原本还想说什么，没想到，抬头却看到，臧远航和徐佩芸也随着人流，相继走下了甲板！

王志信不由就是一愣。

臧远航走上前来，落落大方地说："王老板，你也来接徐先生的船啊？"

王志信听到这个"也"字，脸色立刻大变！

臧远航却装作没看到一般，亲热地转向旁边的人说："徐先生，刚才我们在船上谈了那么久，真是相见恨晚啊，我先回去了，希望能达成合作。"

他边说边拍着徐立秋的肩膀，貌似极其亲密。

王志信的脸，气得有些变形了！

徐佩芸也亲热地说："二叔，那我们就先走了。我回去告诉我爸你到了，他不知道有多高兴呢。"

徐立秋不动声色地说："好的。"

等到两位年轻人走后，王志信终于忍不住了，极不高兴地质问道："你刚才和那个臭小子同船？你们在船上谈了什么？他又要与你合作什么？"

徐立秋眉毛一扬，解释说："没什么。我当年是他父亲牵线去的通州，他想利用这层关系，让我在北京帮忙洽谈一笔生意。他还说，他想结识北京那些当大官的，让我帮助介绍介绍呢。可以理解，毕竟'人为财死，鸟为食亡'嘛。"

王志信闻言，脸色这才缓和下来道："好了，不用说了。我已经在小蓬莱订了贵宾房给你住，还专门给你准备了一桌你最喜欢吃的运河船菜。"

徐立秋不卑不亢道："那就恭敬不如从命了。"

大运河堰上，两个年轻人肩并肩地走着。

臧远航感谢地说："佩芸，实在太谢谢你了。这次要是被王志信抢了先机，我们码头就完全被动了。"

徐佩芸诚恳道："你不要这样说。臧会长为人正直有担当，当初要不是他在第一次世界大战时，看准商机，和欧洲五国签订了

《粮食换石油合同》，之后又陆续和丝绸之路上的沿途国家签订《民间进出口贸易合同》，窑湾不会有现在的繁华兴盛；还有前年，若不是他不顾个人安危，只身前往辫子军阵营游说，窑湾肯定会被血洗了。仅这两点，就值得所有窑湾人尊重和爱戴。”

臧远航感动地说：“谢谢你能记住他的好。”说到这里，忽然侧脸望着她，深情道，“佩芸，你知道吗？不止一次，我想让自己忘记你。可是每次和你接触，你的通情达理、你的善解人意、你的聪明勇敢，都能给我全新的感受，让我不但不能忘记你，反而在这段无望的感情中，越陷越深！”

徐佩芸赶忙别过脸去，淡然地说：“我已经答应嫁给俊锋了，请你以后不要再说这些话。否则，对俊锋是不公平的！”

第61章　宝通成一成股份

与此同时，在不远处的运河堰边，已经堆积起了几座大大的盐堆。

吴俊锋正在吩咐几名伙计："你们将这些没有装上船的货，用粉笔画个圈，就可以收工回家了。"

伙计们连忙回道："是，老板。"然后便开始干活了。

吴俊锋拍了拍手，刚一转身，却看到臧远航和徐佩芸肩并肩迎面而来。

他的脸色立刻变得阴冷起来，握紧拳头站在路中间，挡住了去路。

与此同时，臧远航和徐佩芸很快来到他的面前。

臧远航连忙招呼道："俊锋……"

吴俊锋却瞪了他一眼，愠怒地问："天都快黑了，孤男寡女的，你们刚才去哪儿了？"

徐佩芸赶忙说："俊锋，你可能误会了，你听我解释！"

吴俊锋却并不理她，而是厉声道："臧远航，我警告过你，不准在佩芸身旁五米内出现！现在，你们不但肩并肩、膀挨膀，还有说有笑的，你当我吴俊锋是瞎子？你当全窑湾的人都是瞎子吗？"

臧远航急忙摆手道："俊锋，你别误会，我们真的没什么。只是因为有急事，我请佩芸和我一起乘船去台儿庄……"

吴俊锋闻言，不由狂叫一声："什么？你们还一起乘船！"

话音刚落，一个拳头就砸在了臧远航的脸上。

臧远航完全没有提防，立刻被打得后退一步。

徐佩芸赶忙上去扶住他，并关切地问："怎么样？你没事吧？"

臧远航摇摇头，脸上顿时红了一块，嘴角也渐渐渗出血来。

吴俊锋还不解气，似乎还想打第二拳。

佩芸立刻冲到他面前，愤怒地说："吴俊锋，你读的孔孟之道都读到谁身上了？怎么不问青红皂白就打人？"

吴俊锋冷冷地说："我还没问你呢！说，为什么要和别的男人一起乘船去台儿庄，去做什么？去偷情吗？"

徐佩芸直视着他的眼睛，语带双关道："真没想到，你是心胸如此狭窄之人！实话告诉你吧，王志信请我二叔来帮他一起对付码头，你是知道的，王志信最近一直在找臧家的碴！如果这次他阴谋得逞，码头又会像上次那样停运，到时候损失的不仅是臧家，还有我们徐家、你们吴家以及整个窑湾的经济，你明不明白啊？"

吴俊锋闻言，不由倒吸了一口凉气，但又不好表现出自己和这件事有关，只好态度强硬地说："虽然你说得有道理，但是孤男寡女共乘一条船就是不对！以后若再让我看到，我还会再打！"又严厉地说，"还有，以后男人们的事，特别是臧家和王家的事，你绝不可以再掺和了！"

徐佩芸不由气结："你？"

臧远航哪里会不知道他心中的小算盘，于是便冷冷地说："这次看在佩芸的面子上，我让你一拳。若再有下次，谁先倒下还不一定呢！"

说完这话，擦了擦嘴角的血，拂袖而去。

吴俊锋愣了一下，指着他的背影怒吼道："什么态度，他这是什么态度？"

徐佩芸唯有摇头苦笑。

中宁街上，陆慧珊提着包，趾高气扬地在前面走。

臧远胜跟在后面追，边追边问："慧珊，你到底是喜欢吃红烧甲鱼还是红烧白丝？"

陆慧珊回头瞪了他一眼，没好气地说："都不喜欢！我就喜欢吃红烧你的头！"

臧远胜故作糊涂道："什么，红烧狮子头？好的，好的，我知道朝阳阁的红烧狮子头很好吃，我带你去吃，好不好？"

陆慧珊终于停住脚步，尖声叫道："臧远胜，你不要再装疯卖傻缠着我了，我讨厌你你知不知道？"

臧远胜赶忙说："那你喜欢什么？我马上就去做。"

陆慧珊不耐烦道："我喜欢你离我远一点，大运河有多远，你就给我滚多远！"

臧远胜听了这话，刚才还嬉笑的神情立刻变得沮丧起来，终于停住了脚步。

中宁街一家成衣店前，陆慧珊气哼哼地走着，忽然想看看对方有没有跟过来，于是便猛一回头，没想到却看到一个熟悉的身影，仔细看时，竟然是嫁进吴家大院的远房表姑窦玉美正笑眯眯地望着自己。

陆慧珊气呼呼地问："表姑，什么事让你那么开心。"

窦玉美微微一笑道："为你开心哦。"说完，朝臧远胜一噘嘴说，"那个臭小子家大业大，长得不错，对你又好，你就那么狠心让他滚？"

陆慧珊厌恶地说："这一辈子，就算嫁猪嫁狗嫁乌龟王八，我都绝不会嫁给姓臧的！"

窦玉美立刻来了兴趣，好奇地问："怎么？你以前不是跟臧远航很要好的吗，比和你两个表哥还要好呢。"忽然又想起了什么，眼圈一红道，"可怜你大表哥，死得可真是惨呢，呜呜呜。"

陆慧珊连忙安慰道：“表姑，别哭了，以前都怪我年龄小不懂事。以后我和他们臧家没有一分钱关系了，你也不要再在我面前提臧远航来刺激我了，行不行？”

窦玉美故作吃惊地问：“怎么，他欺负你了？”

陆慧珊咬牙切齿地说：“何止是欺负！我一想到他说过的那些话，我就心寒到极点了，现在恨不得他家破人亡呢！”

窦玉美听了这话，眼里立刻闪过一丝诡异的笑，挽住她的胳膊，亲热地说：“走，表姑请你吃娃娃鱼。”

小蓬莱二楼雅座内，王志信和徐立秋等人围桌而坐，桌上摆了满满一桌子菜。

觥筹交错间，王志信充满期待地问：“立秋兄，怎么样，味道如何？”

徐立秋由衷地说：“当然很好！特别是这道河蚌豆腐汤，味道不是一般鲜美。”

王志信竖起大拇指，点头道：“立秋兄好眼光！清明前正是吃河蚌最好的季节，还记得那句俗话吗？”

徐立秋毫不犹豫地说：“记得记得，当然记得，‘春天喝碗河蚌汤，不生痱子不生疮’嘛，哈哈哈。”

其余人听了，也都跟着大笑起来。

王志信的表情，忽然变得严肃了起来：“现在对我们来说，码头就是这河蚌肉，肉质肥厚，味道鲜美，就看我们如何吞得下去了。”

徐立秋语带双关地回道：“这吞得下吞不下，就要看看志信兄想用多大的力气去吞了！”

王志信坚定地说：“只要立秋兄能阻止运河码头通过年审，我会不惜一切代价支持你！这件事若是办成了，至于酬劳方面，一切好说！”

徐立秋却正色道：“这次事成之后，酬劳我可以不要。”

王志信听了这话，不由就是一怔：“那立秋兄想要的是？”

徐立秋显然是深思熟虑过了，脱口而出：“我想要宝通成钱庄一成股份！”

王志信闻言，立刻张大了嘴巴，结结巴巴道：“这个……这个……”

唐掌柜急切地说：“一成股份可不是小数目，这个绝对不行！”

徐立秋“哦”了一声，很是不满。

王志信立刻呵斥唐掌柜：“放肆！”

徐立秋察言观色，然后试探着问：“那志信兄的意思是？”

王志信客气但是坚决地说：“立秋兄需要多少银子，尽管开口。至于股份，恕难从命，再说就算我答应了，恐怕家父那一关，也是肯定过不去的呀。”

徐立秋轻轻冷笑一声，心中便打定了主意！

吴家盐行办公室，吴俊锋听王志信如此一说，不禁苦笑道：“他嘴皮子一动，就要一成股份，这胃口也真不是一般的大啊！”

王志信点点头：“所以，我当时就很坚决地拒绝了。”

吴俊锋脸色不由一变，愠怒道：“可是你有没有想过，如果不同意给徐立秋一成股份，他真的就不帮我们的忙了啊。我就有可能失去这个难得的复仇机会了！”

王志信闻言，情绪便有些激动了：“别的都好说，股份是绝对不行！想那康熙年间，因为山西的‘圈地运动’，我们王家从老家迁来窑湾时，大洋都是一箱箱用骡子车拉的，大洋多得连骡子都累弯了腰。后来我的先祖利用这些大洋，联络所有山西籍商人，建立了山西会馆和宝通成钱庄。钱庄凝聚了王家几辈人的心血，绝对不可能容许外人插手的！”

吴俊锋恳切地说：“你为什么要拒绝？一成股份也没有多少钱，所有损失，可以算在我头上，甚至我也可以加倍，不，三倍甚至更多去偿还你的！”

王志信耐心地解释道：“不是钱不钱的问题，而是涉及更长远的管理和利益分配。宝通成原本只是王氏家族企业，给再多的钱，都绝不会卖的。否则，倘若今天有人来要一成，明天又有人来要两成，那么总有一天，宝通成就与我甚至整个王家，没有任何关系了！”

吴俊锋张了张嘴，似乎还想说什么。

王志信却毫不客气地抢先说：“你不用再说了，我宁愿破产，也绝不会让出任何一点股份的。”望了对方一眼，又叹了口气道，“其实，我一直想说句不该说的话，你当初请徐立秋前来的计划，本来就是准备来伤人的。就算你这次成功了，码头垮了，臧家完了，令兄也不能起死回生了呀。”

吴俊锋咬牙切齿道：“就是因为我哥不能起死回生了，我才恨呢！总之，臧家一日不垮台，我一日睡不安稳！”

王志信眼中忽然精光一闪，但望了他一眼，还是慢吞吞地说：“徐立秋想要的是股份，应该不仅仅是宝通成啊，你们吴家的股份，也是可以的嘛。”

吴俊锋闻言，立刻就跳起来，语气激动地道：“不行，绝对不行！”

王志信听了这话，便有些似笑非笑了。

吴俊锋自知理亏，无力地坐回椅子上，待了好久，还是心虚地说：“虽然现在我是吴家大院名义上的当家，钱财什么的，可以任由我管理，但是家父认为我太年轻了，所以股份方面，仍然是由他一手掌控的。”

王志信当然知道，对方是绝对不会让出半成股份的，之所以还提议，只是为了让其知道“己所不欲，勿施于人”的道理。

既然现在目的已经达到，他也不想对这个话题过多深入，忽然想起什么似的说：“对了，你还是好好管管你的未婚妻吧，她竟然胳膊肘向外拐，帮着臧远航提前接到了徐立秋，差点坏了我们的大事啊！”

吴俊锋脸一红，辩解道：“她不知道这件事与我有关。”但还是郁闷道，“我知道了，我一定会制止她的。”

但是对方并没有过门，至于怎样制止，其实他自己心里也没有一点数！所以他当即决定，尽快成亲，只有成为吴家太太后，她才不会再帮外人，而是帮自己。

不过当务之急，并不是徐佩芸，而是徐立秋得不到一成股份的话，一定不会帮忙的。

真让人左右为难，他得想想，好好想想！

第62章　帮助我搞垮臧家

朝阳阁雅座内，吴俊锋和林辉围桌而坐。

他们不但是老同学，又是好友，一番叙旧后，自然就开始推杯换盏起来。

林辉望着满桌佳肴，不禁感慨万千道："还是有钱好啊，想吃什么，就吃什么；想买什么，就买什么。"

吴俊锋连忙掏出一张支票递给他，同时说："这是我的一点小意思。以后你想吃什么就吃什么，想买什么就买什么。"

林辉假意推辞了一下，但当他看清上面的数字时，立刻眉开眼笑，迅速收了起来。

然后，他拍着胸脯，豪气干云道："多谢老同学，以后你有什么需要帮忙的，尽管说。只要我能办得到的，绝对没有二话。"

吴俊锋点点头，这才说："不瞒老同学，我确实需要帮忙。听说徐先生想要宝通成的一成股份。我想知道，为什么一定要股份，而不是要现钱呢？”

林辉立刻就笑了：“这正是徐先生的过人之处！股份是可以钱生钱的，而再多的现钱，总有花完的时候呀。”

吴俊锋点点头，又试探地问：“那徐先生想要的，只是宝通成的股份吗？”

林辉果断地说：“不！只要是有实力的企业的股份，他都想要！”说到这里，他忽然想起了什么，又加了一句，“如果你们家吴洪兴烟丝店或盐行什么的，能分一成，不，半成股份给他，那就最好不过了。不过这件事与你们吴家毫无关系，我只是开个玩笑而已，这当然是不可能的。”

他完全不知道吴俊锋的底细，自然不会知道，这句玩笑话，却让吴俊锋下定了某种决心。

当天晚上，吴家大院内，吴宪生、吴光淮、窦玉美和吴俊莹正围桌而坐。

吴俊锋急慌慌走进来，看到祖父，不由惊喜道：“爷爷，你能下地了？”

吴宪生虽然身体还很虚弱，但是面色红润，精神看起来非常不错。

他虽然对孙子的一意孤行有些无奈，但还是慈爱地说：“傻孩子，不能下地那不就得上天了？”

窦玉美和吴俊莹听了，不由哈哈大笑起来。

只有吴光淮认为这话说得不太吉利，不但没有笑，而是仰头连吐三声“呸呸呸”，然后招呼儿子道：“就等你了，快坐下吃饭吧，今晚有你最爱吃的红烧鱼。”忽然想起什么，一摸口袋道，“噢，我的旱烟袋忘记拿了。”

说完，他便站起来走进卧室。

吴俊锋连忙跟了上去。

吴光淮边找旱烟袋边疑惑地问：“你不出去吃饭，跟我进来干什么？”

吴俊锋犹豫了一下，还是说：“爸，我有件事想和你商量一下。”

吴光淮不以为意道：“什么事啊，赶紧说吧。”

吴俊锋字斟句酌道：“那个，你看现在吧，根据你的规划，现在我们盐行的生意渐渐走上了正轨，也越来越赚钱了。反观烟丝店那边，因为不投资、不重视，并且疏于管理，生意是一天不如一天了。我就想，不如卖出部分股份，把钱投资到盐行这边，你看如何？”

吴光淮听了这话，立刻就愣住了，诧异地问：“啊？我耳朵不会出问题了吧？你说什么？你再说一遍。”

吴俊锋没想到父亲反应如此激烈，不禁有些心虚，只好硬着头皮又重复了一遍：“那个，我想把烟丝店的部分股份卖了，投资到盐行这边来。”

吴光淮终于确定自己没有听错，当即连连摇头，非常干脆地说：“不行，这绝对不行！当年我们先祖吴洪兴被发配到窑湾时，因为自身是海税官，比较了解海上丝绸之路的贸易，于是就利用大运河这个重要枢纽，做起了烟丝生意，后来生意越做越大，经过几代人的累积，才置下吴家现在这份偌大的家业。就算现在我大力发展盐业，也并不是想要关掉烟丝店生意，只不过是缩小规模罢了。但是烟丝店，哪怕一分钱都不赚，也一定得保留这个牌子！股份绝不能卖！”

吴俊锋目光一黯，但还是不死心地说：“那盐行的股份呢，能不能卖出半成……”

吴光淮立刻制止儿子再说下去：“你不必多言！吴家任何生意，任何外人都不得染指！除非我死了”忽然眉头一皱问，“唉，我就奇怪了，你怎么想起来打股份的主意了？”

吴俊锋只好坦白：“有人可以帮助我搞垮臧家，但是想要我们烟丝店或盐行的半成股份！”

吴光淮决绝地说：“想都不要想！正因为我已经失去了一个儿子，绝不能再失去吴家任何股份！否则，我死后都没有脸去见列祖列宗呢。这件事就此打住，以后不必再提了！”然后又责怪道，“还有啊，你哥那件事上，臧家梁并没有做错什么。我劝你还是与臧家好好相处，不要再生嫌隙了。否则，全窑湾人都会骂你好歹不分的！”

吴俊锋不服气地说了一声：“知道了。”心里却颇不以为然。

但是他知道父亲已经打定了主意，再说什么都没有意义了，只好心不甘情不愿地闭了嘴！

与此同时，吴光淮忽然想起什么，从最里面的柜子里找出一个做工精美的首饰盒，又从盒里拿出一串钥匙，打开了另一个稍大的朱红色箱子，并取出了旱烟袋，末了还疑惑地说：“咦，果真落在这里了。”

不远处的吴俊锋，立刻看到，那只稍大的朱红色箱子里，放着一摞股权契约书，心中不由一动！

小蓬莱三楼客房里，徐立秋正坐在沙发上，惬意地抽着雪茄。

正在这时，林辉走了进来，恭敬地问：“先生，你找我？”

徐立秋点点头：“王志信那边，有什么回话吗？”

林辉摇摇头道：“没有。”

徐立秋不屑地说：“看来，是没有什么希望了。”忽然想起什么，“对了，吴俊锋那边呢？”

林辉再次摇头：“也没有。我一直派人盯着呢，他从王家出来，回了自己家，现在又去了盐行，自始至终，都是一副无精打采的样子。”

徐立秋冷笑一声道：“看来也是个没用的！”

林辉连忙附和道："就是就是。不但没用，还喜欢自作聪明，到现在还以为我们不知道他就是王志信的幕后黑手呢。"

徐立秋轻蔑地说："也不看看我们是干什么的！"

暮春的午后，徐家大院内，一家人围坐在客厅里，热闹非凡。

徐立秋从行李箱里拿出一件又一件的礼物。

徐立春和孩子们都很开心，只有柳兰香的脸色，似乎有些阴晴不定。

徐立秋拿出一只金项圈，套在小侄子的脖子上，爱怜地说："佩剑，这是给你的。我走时，你还在你妈肚子里呢，没想到一转眼，就快要娶媳妇了。"

徐佩剑仰起脸，好奇地问："二叔，为什么人人都要娶媳妇？"

徐立秋逗他说："娶媳妇是为了让她给你做饭洗衣服呀。"

徐佩剑天真地说："我们家每天都有用人做饭洗衣服呢，那我就不需要娶媳妇啦？"

听了这话，所有人都哈哈大笑起来。

徐立秋又拿出一对雕刻精美的钻戒，对哥哥嫂嫂说："大哥、大嫂，以前是我不懂事，让你们费心了。这是我送你们的一点小小心意，请你们一定要收下。"

徐立春关切地说："立秋，你不应该这么破费。你在北京人生地不熟的，需要花钱的地方多着呢，手头要攥得紧些。大哥不希望你送我什么，只要你日子过得好，我也算对得起早逝的爹娘了。”

说到最后，声音就哽咽了，竟然忍不住流下眼泪来。

柳兰香却一把接过戒指，欢天喜地道：“谢谢二弟！我就说嘛，二弟打小就机灵能干，不像你大哥这样窝窝囊囊的，今后一定会有大出息的。你看，现在应验了吧，你在大北京，比我们窝在这小窑湾可是风光多了。”

徐立秋宽容地笑笑道：“谢谢大嫂抬爱。”又拿出两只手表递给侄女说，“佩芸、佩萍，这是给你们的，正宗进口的瑞士女表，姐妹一人一块。”

徐佩芸、徐佩萍连忙接过手表，同时感激地说：“谢谢二叔。”

徐立秋望了望大侄女，忽然想起什么：“对了，佩芸，你那个叫臧远航的朋友，我想再见见他。”

第63章　码头半成股份

第二天一早，大运河堰上，徐佩芸正在甜油罐旁边点货。

臧远航脸上还带着一片伤，走过去时，犹豫了一下，动了动嘴唇，终究什么都没有说。

没想到他正要擦身而过之时，徐佩芸一抬头看到了他，竟然招呼道："早安。"

臧远航怔了一下，只好道："早安。"说完，他抬腿就要走。

徐佩芸却道："我二叔想和你谈谈。"

臧远航惊喜地问："真的？"

徐佩芸肯定地说："嗯。"

臧远航激动极了："他想和我谈谈，就说明合作有希望了。我马上去管理处准备准备，听说他现在生活很西化，特别喜欢抽雪茄，等会儿我要用最优质的雪茄招待他。"

徐佩芸却有些为难地说："可是，二叔说他不太方便到你那儿。”

臧远航不由一愣：“那他想去哪儿见面？”

徐佩芸犹豫了一下，还是说：“他想要你去小蓬莱见他，明天上午十点。”

臧远航却爽快地说：“好，我马上去准备。”

上午九点五十分，小蓬莱二楼雅座内。

臧远航拿着文件，带着臧家栋、臧增年、臧远方、臧远茹、臧远胜、郑一飞等人走进了房间。

但是房间内却是空荡荡的，并没有一个人影。

大家正疑惑间，一个服务员推门进来说：“臧老板，里面请。”

臧远航郁闷地问：“怎么回事？约我的人呢？”

服务员歉然道：“徐先生有事要办，他临走时吩咐我，如果你来了，让你们稍等，他会尽快回来的。”

本来臧家栋对徐立秋就很没好感，听了这话，就更加生气了，愠怒地说：“这个家伙，搞什么鬼啊？”

臧远航息事宁人道：“没关系，没关系，大家坐下来慢慢等。”

臧增年也小声咕哝着：“不就是一个牛皮大王嘛，摆什么臭架子啊。”

臧远航眉头一皱，瞪了他一眼。

臧增年只好心不甘情不愿地闭上了嘴。

臧远航不知道对方葫芦里卖的是什么药，神色更加凝重了起来。

十点二十分，徐立秋带着跟班林辉西装革履，慢悠悠地走到门外面。

他看了看手表，和跟班相视一笑，这才推开了房门，抱拳歉然道："对不起各位，我临时有急事耽搁，迟到了迟到了！"

臧远航看到他进来，刚才凝重的脸色，立刻就舒展开来，赶忙站起身来，迎上去亲热地说："徐先生，你终于回来啦。"

徐立秋轻描淡写道："我有点小事情耽搁了。你们这么多人等我一个，实在不好意思啊，请大家见谅。"

臧家栋冷哼一声。

臧远航强忍着内心的焦躁，努力镇静地说："没关系，我们也是刚到不久。"

徐立秋这才说："各位坐吧。"

他边走边说，当仁不让地坐在刚才臧远航坐过的那个主客的位置上。

直接反客为主了！

臧远航跟在他身后，十分尴尬，众人也都一脸惊诧。

徐立秋却像根本没看到他身后的人似的，毫不在意地问："你们怎么都还站着？不要客气，坐啊，都坐吧。"

臧远航只好走到客位坐了下来，并意识到对方的举手投足间，完全是一副生意人做派，不讲任何的情面脸面，便也不和他绕圈子了，开门见山地说："既然徐先生这么忙，我们也就不浪费你的时间了。今天来到这里的，都是我们码头的股东和高级职员，码头的所有资料，我们都带来了，请徐先生过目。"说完，便将资料推了过去。

徐立秋却连看都不看，而是严肃地说："各位大概有所不知，现在北京局势十分动荡，新的水利部部长人选，至今未明。所以这次，你们码头的年审不是那么容易过的，新的执照能不能拿到，真的是两说了。"

臧远航软中带硬道："如果不难办，也就无须劳动你的大驾了。"

徐立秋得意地说："还是远航聪明。我先和大家交了底吧，这件事，若是换了别人，我是绝不会蹚这个浑水的。可是你们臧家就不一定了，当年要不是令尊给我在通州码头介绍的工作，我说不定现在还窝在窑湾这个兔子不拉屎的地方呢。"

臧增年有些不服气了："兔子要是在窑湾都不拉屎，那么在中国就没几个地方能拉得出屎来了。"

除了臧远航和徐立秋，所有人都笑起来。

臧远航斥责道："四爷爷！"

臧增年只好闭了嘴，但还是小声咕哝了一句："本来就是嘛。"

与此同时，徐立秋与其跟班们，都是一脸冷色。

臧家栋他们，这才不得不止住了笑。

徐立秋仿佛没听到一般，继续刚才的话说：“如果没有令尊，也就没有我徐立秋的今天了。所以，你们码头年审的事情，包在我身上了。”

臧远航这才稍稍松了一口气，诚恳地说：“那有徐先生这句话，我就放心了。”

徐立秋却眼珠一转，进入正题道：“但是我要严正声明一下，如果你们想让我办好这件事的话，必须得答应我三个条件！”

臧远航坦然地问：“什么条件？你尽管说。”

徐立秋目光严肃地扫了众人一眼，高深莫测地说：“大家都知道，这年头，有钱才好办事。所以要想打通年审的所有关节，肯定是离不开一个‘钱’字。正所谓‘天下熙熙，皆为利来；天下攘攘，皆为利往’。”

臧远航不易察觉地点点头，若有所思地问：“这个，大家都能理解。那么，你想要多少？”

徐立秋面无表情地说：“十五万！”

听了这话，所有人都情不自禁地“啊”了一声。

臧远方霍地站起来，情绪激动地说：“十五万？三年前，我和二叔去北京进行年审，加上疏通关系，总共才只用了三万块，就拿到新执照了。这才不过三年啊，短短的三年，怎么就会翻了五倍？

高利贷也不是这样放的呀！”

臧远航的神情，却是越来越严肃了。

室内的气氛，一时变得非常诡异！

甚至于臧家人和徐立秋双方，几近剑拔弩张之势了！

没想到，臧远航沉吟片刻，却表情凝重地说：“徐先生想要十五万，一定有你要十五万的道理。再说三年前是三年前的事情，今时不同往昔。北京现在汇集各界名流，是个名副其实的销金窝，多带点钱去，总归是好的。常言道，‘一分钱就可以难倒英雄汉’，何况是我们码头年审呢，要是通不过，就拿不到执照，这可是大事呢！”

徐立秋的脸色，这才略微缓和了下来，一竖大拇指道：“别看臧老板年纪轻轻的，没想到眼光倒是看得长远。”

臧远航“哦”了一声，继续冷静地问：“那么，徐先生的第二个条件呢？”

徐立秋脸色一僵，重又变得面无表情了起来，干脆地说：“这么多钱，必须要在五天之内全部给我！”

臧远茹不禁失声叫道：“五天？这么大一笔钱，这么短的时间，怎么可能呢？”

臧远航不满地瞪了堂姐一眼，示意她不要再说了。

原本有一肚子话要说的臧远茹，只好委屈地闭上了嘴。

臧远航坚定地说：“五天的时间，自然是短了点，不过呢，应该还是不成问题的。”

徐立秋赞赏有加道：“你真的是太有魄力了！”

臧远航并不理会他的好意，与此同时，目光也变得越来越阴冷了，继续沉声问：“那么，第三个条件呢？”

徐立秋神情这才缓和下来，恩赐似的说：“这次去北京年审的酬劳呢，我就不要了，但是拿到新执照后，我要分得你们码头半成的股份。”

听了这话，所有人都愣住了！

臧家栋再也忍不住了，“啪”地一拍桌子，怒吼道：“徐立秋，我看你是做梦娶媳妇——想得美！运河码头是我们臧家几代传承的家族生意，分给你半成？你说这话之前，到底有没有量一量自己有多粗多长啊？”

说完，霍地站起身来，瞪了臧远航一眼，冷哼一声，然后拂袖而去！

臧远方连忙站起来喊道：“二叔？”

臧远茹、臧远胜也站起来同时喊：“爸？”

臧家栋却是头也不回，临出包房间，还重重地把门摔上了！

臧远航严肃地说：“二大要走，就让他走吧，你们几个，都给我坐下！”

徐立秋见状，便循循善诱地说：“也许你们认为，我有些不知道天高地厚，竟然敢开这么苛刻的条件。但是你们仔细想想，如果我能得到码头的半成股份，做起事情来，一定会竭尽全力。对于你们来说，因为我在码头有半成股份，你们也不会担心我拿到钱，就拍拍屁股走人了。你们仔细想一想，是不是这个道理？”

臧远航紧皱的眉头，忽然就是一展，笑容满面地说：“对，徐先生你说得对！如果你是我们码头的股东，以后我们就休戚与共了。那么你为码头做事，肯定会更加尽心。虽然码头是我们臧家的家族生意，但是臧徐两家，几代人都有生意上的往来，也算是世交了。再说，窑湾的运河码头，是属于所有窑湾人的，也并不仅仅属于我们臧家。所以，徐先生想要半成股份，也没有什么不妥。不如，就将我名下的六成股份，拨半成给你吧。”

此言一出，所有人都愣住了。

徐立秋原本面无表情的脸上，更是大放光彩，连竖两只大拇指，不停称赞道：“臧老板，没想到你年纪轻轻，竟然如此果敢有担当，后生可畏，真是后生可畏啊！”

臧远航微微一笑，郑重地说：“那么这件事，就这样定了。不如马上让服务员上一桌好酒好菜，待会儿大家都多喝两杯，预祝我们码头年审顺利通过，徐先生此去能旗开得胜，马到成功！”

徐立秋志得意满地说：“好，好，哈哈哈！”

他的跟班林辉，也跟着随声附和起来。

但是其余的臧家人，都是一副愁眉苦脸的样子。

任谁都看得出，臧远航脸上虽然勉强挂着笑，眼睛里却闪过重重的忧虑。

与此同时，徐立秋带着跟班们兴冲冲上了三楼客房，甚至还得意地哼唱起了柳琴戏小曲来：“春雷一声震天动，得中金榜第一名。万岁恩赐旨一道，荣归故里把亲迎……”

第64章　崽卖爷田不心疼

吴家盐行总经理办公室内，吴俊锋正在屋内焦急地踱着步。

不一会儿，崔玉存就急匆匆跑进来，上气不接下气地喊道：“老板，老板。”

吴俊锋立刻停住脚步，焦急地问：“怎么样了？”

崔玉存猛喝了一口水，这才稍稍平静下来说：“徐立秋和臧远航他们见面了，据服务员说，这顿饭，双方整整吃了三个多小时，甚至中途，臧家栋都被气跑了。臧远航他们离开小蓬莱时，脸色也都很不好看。但是听服务员说，徐立秋倒是高兴得很呢，还哼起了柳琴戏。”

吴俊锋郁闷地说：“看来，徐立秋应该是达到目的了。”

崔玉存点点头，小心翼翼地问：“那我们怎么办？”

吴俊锋无奈地说：“还能怎么办？明的不行，就来暗的呗。”

大运河堰上，臧远航独自一人，神情严肃、目不斜视地走着，颇有些失魂落魄，完全没看到，差点撞到了一堆甜油罐。

正在核对数据的徐佩芸，关切地叫住他：“远航。”

臧远航好像这才回过神来，急忙收住脚问：“佩芸？有事吗？”

徐佩芸惴惴不安地说：“上次的事，实在是对不起，我代俊锋向你道歉。”

臧远航连忙摆手道：“没关系的。俊锋那么做，也是紧张你，说明他是真的……真的喜欢你。”

徐佩芸犹豫了一下，还是说：“另外，有一句话，我不知道当讲不当讲？”

臧远航疑惑地问：“什么话，你说。”

徐佩芸咬了咬嘴唇说：“虽然我二叔和王志信这件事，是我告诉你的，但是我现在看到，你每天和他走得很近，不得不提醒你，当年他在窑湾的名声，有些不好，甚至因为太过能说会道，还被人封为‘牛皮大王’。我真的很担心你被他……”

臧远航望着忙碌的码头，神情却十分坚定：“虽然王志信不算什么，但是他背后的黑手，才是最可怕的。既然能花大价钱把你二叔请来，肯定做好了充分的准备，我们不得不防。所以事情发展到这个地步，已经不是你我所能左右得了的了。现在我们码头是箭在弦上，不得不发了！”

正是午后时分，吴家大院内经过午饭的喧嚣，家人们都去歇息了，看上去非常安静。

吴俊锋走进客厅，看见里面没有一个人，便故意喊了声："妈、妈。"但是并没有人应声。

他见四下无人，便悄悄推开了父母的卧室。

没想到，却看到父亲正卧在床上，母亲则在喂水。

吴俊锋吓了一跳，立刻关切地问："爸，你怎么了？"

吴光淮郁闷地说："唉，别提了。这人要倒霉，真是喝口凉水都塞牙啊。我不过是早上起来搬了个桌子，这脚脖子就崴了。"

吴俊锋眼珠一转，便催促道："那你赶紧去济世堂看看呀。"

窦玉美无奈地说："都催了好几遍了，没用的！"

吴光淮没好气道："就是不去！那个赵延成啊，给没钱的人看病分文不取，一到我这，哎，他就收钱了，真是看人下菜碟。"

吴俊锋简直哭笑不得，开解道："他那是照顾穷人呢，你不是有钱嘛。再说，他要是给谁看病都不收钱，自己得有金山银山贴补了。"

吴光淮摆摆手："你不用再说了，反正能挨我就先挨着呗。"

吴俊锋只好留恋地看了看柜子，无奈地退了出去。

吃过早饭后，臧家大院客厅内，臧增福、臧家栋、臧家梁父子三人坐在一起，正在友好地谈论着什么。

正在这时，臧远航拿着衣服，边穿边急匆匆从后院走了进来。

臧家梁连忙招呼道："远航，你要去上班吗？"

臧远航点点头："是啊，爸爸。"

臧家梁拍了拍旁边的沙发道："坐下来，我有点事情想和你商量一下。"

臧远航只好坐下了，但还是疑惑地问："什么事啊？"

臧家梁指了指二哥说："你二大呢，说他很想为码头做点实事，这次啊，他主要提出，要到北京打通年审的关节，我觉得可以试下，你看怎么样？"

臧远航想都没想，就一口回绝了："爸，这件事你不用说了，我是不会让二大去的！"

臧家梁语重心长地说："远航啊，你二大这次很有决心呢。以前我们对他，有许多误解。这次我生病躺在床上，想了很多事情，什么名利呀，地位呀，都是过眼云烟，只要身体健康，一家人和和气气过日子，就是最好不过的了。"

臧增福也附和道："是啊，是啊。"

臧远航却固执地说："爷爷、爸爸，你们不用再说了。总之，这次我是绝不会让二大去的。"

臧家栋原本就很不高兴，听了这话，立刻怒气冲冲道："你以为我想去啊？要不是看你准备拿十五万以及码头的半成股份给徐立秋，你以为我想去吗？"

臧增福、臧家梁闻言，都大吃一惊："啊，十五万？半成股份？"

臧家栋趁机痛心疾首地说："所以我才心痛啊！别说十五万、半成股份，你只要给我一半的钱，不，七万，我保证到北京疏通好所有关节，拉好所有关系。"

臧增福回过神来，直气得顿足捶胸，痛心疾首道："远航啊，码头是我们臧家的家族生意，你怎么能这样当儿戏，把股份交给另姓旁人呢？你让我怎么对得起九泉之下臧家的列祖列宗啊？"

臧家梁也生气地说："远航，你真是太让我失望了！当初把码头交给你，是想让你好好经营下去，就算不能发扬光大，也至少能保持现在的规模。你怎么可以轻易将半成股份拱手让人呢？真是'崽卖爷田不心疼'！还有那十五万，你交给谁不好，偏偏交给徐立秋！你到窑湾的老辈人那里打听打听，谁不知道，他是一个吃喝嫖赌抽五毒俱全的牛皮大王！"

臧远航耐心地解释道："爷爷、二大、爸爸，你们听我说。别看现在，码头表面上看起来风平浪静，事实上，我们正处于生死存亡的关键时刻。所以这次年审，并不是那么轻易可以通过的。"

臧家栋却不屑地说："你少给我来这套！什么关键时刻，那个牛皮大王不这样说，怎么骗你的十五万和半成股份呢？"

臧增福却疑惑地问："远航，你说的可是真的吗？"

臧远航重重地点头道："是的，爷爷。这次王志信和他的幕后黑手又出阴招了，比前几次更恶毒。他重金聘请徐立秋回来，准备和他一起到北京，去阻止我们通过年审，然后再把我们的执照抢过去。”

臧家梁不由大吃一惊，连声说：“怎么可以这样？怎么可以这样？我们臧家经营码头这么多年，从来没有在年审方面费过什么心思呀。”

臧远航沉声问：“爸爸，我正想问你呢，我们码头和北洋政府方面，以前联系密切吗？”

臧家梁沉思片刻道：“以前的联系，还是很密切的。陆市长是晚清举人，先后参加过兴中会、同盟会以及中华革命党，曾经和康有为、梁启超一起参加过公车上书，是维新派的主要人物之一，可惜1908年，因为支持沂河、骆马湖灾民抗缴湖税，被迫逃到了上海法租界，虽然后来还当选为江苏省第一届众议院议员，但是主要人脉都在上海、南京一带了，北京的战友基本都断了联系。就是你堂大爷臧家庆举人，曾任职邮传部主事，现在也退到宿迁钟吾书院，挂个股东的闲职，除了上海还有些人脉，北京也是一朝天子一朝臣了。还有就是吴俊锋的本家三叔吴光新了，他是段祺瑞的小舅子、皖系军阀的实权人物，可是袁世凯病逝后，他因为拥护段祺瑞，被任命为湖南督军，不久段祺瑞被黎元洪罢免，他即宣布岳州独立，现在听说又被急电北上讨伐张勋，早已经自顾不暇了。再加上前段时间，通州码头的郭正义因病去世。除此之外，我认识的那些朋友，大多是做生意的，和高层也说不上话啊。可以说，现在窑湾和北洋政府方面的联系，断得差不多了。”

臧增福忽然想起什么，试探着说：“我记得，文安和晚清恩科状元、曾经担任过农工商总长的张謇是挚友，家庆和晚清进士、曾经担任过邮传部右侍郎的沈云沛有过同门之谊，或许，可以请这两个人帮帮忙。”

臧家梁却摇摇头道：“此二人均是品性端正的君子，再加上他们信奉实业救国，一个回南通办厂了，一个回海州开矿了，现在是全国排名第一、第二的实业巨子，每天不知道有多少大事等着他们去做，我们怎么好拿这种小事去麻烦呢？所以说，我们窑湾在北京的人脉，现在是今非昔比啊。”

臧远航表情凝重地说：“是啊，爸爸，今非昔比了！现在那些做官的，不是看你是不是能经营好码头，也不是看你有多少条船，他们只讲钱、讲关系。谁送的钱多，谁手眼通天，谁就是最终的赢家！所以，我才被迫同意了徐立秋的无理要求。”

臧家梁点点头，但还是否定道：“可是，十五万和半成股份是一笔不小的数目。最主要的是交给那个牛皮大王，我还是不放心。万一事情办砸了，我们就什么都没有了，包括码头！”

臧远航却断然道：“爸，你不用再说了。开弓没有回头箭，我已经将全部的身家性命和码头命运，都押在他身上了，由此产生的一系列成败得失，全由我个人负责！”

臧家栋闻言，立刻跳起来怒吼：“你这是什么态度？你负全责？码头和臧家这么大的摊子，你负得起吗你？”

臧远航却再也不理他，而是霍地站起身来，转身就走！

臧家栋气得直跺脚：“败家子啊，败家子，难怪别人都叫你败家子，我看码头和臧家，早晚都会败在你手上！”

臧增福和臧家梁也不住地摇头叹气。

第65章　旧恨又添新仇

吴家大院门口，吴俊锋急得直跺脚，终于忍不住推开了门，径直走向父母的卧室！

没想到，卧室里却空无一人！

他不由大喜过望，立刻学着父亲的样子，从大衣柜里，先是拿出那个做工精美的首饰盒，从中找出一把钥匙，又从角落里，取出那只稍大的朱红色箱子打开！

顿时，吴家的所有房产田地、店铺契约等，全部呈现于眼前！

他用颤抖的手翻出“吴洪兴烟丝店”的合同，然后又将箱子、首饰盒按原样放好，这才关上柜子门，急匆匆走出了房间。

没想到，刚到客厅，却看到拄着拐杖的祖父迎面而来！

吴俊锋不由就是一愣！

吴宪生关心地问：“俊锋，今天怎么这么早就回了呀。”

吴俊锋连忙道：“我回来看看父亲的脚好点了没有。”

吴宪生摇摇："好什么好啊，早上起床才发现，脚脖子肿得又粗又大，这才去了济世堂。都去大半天了，应该快回来了。"

吴俊锋这才松了一口气，急忙道："那我就放心了，爷爷你好好休息，我去盐行啦。"

吴宪生慈爱地说："去吧。"

吴俊锋拿着契约，立刻出门坐上黑色轿车，直奔小蓬莱而去！

他刚走不久，吴光淮就在妻子的搀扶下，一瘸一拐地走了进来，边走边发牢骚："赵延成就帮我看了下脚脖子，就要了一个大洋，可真是抢钱啊。"

窦玉美责怪道："一块大洋还多啊？人家给你扎了针、敷了药，还放了大半盆脓血，那味道，冲得我都头晕！"

她边说边搀扶着丈夫走进卧室。

吴光淮一边哎哟哎哟地叫着，一边坐到床上。

与此同时，他的目光不经意间扫向了柜子，忽然像弹簧一样跳起来："谁动了我的柜子！"说完便顾不得脚脖子的疼痛，飞也似的扑了过去！

窦玉美望着好好的柜门，诧异地问："你怎么知道有人动过？"

吴光淮从地上捡起一块铜钱说："你看这个！我原本放在柜门边角上的，现在竟然落到地上了！"边说边迅速打开柜门，拿出首饰盒，取出小钥匙，打开朱红色木箱！

他只翻了几下，便立刻惊叫起来："糟糕，烟丝店的契约不见了！"然后竟然号啕大哭起来！

哭声先是引来了女儿，不一会儿，又引来了父亲。

吴宪生生气地说："我还没死呢，你号什么丧？"

吴光淮忽然想起什么，立刻停止大哭，泪水涟涟道："我能不哭嘛，烟丝店契约不见了，肯定是被人偷走了！"

吴宪生不由愣住了，随即喃喃自语道："完了！完……"最后一个了字还没说完，就见他两眼一直，然后就"扑通"一声，直挺挺地倒下了！

吴光淮见状，不由吃了一惊，连忙扑过来，撕心裂肺地喊道："爸爸……"

吴俊锋拿到契约后，也顾不得去找王志信了，迅速来到小蓬莱。

但是当他"噔噔噔"来到三楼时，却发现服务员正在收拾床铺。

吴俊锋不由一惊，连忙问："住在这里的人，现在搬到哪个房间啦？"

服务员立刻道："你说的是徐先生吧，他已经退房走了。"

吴俊锋立刻急了："快告诉我，他去哪儿了？"

服务员想了想说："我听说他已经订好了船票，好像是要回北京。"

吴俊锋不由惊叫一声“糟糕”，然后转身直往码头飞奔而去！

与此同时，运河码头上，一声悠长的汽笛声响起，一艘客船自南向北缓缓驶来，停靠在岸边。

臧远航和臧远方、臧远茹、徐佩芸等四人，一起送别徐立秋一行。

郑一飞的手中拎着个藤条箱，好似要外出一样。

徐立秋信誓旦旦地说：“臧老板，你放心，这次去北京，我一定会竭尽全力！你回去尽可以高枕无忧，就等我的好消息吧。”

臧远航握着他的手，诚恳道：“那就一切拜托了。这次我臧远航，可是把臧家全部的身家、码头的命运乃至我本人的性命，都押在你身上了！”

徐立秋拍着他的肩膀，郑重地说：“放心吧，我会让事实证明，你的选择是正确的！我徐立秋对天发誓，绝不会辜负你的殷切希望！”

臧远航这才略略放下心来，回头吩咐助手说：“一飞，你到了北京后，一切都要听徐先生的，他让你做什么，你就做什么。你对徐先生，要像对我，不，就像对我爸那样，知道吗？”

郑一飞连连点头道：“知道。”

徐佩芸也关心地说：“二叔，到了北京后，肯定还有好多麻烦，你一定要照顾好自己。”

徐立秋安慰道："你放心，佩芸，二叔这大半辈子，不是白混的。"

正在这时，客船的汽笛声再一次响起。

徐立秋抱拳告辞道："好了各位，我该上船了，你们都回去吧。"然后冲众人挥了挥手，便上了甲板。

臧远航的脸色，却是越来越严峻了！

与此同时，大运河堰上。

吴俊锋还在拼命地奔跑，但是刚跑到码头，就看到客船随着一声汽笛的长鸣，缓缓离开了！

他只能绝望地停住脚步，捂住累得上气不接下气的胸部，眼睁睁看着客船逐渐远离，并慢慢变小，最终凝结成一个黑点！

没想到臧远航他们，送走徐立秋了，回头正好看到他！

徐佩芸立刻迎上去，关切地问："俊锋，你怎么来了？"

吴俊锋只好苦笑道："我听说你二叔走了，想来送送他，没想到还是晚了。"

徐佩芸感激地说："我代二叔谢谢你。"

旁边的臧远航听了这话，却语带玄机地说："没关系，如果事情办妥，我还会请徐先生回来的，到时候你再送他也不迟！"说完，拂袖而去！

吴俊锋气得脸色发青。

但是他知道，自己这次，确实是棋慢了一步，也只能愿赌服输了！

只是让吴俊锋万万没想到的是，当他无精打采地回家时，却吃惊地看到，吴家大院内外，挂满了白幡、红幡，一时间哭声震天！

他的心不由一沉，回过神来，便疯也似的冲进院内，边冲边哭喊道："爸爸！爸爸！"

此时，院内已经搭上了灵堂。

吴光淮拿着孝棍，趴在灵堂前，哭得满脸是泪。

吴俊锋立刻明白了什么，当即瘫倒在灵前，大声哭喊道："爷爷！"

吴光淮边哭边说："你爷爷被气死了，烟丝店的契约书被人偷走了！完了！完了，一切都完了，我愧对吴家的列祖列宗啊！"

吴俊锋闻言，心里不由一惊，连忙悄悄摸了摸胸前的烟丝店契约书，准备找个机会，放回到父母卧室。

与此同时，他也在心里赌咒发誓："真是旧恨又添新仇！不拿下臧家码头，我绝不善罢甘休！"

好在吴宪生虽然去世得有些突然，但毕竟年事已高，且已卧床多日，再加上他一辈子为人厚道、讲义气，所以外人倒也认为是正常死亡。

吴家大院后院吴光淮夫妇俩卧室内，吴俊锋就找了个机会，把烟丝店契约书，悄悄放回了大衣柜底下。

不几日，窦玉美打扫房间卫生，就很轻易地找到了。

吴光淮以为是自己不小心搞掉的，倒也没有多想，真是很后悔自己之前大呼小叫，把父亲活活气死了。

虽然有关吴洪兴烟丝店的风波，就这样过去了，但是在吴俊锋的心里，臧吴两家的仇恨，却因此结得更深了！

第66章　还有别的路可走吗

中宁街上，臧远胜低着头，百无聊赖地走着。

忽然，他看到陆慧珊正站在一家丝袜店里，精神不由一振，立刻走到拐角处，眼睛一眨不眨地看着她。

此时的丝袜店内，陆慧珊正在一边看袜子一边问："老板，有没有洋纱丝袜？"

老板连声道："有有有！洋纱袜、棉纱袜、丝线袜等，北京、上海有的品种，我们店里都有。"

陆慧珊由衷地说："那你们店还是挺厉害的。"

老板自豪道："那是当然。不是我吹牛，窑湾三十八家有织袜机的，只有我们店里的丝袜品种最齐全、款式最新颖。"

陆慧珊爽快地说："那我先买十双。"

老板立刻眉开眼笑道："好哩。"

陆慧珊付了钱，便拿着丝袜走出店铺。

不经意间，她双眼的余光就看到了拐角处一个熟悉的人影，唇边不由掠过一丝讥笑。

臧远胜自知被发现了，吓得连忙把头缩了回去。

陆慧珊居高临下地喊道："臧远胜，你鬼鬼祟祟地在那边做什么？"

臧远胜犹豫了一下，只好走出来，不好意思地搔搔头，小声咕哝着："什么叫鬼鬼祟祟啊，不要说得这么难听嘛。"

陆慧珊质问道："说，为什么要跟踪我？"

臧远胜连连摇头道："误会，纯粹是误会！我不是有意要跟踪你，我的鸟被你撞飞了，我没事做嘛，当然很无聊了，就随便在街上溜达了，没想到遇到你了。"

陆慧珊听了这话，越发生气了，把眼一瞪，蛮横道："这么说，是你无聊了才跟踪我？你当我是什么，我又不是你的鸟！"

臧远胜有点摸不着她这话中的意思，只好弱弱地说："慧珊，你能不能对我不要这样凶？你知道不知道，你这样凶，我心里会很难受的！"

陆慧珊为了配合他的话，索性双手叉腰，理直气壮道："你这话说得有些好笑了。我又不是你什么人，有义务让你心里好受吗？"

臧远胜急忙摆手，同时一迭声地说："没有，没有，那倒没有！"

陆慧珊这才冷哼一声，看都不再看他一眼，头也不回地转身就走！

臧远胜望着她的背影，苦着脸站在原地，想去追吧，又不敢！

臧家大院后院二房小院内，臧远胜耷拉着脑袋往里走，却看到父母亲正坐在院内喝茶。

他立刻下意识地加快了脚步，想要溜进自己的房间。

没想到，此时臧家栋已经看到他了，立刻大声喊道："站住！"

臧远胜只好下意识地停住了脚步。

臧家栋又喊："过来。"

臧远胜只好又心不甘情不愿地过来了，同时没精打采地说："什么事啊？"

臧家栋没好气地问："你刚才去哪里了？是不是又去遛鸟了？"

臧远胜连忙摇头否认："我没有。再说了，我现在早就不喜欢遛鸟了。"

臧家栋用手指点着儿子，恨铁不成钢地说："你看你那点出息？不遛鸟你就不能做点正事？现在整个臧家，都在为码头年审的事情担忧着，就你成天没事人一样，吃了睡，睡了玩，玩了吃，你到底是谁的儿子啊？怎么一点都没有上进心？"

臧远胜翻了翻白眼，嬉皮笑脸地说："我是谁的儿子我怎么知道，这事你得问我妈去。"

庄淑环立刻涨红了脸，愠怒道：“你这孩子，有你这样和爸妈说话的吗？”

臧远胜低下头，又不吭声了。

臧家栋怒气冲冲地说：“你看你那个窝囊相，站没站相、坐没坐相，你要是有人家远航一半能干，我也就省心了。”

臧远胜不以为然道：“我才不想能干呢，你看我现在多轻松啊，吃得香睡得熟。哪里像远航，整天为码头的事情忙得焦头烂额的，对外要随时提防王志信使坏，对内又担心你整天找碴儿……”

臧家栋再也听不下去了，猛地将手中的茶杯“啪”地往桌上一拍，冲妻子恼羞成怒地大吼道：“哎呀，你看你养的好儿子，真是气死我了，气死我了！我整天找碴儿，还不是为了能给他多挣些家业，你看他可好，他可好！”

臧家大院客厅内，臧家人正在围桌吃饭，个个都是一副心事重重的样子。

臧家梁刚端起碗，就担忧地问儿子：“远航，徐立秋回北京已经七天了，怎么好像断了线的风筝似的，电报也不发、电话也不打，音讯全无啊。”

臧远航尽管也很不安，但还是安慰父亲说：“爸，你就放心吧。徐立秋毕竟在北京混迹那么多年，如果没有点真本事，王志信和其幕后黑手，也不会重金聘请他帮忙的。”

臧家梁眉头一皱，忽然说："可是，如果他并没有什么真本事，而是王志信故意放给我们的烟幕，目的就是掏空我们码头呢？"

听了这话，所有人都愣住了。

臧远航也立刻脸色大变，但是还强作镇静道："放心吧，爸爸。之前徐立秋曾经详细和我说过这次计划，他做得非常周密，相信七个月后，我们码头一定能通过年审的。"

臧家栋闻言，不由冷哼一声，神情颇为不屑。

邮电局内，臧远茹和臧远航焦急地等候在窗口，并不时地向电报室内张望着。

但是，里面电报员在飞快地忙碌着，根本都没有看他们!

臧远茹急得直跺脚："怎么还不回？怎么还不回？"

臧远航安慰道："再等等，再等等。"

好在他话音刚落，里面的电报员忽然喊道："臧先生，你的电报。"

臧远茹立刻兴奋地说："终于回复了。"

臧远航迅速扑到窗口，接过电报便飞快展开了，只见上面写着："我到北京后，年审工作进展顺利，只是现在北洋政府方面，人事变幻莫测，所以想要顺利通过年审，仍需等待一些时日，切勿心急！"

他读完后，便挥着电报，兴奋地说：“有了这封电报，就说明徐立秋是真的在做事，我们不用担心了。”

臧远茹抢过电报，飞快地扫了一遍，却疑惑道：“可是，远航，这封电报虽然语气很好，里面却并没有确切提到，我们什么时候可以过年审呀。”

臧远航闻言，眼里不由闪过一丝惊慌，但还是强自镇静地说：“大姐，就算你不相信徐立秋，也要相信我呀！我相信自己的这步棋并没有走错！”

臧远茹只好半信半疑地点点头，仍有所保留道：“噢，我知道了。”

码头管理处总经理办公室内，臧远航又将那封电报拿出来，仔细读了一遍，眉头更紧地皱成了一团！

他深深地叹了口气，又叹了一口气，犹豫了一下，还是拿起电话，连拨了几个号码。

三益甜油坊总经理办公室内，徐佩芸正在噼里啪啦地打着算盘。

忽然，电话铃响了。

她立刻拿起电话，习惯性地说：“喂，你好！”随即眉头一皱道，“远航？”

大运河堰上，徐佩芸和臧远航肩并肩走着。

很快，他们来到那棵粗大的银杏树下站定。

此是正值盛夏时节，绿荫如盖。

臧远航歉然道："对不起，佩芸，我知道自己不该再找你，但是我真的很苦恼。现在我把整个臧家的身家、码头的命运甚至我个人的性命，都交到你二叔手里了，我压力真的好大。一方面，我不断地质疑自己的决定是否正确；另一方面，我还得装作没事人一样地安慰爷爷奶奶、爸爸妈妈、二大二大娘甚至一切对这件事情产生怀疑的人。但是并没有任何人，可以为我分担忧愁。所以这段时间，我感觉自己好累好累啊。"

徐佩芸却轻描淡写地说："那么你以为，除了将码头和臧家命运押在我二叔身上，你还有别的路可走吗？"

臧远航沉吟片刻，坚定地摇摇头说："无路可走！虽然臧家及窑湾商人在上海方面，好像还有些人脉，但是和北京方面的，特别是官方的，以前的人脉走的走、亡的亡，真的已经没有什么交情了。王志信就是看透了这一点，所以才会高薪聘请你二叔，来对付我们的。"

徐佩芸点点头："这不就结了？既然无路可走，你还有什么必要质疑自己的决定呢？至于别人的质疑，就更不要放在心上了。如果他们比你聪明、有魄力，现在这个码头当家，也轮不到你！"

臧远航听了这话，刚才脸上的愁云，竟然一扫而光，诚恳地说："佩芸，谢谢你，真的太谢谢你了。我想起你以前说的话：'既然窑湾的先人们，能在废墟上重建家园。那么，只要我们足够努力、足够坚强，也一定能达到自己想要的目的！'"

徐佩芸立刻接话道："是不是就像大运河水一样，无论流经高山平原还是激流险滩，总能浩浩荡荡，直奔吴语江南呢！"最后一句，几乎是唱出来的。

两人不由相视而笑。

臧远航望着她美丽而坦然的脸，不禁热烈而深情地说："佩芸，其实我……"

徐佩芸刻意避开他的目光，犹豫了一下，还是说："远航，我知道你压力很大，也很想找人倾诉，但是我不想让俊锋再误会了。所以以后，你如果没有很特别的事情，就不要再来找我了。"

臧远航不由一呆，随即羞愧道："对不起，好的。"

徐佩芸淡淡地说："那就这样吧，我还有事，先走了。"说完，转身就走！

臧远航呆呆地望着她纤瘦的身影，好半天才回过神来，却也只能轻轻地叹了一口气。

第67章　又拿五万

码头管理处会议室内，臧远航正在主持会议。

臧家栋、臧远胜、臧增年坐在一边。臧远茹坐在另一边。

臧远航表情严肃地说：“今天开会，主要是……”

没想到正在这时，只听“呼啦”一下，门被人从外面粗暴地推开了。

与此同时，臧远方一头闯进来说：“一飞发来电报了！”

臧远航立刻来了精神，急切地问：“一飞在电报里说什么了？”

臧远方犹豫了一下，还是扬了扬电报，郁闷地说：“你自己看吧。”

臧远航立刻接过电报，同时不自觉地念出声来：“徐立秋到北京后，首先买了一幢豪华别墅，然后又买了辆名牌福特轿车，还经常会带一些时髦女明星过夜。与此同时，他还需要供养大量司机、跟班、用人等。不到半个月时间，杂七杂八加起来，十五万已经花掉了三万六千块。可是，我从来没有看到他做过任何一件和码头年审有关的事情，也没有接触任何政府官员。另外，我已经打听到了，本来负责年审并签发营业执照的原水利部部长，已经被打入另册，现在这个职位，仍然空缺着。但是徐立秋好像并不把这件事情放在心上似的，我每天只能干着急。”

听到这里，偌大的会议室，立刻陷入了死一般的安静！

臧远航眉头一皱，又拿起之前徐立秋发的那份电报，同时念起来：“‘年审工作进展顺利。’”然后再对照郑一飞的电报，“‘但是徐立秋好像并不把这件事情放在心上似的，我每天只能干着急。’”

看到这里，他脸色阴沉得像是要拧出水来，忽然烦躁地将两封电报，一起扔到了会议桌上，一字一地说：“简直就是乱弹琴！”

因为用力太猛，两封电报飘飘扬扬地落到了地上。

臧家栋将两份电报捡起来，对比着看了看，立刻阴阳怪气道：“真是可笑！直到现在，连由谁年审都还没搞清楚，就买房买车、包养女明星，花天酒地的。”然后冷着脸质问侄子，“你认为你信任的这个‘牛皮大王’，他到底想要耍什么花样呢？”

臧远航沉思了一会儿，还是强自镇静地说：“想想也是，他刚到北京半个月，新水利部部长上任也是一件大事，总得一步步慢慢来才是啊。至于私生活嘛，我们无权干涉。”说到这里，顿了一下，然后安慰大家，更像自我安慰道，“没事的，一定会没事的！

我们码头实力那么雄厚，臧家历来清清白白做人、本本分分做事，老天爷一定会眷顾我们的。码头不会倒、臧家不会垮、我臧远航也一定要赢得这场没有硝烟的战争！”

臧家栋冷哼一声，讥刺道：“总之，你是说过的。如果这次年审过不了，你是要负全责的。到时候，我倒要看看你会怎么负这个全责！”说到这里，不由抬高了声调，“不过我还是那句话，这个责任，你负得起吗你？”

北京徐公馆，是一栋崭新的三层欧式洋房，不但花园游泳池一应俱全，里面的装饰也气派非凡。

此时，徐立秋正悠然地坐在客厅的高级真皮椅上，在他前面，还整齐地站着六个身着黑色西装、戴着墨镜的跟班。

林辉递上一份文件，同时汇报说：“徐先生，这是你要的有可能做到水利部部长的所有候选人名单。”

徐立秋接过后，随手翻了一下问：“你们说，这三十二人，以后有谁会负责码头年审呢？”

林辉摇摇头说：“别说我们不知道，他们自己也未必知道。”

其余人也纷纷摇头，齐声附和道：“是啊，是啊。”

徐立秋沉吟片刻，大手一挥，厉声说：“那就暂时不管到底谁会坐上水利部部长的位置了。你们先去给我查一查，这三十二人的底细，比如他们是什么样的脾气性格和兴趣爱好？家里都有什么人？外面有没有欠债？有哪些情人、朋友什么的，等等等等。全部都给我查清楚，一个都不能落下，花多少钱都无所谓，听到没有！”

跟班们异口同声地说：“听到了。”

徐立秋面色一沉，厉声呵斥道：“听到了还不快去！”

跟班们立刻一哄而散。

夜幕时分，位于东长安街红砖楼房内的北京饭店，正是一天中最兴旺繁华的时候。远远望去，只见店内装潢考究，灯火璀璨，笙歌不断。

无数京城达官贵人和国际友人们，身着西装革履，挽着衣香鬓影的女伴，迈着轻快高傲的步伐，随着人流进出饭店，好一派歌舞升平的新气象。

此时二楼的某个包间内，徐立秋和跟班们，正在兴致勃勃地撕着香喷喷的北京烤鸭，一个个吃得红光满面的。

正在这时，郑一飞急急忙忙跑进来。

因为走惯了大运河堰坚实的土地，所以他很不习惯室内铺设豪华的波斯地毯，走到了门口，竟然因为地上太软，差点儿跌倒。

引得桌边的跟班们，不由哄堂大笑起来。

郑一飞倒还算镇定，立刻抓住门框稳住了身子，同时仍然上气不接下气地喊道：“徐先生、徐先生。”

徐立秋立刻热情地招呼道："一飞啊，我们都等了你好半天了，怎么才回来？"

郑一飞急切地说："徐先生，我刚……"

徐立秋仿佛没有听到他的话一般，用手指着桌上的一盘烤鸭，眉飞色舞地介绍说，"这是京城名气最大的全聚德烤鸭。据传，烤鸭起源于南北朝时期，明成祖朱棣就特别爱吃南京烤鸭。他迁都北京后，顺便也带来了不少南京烤鸭的高手。"

郑一飞哪有心情听这些，急得直跺脚。

徐立秋却像没看到一般，继续说："后来御厨们为了讨好他，就研制了叉烧烤鸭，其中尤以全聚德为代表。全聚德的烤鸭，不仅选用填喂方法育肥的优质白鸭，更以果木炭火烤制，色泽红润，肉质肥而不腻，外脆里嫩，味道醇厚，简直就是名副其实的天下第一美味啊。"说到这里，便用力撕下一只鸭腿递过来，同时热情地说，"来，坐下好好尝尝吧。"

郑一飞只好无奈地接过鸭腿，但是并没有吃，而是拿在手里。

然后他小心翼翼地说："徐先生，我刚刚听到消息，说是原财务部部长，向总理推荐自己的小舅子，他小舅子原先就是个投机倒把的商人。依你看来，他小舅子的机会大吗？"

徐立秋见对方没吃鸭腿，脸色便有些不满了，于是转头继续吃。

他听到这里，便很不耐烦地说了一句半生不熟的北京土话：

“大他丫个舅子的！”然后又给他倒了一壶酒，并满脸堆笑道，“来，喝杯酒吧。你知道吗？这是北京著名的二锅头，喝二锅头就像喝豆汁一样，是体现北京韵味的一种表现。老北京人在品尝小吃时，比如卤煮火烧、爆肚、白水羊头等时，常常饮用二锅头来助兴提味。并且在冬天吃饺子时，也喜欢喝二锅头，俗话说，‘饺子配酒，越喝越有’嘛，哈哈哈。”边说边满满地斟了大半杯，亲热地说，“你好不容易来一趟，一定要好好尝尝这些驰名全国的北京特产哦。”

郑一飞见他说得滔滔不绝，看上去兴致盎然的，只好将涌到嘴边的话，强行咽了下去，被迫无奈地接过了酒杯。

徐立秋见状，便更加热情地招呼道：“还站着干什么，来来来，坐坐坐。”边说边又开始大吃大喝起来。

郑一飞见状，再也忍不住了，索性将鸭腿和酒杯放回桌子，郁闷地说：“对不起，现在码头年审一点头绪都没有，我什么都吃不下。”说完，便转身想要走开。

徐立秋脸上的笑容，瞬间就消失了，冷冷地看了他一眼，忽然漫不经心地吩咐道：“噢，对了，一飞，你替我拍封电报去窑湾，叫臧老板派人送五万块钱过来，我现在急需要用。”

郑一飞听到这话，脚步立刻就僵住了，终于控制不住自己的情绪了，回头激动地说：“又要拿五万？我们来北京都不到一个月，已经花了十一万八千块了，并且，没有一分钱是用在码头年审上面的。你现在又要拿五万？你、你、你也太过分了吧？我是绝不会拍这个电报的！”

徐立秋闻言，脸色立刻一沉，“啪”地将筷子拍在桌子上，然后霍地站起身来，将挡住路的郑一飞，粗暴地往旁边一推，径直摔门而去！

跟班们同时站起身，立刻跟了上去！

郑一飞痛苦地闭上眼睛，猛地扇了自己一个耳光，连忙拔腿追了上去。

《运河码头》主要人物关系图

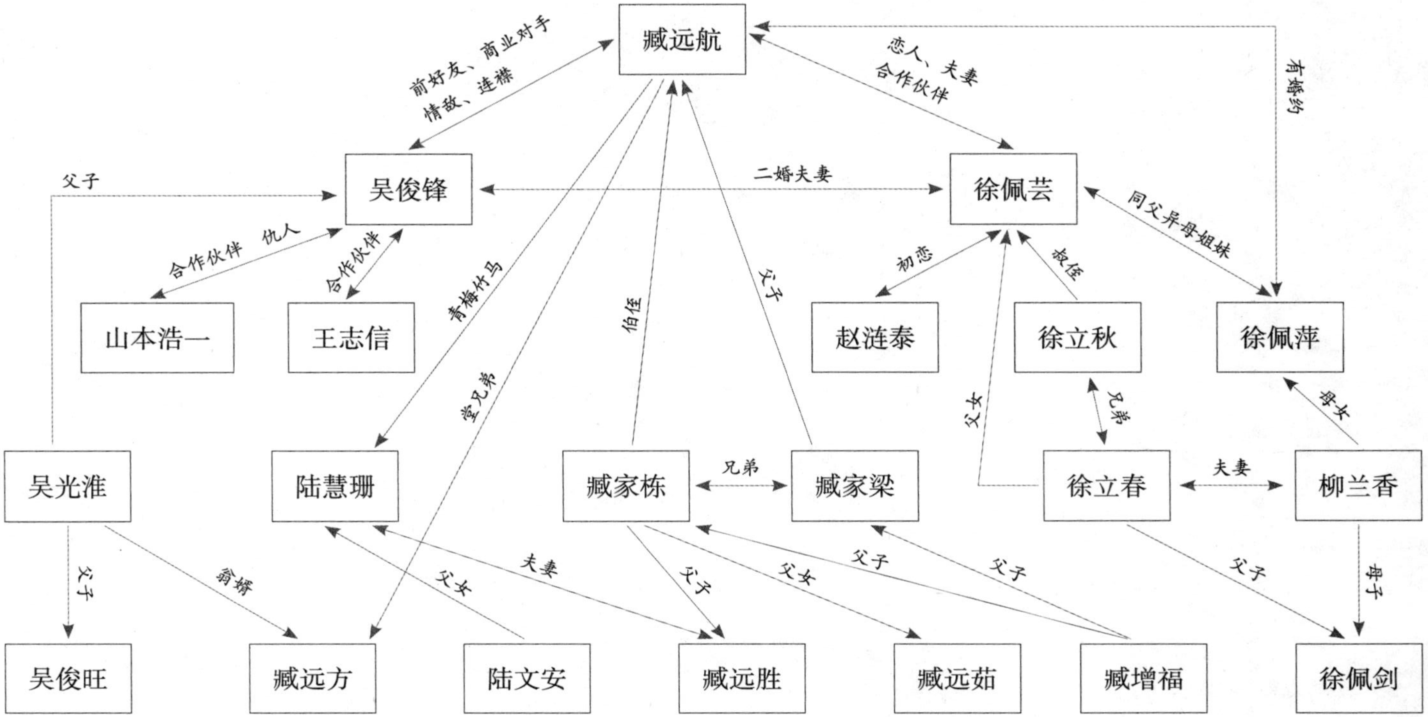

运河码头

第二部

【内忧外患】

下

房忆雪 著

新世界出版社
NEW WORLD PRESS

图书在版编目（CIP）数据

运河码头. 第一部. 下，内忧外患 / 房忆雪著. --
北京 : 新世界出版社，2019.9
ISBN 978-7-5104-6879-7

Ⅰ. ①运… Ⅱ. ①房… Ⅲ. ①长篇小说—中国—当代
Ⅳ. ①I247.5

中国版本图书馆CIP数据核字(2019)第181456号

运河码头. 第一部. 下，内忧外患

作　　者：房忆雪
策划编辑：张铁成
责任编辑：张晓翠
责任印制：王宝根
出版发行：新世界出版社
社　　址：北京西城区百万庄大街24号（100037）
发 行 部：（010）6899 5968　（010）6899 8733（传真）
总 编 室：（010）6899 5424　（010）6832 6679（传真）
http：//www.nwp.cn
http：//www.nwp.com.cn
版 权 部：+8610 6899 6306
版权部电子信箱：nwpcd@sina.com
印　　刷：三河市金元印装有限公司
经　　销：新华书店
开　　本：880mm×1230mm　1/32
字　　数：316千字　印张：16.25
版　　次：2019年9月第1版　2019年9月第1次印刷
书　　号：ISBN 978-7-5104-6879-7
定　　价：98.00元

目录

目录

第1章　你不走我走

夜半时分，北京徐公馆二楼卧室内，徐立秋面色冷峻地站在床边，几个跟班正在收拾行李。

林辉拉好一只行李箱，疑惑地问：“徐先生，我们是不是真的要走？”

徐立秋不耐烦地说：“叫你收拾你就收拾，问那么多废话做什么！”

正在这时，就看到郑一飞惊慌失措地跑上来，他一见室内空荡荡的情景，不由就呆住了。

徐立秋轻蔑地瞥了他一眼，便高傲地昂起了头！

郑一飞诧异地问：“徐先生，你们在做什么？”

徐立秋冷冷地说：“与你没有关系！”

此时，跟班们已经陆续将行李放在了各式行李箱中，提起来就要往外走。

郑一飞不由吃了一惊，连忙拦住他们说：“徐先生，你们为什么要走？”

徐立秋一伸胳膊，粗暴地将他往旁边一推，厉声道：“走开！”

说完，一行人便头也不回地摔门而出。

郑一飞回过神来，连忙追了上去。

徐立秋一行，“噔噔噔”下了楼梯，很快就来到了一楼。

郑一飞急忙追上来拦住他，用哀求的口气说：“徐先生，码头的年审还没有通过，你可千万不能就这样走了啊。”

徐立秋冷冷地瞪了他一眼，没好气地问：“那你说说，没有钱怎么去打通年审关节？那些官老爷，就算我伸头给人家弹，人家还懒得亲自动手呢。”

说完，作势又要走。

郑一飞连忙又去拦，同时急不择言道：“可是，你已经花了臧老板那么多钱，怎么能说走就走呢？”

徐立秋闻言，目光不由一寒，语气凌厉地说：“你一提到臧老板，我就想起来了！当初在窑湾，臧老板是怎么和你说的？现在你敢再重复一遍吗？”

郑一飞不由一怔，回过神来，只好沮丧道：“臧老板说，到北京后，我对你就要像对他和臧会长一样。”

徐立秋听了这话，立刻得理不让人，语气更加严厉起来：“这是前半句，还有后半句呢？”

郑一飞顿感委屈，声音低得像蚊子，甚至都带着哭腔了："他、他还说，无论你叫我做什么，我就做什么。"

徐立秋生气地瞪了他一眼，暴跳如雷道："那你说说，你有没有按照臧老板说的那样去做！"

胆小的郑一飞，立刻被吓得一个哆嗦，胆怯地望着他，小心翼翼地说："那，我马上去打电报，让臧老板准备五……"

徐立秋却冷哼一声，态度强硬地说："已经不用了！"然后转头道，"林辉，你去打。"

林辉立刻领命而去。

郑一飞顿感气短，不由低三下四地讨好道："对不起，徐先生。以后你再需要我做什么，我一定去做！"

徐立秋却毫不客气地说："还需要你做个屁！我一分钟都不想再看到你，你马上给我滚回窑湾！"

说完这话，气哼哼地一屁股坐在沙发上。

郑一飞吓了一跳，立刻焦急地跟过去，几近哀求道："徐先生，臧老板是让我来这里帮你的。现在码头年审还没有通过，我可不能走啊！"

徐立秋却阴冷着脸，不耐烦地说："像你这么没有眼色的人，跟着我只能妨碍我施展手脚做事！"

郑一飞立刻着急起来，一迭声地说："徐先生，你虽然很能干，可是毕竟对我们运河码头上的事情并不熟悉。如果你把我留在身边，等码头年审的时候，那些当官的问起码头的事情，你不知道怎么回答，还有我呢，我知道的呀。以前，我是臧会长最得力的助手；现在，我又是臧老板最倚重的……”

徐立秋几乎是咆哮了，非常蛮横地说：“你不必再说了！真是太幼稚了！那些当官的怎么会问运河码头上的事！他们要的就是钱、钱、钱，你到底明不明白啊？”

郑一飞又羞又气，委屈得几乎哭出声来了：“徐先生，我都是三十多岁的人了，我不幼稚，真的一点都不幼稚啊，我很成熟很理智的。只要让我留在你身边，以后你让我做什么我就做什么，我再也不多问一个字，多说一句话了，好不好？”

没想到，徐立秋不但没有任何心软，反而霍地站起来，恶狠狠地剜了他一眼，咬牙切齿地说：“现在，我只问一句话，你到底走不走？”

郑一飞可怜巴巴地恳求道：“徐先生，请不要让我走。”

徐立秋厌恶地挥了挥手，一字一顿地说：“既然你不走，那就我走！”

郑一飞知道事情已经无法挽回了，只好绝望道：“好吧，我走。”说完，头也不回地冲出门去。

这一趟北京之行，对他来说，实在屈辱！

刚吃过午饭，码头管理处大办公室内，职员们像往常一样，正在有条不紊地忙碌着。

郑一飞提着藤条箱，垂头丧气地走进来。

职员们见到他，都吃了一惊。

臧远方更是诧异，急忙问道："一飞，码头年审还没有办好，你怎么就回来了？"

郑一飞郁闷地说："一言难尽。"然后沮丧地问，"老板呢？"

臧远方尽管满腹疑惑，但还是说："在他自己办公室。"

郑一飞长长吸了一口气，立刻脚步沉重地走上了楼梯。

臧远方和臧远茹互相望望，也急忙跟了上去。

码头管理处总经理办公室内，臧远航正坐在桌前，紧皱眉头看着一份电报，只见上面赫然写着："为尽快通过年审，请速汇五万，急！"

郑一飞推门进来时，后面跟上来的臧远方和臧远茹也到了。

臧远航抬头看到他们，不由大吃一惊，猛地站起来，急切地问："一飞？你怎么回来了？"

郑一飞万分委屈地说："我也不想回来，是徐立秋把我赶回来的。"

臧远航闻言，眉头一皱问："赶你回来？为什么？"

郑一飞听了这话，情绪便有些激动了，一向待人温和的他，不由语气愠怒道："我真不知道那个徐立秋到底在耍什么花样！他拿了我们那么多钱，刚到北京就买房、买车，成天带着一帮人吃喝玩乐，简直花钱如流水，却没有做一件和我们码头年审有关的事情！"

臧远方闻言，不由担忧地说：“远航，徐立秋对我们码头一点都不了解，现在又把一飞给赶回来了。他是不是只是为了骗我们的钱，并不会为我们码头年审尽力啊？”

臧远茹想了想道：“不如，我们拍封电报去北京，直接问问他到底想怎么样吧。”

臧远航激烈思考了片刻，却摇摇头说：“不行，‘开弓没有回头箭’！现在我们与北洋政府方面的所有人脉关系都已经没有了。王志信和他的幕后黑手，肯定不会就此罢休，还不知道要出什么幺蛾子呢，所以我们一点都不能放松警惕。码头年审这件事，除了徐立秋这条路，我们已经无路可走了。”

说到这里，他像是安慰别人，又是自我安慰道：“再说了，他是我们码头派驻北京的代表，代表的是我们码头和窑湾的脸面，待人接物什么的，确实不能有半点寒酸。否则，会让北洋政府方面看不起的，看不起他就是看不起我们，看不起我们，又怎么让我们通过年审呢？所以，宁愿我们码头这边压缩开支，也要保证他在北京大大方方、体体面面地出入。”

臧远茹和臧远方互相看了一眼，都是满脸担忧。

臧远茹忍不住提醒道：“可是远航，我们码头现在的流动资金已经非常紧张了。”

臧远航立刻道：“事不宜迟！你马上通知所有股东和高级职员开会。”

第2章　讲排场是要花钱的

码头管理处会议室内，臧远航正在主持会议。

臧家栋、臧远胜、臧增年等人坐在会议桌一边。

臧远方、臧远茹、郑一飞等人坐在会议桌另一边。

臧远航表情凝重地扫了大家一眼，这才缓缓地说："我们派人到北京负责码头年审的事，相信大家都已经知道了。这次如果年审通不过，拿不到新执照，我们码头就得倒闭。可以说，现在正是码头生死存亡的关键时刻。为了打通北京方面的关节，现在急需大笔现金。非常时期非常对待，从这个月起，所有股东和高级职员的工资，只发六成。"

所有人听了这话，都面面相觑！

臧家栋脸色骤变，回过神来，霍地站起来，同时"啪"地一拍桌子，气急败坏道："怎么可以这样做？臧远航，我早就警告过你了，不要相信那个牛皮大王、不要相信那个牛皮大王！你偏偏把我的话当成放屁！现在好了，他拿着码头的钱，在北京整日花天酒地的，你不但不制止，还把主意打到我们头上来了！我告诉你，门都没有！”

臧增年也附和道：“远航，你不要怪四爷爷我说破头话，你这样做，不但你二大不服气，恐怕还会有不少人不服气的吧。”

臧远航却冷静地回答：“这事我已经决定了，谁不服气的话，可以直接来找我！”然后语带讥刺地说，“码头红火时，你们领那么高的薪水，从来就没有哪个人嫌多过。现在码头遇到了麻烦，让你们少领点薪水，就有人说三道四了？如果谁不服气，不愿意少领薪水，可以直接去会计部结工资走人！”

说完这话，他倏地伸出左手，直指门口。

听了这话，所有人都愣住了。

臧家栋当即恼羞成怒，生气地一挥手，就径直向门口走去！

臧远方焦急地喊道：“二叔。”

臧远航却冷笑一声道：“由他去吧！如果码头渡不过这个难关，无论你怎么叫，他都不会回来的；如果渡过了，保准他回头比任何人都快！”

臧远茹和臧远胜两姐弟不由对望一眼，十分尴尬。

臧远航平静了一下情绪，态度坚决地说：“我身为码头当家，理应带好这个头。以后我的工资以及臧家的所有家用，全都减少一半。”然后转向堂姐说，“大姐，码头以后的日常开支，哪怕小到一支铅笔，都必须由你批准，你一定要给我把好这个关。”

臧远茹点点头：“好的，你放心吧。”

臧远航又转向堂哥：“大哥，我们筹够钱后，由你送到北京给徐立秋。”

臧远方虽然很不情愿，但犹豫了一下，还是说：“好吧。”

吴家大院客厅内，窦玉美母女正在吃熟花生。

吴光淮却坐在一旁，不住地唉声叹气。

窦玉美看了丈夫一眼，关切地问：“怎么又不高兴了？”

吴光淮抚了抚胸口，叹了一口气道：“我这心里头，堵得慌啊。要不是我大呼小叫的，说烟丝店契约丢了，我爸也不会走的啊。”

窦玉美安慰说：“常言道，‘人生七十古来稀’，爸都七十五岁的人了，身体又一直不好，没受什么罪就走了，也是他的福分。再说了，烟丝店的契约也找到了，一切都是天意，你也别太难过了，想开一点吧。”

吴光淮想了想也是，脸色这才稍微好看了一些。

与此同时，他眼珠不经意这么一转，忽然就命令女儿说：“等下吃完了，花生壳可不能倒掉，要留好了。”

吴俊莹不满地说：“爸，这壳留着做什么，又不能吃。”

窦玉美笑眯眯地说：“你爸的意思是，留着烧火，变成草木灰，又可以做肥料了。”

吴光淮立刻竖起大拇指，夸奖道：“还是你会持家过日子。”然后冲女儿说，“你以后得好好向你妈学学。”

吴俊莹不以为然地翻了翻白眼，正想说什么，忽然就看到二哥带着几个伙计，提着大包小包的礼物走进来，礼物上还扎着各式红绸，包着红包。

与此同时，吴光淮也看到了，眼睛立刻瞪得老大，嘴唇忍不住一阵抽搐，霍地站起身来！

窦玉美母女连忙走上前去，好奇地打开礼物，只见各类首饰琳琅满目，不禁啧啧称赞。

吴光淮却苦着脸说：“俊锋哪，你准备这么多聘礼，你真的准备给那个疯婆子一座金山银山啊？”

吴俊锋连忙安慰道：“爸，现在的婚礼都很讲究排场的。我们吴家是窑湾有名的吴半街，更是响当当的首富，如果聘礼还不如一般人家，岂不是要让别人笑掉大牙吗？你的脸上也无光呀。”

窦玉美笑逐颜开地说：“是啊，是啊，自从俊莹的满月酒之后，吴家已经十七年没有办过喜事了。这次啊，我们一定要排排场场，不能叫别人看低，更不能叫未来的亲家看低。”

吴俊莹也附和道：“就是嘛。”

吴光淮却痛心疾首地说：“排场、排场，你们知不知道，讲排场是要花钱的啊。”

吴俊锋不想再继续这个话题了，而是递上几张纸，讨好地说：“爸，这是我前几天拟定的聘礼礼单，你过目一下。”

吴光淮接过后连忙念道：“七锣八鼓的班子，都是徐州最出名的角儿，一色的柳琴戏唱腔，预备了七天的戏，出出不同，都是喜庆的段子；炮仗从大串子爆竹到五彩礼花都有，最大的一朵是龙凤呈祥、喜祥如意的字儿……”读到这里，他脸色骤变，再也读不下去了，而是将礼单“啪”地往桌上一拍，气急败坏道，“不看了，不看了，都是要钱的啊，看得这样那样花得我肉疼，真是条条蛇都咬人啊。”

吴俊锋耐心解释道：“爸，虽然钱是花多了点儿，但烟花店的丁老板说，他家的烟花，可以升到十层楼那样的高空中开放，连四五里外的草桥都看得见呢。”

吴光淮却没好气地抢白道：“你娶的不过是徐家的俗世姑娘，又不是娶天上嫦娥，要放到十层楼的天空中做什么？想请玉皇大帝和王母娘娘来喝你喜酒啊？”

吴俊锋被噎得一愣一愣的，好半天都没说出话来。

吴俊莹则忍不住，“扑哧”一下笑出了声！

吴家大院内，在锣鼓喧天声中，一群穿红挂绿的人，抬着各式各样的大红聘礼，在媒婆小白鞋的带领下，吹吹打打走了出来。

沿途大街上，早就挤满了看热闹的人。

送聘礼的队伍一路吹吹打打，绕了大半个窑湾，喜气洋洋地进入了徐家。

一时间，琳琅满目的聘礼，便把偌大的徐家大院，挤得满满当当的。

早就等候多时的徐立春，穿着一新迎出门，不停地拱手作揖，打点红包，直笑得合不拢嘴。

当天晚上，徐家大院客厅里摆满了大堆小堆的聘礼。

徐立春夫妇既开心，又为两个女儿担忧。

大女儿的表情倒是非常平静，但小女儿的神色却很是酸楚，只有小儿子在聘礼间蹦蹦跳跳，快乐得像只撒欢的小狗。

柳兰香实在挑不出什么毛病了，只好将目光收回来，忍不住酸溜溜地说："没想到吴光淮那个铁公鸡，这次倒是拔了不少毛呢。"

徐立春自豪道："说明吴家对我们佩芸还是很满意的，所以我们的嫁妆也不能含糊才是。我也准备了嫁妆的礼单，你们都听听，还有什么需要补充的。"

大家都关注聘礼了，根本没有人注意到，徐佩萍的脸色已经开始不好看了。

偏偏粗心的徐立春边说，还边摸出一张纸，咳嗽了一声，郑重地念了起来："嫁妆的第一路子，是八挑细软，尽一色的丝棉货。

订的都是上好的苏绣，省得别的手法拿出去让人挑毛病。要说这间苏绣坊的货，那真的是很精美，前清老佛爷都看得上眼的，绣多少要多少，真真正正的贡品。要不是眼下民国了，这东西再多钱也买不到呢……”

父亲刚一开始念，徐佩萍的眼圈就红了，后来脸色是越来越难看了，听到这里，再也忍不住了，霍地站起身来，“嘤咛”一声，便捂着脸跑向了后院。

徐立春不由一愣，立刻停住了，关心地喊道：“佩萍。”

柳兰香这才回过神来，狠狠地瞪了丈夫一眼，责怪地说：“都是你这个老东西，念什么念，炫耀你会识几个大字吗？”

徐佩芸犹豫了一下，连忙追了上去。

徐家大院后院西厢房内，徐佩萍怔怔地坐在桌子前，一副失魂落魄的样子。

徐佩芸走到她面前，歉然道：“对不起，佩萍。”

徐佩萍摇摇头，哽咽着说：“姐姐，你不必如此。这些日子，我也想通了。人的姻缘，是前世注定的，就算没有你，俊锋不喜欢我还是不喜欢我。只是看到你们订婚，我还是有些难受。”

徐佩芸握着她的手，难过地说：“我不知道事情怎么会变成这个样子。如果涟泰不辜负我，我就不会去天后宫烧香许愿；不去烧香许愿，我就不会遇到俊锋；不遇到俊锋，他就不会给我递婚帖……”

徐佩萍连忙开解道：“可是就算你不遇到俊锋，俊锋心里也只有你啊。下次见到，他也一定会给你递婚帖的。姐姐，你不要为我难过了。虽然我从来不说，但是我知道，妈当着爸的面，对你比对我还好，不过爸一转身，她简直把你当用人使唤，还动不动责骂你。所以自小到大，我比你幸福得多。可是现在呢，我拼命努力想得到的男人，他喜欢的人却是你。所以这段时间，我一直在想，这就是报应，老天对每一个人，其实都是公平的。”

徐佩芸听了这番话，不禁动容地说：“佩萍，你真是我的好妹妹。”

徐佩萍故作轻松道：“不管怎么说，你就要结婚了，我祝姐姐永远幸福。”

徐佩芸爱怜地将她搂进怀里，诚恳地说：“谢谢妹妹，你也一定会找到属于自己的幸福。”

早上的中宁街，大多数店铺还没有开门，显得有些冷清。

徐立春迈着悠闲的步子，不急不慢向甜油坊走去。

虽然大女儿的婚事好像有点伤了小女儿的心，但是再怎么说，被吴家大院的小老板下了聘礼，也是一件值得高兴的事情，所以他今天的心情，可以说是非常不错的了。

他正在憧憬大女儿会如何风光出嫁时，忽然就听到身后传来一个急急的声音：“立春老弟，立春老弟。”

徐立春听到这熟悉的声音，不由一怔，立刻回头。

果然是济世堂的先生赵延成，他后面还跟着一个背着药箱的小徒弟。

徐立春虽然心里不满，但还是礼貌地问候道：“延成兄，早安。”

赵延成顾不得跟他寒暄，而是直奔主题说：“听说佩芸和俊锋已经订婚了，可有此事？”

徐立春傲然道：“半点不假！”

赵延成不由一愣，随即责备地说：“这就是你的不对了！你家佩芸和我家涟泰，虽然并没有婚帖在身，但他们二人的婚事，却是我们两家都默认了的。现在，涟泰还有一年就回国了，你怎么可以将佩芸另许他人？”

徐立春却理直气壮道：“这件事，你还是问问你的好儿子吧！”

赵延成没想到，原本背信弃义的徐立春竟然如此毫无愧色，气得差点儿吐血，回过神来，却也只能用手指指着他，颤抖着声音说：“你、你、你说的这叫什么话？”

徐立春再不理他，接着冷哼一声，便拂袖而去！

第3章　愚蠢

码头管理处总经理办公室内，臧家三兄妹表情都十分凝重。

臧远航从堂姐手里接过一摞钱，递给堂哥说：“给！”

臧远方接过了，郑重地放进身旁的行李箱里。

臧远航递一摞说一句：“一万、两万、三万、四万、五万，一共是五万，你一定要顺利带到北京，亲手交给徐立秋。”

臧远方一边整理箱子，一边保证说：“放心吧，一定。”

臧远航仍然不放心地叮嘱道：“等会儿，你让孙管家送你去码头。唉，算了，还是让他也买一张船票，和你一起去北京吧，你们两个人，路上遇到什么事情，也方便有个照应。”

臧远方边听边点头说：“好的。”他锁好箱子，忽然想起什么：“噢，对了，远航，你有什么话，需要我带给徐立秋的吗？”

臧远航沉吟片刻道：“你到北京见到徐立秋后，最好能问问他，那三十二个人选中，谁的把握比较大，他心里到底有没有点数。如此，才能有个轻重缓急，不必个个都送那么多钱，太浪费了。”顿了一顿又说，“不过，要是他不想说，你就不要多问了，免得他嫌我们烦。”

臧远方顺从地回道：“好。”

北京徐公馆一楼书房内，桌上摆着的一个小册子上，写满了三十二位水利部部长候选人名单，一人占一页，上面是他们的名字，下面则是各自特点与软肋，比如：脾气性格和兴趣爱好；家里都有什么人；外面有没有欠债；有哪些情人朋友什么的；等等。

徐立秋端坐在沙发上，郑重地拿起小册子，一页一页认真地翻看着，宛如老僧入定一般！

跟班们也都分两排坐定，各自屏息凝神。

不知道过了多久，徐立秋终于收回目光，深深地叹了口气说：“依我们现在所了解的时局动向，再结合他们每个人的简历，好像这三十二个人都有机会啊。”说到这里，不禁捶了捶脑袋，郁闷地喃喃自语道，“唉，到底会是谁呢？”

跟班们望着他，个个神情都很紧张。

忽然，徐立秋把眼一瞪，瞬间就发起狠来，下起了死命令：“你们都给我听着！这上面的三十二个人，全都给我收买了！喜欢金子的，就给他送金子；喜欢古董字画的，就给他送古董字画；喜欢女人的，就给他送女人！总之，无论他们现在职位高低，全部都不能落下！记住了，一个子儿都不能省。只要能用钱解决的问题，统统都不是问题！”

跟班们异口同声地说：“是。”

窑湾运河码头南边，一艘客船远远地驶来，缓缓地停靠在岸边。臧远方提着行李箱，带着孙管家，随着人流一前一后走上客船。随后，伴随着汽笛长长的鸣叫声，客船由南向北疾驰而去。

北京徐公馆内，餐厅内摆了一大桌上好的酒菜，徐立秋在用人们的伺候下，正大吃大喝。

正在他酒酣耳热之际，林辉急急走进来说：“先生，窑湾来人了。”

徐立秋神色一凛，却只是轻描淡写地“嗯”了一声。

林辉立刻冲门外喊道：“进来吧。”

臧远方提着行李箱，诚惶诚恐地走了进来，招呼道：“徐先生好。”

徐立春却连头都不抬，继续旁若无人地吃喝着。

臧远方怔了一下，只好继续说：“徐先生，远航派我给你送来五万块，请你收一下。”边说边递过行李箱。

徐立秋依然不抬头，淡淡地说了一声：“林辉，你替我点收吧。”

林辉连忙从臧远方手中接过皮箱到房间另一边点起来。

臧远方站在那里，很是尴尬。

好在很快，林辉就点完了，报告说：“正好五万块。”

徐立秋“哦”了一声，终于抬起头来，但是只扫了一眼，便冷冷地问：“你知道今天是几号了吗？

臧远方虽然不明白他为什么要问这个问题，但还是老老实实地回答：“十二号。”

徐立秋又问：“那我电报上说，这笔钱必须什么时候到？”

臧远方不安地说：“十一号。”

徐立秋又“滋溜”一声喝了口酒，然后才愠怒地问：“那为何迟到了一天？”

臧远方连忙解释道：“不好意思，徐先生，因为船到徐州台儿庄时，出了点小事故，导致船头漏油了。只好等他们修好后，又加好了油才起航，所以耽误了一天。”

徐立秋闻言，脸色竟然再次一凛，将筷子“啪”的一声放在桌子上，同时厉声说：“那你想没想过会有什么后果？也许就因为你晚了这一天，码头年审就有可能通不过，通不过的话，你们的执照就有可能被别人抢了去！”

臧远方完全没想到这一点，不由胆怯起来，结结巴巴道：“这、这、这……”

徐立秋霍地站起来，简直是斥责了：“这、这、这，这什么这？我告诉你，后果就是，码头马上倒闭，臧家马上破产。码头的几百艘船只，马上变成废铁、废柴，一千多人的饭碗即将不保。这么大的责任，你负不负得起啊你？”

说话的时候，他的声音极大，指手画脚的，看上去甚是威风凛凛！

臧远方吓得一怔一怔的，同时脸也因为强忍着委屈，涨得通红！

好半天，他才平静下来，却越发不知道该说什么了，只能反复道：“我、我、我……”

徐立秋见他的怂样，语气越发地盛气凌人了：“什么你你你我我我的？你这么大的人了，连句完整的话都不会说！我真替臧远航感到悲哀，他年纪轻轻的，做点什么不好，偏要养你们这一群人！”然后把手一挥，就下了逐客令，“好好好，这里没你什么事了，你马上滚回窑湾吧，省得我看着心烦！”

常言道，泥人还有个土性子啊！

臧远方再笨，也意识到对方无理取闹的目的，不过是想赶自己走人！

于是，他再也忍不住了，鼓起勇气说：“徐先生，你、你、你真是太过分了！打狗还得看主人呢，再怎么说，我也是码头的股东，我是给你送钱来的。我只不过是因故晚了一天，你竟然如此骂我？是不是太过分了？”

徐立秋声音却越发地严厉了，傲然道：“我只要结果，不看过程！在我徐立秋的眼里，做不好事情的人就是愚蠢。我不想再看到你，马上给我滚！”

臧远方气得差点儿吐血，知道再和他多说无益了，转身就要走！

没想到，徐立秋却冷冷地叫住他：“你等一下！”

臧远方只好又很不情愿地停住了脚步。

徐立秋用不容置疑的语气，一字一顿地说：“回去告诉臧远航，这个月十九号，我还需要五万块，让他派人送来。这次给我记住，迟一天都不行！”

臧远方闻言，立刻就呆住了！

但是他想了想，却什么也没有说，扭头就走！

徐立秋望着他的身影，似乎仍然余怒未消，再次恨声骂道：“烂泥扶不上墙！”

第4章　人穷才思旧债

宝通成钱庄，王志信正热情地将一名金发碧眼的洋人送出门外。

吴俊锋在不远处看到这一幕，脸上立刻露出一丝不易察觉的微笑。

王志信和洋人拱手道别后，一脸喜色地转身，正好看到他，立刻热情地招呼道："哈哈，吴老板快请！"

吴俊锋客气地说："王老板请。"

两人一前一后走进会客室，分宾主坐定。

吴俊锋指着柜台前拥挤的顾客，故意问道："生意看起来很不错嘛。"

王志信得意地说："当然当然！你刚才也看到了，现在连美国人都来借贷啦。"然后由衷道，"宝通成能有今天的成就，多亏了吴老板你啊，真不知道如何感激呢？"

吴俊锋喝了口茶，淡淡地说："感激就不必啦。"顿了一顿，便若有所思地问，"我听说臧家又把臧远方派往北京了，你知道这件事吗？"

王志信连声道："知道知道，不过你放心，我们的人，也没有闲着。"

吴俊锋却摇摇头："可是我们的人，虽然个个都是响当当的大人物，不知道比那个牛皮大王厉害多少倍，但都是花钱拜托的，不像徐立秋那样占有码头股份，所以我还是有些不放心。"说完这话，便低下头喝起茶来。

王志信眼珠一转，立刻明白了什么，便试探着问："那我亲自去，吴老板是不是就放心了？"

吴俊锋立刻眉开眼笑道："王老板果然敞亮！听说尊夫人的表姐夫，现在在北京混得不错呢。"然后又拍着胸脯保证道，"当然，这个忙绝不是白帮的！在你去北京的这段时间，我吴家烟丝店的所有收入，最少有一半存在宝通成。"

王志信高兴得简直合不拢嘴了，把手一挥说："什么帮忙不帮忙的，一家人不说两家话嘛。"

吴俊锋忽然想起什么，眼珠一转，有些担忧地说："宝通成现在生意正好，可不能群龙无首，你去北京这段时间……"

没想到，王志信却哈哈一笑，胸有成竹地说："我正好借此机会，让建平回来锻炼锻炼呢，他在王楼乡下已经待得太久了，天天风吹日晒的，棱角磨得差不多了，也没有以前的血气方刚了。”

吴俊锋笑着说：“那就再好不过了，建平弟一看就是很有主见的人，定会让宝通成的生意更上一层楼！”

码头管理处总经理办公室内，出奇地安静。

臧远航一脸严肃地坐在办公桌前，臧远方则万分委屈地站在他对面。

臧远茹焦虑地对堂弟说：“现在距离十九号，才只有六天时间了，我们码头现在的流动资金已经所剩无几，根本不可能筹到五万块。或者，你直接打电话到北京吧，让他把时间推后十天八天，看看行不行？”

臧远方摇摇头，心有余悸道：“没用的，那个徐立秋，他凶得很，一心只想着要钱，根本不会考虑我们是否筹得到的。”

臧远航用三根手指敲着桌子，沉思片刻却说：“也不是没有可能。我们码头不是还有很多陈年烂账没有收上来吗？大姐，你去通知码头所有办公室职员，让他们放下手头工作，外出收账！正所谓‘养兵千日，用兵一时’，平时他们清闲惯了，现在码头遭遇困境，是他们为码头出力的时候了。无论如何，我们一定要在六天之内，筹到五万块。否则，他们的饭碗也保不住了！”

臧远方、臧远茹听了这话，同时吃惊地喊道：“远航！”

臧远航却坚决地说：“你们不用再说，这件事我已经决定了，就这么安排吧。”

当天晚上，臧家大院客厅内，臧增福夫妇、臧家栋夫妇、臧家梁夫妇、臧远方、臧远茹、臧远胜和臧远航或坐或站，个个脸色严峻。

臧远航见状，便有些心虚，但还是强装镇静地问：“你们都怎么啦？”

臧家梁冷着脸问：“听说你把码头的所有职员，都撵出去收陈年烂账了？”

臧远航硬着头皮答道：“是的，爸爸。”

臧家梁见传言得到了证实，便长长地叹了一口气，语重心长地说：“远航啊，码头的底子我是知道的，已经被掏空了。剩下的那些陈年烂账，要么是收不回来的，要么就是人情债。依我说，还是算了吧，不要再去折腾啦。”

臧远航郁闷道：“可是爸爸，现在除了那些陈年烂账，我实在想不出别的办法了呀。”

臧家栋撇了撇嘴，轻蔑地说：“哼！连陈年烂账也不放过！真是没有想到啊，我们臧家竟然会沦落到如此地步！”

臧增福也劝孙子道：“远航啊，这俗语说得好，‘人穷才思旧债’！就听你爸的话，那些陈年烂账就算了吧。”

臧远航听了这话，十分委屈，再也忍不住了：“你们以为我想这样吗？可是现在，除了那些陈年烂账，我再也想不出别的办法了！你们知道吗？现在王志信也到了北京，听说带了不少钱，我们已经被逼到绝路上了！稍一犹豫，他和他的幕后黑手，就有可能夺得我们码头的执照，到那时，我们就算拿再多的钱，都不可能收得回来了！”

听了这话，所有人都面面相觑！

当天晚上，臧家大院后院三房小院客厅内，非常之安静。

臧家梁坐在椅子上，深深地叹了一口气，喃喃自语道：“都穷得不得不去收烂账了，看来我们真的是被逼到绝路上了，这是老天要亡我们臧家啊！”

郭文芳正在皱眉想着什么，听了这话，立刻道：“我有一个办法，不知道是否可行？”

臧家梁立刻来了精神，催促道：“什么办法？你快说！”

郭文芳轻声在他耳边说着什么。

臧家梁听了，眉头却皱得更紧了，连连摇头道：“不行不行，这绝对不行！”

郭文芳却郁闷地问：“那除此之外，你还有什么别的好方法吗？”

臧家梁坚定地说：“这也太上不了台面了！孔子云，‘君子固穷，小人穷斯滥矣’！”

郭文芳赌气道：“那你就继续当你的君子吧，我去做小人了！”说完，摔门而去！

她在门外站了一会儿，看到对面儿子的卧室还亮着灯，犹豫了一下，还是走了过去。

此时，臧远航正在换睡衣。没想到，母亲推门进来了。

他立刻焦急地把裤子提上来，责怪道：“妈，你怎么不敲门就进来了，我还在穿衣服呢。”

郭文芳瞪了儿子一眼，笑哈哈地说：“你是妈生的，身上哪里有胎记妈都记得清清楚楚，还有什么可害羞的？”

臧远航不好意思道：“妈，那时候不是小嘛。”

郭文芳望着儿子的脸，心疼地说：“是啊，那时候小，现在大了，都成码头当家了。可是自从你做了这个码头当家啊，人整整就瘦了一大圈。”

臧远航望着自己显得有些宽大的睡衣，勉强笑笑：“谁让我是臧家的子孙呢，这一辈子注定是为运河而生、为码头而生的。”忽然想起什么，“对了，妈，这么晚你来找我，有什么事吗？”

郭文芳点点头：“确实有事。你还记得慧珊吗？”

臧远航故作轻松地说：“就是那个眼睛长在额头上的丫头？我怎么会忘记她呢？”

郭文芳责怪道：“你怎么可以这样说慧珊？她可是一心想做我们臧家儿媳妇的呢。”

臧远航立刻摇头说："妈，我和她不适合的。"

郭文芳不高兴地问："臧陆两家门当户对的，你们两个又是从小一起长大的，怎么就不合适了？"

臧远航正色道："我要的是一个能在我困难时帮助我，给我出谋划策的妻子，而不是一个只知道吃喝玩乐的大小姐。"

郭文芳耐心劝说："远航，妈知道你的心思，你还是对那个徐佩芸念念不忘。可是就算她再好，也已经和俊锋订了婚，吴家连聘礼都送了，明年九月二十六就结婚了，你还想着她做什么？我就糊涂了，无论家境、相貌、学识，慧珊都绝对在佩芸之上，你怎么就不能考虑考虑慧珊呢？"

臧远航郁闷道："妈，我现在为码头的事焦头烂额，哪里有心思去考虑什么儿女情长？"

郭文芳却严肃地说："就是因为码头的事你才更要考虑和慧珊的婚事。"

臧远航诧异地问："为什么？这两者之间可并没有半点关系啊！"

郭文芳苦口婆心地说："儿子啊，你就算再聪明能干，到底还是太年轻气盛了！你仔细想想，陆家万茂酒坊生产的绿豆烧，都卖到国外去了；慧珊父亲还是市长；她大哥当年从北京大学哲学系刚毕业，就被张家口张北县请去当县长；二哥则是黄埔军校高材生，年纪轻轻已升至营长。这样有钱有势的家庭，只要我们和他们结了亲，陆家一定会全力以赴，支持我们码头通过年审。到那时，你根本就不需为区区五万块发愁了呀！”

没想到，臧远航当即摇头道：“不！虽然码头年审很重要，但是我绝不会拿自己的婚姻去交换。那样不但对我不公平，对慧珊同样不公平！”

郭文芳瞪了儿子一眼，不满地说：“你们父子俩啊，真是一个德性！”叹了一口气，又循循善诱道，“远航啊，别傻了，你还是太年轻了，等你到了妈这个年纪，你就会知道。婚姻本来就是做给外人看的，跟公平不公平、爱与不爱，都完全没有半点关系。”

臧远航坚决道：“无论如何，这门婚事，我绝对不会同意的。”

郭文芳见儿子软硬不吃，便霍地站起身来，生气地说：“自古儿女婚事都是‘父母之命，媒妁之言’，同不同意，还由得着你了！”

臧远航毫不妥协道：“可是现在已经是民国了，讲究的是婚姻自由。”

郭文芳拿出母亲的威严，固执地说：“我不管现在是什么国，只要你是我生下的，就得听我的话！”

撂下这话，她转身就走。

臧远航愣了片刻，猛地将枕头扔在地上，颓丧地蹲在地上，同时绝望地喃喃自语道：“我该怎么办？佩芸，你告诉我我到底该怎么办啊？”

与此同时，郭文芳怒气冲冲地出了儿子房间，走回自己的卧室。

臧家梁看到妻子的脸色，急忙问：“怎么样？远航同意了吗？”

郭文芳一屁股坐在床上，没好气地说：“要是同意，我还能这么生气吗？”

臧家梁苦笑道：“他要是同意，就不是我儿子了。这件事啊，你就别忙活了，没用的。”

郭文芳却冷哼一声说：“肯定有用！等他筹不到钱，就会屈服了！”

第5章　陈年烂账

码头管理处总经理办公室内，臧远航正在埋头看文件。

忽然，臧远方、臧远茹、臧远胜走进来，他们身后，跟着码头的职员们。

臧远航听到门响，立刻放下手头的文件，充满期待地问："怎么样，今天收了多少？"

臧远方摇了摇头，为难地说："远航……"

但是还没等他把话说完，职员甲就拿出一个写有"辞职书"的信封，放在办公桌上，歉然地说："老板，对不起，我要辞职。"

其余的职员们，也跟着递上了辞职书，纷纷说着"老板，我也要辞职"。

臧远航立刻明白了什么，但还是平静地问："怎么？发生什么事了？"

职员甲委屈地说："老板，你要我们去收那些陈年烂账，我们真的是尽了力了，可是一分钱都收不到啊。”

职员乙附和道：“老板，我们不是不想帮你，可是收那些陈年烂账，真的是太难太难了。”

职员们七嘴八舌地说：“是啊，是啊，真的太难了。”

臧远航沉吟片刻，便问职员甲：“李大，你今年多大年纪了？”

李大感慨道：“已经七十一岁啦。”

臧远航再问职员乙：“刘二叔，你在运河码头上班多久了？”

刘二叔答道：“我十八岁就来码头，已经三十二年了。”

臧远航又问职员丙：“春平，你家是第几代在码头工作了？”

春平自豪地说：“到我这辈，已经是第三代了。”

臧远航立刻把脸一撂，冷冷道：“你们有的在码头做到七十，有的工作几十年，有的几代人都依靠码头吃饭。臧家怎么对你们的，你们比谁都清楚。”然后扫了众人一眼，语气不含半点感情，“李大，你其实早已经过了退休年龄，可是为了照顾你的家庭，我爸一直给你安置一个闲差，你上班三天打鱼两天晒网的，可是每月薪水一分不少，就是想让你好好享享清福，安度晚年。刘二叔，听我爸说，你刚到码头不久就得了心脏病，每个月都要报销大量医药费，可是我们从来没有想过辞退你。还有春平，你们一家三代都在码头做事，现在令尊在中宁街开了一家小杂货店，听说生意很兴隆，再加上你在码头不菲的工资，你们家生活已经很富足了。是码头让你们过上好日子的，但是现在需要你们付出了，你们居然想要甩手不干，你们对得起自己的良心吗？”

职员们对望了一眼，有的面露愧色，有的仍然一脸不满。

臧远航说到这里，拿起桌上的那摞辞职信，继续气急败坏地说：“做人什么都可以没有，但是可不能没有良心！”越说越气，索性将辞职书往他们身上一甩，涨红了脸，厉声道，“既然这样，那就无情无义了，辞职是你们主动提出来的，那么就公事公办，按照规定，你们要赔钱给码头！之前交的那些铺保、人事保等全部没收，一个子儿都不会退给你们！”

职员们听到这里，全都羞愧地低下头。

臧远茹走到盛怒的堂弟身边，柔声说：“远航，这件事你不能全怪他们。要知道，他们追讨的陈年烂账，如果好讨要的话，也就不能成为陈年烂账了。再说不仅是他们，我和大哥也是白跑了这好多天，一分钱都没要到呀，你不能说我和大哥不尽力吧。”

臧远航不由一呆，随即一字一顿地问：“真的没有一点办法了吗？”

臧远茹叹了口气，无奈地摇了摇头。

臧远方则直接干脆地说：“是真的没有办法了。远航，这么短的时间，根本筹不到这么多钱！”

臧远航看了看这个，又看了看那个，下定决心道：“那你们把码头所有的账本，全部给我搬出来，我要一个一个核查！‘蚊子再小也是肉，蚂蚁再小也有骨头。’我就不信，这么大的码头，连五万块都筹不到！”

当天夜半时分，码头管理处大办公室内灯火透明，和停泊在周边航道内的货船以及远处的花船交相辉映，将大运河染得如同白昼一般！

职员们正站在堆积如山的账簿前，加班加点地整理着。

臧远航坐在一张办公桌前，面前已经摞起了高高的账簿。

他仔细核对着账簿，忽然抬头问堂姐：“蔡和兴印刷厂欠我们三千八百块，欠了六年，为什么到现在还没有还？”

臧远茹对答如流：“印刷厂蔡老板说，是因为他们资金链断了。不过之前蔡老板得知我们码头的困难，已经答应分六期还了，头五期都准时还了，所以第六期我们答应，再给半个月的宽限期。”

臧远航果断地说：“半个月的宽限期太长了，告诉他们，三天之内，必须把第六期全部还清。”然后又打开一个账簿问，“赵信隆酱园店呢？欠了两千九百块，已经欠了三年了，为什么还不还呢？”

臧远茹答道：“酱园店这几年扩大经营，也急需用钱。再说他们是我们几十年的老主顾，赵老板和三叔的关系一直很好。”

臧远航却面无表情地说：“既然他和我爸关系好，当然更应该多帮码头的忙了。你告诉他，现在我们需要钱，让他马上把欠我们的债还上。”

臧远茹只好点了点头，无可奈何道：“好吧。”

臧远航又打开一个账簿问：“这个刘士义是怎么回事？欠了我们三千块，都欠了十几年了，怎么一直还不还？”

臧远方答道：“是这样的。刘士义是爷爷的同窗好友。有一次冬天上冻，爷爷在运河上滑冰，不小心掉到水里，是他救了爷爷一命。后来他儿子想要买条渔船打鱼，就找爷爷借钱，爷爷让三叔给了他三千，还吩咐说，这三千块就算报答当年的救命之恩，不用他还了。”

臧远航却不以为意地说：“做生意是做生意，人情是人情，一码归一码嘛，怎么能公私不分呢？”

臧远方犹豫了一下，还是说：“可是……可是老人家三年前就去世了。”

臧远航却丝毫不为所动：“那他有没有儿子孙子啊，父债子还嘛。”

职员们闻言，全都不屑地望着他，纷纷摇头。

臧远方苦笑道：“他儿子靠打鱼为生，还要养一大家人，并没有多少钱。”

臧远航却决绝地说：“有渔船就行了。我不管，自古‘欠债还钱，天经地义’！马上让他还钱，要是没有钱，就让他把渔船卖了，也一定要把这三千块还上！”

他的语气强硬且冷酷！

臧远方只好道：“那好吧，天一亮我就去要。”

臧远航又打开一个账簿问：“这笔二百块的账，是怎么回事？”

李大深深地叹了口气说：“他们答应下个月还给我们，应该会还的吧……”

就这样，臧远方、臧远茹和职员们，带着郁闷又无奈的心情，一直忙碌到第二天凌晨，实在没有力气了，才打着哈欠，昏昏沉沉地散去。

他们走出办公室后，互相望了望，全都无可奈何地摇摇头。

一时间，偌大的码头管理处，只剩下臧远航一个人。

他神情落寞地站在办公室当中，望着室内井然有序的桌椅、文件、货船模型，神情郁郁地走了出去。但是当他眼角的余光看到“运河码头管理处”的匾额时，神情越发变得严肃了起来！

他忍不住深深地叹了一口气，喃喃自语道：“徐立秋，你一定不要辜负我的期望啊！现在，我把码头二百多年基业、臧家几代人的努力以及我的全部身家财产，都押在你一个人身上了。除此以外，还有窑湾正常的经济秩序以及一千多名工人的饭碗。所以，你只可成功，绝不可失败呀！”

第6章　臧家彻底空了

黄昏时分，臧家大院客厅内，饭菜已经摆上了桌，但是臧增福夫妇、臧家栋夫妇和臧家梁夫妇却并没有吃，而是坐在沙发上，虽然神态各异，但看得出大家心情都很沉重。

臧家栋一脸的幸灾乐祸，臧家梁不住地唉声叹气。臧增福则是一脸的怒气！

曹秀英只好不停地安慰他："老头子，别气，别气了啊，气坏身子可不好啊。"

正在这时，忙碌了一夜的臧远航，血红着眼睛，一身疲惫地从外面走进来。

大家看到他，室内的气氛就更加紧张了。

臧家栋首先冷哼一声道："爸，你的好孙子回来了。"

臧增福冷冷地望了最疼爱的孙子一眼，却冷哼一声，扭过头去。

臧远航赶紧走到他面前，关切地问："爷爷，你怎么还不吃饭啊？发生什么事了？"

臧增福呵斥道："你自己做的事，还有脸问我？"

臧远航沉思片刻，便想要解释："爷爷，我……"

没想到，臧家梁却打断他的话，恨铁不成钢地说："你什么你？是不是你叫人去刘士义儿子那里要债的？"

臧远航点点头说："是的。"

臧家梁厉声道："大胆！你知不知道，刘士义是你爷爷的救命恩人！"

郭文芳连忙打圆场说："远航还小，他怎么会知道呢！是吧，远航？"边说边向儿子使眼色。

臧远航却装作没看到一般，而是梗着脖子道："不，我知道。"

听了这话，所有人都愣住了。

臧增福闻言，更是差点儿气结，竟然好半天说不出话来，只能指着他，气急败坏道："你、你、你，看我不打死你这个六亲不认的狗东西！"边说边颤巍巍地挥起拐杖，劈头盖脸地向孙子打去。

臧远航一边躲一边焦急地说："爷爷、爷爷，你不要生气，你听我解释……"

臧增福这才放下拐杖，但还是生气地说："我不想听你任何解释，你马上派人把钱送回去！"

臧远航却坚决地说："不！"

臧增福气得一个倒仰，再次举起了拐杖："看我不打死你这个忘恩负义的畜生，你简直辱没了先人呢！"

众人连忙去拉，于是室内乱成一团。

一向护短的郭文芳，这次破例没有站在儿子一边，而是哀求道："远航，你快让人把钱还给刘家吧。刘士义救过你爷爷的命，我们不能让别人说我们臧家不通人情、只认钱不认人哪！"

曹秀英也劝道："是啊，远航。臧家世代书香，把'商誉'看得比命都重，你不能让我们被全窑湾的人戳着脊梁骨骂呀。"

臧远航却依然固执地说："不！"

大家诧异地望着他，简直不敢相信自己的耳朵！

连臧增福也放下了拐杖，不相信地望着他，好半天，才哆哆嗦嗦地说："你说什么，你再说一遍！"

臧远航一字一顿地说："人穷思旧债！我现在不管什么报恩，更不管什么人情，这些我全都要抛在一边。我现在要做的，就是想尽一切办法，让码头渡过这个难关！"

说完这话，他便头也不回地走进后院，然后"砰"的一声关上院门。

所有人见状都面面相觑。

臧家梁仰天长叹道："家门不幸啊，出此逆子！"

郭文芳虽然并没有说什么，但是她的神情，却越发坚定了起来。

陆家四合院内，陆慧珊站在窗边，拿着一本书，但是只翻了几页，却又将书扔掉，然后慵懒地坐在沙发上，一副百无聊赖的样子。

丁玉红关心地问："慧珊，你今天怎么不出去玩了？"

陆慧珊烦躁地说："没地方玩呢。"

丁玉红话中有话道："以前，你不是最喜欢去远航家玩的嘛。"

陆慧珊却没好气地说："妈，以后你能不能别在我面前提'远航'这两个字？"

丁玉红诧异地问："怎么，你和远航吵架了？"

陆慧珊立刻捂住了耳朵，生气地说："不是刚和你说了吗？不要再'远航、远航'的好不好？求你了！"

在这时，电话铃响起来。

陆慧珊接了电话，但是只听了两句，就立刻挂掉了。

电话再响，她再接，再挂掉。

如此反复几次后，她一气之下，直接把电话线拔掉了。

丁玉红见状，便笑眯眯地问："是不是远航向你赔礼道歉了啊？"

陆慧珊气得一捂耳朵，同时尖声叫道："说了几百遍了，不要提！不要提！不要提！"边说边气急败坏地冲出家门！

中宁街，陆慧珊漫无目的地闲逛着。

忽然，身后传来一声熟悉的呼唤："慧珊，慧珊。"

陆慧珊回头一看，不由怒目圆睁，同时大吼道："臧远胜，你又跟踪我干什么？是不是活得不耐烦了？"

臧远胜气喘吁吁地跑到她面前，解释道："别误会，我是有正事找你。"

陆慧珊没好气地说："我管你正事歪事！我再说一遍，大运河有多远，你就给我滚多远！"

臧远胜正色道："我滚了啊，这不是刚刚滚回来了嘛。"

陆慧珊听了这话，不由"扑哧"一声笑了起来，嗔怒道："那你找我有什么事？"

臧远胜摆手道："不是我找你，是我三婶找你。"

陆慧珊眼光一亮，随即委屈地问："你三婶找我做什么？"

没想到话音还没落，郭文芳就从侄子身后闪了出来，笑眯眯地问："怎么，慧珊，不想见我吗？"

陆慧珊赶忙说："三婶，我不是那个意思，你误会了。"

郭文芳亲热地说："那就跟我走吧，边喝咖啡边聊。"

陆慧珊犹豫了一下，还是点点头。

郭文芳立刻挎着她的胳膊，两人很快走远了。

臧远胜望着他们的背影，一脸若有所思。

来仕登西餐厅内，郭文芳和陆慧珊喝着咖啡，对面而坐。

陆慧珊见到心上人的母亲，并没有像以前那样叽叽喳喳说个不停，而是一直低着头，很沉默。

郭文芳心知肚明，但还是装作随意地问：“慧珊，你怎么不接我电话？”

自幼倍受宠爱的陆慧珊，并不是个有心机的女孩子，听了这话，便叹了口气说：“三婶，并不是我不想接你的电话，是远航他太让我伤心了。”

郭文芳试探地问：“他是不是又惹你生气了？”

陆慧珊郁闷地说：“我上次听了你的话，去码头找他，结果，看到他给徐佩芸写的一封没有寄出的信，真是情真意切啊。我一气之下，就把一瓶香水打翻了。没想到，远航大发雷霆，实在是气死我了。”

郭文芳附和道：“是啊，远航真是太不像话了，他怎么可以这样对你！”

陆慧珊咬了咬嘴唇，没有说话。

郭文芳语气缓和下来，诚恳地说：“慧珊，别生气，我代远航向你道歉。但是我看得出来，你还是喜欢他的，是不是？”

陆慧珊鼻子一酸，却嘴硬道：“我不喜欢他，我恨死他了。”

郭文芳循循善诱地说：“你仔细想想，要是没有爱，那哪来的恨呢？”

陆慧珊看她态度这么好，口气也不自觉软下来，委屈道：“可是，就算我喜欢他也没有机会啊，他心里根本就没有我。”

郭文芳鼓励地说：“男未婚女未嫁，只要你喜欢他，我会说服他的。”

陆慧珊惊喜极了：“真的？”

郭文芳郑重地点点头：“是真的。”眼珠一转，又问，“那么现在告诉三婶，你到底喜欢不喜欢他呢？”

陆慧珊小声而坚定地说：“喜欢，非常喜欢！”

臧家大院后院三房小院客厅内，臧家梁夫妇正在和儿子商量着什么。

臧远航却霍地站起来，坚决地说：“无论如何，我绝对不会同意这门亲事！”

郭文芳语重心长地说：“远航，婚姻和爱情是完全没有关系的。现在臧家彻底空了，连五万块都拿不出来了。只要你和慧珊订了婚，陆家不会见死不救的。”

臧家梁也苦劝道：“是啊，远航。虽然一开始我也很反对你妈的提议，但是看到你为了筹钱，像疯了一样，连最起码的人情道德都不顾了，我就觉得这门亲事也还不错。现在正是码头生死存亡的关键时刻，要是不结这门亲，就算陆市长想要救码头，也师出无名啊。”

臧远航倔强地说：“可是，我不想拿自己的婚姻做交易！”

臧家梁耐心地说：“你现在是码头当家，凡事你不能再感情用事，而是要从码头大局考虑！从你接替码头当家的那天起，你就应该知道，你的婚姻不再是你一个人的事，也是臧家全家人的大事，甚至还包含着其余各种各样的利益成分。”

郭文芳附和道：“是啊，是啊。妈知道你心里一直放不下佩芸，可是就算她再好，也很快就和别人结婚了。既然你没有合适的结婚对象，为什么不考虑一下慧珊呢？”

臧远航却仍然执拗地说：“爸，妈，多余的话，你们不必再说了。我说过，绝不会拿我的婚姻做交易。至于码头这边，我一定会想尽一切办法渡过这次难关的！”说完，站起身来，头也不回地走了出去！

臧家梁望了妻子一眼，无可奈何地摇了摇头道：“怎么样？我说不行，就是不行吧。”

郭文芳却愠怒道：“我还就不信这个邪了！自古儿女婚事，都是‘父母之命，媒妁之言！’还由得了他了！我明天就找人选个黄道吉日，去陆家提亲，哼！”

第7章　把他给我押走

深夜时分，码头管理处总经理办公室内。

臧远航面前堆满了大量账簿，他已经困得哈欠连天，并且还不住地想打瞌睡。无奈之下，他只好端起桌上的一杯冷水，毫不犹豫地从自己头顶浇下去，然后用毛巾擦干，继续坐在桌前，一本一本地认真核查着。

北京徐公馆客厅内，徐立秋神情严峻地坐在沙发上。

跟班们一个个走进来，站在他面前，全都低着头。

徐立秋眼神犀利地扫了他们一眼，厉声问："我叫你们查那三十二个人，谁当水利部部长的可能性最大，你们查出来了没有？"

跟班们纷纷摇头："没有。"

徐立秋猛地一拍桌子站起来，用手指指点着他们，愤怒地说："你们这些人，吃我的、穿我的、住我的，竟然连这点小事都办不好！废物，统统都是废物！”

林辉犹豫了一下，还是站出来，胆怯地说：“先生，不是我们无能。听说水利部部长的人选，连总理自己都没有确定呢。”

徐立秋闻言，眉头不由一皱，沉思片刻，便严厉地说：“既然如此，那就把这三十二个人全部给我收买了。记住，一个都不能少！张义甫送两千，孙圣军送一千五，陈良水送一千，不，送一千五。至于关世贤，虽然不过是经贸部副部长，但他是副总理的表弟，我看他机会最大，我自己亲自送礼过去。总之，一个都不能少，全部要送到，出手要大方，绝不能寒酸。都给我记住了，钱不是问题，知道吗？”

跟班们响亮地答道：“知道了。”

位于北京大栅栏的中国饭店外，像往常一样，门口停放着大大小小的车辆，衣着考究的男男女女出入其中。

酒店里传出一个柔媚的女声，唱着《何日君再来》：

好花不常开，好景不常在；

愁堆解笑眉，泪洒相思带。

今宵离别后，何日君再来；

喝完了这杯，请敬点小菜；

人生难得几回醉，不欢更何待？

……

一辆黑色的小轿车，缓缓停在门前。

伙计小张打开车门，王志信率先从车子里下来，然后脸上堆满笑容，恭敬而热情地向车里一伸手：“关部长，请!

肚大腰圆的关世贤，笑容满面地从车里钻出来。

王志信恭敬地在前面引路：“请，请，里面请！”

北京某饭店内，王志信和关世贤正在大吃大喝，小张手拿一只皮箱，站在一旁。

觥筹交错间，菜过五味，酒至半酣。

王志信见时机成熟，便亲热地说：“关部长。”

关世贤已经喝得红光满面，边吃边答道：“嗯。”

王志信谄媚地说：“后天是您结婚二十周年纪念日，小弟准备了一点礼物，不成敬意，略表寸心而已。”

关世贤只是打着哈哈，似乎并没有任何的表示。

很显然，他见得多了，一般的礼物，是不会放在心上的。

王志信当然明白这些，倒也并不多言，只是微微一笑，便笃定地把手向后一挥。

小张立刻便把手中的皮箱放在桌子上打开，赫然是一箱子黄灿灿的金条。

原来还在淡定吃菜的关世贤，两眼立刻放出光来，情不自禁地停住了筷子!

王志信谦虚地说：“一点小意思，还请关部长笑纳。”

关世贤倒也不含糊，当即竖起大拇指赞赏道："王老板，你可真是有诚意啊。你就放心吧，如果我能当上水利部部长，一定让他们的运河码头通不过年审，然后再把营业执照颁发给吴俊锋。"

王志信安慰地说："这个水利部部长啊，非你莫属了。"说完便举起酒杯，"来，干杯。"

关世贤也将酒杯一碰，爽快道："干！"

各自目的都已经达到，两人都是一杯见底！

没想到他们刚刚放下酒杯，徐立秋便带着一行人，推门闯了进来！

王志信见到他们，刚才还笑容满面的脸，不由就是一变！

徐立秋却根本对他视而不见，而是满面笑容地向旁边伸出手："哎呀，世贤兄，好久没见，我可是想死你了啊。"

关世贤见好事被人撞见，也有些不高兴，便打着哈哈说："立秋老弟，你还是那么会说话。"

王志信见他们两人竟然是旧识，脸色越来越难看了。

徐立秋却好像没看到他一般，自己拉了一把椅子，大大咧咧地坐在了桌子边，继续夸张道："世贤兄，'士别三日，当刮目相看'。水利部部长这个位子，我看是非你莫属了。"

这话关世贤爱听，他脸色稍微缓和了一些，甚至半开玩笑地说："立秋老弟啊，你长了千里眼还是顺风耳啊，连我在哪里你都知道？"

备受冷落的王志信再也忍不住了，充满敌意地问：“我和关部长正喝酒呢，你来干什么？”

徐立秋却并不理他，而是继续讨好未来的水利部部长：“世贤兄，后天是你结婚二十周年，我准备了一份小小的礼物送给你，过来看看吧。”

关世贤“噢”了一声，立刻就来了兴趣。

虽然他并不觉得，有什么礼物，能比那满满一箱子的金条更值钱的了。但是看看也无妨，不是吗？

徐立秋趁机将他拉起来，同时说：“来来来，你来看！”

王志信气得眼睛都快要冒出火来。

与此同时，徐立秋已经将关世贤拉到窗户边。

关世贤望着紧闭的窗户，有些摸不着头脑了。

徐立秋却猛地推开窗户，并用手一指！

立刻，对面一座占地宽广的欧式花园洋房，就映入了眼帘。

更为显眼的是，欧式花园洋房的大门上方，端正地写着“关公馆”三个字。

关世贤的双眼，立刻大放光彩，由衷地哈哈大笑起来！

徐立秋知道他满意了，也附和地笑起来。

王志信听到笑声，跟着站起来望向窗户，当看到“关公馆”三个刺眼的大字时，气得差点儿吐血，但也只能冷哼一声，硬着头皮坐了下来，心里已经很不舒服了。

徐立秋笑罢，谦虚地问：“世贤兄，合不合你的心意呀？”

关世贤亲热地说：“立秋老弟，你又想打什么鬼主意呀？”

两人边说边勾肩搭背地走回饭桌前。

徐立秋不以为意地摆摆手道：“不过是一点小意思，世贤兄见笑了。这与我无关的，是江苏窑湾运河码头的当家臧远航，送给你的结婚二十周年贺礼。房契和钥匙，已经送到你家交给关太太了，还合你的心意吗？”

王志信听到这里，简直气得咬牙切齿。

关世贤好像这才发现他似的，望了望他，望了望徐立秋，最后又望了望他。

王志信趁机说：“关部长，这样的房子，我们也可以送的啊。”

关世贤却哈哈大笑道：“那等你送来了，再说吧。”

王志信被噎得直翻白眼。

关世贤却转过脸去，连声说说：“好好好，立秋老弟，既然是臧大当家的一番心意，这份厚礼，我就收下了，你一定要代我好好谢谢他哦。”

徐立秋这才长松了一口气，开心地说：“一定，一定，谢谢世贤兄。”

关世贤握住他的手道：“不客气，来，坐下，喝酒。”

谁知道徐立秋刚刚坐下，门却“砰”地又被人推开了！

与此同时，一伙手拿长枪的警察，气势汹汹地闯了进来。

所有人见状，都吃了一惊，同时将目光转向关世贤。

关世贤立刻拿出副部长的威严，生气地说：“我是经贸部副部长关世贤，没看到我正在吃饭吗？你们是什么人，竟然敢来这里捣乱？”

领头的警察队长却并不吃这一套，而是冷冷道：“我们要找的，就是经贸部副部长！关世贤，有确凿的证据证明，你利用职权走私受贿，我们奉命前来逮捕你，立刻跟我们走！”

关世贤“啪”地将桌子一拍，霍地站起来，厉声说：“放肆！我告诉你们这些狗眼看人低的东西，我不仅是副部长，我还是总理的亲表弟，你们有什么资格来抓我，我要去总理那儿告你们！”

警察队长却拿出一张逮捕令，语气生硬地说：“这份逮捕令，就是总理亲自签发的。”向后一挥手，“都还愣着干什么？把他给我押走！”

这一切来得太突然了！

徐立秋刚才还笑容满面的脸立刻就僵住了。

王志信暗中向后一挥手！

小张连忙把盛放金条的皮箱，从桌上收起来，机警地藏到了身后。

与此同时，警察们立刻蜂拥而上，将关世贤团团围在了当中，并开始捆绑。

关世贤一边拼命挣扎，一边怒吼道：“放开我，放开我，我要去总理那儿告你们！”

但是警察们还是把五花大绑的关世贤架走了！

因为反抗得太过激烈，关世贤的一只鞋子掉在了地上。

关世贤不由失声大喊：“鞋子，我的鞋子，我要穿上鞋子啊……”

警察们却像没有听到一样，甚至于走在最后面的警察，还一枪托砸在他的鞋子上，然后他就被强行架走了。

与此同时，他的叫喊声越来越远、越来越小了，直至最终消失。

徐立秋瘫在椅子上，面如死灰。

刚才失意至极的王志信却是得意地“嘿嘿”一笑，顺手捡起关世贤的鞋子，嘲弄地说：“你们臧老板，出手可真是大方啊，一栋欧式花园洋房，换来这么一只烂皮鞋。哼，你拿回窑湾给臧远航供在臧家祖宗牌位前，留作纪念吧，真是羞辱先人啊，哈哈哈。”

徐立秋强忍着愤怒，平静地接过鞋子，笑眯眯地说：“这只鞋子，的确是贵了点，不过无所谓，能用钱解决的问题，都不是问题。”然后转回头吩咐道，“林辉，马上打个电报到窑湾，让臧远航再派人送五万块来。”

林辉立刻答道：“是。”便领命而去！

王志信幸灾乐祸地笑了，徐立秋眉毛一扬，也跟着哈哈大笑起来。

第8章　官场如战场

臧家大院后院三房小院臧远航卧室内，臧远茹正在清点钞票。

臧远航在房间踱来踱去，忽然停下脚步，焦急地问："大哥怎么还不回来呢？明明知道我要赶下午三点钟的船，这都快一点了，钱还没有都收回来。"

臧远茹提议说："反正就差两千了，不如你先把四万八送过去吧。"

臧远航坚决地摇头道："绝对不行！徐立秋说过要五万块的，我当然就要送五万块给他，一分钱都不能少。常言道，'一分钱难倒英雄汉'！如果就因为少了这两千，码头通不过年审怎么办？

好在话音刚落，臧远方就急匆匆跑进来，边跑边喊："远航，远航……"

臧远航却斥责道："你怎么到现在才回来？收到没有？"

臧远方气喘吁吁地说："收到了。"边说边连忙掏出钱。

臧远航粗暴地接过钱，认真点起来：“一百、五百、一千、一千五、两千。”

他点完便立刻放进皮箱里，提起就往前院走去。

臧远方和臧远茹连忙跟在了后面。

臧远航边走边吩咐道：“大哥、大姐，我走后，码头的大小事务就交给你们了。”

臧远方、臧远茹同时回答说：“好的。”

臧家大院客厅内，臧家栋父子、臧家梁和臧增年正在说着什么，表情都很严肃。

臧远航看到他们，迟疑了一下，还是走过去招呼道：“爸、二大、四爷爷，你们都在呢。”

臧家栋却冷哼一声，理都不理他！

臧家梁望着他手中的皮箱，关切地问：“远航，你又要送钱去北京啊？”

臧远航点点头：“是的。”

臧家梁叹了口气说：“刚才你二大、四爷爷和跟我商量了一下。我们都已经知道了，码头现在的情况很糟糕，特别是徐立秋那边，不断伸手要钱。就算我们臧家有金山银山，也禁不住他这样一要再要呀？所以，我想和你好好谈谈。”

臧远航看了看表，歉然道：“爸，对不起，我要赶三点钟的船。等我从北京回来，再和你详谈吧。”说完，抬脚就要走。

臧家栋闻言，却霍地站起来，伸手拦住他，同时厉声说：“等一下！没谈出结果前，你不能把钱带到北京！”

臧远航便伸出手，作势要推开他。

臧家梁连忙拉开两个人，同时打着圆场道：“远航，你二大说得对，商量商量再说吧。常言道，‘一个臭皮匠，抵得上三个诸葛亮’嘛。再说，五万块可不是个小数目啊。”

臧远航虽然焦虑，但是见此情景，也只好坐下来说：“那好吧，我们坐下来好好谈谈。不过我要赶时间，你若有什么高见，请长话短说。”

臧家栋这才坐下来，冷哼一声道：“你知不知道，王志信从北京打电报回来说，你请的那个徐立秋，在北京闹出了一个天大的笑话，现在整个窑湾都传疯了。你那么看重他，他果然是真有本事啊，花了三万多块买了个欧式别墅，送给一个进监狱的贪官，买了一只破鞋子回来！唉，丢祖宗八辈子的人哪！”

臧远航却平静地说：“这件事我知道。官场如战场，没有什么好奇怪的。”

臧家栋气急败坏道：“你知道？你知道还给他送钱？”又指着那个装钱的皮箱，“那你知道不知道，每次看你送钱，我就好像身上的肉被你硬生生割下来！码头不仅是你的，也是我的，你不心痛我还心痛呢！”

臧家梁语重心长地说：“是啊，远航，这次你一定要好好考虑清楚才行啊。前几天徐立春偷偷告诉我，徐立秋写信回来说，他现在在北京啊，每天花费都超过一万块。就算我做码头当家的时候，一个月的工资都不到一千块呢。可是他每天花一万块啊，那么多钱，每一个子儿，可都是我们码头工人汗珠摔了八瓣挣来的呀！”

臧增年也附和道：“是啊，远航，窑湾上了年纪的人，哪个不知道徐立秋是有名的‘牛皮大王’？我早就说过，那个家伙是信不过的，你偏偏不听，你看现在怎么样？我的话应验了吧。”

臧远航冷冷地回道：“看在爷爷的面子上，我还是尊称你一声四爷爷。四爷爷，我早就想问你一个问题。究竟码头是不是跟你有仇，还是我们这房人跟你有仇啊？”

臧增年不高兴了：“你不要说话这么难听，现在大家不是在商量事情嘛。”

臧远航霍地站起来，激动地说：“我说话已经够好听的了！这段时间，我每天吃不好、睡不香，就是想尽一切办法争取保住码头，你们不但不帮我凑钱，还想尽办法拖我后腿。你们是不是想让码头落到王志信和他背后靠山的手里，你们才满意呢？”

臧增年闻言，不由气结：“你、你、你简直把我的好心当成了驴肝肺！”

臧远航反唇相讥：“你是不是好心，自己最清楚不过了！”

臧家栋冷哼一声道：“哦，那按照你的说法，是钱和你有仇了？你急着把钱送给外人，是不是怕钱多了咬你的手？你怕我可不怕！你喜欢把钱送人是你的事，我可不喜欢，我现在就要退股！”

臧远航面无表情地说：“股权在你手里，你爱退不退，都是你的事，我管不着。”

臧家栋闻言，霍地站起身，向他伸出手道：“那就好了，快把我的两成股份，折成现钱退给我。”

臧远航却平静地说：“我说爱退不退是你的事，但是我可没有说要给你钱。”

臧家栋气急败坏道：“你要无赖啊，小心我去告你！”边说边要往外走。

臧远茹、臧远胜急忙拉回他：“爸，爸，有话好好说嘛。”

臧家栋甩开儿女们的手，跳得更起劲了。

臧远航无所谓地说：“要去告你就告吧，反正码头现在，已经完全是空架子了，就算法院判决下来，你也一分钱都别想得到。”

臧家栋立刻停住脚步，回头暴跳如雷道：“你个败家子啊！”

臧远航再不理他，而是转过脸，冷冷地问父亲：“爸，你还有什么事吗？没有事我就走了。”

臧家梁叹了口气，无可奈何地挥挥手。

臧家栋却拦住他的去路，指着皮箱，稍微缓和了语气说：“要我不退股也行，可是这钱不能由你带去，要带呢也得由我亲自带去。我到底比你年长了二十多岁，去过北京很多次了，对徐立秋也很了解。”他说到这里，又转头问弟弟，“家梁，你说是吧？”

臧家梁点点头，劝慰儿子道：“远航，你二大已经让步了，你也让一步吧。”

臧远航想了想，便将皮箱递过来，无奈地说：“那好吧，这些钱就由二大送去。”顿了一顿，又叮嘱道，“不过我提醒你，徐立秋的脾气不太好，到了那儿，你说话做事可要谨慎一点，不能像在窑湾一样，知道吗？”

臧家栋一把接过皮箱，不以为然道：“这还要你操心，我心里有数！”

一声汽笛声响起，一艘客船缓缓停靠在岸边。

臧增福、臧家梁父子站在运河码头上，正在跟提着皮箱的臧家栋话别。

臧家梁反复叮嘱道：“二哥，北京是徐立秋的地盘，你可一定要小心了，千万不要莽撞行事。”

臧家栋踌躇满志地说：“家梁，你就放心吧。我现在就等于是窑湾派往北京的钦差大臣，专门监督徐立秋的。如果那个牛皮大王胆敢跟我耍花样，不论是他趁机将这钱占为己有，还是在北京有任何不轨行为，我都会马上向警察局汇报。”

臧增福闻言，连忙劝道：“哎呀，家栋啊，我们是生意人，还是不要惹是生非为好。有什么事呢，马上拍个电报，通知远航就行了。”

臧家栋却摆手说：“不用通知远航，那小子除了败家还会什么？”掏出一张名片晃了晃，“喏，你们看，这个人和我关系好得很呢，他儿子还认我做干爸了呢，现在在北京警察局任副局长。到时候我想抓谁，他一定会帮我的，你们就把心放到肚子里吧。我这次去，一定会搞清楚那个牛皮大王到底在耍什么花招，等着瞧吧，哼！”

第9章　对你很不公平

时间过得真快，一转眼，春天就过去了大半。

田野里、路两边，到处都是绿意盎然的，像给大地铺上了绿色的地毯。甚至连银杏树叶都已经变得黄绿了，像极了一把把小小的扇子。

此情此景，不但没有让臧远航轻松起来，反而更加抑郁了。

他心事重重地走在大运河堰上，看到徐佩芸，甚至忘记了像以前那样打招呼。

没想到，徐佩芸却破例微笑着说："早安。"

臧远航不由一愣，随即道："早安，今天怎么这么早？"

徐佩芸不好意思地说："还有半年，我就要结婚了。今天是我在甜油坊上班的最后一天，明天，我就要待在家里为婚礼做准备了。"

臧远航刚想说什么，却看到她手上的戒指，便苦涩道："恭喜你。”

徐佩芸苦笑一声：“谢谢。”犹豫了一下，还是说，“现在窑湾有很多关于二叔在北京挥霍无度的传言，我想你一定感到很困扰，是不是？”

臧远航故作坚强地说：“这事不要你管！”说完这话，便头也不回地直朝前去。

徐佩芸呆了一呆，连忙喊道：“远航，远航。”

但是臧远航已经走远了！

与此同时，他的双眼情不自禁地流下泪来。

为了掩饰，他迅速扬起了脸。

夜幕降临后，来仕登舞厅却热闹非凡。

陆慧珊和臧远胜也混在舞池中，正开心地跳着交谊舞。

臧远胜望着眼前的姑娘，深情地：“你以前不是不理我的吗？为什么今天又主动邀请我跳舞了？”

陆慧珊天真烂漫道：“因为我们就要成为一家人了。

臧远胜惊喜极了：“这么说，你是被我的诚意打动了吗？”

陆慧珊却微微一笑说：“你想到哪儿去了？三婶和我说，她找的媒人很快就要到我家提亲了。”

臧远胜脸色立刻大变，甩开她的手，急急地问：“你说的可是真的？”

陆慧珊不以为意道：“我什么时候骗过你？”

臧远胜怒道：“既然你就要和别人定亲了，还找我干什么？”

陆慧珊无辜地说：“找你陪我来跳舞，庆祝庆祝呀。”

正好一曲终了，跳舞的人纷纷回到座位。

臧远胜冷冷地看了她一眼，转身冲进了人群，很快就不见了踪影！

陆慧珊立刻在人群中找着，同时焦急地喊道：“远胜，远胜……”

但是她没有看到远胜的踪影，却看到臧远航正失魂落魄地坐在一个偏僻的角落，看上去已经喝得很多了，却还在一杯接一杯地喝着。

他一边喝，一边还喃喃自语道：“心爱的女人就要和别人结婚了，码头年审却迟迟没有通过，臧远航啊臧远航，你可真是个废物啊，事业爱情双输，人生一败涂地！”说完，又灌了一杯！

陆慧珊犹豫了一下，还是走了过去，夺下酒杯说：“你喝得够多的了，不要再喝了！”

没想到臧远航直接拿起了酒瓶，同时醉眼蒙眬道：“不要你管！”

陆慧珊却理直气壮地说：“我不管谁管？”边说边又夺过了酒瓶。

臧远航指着她，愠怒道：“把酒给我！”

陆慧珊坚决地说："不给！和我一起回去！"边说边要去拉他。

臧远航原本想要挣扎，可是因为喝了太多的酒，浑身一点力气都没有。

于是，已经喝得七八分醉的他，只好任由陆慧珊拉扯着，跌跌撞撞地走了出去。

中宁街的夜色，已经很浓了，各家各户的店铺前，都亮起了大大的红灯笼。

臧远航几次想要甩开陆慧珊的胳膊，却是浑身毫无力气。

他走到一根柱子前，甚至差点儿绊倒，索性站着不走了。

陆慧珊责怪道："不能喝就不要喝嘛，逞什么英雄？"

臧远航痛苦地说："逞英雄？我现在是狗熊！不但北京方面逼着我要钱，家里人也没一个给我好脸色，现在佩芸又要结婚了，我事业爱情双输，人生真是一败涂地啊！"

陆慧珊伤感地说："难道在你眼里，除了你的码头和徐佩芸，就看不到别人了吗？"

正在这时，一阵冷风吹过，臧远航的酒就醒了大半，终于抬起头，望着她那美丽而深情的脸，歉然道："对不起，慧珊，你知道我……"

陆慧珊毫不客气地打断他的话："我知道你喜欢徐佩芸！可是

半年，还有半年，徐佩芸就要嫁给俊锋表哥了。难道这辈子不娶佩芸，你就不结婚了吗？”

臧远航摇摇头，痛苦地说：“当然不是，人，总是要向现实低头的。”

陆慧珊紧握着他的手，几乎是哀求了：“那么，你现在就向现实低头好不好？你现在就考虑一下我好不好？”

臧远航感动地说：“慧珊，谢谢你。但是再给我半年时间，好不好？”

陆慧珊不由瞪大眼睛，难过地问：“你的意思是，等佩芸结了婚？”

臧远航避开她的眼睛，歉然道：“对不起，我知道我这样很自私，对你也很不公平。如果你不愿意……”

陆慧珊却果断地说：“不，我愿意！”

与此同时，她的眼中掠过深深的怨恨！

可是她的双手却更紧地挽住了他的胳膊。

夜半时分的臧家大院客厅，黑漆漆一片。

臧远航还有些微的醉意，便想进来找点水喝，没想到刚一打开门，里面的电灯却“啪”的一声亮了。

与此同时，就看到臧远胜面无表情地坐在沙发上。

臧远航吓了一跳，关切地问：“二哥，你怎么还没睡？”

臧远胜却没好气地回道："你不是也没睡吗？"

臧远航看了看他，郁闷地说："你今天说话，怎么感觉怪怪的？"

臧远胜冷冷道："我再怪也没有你怪！"

臧远航不高兴地说："你把话说明白些，我怎么怪了？"

臧远胜愠怒道："你明明心里放不下佩芸，却让慧珊等你半年，这还不够怪吗？"

臧远航闻言，吃了一惊，脱口而出："你跟踪我？"

臧远胜越发生气了："我并不是有意要跟踪你！只是我不放心慧珊一个人回家，所以又回来仕登找她，没想到，我听到了你说的这段话！"

臧远航望着他涨得通红的脸，忽然想起什么，试探地问："你那么关心慧珊？是不是爱上她了？"

臧远胜却激动地说："我爱不爱她，对你来说并不重要！重要的是，你并不爱她。就算以后你勉强娶了她，也不能给她幸福，对她将是更大的伤害，你知道不知道！"

臧远航不由一呆，随即郑重地说："你放心，我知道自己该怎么做了。"

臧远胜却冷哼一声，拂袖而去！

第10章　水至清则无鱼

北京徐公馆客厅内，气氛有些诡异。

徐立秋跷着二郎腿，正在悠闲地喝着茶。

他的贴身跟班林辉在点钱。

臧家栋则这里看看、那里瞅瞅，动作非常随便，完全没有客人的拘束。

不大一会儿，林辉已经把钱整理好了，然后拨了拨算盘说：“先生，整整五万块。”

徐立秋却头也不抬道：“家栋兄，钱点过了，一分不多一分不少，这里没你什么事了，你可以回窑湾了。”

臧家栋却像没听到一般，双眼紧紧盯着柜内的各式名酒，很随意地一瓶瓶拿起来看，并贪婪地说：“茅台？早就听说这酒很著名了，我还是头一回见到呢。立秋，不知道这茅台酒，比之我们窑湾的绿豆烧如何？”

徐立秋淡淡道：“依我看来，和绿豆烧不相上下。你要是喜欢的话，就拿一瓶回去吧。”

臧家栋立刻笑起来，也悠闲地往茶几旁一坐，似乎推心置腹地说：“立秋，你看我们从小一块儿长大的，彼此也算是知根知底……”

徐立秋听了这话，眉头不由一皱，轻蔑地扫了他一眼，然后冷冷地“哦”了一声。

臧家栋故意顿了一顿，然后有些趾高气扬道：“那我就打开窗户说亮话吧。我这次来送钱呢，不仅是代表码头，还代表我爸、家梁和远航他们。我来时，他们再三吩咐我，让我查一查你的来往账目。”

徐立秋冷哼一声，猛地将茶杯重重地往桌子上一掷，霍地站起身来。

臧家栋并不以为意，继续阴阳怪气地说：“立秋，你千万不要误会。我们不是不相信你，不过你也是知道的，这亲兄弟还明算账呢，特别是我们做生意的，这往来账目啊，是一定要清清楚楚的。换句话说，就是立秋你个人日常的消费、疏通各单位的费用等等花费，你自己肯定也都有记录的，或者有收据留下来也行，我大体过目一下，回去好向他们交代，你看怎么样？”

徐立秋眼中立刻闪过一丝阴鸷，但很快就收敛了，转而皮笑肉不笑地问：“说白了，就是你想查我的账，是吗？”

臧家栋一竖拇指，称赞道："立秋果然是个聪明人。"

徐立秋爽快地说："查账是小事情了，我先叫他们准备准备。不过你大老远的从窑湾赶过来，一时半会儿也不急着走，是不是？"

此话正合臧家栋心意，他不禁连声道："那是，那是。"

徐立秋一改刚才的冷淡，好脾气地问："你以前也经常来北京，是吗？"

臧家栋得意地说："那当然。"

徐立秋拉起他的胳膊，亲热道："那你就在这里多玩几天，会会老朋友吧。走，今晚我先请你吃一顿，算是先为你接风洗尘了，你看怎么样？"

臧家栋理所当然道："那是再好不过的了。"

刚走了几步，徐立秋忽然说："对了，你不是喜欢茅台嘛，拿一瓶去好了。"

臧家栋不由眉开眼笑起来，径直向吧台走去。

他却万万没有想到，在自己拿茅台的时候，徐立秋暗中冲林辉使了个眼色。

林辉立刻会意地点点头，三步并作两步出了门。

当天晚上，北京饭店内某包间内，桌上摆满了丰盛的菜肴。

臧家栋喝了一杯酒，便闭上眼睛，一脸陶醉的模样。

徐立秋笑眯眯地问：“怎么样，家栋兄，这茅台酒比之绿豆烧如何？”

臧家栋赞赏有加地说：“绿豆烧香醇甜美、酒性正和，最重要的是它的保健功效；茅台不愧为全国名酒，留杯之余，回味无穷，酒香持久不散。这两种酒实在是各有千秋，各有千秋啊。”

徐立秋拍拍他的肩，亲热道：“好喝吧，哈哈哈。我那里很多茅台酒，你想喝多少有多少，等一会儿回去，你一边查账一边喝，保你一醉方休！”

臧家栋兴奋地说：“那太好了。”忽然想起什么，有些不好意思地问，“立秋……老弟，那这顿饭和酒，进不进账的？”

徐立秋拍着胸脯保证道：“你尽管放心吧，今天这顿饭，是你我幼年好友相聚，我个人掏腰包请你。”

臧家栋举起酒杯，感激地说：“那谢谢你了，来，我敬你一杯。”

谁知道两人还没碰完杯，一伙警察就闯了进来。

臧家栋不由紧张地问：“他们来干什么？”

刚才还笑容满面的徐立秋，眼神立刻变得凛冽了，轻蔑地望着他，忽然哈哈大笑起来！

臧家栋的心不由一沉！

与此同时，领头的警察局长走进来，恭敬地对着徐立秋喊了声：“敬礼。”

警察们立刻也跟着举起手来。

臧家栋越发惊恐了起来。

徐立秋再也不理他了，却站起身来，热情地招呼道：“温局长，怎么这么晚还在执行公务呢？”

温局长叹了口气说：“唉，别提了，我们接到通知，说是有一个罪犯流窜到北京，我在到处抓人呢。”

臧远栋听到这里，才稍稍松了口气，巴不得他们赶快走。

没想到，徐立秋竟然继续问：“那你们抓到他以后，打算怎么样呢？”

温局长不以为意地说：“还能怎么样啊？”伸出拇指和食指，做了个打枪的手势，“还能怎样，‘砰’的一声，打死他呗。”

臧家栋情不自禁把身子向后缩了缩。

温局长好像这才看到他似的，惊讶地说：“耶，这位先生，我好像在哪里见过你呀？”

臧家栋赶紧摆手道：“没，绝对没！温局长你一定是认错人了，我从来没有见过你。”

温局长严肃地问：“那你叫什么名字？”

臧家栋坦然地答道：“小弟叫臧家栋。”

温局长竟然吃惊地说：“你就是臧家栋吗？”然后向身后一挥手，大喝一声道，“犯人就在眼前，还不赶快给我抓住！”

警察们闻言，立刻一拥而上。

臧家栋不由大惊失色，一边拼命挣扎一边吼道："为什么抓我？为什么抓我？"

温局长厉声说："我们收到情报，说你私运大量现金来北京，意图扰乱国家经济！这条罪，最轻的要坐十年牢，最严重要直接枪毙！"

臧家栋激动地分辩道："什么扰乱国家经济？冤枉呀。"忽然想起什么，赶紧转过头去说，"立秋，不，立秋老弟，立秋大爷，我的钱是拿给你的，你赶紧帮我说句话呀。"

没想到，徐立秋却冷冷地说："我帮你说什么话？我又不认识你。"

臧家栋不禁失声叫道："啊，你不认识我？"看了看徐立秋，又看了看温局长，这才恍然大悟说，"哦，我知道了我知道了！什么大量现金，什么扰乱国家经济，分明是你们两个串通好了想整我，我不怕你们！我认识你们副局长，他是我老朋友，不，干亲家！"

因为他挣扎得太狠了，又有几个警察拿绳子过来绑他。

臧家栋虽然无力挣扎了，但是仍然大喊大叫道："别绑我，我有他名片，我有他名片……"

但是警察们根本不理他，很快就将他五花大绑起来，强行拉了出去。

温局长对着他的背影，嘲弄道："白痴啊他！我是局长，你认识副局长有个屁用啊，哈哈哈！”

徐立秋拉住他坐下说：“别理他，来，我们喝我们的酒。”

温局长连声道：“好好好。”

当天午夜时分，北京某看守所走廊内，臧家栋被两个警察半拖着，已经被打得鼻青脸肿了。

但是他还在拼命叫喊：“窑湾码头的当家是我亲侄子，我要打电话给他，我要打电话给他。”

不久以后，他就被拖到一个阴暗肮脏的监仓门口。

警察甲恶狠狠地说：“进去！”

警察乙照着他的屁股，就飞起一脚！

臧家栋立刻扑开门，一头摔倒在监仓的墙上，顿时感觉鼻子传来钻心的疼痛，与此同时，一股温热的液体流进了嘴里。

他下意识地用手一摸，立刻看到手上的鲜血，不禁惨叫一声！

然后他像疯了一样，转身扑向门，并拼命拍打着：“放我出去，放我出去……”

警察甲冷笑一声，边锁门边讥刺道：“哼，一把年纪了，还这么不识时务，也不看看这是在谁的地盘上！”

警察乙幸灾乐祸地说：“你不是想查账吗？那你就在里面慢慢查吧。”

臧家栋捂着流血的鼻子，绝望地仰天长叹：“老天爷，到底还有没有讲理的地方啊，我来查账竟然把我打成这个鬼样子！”然后咬牙切齿道，“徐立秋，你这个牛皮大王、阴险小人，我一定饶不了你！”

北京徐公馆内，徐立秋正悠闲地坐在饭桌边，有滋有味地吃着一大桌美味佳肴。

臧家栋扶着腰，一瘸一拐地从楼梯上走下来。

徐立秋装作没有看到一般。

臧家栋走到他面前，低声下气地说：“立秋，不，徐先生，谢谢你担保我出来。”

徐立秋却连眼皮都不抬，冷冷地“哦”了一声。

臧家栋小心翼翼地说：“如果你没什么事，我就先走了啊。”

他边说边困难地挪动脚步，想要迅速离开。

徐立秋阴阳怪气地说：“账还没有查呢，你就这样走了吗？”

臧家栋连忙站住，点头哈腰道：“不查了，不查了。”

徐立秋这才抬起头，敷衍地说：“那就慢走不送了哦。”

臧家栋连声道：“不送，不送。”边说边一瘸一拐地，逃也似的向大门走去。

徐立秋望着他的背影，冷哼一声！

臧家大院客厅内，一家人正围着鼻青脸肿的臧家栋嘘寒问暖。

庄淑环正拿着碘酒，小心翼翼地给丈夫擦额头上的伤口。

臧家栋忽然“哎哟”一声，责怪道：“你轻点！”

庄淑环连忙说：“好的，我轻点，我轻点。”

正在这时，臧远航急匆匆走进来。

他见此情景，不由一怔，紧张地问：“二大，你怎么受伤了？没事吧？”

没想到臧家栋看到侄子，竟然一把将妻子推开，激动地用手指着他说：“你请的那个徐立秋，简直就是土匪、强盗！”又指着自己道，“他竟然丧尽天良，让人把我抓进警察局，打成这副鬼样子！我是去送钱，不是去送命！”

臧增福附和道：“是啊，远航，你是请他给码头做事的，怎么可以这样对你二大呢？”

臧家梁也不满地说：“这分明是不把我们臧家人放在眼里嘛。”

臧远航却皱了皱眉道：“二大，这件事，徐立秋固然有错，但是你也不该要求查账，是不是？”

臧增福闻言，不由吃惊地问：“查账？家栋你竟然想去查账？”

臧家梁也责怪地说：“二哥，我临走前不是告诉你了吗？北京是徐立秋的地盘，不比窑湾，你怎么到别人的地盘上要求查账呢？”

臧家栋理直气壮道：“我不查账，我怎么知道有多少钱是真正用在码头年审上的，有多少钱进了他个人的口袋里？”

臧远航耐心地说：“但是二大，你应该知道‘水至清则无鱼’

这个道理。别说徐立秋会中饱私囊，就是我们码头的职员，不是也有人贪污吗？”

臧家栋气急败坏道：“你的意思是，我被打是理所当然、自作自受了？”

臧远航连忙摆手说：“我当然不是这个意思。”

臧家栋怒目圆睁道：“我看你就是这个意思！”

臧增福息事宁人地说：“家栋啊，算了，常言道‘吃一堑长一智’，这件事就到此为止了，以后谁都不许再提。”

臧家栋恨恨地说：“可是我咽不下这口气！”

他说完这话，便撕掉脸上的纱布，使劲在脚底踩了踩，愤然而去！

所有人都面面相觑，却也不敢阻拦他！

第11章　合起伙来骗我

吴家盐行总经理办公室内，吴俊锋的哈哈大笑声差点把屋顶震穿了。

崔玉存边笑边说：“老板，你没看到，那个臧家栋青头紫脸的样子，简直要多狼狈，就有多狼狈哦。”

吴俊锋幸灾乐祸地说：“臧远航这叫自己搬石头砸自己的脚，当初把徐立秋从我这边挖了过去，还以为抢到宝了呢，谁知道，抢了个活宝回去，哈哈哈。”

崔玉存忽然想起什么，止住笑道：“对了，老板，王志信虽然听话，但是毕竟是在别人的地盘上，他能斗得过徐立秋那个老江湖吗？”

吴俊锋信心满满地说：“原先我也有这个担心，不过自从他上次北京之行后，我一点都不担心了，这个老狐狸，远比我想象中狡猾得多了！看来我投到他那里的钱，一点儿都没有白花啊，哈哈哈。”

夜幕已经降临，但是北京徐公馆内，依然灯火通明。

此时，徐立秋和一个还算帅气的中年男人，正坐在餐桌前推杯换盏。

这个中年男人，就是现任副总理办公室主任谭松林。

徐立秋见酒喝得差不多了，便从包里拿出一个精巧的盒子，笑眯眯地递了过去，同时用神秘的语气说：“谭主任，你打开看看里面是什么？”

谭松林双眼立刻一亮，充满期待地打开盒子，却见里面只是一颗直径六毫米左右的，看上去很不起眼的珠子，不禁露出些微的失望来。

徐立秋微微一笑，命令身后的跟班说：“去，把灯全部关掉，窗帘也全部拉上。”

跟班们立刻领命而去！

谭松林有些愠怒道：“哎，你们想要干什么？”

说话间，室内已经漆黑一片了，但是唯有刚才那颗不起眼的珠子，却在桌子上，发出了耀眼的白光。

徐立秋得意地问：“谭主任，知道这是什么吗？”

谭松林不由发出一声赞叹，颤抖着声音说：“夜明珠！”

徐立秋哈哈大笑道：“谭主任不愧是副总理办公室的，真是好眼力。”

当窗帘和灯光再次打开，那颗珠子重又变得不起眼了起来。

谭松林把玩着夜明珠，爱不释手地说：“立秋兄果然厉害，只是松林愚钝，不知道这么稀世罕见的夜明珠，你是从何处得到的？”

徐立秋自豪地说：“谭主任应该知道，我们徐州地区，不但是两汉文化的发源地，更是历代兵家必争之重地，无数英雄豪杰，曾在那里横刀立马。相传徐州狮子山有楚王陵，陵内有大量随葬品。这夜明珠，就是来自楚王陵。”

谭松林惊喜极了：“如此说来，这夜明珠真是太珍贵了。立秋兄一番心意，谭某是却之不恭啊，谢谢，谢谢了啊！”

徐立秋举起酒杯，亲热地说：“谭主任真够爽快，你这个朋友，我是交定了。来，我们边吃边谈。”

于是，两人一干到底！

谭松林放下酒杯，却有些不好意思地说：“立秋兄，我也喜欢交你这样出手大方的朋友。既然我们是朋友，我也就坦白地和你说吧。我知道你今天约我来，是想打听下一任水利部部长具体会由谁接任。但是这件事，我确实不知道。不好意思，让你失望了。”

徐立秋听了这话，眼角不禁闪现一丝不易察觉的失望，但是眼珠一转，随即又哈哈大笑起来：“松林兄，你真是多虑了。我今天请你出来，是真心真意想交你这个朋友，与水利部部长什么的，没有一分钱关系！”

谭松林半信半疑地问：“是吗？”

正在这时，一个中年女佣走进来通报说：“先生，曼丽小姐来了。”

话音未落，就见一个身材窈窕、相貌妩媚、穿着洋装的年轻女孩，风情万种地站在门边。不用说，她就是曼丽小姐了。

谭松林抬头看到她，两眼立刻放出光来，情不自禁地站起了身。

曼丽却故意不看他，而是娇滴滴地招呼道：“徐先生，你好呀。”

徐立秋立刻将这一切都看在眼里，热情地迎上去说：“哎呀，曼丽小姐，你终于来了。”然后指着谭松林道，“来，我给你介绍一下，这位是副总理办公室主任谭松林先生。谭先生现在可是副总理面前的大红人哦，年轻有为、前途无量啊。”

在他说话的时候，谭松林一直贪婪地盯着曼丽。

曼丽听完介绍，也对他抛了个媚眼，娇滴滴地伸出手来：“谭先生，很高兴认识你。”

谭松林立刻抓住她的小手，咽了口口水说：“我也很高兴，嗯，很高兴。”他一边说，一边爱怜地抚摸着那双玉手，过了好久，才恋恋不舍地松开。

徐立秋又指着曼丽介绍道：“松林兄，这位就是曼丽小姐，影坛、歌坛双料大明星，你一定认识的。”

谭松林连声说：“认识，认识，没想到真人比电影里还漂亮。”

曼丽娇嗔道：“哎呀，谭先生，不好这样说人家的啦，你也很年轻帅气的嘛。”边说边扭着小蛮腰，走进了室内。

与此同时，两人眉来眼去，大有相见恨晚之意。

徐立秋见状，便把曼丽拉到谭松林的旁边位子坐下，同时火上浇油地说：“北京这么大，两位能够相识，也算是有缘人了。今晚一定要一醉方休，来，干杯！”

曼丽举起酒杯，活色生香地说：“干杯。”

谭松林色眯眯地说：“干杯。”

喝酒的时候，他的双眼一直围绕着曼丽，魂都丢了大半了。

徐立秋早就将一切尽收眼底，眼角露出一丝不易察觉的冷笑。

午夜时分，北京徐公馆二楼卧室内，门突然被人从外面推开了，电灯也“啪”的一声亮了。

随即，徐立秋带着一大群人闯了进来。

此时室内的大床上，谭松林和曼丽赤裸着上半身，正相拥着呼呼大睡。

立刻，几台相机的镁光灯从不同的角度照着床，连续“噼里啪啦”地频频拍照。

徐立秋更是气定神闲地坐在一把椅子上。

谭松林和曼丽很快就被惊醒了。

两人揉着惺松的睡眼，望着室内的情形，一时间都怔住了。

谭松林首先反应过来，拉起被单看了看光着的身子，紧张地问：“怎么回事？这是怎么回事？”

曼丽委屈地说：“徐先生，你要为我做主啊，昨晚我喝醉了，他就把我强奸了，呜呜呜……”

谭松林惊呆了，脱口而出：“怎么是强奸？我们明明是两情相悦……”忽然明白过来，惊恐道，“啊，你们、你们合起伙来骗我？”

徐立秋嘲弄地说：“谭松林，你堂堂的副总理办公室主任，居然做出这种有伤风化的事情，你怎么对得起副总理的悉心栽培？还有啊，你能有今天，多亏你岳父的提携，你怎么向他老人家交代？”然后吩咐几个跟班，“你们快去把这些照片洗出来，给副总理、他岳父还有各大报馆，各送一份。”

跟班们异口同声地说：“是。”说完便作势要往外走。

谭松林慌忙想要跳下床，但是刚掀开被子，却发现自己全身赤裸着，只好重又盖上，痛苦地哀求道：“不要啊，不要！”忽然指着之前还称之为好朋友的人，咬牙切齿地说，“徐立秋，你太无耻了！”

徐立秋并不理他，而是呵斥跟班们：“还愣着干什么，快去洗照片！”

跟班们作势又要走。

这个时候，谭松林已经胡乱穿上衣服了，连忙跳下床拦住他们说：“等一下。”然后转过身，哭丧着脸道，“我实话告诉你吧，下一任水利部部长的人选，副总理连半点风声都没有透露。所以，我真的不知道会是谁啊，你就是逼死我，我也不知道啊。”

徐立秋皮笑肉不笑道：“还是常言说得好啊，‘近水楼台先得月’。你是副总理办公室主任，副总理又那么信任你，你会连只言片语都不知道？”

谭松林绝望地说：“他真的连半点风声都没透露出来呀。现在都到这个份上了，我还骗你做什么？”

徐立秋却冷冷道：“不知道不要紧，那我给你一个月时间。如果一个月你还没有查出来，谁是下一任水利部部长，我不但要将这批照片送给副总理、你岳父、你太太、各大报馆，我还要张贴在整个北京城，哼！”

撂下这句话，便带着跟班们，昂然而去！

谭松林听了这话，他的脸立刻就皱成了一条苦瓜，深深地叹了口气，狠狠地甩了自己两个耳光！

第12章　当了老房子

中宁街蒋家丝线店外，徐佩芸拿着一把五颜六色的丝线走了出来。

没想到，刚走到门口，竟然和正准备进入店内的陆慧珊碰上了。

徐佩芸想起了她之前的不友好，犹豫了一下，就想要低头走开。

没想到，陆慧珊径直走过来，笑容满面地招呼道：“佩芸，买丝线呢。”

徐佩芸点点头：“是啊，你也要买吗？”

陆慧珊不好意思地说：“嗯，但是我不知道该怎么买？”

徐佩芸好心介绍道：“这个你放心，我们窑湾有专门的铁布机加工丝线，有的丝线是单色的，有的丝线一线染多色，你想买哪种都行。”

陆慧珊亲热地说：“太谢谢你啦，如果方便，你教我好不好？”

徐佩芸爽快道：“当然可以，你今天好像很高兴，有什么喜事吗？”

陆慧珊羞涩地说：“再等半年，我就要和远航订婚啦。”

恰在此时，臧远航正好走到旁边的帽壳店，抬头看到他们两个，眉头不由一皱，便下意识地停住了脚步，不知道该往前走，还是该往后退。

徐佩芸一抬头，就看到了他，于是便坦然地说：“你看，说曹操曹操到。”

陆慧珊一回头看到臧远航，立刻也笑了。

徐佩芸礼貌道：“那你们聊吧，我先走了。”

陆慧珊还叮嘱说：“别忘了教我啊，再见。”

徐佩芸回头道：“好的，再见。”

没想到她这一回头，正好和臧远航热烈的目光遇上。

徐佩芸装作没看到一般，连忙转过身，急匆匆走远了。

与此同时，陆慧珊飞跑到臧远航身边，亲热地挽住他的胳膊，娇嗔道：“真没想到能在这儿遇见你，好巧啊。”

臧远航却轻轻抽出胳膊，小声说：“慧珊，别这样。”

陆慧珊调皮地说：“有什么关系，我们小时候，不是经常这样挽的吗？”说完，又伸手要去挽。

臧远航立刻后退几步，正色道：“慧珊，别这样。”

陆慧珊看他认真的模样，脸上的笑容立刻就僵住了，委屈地说：“那天晚上，你说让我等半年，我愿意等，现在怎么忽然就翻脸了？”

臧远航歉然道：“慧珊，我反复考虑过了，我觉得自己实在是太自私了，那样对你不公平。”

陆慧珊倔强地说：“我就要你自私，我就不要公平！”

臧远航耐心道：“慧珊，你不要这样。”

陆慧珊却更紧地挽住他的胳膊，固执地说：“我就要这样！”

臧远航只好无可奈何地摇了摇头。

大清邮电局电报室内，臧远茹正焦急地等候在窗外。

电报员忽然说：“臧小姐，你的电报。”

臧远茹急忙接过电报，看过后，不由吃了一惊，同时眉头皱成一团。

然后，她拿着电报，赶紧坐上一辆黄包车，满脸忧郁。

此时的码头管理处总经理办公室内，站着臧家两个堂兄弟。

臧远航坐在办公桌前，神态严肃地问：“大哥，蛟龙号起航了没有？”

臧远方回道：“还有三个小时才能起航。”

臧远航刚想说什么，就看到臧远茹火急火燎地跑进来。

他急忙问："大姐，什么事？"

臧远茹扬了扬电报说："徐先生来电报了。"

臧远航脸色一变，连忙站起身来，焦急地问："他说什么？"

臧远茹打开电报开始念："臧老板，很感谢你一直以来的支持。可惜眼下北京时局混乱，各路军阀势力此消彼长，水利部部长候选人迟迟没有确定下来。故此，我急需十五万块周转。希望十天之内派人送到，否则，码头年审一事，绝对功亏一篑。"

臧远方惊诧地"啊"了一声。

与此同时，臧远航的脸色，立刻变得惨白，不相信地问："十五万？"

臧远茹毫不犹豫地点了点头。

臧远航只觉眼前一黑，立刻"扑通"一声，晕倒在地！

臧家后院三房小院臧远航卧室内，臧增福夫妇、臧家栋夫妇、臧家梁夫妇、臧远方、臧远茹和臧远胜都围在他床前，个个唉声叹气。

郭文芳一边抹眼泪，一边心疼地给他擦汗。

臧远航躺在床上，终于缓缓地地睁开眼睛。

他忽然想到什么，猛地打了个激灵，便作势要起床。

郭文芳立刻拦住他说："赵先生说你太累了，要好好卧床休息。”

臧家梁也捶打着自己的头部，附和妻子道：“对啊，要好好休息，不要像我一样，后悔都来不及了。”

臧远航却望向堂姐说：“大姐，北京方面的十五万，我打算由码头负责五万，其余十万由我自己负责，你看行不行？”

臧远茹为难地摇摇头：“我们三次已经筹给徐立秋二十五万了，码头已经彻底空了。现在别说五万块，连五千块甚至五百块都拿不出来了！”

臧远航叹了口气，失神地望了望四周，忽然眼睛一亮，随即眉头又皱起来，但还是说：“爷爷，这座老房子，是咸丰年间建的吧？”

臧增福点点头，语带骄傲地说：“是啊，刚建成时，是整个窑湾最大、最有气势的房子。”

臧家梁疑惑地问：“远航，怎么忽然想起来问这个了？”

臧远航深深地吸了一口气，一字一顿地说：“我想把这座房子典当了！”

听了这话，所有人都异口同声地惊叫道：“典当老房子？”

臧远航重重地点了点头。

臧家栋立刻跳起来，指着他的鼻子大声吼道：“臧远航，你穷疯啦？这座老房子是老祖宗留下来的，你竟然也敢打主意？”

臧远航冷静地说：“现在是关键时刻，如果我们筹不到十五万给徐立秋，他就没有钱去打通关节。年审通不过，我们不但功亏一篑，码头还会落到王志信和他背后靠山的手中！”

臧家栋反驳道：“就算筹到十五万，你能保证徐立秋一定能让年审通过吗？”

臧远航果断地说：“我只知道，筹到十五万，我们不一定能通过年审；但如果筹不到十五万，我们就一定拿不到。”

臧家栋气急败坏道：“你们听，你们听，他这叫什么话？”转向三弟，“你好好劝劝你的儿子吧，让他不要脑子一根筋了，看看还有别的什么挽救的办法。否则，祖宗十八代都要被他气得从地下跳出来了！”说完冷哼一声，拂袖而去。

庄淑环也冷哼一声，跟在丈夫身后走了。

臧远航将目光移向父亲，求救地说：“爸？”

臧家梁也将目光移向自己的父亲，求救地说：“爸？”

臧增福仰天长叹道：“看来，我们是被逼到绝路上来了。如果没有别的方法，也只好如此了。”

臧远航听到这话，眼睛一亮，立刻挣扎着下床，跪在爷爷奶奶面前，连磕了三个响头：“远航不孝！如果当了老房子，再码头年审通不过的话，也许我们真的要流落街头了。”

臧增福连忙扶起他，安慰道：“孩子，起来吧，一切都是天意啊。人心不可测，天意不可违！”

臧远航这才站起身来，孤注一掷地说：“那我马上约见东当典行的朱老板。”说完，便跳下床开始洗漱。

臧家人见状，便纷纷离去，一个个的心中，都像压了块沉重的大石头似的。

臧远航很快穿戴整齐，但是正要出门，郭文芳却将他拉到自己的房间。

房间里，臧家梁正神情严肃地等着他。

臧远航焦急地说："爸，妈，我已经约了东当典行的朱老板，有什么事，回来再说行不行？"

郭文芳断然道："不行！"

臧远航看了看父母，急切地问："到底什么事？你们快说啊。"

臧家梁叹了一口气，郑重地说："远航，除了典当老房子，我们其实还有一个挽救的办法。"

臧远航眼睛不由一亮，连声问："什么办法？什么办法？"

郭文芳看丈夫有些为难，便接口道："就是上次我和你说的，向慧珊提亲！我已经找人选好了黄道吉日，这几天都是好日子。"

臧远航却摇摇头，坚决地说："爸，妈，你们真是的，婚姻又不是交易。"

臧家梁点点头："你说得对，婚姻确实不是交易。但是就算我们现在向陆家提亲，也不算是交易。"

臧远航有些烦躁地说："明明就是交易，你怎么还说不是交易。我被你搞糊涂了，我要去东当典行了，有什么事回来再说。"

说完，便转身要走。

臧家梁严肃道："回来，听我把话说完。"

臧远航只好转回头。

臧家梁耐心地说："现在窑湾所有的人，都知道我们码头是空了。虽然臧陆两家是多代世交，但是在商言商，更何况十五万可不是个小数目，陆市长绝对不会为'世交'两个字，为这十五万买单的，所以我也断然不会去开这个口。但是如果你和慧珊订了婚，那就不同了。慧珊是父母的掌上明珠，为女儿买单，别说十五万，五十万也是肯的。再加上陆市长和慧珊两个哥哥的助力，他们肯定会动用一切能用的人际关系网，你也就不需要像现在这样辛苦了。"

臧远航听了这番话,便有些心动了,但还是有些纠结:"可是……"

郭文芳趁机循循善诱道："远航，妈明白你的意思，你是怕对慧珊不公平。可是你想想，你和慧珊青梅竹马，她那么喜欢你。除了佩芸，你在窑湾还能找到比她更适合做你太太的女孩吗？"

臧远航沉吟片刻，摇了摇头说："不可能了。"

臧家梁拍拍他的肩，欣慰地说："对，远航，你终于想通了。你还年轻，等到了我这个年纪，就会知道。你妈经常说：'所谓爱，就像烟花一样，灿烂而不长久；可是喜欢，却像涓涓流水一样，虽然细小，却一直向前。今天没有感觉，不代表他日不会志趣相投；今天打打闹闹，不代表他日不会恩恩爱爱；而今天恩恩爱爱的，他日也有可能反目成仇！’今天，我也把这番话送给你。”

臧远航似懂非懂地点点头，又摇摇头。

但是看他那个样子，已经动摇无疑了。

郭文芳见状，便抓住他的胳膊，焦急地问：“你到底同意不同意？只要你点头了，你就不用去东当典行了，我马上托人到陆家提亲。”

臧远航刚想点头，却看到二哥低着头，无精打采地朝二房小院走去。

他的眉头立刻就皱了起来，与此同时，脑海中不由浮现出对方之前说过的那句话：“……就算以后你勉强娶了她，也不能给她幸福，对她将是更大的伤害……”

想到这里，他刚才还犹豫不决的目光，忽然重又变得坚定了起来。

郭文芳催促道：“真是急死人了！远航，我最后再问你一遍，你到底同意还是不同意？”

臧远航坚决地说：“不同意！”说完，拔腿就走。

郭文芳气得直跺脚，冲丈夫吼道：“可真是你的好儿子！”

臧家梁毫不示弱地说：“难道不是你的好儿子！”

第13章　送牢饭还差不多

北京欧式关公馆内，房间虽然很豪华，但是窗帘却是灰扑扑的，杂物摆得到处都是，看来好久没有人管理过了。

此时，徐立秋坐在沙发上，对面是一个衣着考究、面容憔悴的中年女人，正是关世贤的妻子宋之茵。

在他们面前的桌子上，有一个厚厚的信封。

宋之茵看着信封，深有感触地说："难怪人常说，'富在深山有远亲，穷在闹市无人问'。以前我先生做经贸部副部长的时候，每天都是高朋满座，连不认识的人，也都来巴结我。现在他被捕坐牢，却连人影儿都不见一个，甚至于连亲戚朋友，都躲得远远的。真没想到你能来看我，还给了我这么多钱，我真的不知道该怎么感激你啊。"

徐立秋连忙表白道："我和世贤兄交往，仰慕的是他的为人，并不是他的地位。无论他是做经贸部副部长还是坐牢，他的为人是不会变的，我对他的仰慕也是不会变的。如果你不嫌弃，以后我就叫你嫂子，不知道行不行？”

宋之茵连连点头，感动地说：“行，当然行。锦上添花并不难，难的是雪中送炭。如果他日，世贤能够放出来，我们一定会好好报答你的这份患难之情。”忽然想起什么，重又伤感道，“可是现在墙倒众人推，我不知道他还能不能活着走出牢房？”

说到这里，她难过地抹起了眼泪。

徐立秋向身后做了个手势，林辉立刻递上一只皮鞋。

他接过皮鞋，真诚地说：“嫂子，这只皮鞋，是世贤兄被人带走那天掉下，我帮他捡起来的。世贤兄混迹官场多年，为人处事十分机智，他一定会渡过这个难关的。”然后将皮鞋递过去，“所以，我相信世贤兄一定会穿着这只皮鞋，东山再起、重振雄风！”

宋之茵爱惜地接过皮鞋，感激道：“立秋，谢谢你，真是太谢谢你了！”

中国饭店内，王志信悠闲地坐在沙发上，一边喝茶一边看着儿子的来信：

父亲大人：

臧家现在乱成了一锅粥，估计离家破之日不远了。吴老板对你在北京取得的一系列成绩十分满意，常夸奖你“老将出马，一个顶俩”。只是父亲，我还是感觉，臧家梁当年，只是为了保我们窑湾免遭血洗，并没有做错什么。你现在如此帮吴家，似乎有些……

读到这里，王志信脸上的笑容越来越深了，同时撇了撇嘴：“小兔崽子，你懂什么！你爹我不这样做，你早就去喝西北风了！”

正在这时，伙计小张慌里慌张地跑进来，焦急地说：“老板，老板。”

王志信只好收起信，不耐烦地说：“什么事？”

小张气喘吁吁道：“徐、徐立秋去关世贤家了。”

王志信不相信地问：“关世贤？是不是那个已经下台坐牢的原经贸部副部长？”

小张连连点头：“是，就是他。你看这次，我们送多少钱合适？”

王志信却一挥手道：“一分钱都不必送！”

小张小心翼翼地问：“可是按照以往的惯例，徐立秋去一家，我们也去一家的呀。”

王志信却轻蔑地说：“我看徐立秋是老糊涂了，上次就白白浪费了一栋花园别墅，这次还不悔改！我送别人钱，那是别人在台上，有做水利部部长的可能。我表姐夫已经托人多方打听过了，这个关世贤，他都下台坐牢了，到处贪污受贿，劣迹斑斑！就算勉强放出来，也绝对不可能官复原职，更不可能做上水利部部长！我给他送钱？送牢饭还差不多！”

说到这里，不由得意地哈哈大笑起来。

臧家大院后院最大最深最古老的一间卧室内，臧增福站在一幅《松柏图》前，其身后是曹秀英、三房一家、臧远方和臧远茹。

他们个个面色凝重，气氛显得非常庄严而压抑。

臧增福深深地叹了一口气，将拐杖放在一边，走上前去，卷起《松柏图》的右下角，按了下旁边的按钮。

立刻，墙上就露出了一个四方的小门。

看到这里，臧家梁深深地叹了一口气，曹秀英和郭文芳不停地抹眼泪。

臧远航的神情，则是带着说不出的悲怆和庄重。

臧增福哆哆嗦嗦地从口袋里掏出钥匙，打开四方的小门，然后从里面取出一个黄绸缎包裹着的小匣子。

他难过地抚摸着黄绸缎，过了好一会儿，才郑重地交给孙子。

臧远航接着小匣子，像捧着十世单传的婴儿，小心翼翼地走出卧室，走出后院，走进臧家大院。

其余的家人则沉默着，紧紧跟在他的身后。

但是，当他走到大院门口时，臧增福夫妇和臧家梁夫妇，却情不自禁地停住了脚步。

郭文芳犹豫了一下，忽然拉住儿子，小声说："远航，你现在反悔，还来得及！"

臧远航却坚决地摇了摇头。

郭文芳狠狠地瞪了他一眼。

臧增福夫妇和臧家梁夫妇，难过地目送着臧远方、臧远茹和臧远航三兄妹的身影，越走越远，直至完全消失！

臧家大院后院二房小院的客厅内，臧家栋夫妇和臧远胜站在门前，臧家栋掀开门帘看到一行人，不由冷哼一声，将窗帘猛地拉下。

庄淑环小声惊呼说：“三房这是真要卖房子了？造孽啊，没想到臧家几百年的基业，会毁在这个败家子的手里！”

臧家栋呵斥道：“你不说话，没人当你是哑巴！”

庄淑环瞪了他一眼，不满地说：“你朝我发什么火？我又不是码头当家！”

臧家栋烦躁地在屋内转着圈子，怒气冲冲道：“真是天大的笑话！大哥死了，我就是臧家嫡亲长子，卖老房子竟然不和我商量！”

臧远胜忍不住脱口而出：“臧家当家是爷爷，码头当家是远航，和你商量什么呀？”

臧家栋恨铁不成钢道：“我和你三叔争来抢去，还不是为了你！你要是有远航一半能干，也不用我操这份闲心了！”

臧远胜却不以为然地说：“我才不想那么能干呢。我现在想吃就吃、想玩就玩，哪里像远航，整天忙得像个鬼似的，连吃饭都是眉头紧锁，年纪轻轻的，看上去就像个小老头。”

臧家栋拿着板凳就扔过去，同时气急败坏道："我打死你这个不求上进的东西！"

臧远胜向后一跳，连忙躲过了！

臧家栋却顺手又抓了只椅子，用力扔了过去。

臧远胜这次没躲过，腿被碰到了，立刻疼得"哎哟"一声，躲到了母亲身后。

庄淑环赶忙拦住丈夫说："又不是远胜卖的房子，你冲他发什么火？"然后回头对儿子喊，"傻站着做什么，还不快走！"

臧远胜回过神来，这才飞一般地跑了出去。

中宁街上，臧远胜跑过来，却不知道该往哪里去，只能随便转转，一副没精打采的样子。

忽然，前面传来一声清脆的声音："远胜。"

臧远胜抬头看去，竟然是陆慧珊，此时正笑眯眯地站在自己面前。

他眼睛一亮，随即黯淡下来，低头就想要走过去。

没想到，陆慧珊却拦住了他的去路，关切地问："你从来都是嘻嘻哈哈的，今天怎么啦？"

臧远胜犹豫了一下，还是说："你不是说过了，大运河有多远，就让我滚多远的嘛。"

陆慧珊笑眯眯道："可是我现在心情好了，又想让你滚回来了。”

臧远胜没好气地说：“对不起，滚远了。”

陆慧珊却满意地点点头：“这才像我认识的臧远胜嘛，你今天到底是怎么啦？”

臧远胜难过地说：“为了和吴俊锋竞争码头执照，远航把老房子拿去东当典行了。要是拿不到执照，我们以后就有可能流落街头了。”

陆慧珊不由瞪大眼睛，吃惊地问：“真的？”

臧远胜郁闷道：“这还能有假？”

陆慧珊跺跺脚，愤愤地说：“这个远航，怎么不和我商量一下呀？”

臧远胜闻言，不由一愣，刚想说什么，对方已经转身跑了。

他连忙大喊道：“慧珊，你要干什么？”

陆慧珊却头也不回地说：“我看还能不能挽回！”

第14章　恨所有姓臧的人

元升当典行位于中宁街，院墙高达十米多，院东北角筑有五米高的正方形哨楼。

正大门两侧是一副对联，上联是“南北客商来南北”，下联是“东西当铺当东西”，门楣处是“元升当典”。在大门左前方，有一块影壁墙，上面写着斗大的“当”字。

臧远航看到那个“当”字，犹豫了一下，径直向大门走去。

中宁街上，陆慧珊在前面飞快地跑着，臧远胜在后面气喘吁吁地追着。

东当典行营业大厅内，一张桌子摆在中间，当典行老板朱信和几个伙计站在桌子边。

臧远航庄重地将黄绸缎包裹放在桌子，一层层掀开黄绸缎，露出一个陈旧的小匣子。

他摸出钥匙，却因为手抖得厉害，好半天都没有打开。

臧远方和臧远茹担忧地望着他。

臧远航开了几次锁，终于打开小匣子。

他拿出一张房契，轻轻地铺展开来。

朱信走过去，拿起放大镜，一点点地查看着房契。

室内的所有人，都神情肃穆地望着他。

终于，朱信查完了，将放大镜交给身旁的工作人员。

然后，他职业性地说："臧远航先生，当我们双方盖上印章、签了名之后，就代表窑湾居民街臧家大院，以实价折半价，当给我们元升当典行，利息三分，外加柜费一分。若当期不满一个月，以月计息；二十四个月不赎者，则为死当，任由本行拍卖，中途不得反悔。两个月后，也就是7月25日，里面的所有人和物，都必须全部搬出去，你明白了吗？"

臧远航点点头，坚定地回答道："明白。"

话音刚落，朱信即在房契上盖上"元升当典行"的印章，并签上自己的名字。

臧远航也走了过去，拿出印章，刚想盖下去，却听到身后传来一个响亮的女声："慢！"

臧远航和所有人听了这话，都抬头望去！

只见陆慧珊气喘吁吁地站在门前，顿了一顿，便三步并作两步走到臧远航面前，焦急地说："远航，房子你不必当典，我们很快就会订亲了，我爸不会坐视不管的！

臧远胜正好赶到门口，听到这句话，不由一惊，立刻停住了脚步。

坦白地说，臧远航听了这句话，不是没有心动的。

但是当他抬头看到臧远胜沮丧的眼神，便坚定地摇了摇头："慧珊，我不能那样做！"

陆慧珊茫然地问："不能哪样做？你是指，不能让我爸帮忙，还是不能和我订亲？"

臧远航无奈地说："对不起，两样我都不能。"

陆慧珊听了这话，眼中的期待立刻就变成了仇恨，紧咬着嘴唇，好半天，才一字一顿地说："你说的可是真的？"

臧远航痛苦道："总有一天，你会知道，我是为你好。"

陆慧珊却愤怒地说："你是我什么人，你有什么资格为我好？"

臧远航不由一呆。

陆慧珊跺跺脚，尖声叫道："臧远航，我恨你！"

说完这话，她便双手捂着脸，哭着跑出了大厅。

所有人见了，全都面面相觑。

臧远航望着她的背影，非常愧疚，便想要追出去："慧珊，慧珊……"

臧远胜却猛地将他一推，同时怒声道："你滚开！"

他说完这话，便焦急地追了出去。

臧远航趔趄了一下，幸好被一旁的臧远方扶住了。

他定了定神，整理了下衣衫，重又转回桌子前，拿起了印章，咬着牙盖了下去，然后郑重地签上了自己的名字。

朱信迅速收起房契，递过一张当票："手续已经办好，明天拿典票过来收钱吧。"

与此同时，典当行门口，陆慧珊边哭边跑，臧远胜在后面紧追不放。

她穿过中宁街，跑向大运河堰。

走上小坡时，她忽然绊了一下，身子一歪，差点儿摔倒。

臧远胜连忙扶住她，同时关切地问："你没事吧？"

陆慧珊扬起脸，用力捶打着他的胸膛，边打边泪流满面地说："我恨你，我恨你！"

臧远胜任由她捶打着，但还是委屈地说："我又没得罪你，你恨我干什么？"

陆慧珊尖声叫道："我恨所有姓臧的人！"

说完这话，又狠狠朝他手上咬了一口。

臧远胜的手上立刻传来钻心的疼痛，不由发出一声惨叫。

陆慧珊这才停止捶打，发现对方手上，已经有了两排带血的牙印，不由又生起气来："你是笨蛋吗？我咬你你不会躲？"

臧远胜见她脸色似乎缓和了些，便傻傻地咧嘴笑道："要是能让你出气，再咬几口也没关系。"

陆慧珊望着他，忽然眼珠一转，不由叹了口气，沮丧地说：

“把你咬死又有什么用，今天我这脸可是丢大了。”

臧远胜安慰道：“没关系的，典当行的人口风都很紧，不会乱说的。至于远航……”

陆慧珊立刻尖叫起来：“不准提这两个字！”

臧远胜只好讪笑道：“至于我弟弟……”

陆慧珊又瞪了他一眼，再次尖叫：“不准提那个人！”

臧远胜挠了挠头，只好为难地说：“至于……至于，嗯嗯，大哥和我姐，就更不会向外乱说了。”

陆慧珊忽然把头一歪，认真地问：“那么，你呢？”

臧远胜当即举起手，信誓旦旦道：“老天在上，我臧远胜要是把今天的事说出去，天打五雷轰！”

陆慧珊瞪了他一眼，有些羞涩地问：“我不是说这个，我是想问，今天发生了这样的事，你还会像以前那样喜欢我吗？”

臧远胜不由一愣，随即连声说：“喜欢喜欢，无论发生什么事，我都永远喜欢你！”

陆慧珊长吸了一口气，暗中咬咬牙道：“那么你就赶紧托人，向我爸妈提亲吧。”

臧远胜简直不相信自己的耳朵，惊喜地问：“此话当真？”

陆慧珊不耐烦地说：“我说过假话吗？不过，我三天之内就要跟你订婚，三个月之内必须结婚。”

臧远胜不由一愣：“这么快？”

陆慧珊嘲弄道：“晚了，你就不怕我反悔吗？”

臧远胜连声说：“怕，当然怕！我立刻回去和爸妈商量，明天就托人到你们家提亲。”然后将双手卷成喇叭，对着大运河高喊，“臧远胜要和陆慧珊结婚了，臧远胜要和陆慧珊结婚了……”

陆慧珊望着他的背影，喃喃自语道：“臧远航，我说过的，做不成爱人，就是仇人，你给我等着！”

运河码头上，一艘客船停靠在岸边。

臧远航拎着一个皮箱，和孙管家一前一后登上了客船。

汽笛声响起，客船自南向北缓缓驶去！

陆家四合院，院内的阳光很是灿烂。

陆慧珊却待在后院卧室里，穿着睡衣，蜷缩在沙发上，忧伤地望着窗外。

唱片机在不停地转着，飘出一个哀伤的女声《问》：

你知道你是谁？你知道年华如水？你知道秋声添得几分憔悴？垂！垂！垂！垂！

你知道今日的江山，有多少凄凉的泪？你想想呵！对！对！对！

你知道你是谁？你知道人生如蕊？你知道秋花开得为何沉醉？吹！吹！吹！吹！

你知道尘世的波澜，有几种温良的累？你讲讲呵！脆！脆！脆！

……

正在这时，一个年轻的女佣走进来，急急地说：“小姐，老爷太太叫你。”

陆慧珊立刻站起来，惊喜地问：“我爸爸从南京回来了？”

女佣点了点头：“是的。”

陆慧珊立刻如小鸟一般飞出门去！

陆家四合院客厅内，不一会儿，陆慧珊就兴高采烈地跑来了，看到父母分坐在八仙桌两侧，立刻亲热地喊道：“爸，你回来了。”

但是随即，她的笑容就僵在脸上。

只见父亲一脸寒霜，母亲手里拿着婚帖，不住地唉声叹气。

陆慧珊走进来，看了看爸妈的脸，便有些不安地说：“爸、妈。”

丁玉红将婚帖递给她，没好气地说：“臧远胜家派人来送婚帖了，你自己看看吧。”

陆慧珊接过婚帖，只扫了一眼，便平静地说：“这份婚帖，我收下了。”

丁玉红还没来得及说话，陆文安就“啪”地将桌子一拍，厉声说：“放肆！”

与此同时，桌上的茶杯震荡起来，母女两人都吓了一大跳。

丁玉红望着一脸怒气的丈夫，劝解道：“你发什么脾气，有什么话慢慢和慧珊说嘛。”

陆文安怒气冲冲地说：“还有什么好说的？她连爸妈的意见都不征求，就将婚帖收下了，她以为婚姻是儿戏吗？”

陆慧珊听了这话，泪水迅速溢满眼眶，但是她强行咽了回去，故作诧异地问：“怎么，爸爸你不是一直希望我能做臧家的儿媳妇吗？”

陆文安把手一挥，厌恶道：“当初想让你嫁入臧家，我是想和臧家梁做亲家，而不是和那个心胸狭窄、鼠目寸光、成事不足败事有余的臧家栋！”

陆慧珊咬了咬嘴唇，委屈地说：“可是，现在喜欢我的、向我求婚的，不是臧家梁的儿子臧远航，而是你口中的心胸狭窄、鼠目寸光、成事不足败事有余的臧家栋的儿子臧远胜！”

丁玉红惊讶地问：“事情怎么会弄成这样？你和远航不是一直很要好的吗？”

陆慧珊哽咽道：“可是，他说了，他只当我是妹妹。”

丁玉红好奇地问：“那他喜欢的姑娘是谁？”

陆慧珊咬牙切齿地说：“他喜欢的是徐佩芸。”

丁玉红诧异道：“徐立春的大女儿徐佩芸？她不是快要和俊锋结婚了吗？”

陆慧珊已经有些泣不成声了，但还是点点头，哽咽着说：

“是的。”

丁玉红连忙给女儿抹眼泪，安慰道：“不哭，慧珊不哭。”然后抬起头问丈夫，“反正那个徐佩芸也快要结婚了，你看你是否出面，和家粱夫妇谈一下这件事？毕竟，他们也是一直很喜欢慧珊的。”

陆慧珊却凄然一笑，摇了摇头说：“三叔和三婶也一直在极力撮合这件事，但是，没用的，远航心里只有那个徐佩芸。”

陆文安颓然地跌坐在椅子上，无奈道：“儿女感情上的事，我们做父母的，又怎么好过多插手呢。”沉吟片刻，叹了口气说，“臧家栋和臧家粱虽然一母同胞，但是为人却大相径庭。他这些年的所作所为，真是让我不待见啊。”

陆慧珊擦了擦眼泪，转而安慰父母说：“爸，你放心。我是嫁给远胜，与他爸是什么人没有关系的。”

陆文安却反驳道：“远胜那孩子，虽说本质不错，但是太贪玩了，没有一点上进心。和远航相比，实在是差得太远了啊。”

陆慧珊却语带讥刺地说：“臧远航确实很有上进心，上进得连臧家老房子都给当了！”

陆氏夫妇闻言，同时吃惊地瞪大了眼睛。

陆文安焦急地问：“这事是真的吗？你听谁说的？”

陆慧珊干脆地说：“如假包换！他们签字时，我亲眼在现场看到的。”

陆文安不禁喃喃自语道："真是没想到啊，我去南京不到一个月，窑湾又发生了这么大的事！"然后责怪女儿说，"这么大的事，你为什么不打电话告诉我？"

陆慧珊冷笑一声说："我为什么要告诉你？我巴不得臧家早点家破人亡呢！"

陆文安呵斥道："你就要成为臧家的儿媳妇了，怎么可以有这个想法！"

陆慧珊不由一怔，随即惊喜地说："爸，这门婚事，你是答应了？"

陆文安苦笑道："现在是民国了，提倡婚姻自由。再说，你都接了婚帖了，我不答应，能行吗？只是无论你和远航曾经有过什么样的感情纠葛，等你嫁入臧家后，都不许再想着以前的事情了。你要好好和他相处，善待公婆和长辈，不许辱没了我们陆家诗书传家的好门风。"

陆慧珊立刻深深鞠了一躬："谢谢爸爸，我会的。"

只是当她再次抬起头时，脸上却闪过一丝不易察觉的冷笑！

与此同时，陆文安站起身来，转身就往外走。

丁玉红连忙问："你才刚回来，又要去哪里？"

陆文安边走边头也不回地说："我去找些人开个会！"

第15章　图畜不图厩

北京徐公馆客厅内，徐立秋并没有像以往那样悠闲地看着报纸。

他手里拿着那个熟悉的小册子，目光一一扫过三十二位水利部部长候选人的名字，对跟班们说：“今晚我要陪水利部副部长伍化年去庆乐戏院看戏，哼，说是看戏，还不是为了捧那个京剧坤角。也不看看自己都多大岁数了，再怎么捧，那个小姑娘也不会看上他。他奶奶的，明知如此，我还要跟着去做冤大头！替我准备五千块。”

跟班们答道：“是。”

徐立秋又说：“明天替我约海关关长张继平，我要和他到北京饭店打麻将，你们给我记住了，无论如何，都要把五千块装到他腰包里，听到了吗？”

跟班们答道：“听到了。”

徐立秋继续说：“另外，过几天副总理儿子结婚，买辆福特轿车送给他。这个花花公子啊，不爱金钱美女就爱名车，家里收集了各种牌子和型号的轿车。还有啊，林辉，你马上打份电报去窑湾，问一下臧老板，为什么我要的钱还没有送到？要是过两天再不送来的话，码头年审通不过，新执照被姓王的抢了去，可别怨我没有尽力了。”

林辉答道：“好的。”

北京徐公馆外，一辆黄包车停在门外。

臧远航下了车，看了看豪华的花园别墅，不由皱了皱眉头，神情越发严肃了起来。

孙管家忍不住嘟囔了一句：“这座房子，可真是气派啊。”

正在这时，门内走出一个精壮的跟班，充满戒意地问：“你们找谁？”

臧远航连忙说：“我是窑湾来的，送钱给徐先生。”

跟班这才打开门，热情地说：“快请进。”

此时在客厅内，徐立秋仍然在吩咐着：“对了，还有那个谭松林，给我盯紧点，看他到底有没有给我做事！”

跟班们答道：“没问题。”

正在这时，一个精壮的跟班急急地走进来说：“徐先生，窑湾来人送钱了。”

徐立秋不由气急败坏道：“怎么才来？这次又派谁来的，马上把钱收了把人撵走，看到他们我就心烦！”

话音刚落，门口一个声音传来：“徐先生。”

徐立秋抬头望去，见是臧远航提着皮箱站在门前。

他刚才还怒气冲冲的脸上，立刻就堆满了笑容，三步并作两步迎上去，热情洋溢地说：“臧老板，请进，快请进。”然后命令跟班们说，“还愣着干什么？快给臧老板上茶！”

臧远航微微一笑，走进屋内，不卑不亢地坐下。

徐立秋有些惊讶地问：“怎么这次，是你亲自送钱过来？”

臧远航歉然道：“是的，因为这次数目实在太大，虽然我连夜乘船赶过来，还是晚了一天，实在抱歉。”

徐立秋连声说：“没关系，没关系。你来得正好，我有很多事情要告诉你。”边说边从茶几上的文件夹里，抽出一份文件递过去，“你看看，这份名单上总共有三十二个人，每个人都有可能坐上水利部部长的位子。”

臧远航展开名单看了看，眉头皱得更紧了，若有所思地问：“那这三十二个人中，有哪些机会比较大？”

徐立秋叹了口气说：“这正是问题的关键，现在事情很不明朗，好像每个都有机会，但上面的任命又迟迟不下来。”说到这里，不由怒气冲冲起来，“最可气的就是那个王志信！除了他表姐夫给他提供的可能名单外，另外我收买一个，他就跟着用更多的钱收买一个，搞得我头都大了，不敢有半点马虎。甚至于连那个已经坐牢的原经贸部副部长关世贤，我都不敢有半点怠慢。”

臧远航闻言，心里不由一沉，沙哑着声音问：“那政府大约什么时候会委任呢？”

徐立秋摇摇头道：“唉，就是不知道啊。目前北京的局势，比孩子的脸还变幻莫测。我现在的感觉，每天都像只无头的苍蝇撞在玻璃上一样，前途光明却看不到出路。”

臧远航沉思片刻，坚定地说：“无论花多少钱，我们一定要跟下去。否则，我们就会变得一无所有，一无所有啊！”

徐立秋拍着胸脯保证道：“请臧老板放心，只要你继续支持我，我就是上刀山下火海，也一定打通年审的关节，把码头新执照抢过来！”

臧远航心里想，这简直就是个无底洞啊！

但是他自知目前局势的复杂，只好心情沉重地点了点头。

北京通州码头位于通州区潞城镇，地处长安街东端，南有京杭大运河，东临潮白河，北附运潮减河，三河环绕，风光秀丽。

心里像压了块巨石的臧远航，多么想停留在这美好中，而无须去面对窑湾那个烂摊子啊。

但是一声长长的汽笛鸣叫声，却打断了他的思路。

随即，一艘客船缓缓停靠在岸边。

臧远航只好深深地叹了一口气，提着空空的皮箱，和孙管家随着拥挤的人流，登上了客船。

旅客很多，在狭窄的过道里挤来挤去。

忽然，臧远航感觉头很疼，差点儿晕倒。

他赶忙扶住了孙管家，同时靠在了栏杆上。

孙管家担心地问：“航少爷，你怎么了？”

臧远航连忙定了定神，安慰道：“没事，我没事。”边说边继续往里走。

孙管家叹了口气：“一定是太累了，这几天你都没睡过一个安稳觉。早知道这样，就不要买普通舱位了，人又多空气又不好，只能坐不能睡。省下那几个钱，还不够徐立秋买一盆花的呢。”

臧远航摆摆手说：“没关系的，我们随便找个位置坐下吧。”

话音刚落，他又一个趔趄，正好跌坐在一张椅子上。

孙管家焦急地喊道：“航少爷，航少爷。”

臧远航却早已经酣然入睡，甚至打起了轻轻的呼噜。

孙管家无奈地摇摇头说：“可怜的孩子。”

第16章　我喜欢她就行

臧家大院客厅内，堆满了各种红纸包装的礼品，看上去喜气洋洋的。

庄淑环在礼品前穿梭，看看这个，摸摸那个，兴高采烈的。

正在这时，臧远胜和一个伙计抱着烟花爆竹走了进来。

他看了看到处都堆满了，便问道：“妈，这些东西放在哪里？”

庄淑环指着身旁的一张空桌子说：“来，放这里，放这里。”

臧远胜和伙计立刻将烟花爆竹放在桌子上。

刚刚放好，郭文芳便走进客厅，看到烟花爆竹，立刻惊叫起来：“这些东西是谁放在这儿的，赶忙拿走，拿走。”

一个女佣刚想过来拿，庄淑环立刻制止，并怒喝道：“是我放的，我看谁敢动！”

女佣立刻胆怯地缩回了手。

郭文芳只好耐心劝道：“二嫂，不是我不让放，这些东西易燃易爆，天气又这么干燥，要是有个好歹的，这老房子可吃不消啊。”

庄淑环却把嘴一撇，阴阳怪气地说：“反正这老房子啊，也已经被你儿子当了，吃得消吃不消，又有什么关系呢？”

郭文芳闻言，脸色不由一变，愠怒道：“你？”

庄淑环越发得意起来：“你什么你，我说错了吗？”忽然装作像想起什么，“噢，我明白。眼看你那能干的儿子如此不长进，连祖宗的产业都要败光了，而我这个不能干的儿子，却要娶陆市长的女儿为妻了。陆市长在窑湾那可是响当当的大人物啊，不但世代书香，还是万茂绿豆烧酒的嫡亲传人，现在两个儿子在外面也很风光，我们二房和这样的人家结了亲，你心里不服气了，是不是？”

郭文芳被说得脸色红一阵白一阵，越来越难看了。

臧远胜看了看三婶，小声地提醒母亲道：“妈，你就少说两句吧。”

庄淑环却越发提高了声音说：“这些年，你爸不如你三叔，你不如远航，我都被人家压了二十多年了。现在终于轮到我说话了，我为什么要少说？我不但要说，我以后还要多说！”

郭文芳脸色很快恢复正常，反唇相讥道：“如此说来，原来不服气的人并不是我，而是二嫂你呀。”

庄淑环不由气结：“你……”

她还想说什么，门外却传来一声叫喊：“妈。”

众人立刻抬头，只见臧远航提着皮箱，疲惫地站在门口。

郭文芳立刻迎上去，惊喜地说：“远航，你回来了？”端详了一眼儿子，关切地问，“怎么了，脸色这么难看？”

臧远航勉强笑笑：“就是太累了，没关系的。”

臧增福夫妻、臧家梁、臧远方和臧远茹等人，听到客厅的动静，也闻讯走过来。

臧远航赶忙迎上去说：“爷爷奶奶、爸爸、大哥、大姐。”

臧家梁顾不得寒暄，焦急地问：“远航，怎么样，这次北京之行还顺利吗？”

臧远航安慰道：“很顺利的，爸，你就放心吧。”

臧家梁却表情沉重地说：“老实说，我很担心哪。现在我们臧家所有的身家性命，都押在徐立秋身上了，他要是不能顺利通过年审，臧家和码头就全完了。”

臧远航故作轻松道：“没关系的。自古以来，商场如战场。如果当初建立码头时，我们的窑湾先人也前怕狼后怕虎的，根本就不可能有现在的繁荣富强，你说是不是？”

听了这话，臧家梁这才点点头，所有人也都长舒了一口气。

正在这时，两个女佣抱着一个大礼盒，走到庄淑环身旁问：“二太太，你要的胭脂水粉送来了。”

庄淑环吩咐道：“先放那儿吧。”

两个女佣领命而去。

臧远航这才发现周围的礼品，不禁惊讶地问："怎么回事？家里要办什么喜事吗？我走之前怎么没有听说呀？"

郭文芳刚想说什么，庄淑环立刻抢过话头说："当然是办喜事啦，你二哥和慧珊订婚了。"

臧远航一时竟没有反应过来，茫然地问："慧珊，哪个慧珊？"

庄淑环炫耀地说："还有哪个慧珊？就是陆市长的小女儿陆慧珊呗。"

臧远航吃惊地望着堂哥："二大娘说的，是真的吗？"

臧远胜皱了皱眉头，不满地说："这还能有假？"

臧远航愣了一下，立刻拉起他道："二哥，我有话要跟你说！"

臧远胜拼命想要挣脱，却还是不由自主地被拉到了后院。

客厅里的人见状，都面面相觑。

庄淑环冷笑一声说："哼，到底是母子，妈嫉妒，没想到儿子也嫉妒！"

郭文芳破例没有吱声。

她看到儿子脸色太难看了，实在没有心情斗嘴。

臧家大院后院内，臧远胜整理了下衣衫，不高兴道："你想说什么，就快说吧，慧珊想要一款青花瓷瓶，我得赶快去买呢。"

臧远航态度强硬地说："你不能娶慧珊！"

臧远胜差点跳起来，怒声道：“你是太平洋警察啊，管得也太宽了吧？”

臧远航盯着他的眼睛，一字一顿地说：“你明明知道，她不喜欢你！”

臧远胜恼羞成怒道：“我管她喜不喜欢我，我喜欢她就行！”

臧远航正色地说：“可是当初，你也和我说过，倘若一方不喜欢另一方，就算勉强结婚，也一定不会幸福的。我就是听了你的话，为了彼此的幸福，所以才放手的。你也应该为了彼此的幸福，放手才对啊。”

臧远胜充满信心道：“我和你不同。你心里有人了，我心里没有。再说就算慧珊不喜欢我，我也一定会想方设法让她幸福！”

臧远航苦口婆心地说：“可是你知道，慧珊从小就是个心高气傲的姑娘，又在上海读过书。她的眼界和见识，远远高于一般的姑娘。”

臧远胜愠怒道：“说了半天，我终于明白你的意思了，你是说我配不上她！”

臧远航耐心地说：“现在不是你配不配得上她的问题，而是凭我对她的了解，她嫁给你的目的，并不是那么简单。”

臧远胜脸色越发难看，不由提高了声调道：“臧远航，从小到大，我还不知道你吗？在外人眼里，你比我聪明，比我长得帅，比我更讨爷爷奶奶喜欢。现在，你又是码头当家，而我却是个不求上进的人。没想到，我却要娶窑湾家世最好、见识最广、长得最漂亮的姑娘为妻，你心里嫉妒了是不是？心里不舒服了是不是？”

说完这话，转身就要走。

臧远航赶忙拉住他，郁闷地说：“二哥，你误会了，请你听我解释……”

臧远胜却猛地把手一甩，厉声道：“臧远航，我告诉你！于公，你虽是码头当家，但我也算是码头股东；于私，我为哥你为弟。所以，无论是于公于私，你都没有权利对我的婚事指手画脚！”

他撂下这话，立刻愤然而去。

走到门口，还故意“砰”地把大门关上了！

臧远航望着他的背影，不由深深地叹了一口气。

码头管理处总经理办公室内，臧远航正在打电话：“对不起，对不起，我马上去查一下。”

他刚放下电话，臧远方就推门进来了，将一份文件放在他办公桌前说：“远航，这是本月的出入货记录。”

臧远航立刻道：“大哥，你来得正好。刚才山狮火柴厂打电话来问，他们的这批货，应该今天下午起航的，为什么直到现在，还有一多半堆在码头没有装上船？”

臧远方小心翼翼地说：“自从你去北京后，很多工人担心我们年审通不过，会关闭码头，那样的话，他们就拿不到工资了。所以，运货速度比以前明显慢了许多。”

臧远航厉声道：“码头每天那么多吞吐量，运货速度是重中之重。要是影响了货期，就算年审通过了，我们也得赔死。工人中出现这种苗头，你们为什么不早一点采取措施？”

臧远方苦笑着说：“我？我说话没人听啊。”

臧远航愠怒道：“那二大呢？大姐呢？二哥呢？”

臧远方回道：“远茹去邮电局了；二叔和四爷爷正在会议室闲聊；远胜带慧珊去试婚纱了。”

臧远航气得脸色铁青，“砰”地一拳打在桌子上，同时咬牙切齿地说：“真是一群废物！码头都火烧眉毛了，他们还有心情闲聊，还有心情试婚纱！”

中宁街婚纱店门前，左边是一袭白色的拖地抹胸西式长纱裙，右侧是一件大红色的中式旗袍。

此时店内，徐佩芸身着白色抹胸婚纱，施施然从试衣间出来，神情非常羞涩。

吴俊锋眼睛不由一亮，立刻从座位上站起来说：“真是太漂亮了。”转身对女店员道，“这套婚纱我也要了。”

女店员回道：“好的。”

徐佩芸却拉住他，小声提醒说：“不要吧，我们已经买了一套中式旗袍了。”

吴俊锋却得意道：“放心吧，我和天主教堂的神父说好了。结婚那天，我们上午先在我家举行中式婚礼；下午呢，再到教堂举行西式婚礼。就只有两套婚纱，我还嫌少了呢。”

正在这时，女店员走过来说：“先生，两套婚纱一共是六百六十块。”

徐佩芸不由惊呼起来：“这么贵？”

女店员解释道：“小姐，虽然贵是贵了点，但是我们店内的中式旗袍，是用苏州最好的丝绸，找手艺最好的绣女制作而成；西式婚纱则全部都是法国巴黎的进口面料制作而成的。”

吴俊锋微微一笑说：“六六大顺，我喜欢。”然后温柔地对未婚妻说，“你等下，我先去结账。”

徐佩芸只好点了点头，同时心里涌过一丝感动。

虽然这个所谓的未婚夫，她之前并不喜欢，但却是除了父亲和赵涟泰之外，对自己最好的男人。想到“赵涟泰”三个字，她的心中，不由就是一疼！

好在这时，吴俊锋已经跟在女店员身后，走到旁边的柜台前结账去了，所以并没有察觉到她的异样。

徐佩芸平复了一下心情，也向试衣间走去，想快点把婚纱换掉。

没想到刚一转身，却看到臧远胜和陆慧珊走了进来。

她立刻有些不好意思起来。

臧远胜一看到她，不由眼一亮，脱口而出道："哇，佩芸，你真漂亮，简直是仙女下凡。"

徐佩芸羞涩地笑笑："你们也来看婚纱的吧？"

臧远胜大拇指一竖："果然聪明！难怪我们家远航念念不忘呢。"

徐佩芸面色不由一变，担忧地望着吴俊锋的方向。

陆慧珊却挑剔地望着她，尖刻地说："确实是仙女下凡，可惜脸先着地了。"

臧远胜这才发觉，自己刚才似乎说错话了，便不敢再多言。

徐佩芸不由一愣，随即微微一笑，反唇相讥："脸先着地没关系，只要不把鼻梁跌断就行了。"

陆慧珊摸了摸微塌的鼻梁，这是她最觉遗憾的地方，不由气结道："你？"

徐佩芸再不理她，径直走进试衣间。

陆慧珊却气得直跺脚，一迭声地说："气死我了，真是气死我了。"

臧远胜连忙安慰道："别听她瞎说。我最喜欢塌鼻梁了，有的人虽然鼻梁长得高，却像猪鼻子插了根葱——装象。"然后又望了望试衣间，小声加了一句，"她就算鼻梁再高，也没你漂亮呢。"

陆慧珊白了他一眼，不过脸色已经缓和了不少。

好在这时，吴俊锋已经结好账回来了！

他一看到臧远胜，就想起臧远航，就想起臧家梁，然后就想起自己惨死的哥哥，原本笑容满面的脸，立刻就变得难看了起来！即便原本对表妹陆慧珊很有好感，但看到她即将嫁入臧家，便连带她也讨厌了起来。

所以他仇恨地瞪了两人一眼，便冷哼一声，然后拉着未婚妻，径直走出了门！

徐佩芸提着婚纱，一脸郁闷地跟在他身后。

吴俊锋关切地问："怎么？你还在生慧珊的气啊？"

徐佩芸无辜地摊摊手说："我真的不明白，自己什么地方得罪她了，总对我忽冷忽热的。"

吴俊锋安慰道："管她呢，反正你以后也不需要和她有什么往来。"

徐佩芸点点头："那倒是。"

第17章 有哪几种可能

运河码头上，老吕和三个工人，正坐在石阶上打牌。

工人甲将牌一放，兴奋地说：“十点半，我赢了双倍。”

老吕摊出两张牌，沮丧道：“一个红桃七，一个方块六，我真是点背啊。”

老吕、工人乙及工人丙，将几个铜板输给了工人甲。

工人甲边洗牌边问：“老吕，臧老板经常叫你吕叔，又提升你做了组长。你可不可以问下他，我们码头到底能不能顺利通过年审啊？”

老吕叹了口气说：“唉，这种事，你叫我怎么好意思开口问呢。”

工人乙却撇撇嘴道：“我觉得这件事，有点悬啊。你们想，王志信早就把话放出来了，这次就算是倾家荡产，也一定要抢到码头。听说臧家把老房子都当了，王家可是开钱庄的。依我看啊，论家底，臧家是拼不过王家的。”

工人丙闻言，不由担忧地问：“那你们说，要是王志信抢到码头，他还会不会请我们这些人啊。”

老吕苦笑一声道：“请也没什么意思啊。我有一个表哥在宝通成钱庄做事，和别家钱庄的同等职位相比，工资少了差不多整整一半呢。”

工人甲无奈地说：“可是我们是出苦力的，除了会扛包，没有别的技术。就算工资少了一半，我们也得干哪。要不，怎么养活老婆孩子呀。”

老吕连忙制止道：“不要说了，不要说了，说得人心惶惶的，大家都没心思干活了。抓紧再玩几把吧，我看能不能把输的钱赢回来。”

工人乙将牌一抽，泄气地说：“还干什么活啊？我们每天汗珠子摔八瓣扛包，还不知道能不能拿到工资呢。”

工人丙附和道：“说得也是。要是码头真的倒闭了，我们的工资肯定就打了水漂了。”

工人甲望着自己的牌，嘿嘿一笑道：“工资打不打水漂我不知道，不过这次牌，我是赢定了！”

话音刚落，便摊开牌，竟然又是一个十点半！

于是，老吕他们又无奈将两个铜板推给了他。

正在这时，臧远航和臧远方走了过来。

但是打牌的四个人，正在数钱，竟然完全没有察觉。

臧远航强压住心中的怒火，深深吸了一口气，语气轻松地喊道：“吕叔。”

老吕抬头一看，赶忙站起，有些羞愧地说：“老板。”

另外三个工人也纷纷站起来招呼道：“老板。”

臧远航勉强笑了笑，非常随和地问：“你们在打十点半？怎么样？谁赢谁输啊？”

工人甲见他这样，便也不再拘谨了，得意地说：“我们都赢了，就老吕输了。”

臧远航走到老吕身边坐下来，亲热道：“吕叔，我来帮你打几把吧。”

老吕连声道：“好啊，好啊。”

于是大家重又坐下来，工人甲开始洗牌。

臧远航起了两张牌，立刻展开道：“十点半！”

老吕兴奋地说：“真没想到，同一个位置，不过是换了个人，运气就好转了。”

三个输了的工人，只好把钱给他。

臧远航开始洗牌，几个人再起。

这次，工人甲原本淡定的脸色，变得有些紧张了。

臧远航起了两张牌，再次展开道：“十点，我又赢了！”

工人甲情不自禁地竖起大拇指，称赞说：“真是老板出马，一个顶俩啊。”

臧远航将钱推到旁边说：“吕叔，我帮你把刚才输的钱，又赢回来了。”

老吕感激地说：“谢谢老板。”

臧远航摆摆手，趁机站起身来道：“其实牌场上，特别是十点半，全凭运气，输几次不要紧，再多打几次，肯定可以赢回来。但是在战场上，就是你死我活的拼杀，绝对不能轻易认输！”

工人们听了这话，纷纷从四周围上来！

臧远航越发激情澎湃了：“孟子云，‘得道多助，失道寡助’。虽然我们运河码头的家底，不如别人厚实，但是有你们这么多的好伙计，就是我们码头最坚强有力的后盾。所以这场仗，我们一定能打赢！码头的年审，我们一定能够通过！”

工人们听了这番话，纷纷鼓起了掌！

正好在这时，大运河航道里，响起了一声汽笛的长鸣，又一艘货船要靠岸了。

老吕大手一挥道：“都别鼓掌了，赶紧去干活吧！”

工人们像被上了发条一般，纷纷站起身来，精神抖擞地向各自的货物奔去，再次热火朝天地扛起了包！

臧远航望着他们，终于放下心来，长长地舒了一口气！

北京徐公馆客厅内，谭松林神情沮丧地坐在沙发上，胆怯地抬头望了望，又迅速低下了。

徐立秋冷冷地问：“谭主任，一个月的期限到了，我让你打听的事，进行得怎么样了？

谭松林叹了口气，为难地说：“我已经很尽力了，可是副总理那边，真的是半点风声都没有透露啊。”

徐立秋冷冷地说：“看来，谭主任是想让副总理、你岳父、太太以及全社会都看到，你和那个叫曼丽的小明星鬼混的照片吧。”

谭松林吓得脸都白了，扑通一声跪在他面前，苦苦哀求道：“别，千万别啊，我求求你了。我都是五十多岁的人了，孙子都有了，爬到现在这个位子很不容易的。那些照片若是传出去，别说这个主任做不成了，我都没脸在世上活了啊。”

徐立秋讥刺地说：“你现在才想起要脸来了？当初鬼混的时候，怎么没想过你还有脸呢？”

谭松林拼命扇着自己的耳光，悔恨道：“我错了，我错了还不行吗？”

徐立秋厉声说：“你给我停住，都是在道上混的，谁不知道谁啊，你就别再装疯卖傻了！”

谭松林只好收回手，讪讪道：“可是你让我打听的事，副总理真的是只言片语也没有透露啊。”

徐立秋见他不像说假话，沉思片刻，这才缓和了语气问：“那么以你在副总理身边多年的经验，他不露半点口风，有哪几种可能？”

谭松林皱着眉头想了想，字斟句酌地说：“一般来讲，有两种可能。第一种是，他确实还没有定下人选；第二种是，他已经定下了人选，但是这个人选有可能会得到大多数人的反对，所以想瞅准时机，生米做成熟饭后，再对外公布。”

徐立秋听罢，立刻若有所思地点了点头，同时紧皱的眉头也略略舒展了一些。

第18章　日久见人心

当天晚上，北京徐公馆内，徐立秋静静地坐在一楼书房里。

他的面前，照例摊着那份三十二名水利部部长候选人名单，右手拿着一支笔，目光忽然盯在一个叫“刘绍义”的名字上。

但是盯了一会儿，他便摇了摇头，喃喃自语道：“你曾经抢过副总理儿子的一笔大生意，副总理怎么会用你呢？”说完用笔将这个名字划掉。

接着，他的目光，又停在一个叫“迟志良”的名字上。

但是盯了一会儿，他再次摇了摇头，喃喃自语道：“你向来清高，又不会溜须拍马，连上次副总理过六十大寿，你别说送礼了，连去都没去，还想往上爬，做梦吧你。”说完又用笔将名字划掉。

他的目光，最后停在了关世贤的名字上。

盯了好久好久，不过这次他并没有摇头，而是喃喃自语道：“关世贤……”

北京欧式关公馆内，徐立秋坐在沙发上，对面是宋之茵和她只有七八岁的小儿子关小东。

宋之茵完全没有打扮，和之前光鲜的妆容相比，仿佛像换了一个人似的。此刻她面前的茶几上，放着丈夫被抓走时丢下的那只皮鞋。

她怔怔地望着皮鞋，不断虚弱地用手捂着胸口，看上去十分憔悴。

徐立秋关切地问："嫂子，听说你生病了，我就赶紧过来了，到底是怎么回事？"

关小东一脸稚气地依偎在母亲身边，不停地抹着眼泪。

他还没等母亲说话，便仰起流满泪水的小脸，抽抽泣泣地问："叔叔，我妈整天不吃不喝的，连觉都不睡，就看着这只皮鞋发呆，你说她会不会死掉啊？"

徐立秋爱怜地拍了拍他的肩膀，安慰道："好孩子，你放心吧，只要有叔叔在，你妈妈就不会有事的。"边说边从一个跟班手中接过一盒礼品，递过去说："嫂子，这是我专门托人，从马来西亚买来的正宗血燕燕窝，送给你调理身体。"然后又从口袋里掏出一摞钱道，"这是两千块，给你做零花，千万不要嫌弃。"

宋之茵不由一呆，随即推辞道："这怎么好意思呢？世贤要是放出来还好，要是放不出来的话，我们都没有办法报答你啊。"

徐立秋拍着胸脯，信誓旦旦地说："嫂子，你太见外了。我和世贤兄交往，并不是因为他是做什么官，而是因为仰慕他的为人。所以无论他身在何处，都依然是我的好兄弟。现在他不方便，照顾你和这个家，正是我这个兄弟应该做的呀。”

宋之茵哽咽道：“常言道，‘日久见人心’。世贤能有你这个患难之交好兄弟，不仅是他的福分，更是我们母子俩的福分啊。”说着便感激地接过钱。

徐立秋又拿出一个玩具小车问：“好孩子，这是送给你的，喜欢吗？”

关小东拿起小车，立刻停止了哭泣，开心地说：“喜欢，谢谢徐叔叔。”

北京庆乐戏院分为楼上楼下，楼上最近临戏台，左右各以屏风隔为三四间，是为官座，都是有钱人聚焦的地方。其中，官座以下场门第二座为最贵。后面的则离戏台越来越远，当然价格也越来越低，但是再低也比散座高。

这天晚上，徐立秋和一个戴着眼镜的老年男人，正坐在官座下场门的第二座，聚精会神地看着《霸王别姬》。此老年男人，正是水利部部副部长伍化年。

此时的戏台上，身材窈窕、衣着华丽、面容凄美的虞姬，正在挥舞水袖，用“南梆子”声腔，忧忧戚戚地演唱着《看大王在帐中和衣睡稳》：

看大王在帐中和衣睡稳，我这里出帐外且散愁情。轻移步走向前荒郊站定，猛抬头见碧落月色清明。

（叹一声，白）云敛清空，冰轮乍涌，好一派清秋光景。

（忽听得众将士齐叹——苦哇）

（白）月色虽好，只是四野皆是悲愁之声，令人可惨。

只因秦王无道，以至兵戈四起，群雄逐鹿，涂炭生灵，使那些无罪黎民，远别爹娘，抛妻弃子，怎地叫人不恨。正是千古英雄争何事，赢得沙场战俘寒。

……

一曲终了，台下立刻掌声如雷，同时传来了一阵阵热烈的掌声和叫好声。

伍化年昏花的老眼，竟然发出两道淫邪的光来。

他鼓掌完毕，便招呼自己的跟班说："去，送五千块大洋给美虞姬。"

与此同时，他用眼角的余光，轻轻瞟了徐立秋一眼。

跟班答了声"是"，便要领命而去。

徐立秋连忙拉住他，将五千块塞过去说："去吧，顺便问问那个美虞姬，什么时候能和伍部长合唱一曲"看大王在帐中和衣睡稳"，徐立秋边唱边比画。

伍化年闻言，不由得意地哈哈大笑起来。

北京饭店内，已是午夜时分了。

徐立秋带着两个跟班，和一个四十多岁的肥头大耳男人，正在打麻将。

这个男人，正是海关关长张继平，此时他的面前，已经堆了满满的一堆钱。

一局结束，他又开心地说："我又和了。"

徐立秋向他竖起大拇指，笑眯眯地称赞道："只知道张关长官场得意，没想到赌场也很得意呀。"

张继平不由眉开眼笑起来，但还是谦虚地说："哪里，哪里，今晚运气好罢了。"

与此同时，徐立秋的两个跟班，已经将两大沓钱推到他面前了。

张继平来者不拒，贪婪地一张张数着钞票。

北京福特轿车商行外，徐立秋和一个身着洋装的年轻人，正站在一辆崭新的福特轿车旁。

这位年轻人，正是副总理的儿子。

此时，年轻人正抚摸着车身，爱不释手地说："这是福特汽车行今年刚刚推出的最新款式，你看这车身，啧啧啧，多么完美的流线型设计啊。"

徐立秋微微一笑，将一把钥匙递给他，同时客气道："请笑纳。”

年轻人接过钥匙，立刻紧紧握住，然后眉开眼笑地说：“那我就却之不恭了。”

码头管理处会议室内，臧远航正在主持会议。

臧远方、臧远茹坐在一边。臧家栋、臧增年坐在另一边。

臧远胜最后一个进来，但是刚在父亲身旁坐下，便一脸不耐烦催促道：“有什么事快说，我还有很多事情要做呢。”

臧远航没有搭理他，而是严肃地说：“还有一个月，就到端午节了，大家都知道，每年的这个时候，都会由我们码头牵头，在大运河举办一场盛大的龙舟赛……”

但是他的话还没有说完，臧家栋便嘟囔起来：“我们的年审还没有通过呢，谁还有闲心在河神头上耍花枪？”

臧远胜听到这儿，眼睛却不由一亮！

臧远航装作没听到二大的话，继续说：“届时，码头工人都要放假三天。所以各位如果需要签合同的话，就一定要避开那三天。”

臧远方和臧远茹同时说：“知道了。”

臧远胜更是一扫刚才的不耐烦，兴高采烈道：“我完全没有问题，我最喜欢龙舟赛了。”

臧家栋瞪了女儿一眼，又打了儿子一下，同时小声骂道：“一个个没出息的东西！”

臧远航将目光扫向他们这边，点名问：“四爷爷、二大，你们呢？”

臧增年犹豫了一下，只好说：“知道了。”

臧家栋却瞪了侄子一眼，没好气道：“我又不是七老八十了，需要你问第二遍？”

但是他话音还没落，就见郑一飞慌里慌张地闯了进来，带着哭腔，焦急地喊道：“老板，老板，徐立秋又来电报了，要我们三天之内，再筹五万块给他！”

臧家栋不由大吃一惊地问：“什么？三天内筹五万？那个牛皮大王是穷疯了？你还信他？”

臧远航却出奇冷静地说：“反正债多不压身。大姐，现在我们还能凑多少？”

臧家栋恼羞成怒道：“哼！”

臧远茹郁闷地说：“现在我们码头账面上的流动金，是一分钱都没有了，剩下的就是货款。兴旺洋钉厂欠我们一万二，同福鸡蛋厂欠我们八千，赵信隆酱园店欠我们三千。也就是说，三天之内，我们只能凑够两万三，还差两万七。”

臧远航深深地叹了口气，感慨道：“真是当家才知柴米贵啊。在以前，两万七根本不算什么，现在却逼得我们走投无路了。”

大家听了这话，都沉默了。

臧远方想了想，便提议说："其实，也不是走投无路。如果我们今年取消龙舟赛，省下那三万，加上手头的两万三，不但可以筹到五万，还有三千块的剩余呢。"

臧远航却立刻摇头道："那怎么行？窑湾自从运河码头建成以来，无论再苦再难，每年一度的龙舟赛，从来没有中断过。再说到那天，不但窑湾人都要来参加这个节目，连周边地区的人也要来参加。等他们千里迢迢赶来了，却扑了个空，我们怎么向他们交代？龙舟赛的信誉又何在？窑湾的号召力又何在？"

臧远茹为难地说："可是照目前情况来看，如果不取消龙舟赛，我们实在没有办法凑够那两万七呀。"

臧远航沉吟片刻道："我们除了要筹两万七，还要筹这个月的工人工资。这样吧，我再约一下东当典的朱老板。"

臧家栋闻言，立刻气急败坏地一拍桌子："你是不是想打那些古董字画的主意？你是不是也和那个牛皮大王以前一样，穷疯了连裤衩都要脱下来卖掉！"

臧远航看都不看他一眼，毫无表情地说："今天的会议就开到这儿，散会！"

臧家栋眼见自己被无视，不由气急败坏道："臧远航，你眼里到底还有没有我这个二大？"

臧远航立刻反唇相讥地说："那你有没有拿出一点当二大的样子来？在码头危机存亡之际，你不但根本不帮忙，还总是故意在背后拆我的台，别以为我不知道！我告诉你，你这个侄子，脾气可没你三弟那么好！”说完，扬长而去！

臧家栋只好让众人评理：“你们说说他，有他这样当小辈的吗？”

但其余的人，都装作没听到一般，各自收拾东西走人了。

臧家栋一气之下，只好骂儿子女儿：“我真是前世造孽啊，养了两只胳膊肘向外拐的白眼狼！”

臧增年和稀泥道：“哎呀，你跟他们小孩子计较什么呀。”

臧家栋更气了，指着自己鼻子说：“我和他计较了吗？是他欺负我！”

臧增年无奈地摇了摇头，也赶紧走人了。

臧家栋气得直跺脚，同时骂道：“都是一群没良心的东西！我要是做了码头当家，你们敢这样对我，我早就让你们滚蛋了！”

第19章　我们帮你堵上

东大街上，陆文安坐在轿车后座上，百无聊赖地往车窗外看去。

忽然，他看到臧远航和朱信从当铺门口出来，立刻吩咐司机说：“停车，停车，快停车。”

灰色轿车立刻戛然而止。

陆文安并没有下车，只是远远地看着他们。

元升当铺外，臧远航和朱信正在门口握手。

朱信热情地说：“臧老板，感谢你再次光临我们当铺。”

臧远航努力平静道：“朱老板，你太客气了，给你添麻烦了才是。我先回去收拾一下，下午见。”

朱信抱拳道：“下午见。”

臧家大院客厅内，到处一片狼藉。

朱信带着当典行的工人们，正在将古董搬出博古架；将字画从墙上摘下来，然后全部小心地放进箱子里。

臧增福夫妻坐在八仙桌前，一个表情严肃，一个则不停地抹眼泪。

臧家其余人都静默一旁，个个忧心忡忡。

臧家栋脸色十分难看，气急败坏地“唉”了一声，然后恶狠狠地瞪了侄子一眼，大声怒道：“把祖业败成这个样子，也真是世间罕见了！”说完，抬脚就走！

庄淑环也阴阳怪气地说：“我也走吧，眼不见为净。”

臧远茹轻轻扯着母亲的衣襟，小声劝道：“妈，你别这样，远航他也是逼不得已的嘛。”

庄淑环瞪了女儿一眼，越发抬高了声气：“逼不得已，谁让他做这个当家了？没有金钢钻，就不要揽这个瓷器活！”

臧远茹看着全家人严肃的表情，只好把拉母亲的动作，改成了往外推：“那你还是赶紧走吧。”

庄淑环冷哼一声，拂袖而去。

臧远胜看着母亲走了，苦笑着摇摇头，也跟在了身后。

客厅内的气氛，越发地压抑了起来。

与此同时，曹秀英也哭得有些上气不接下气了。

臧远航走到她身边，安慰地说：“奶奶，你不要哭了。商场如战场，胜败乃兵家常事。再说这些古董字画放在家里，既不能吃又不能穿，当初买回家的目的，就是为了保值。等以后码头年审通过了，顺利拿到了新执照，我们再把这些古董字画和老房子一起赎回来，不就行了嘛。”

曹秀英点了点头，虽然还是哭，但是总算没有那么大声了。

臧家大院后院二房小院客厅内，臧家栋夫妇和臧远胜正在悠闲地吃着水果。

庄淑环幸灾乐祸地说：“我看这次难关，三房怕是渡不过了。”

臧家栋冷哼一声道：“他们风光了二十多年了，也该尝尝灰头土脸的滋味了。”

臧远胜却小声咕哝了一句：“真不知道你们高兴什么？别忘了，我们也姓臧，臧家要是真的败了，我们二房能有什么好处呢？”

庄淑环猛地一戳他的脑袋，嗔怒道：“你怎么和你姐姐一样，总是帮着三房说话？”

臧家栋也瞪了儿子一眼，没好气地说：“等臧家彻底垮了，我们就自己开个小码头，你再这样不求上进，看我不打断你的狗腿！”

臧远胜闻言，不由睁大眼睛，诧异地问：“要是臧家都垮了，你还有钱开码头？”顿了一顿，忽然明白过来，“噢，我知道了，莫非你……”

臧家栋、庄淑环同时把手指竖在嘴边，小声说："嘘！"

与此同时，臧家大院客厅内，原先满满当当的房间，已经变得空荡荡的了。

原先摆满古董花瓶的博古架，已经什么都没有了；原先贴满墙上的各式字画，也不见了。

工人们正在七手八脚地捆绑着箱子，大约有二三十个。

臧远航指着旁边一个小箱子，提醒他们说："等一下别忘记那个箱子。"

工人甲点点头答道："好的。"

不一会儿，一切就收拾完毕了。

臧远航望了望毫无生机的客厅，坚定地对工人们说："我们走吧。"

没想到话音刚落，就看到陆文安带着闫一认、徐立春和十几个商人代表浩浩荡荡地进来。

臧家人见状，不由面面相觑！

臧远航更是吃了一惊，连忙迎上前去说："陆大？"

臧家梁回过神来，也诧异道："文安兄？"

陆文安瞪大了眼睛，不相信地望着空空如也的博古架和四面墙，又扫了一眼地上的二三十个大箱子，立刻就明白了什么，不由愠怒地问："家梁兄，这么多年来，你到底有没有把我当成朋友？”

臧家梁被问得一头雾水，但还是说：“你我一向情同手足，一起在商场拼博，不但是朋友，还是几代世交。文安兄，今天何出此言？”

陆文安强忍怒气道：“你既然把我当成朋友，那么臧家发生这么多事，不但当了老房子，连古董字画都要当掉，为什么不和我商量一下？”

臧家梁不由苦笑地说：“不是我不想和你商量，而是这次，为了和王志信对抗，我们已经花掉了整整四十万，好像还不够，现在又要追加五万，简直就是个无底洞。所以就算文安兄和我情深义重，这么大的窟窿，你也不可能帮我填上啊。”

陆文安却把手一挥，坚定道：“你错了！就算我个人不能帮你填上，但是我们窑湾三百六十余家商户联合起来，再大的窟窿，也可以帮你堵上！”

听了这话，臧家梁、臧远航及臧家所有人，全都一愣！

闫一认也郑重其事地说：“是的，家梁兄，我也可以帮你堵上！”

商人代表纷纷道：“我们也可以帮你堵上！”

臧家梁见此情景，眼睛不由就湿润了，感激道：“谢谢大家，太谢谢大家了！”

陆文安紧紧握住他的手，真诚地说：“家梁兄，你不用谢谢大家，这是所有窑湾商人，都应该做的。当年，正是在你的保护下，窑湾才躲过辫子军的血洗，臧家也因此和吴家结下了仇怨。虽然现在对你步步紧逼的人是王志信，但是稍有头脑的人，都会知道这一切的幕后黑手是谁。常言道，‘受人点滴之恩，必当涌泉相报’。除此之外，更重要的是，运河码头是整个窑湾经济的命脉所在。没有这个码头，就没有窑湾经济的兴起，更没有我们这三百六十余家商户。运河码头和窑湾经济是唇齿相依的，是一荣俱荣，一损俱损的关系。所以，如此重要的交通枢纽、经济命脉，我们怎么可能眼睁睁地看着它落入一个自私自利的人手中呢？”

商人们听了这话，都点头称是。

甚至于，闫一认还将一张支票递过去，同时诚恳地说：“臧会长，陆市长知道你当了老房子之后，便发动了我们三百六十余家商户，自觉自愿捐献了十万块大洋，如果不够，我们还可以再捐！”

一向坚强的臧家梁，小心接过支票，竟不禁哽咽了起来。

臧远航的眼睛也忍不住湿润了。

至此，臧家所有人都长长地舒了一口气。

臧家梁向众人抱拳感谢，并保证道：“多谢各位，这钱我先收下了，但不是捐赠，而是借贷。等码头年审顺利通过，我再按照钱庄利息，奉还给各位。”

听了这话，所有的商人都交口称赞：“臧会长真是既大度又仗义啊！”

陆文安赞赏地点点头，鼓励说："家梁兄，以后再有什么难事，千万不要自己扛着。你要知道，我们窑湾商会不是哪一个人的，而是一个整体，牵一发即动全身！不仅是你，无论哪家商人出事，我们三百六十余家商户，都是最坚强有力的后盾！倘若这次运河码头被心怀叵测的人抢了去，就算是到北京请愿，我们也一定要把码头夺回来！"

听了这话，所有的人都情不自禁地鼓起了掌！

臧增福老泪纵横道："窑湾商业之所以能够兴旺发达，就是因为有你们这些大义儒商啊！"

臧远茹拉着郭文芳的手，兴奋地说："三婶，三婶，我们的古董字画，甚至连我们的老宅子，都可以保住了。"

郭文芳紧紧把她搂在怀里，爱怜道："好孩子，你真是个实诚的好孩子啊。"

臧家人阴沉好久的脸上，终于绽开了多日不见的笑容！

已经被压得喘不过气的臧远航，眼睛也不禁湿润了起来。

他郑重地走上前来，向陆文安、闫一认和众商人鞠躬感激地说："谢谢陆大、闫大以及各位叔叔大爷们，有各位如此大力支持，我们这场攻坚战，一定会打赢的！"

众人也纷纷鼓励道："一定会赢！一定会赢！"

与此同时，刚刚打好包的工人们，立刻又把包解了开来！

因为气氛太过感人，不知道是谁，竟然带头鼓起了掌。一时间，热烈的掌声响彻了整个客厅。

只有臧家梁的脸上，闪过一丝忧虑。

臧家大院后院二房小院客厅内，臧家栋一家三口正在悠闲地吃着水果。

忽然，前院客厅里传来热烈的掌声和欢呼声。

一家三口不由面面相觑！

第20章　水利部部长候选人

吴家盐行总经理办公室内，吴俊锋正在不停地抽着烟，烟头一闪一闪的。

正在这时，崔玉存气喘吁吁地跑进来，边跑边说："不好了，不好了！"

吴俊锋立刻站起身来，焦急地问："发生什么事了？"

崔玉存平静了一下，这才说："我刚才听说，陆市长号召三百六十余家商户，捐了整整十万块给臧家，以渡难关。"

吴俊锋不由一呆，随即一拳打在桌子上，愤怒道："臧家老宅子当了，连古玩字画都要当了，马上就要完蛋了，怎么半路上又杀出了姓陆的这个程咬金！"说完这话，便颓然地坐回椅子上，有气无力地说，"托人、雇人，加上收买那些有可能出任水利部部长的候选人，甚至还有投到宝通成钱庄的那些，我前前后后，已经花了近百万了啊。这次若是再不能把臧家扳倒，以后就很难有机会再翻身了。”

崔玉存安慰地说：“老板，你放心。王志信除了从他表姐夫那儿得到的消息，另外不是还买通了徐立秋的一个跟班了吗？徐立秋给每个水利部部长候选人的钱，王志信总是比他多出一千。所以，无论哪个部长当选，码头新执照都铁定属于我们！”

吴俊锋的脸色，这才稍微缓和了一些，用力按灭一个烟头，下定决心道：“你马上给王志信打电话，让他给每个水利部部长候选人，再多送两千。对我吴家来说，能用钱解决的问题，根本就不是问题！”

崔玉存点点头说：“好，我马上去打。”

第21章　凤舟

大运河岸边，摆满了二十多只盘龙附凤的龙舟，每只龙舟前部都装有各式各样高昂的木雕龙头，色彩绚丽，形态各异；船身则长至十五六米，状如蛟龙，宽度仅能容纳两个人并排坐下；船尾则是龙尾，也是高高翘起；龙舟四角都插上了各色旌旗。

所有的船身上，刻着大大的“楚”字。

臧远航和臧远方从这只船跳到那只船，一只只查看着。

虽然码头年审还没有通过，但是商会捐赠的十万块，暂时算是解了燃眉之急，所以兄弟俩的心情，都是从未有过的轻松。

在大运河堰的那棵古银杏下，坐着一个年轻漂亮的姑娘，此人正是徐佩萍。

此刻，她手里正无意识地把玩着一枚银杏叶，暮春时节的银杏叶，已经是墨绿色的小伞形状了。

她当初和吴俊锋约会时，就是在这里。所以自从他和姐姐订婚后，她就经常来此独坐。与此同时，她的脑海中，不由浮现出一个熟悉的场景。

这个场景，就是那次臧远航的自行车撞到她时，吴俊锋走到她面前，蹲下身去，关切地问："你没事吧？"

她抬头望着他，脸一红，倏又羞涩地低下了头。

这个场景虽然非常短暂，却无数次在自己的梦境中，慰藉她那颗刻骨相思的少女之心。

想到这里，她不禁深深地叹了一口气。

没想到这口气还没叹完，就听到身后传来一个温柔的女声："年纪轻轻的，叹什么气呀？"

徐佩萍立刻下意识地回头，却看到来人竟然是吴俊锋的妹妹吴俊莹。

她脸色不由一变，冷淡而疏离地说："关你什么事？"

吴俊莹虽然被噎了一下，不但没有生气，反而坐在她身边，亲热道："怎么不关我事啦？我们以前也算是好朋友嘛。"

徐佩萍"哦"了一声，不置可否。

好在吴俊莹并没有在意，继续自顾自地说："你忘记了吗？我和你同岁，小时候，我们经常在一起跳绳、踢键子、拾石子的呀。只是后来，你妈想把你养成大家闺秀，就天天逼你学女红、绣花什么的，我们见面才少起来。"

徐佩萍想起小时候两人在一起玩耍的场景，不由感叹道："那时候什么都不懂，真是幸福。"

吴俊莹安慰道："你现在也很幸福呀，有疼爱你的爸爸妈妈姐姐，还有那么可爱的一个弟弟。"

徐佩萍听了这话，心里一酸，忍不住红了眼圈说："可是没有他呀。"

吴俊莹歉然道："我知道是二哥不好，他伤了你的心，但是缘分真的是不能强求的。你不应该沉浸在痛苦之中，而应该从这段无望的感情中勇敢地走出来。"

徐佩萍立刻哽咽起来，委屈道："我也想走出去，可是怎么都走不出啊。"

吴俊莹有些责怪地说："你天天这样愁眉苦脸的，怎么可能走得出呢？你应该找点有趣的事情做做呀，时间一长，就什么烦恼都没有了。"

徐佩萍郁闷道："除了吃饭睡觉，做女红，我实在不知道还有什么有趣的事情了。"

吴俊莹刚想说什么，忽然不经意间抬头，于是就看到了大运河里那二十多只龙舟，当即说："看，那就是有趣的事情呢。"说完眼珠一转，附在她耳边，调皮地说着什么。

徐佩萍诧异道："这能行吗？"

吴俊莹却不以为然道："不试试怎么知道行不行呢？"说完便

拉着她站起来，兴冲冲地说，“走，我们过去看看。”

徐佩萍顺着她的目光望去，心中不由也是一动，便顺从地跟在了她的身后。

大运河里，臧远航正在敲一只龙舟的船帮，听到里面传来异样的声响，立刻说：“这只坏了，估计另外那几只也有问题，我再仔细看看。”

臧远方站起身来道：“好，我马上去请人过来维修。”

但是他刚想转过头，却看到徐佩萍和吴俊莹手牵着手，笑容满面地走过来。

不知道为什么，臧远方看到她们，脸竟然一下子红了，便想绕路走过去。

没想到，吴俊莹却一把拦住他，大大方方地说：“远方哥，我想参加今年的龙舟赛。”

徐佩萍也小声道：“我也想参加。”

臧远方想都不想，立刻拒绝说：“不行，历朝历代，没有女人参加龙舟赛的道理！”

吴俊莹昂起头，不服气地说：“什么历朝历代啊，现在是民国了，提倡个性自由、妇女解放、男女平等，你怎么还死抱着老皇历不放呀。”

臧远方耐心道：“这与是不是老皇历无关，而是与真实的历史有关。我们窑湾的龙舟赛，不仅是为了纪念屈原，也是为了纪念楚霸王项羽的。你们可能不知道，春秋战国时，古黄河、大运河和沂河之水等，都在这里转弯，所以淤积了好多泥沙，官府便在此地筑窑烧砖。后来项羽起义之时，曾在这里征集八百名窑工……”

吴俊莹听到这里，立刻打断他的话：“等等，项羽那时候有大运河吗？”

臧远方坚定地解释说：“有，一定有的！大运河春秋战国时期就有了。”

吴俊莹有些困惑了：“那时候的大运河，经过我们窑湾吗？”

徐佩萍听得已经有些入迷了，连忙示意她说：“多好听的故事，你别总是打岔啊。”

吴俊莹翻了翻白眼，只好闭上了嘴。

臧远方毫不犹豫道：“肯定是经过的，要不就不会有这个传说了。”然后继续说，“就这样，项羽带着起义军，乘船沿大运河离开窑湾，全部战死乌江，从此再也没有回来过。家乡的亲人们，为了迎接他们的英灵回家，每年都要举办龙舟赛，为的是寻找他们。所以，我们的龙舟赛又叫楚汉相争。楚汉相争时，根本没有女人上战场的！”

吴俊莹没想到他懂得这么多，但还是嘴硬地挑衅说：“还楚汉相争？你以为真是项羽和刘邦两个人，从地下爬出来参加你的龙舟赛啊？我看你是辣疙瘩搽胭脂——美得像个桃呢。”

徐佩萍闻言，不由咯咯地笑起来，脱口而出道："美得像个桃，不就是美猴桃吗？"

吴俊莹听了，笑得更大声了，还边笑边说："哈哈，看他长得圆头圆脑的，还真的像美猴桃呢。"

臧远方虽然被笑得满脸通红，但还是固执道："所谓楚汉相争，就是项羽的家乡即我们宿邳两地及周边地区的参赛龙舟，称之为楚；刘邦的家乡即丰沛两地及周边地区的参赛龙舟，称之为汉，并不是你说的项羽、刘邦本人参赛。"

吴俊莹见他认真的样子，就更想笑了。

于是，她眼珠一转，笑嘻嘻地说："本来我过来找你们，只想看看龙舟，让佩萍散散心。不过现在听你这样一讲，我就更感兴趣了。所以我一定要参加这个比赛。"

臧远方急了："我刚才说的话，你到底有没有听啊。自古以来，就没有女子参赛的道理。"

吴俊莹双手一叉腰，蛮横地说："自古以来，就是正确的吗？自古以来，女人都是要缠足的，所以我只有三四岁的时候，我的脚就被缠成了这样！"边说边把一只鞋踢掉，并脱下袜子，然后把一只五个脚趾都半贴脚心的脚，伸到了臧远方的面前！

臧远方吓得连连后退，并同时连忙把脸转过去，弱弱道："有伤风化，真是太有伤风化了！"

徐佩萍连忙劝说："快把鞋穿上，女人的脚是不能被男人看到的。”

吴俊莹却更加激动道：“我就是要问问他，自古以来，女人的脚被缠成这个样子，是正确的吗？要不是民国后的‘天足运动’和‘妇女解放’，我现在只能跟我妈、我奶他们一样，走路都颤巍巍的，还得踮着脚尖呢。”

臧远方自幼也算饱读诗书，但是被噎得满脸通红，只能憋出一句话：“快穿上，求你快穿上吧。”

徐佩萍也打圆场道：“俊莹，其实我们也不一定要直接参加比赛，也可以参加拉歌的。”

吴俊莹这才穿上鞋袜，却毫不妥协地说：“这次龙舟赛，我是一定要参加的！”

徐佩萍立刻附和道：“我也是。”

臧远方面对两个姑娘的坚持，有些黔驴技穷了，脸红脖子粗地说：“你、你、你们真是，太异想天开了。”

吴俊莹故作吃惊地说：“啊，原来你是个结巴？可怜见的。”说完，自己都忍不住哈哈大笑起来。

徐佩萍更是笑弯了腰。

臧远航刚好检修完船只，看见这边很热闹，便走过来招呼道：“怎么？佩萍、俊莹，你们也想参赛啊？”

徐佩萍知道他和姐姐的关系，忽然就灵机一动道：“是啊，是啊，不但我们想参赛，我姐姐和很多女孩子，都很想来参赛呢。”

果然，臧远航听到“姐姐”两个字，眼睛顿时就是一亮，连忙转向堂哥说：“大哥，我看佩萍和俊莹的想法不错。我们现在有了这么多龙舟，不如再组成一支凤舟，全由女子参赛。这样就龙凤呈祥了，图个吉利，你们认为如何？”

徐佩萍见诡计得逞，立刻笑逐颜开道：“好，我马上把这个好消息告诉我姐姐，还有很多想参赛的姑娘们。”

吴俊莹高兴地说：“还是远航好！”称赞完堂弟，又冲堂哥做了个鬼脸，“哼，美猴桃，你说你年纪轻轻的，怎么就是个老封建啊？”

臧远方再次涨红了脸，却也只能结结巴巴道：“你、你、你……”

看到他的狼狈相，女孩子们哈哈大笑着跑开了，连跑连喊：“哈哈哈，美猴桃。”

臧远方被她们气得够呛，却也只能冲堂弟发火：“你是不是看上她们中的谁了？连老祖宗的规矩都不放在眼里了？”

臧远航却笑道：“难怪俊莹说你是老封建呢。你也不看看，现在都民国了，你还以为是几千年的男权社会呀。再说了，规矩是死的，人是活的。人类要是一直沿用旧制而不会变通，你现在还在山洞里茹毛饮血呢。”

臧远方再次气结：“你、你、你……”

臧远航学着吴俊莹的口吻，促狭地说：“啊，原来你是个结巴？可怜见的，美猴桃！”说完这话，不由哈哈大笑起来。

臧远方气得直跺脚，便作势要打堂弟。

臧远航连忙躲开了，边躲边正色道：“说实在的，俊莹一直是个正直善良的好姑娘，和她两个哥哥真是完全不同呢。真是‘龙生九子，子子不同’呢。”

臧远方听了这话，不由附和着连连点头。

与此同时，他望着两个女孩子远远的背影，唇边不经意地露出了微微的笑意。

臧家大院后院内，忽然传来一阵阵“嘭嘭嘭”的鼓声！

家人们听了，连忙从四面八方跑过去。

只见臧远航正站在一面大鼓前，用尽全力挥舞着两只胳膊，拼命敲打着鼓面。

家人们这才停住脚步，全都赞赏地望着他。

臧远航旁若无人地敲着，与此同时，鼓声越来越响，鼓点也越来越急。在一阵又急又快的鼓点后，他终于停下了双手，此时已是浑身大汗了。

臧增福走上前去，称赞道：“远航，你敲得很好！常言道：‘龙舟飙着走，功夫在鼓手！’赛龙舟赛龙舟，说白了，赛的就是鼓手的本事和功力。”

曹秀英却心疼地说：“远航，你这是怎么啦？从小到大，我就没见你摸过几次鼓槌呢。”

庄淑环阴阳怪气道：“这你还不知道？端午节到了，大运河里又要出龙舟了。依我看呀，他是想到龙舟上掌鼓了。说不定，还真能拿个第一呢。”

臧家栋冷哼一声，讥刺地说：“拿第一？已经整整二十年了，楚汉相争龙舟赛，都是汉方赢，我们楚方一直是千年老二。想拿第一，我看那是‘做梦娶媳妇——想得美呢’。”

臧远航闻言，神情便有些紧张起来，但还是镇静地说：“至少我还会做梦，如果连梦想都没有了，每天只知道吃喝拉撒，那人和猪有什么区别？”

臧家栋不由气急败坏道：“你说谁是猪呢？”

臧远航无辜地说：“我又没说你。”

臧家栋更气了，用手指指着他道：“还说没说我，还说没说我……”

如此反复，好在大家都知道他的脾气，倒也没有人理会，包括他的一双儿女。

臧远胜忽然若有所思地说：“依我看啊，他一定是看上哪家姑娘了。上龙舟赛上掌鼓，就算不拿第一，也可以出出风头。”

曹秀英闻言，立刻颤巍巍走上去，心疼地问：“远航呀，你看中哪家姑娘啦？”

臧远航擦着额头上的汗，欲言又止道：“奶奶，你别听二哥瞎说。我只是心里太闷了，不过现在敲了这一通鼓，感觉浑身的筋骨都舒畅多了。”

臧增福却鼓励孙子说：“远航，你爷爷我年轻时，那可是窑湾最好的鼓手。只是后来做了码头当家，工作太忙，这门手艺就荒废了。虽然现在是民国了，不再讲老一套了，不过只要你得了龙舟赛第一，就能拿到金舢板。到时候无论你看中哪家姑娘，只要你把金舢板送给她，就算婚事不成，也一定能换回她的香荷包！”

臧远方听了这话，眼睛不由一亮，急切地问：“爷爷，你说的是真的吗？”

臧增福重重地点点头：“爷爷什么时候骗过你？不信问你奶奶。”

曹秀英嗔怪地瞪了老伴一眼，布满皱纹的脸上，竟然现出少女的红晕，微笑着点点头。

臧远航立刻举起鼓槌，信心十足地说：“爷爷，那你得好好教教我。”

臧增福爽快地说：“只要你想学，爷爷就会把平生所学都教你。”边说边握住孙子的手，放在鼓上道，“记住，你是头回掌鼓，一定不要心慌。别人快，由他快；别人慢，由他慢。别人敲别人的，你敲你的。要不然，你乱了阵脚，划手也会跟着一起乱的。”

臧远航按照爷爷的指点，立刻试着敲了几下。

臧增福赞许道：“对，对，就是这样。”

臧远航试了几下，重又激烈地敲打起来。

顿时，“嘭嘭嘭”的鼓声，再次响彻了臧家大院，响彻了大半个窑湾！

与此同时，徐家大院内，徐佩芸正坐在窗前的花坛旁，一边绣着“鸳鸯戏水”的喜庆图案，一边轻轻唱着《今生醉了却又醒》：

……处暑霜降，夜半沾衣人未觉；树将枯萎，花亦凋零；欲诉离情，却无尽头；正如枝上叶，一岁一葳蕤。

立冬已至，今生醉了却又醒；昔你往矣，杨柳依依；今我来思，雨雪霏霏；坐拥孤衾泪，问君几时归？

徐佩萍轻轻走到她身边，有些诧异地问：“姐姐，你都快要结婚了，涟泰又那么无情无义，你还在想着他啊？”

徐佩芸停住绣花，叹了口气说：“有些人是一直都会刻在生命里的，哪怕忘记了他的声音、他的笑容、他的相貌，可是每次想起他，那种心动的感觉，却是永远都无法变的。”

徐佩萍闻言，不禁想到自已，连忙甩甩头，笑逐颜开道：“好啦，别说这些伤感的话了。我和俊莹牵头组织了一支女子凤舟队参加比赛，总共是二十九个人，连慧珊都参加了，我把你的名字也写上，你不会生气吧？”

徐佩芸犹豫了一下，还是问：“慧珊也参加了？”

徐佩萍拉起她的手，撒着娇说：“管谁参加呢，这么好玩的事情，我可不想错过。马上就要去排练了，走吧。”

徐佩芸看到妹妹如此兴奋，只好跟了上去。

第22章　鼓手

端午节，是我国最大的传统节日之一。

今年窑湾的端午节，和往常一样，早在三月下旬就开始准备了。

有些性急的大姑娘小媳妇，已经开始准备丝线、绸缎以及各种香料，缝制香荷包了。

与此同时，各家各户也开始了芦苇叶的采集工作。因为苏北地区的粽子，都是用芦苇叶做成的，这个时候的芦苇叶刚刚长成，既鲜嫩柔韧度又好，其中尤以大运河两岸芦苇荡中的芦苇叶，最为上等。

当然，采集时也有讲究的，一般是选取芦苇顶端下方第三、四片叶子。抓住叶子根部三分之一处，然后用力猛地向下一拉，这样就能保持其完整性了。

苇叶拿回家后，要一片片规则码好，捆成一个个小把，放在阴凉通风处阴干，防止变形。

端午节前两天，再把阴干的芦苇叶，放入凉水中浸泡一夜，然后放入大锅中加入凉水烧开，待到沸腾后，再重新泡进凉水中备用，经过如此浸泡蒸煮的芦苇叶，就是粽叶了。另外还要到小河或沟渠边割菖蒲，菖蒲厚而坚韧的叶片，可以割成一根根的长条，用来扎粽子。然后再把糯米泡一夜，就可以包了，若加红枣或加红豆，就成红枣粽子或红豆粽子了。大多数是包成一般的三角粽，但有那手巧的人家，则包成棱角分明的四角粽。

一切准备就绪，就等着端午节的到来了。

一个阳光灿烂的午后，原先船只往来穿梭的大运河里，现在是二十多只船身瘦长、前面龙头高昂、后面龙尾翘起的龙舟，正在紧张地训练划水。

与此同时，年轻的划手们发出整齐划一的“吼吼吼”声。

让人们惊奇的是，除了这些龙舟，竟然还有一只别具一格的凤舟，和龙舟唯一的不同是，舟头是一只凤头，舟尾是一只凤尾；船身上也写着一个大大的“楚”字。

吴俊莹、陆慧珊和其余二十五个姑娘坐在船上。

陆慧珊负责打鼓，吴俊莹负责敲锣，其余的姑娘则试着划桨了，于是凤舟慢慢地开始移动。

正在这时，徐佩萍拉着姐姐，慌里慌张地跑过来她一边跑一边焦急地说："等等我们，等等我们。"

凤舟只是刚刚离岸，很快又划了回来。

徐家姐妹俩连忙跳了上去。

徐佩芸歉然道："实在不好意思，我们来晚了。"

陆慧珊没好气地说："你们的面子够大啊，让我们二十七个人等你们两个。"

徐佩萍连忙解释道："对不起，慧珊，是我不好，本来我们早就出来了，走到半路，我才想起手绢忘记拿了，又跑回家去找，下次不会了。"

陆慧珊却不依不饶地说："迟到都迟到了，再说这些有什么用？不过你们不来也没关系，少一盘驴肉，也照样可以成席！"

说完这话，故意瞟了瞟徐佩芸。

徐佩芸知道她心里有气，只是笑笑，并不答话。

徐佩萍却咽不下这口气，愠怒地说："你……"

徐佩芸将一只舢板往妹妹手里一塞，劝慰道："算了，不要再说了，比赛马上就要开始了，我们再练一下吧。"

其余姑娘们也纷纷说："是啊，时间不早了，我们开始吧。"

陆慧珊冷哼一声，继续纠缠道："打鼓太累了，我胳膊都酸死了，迟到的负责打鼓吧。"边说边将手中的鼓槌，举到徐家姐妹俩面前。

徐佩芸犹豫了一下，便想伸出手去接鼓槌。

没想到，徐佩萍却一把抢过来，同时欢快地说：“‘龙舟飙着走，功夫在鼓手！’我早就想试试了！”

陆慧珊立刻就有些后悔，但是已经来不及了，气得直翻白眼！

徐佩萍拿到鼓槌后，就站在船当中，姿势优美地敲了起来。

当敲锣打鼓声响起，凤舟像听到号令一般，也歪歪斜斜地行驶起来。

但是很快，凤舟就划得有模有样了，并被淹没在龙舟之中！

大运河两旁的树木和码头的柱子上，都挂满了红丝带和大大小小的红灯笼。

原先堆满货物的河堰和码头上，都空无一物。

取而代之的是正在搭建的观礼台以及旁边一座红布盖着的高大塑像。

第23章 陇海铁路

大运河堰上，陆文安和臧家梁肩并肩地站着，望着四周的景象，均是一脸欣慰。

在他们下方的河道里，四五个身着洋装的外乡人，正手拿着长线或量具，一边勘测水的深度、宽度等，一边认真地记录着什么。

陆文安指着大运河里的凤舟龙舟说："你看那些姑娘们笑得多欢啊，小伙子们好像比往年划得快了不少。哈哈哈，现在的年轻人啊，动不动就喊什么'个性自由''妇女解放''男女平等'等等这些新名词，我都感觉自己已经落伍了。"

臧家梁打趣道："明天你主祭的时候，可千万不要把这些新名词喊出来啊，否则，我爸他们那辈更老的老人家，要接受不了的。"

说完，两人对视一眼，不由同时哈哈大笑起来。

此时，臧远航正在蒙着红布的塑像前插点香火，听到笑声，一抬头看到他们，立刻就跑了过来，恭敬地说："陆大、爸爸，你们来了。"

陆文安赞赏有加道："远航，这次龙舟赛，你筹备得很不错，既不铺张奢华，又达到预计的效果。最主要的是，组成了一支凤舟队，为我们窑湾古老的龙舟赛增添了新的活力，真是可喜可贺呀。"

臧远航谦虚地说："陆大过奖了。"

臧家梁望了望四周，关心地问："怎么样？都准备得差不多了吧？"

臧远航点点头，汇报说："是的，爸爸。明天祭河神的两千多斤糯米，都已经拣好泡在水里了，芦苇叶都已经煮好，菖蒲条也备好了，所有粽子，到晚上就能全部包好。还有香烛、丹砂、祭礼、爆竹……"

臧家梁听得很认真，但是不经意间一抬头，忽然惊喜地一指前方："文安兄，你看那是谁？"

臧远航顺着父亲手指的方向望去，只见右侧的大运河堰上，不知什么时候，站着一个精神矍铄、身着西装、戴着眼镜的五十余岁男人，此人正面对大运河，神情专注而深邃。

几乎是同时地，陆文安和臧家梁连忙快步迎上去。

臧远航迟疑了一下，也跟在了他们身后。

陆文安走到臧家庆面前，亲热地招呼说："家庆老弟，别来无恙！"

臧家梁也恭敬道：“三哥，别来无恙！”

臧家庆回头看到他们，立刻惊喜地招呼道：“文安，家梁！”又看了看臧远航问，“这位是？”

臧家梁连忙介绍说：“犬子远航。”回头对儿子说，“远航，这就是你家庆大，他是清末举人，曾在北京担任过邮传部主事。”

臧远航眼睛不由一亮，立刻惊喜道：“三大你好，我听爷爷和爸爸经常提起你。”

臧家庆打量了一下他，慈祥地说：“你就是远航？小时候我还经常抱你呢。”说到这里，不由感慨万千道，“唉，真是‘少小离家老大回，乡音无改鬓毛衰’啊。”

陆文安连忙安慰道：“现在你在宿迁，离窑湾很近，乘船两个多小时就到了，以后可以经常回家来看看。”

臧家庆却摇摇头，苦笑着说：“不行了，年纪大了，船又颠簸得厉害，对我来说，两个小时也是太长了。”

陆文安遗憾道：“要是能通火车就好了，从宿迁到窑湾这么点距离，十几分钟就可以到了。”

臧远航不禁吃惊地问：“火车有这么快的速度？”

陆文安果断地说：“那当然。”然后指着大运河里的货船，把手一挥道，“我这么和你说吧，就算是运河上最快的英国小火轮，也远远比不上火车的速度呢。”

臧远航更加好奇了，急切地问：“那火车长得是什么样子呢？”

臧家庆惊讶极了：“怎么，你没坐过火车吗？”

臧远航不好意思地说：“是啊，我刚接手码头不久，再说我们窑湾水乡交通发达，我到哪里都是坐船。”

臧家庆语重心长道：“你是运河码头当家，要跟得上潮流才是呀，只有你们年轻一代跟上了潮流，窑湾的经济才能走得越来越远呀。”

臧家梁笑了笑，不置可否。

陆文安的神色，也有点高深莫测。

臧远航却是非常感兴趣，他边听脑袋边飞快地旋转着，忽然抬起头，试探地问：“三大，我听说火车也可以像我们的货船一样，南来北往地运货，是不是？”

臧家庆点点头，毫不犹豫道：“那是自然。”

臧远航闻言，双眼立刻发亮，但是望着父亲，还是迟疑了一下说：“爸，我忽然有一个大胆的想法，不知道当说不当说？”

臧家梁还没来得及答话，陆文安便率先道：“年轻人，大胆说出你的想法！”

与此同时，臧家庆也微笑地望着他说：“说吧，趁三大在这儿，还可以帮你拿个主意。”

臧家梁也点了点头，鼓励地望着儿子。

臧远航立刻将酝酿很久的话，滔滔不绝地说了出来：“自从我接手码头后，虽然生意越来越好了，但就是因为太好了，才让我感觉到，运输压力越来越大。因为大运河水路运输，虽然优点是通航能力不受限制，并且运量大，成本低，运行持续性强，特别适合远距离运输，但缺点是速度较慢，受季节、气候等影响较大，再加上大运河航道因为年久失修，有些地方的泥沙淤积得越来越严重，特别是因为前段时间码头接连出事，引起工人怠工，大批货物堆积在河堰上，急得我直跺脚，特别被动。所以我认为除了大运河水路，还急需要开辟其他运输方式集散或接运货物。如此，才能保证窑湾经济稳步、快速、持续性增长。”

三位长辈听到这话，不由瞪大了眼睛，全都屏住了呼吸！

臧远航说到这里，停顿了一下，长长叹了一口气，这才小心翼翼地继续说：“所以刚才三大提到火车不但能运人，还能运货，我就想，我们窑湾境内已经有一条南北走向的大运河了，如果再能有一条东西走向的铁路直接入海，将陆路与海路相连接，不就能更好更有效地利用丝绸之路的商业贸易路线了吗？如此一来，我们窑湾的经济发展，肯定能提升一个台阶，各位前辈，你们说是不是？”

三位前辈对望一眼，不由面面相觑。

臧家梁回过神来，不由涨红了脸，率先大声呵斥道：“无知小儿！你连铁路是什么样子都没有见过，休得胡言乱语！”

陆文安也苦笑着摇头说：“真是初生牛犊不怕虎啊。”

臧家庆却打量了一下眼前的年轻人，忽然竖起大拇指，啧啧称赞道：“后生可畏，后生可畏啊。真是没想到，你年纪轻轻的，观点竟然与张謇、沈云沛等著名的实业家、政治家、教育家不谋而合呢！”

臧远航不好意思地搔搔头，茫然道：“怎么不谋而合了？我不知道啊。”

臧家庆点点头：“你不知道很正常，那时候你年纪还小。”然后便打开了话匣子，滔滔不绝道：“1908年，也就是光绪三十四年，甲午进士、海州人沈云沛，即当时的邮传部右侍郎向皇帝上书提出，将汴洛铁路……”

陆文安立刻打断他的话，毫不客气地纠正说：“不对，不是沈先生一个人提出来的，是和晚清恩科状元、农工商总长、南通人张謇以及很多江浙籍在京人士，一起提出来的。”

臧家庆有些尴尬道：“好吧，细节方面，我可能有些模糊了。既然你比我清楚，那就请你来说吧。”

陆文安倒也不推辞，爽快地说：“我说就我说。”然后瞪了他一眼，接口道，“他们共同提出，将汴洛铁路向东西两端扩展，开筑一条东起徐州进而延伸到海州，西至潼关的东西向长线铁路，这一建议立刻引起了清政府重视。同年，清政府成立了江苏省商办铁路公司，任命前商部右丞王清穆为总理，张謇为助理，共同‘规定江苏全路’。王清穆拟订长江南北两线并进的计划，提出了‘江南至上海经松江以达浙江，江北自海州入徐州以达陇’，这是最早关于建设陇海线的设想，也是陇海铁路名称之始。不久，中华民国成立，孙中山意识到陇海铁路这一构想的国家意义，于是为了振兴民族经济，使国家早日富强，便在《建国方略》中，进一步提出陇海铁路西进新疆以及在塔里木盆地周围规划西部铁路，并形成西北铁路在塔城西出俄国，联通欧洲的国际铁路的设想，而这条铁路线路，正与丝绸之路贸易路线高度重合，等全部完工后，肯定能在丝绸之路贸易路线中，起到主体作用。于是民国初年，北洋政府开始实施这一设想，因陇海铁路横穿江苏、河南、陕西和甘肃，因而最初也被官方称为‘陇秦豫海铁路’。”

说到这里，他长吸了一口气，继续道：“直到民国二年九月，北洋政府与比利时签订修一千八百公里的陇海铁路借款合同，借款两亿五千法郎以汴洛铁路为基础向东西方向展筑，两段工程于民国三年五月同时开工。民国五年五月，开封至徐州段通车，长二百七十七公里，同年九月，洛阳至观音堂段三十公里竣工。可惜，徐州到海州这一段，却因为比利时作为第一次世界大战的参战国，战争还没有进入相持阶段，就被德国打败了，其贷款也因此没有到位，东陇海铁路的修建只好就此搁置了。”说到这里，不禁有些惋惜道，“真是太遗憾了。如果从徐州到海州这段东西铁路真能修成，将成为唯一一条横贯中国东西的铁路交通大动脉，这条大动脉正好与丝绸之路贸易路线高度重合，如果途经窑湾的话，与纵贯南北的水路大动脉、衔接陆上丝绸之路和海上丝绸之路枢纽的大运河相辅相成，肯定能在丝绸之路商业贸易路线中，起到无与伦比的作用，不但能带动当地经济高速发展，甚至于把我们窑湾打造成为上海那样的国际化大都市，都绝不在话下！”

臧家梁听了这番话，却连连摇头说：“我们窑湾西有大运河水路，东有千年古盐道，水陆交通都已经非常发达了，完全不需要别的运输方式了。”

臧家庆立刻下意识地反驳道：“铁路取代水路运输，是历史的必然。更何况，徐州到海州这段路线的设计，是先后经过铜山、土山、窑湾、棋盘、阿湖、海州六座古镇的，对我们大有裨益。”

臧远航听罢，眼睛不由一亮，脱口而出：“如果真的修好，我们的交通条件，就比上海更有优势了啊！”

陆文安点点头，附和道：“对对对，所以我们……”但他说到这里，忽然看到老朋友眉头一动，便急忙将下面的话，强行咽了下去。

与此同时，臧家庆也意识到什么，连忙打着哈哈说：“关键是钱，钱不到位，连铁路都修不成，何谈取代呢。”

臧家梁听了这话，眉头才稍微舒展了一下，连声道：“是啊是啊，还是三哥有远见。”

陆文安自知刚才失言了，不由苦笑了一下。

臧远航好奇地问：“三大，那修成这段路的话，经费到底要多少钱呢？”

臧家庆想了想回道：“陇海铁路当局原本预计是五千万，后来经多方勘测，又压缩到两千六百万，最后降至一千二百万，但是因为第一次世界大战的影响，比利时贷款没有到位，所以仍然是没有钱。”

臧远航不以为然地说：“我以为多少呢，才一千二百万啊，不用去比利时借贷了，只要发动我们窑湾商人及沿途周边商人集资，就基本可以了呀！”

三位长辈闻言，回过神来，再次面面相觑！

臧家梁立刻呵斥道：“臧远航，你也太不知道天高地厚了！”

陆文安也摇了摇头：“修铁路是政府的事情，不但投资巨大，也非常费时费力，岂是民间集资想修就修得了的？”

臧远航不知道二位为什么反对，只好将求救的目光投向自己的三大。

臧家庆却立刻扭过头，将目光投向了不远处的大运河。

他原本只是想避开侄子，没想到不经意间，竟然看到了那四五个外乡人，立刻诧异地问：“咦，他们几个好像不是本地人啊，来这里勘测什么？”

陆文安坦然地说：“你是知道的，关于陇海铁路线的东线入海口，前有借贷方比利时的长期论证，后有以沈云沛先生为主的海州‘北线’阵营的力挺，都属意于海州。虽然以张謇先生为主的南通‘南线’阵营据理力争，最终迫使水利部同意复测，但是因为结果仍未改变。张先生也知道资金确实是瓶颈，借贷方的意见很重要，所以只好退而求其次，开始规划从南通沟通苏北各县的新运河。前次我去南京拜望他，长谈之后，他就把勘测中运河的任务交给了我，并告诉我说，‘铁路不成，惟新运河若成，异日汽车可通，不至全无自救自助之策也’，他的赤胆忠心，让我非常之感动，所以就欣然接下了这个重任。”

臧家庆听了这话，却不以为然，他忽然话音一转，又推心置腹地劝说：“我说文安兄呀，反正陇海线入海口在海州已是不争的事实，你是北线的人，何必要帮他们南线的人呢？真是自已找累啊。”

陆文安立刻反驳说：“老弟此言差矣！张先生之所以力挺南线，并不是抢，更不是为了个人谋私利，而是为整个江苏全局考量。其一他认为由徐州沿北线到达海州，虽然途经海、灌、沭三县，但是人烟相对稀少，工程造价却近三千万；若沿南线由宿迁贯通苏北十二县直至崇明，长度是北线的三倍以上，且人口之多、物产之丰、商业之发达，都是北线无法比拟的，所以投资回收会更快；其二南线因可利用新运河堤，平均造价低，总计大约四千万就足够了。”

臧家庆听了这话，便有些不高兴了：“你别忘记了，青岛和上海都是日本的占领区，所以沈先生才是真正从全局考量！他和江苏省议员、水利专家武同认为终点在海州，南可以挽上海已失之权，北可掣青岛扩张之势力，实完全握有黄海中心健固之海权。”

没想到陆文安更不高兴了：“你也别忘了，虽然青岛和上海属于日本占领区，但仍然是中国领土，不久的将来，中国肯定要收回主权的！特别是青岛，一旦收回，海州的战略地位就会骤降。仅此一点，张先生的立论已经远远高于沈先生了。”

臧家庆则双手一摊，无奈地说：“张先生的立论固然很高，但是也要考虑历史的进程呀。正如梁启超曾想借中堂大人之名发动革命，李鸿章拍着他的肩膀，意味深长说的那句话，‘一代人只能办一代人的事’！”

这话其实并无恶意，但是听到陆文安的耳朵里，便有了不一样的意思。他立刻抢白道：“你还是劝劝沈先生，让他多考虑考虑历史的进程吧！”

臧家庆不由气结！

陆文安冷哼一声，拂袖而去！

臧家梁责怪堂哥说：“你们两个，以前关系不是挺好的吗？怎么这才刚一见面就杠上了。”说完这话，连忙追老朋友去了，“文安兄，文安兄……”

臧家庆望着他们的背影，颇有些失落道：“这两个家伙，又把我丢下了。”

臧远航刚才被父亲呵斥得莫名其妙，也被陆大的欲言又止搞得有些糊涂，见他们二位走了，立刻趁机问：“三大，你说要是由我们窑湾商户民间集资修铁路的话，到底行不行啊？”

臧家庆望了望眼前的年轻人，严肃地说："修铁路钱是关键，只要有钱，怎样都行！不过如果真的修了铁路，势必会影响码头的生意，你父亲和你的家人，甚至窑湾某些商人，一定会全力反对的。"

臧远航认真道："可是作为商人，我们应该把眼光放得更长远一些，而不应该斤斤计较于个人得失呀。孙中山先生曾经说过'世界潮流，浩浩荡荡；顺我者昌，逆我者亡'。所以无论个人的思想落后还是超前，但如你所言，也必须符合历史的进程。"

臧家庆不由一怔，随即拍了拍他的肩膀，情不自禁地竖起大拇指，赞赏有加地说："没想到你年纪轻轻，竟然如此有远见卓识。"然后语气一转，正色道，"我与沈云沛先生，有过同门之谊，还因为同是在京的苏北人，所以私交颇深。你所说的关于民间集资的想法，沈先生也是曾经考虑过的。不如这样吧，我抽个时间，去海州一趟，把这件事好好与他协商一下。你也想个办法，说服你父亲和家人，至于你陆大，他与张謇是至交，向来是高瞻远瞩之人，虽然碍于你父亲的情面，不像我这样直截了当，但是以我对他的了解，肯定也是赞成你的想法的。"

臧远航心里不由一喜，郑重地鞠了一躬说："无论事成与否，我作为窑湾商人的一员，都非常感谢三大！"

与此同时，他的目光变得更加坚定了起来！

第24章　你终于回来了

北京关公馆外，停着一辆黑色轿车。

徐立秋一边钻进轿车，一边不耐烦地发着牢骚："关世贤这个老婆，真是会蹬鼻子上脸啊！今天头疼找我，明天腚疼也找我，我又不是医生，真是烦死了。她到底知道不知道，她丈夫现在是阶下囚，不是副部长！下次她要是再生病，我就说有急事走不开，由你们替我来好了。"

跟班甲立刻说："好的。"

徐立秋想了想，又叮嘱道："不过她的医药费和每月两千块的家用，一分一厘都不能少，知道吗？"

跟班甲点头说："知道了。"

刚刚的一幕。

关公馆客厅内，充斥着一股浓烈的中药味。

宋之茵躺在沙发上，头上盖着降温的白毛巾，儿子关小东则守在床边，端了一杯水走过来。

徐立秋把一个信封放在茶几上，推到她面前，同时诚恳道：“嫂子，这是三千块，两千你留作家用，另一千你买点东西，好好补补身子。”

宋之茵感激地说：“我们母子俩有你每月给的两千块，生活已经很宽裕了。不过因为孩子还太小，亲戚朋友也没个靠山，我这身子骨又不争气，这一生病啊，就手忙脚乱的，就只有麻烦你了。”

徐立秋连忙摆手，正色道：“哎，嫂子，你这样说就见外了。你麻烦我，才是把我当一家人嘛，以后有什么事，你尽管吩咐就是了！”

这几句至情至性的话，直把众叛亲离的宋之茵感动得泪水涟涟。

徐立秋又把一支玩具枪拿出来问：“小家伙，喜欢吗？”

关小东眼睛一亮，连声道：“太喜欢了，我同学都有呢。”边说边拿起玩具枪，“嗒嗒嗒”地比画了起来。

一时间，室内原本沉重压抑的气氛，竟然一扫而空了！

北京关公馆外，徐立秋刚一出门，刚才还笑容满面的脸，立刻就变得冰冷了下来。

他一脸不耐烦地和一个跟班上了轿车，行驶在离开关家的路上。

徐立秋皱着眉头问："姚平，我们现在要去哪儿？"

姚平回道："去拜访政务部副部长皮向军。"

徐立秋又问："这次预备了多少钱？"

姚平回道："四千块。"

徐立秋想了想说："这个皮向军，虽然年纪不大，也没有什么真才实学，但投机钻营的功力，倒是一流。我越想他的机会越大，还是给五千吧。"

姚平回道："是。"

徐立秋沉吟片刻，忽然说："对了，回去就告诉林辉，我们今天是去拜访教育部副部长曹华言了。"

姚平诧异地问："为什么？"

徐立秋呵责道："叫你说什么你就说什么，哪来这么多废话！"

姚平吓了一跳，连忙说："知道了。"

正在这时，忽然逆向行驶来一辆轿车，轿车里的后座上，坐着一身笔挺西装的男人，正是早先沦为阶下囚的关世贤。

可惜两辆车迅速擦身而过，徐立秋和关世贤分别坐在各自车里，并没有看到彼此。

北京关公馆内，宋之茵还像刚才那样，头上盖着白毛巾，不过已经由躺变成了坐，但还是一副有气无力的样子。

只是面前的茶几上，原先放钱的位置，又变成了一只黑色旧皮鞋。

她不由伸出手，把那只旧皮鞋抱在怀里，人都有些痴痴呆呆的了。

不大一会儿，关小东端来一碗中药，坐在沙发上，懂事地说：“妈，药我熬好了，快喝了吧。”

关世贤妻子望着懂事的儿子，不由叹了一口气，但是刚接过碗，忽然门被人“砰”一声从外面撞开。她吓了一跳，立刻抬眼望去，面前赫然站着的，竟然是多日不见的丈夫，她不禁“啊”的一声！

关世贤哽咽道：“之茵、小东，我回来了！”

与此同时，宋之茵手中的药碗“当”的一声落在地上，呆了好一会儿，才犹犹豫豫地站了起来。

关小东回头看到父亲，立刻惊喜地站起来大声喊：“爸爸，爸爸，你终于回来了！”

关世贤三步并作两步走到妻子和儿子身边，将他们紧紧搂在怀里，歉然道：“这段时间，让你们受累了！”

宋之茵母子想到这段时间的艰辛，不由委屈地放声大哭起来。

关世贤虽然也红了眼圈，但还是安慰道：“不哭了，都不要哭，我这不是回来了吗？你们应该笑才对呀。”

宋之茵抹了抹眼泪，死死地盯着丈夫，不相信地问：“我这不是在做梦吧？”

关世贤肯定地说：“当然不是。要不，你咬一下试试？”

宋之茵真的抓起他的手，稍稍用力咬了一下。

关世贤立刻轻叫一声：“轻点，很疼的。”

与此同时，他的手背上，赫然出现一个椭圆形的牙印。

宋之茵这才破涕为笑，边擦眼泪边问：“他们把你抓走后，把罪名说得很严重，还说不是死刑，最少也得十年八年的，怎么才关这几天，就轻易放你回来了呢？”

关世贤轻蔑地说：“是副总理亲自批示让他们放我的，他们敢违抗命令吗？”

宋之茵连忙双手合十，哽咽道：“这真是不幸中的万幸啊，我还以为，这辈子也许就见不到你了呢。”说到这里，忍不住又抹起了眼泪。

关世贤安慰说：“别哭了，我这不是没事了吗？”边说边拥着妻子和儿子坐回沙发上。

忽然，他看到了茶几上的旧皮鞋，立刻惊讶地问：“这不是我被他们带走时掉下的那只鞋子吗？是谁送来的？”

宋之茵感激地说：“是徐立秋送来的。”

关世贤茫然道：“徐立秋？”

宋之茵伤感地说：“这段时间，我们娘儿俩，可是多亏了他啊。自从你被带走后，亲戚朋友都怕受牵连，全都和我们断了来往。只有立秋这个好兄弟，不但没有躲得远远的，还认我做了嫂子呢。”边说边把信封拿过来，抽出了里面的一沓钱。

关小东也抱起玩具枪，自豪地说：“爸，你试试我的玩具枪，好玩吗？”

关世贤抚摸着儿子的头，爱怜说：“好玩好玩。”然后又转向妻子，疑惑地问：“这玩具枪也是他送的吧？他有这么好心？”

宋之茵点点头，赞赏有加道：“是啊，他不但每月定时亲自送来两千块家用，还会送小东玩具。甚至连每次我生病，他还会另外多送最少一千块，还有大量珍贵补品。这不，他刚走。你要是回来早一会儿，就可以遇到他了。”

关小东也连连点头道：“是啊，是啊，徐叔叔对我可好了。”

关世贤听着妻子和儿子的诉说，原先怀疑的表情，很快就不见了，反而不停地点着头，喃喃自语地说：“真是患难见人心哪，看来我关世贤这半辈子，还是有生死之交的！”

第25章　枉我还那么信任你

北京徐公馆内，林辉神情异样地走进客厅。

此时，徐立秋正严肃地坐在沙发上，两边是十几个跟班，个个虎视眈眈地望着他。

林辉意识到不妙，但还是强装镇静，讪笑着说：“大家都在啊，发生什么事了？”

徐立秋边喝茶边冷冷地问：“王志信上午是不是给曹华言送钱去了？”

林辉立刻脱口而出：“是。”但是随即意识到不对，便猛烈摇头道，“不，不，我不知道。”

徐立秋脸色一冷，“砰”地将茶杯摔在桌子上，怒喝道：“到现在你还狡辩！你不知道？你怎么会不知道？我还一直纳闷，王志信表姐夫不过就是个跑腿的，他对北京根本就不熟悉，门槛儿怎么就那么精！我收买一家，他就跟在我身后花更高的价钱，收买一家。现在我终于明白了，原来是你这小子在背后捣的鬼，枉我还那么信任你！”

林辉见抵赖不过，只好“扑通”一声跪在地上，边扇自己的耳光边说：“先生，我错了，是我错了，你大人大量，就原谅我这一回吧。再说，王志信和吴俊锋给我的钱，我全部以你的名义存在钱庄了。”边说边掏出存条递上去道，“不信，你看看。”

徐立秋接过存条，看到自己的名字，脸色这才缓和下来，点点头道：“你还算有良心。当初要不是王志信和吴俊锋狗眼看人低，想用十万块大洋打发我，运河码头的新执照，早就是他们的了。念在你跟了我这么多年的分上，也算是左膀右臂，我就原谅你这一次。不过，你得把和王志信、吴俊锋交易的原原本本，全都告诉我。”

林辉连声说：“一定一定！”

徐立秋刚想说什么，电话铃忽然急促地响起来。

他连忙接了电话，神情越发变得严肃了起来！

吴家盐行总经理办公室内，吴俊锋正在查看文件。

忽然，崔玉存推门进来说：“老板，你看谁来了？”

吴俊锋抬头一看，竟然见王志信站在门口！

他不由一呆，诧异地问：“王老板，码头新执照还没有拿到，你怎么就回来啦？”

王志信得意地哈哈大笑道："放心吧，我们这次是赢定啦，我特意提前回来报喜的！估计现在属于你们吴家的码头新执照，已经在送来的路上了。"

吴俊锋惊喜异常："那真是太好啦！"

夜幕已经降临了，臧家大院后院三房小院的几个房间，仍然亮着灯光。

臧家梁穿着睡衣，还在看"商会捐款码头名单"，竟然是一脸的感动。

郭文芳坐在床边，一般摘耳环一边说："你都看过八百遍了，再大的人情，也得等以后慢慢还，夜深了，早点休息吧。"

正在这时，门外响起敲门声。

然后臧远航推开门走进来说："爸、妈，你们还没睡啊？"

臧家梁关心地问："这么晚了还敲门，你有什么事吗？"

臧远航在床边坐下，担忧地说："爸，明天就是龙舟赛了，周边地区和省份的人都要过来，这么重大的场合，我又要到龙舟上掌鼓，真担心应付不过来。"

臧家梁鼓励道："你第一次掌鼓，重在参与。无论输赢，都不要放在心上。最重要的，拉歌的时候，你要把《大运河之歌》唱好。"

臧远航好奇地问："对了，爸，为什么我们运河每逢重大节日，都要唱《大运河之歌》呢？”

臧家梁严肃地说：“当初我们的先祖来窑湾时，他们是一无所有的，就是依靠大运河，建立了运河码头，渐渐形成了一个商业集居地，才得以在这片废墟上繁衍生息，我们当然得感恩大运河了。”

臧远航坚定道：“爸爸，你放心。我们的先人都能在废墟建起一座‘小上海’，相比较他们，以后无论遇到什么困难，我都不会再放在心上。再说了，我们还有那么多商户和工人的支持。”

臧家梁感慨万千地说：“想当初，码头第一次遭遇危机时，我去上海求助多年的好同学好朋友，却连一分钱都没有借到，从此便断了向别人借钱的心。真没想到啊，我在窑湾，却有这么多真正的好朋友。”

臧远航轻松道：“现在没事了，有陆大、闫大他们支持，我们一定会赢的。”迟疑了一下，还是说，“我刚刚听说，王志信今天回来了？”

臧家梁不由一怔，随即心事重重地说：“事情发展至此，我们两家拼的已经不是各自的家底，而是王志信和徐立秋的心计了！现在王志信回来，应该是自认为稳操胜券了，希望明天的龙舟赛，不要再出什么乱子才是。”

臧远航不由一愣，眉头也不由皱成了一团。

时间过得真快，转眼间，就到了端午节。

天刚蒙蒙亮，家家户户就开始洒扫庭院，以菖蒲、艾叶插于门楣，以钟馗像悬于堂中。当然早饭也不再是煎饼米汤，而是粽子、大蒜和鸡蛋了。

男人们会饮雄黄酒（一般饮用的雄黄酒，只是在绿豆烧或各种酒中，加入微量的雄黄而成）；未婚的大姑娘和孩子们，则会佩戴上五彩斑斓、各种形状的香荷包，有的盘龙附凤，有的仅仅绣了个福字。

与此同时，城内张灯结彩、锣鼓喧天、欢呼四起，整个窑湾城都沉浸在节日的喜庆中。

当然，人们最期待的，还是端午节的重头戏龙舟赛！

于是吃过丰盛的早饭，人们脸上洋溢着节日的笑容，扶老携幼，从四面八方汇集到北城门，井然有序地往城里走。

一时间，各个街道全人山人海，操着南腔北调口音的小贩们，高声叫卖着各地土特产。

其中最热闹的，当然是河南会馆内的河神庙了。

河南会馆建筑形式为硬山式，骆峰状封火山墙，面积虽然不算太大，但河神庙还是占了三分之二。

河神庙坐西面东，门两边写着一副对联，上联是“风调雨顺民安乐”，下联是“海晏河清世太平”，门楣上方是“河神庙”三个字。

大殿内四柱三间，供奉着人身龙头的龙王，身边有虾兵蟹将和巡河夜叉，大殿两边有对联。会馆里面不时有身着各式戏服的人进进出出，锣鼓声、琴声和歌唱声阵阵传出，热闹非凡。

忽然，河南会馆内响起一阵响亮的鞭炮和锣鼓声，一队身着各式戏服和造型的人鱼贯而出，直奔西边的大运河方向而去！

第26章　龙舟赛

丰沛两地的二十多只龙舟，也早早地到来了。

他们的龙舟在长度、外形等方面，与宿邳两地几近相同，唯一不同的是，他们的船头前面，写了个大大的“汉”字。

赛手们则个个身穿黄色短打，包着头巾，混迹在人群中，等待庄严的祭祀时刻！

此时的大运河堰上，早已经人山人海。

徐佩芸和徐佩萍两姐妹穿着黄色龙舟赛手服，亲昵地站在人群里。

一队踩高跷，高跷上的人做小丑装扮，看上去十分滑稽；

一队走旱船，在装扮成渔民的小伙子引导下，提着旱船的姑娘们走着莲花步；

一队架歌，全是七八岁的孩子，男孩扮成威风凛凛的大将，女孩扮成风姿绰约的仙女，被架在大人的肩上，做着各种娇憨可爱的姿态；

一队抬歌，四个大汉抬着一个小型的亭台楼阁，亭台楼阁上或坐着牛郎织女，或坐着八仙过海，个个都是由十一二岁的少男少女装扮，惟妙惟肖。

……

这些各具特色的节目一出场，就引得人群一阵阵欢呼。

不一会儿，忽然听到有人高喊："来了，来了。"

随即，六条巨大的黄色舞龙，在龙头的带领下，腾空跃入场，同时发出阵阵响亮的"吼"声，腾挪跌荡，舞得满场生辉！

人群中立刻发出更加震耳欲聋的欢呼声和热烈的鼓掌声。

大家纷纷交口称赞道："这龙舞得真不错！"

果然不久，就传来一阵"咣当咣当"的敲锣声。

与此同时，六条龙过后，就出现了一个身着峨冠博带、裙袂飘飘的祭司，高声喊叫道："借红了！"

这说明端午祭祀正式开始了！

刚才还在喧嚣不已的人群，立刻安静了下来，个个都变得庄重而肃穆！

舞龙停了下来，领头的人拿下了龙头，竟然是臧远航！

只见他走到一盆红泥前，往右脸上划了两条指印，其余舞龙的人，也紧紧跟上。

徐佩萍见状，不由疑惑起来，小声问：“姐姐，为什么要借红呢？不借不行吗？”

徐佩芸回道：“当然不行。要想请出楚霸王的威风，就要先借红装出满脸血污的凶样子，吓退把守楚霸王的魂灵的虾兵蟹将，让他们不敢挡路。等借好了红，就可以揭开红绸缎，有请西楚霸王了。”

徐佩萍还是不大明白，但是因为场合太过庄严，她也不好再多问什么了，只好似懂非懂地点点头。

很快，借红完毕了。

又一阵“咣当咣当”的敲锣声响起，人群自觉地让开了一条道路。

只见由臧增福领头，后面跟着臧家庆、臧家栋、臧家梁、陆文安、闫一认、赵延成、徐立春、吴光淮、吴俊锋等，全都是窑湾政商两界有代表性的头面人物，他们个个神情肃穆，相继庄严地走进会场。

臧远方赶忙走到他们面前，小声说：“三叔，一切都安排妥当了。”

臧家梁点点头：“好。”

这些头面人物刚刚走到观礼堂前，祭司即高声喊道：“请西楚霸王！”

立刻，那座高大的塑像上蒙着的红绸布，被两位黑衣打扮的年轻汉子缓缓拉开！

只见楚霸王项羽一副帝王打扮，目光高远、手持佩剑，正炯炯有神地望着缓缓流淌的大运河。

在塑像的前面，一只正在燃烧的香炉，里面香气缭绕。

祭司高声喊道：“诵祭文！”

主祭人陆文安便手持祭文，走出人群，走到香炉前，庄严地打开，并抑扬顿挫地念起来。

蝶恋花·祭项羽

傲骨雄才谁与类？神武英姿，叱咤风云会。破釜沉舟威海内，封疆霸气秦王愧。四面楚歌豪情碎，临江喋血，恨洒千秋泪。自古历史认强梁，英雄休以成败论！

他刚一念完，祭司便高声喊道：“拜西楚霸王！”

于是面对西楚霸王像，所有人都跪了下来。

祭司喊道：“一叩首。”

全体作揖。

祭司再喊：“二叩首。”

全体作揖。

祭司再喊：“三叩首。”

全体作揖。

祭司再喊：“祭龙头。”

六条龙整齐地站着！

臧远航边舞龙头边念唱起来："东海龙宫缺条龙，蛟龙直往运河走。运河全长三千八，流经崇山和峻岭。擒龙踏过两千年，从北到南险又艰。骑龙来拜楚霸王，西楚霸王道等闲！我随霸王回窑湾，霸王镇守运河边！"

他每喊一句，全体舞龙队员就跟着和后面的三个字。

祭龙头词完毕，祭司高喊："点睛。"

立刻有人提来一只公鸡，一抹鸡脖子，鸡脖子上的血流到一只黑瓷小碗里。

与此同时，陆文安走上前，他后面跟着端着笔墨砚台的臧家庆。

臧远航及其余五个拿着龙头的人同时跪下，异口同声道："请先生点睛。"

臧家庆拿起笔，在一只只巨龙的眼睛上点了一笔。

刹时间，人群沸腾起来。

臧增福有些不放心，颤巍巍地走过来，叮嘱小孙子说："掌鼓时，一定不要敲得太快，太快了，划手跟不上；也不要敲得太慢，太慢了，速度跟不上。记住了没有？"

臧远航郑重地说："记住了，爷爷。"

臧增福这才点点头："去吧。"

随即，锣鼓齐鸣，人们期待已久的，龙舟赛正式开始了！

于是参加龙舟赛的小伙子和姑娘们，纷纷走下运河堰，走向码头，走向各自的龙舟。

与此同时，臧家梁向各位来宾抱拳道：“各位，请上观礼台观看龙舟。”

边说边在前边引路，带领众人进入观礼台就座。

观礼台上座位虽然很多，但是中间的主位，倒是十分显眼的。

按照年龄，臧增福是主家老太爷，但是却礼让赵延成说：“先生，你治病救人、泽被乡里，请上坐。”边说边坐到了旁边的位置。

赵延成无奈，只好拉住臧家庆道：“你年纪比我长，又德高望重，理应你坐。”说完也坐到旁边的位置。

臧家庆只好拉住陆文安说：“你是市长，这些年来，为保持窑湾经济的稳定增长，可谓呕心沥血，这个位置，应该你来坐。”说完，也坐到了另外的位置。

没想到众人正在谦让之间，忽然就看到王志信带着一群人走过来，一脸的皮笑肉不笑。

台上的人见了他，全都皱起了眉，只有吴俊锋的唇边，掠过了一丝不易察觉的微笑。

王志信却用阴森森的语气，似笑非笑地说：“各位都很讲礼貌嘛，哈哈哈，那就让我这个不礼貌的人坐吧。”

话音刚落，便一屁股坐在主位上了。

台上的人见状，除了吴俊锋的唇边划过一丝幸灾乐祸的笑，其余的人全都呆住了，臧远方更是气得脸都红了，虽然胆小，但还是鼓起勇气说：“你、你来干什么？”

王志信轻蔑地瞥了他一眼，挑衅道：“怎么，不欢迎我啊？”

臧家梁知道他来者不善，连忙呵斥侄子：“远方，怎么这么没礼貌？马上向王老板道歉。”

臧远方却紧咬着牙齿，一句话都不说。

一时间，台上的气氛陷入了僵局。

陆文安拍了拍他的肩，悄声提醒说：“远方，小不忍则乱大谋啊。”

臧远方只好强忍住胸口的怒气，歉然道：“对不起，王老板。”

王志信得意极了，不由哈哈大笑起来。

台上的人个个气得不行，但都知道他是有意来找碴的，所以都憋着一口气。

臧家梁平静地说：“王老板，愚侄毕竟年幼，一时失态，还望见谅。这龙舟赛虽然是我们码头牵头，但是属于全体窑湾人的，当然也是属于王老板你的，怎么会不欢迎呢？”

王志信嚣张的气焰，并没有因为这番通情达理的话而有任何的收敛。

他反而越发不屑地说：“你欢迎不欢迎我，我都会来。再说了，这码头今年姓臧，明年姓什么，还说不定呢，哈哈哈。”

臧家梁只能尴尬地跟着笑道："哈哈哈。"

臧远方气得双目圆睁，便想要发作。

好在他旁边的臧增福，轻轻冲他摆了摆手。

臧家梁强压怒火，再不理王志信，而是冲其余人抱拳说："各位，龙舟赛手们都等急了，我们开始吧。"

大家这才回过神来，同时催促道："开始，开始吧。"

此时，大运河里楚汉双方的四五十条龙舟及凤舟已经整装待发。

停靠在最前排的龙舟前，是连接大运河东西的起航红绸带。

东岸边的红绸带前，有一个人举着一把大剪刀，随时准备将红绸带剪断。

观礼台左侧，一个炮手举着发令用的小炮筒，随时准备发炮。

一个鹤发童颜、精神矍铄的道长站在运河码头上，边做法边摇八卦铃，后来又祭起八卦旗。

与此同时，他还拖着长长的腔调说唱起来："九州的鱼龙哦，你勿食我霸王之体；九州的虾蟹哦，你勿食我霸王之肉。"然后又抬起头，转而用悲壮而苍凉的声调说，"大风起兮云飞扬，西楚霸王兮归故乡；大风起兮云飞扬，西楚霸王兮归故乡，归故乡……"

这首《大风歌》虽然是刘邦所作，但在此时此地此景说唱，却一点都不违和，反而是再恰当不过了。

于是，站在大运河边的男人们背插艾叶、女人们则头插艾叶，他们挎着篮子，异口同声地跟着放声大喊：“大风起兮云飞扬，西楚霸王兮归故乡；大风起兮云飞扬，西楚霸王兮归故乡，归故乡……”

人们一边大声喊着，一边从篮子里拿起粽子，一只只朝大运河里投去。每一个粽子投下，就激起一圈圈浪花。

一时间，大运河航道及两岸的气氛庄严肃穆，令人荡气回肠。

等所有的粽子撒完，祭司又高声喊道：“楚汉相争龙舟竞渡，现在开始！”

于是陆文安站起身来，整理了一下衣衫，走到发令用的小炮筒前。

炮手立刻恭敬地将一个打火机递给他。

陆文安接过打火机，放到小炮筒的引线前，就“啪”的一声点燃了。

顿时，小炮筒发出一声巨大的声响！

大运河里的划手们，像得到号令的士兵似的，同时举起舢板，整齐划一地“吼”了一声。

第二声炮响，划手们再次举起舢板，整齐划一地“吼”了一声。

第三声炮响的同时，剪刀一动，只听“咔嚓”一声，起航的红绸被剪断了。

随即，敲锣打鼓声四起，四五十只龙舟如离弦之箭、出山之虎，奋勇争先，一往无前！

与此同时，每只船上锣鼓喧天、喊声阵阵。

刹那间，只见你追我赶，力争上游，好不热闹。

运河两岸更是人头攒动，万众欢腾。呐喊助威的观众们，个个群情激昂，“加油”声震耳欲聋。为了加大音量，有不少人还把手捂在嘴上，做成了一个个小“喇叭”。

当然，龙舟之间的距离也很快就拉开了。

才刚一起航，龙舟们就把凤舟落在了后头，随着比赛时间的加长，凤舟落下的距离越来越大。

凤舟上的姑娘们，虽然并没有赢得比赛之心，但输得如此难看，还是有些不淡定了。

陆慧珊责怪鼓手道：“你打得太慢了。”

徐佩萍双手下意识地加快了鼓槌速度。

但凤舟离龙舟的距离，还是越来越远了。

陆慧珊累得气喘吁吁，又不满了：“你打得这样快，我跟不上。”

徐佩萍只好又把鼓槌慢下来，于是凤舟就落得更远了。

陆慧珊再次责怪道：“你太慢了。”

徐佩萍气得脸都红了，索性停止了打鼓，怒气冲冲地说：“快了也不行，慢了也不行，你到底要我怎样才行啊？”

陆慧珊讽刺道：“你明明不会打鼓，为什么之前还要抢鼓槌？”

徐佩萍更气了，还想继续吵下去，其余姑娘纷纷催促说："鼓手快点打鼓呀……"

徐佩芸看了看两岸围观的人群，发现大家都在热血沸腾地喊着加油，根本没有人注意她们是快了还是慢了。

于是她便打圆场道："算了，你们别吵了。我们这次来参赛，也不过是打酱油的角色，根本与得不得名次没有关系的，能到终点就行了。"然后对妹妹说，"佩萍，你想怎么打就怎么打吧。"

姑娘们全都七嘴八舌地附和说："是啊，是啊，你想怎么打就怎么打，我们想怎么划怎么划，哈哈哈。"边说边勾肩搭背，笑成一团。

陆慧珊气得直咬牙，但看了看其余人都站在徐佩萍那边，只好强忍了怒气。

第27章　颁发新执照

因为大家都去参加龙舟赛去了，所以大清窑湾邮电局内外，都显得异常冷清。

除了焦急的臧远茹外，没有一个顾客。

不知道过了多久，电报员终于从窗口伸出头来喊：“臧小姐，你的电报。”

因为在这个窗口下，臧远茹经历了太多的挫败，所以变得有些淡定了，便很随意地接过电报，但是刚扫了一眼，她拿着电报的手，就控制不住地颤抖了。

然后，她飞也似的向门外跑去，急急坐上了一辆黄包车。

立刻，黄包车快速驶过街道，驶向大运河堰！

在大运河两岸人群热烈的加油声中，龙舟赛已经达到了白热化！

臧远航负责掌鼓的龙舟，第一个闯破终点红线！

人群立刻发出热烈的欢呼声！

心无旁骛的臧远航，还在低头拼命打鼓。

一个划手开心地喊道："远航，不要打了，我们得了第一！"

臧远航立刻惊喜地抬头，发现自家的龙舟竟然是唯一一个闯过红线的，不由举起手中的鼓槌，大声喊道："我们赢啦，我们赢啦！"

与此同时，一只写着"汉"字的龙舟，也紧跟上来，取得了第二名。

立刻，宿邳两地的划手们，不由开心地拥抱在一起。

丰沛两地的划手们，也跟着欢呼起来。

因为对所有的划手来说，能参与这一盛事，已是莫大的幸事，至于是不是第一，充满期待但也并不强求。

虽然凤船是最后一名，但是姑娘们仍然坚持划到了终点，同样引来了一阵阵欢呼声！

祭司又高声喊道："楚汉相争龙舟竞渡，楚方获胜，胜者披红！"

随即，臧远航在众人的簇拥下和欢呼声中，笑容满面地向观礼台走去。

与此同时，吴俊锋也走下观礼台，来到徐家姐妹面前，笑眯眯地说："恭喜你们，虽然并没有得到名次，但是开了窑湾女子凤舟赛的先河。”

徐佩萍一看到他，脸上的笑容立刻就僵住了，当即就红了眼圈，别过头去。

吴俊锋不由得尴尬起来。

徐佩芸连忙说：“过奖了。”

虽然现在，对方已经是自己的未婚夫了，但是她对他，实在是隔着点什么。

吴俊锋当然也意识到这点了，但是他可不想让别人看出来，索性不回观礼台了，而是亲热地站在她身旁，看上去像极了热恋中的情侣。

在不远处的大运河堰上，臧远茹急匆匆跳下了黄包车，忽然又转过头给钱，然后跌跌撞撞地向观礼台跑去。

她一边拨开人群向前挤，一边急急地说：“让一让，让一让……”

但是面对水泄不通的围观者，她举步维艰。

臧远航走到观礼台前，台上所有人都站了起来，一起向他鼓掌。

在他们面前，是一张四四方方的桌子，正中央放着一束大红绸缎和一把金光闪闪的尺余长小舢板。

陆文安捧起红绸带，激动万分地说：“远航，整整二十年了，楚汉相争龙舟赛，都是汉方赢，楚方从来都是失败者。没想到今年，我们终于赢得了第一。现在，我代表宿邳两地的全体父老乡亲谢谢你，并祝我们的运河码头一代更比一代强！”

他边说边给臧远航披上大红绸带，然后又拿起金质小舢板，郑重其事地交给他。

臧远航接过小舢板，转过身，面对大运河和众人，神情庄严而肃穆！

然后，他举起金舢板，开心地说：“今天能得到这个奖，我非常开心！相信大家都知道，政府每三年就要对我们码头进行一次审查，然后重新颁发新执照给我们。今年，我们已经派徐立秋先生去北京商讨此事，目前一切都在进行中。对于码头年审一事，我很有信心……”

观礼台上，大家都很激动。

只有王志信冷笑一声，看上去非常不屑。

忽然，唐掌柜慌里慌张地走到他跟前，在他耳边低语着什么。只见他脸色一变，慌忙站起身来，脸色阴沉地退出会场。

吴俊锋立刻将这一幕尽收眼底，便也急忙想要跟上去。

恰在此时，臧远茹终于挤过人群，走到观礼堂前，手举着电报。

她边跑边急切地喊：“远航，徐先生北京急电！”

听了这话，刚才还沉浸在喜悦中的人群，立刻变得安静了下来。

吴俊锋也情不自禁地收住了脚步。

臧远航更是面色一凛，颤抖着手接过电报，神情紧张地看了起来。

时间一分一秒地流逝，人们的眼里充满着期待和不安。

忽然，臧远航哆嗦着嘴唇，却激动得一句话都说不出。

工人甲终于忍不住了，高声大喊：“我们码头的年审通过了吗？”

工人乙也附和道：“是啊，年审通过了吗？快说啊，你快说啊！”

所有人都纷纷催促说：“快说啊，快说啊！”

臧远航竭力镇定了自己，终于脸上渐渐浮现出笑容，高举着电报，大声说：“静一静，大家静一静。”

人群终于安静下来。

臧远航这才激动地念道：“现在，我给大家念一下徐立秋先生从北京发来的电报。‘臧老板，自从你委派我来北京后，已经花去了近六十万。我相信你已经身心疲惫了。好在现在，你的努力和坚持，终于有了回报。你是否还记得那个已经下了台的，还被关起来的经贸部副部长关世贤？半个月前，副总理已经亲自去监狱把他接出来了。他出来后，第一个召见的人，就是我！最让人意外的是，关世贤竟然击败其余三十一名候选人，获得委任，正式成为新一任水利部部长！’”

吴俊锋听到这里，气得浑身颤抖，差点儿吐血！

在千里之外的北京，关世贤在副总理的亲自迎接下，走出了监狱。

关世贤和徐立秋亲热见面。关世贤认真签署“窑湾运河码头营业执照”，并亲热地递给徐立秋。

臧远航继续念道：“‘他上任办的第一件公事，就是亲自年审并签署“窑湾运河码头营业执照”，现在，我们的运河码头新执照已经在路上了，不日即可送达窑湾！’”

听了这话，人群中响起热烈的掌声和欢呼声。

工人甲一边鼓掌一边说：“太好了，我们再也不担心被砸饭碗了！”

工人乙也一边鼓掌一边附和道：“更不用担心拿不到工资了。”

第28章　金舢板

这样的热闹，看在吴俊锋眼里，简直就是莫大的讽刺，讽刺他机关算尽不说，还讽刺他将近百万大洋白白扔到大运河，却连水漂都不打一个！

此刻，他真想找到王志信，剥他的皮，咬他的肉，剔他的骨，喝他的血！

但是那个狡猾的老狐狸，早已经不见了踪影！

吴俊锋为了控制自己的情绪，只能用力握着拳头，并咬紧了嘴唇。

此刻观礼台上，臧家庆正感慨万千地说："各位父老乡亲，我在清光绪二十八年，即1902年拔萃中举后，即远离家乡，赴北京任职。没想到此去经年，家乡变化如此之大，我甚感欣慰。刚才码头年轻一代当家人臧远航念的电报，让我颇多感慨，这不仅是运河码头和臧家的好消息，也是我们整个窑湾的好消息！我相信拿到新执照后，码头的生意一定会越来越好，规模也一定会越来越大。现在窑湾被称为‘苏北小上海’，但是窑湾的未来并不仅限于此，我们的目标是要更好地利用丝绸之路商业贸易路线，将生意做到沿途各国直至全世界每一个角落！”

听了这话，观礼台以及与会的所有的人员，都面面相觑。

随即，人群再次爆发出了热烈的掌声和欢呼声！

徐佩芸鼓掌的时候，却无意中看到身旁的吴俊锋两只手非常敷衍，并且脸色很是苍白。

她若有所思地问：“你怎么了？身体不舒服吗？”

吴俊锋连忙掩饰道：“没，没什么，只是太激动了。”说完便努力镇静自己，同时加大了鼓掌的力度。

好不容易等人群安静下来，陆文安慷慨激昂道：“家庆兄说得实在是太好了！以我们现有的经济基础和发展速度，窑湾的未来有无限可能，所以我们不能躺在‘苏北小上海’的功劳簿上睡大觉，我们必须继续努力，争取有朝一日，我们能成为‘苏南大上海’那样集经济、金融、贸易和航海等为一体的国际化大都市，这个大都市的名字就叫窑湾！”

立刻，整个大运河畔掌声雷动，欢呼声四起，如同大运河水沸腾了一般！

陆文安顿了一顿，继续激动道：“当然这一切，都离不开我们的母亲河——大运河的馈赠。所以现在，为了感谢大运河的养育之恩，为了弘扬我们运河畔上窑湾人团结奋进、勇往直前的开拓精神，让我们一起来合唱《大运河之歌》，大家说好不好？”

众人异口同声地说：“好！”

情绪高昂的陆文安，率先开头道：“大运河啊，预备，唱！”

于是熟悉的旋律，立刻从四面八方传了出来：

大运河啊

你从北向南，流经高山平原

你不惧激流险滩，一路奔腾叱咤扬帆

你无私奉献浇灌良田，恩泽遍地千古流传

你勘破繁华落寞弹指之间

却依然沉默向前，日复一日，年复一年

大运河啊，你是一条巨龙

承载华夏风雨一肩

弹奏炎黄子孙最悲怆的音弦

大运河啊

你京腔京韵，直奔吴语江南

你历经兵荒马乱，战火不断硝烟弥漫

你无论朝代几番变迁，笑看输赢史册青汗

你见证国之兴亡民之恩怨

却依然豪情不减，冬去春来，岁岁年年

大运河啊，你是一条巨龙

承载华夏半壁江山

谱写炎黄子孙最雄壮的诗篇

……

臧远航一边唱着，一边用目光在人群中深情地寻找着，很快就和心爱的人的目光碰在一起。

徐佩芸虽然冲他赞赏地笑了笑，但还是迅速将视线转开了。

一曲唱完，臧远航指了指码头，对父亲说："爸，我过去一下。"

臧家梁疑惑地问："什么事？"

臧远航扬了扬金舢板，笑眯眯地说："我要把这个送给一位姑娘！"

臧家梁惊讶地问："送给谁？"

臧远航没有回答，而是一步一步朝码头走下去。

见到今天的主角过来，人群立刻自动地让开了一条通道。

此时，徐佩芸后面站着吴俊锋，右边站着吴俊莹，左边则依次站着徐佩萍、陆慧珊和臧远胜。

臧远航脸上挂着笑，一步一步朝他们所站的地方走去。

几个姑娘倒没什么异样，倒是臧远胜和吴俊锋立刻紧张起来，甚至还暗中握紧了拳头。

臧远航一步一步，很快就经过了母亲身旁。

郭文芳似乎明白了儿子的心意，便想要上前阻止："远航，你不能……"

曹秀英却拉住儿媳妇，笑眯眯地说："哎呀，他们年轻人的事，你这个当妈的，就不要瞎掺和了。"

郭文芳不敢违逆婆婆的意思，只好停住了脚步。

随即，臧远航走到徐佩芸面前，认真地说："这次码头年审能顺利通过，我不但要多谢徐先生，多谢工人们，多谢商会，更要多谢你！所以为了表示感谢，我要把这个第一名送给你，恳请你收下。"说完，将金舢板放在她面前。

气氛一时僵住了，所有人都惊讶地望着他们！

陆慧珊明显的一脸怨恨，臧远胜也十分紧张。

在众目睽睽之下，徐佩芸为难极了，接也不是，不接也不是。

柳兰香挤到郭文芳面前，嘲弄地说："你儿子可真是痴情啊，他难道还不知道，我们家佩芸已经是吴家未过门的少奶奶了吗？"

郭文芳冷笑一声道："你难道没看见，你女儿右边站的，是吴家的大小姐吴俊莹吗？"

柳兰香这才抬头望去，不禁有些尴尬。

与此同时，吴俊锋感觉到新仇旧恨，已经让他的胸膛快炸裂了一般，便拼命把拳头握得嘎巴嘎巴响，同时一字一顿地说："臧远航，佩芸她是我的未婚妻，她最多把你当成弟弟而已，根本就不爱你，你醒醒吧，不要再自作多情了！"

没想到，旁边的徐佩萍听了这话，脸色不由一变，脑海里立刻浮现出曾经的场景。

吴俊锋大大方方地说："佩萍，现在我和你姐姐已经订了婚，以后我们就是亲戚了，我会把你当成自己的亲妹妹一样爱护的。以前的事是我不好，没有把话说清楚，让你产生了误会。现在，请你原谅我，好吗？"

说完，他真诚地伸出手。

想到这里，徐佩萍怨恨地望了望吴俊锋，又望了望臧远航，咬了咬牙，竟然一把就接过了金舢板！

这戏剧性的一幕，把所有人都惊呆了！

吴俊锋愣住了，徐佩芸愣住了，陆慧珊和臧远胜，甚至连臧远航自己也不由愣住了！

但是不明就里的人群，却热烈地欢呼了起来。

特别是年轻的小伙子姑娘们，更是起哄地齐声喊道："交换香荷包，交换香荷包……"

柳兰香见状，便哈哈大笑道："看来远航这个丈母娘，我是当定了。"

郭文芳被气得直翻白眼，不过眼珠一转，倒没有反驳她，而是满意地点点头说："不错，佩萍确实也是个好姑娘。"

柳兰香得意道："当然了，你也不看是谁生的女儿。"

郭文芳却语带玄机地说："不过常言道，'闺女穿她娘的鞋——老样子’，我就奇怪这佩萍的性子，虽然有点胆小懦弱，不过文静善良，可是一点儿都不像你呢。”说完这话，便拂袖而去。

柳兰香不由气结，只能对着她的背影，狠狠地“呸”了一口。

与此同时，在热火朝天的起哄声中，徐佩萍大大方方从胸前解下绣花香荷包，递给臧远航，同时羞涩地说：“给你。”

小伙子姑娘们再次起哄道：“接过香荷包，接过香荷包……”

臧远航回过神来，才发现事情已经不可挽回，总不可能再把金舢板要回来吧。更何况，他对对方的遭遇一向也是很怜惜的。

他现在唯一能做的，就只有苦笑了。

此时，徐佩萍一只手拿着金舢板，一只手拿着香荷包，俏丽的小脸急得通红。

臧远航望了望妹妹，又望了望姐姐，简直是骑虎难下了。

徐佩芸对他即便谈不上爱，但肯定是有好感的，若是对方能做自己的妹夫，倒也是个不错的选择。

所以她微微一笑，鼓励说：“远航，你还愣着干什么？你都把金舢板送给佩萍了，快接她的香荷包呀。”

臧远航闻言，稍一迟疑，便伸手接过了香荷包。

徐佩萍这才长舒了一口气，然后瞟了吴俊锋一眼。

谁知对方竟然和别人一样，冲她鼓起了掌。

徐佩萍心里一酸，委屈地咬了咬嘴唇。

围观的人群，并没有看出几个年轻人的感情玄机，只是感慨于一场龙舟赛，竟然成就了一桩姻缘，于是再次爆发出一阵欢呼声。

臧远胜紧紧握了握陆慧珊的手，刚才紧张的神情，立刻一扫而空。

正一肚子气的陆慧珊，却猛地甩开他的手，用力跺了脚，拂袖而去！

她暗中责怪自己错过了好时机，如果不是已经和臧远胜有婚帖在前的话，刚才抢过金舢板的人，就不可能是徐佩萍了！

臧远胜不知未婚妻心中所想，只能莫名其妙地望着她的背影，深深地叹了一口气。

当然观礼台上，却是另一番光景了。

臧家男人们和徐立春看到台下的情景，全都开心地笑起来。

臧远方更是惊喜异常地报告说："接了，接了，远航接了佩萍的香荷包了。"

臧增福哈哈大笑道："今天我们臧家，真是四喜临门啊。"

臧远方好奇地问："爷爷，哪四喜？"

臧增福笑眯眯地说："首先是码头年审顺利通过；再就是二十年来，我们宿邳两地的'楚'舟，终于在楚汉相争中赢得了第一；还有，远航和佩萍在龙舟赛上互赠了信物，臧徐两家的这门亲事就算定下来了……"

臧远方数着指头，发现只有三个，就问："还有一喜呢？"忽然恍然大悟道，“再有十天，远胜就要做新郎了。”

所有人听了，全都哈哈大笑起来。

臧增福对妻子说：“我们臧家啊，已经好久没有这么多喜事了，我看趁着喜气，过两天就托人到徐家下婚帖吧。”

臧家梁点点头说：“好的，我回去就让文芳去找媒人。”

站在一旁的吴光淮听了这话，立刻指了指远处的徐立春，小声提醒道：“他那个太太，可不是个省油的灯。上次准备俊锋的聘礼，我差点就脱了一层皮啊。”

臧家人听了这话，全都面面相觑！

第29章　白白损失了近百万

吴家盐行办公室内，吴俊锋正一根接一根地抽烟，脸色阴沉得像是要拧出水来！

窦玉美坐在儿子对面，一脸怒气地说："俊锋，王志信白花了那么多大洋，把事情办成这样，我们这次，绝不能再便宜他了，我找他去！"说完，便霍地站起身来。

吴俊锋苦笑道："妈，你别去！"

窦玉美愠怒地说："难道就这样算了？"

吴俊锋无奈道："我刚得到这个消息，也很生气，恨不得把他一枪毙了。可是冷静下来一想，码头新执照都颁发下来了，你就算把他打死了，又有什么用呢？"

正在这时，崔玉存走了进来，后面跟着无精打采的王志信。

窦玉美的脸色，刷地一下子就变了！

吴俊锋却换了张笑脸，热情地说："王老板，你辛苦了，快坐下来歇歇。”

王志信望了望他们母子，说了声：“抱歉。”便歉然地坐了下来。

窦玉美不时给儿子使眼色，希望他能够兴师问罪。

没想到，吴俊锋却吩咐道：“这段时间，王老板才从北京回来，一定很辛苦，还不快去给他倒杯茶。”

崔玉存赶紧倒了杯茶递过来。

王志信接了茶杯，刚想喝，却见一脸怒气的窦玉美霍地站了起来。

他不由吓得一个激灵，杯中的茶水就洒了一身。

窦玉美“啪”地一拍桌子，恶声恶气地说：“王志信，你花了我们吴家近百万，除了一句‘抱歉’，连个执照的影子都没见到。你还喝茶，还有脸喝我们吴家的茶！你给我放下！”

王志信听到这话，本来略带歉意的脸，立刻就变了颜色，不高兴地说：“那你想要我怎么样？”

窦玉美把手向他面前一伸，厉声道：“把俊锋给你的钱，一分不少地给我吐出来！”

王志信听了这话，立刻就火了，激动地说：“凭什么！我花的每一个子儿，都向你儿子汇报了，包括收回了送给关世贤的金条！我就算是神仙，也算不到一个都蹲过监狱的人还能得到重用啊！”

窦玉美反唇相讥道：“那是你没用！人家徐立秋怎么就算

到了？”

王志信不由一愣，随即一屁股坐回椅子上，悔恨万分地说：“唉，我真的是没用啊。我这几天想破脑袋也没想明白，怎么一个贪污受贿那么多的人，都贪得进了监狱，怎么会不降反升了呢？”

吴俊锋连忙安慰他说：“王老板，你也别太难过了，徐立秋毕竟混迹官场多年，你怎么能和他比呢？”然后顿了一顿，又说，“要怪只能怪，我们之前看低了他，不过以后绝不会了……”

窦玉美听了儿子的话，立刻打断了，连连摆手道：“别！千万别再有下次了。你爸天天省吃俭用的，连腿伤了抓个药都舍不得钱。他要是知道你拿了一百万只是打了个水漂，非得活活气死不可，我还想让他多活几年呢。”

吴俊锋断然地说：“我们绝不能就这样轻饶了臧家！”

窦玉美劝说道：“儿子，你就别再犟了。你想想，我们用一百万都搞垮不了臧家，说明这是天意啊，天意难违呀。”

吴俊锋坚决地说：“可是我哥的仇一天不报，我就一天睡不安稳！更何况，我们已经花掉那么多钱了呢！”

窦玉美无奈，只好告诫道：“那好吧，只是这事要做得隐秘，千万不要让你爸知道。”

清晨的中宁街，已经陆续有店铺开门了。

臧远航垂头丧气地走着，显得颇有些落寞。

忽然，他看到徐佩芸拿着几只鞋样迎面而来，便三步并作两步走上去，急急地地说："佩芸，早安。"

徐佩芸不由一愣，随即笑容满面道："远航，早安。"

臧远航望着她手中的鞋样，酸溜溜地说："你是不是准备给俊锋家人做新鞋了？"

徐佩芸点点头，微笑着说："等你和佩萍定亲后，佩萍也会给你们家人做的。"

臧远航连忙解释道："其实那天的金舢板，我原本是想要送给你……"

徐佩芸立刻打断他的话说："你送给我妹妹，其实更合适。"

说完这话，她便微微一笑，急急和他擦肩而过，连头都没有再回。

臧远航目送着她的背影越走越远，不禁深深地叹了一口气。

他苦笑了笑，便喃喃自语道："佩芸，虽然你做不成我的太太，但是能做我姐姐，也很不错呢。"

大运河堰，臧远航一边走一边想着心事，忽然就看到，堆积如山的盐堆边，吴光淮竟然穿着粗布长衫，正蹲在地上捡着什么。

他立刻好奇地走过去问："吴大，你在捡什么？"

吴光淮举起手里的几颗黄豆大的盐粒子，得意地说："我在捡盐呢，有好几颗滚到草丛里了。"然后又埋怨道，"这帮伙计啊，做事怎么就那么粗心，不到三五步，我整整捡到六颗盐粒子了。"

臧远航连忙蹲下身子说："我来帮你一起捡吧。"

吴光淮看着他认真的样子，打趣道："怎么你也和我一样小气，不怕别人说你是'铁公鸡'啊？"

臧远航摇摇头说："如果是以前，我确实那样认为。但是自从我接管码头后，特别是这次年审，让我彻底明白了，真是一分钱难倒英雄汉啊！"

吴光淮不由伸出大拇指，赞赏道："以前，我一直觉得奇怪，无论是凭相貌，凭聪明，还是凭做生意的天分，俊锋并不比你差，为什么那么多人都夸你呢？现在我终于明白了，那就是，你比俊锋多一份悲怜之心。"

臧远航不好意思地说："谢谢吴大。"忽然惊喜道，"吴大，你看，我又捡到了三颗盐粒子。"

他边说边把捡到的盐粒子递过去。

吴光淮接过盐粒子，不由感慨万千道："你别看这些盐只是小小的一粒，可是真的来之不易啊。就拿我们窑湾来说，虽然有千年古盐道……"说到这里，便扳着指头算起来，"不过开盐行首先要先在海州板浦县建会馆、买盐田、建盐场、买通沿路匪帮，然后才能组织盐帮去海边驮盐。总共一百多里路，盐篓子太重了，放下就不能再举到背上了，所以中途不能放下来，吃饭、休息只能用手杖顶住盐篓接力，人必须站着。如此一来，力气再大的壮劳力，最多也只能驮一百多斤。从海州板浦县出发，再经过牛山、阿湖、高流等地才能到达窑湾，总共要走一天一夜。这些盐到了窑湾，再经过运河码头送往大江南北，其中的艰难辛苦，实在是难以为外人道呀。”

臧远航疑惑地问：“现在哪里还需要人工，不是都用独轮车或驴骡车运盐了吗？”

吴光淮苦笑着摇摇头：“不论是独轮车还是驴骡车，哪个不靠人力？用独轮车，一次也不能多推多少，推多了，土路软，车轮陷进土里无法推动；用驴骡车呢，倒是最多能运千余斤，但是一路上还要照顾驴骡，更是个苦差事啊，一般人做不来。”说到这里，不由遗憾道，“可惜啊，虽然生意越来越好了，但是运输却远远跟不上啊。要是从海州到我们窑湾，也有一条大运河水路就好了。”

臧远航闻言，心中不由一动，试探地说：“再修一条大运河，当然是不太可能的，但是我们可以修一条铁路呀！不需要人工背了，直接从海州运盐，也可以将通过水路运往窑湾的货物，再通过铁路，更方便、快速地运往全国和世界各地呢。”

吴光淮闻言，眼睛不由一亮，但是随即暗淡下来，拍拍他的肩膀，劝慰道：“你们年轻人啊，做事有闯劲是对的，但也不能好高骛远，是不是？修铁路那么大的工程，岂是我等小民想修就能修得了的？再说了，要是真的修了铁路，运盐方便了，我们盐行和你们码头的生意，就要垮台喽。”

他撂下这话，又低下头，继续去捡他的盐粒子去了。

臧远航望着他艰难前行的身影，眼中越发闪过了一丝坚定。

第30章　父子分歧

臧家大院客厅里，博古架和墙上古画什么的，又重新归位了。

与此同时，室内也一扫前段时间的沉默压抑，再次充满了欢声笑语。

甚至连庄淑环母子都一脸喜气，但是臧家栋却冷着一张脸，低着头猛吸烟。

正在这时，臧远方从外面走进来，急匆匆地说：“我刚刚得到消息，吴俊锋又在宝通成存了二十万，听说之前，也存了不少进去呢。”

臧远胜点点头道：“难怪我昨天也看到那个老狐狸在朝阳阁和几个朋友推杯换盏呢，看上去高兴得跟什么似的。”

郭文芳也附和说：“我上午也看到他老婆刘桂花了，没事人一样，还一脸喜色的，看到我连招呼都没打一个。”

臧家梁立刻担忧道：“王志信的幕后黑手，这次白白损失了近百万，也是元气大伤。我以为他会长点记性，现在看来，他心中的仇恨仍然没有化解，不知道又会想出什么歪点子来对付我们呢。”

臧远航坦然地说：“随他去吧，反正我们是‘兵来将挡，水来土掩’！”

臧家梁拍拍儿子的肩，欣慰道：“远航，你长大了。虽然这一仗，我们赢得很辛苦，好在码头和臧家，最终还是保住了。以后发扬光大运河码头的规模，并带动窑湾经济的良性发展，就全靠你了！”

臧远航迟疑了一下，还是趁机说：“可是，爸爸，我觉得，要想带动窑湾经济的良性发展，仅靠一个运河码头，是远远不够的！”

听了这话，所有人都吃惊地望着他。

臧家栋首先沉不住气了，抢白道：“我看你是被胜利冲昏了头脑！那么大的一个运河码头还不够，难道要再建第二个码头不成？”

臧增福也疑惑地说：“是啊，远航，我们窑湾自运河码头建立以来，就只有这一个啊。”

臧远连忙解释道：“爷爷、二大、爸，你们都误会了。我的意思是，并不是想建第二个码头，而是，要想让窑湾经济更好地发展，特别是打造成陆大提出的国际化大都市的构想，仅仅靠大运河水路运输，是远远不够的。”

臧家梁皱了皱眉头，提醒儿子说：“可是远航，你别忘记了，窑湾不仅只依靠大运河水路，也有千年古盐道的陆路。依我们现在的经济发展水平，窑湾现有的水旱两用大码头，已经绰绰有余了。”

臧远航耐心地解释道：“爸爸，我们不能只考虑现在的经济水平，更要考虑以后长远的发展。你还记得吗？前不久，三大曾经说过的，火车的运输速度是我们货船的运输速度远远不能及的。”

臧远方疑惑地问：“远航，你的意思是？”

臧远航犹豫了一下，还是鼓起勇气说：“我的意思是，随着窑湾经济的高速增长，我们运河码头现有的吞吐量，在不久以后，将远远无法满足需求。既然铁路运输总有一天会取代水路运输，那么我们何不提前做好准备呢？”

臧家梁立刻明白了儿子的意思，脱口而出道：“莫非你真的想在窑湾修建一条铁路？”

臧远航点点头，郑重地说：“我是有这个模糊的想法，但思路还不是很清晰。现在年审通过了，码头一切运转正常，我想趁此机会，去考察一下津浦和陇海铁路的运输情况，然后再作打算。”

没想到他话音还没落，一直沉默不语的二大却一下子跳了起来！

臧家栋怒气冲冲地问：“作打算？你想作什么打算？难道还真的想在窑湾修一条铁路来取代运河水路？”

臧远航坦率地回道：“正是如此！”

臧家栋却“啪”地一拍桌子，霍地站了起来。

所有人见状，都吓了一跳，然后吃惊地盯着他。

臧家栋厉声说：“那你有没有想过，既然火车速度那么快，对商人来说，快一天就能多赚一笔钱，谁还会找我们码头运货？到那时，我们运河码头的作用就会被大大削弱，直至完全失去所有生意，到最后完全被铁路取代！不但码头二百多年的基业毁于一旦，就连我们臧家也会失去现在的地位和价值。只有傻瓜才会做这种舍本逐末的事，不要告诉我你就是那个傻瓜！”

臧远航不满地说：“二大，你这是自私，是杞人忧天。铁路虽然有铁路的优势，但是水路也有水路的优势，运河码头永远都不会被取代的，更何况我们……”

没想到，臧家梁却皱了皱眉头，打断他的话说道：“远航，你二大说得对！”

臧远航问不解说：“爸，你怎么也变得如此自私了？”

臧家梁冷静道：“远航，这不是自私，这是为运河码头整体利益考量。自古以来，徐州就是华夏九州之一。文化方面，擅长诗词的南唐李后主即出生于此，至于苏轼、白居易等，更与徐州有着极深的渊源；宗教方面，中国第一位养生学家彭祖，即出生并生活于此，所以徐州又是‘道家基地，天师故里’。同时，徐州亦是中国佛教的发源地，中国最早的佛寺‘浮屠仁祠’即诞生于此；政治方面，历来有‘千古帝王乡’的美誉，徐州北的贾汪龙门山即是黄帝故里、华夏之根。至于楚汉相争的刘邦和项羽均出生于此，人尽皆知；地理方面，徐州处于南北过渡地带，‘东襟淮海，西接中原，南屏江淮，北扼齐鲁’，素有‘五省通衢’之称，向来为兵家必争之战略要地和商贾云集之中心……”

臧远航有些不耐烦地打断父亲的话，同时更加疑惑地问：“爸爸，你越说我越糊涂了。既然徐州历史如此悠久深厚，地理位置如此重要，你为什么还要反对在窑湾修建铁路呢？”

臧家梁神态益发严肃了起来，正色说：“正因为徐州的地理位置如此重要，而窑湾又是重中之重，所以如果能在此修建一条铁路，既有南北水路，又有东西铁路，不但能大大提高此地的经济发展速度，同时也能一跃成为华东乃至整个中国最重要的交通枢纽。但是远航，你想过没有，如果修了铁路，我们窑湾的水旱两用码头，就会彻底失去其价值。臧家几十口人不说，就连码头这一千多名工人的饭碗也将彻底被打碎，再加上他们身后的家人的数量，更不是一个小数目啊！”

臧远航沉吟片刻，反驳道：“可是爸爸，那你想过没有，如果从窑湾全局考虑，铁路运输确实比水路运输更加方便快捷，也更能大大提升窑湾成为国际化大都市的进程！经济发展了，肯定会有更多的就业机会。到那时，我们臧家因为牵头修建了铁路，口碑肯定会比现在更好，也会有更多的生意选择。家中的几十口人，一部分可以继续从事码头生意，另一部分可以转到别的行业。至于那一千多名工人，也可以一部分继续留下，另一部分去寻找到更好的饭碗呀。”

臧家梁却摇摇头，苦笑着说：“远航，你还是太年轻气盛，也太好高骛远了。要知道，‘小商逐利，大商逐名’。虽然我们运河码头的实力，在窑湾商户中也是屈指可数，但是放眼全国，我们现在还远远算不上大商啊。所以修铁路这件事，现在时机还不成熟，等以后再说吧。”

臧远航张了张嘴，似乎还想说什么。

臧增福却摆摆手，示意他不必再说了，然后严肃道：“远航啊，你二大和你爸的话，正是我想说的。我们自家是做码头生意的，修铁路就等于是‘搬起石头砸自己的脚’。别说现在，这件事以后任何人都不许再提！至于去徐州什么的，就更不必了。前段时间为了码头年审的事，全家都没有睡过一个安稳觉。现在刚刚安稳下来，你就别再到处折腾了。你爷爷我老了，想过几天安生日子了！”

臧远航耐心地说：“爷爷，正是因为前段时间码头接连出事，特别是码头年审的时候，因为我们家一度陷入困境，工人人心涣散，消极怠工，大量货物积压在河堰，码头一度瘫痪，导致窑湾的经济也受到了不小的影响，才让我意识到我们不能仅仅依靠大运河水路，更急需要别的运输方式来分担……”

臧增福听到这里，再也听不下去了，立刻站起身来，摆手打断他的话，同时用从未有过的严厉语气说：“这件事情，你不必再谈了！”说完，将拐杖用力连戳了两下地面，便气哼哼地走了！

臧远航没想到，修铁路这件事竟然遭到了全家的人反对，便也有些怀疑自己的想法是不是真的有问题了。

第31章　清洗烟囱的工人

徐家大院客厅内，母女三人正围桌而坐。

柳兰香抚摸着金舢板，啧啧称赞说：“这个舢板全部是金子做的，这得值不少钱吧？”

徐佩芸笑笑道：“妈，这是信物，很有意义，值不值钱无所谓的。”

柳兰香却瞪了她一眼，没好气地说：“怎么就无所谓了？越值钱说明远航越真心嘛。”转头问小女儿，“是吧，佩萍？”

徐佩萍却一脸漠然，漫不经心地“哦”了一声。

柳兰香刚想说什么，门外忽然传来一个声音：“徐太太在家吗？”

话音未落，脸上搽着厚粉的白大嫂，就赫然站在了门口。

柳兰香眼珠一转，立刻站起来，热情地招呼道：“哎呀，白大嫂啊，快请坐，快请坐。”

白大嫂眉飞色舞地说：“恭喜徐太太，贺喜徐太太，臧家让我送婚帖来了。”边说边递过一张红色的婚帖。

柳兰香接过后，戒备地问：“我得好好看看，这回不会再错了吧？”

白大嫂莫名其妙地问：“错？怎么会错呢？”

柳兰香不由一愣，但是张了张嘴，却好半天接不上话来。

徐佩芸连忙打着圆场说：“白大嫂，我妈在和你开玩笑呢。”

白大嫂这才释然，笑嘻嘻地道：“哦，你妈可能是太高兴了。”

柳兰香认真看了一遍，这才将婚帖递给小女儿，欢天喜地说：“佩萍，你看看，婚期定在腊月二十四哦。”转身面向媒婆不高兴地说，“不过白大嫂，至于喜钱，我看这次就免了吧。”

这次轮到白大嫂愣住了！

但是她毕竟是见多识广的人，眼珠一转，当即赔着笑脸道：“徐太太，你看我这段时间天天忙你们家两个小姐的事情，鞋底都跑掉了半拉子，嘴皮子也磨破了……”

没想到，柳兰香却瞪了她一眼，没好气地说：“你鞋底这不是好好的吗？嘴皮子也没破，要是真磨破了话，你这会儿还能说话？”

白大嫂被噎得直翻白眼，却一时找不到反驳的话来！

徐佩芸见状，连忙掏出几块大洋，悄悄塞给她道：“白大嫂，我妈高兴糊涂了，请你多担待些。”

白大嫂立刻眉开眼笑起来，连声说：“佩芸小姐，怪不得外人都说你和你亲妈一样，是个明事理的好姑娘呢，吴家娶了你，可真是上辈子修来的福啊。谢谢，太谢谢了。”

徐佩萍听了这话，眼中闪过一丝强烈的妒意。

柳兰香瞪了继女一眼，没好气地说：“就你嘴甜，就你会做好人！”

对于继母的无理取闹，徐佩芸早已经习惯了，微微一笑，倒也并不多言。

白大嫂却撇撇嘴说：“要不是她会做好人，我一气之下，就在你家吵开了。大喜的日子，你脸上有光，还是你们老徐家脸上有光？”

柳兰香想想也是，但还是嘴硬道：“行了行了，婚帖我接了，你回去告诉臧家，让他们好好准备聘礼吧。”

白大嫂已经拿了钱，倒也并不想生出事端，便顺水推舟说：“那好吧，我这就回去告诉臧家。”

柳兰香不耐烦地挥挥手：“去吧，去吧。”

白大嫂见状，越发不满，小声嘀咕道：“没见过这样对媒人的！”

徐佩芸连忙把她送出去：“白大嫂，谢谢你了。”

白大嫂见她客客气气的，这才缓和了脸色，笑眯眯地走了。

徐佩芸送走客人，便又回到屋内，走到妹妹身边说：“恭喜你了，佩萍。”

徐佩萍却意兴阑珊地道：“有什么好恭喜的，不就是结个婚嘛。”

柳兰香瞪了她一眼，责怪地说：“你这孩子怎么说话呢？结婚是人生大事，当然要恭喜了。”

徐佩萍却随意地把玩着婚帖，并不答话。

徐佩芸明白妹妹的心事，便安慰道：“远航的条件还是很好的。不但人长得帅，家世也好，最为难得的，还很有上进心和创新精神。爸爸和陆市长他们经常说，窑湾的后起之秀中，远航是最为出色的一个！”

徐佩萍听了这话，却霍地站起来，抢白地说：“既然远航那么出色，他又那么喜欢你，你为什么不嫁给他，还要去接俊锋的婚帖？”

徐佩芸立刻愣住了，好半天，才结结巴巴道：“你、你是知道的，我和俊锋，只是碰巧而已。”

徐佩萍不由红了眼圈，声音艰涩地说：“其实你们是否碰巧，对我来说并不重要，我放不下的是，俊锋当初不该明明知道我喜欢他，还拿我当跳板来接近你，真是太过分了。”

徐佩芸歉然道：“对不起，我代他向你道歉。”

柳兰香吃了一惊，诧异地问：“佩萍，和妈说实话，你心里是不是还在想着俊锋？”

徐佩萍泪水盈满眼眶，但还是掩饰地把脸仰起来，倔强地说：“不想！”

徐佩芸眉头一皱，也责怪地问：“既然你不喜欢远航，为什么还要去接他的金舢板？”

徐佩萍隐忍好久的泪水，终于忍不住夺眶而出，委屈地说：“俊锋他眼里除了你，根本就没有别人，更没有我！不接受远航，难道你让我做一辈子老姑娘吗！”说到这里，忽然擦了擦眼泪，强颜欢笑道，“不过话又说回来了，其实远航真的很好。长得比俊锋帅，禀性比俊锋好，笑得比俊锋阳光灿烂。虽然没俊锋家里有钱，但是在窑湾的威望却比俊锋家要高得多。最重要的是，我和他虽然情浅却缘深，相信我们婚后一定会幸福的，我一定会让他幸福的！”

说着说着，眼泪却再次不经意地流了下来。

她擦了擦，便头也不回地冲出客厅！

柳兰香和徐佩芸见状，不由面面相觑！

下班的铃声响了，臧远航跟随着下班的人流，心事重重地走出了码头管理处。

这段时间，他一直很纠结，不知道自己修铁路的想法，到底是对是错？

忽然，一个头上戴着白花、身着孝服的中年女人，扯着一个三四岁的男孩，凄凄惶惶地迎面而来。

走在最前头的臧远方见了她，不由一惊，连忙迎上去问："蔡二婶，蔡二叔他？"

蔡二婶摇了摇头，哽咽地说："方少爷，他已经走了，我是来替他结算工资的。"

臧远方惊诧道："怎么这么快？他的辞职书才刚批半个月，工资要到月底才能结算呢。"

蔡二婶擦了擦眼泪，哀求地说："那就请快点啊，一家老小还等着米下锅呢。"

臧远方安慰道："放心吧，我明天就让财务结算，然后派人送到你家里去。"

蔡二婶感激地说："那就谢谢了。"说完便转身要走。

臧远航看到她的脸，这才认出，自己小时候，对方曾经在自己家里打过短工。

于是，他快步走过来，关切地问："蔡二婶，蔡二叔得的是什么病？怎么走得这样急？"

蔡二婶立刻认出了他，连忙道："航少爷，他得的是肺病……"便又擦起了眼泪。

臧远方只好代她回道："蔡二叔是负责清洗烟囱的。"

臧远航疑惑地说："我知道我们码头有清洗烟囱的工人，但是好像从来没有看到过他们上班。"

臧远方苦笑道："你刚接手还不太了解码头的全部情况。清洗烟囱的工人，白天是不上班的，只有等到夜晚，货船停靠下来，他们才会上货船负责清洗，工作非常辛苦的。"

这个时候，蔡二婶也平静下来了，便补充说："是啊，他每上完一个夜班，浑身上下就被煤炭灰弄得黑乎乎的，怎么洗都洗不干净。他做事很努力的，只是没想到才三十多岁，就得病去世了。"

臧远航立刻自责道："哎，都怪我，我早就应该想到，长期清洗烟囱的人，要吸入大量的有毒气体和煤炭灰，这样对肺的损害很大，得肺病是肯定的。"

臧远方点点头说："是啊，所以只要烟囱工人辞职，没有一个是因为不想干了，而是因为得病了，并且这个病治不好的，所以不少工人年纪轻轻的，就离开人世了。"

蔡二婶闻言，哭得更凶了："只是苦了我们孤儿寡母了，这以后的日子，可怎么过啊？"

臧远航沉吟片刻，便安慰道："蔡二婶，请你放心，蔡二叔是因工得病，我会让财务给予一定补偿的，并且以后，你每个月还可以继续领取他的工资，直至孩子满十八岁为止。"边说连把口袋里的钱，全部掏了出来，塞在对方的手中。蔡二婶感激道："怎么好意思，这可怎么好意思啊！"边说边拉着孩子，就要跪下来。

臧远航连忙扶住她，诚恳地说："这是我应该做的，可是我知道再多的钱也无法弥补你的损失。对不起，我给你赔礼道歉了！"

说完，冲着母子俩，深深地鞠了一躬！

蔡二婶连连称谢，然后拉着孩子，感激涕零地走了。

臧远航望着他们的背影，吩咐堂哥道：“以后清洗烟囱的工人，若是再有人生病，一律依照此例赔偿。”

臧远方点点头，但还是郁闷地说：“可这也只能是权宜之计啊，只要我们码头继续运营，就必须使用货船，也就必须有清洗烟囱的工人啊！”

他话音未落，大运河里忽然传来一阵轰隆隆的汽笛声。

与此同时，货船头部吐出一股股浓浓的黑烟来，很快形成了一层雾霾，笼罩住了刚刚还是万里无云的天空！

臧远航抬头望着这一切，纠结了几天的事情，忽然就豁然开朗了，同时暗暗下定了决心：“一定要修建东陇海铁路，不仅仅为了窑湾经济的持续发展，更是为了那些因清洗烟囱而失去生命的工人们！”

第32章　贾汪煤矿

码头管理处总经理办公室内，臧远航正在收拾文件。

臧远茹走进来问："远航，你找我？"

臧远航连忙将门关上，神秘地说："大姐，我想请你帮我一个忙。"边说边把她往自己的座位上推着走。

臧远茹边走边好奇地问："什么忙，搞得这么神神秘秘的？"

臧远航小声说："明天我想去徐州考察一下津浦铁路和陇海铁路。"

臧远茹不由吃了一惊，同时提高了声音问："考察铁路？我们是做码头生意的，与铁路有什么关系？"

臧远航连忙半捂着她的嘴，哀求道："小声点，你这不是明知故问嘛。"

臧远茹这才压低了声音，提醒道："你也明明知道，爷爷、我爸和三叔对'铁路'两个字非常反感。自从我记事以来，他们三个人的意见，从来没有这么高度统一过。”

臧远航解释说：“大姐，你是知道的，我以前一直想去英国留学，虽然没留成，但我还是知道，自十九世纪工业革命以来，外面的世界正在发生着天翻地覆的变化。以历史的眼光来看，铁路取代水路，是人类发展的必然。我们年轻一代，不应该像爷爷、二大和爸爸他们那些老顽固一样，故步自封、不思进取，而应该主动出击，比较一下铁路运输和水路运输的优劣，并从中寻找更好的发展契机，你说是不是？”

臧远茹不由自主地点点头道：“你说得倒也不错。我也感觉，爷爷、爸爸和三叔他们所说的，只是从运河码头的利益考虑，有些自私和短视了。他们年纪毕竟大了，跟不上时代脚步了。”

臧远航高兴地说：“我就知道，还是大姐最了解我了。我走后，要是家人问起我的话，你就说我去刘马庄拜访荣昌洋行的邹老板就行了。”

臧远茹提醒道：“可是，再过三天就是远胜结婚的日子，如果你回不来，这个谎就不好圆了呀。”

臧远航拍着胸脯说：“你放心吧，我一定会提前赶回来的。”

臧远茹点点头，忽然想起什么，担忧地问：“你是准备走水路还是走旱路？”

臧远航显然是深思熟虑过了，脱口而出：“我想走窑草公路，正好和去刘马庄是同一方向，这样也好掩人耳目，免得传到爷爷他们耳朵里，肯定会阻拦我。不过开车太显眼了，我就雇辆马车吧。回来时，如果时间来得及，我就走旱路；时间来不及，我就走水路。”

臧远茹关切地说：“那好吧，你多带几个人，路上注意安全。”

臧远航却摇摇头道：“人多嘴杂，我只和一飞去就行了。你记住，一定一定要给我撒谎，替我保密哦。”

他说完便把手指放在嘴唇边，轻轻“嘘”了一声。

臧远茹点点头，也学着他的样子，把手指放在嘴唇边“嘘”了一声。

长长的陇海铁路和津浦铁路线交汇成一个大大的十字。

在十字的不远处，有几间青灰色的瓦房，瓦房的正前方门楣处，写着“徐州府站”的字样。

前面的站台上，已经排起了两条长长的候车队伍。

此时，臧远航和郑一飞正站在队伍外面。

车站一位身穿黑色铁路制服的工作人员甲，拿着三角红旗和哨子，聚精会神地望着前方。

忽然，隐隐传来一声刺耳的汽笛鸣叫。

随即，一辆乌漆麻黑的火车发出“哐当哐当”的声音，由远及近而来。

工作人员甲不停地挥动着小旗。

臧远航和郑一飞目不转睛地望着火车，一脸不可思议。

火车像长龙一样，缓缓驶进站台。

两人这才发现，上面装满了黑漆漆的煤炭。

郑一飞不由吃惊地张大了嘴巴，小心翼翼地说："这就是火车啊，趴着走就这么快，要是站起来走，不是会走得更快吗？"

听了这话，旁边的工作人员乙不由哈哈大笑起来。

臧远航尴尬极了。

郑一飞茫然地咕哝着说："他笑什么？我说错话了吗？"

臧远航指着下方的轨道，解释道："一飞，你看，火车是靠专门的轨道行驶的，怎么可能站起来呢？你以为是人啊，站着走比爬着走得快？"

郑一飞搔搔头，不好意思地说："嘿嘿，我只想着看火车了，倒是没注意下面的铁轨呢。"

臧远航在和他说话的时候，一直目不转睛地盯着火车上那一车厢一车厢的煤炭。

终于，巨大的火车头，带着一节节车厢呼啸而过！

臧远航怔了好一会儿，才走向工作人员乙，礼貌地问："请问大哥，这一列火车的运煤量是多少？"

工作人员乙不以为意道："不多，只有一千吨吧！"

臧远航和郑一飞同时张大了嘴巴，异口同声地发出一声惊呼：

“一千吨？！”

工作人员乙倒也见怪不怪，微微一笑道：“你们不相信是吧？”

臧远航不好意思地说：“之前我是不敢相信的，不过现在亲眼所见，由不得我不相信了。我只是感到很惊讶，目前我们国内最大货船的一次运载量，最多也不过是三百五十吨。真是万万没想到啊，铁路不但速度快，载重量也更大。就目前来看，铁路运输的优势，远远大于水路运输啊。”

工作人员乙点点头，肯定地说：“那是自然。”

臧远航刚想说什么，忽然不远处，又传来一阵尖锐的火车鸣叫声。

听到这声音，等车的旅客开始骚动起来。

工作人员乙赶忙向人群走去，边走边大声喊：“大家排好队，先下后上……”

臧远航望着上下车喧闹的人群，不由陷入了沉思。甚至于连火车开出去了好远，渐渐没有了踪影，他都没有发觉。

一边看新奇一边啧啧称赞的郑一飞立刻意识到某种异样，连忙走上前去喊道：“老板，老板。”边说边用手在他面前晃了晃。

臧远航视线被打断，这才回过神来，轻轻“哦”了一声。

郑一飞提醒他说：“老板，我们快回吧。要是晚了，就没有办法走旱路回了。”

臧远航不以为然道：“没办法走旱路，就走水路呗。”边说边继续向前走去。

郑一飞连忙跟在后面，急急地问：“你要去哪里啊？”

臧远航边走边断然道：“我要到贾汪煤矿去看看。”

郑一飞诧异地问：“贾汪煤矿？”

贾汪煤矿位于徐州东北部，东与邳县接壤，南部、西北部与铜山县毗连，北与山东省枣庄市相邻。此地历史悠久，远在商周之前，就有人类在此定居，并生息繁衍。明朝万历年间，因贾姓人居多，且东北有泉汇而成汪，故称为贾家汪，后简称贾汪。

清光绪六年，即1880年，贾汪村民周勉等人，在孙家林一带开挖土井取煤，由此揭开了贾汪煤田的开采历史，养活了方圆百里的贾汪人。

清光绪八年八月二十四日，即1882年10月5日，南京候补知府胡恩燮闻知此事，正式设局兴办徐州铁煤矿，延至光绪二十三年，即1897年，广东人吴味熊太守集资接办，并于翌年将矿址由青山泉选至贾汪，同时请领部照，成立贾汪煤矿公司。清光绪三十二年，即1906年，吴味熊病逝后，由胡恩燮之子胡国光主持矿务，但是却因为运销迟滞，一度停办了。

未几，辛亥革命爆发。民国元年即1912年，胡国光将矿权转让给袁世凯从弟袁世传。此后不久，农商部地质调查小分队勘探贾汪煤田，估算储量达一万四千四百二十万吨，丰富的资源更加振奋了袁世传的精神。

不过当天晚上，臧远航、郑一飞到达贾汪煤矿时，袁世传并不在，而是由一位西装革履的李姓经理负责接待，得知臧远航是窑湾运河码头的当家，非常客气。

三个人站在了偌大的煤矿上。在他们身边不远处，就是一派忙碌的工业化的景象。

六十马力的蒸汽机正在出煤；四十马力的蒸汽机正在排水，新添置的发电机正在照明；在大巷铺设的轻便铁道上，小铁车正在运煤；在贾汪与柳泉之间修建的铁路，已与津浦铁路相连接。

当一列运煤的8131蒸汽机车冒着一股股白烟，呼啸而过时，李经理自豪地介绍说："以前，运输量这个问题，也曾经困扰了贾汪煤矿长达三十年之久。后来，南北走向的津浦路和东西走向的陇海路相继通车，并在徐州呈十字交叉，运输问题彻底得到了缓解。于是，贾汪煤矿行又勘探地质、开凿深井、增添新式机器，并建立小型发电厂，实现了火车运煤，彻底解决了一直困扰和制约我们煤炭外运的'瓶颈问题'，从而使煤矿得到了更大的发展，最高产量达到每年十八万吨，是没有通铁路前的六倍，矿场范围由老矿区扩展到夏桥新区，还在逐年扩展。现在正是产煤最旺的时候，产量达到二十四万吨，比土井开采提高了十三倍呢，一改开采三十年来的旧貌。现在提起'徐州贾汪煤矿'，全国谁人不知谁人不晓啊？"

臧远航一边认真地听着，一边飞快地在小本子上记录着。

码头管理处会议室内，臧远茹正埋头在办公桌上处理文件。

臧家栋走到她办公桌前，一脸愠怒地说："远茹，你妈在家招呼女客，都忙得脚不沾地的，你还有心思来这里上班？"

臧远茹只好解释道："爸，你和四爷爷、远胜都不在码头，远方一个人忙不过来的。"

臧家栋望了望四周，生气地问："远航呢？远航到哪里去了。从昨天就不见他人影了。"

臧远茹犹豫了一下说："他去刘马庄拜访荣昌洋行的邹老板了。"

臧家栋半信半疑道："真的？"

臧远茹装作不耐烦地说："这么点小事，我骗你干什么？"

臧家栋这才点点头："那倒也是。"

没想到恰在这时，臧远方走进管理处，后面还跟着一个身着丝绸长衫的中年胖子。

他一边走一边恭敬地说："邹老板，这边请！"

事情竟然如此凑巧？

臧远茹不由吃惊地张大了嘴巴，尴尬地看了看父亲。

臧家栋冷笑一声，同时狠狠地瞪了女儿一眼。

随即，臧远方就带着邹老板进入了贵宾室。

臧家栋这才收回目光，生硬地说："臭丫头，如果你还认为我是你爸，就赶紧告诉我，远航他到底去做了什么见不得人的事情了，你们为什么要瞒着我？”

臧远茹忍不住脱口而出：“爸，你想哪儿去了？远航并没有做什么见不得人的事，他只是想去徐州考察铁路，怕你和爷爷、三叔阻拦而已。”

臧家栋闻言，不由吃了一惊：“考察铁路？他真的去考察铁路了？”

臧远茹不以为意道：“是啊，只是考察铁路而已啊。”

没想到，臧家栋的脸色却变得越来越难看，回过神来，即咬牙切齿地骂道：“臧远航，你这个败家子！气死我了，气死我了，真是气死我了！”撂下这话，就气冲冲地走了！

第33章　往死里打

下午三点左右，天空中乌云密布，狂风大作，大运河水面波涛汹涌。

一只带着一个船舱的小船，在波涛中逆风行驶。

老艄公艰难地撑着篙，累得满头大汗。

此刻的小船船舱内，臧远航和郑一飞佝偻着身子，相对而坐。

忽然，天边再次响起一声惊雷。

郑一飞郁闷地说：“现在还看不到窑湾，这小船的速度，和火车相比，简直就像蜗牛在地上爬啊。”臧远航歉然道：“唉，都怪我，回来得太晚了，没赶上客船。”

郑一飞犹豫了一下，还是说：“其实，我们可以明天再回的，不必这么赶的。”

臧远航却摇摇头道：“不行，明天回的话，就来不及参加二哥的婚礼了。”

说到这里，忽然想到什么，充满憧憬地说：“要是能有一天，徐州有直达窑湾的火车就好了。”

说完这话，他便站起身来，作势就要往外走。

郑一飞连忙说：“外面快下雨了，不要出去。”

可惜此时，臧远航已经钻出船舱，并回头说：“风浪太大，又是逆风而行，我出去帮着撑下船。”

小船甲板上，臧远航刚站上来，忽然看到河岸边的芦苇荡中，有人影一闪。

与此同时，老艄公也看到了，立刻大惊失色道：“不好，有土匪！”

但是，已经晚了！

他话音还没落，芦苇荡中就跳出一个身材魁梧的大汉，脸上戴着柳琴戏中“灶王爷”黑漆漆的面具，手里拿着粗大的棍棒。

臧远航和老艄公见状，不由面面相觑！

“灶王爷”站在芦苇丛中，凶狠地挥舞着棍棒，同时沙哑着声音怒喝道：“靠岸！”

老艄公吓得手都哆嗦了，连声道：“好好好，我靠，我马上靠。”

臧远航立刻大声制止道：“大爷，不能靠！”

这时，船舱内的郑一飞也听到了动静，连忙钻了出来，同时也着急道：“对，不能靠！”

老艄公却叹了口气，苦笑着回答道：“小伙子，我还要在这水上混饭吃呢，可不敢得罪他们。”然后又安慰道，“你们不用怕，大运河两岸都有青帮管着，这些小毛贼给点钱就能打发了，他们不会伤人的。”

说话间，小船已经慢慢靠岸了。

臧远航和郑一飞听了这话，便也不再多说了。

万万没料到的是，小船还没停稳，就看到“灶王爷”身后的芦苇荡中，竟然又“呼”地跳出来好几个戴着黑色面巾的大汉，个个身形彪悍，手拿着粗大的棍棒。

电光石火之间，臧远航立刻意识到不妙！

但是他刚说了一个“你”字，土匪甲就霍地跳上船来，挥起粗大的棍棒，朝他当头打来。

臧远航身为窑湾子弟，拳脚功夫自是了得，立刻一偏头躲过了，同时快速伸手握住夺过他的棍棒，猛一用力，土匪甲就惨叫一声，跌入河中。

他怒喝一声道：“你们是什么人？”

“灶王爷”冷笑一声，再次用沙哑的声音说：“老子是什么人并不重要，重要的是，有人花钱要买你的命！”说完即回头喝道，“这小子有点功夫，弟兄们，一齐上！”

另外几个土匪听了这话，立刻跳上船来！

土匪乙刚刚挥起棍棒，臧远航便飞起一个“扫堂腿”将他扫翻在船上。

小小的船身不停晃动，土匪们将臧远航团团围在当中，招招致命。

老艄公被吓得浑身哆嗦，缩到船尾，大气都不敢出。

瘦弱的郑一飞刚想过来帮忙，却被土匪丙一拳打倒在地！

他惨叫一声，口中立刻渗出血来，半天不能动弹，只能弱弱地喊着：“不要打了，你们不要打了……”

在一群凶神恶煞的土匪面前，他说这话简直等于没说一样！

虽然臧远航武功了得，但常言道“好手难敌双拳”，在五六个土匪的围攻下，他渐渐处于下风。

郑一飞仍然在苍白无力地喊道：“不要打了，求你们不要打了啊……”

“灶王爷”却沙哑着声音，恶狠狠地大喊道：“弟兄们，给我打，往死里打，打死他我们才能有钱拿。”

一时间，棍棒乱飞，臧远航已经只有招架之功，没有还手之力了。

郑一飞连忙从随身的皮包里拿出钱袋，艰难地爬过去：“你们快放了他吧，我这里有钱，全给你们，全给你们。”

“灶王爷”将钱袋接过，掂量了一下，似乎还不轻。

郑一飞以为有希望了，趁机道说：“自古‘杀人不拿钱，拿钱不杀人’，你叫他们不要再打了，再打下去要出人命的呀！”

“灶王爷”将钱袋揣进怀里，却沙哑着声音，厉声道：“老子钱要拿，人也要杀！”

老艄公听了这话，忍不住哆哆嗦嗦地说：“好汉，大运河两岸属青帮的地盘，你在这里杀人，坏了规矩，就不怕得罪了青帮？”

“灶王爷”冷哼一声，不屑道：“青帮吃的是水饭，老子吃的是干饭，‘井水不犯河水’，我怕他个鸟！”

郑一飞知道再和他说下去没用了，便艰难地爬起来，想要去帮臧远航。

没想到灶王爷见状，竟然狞笑一声，一脚就把他踢飞了！

可怜郑一飞一介书生，手无缚鸡之力，当即飞入半空中，惨叫一声，跌入芦苇丛。

老艄公吓得瘫作一团。

臧远航听到惨叫声，不由大吃一惊：“一飞！”

趁他一愣神的工夫，土匪甲猛地一棍打向他的后脑勺，想直接要命！

好在臧远航听到耳后风声，立刻将身子一偏，同时右脚伸出后扫腿，扑通一声，就将那土匪甲扫进了河里。

他不由长吸了一口气，后脑勺总算是保住了！

土匪乙见同伴没有得手，便又从后面举起棍棒，狠狠地朝他打了过来！

臧远航大脑立刻一片空白，但是模糊之中，他仍然听到“咔嚓”一声骨头断裂的声音，便“扑通”一声倒了下来！

另外几个土匪见此情景，立刻举起棍棒，准备再次围上来！

臧远航暗叫一声：“此命休矣！”便绝望地闭上眼睛。

没想到恰在这时，又一股巨浪袭来，小船剧烈地颠簸了一下，土匪们立刻大喊大叫，东倒西歪了起来，甚至有两个人还“扑通通”落入了水中。

很显然，他们并不精于水上生活！

臧远航借此机会，将全身的力气都凝聚在两只手中，猛地一撑甲板，毫不犹豫地翻进了汹涌奔腾的河水里！

与此同时，天边闪过一道耀眼的闪电，接着便滚过一阵响似一阵的响雷。响雷过后，便下起了倾盆大雨。土匪甲望着汹涌的运河水，失声叫道：“老大，他掉下去了，怎么办？”

“灶王爷”望了望天，沙哑着声音说：“无所谓了，这一棍子下去，用的是十成十的力道，腰肯定是断了，再加上这么大的雨，那小子就算侥幸不死，河神也会收了他，我们就回去等着领钱吧。”

土匪们欢呼一声，纷纷跳上岸，扬长而去。

与此同时，电闪雷鸣中，巨大的浪头一个接一个地打过来，打得小船随波逐流，越漂越远！

黄昏时分的大运河，雨虽然仍在不停地下着，却小了很多。

远远的水面上，忽然漂过一个黑色的物体，正是臧远航。

此刻，他紧闭着双眼，身上的血虽然已经不流了，但是双腿却无力地耷拉着，手里勉强抓住大半块木板，随着波浪沉浮着，沉浮着……

忽然，一个巨浪袭来，将臧远航和木板猛地一推。

立刻，他和木板分离了……

渐渐地，雷更稀、浪更小，直至水面完全恢复了平静！

第34章　不许走漏半点风声

傍晚时分，臧家大院已经张灯结彩了，用人们忙进忙出，看上去十分热闹。

郭文芳却焦急地站在门口，不停地向远处眺望着。

忽然，庄淑环从院内走出来，阴阳怪气地说："文芳啊，你也不用看了。远航临走前，还让远茹撒谎说去刘马庄拜访邹老板，这下好了，邹老板来了，谎话被戳穿了吧。依我看呀，他根本就不希望慧珊嫁到我们二房，更没有把远胜当成哥哥，所以啊，就连婚礼也不想参加了。"

郭文芳连忙解释道："不会的，远航临走时，我再三叮嘱过他，一定要及时赶回来。他是个很明事理的孩子，说过赶回来，就一定会赶回来的。"

庄淑环却冷笑一声说："既然他答应了，那你还着什么急呀？"

郭文芳按了按右眼皮，担忧道："按理，他坐客船的话，两个小时前就该到了的，可是现在天都快黑了，他却连个人影子都不见。今天我这右眼皮跳个不停，就很担心他出什么意外呢。”

庄淑环立刻把脸一撂，仰天就连吐了三声：“呸呸呸，大喜的日子你说这种破头话，是不是成心想给我们添堵呀？”

正在这时，臧远方急匆匆跑了过来。

郭文芳连忙迎上去，焦急地问：“怎么样？找到远航了吗？”

臧远方摇摇头，无奈地说：“到处都找遍了，没有。”

郭文芳眉头一皱，又问：“那一飞呢？一飞回来了吗？”

臧远方仍然摇头：“没有，郑大嫂也很着急呢。”

郭文芳眼圈一红，立刻就哭了：“到底是去哪里了啊？远航要是有个三长两短的，我可怎么活啊？”

臧远方只好安慰道：“三婶，你别急，下午大暴雨，船不好走，他可能耽搁在路上了。”

没想到郭文芳听了这话，却越发担心了起来，急切地问：“对了，大暴雨！刚才那场雨下得真是好大，运河里肯定又涨大水了，他们不会翻船了吧？”

臧远方吓得一个激灵，连忙摇头道：“不可能，不可能，我马上派人沿河边去寻找！”

夜半时分，大运河两岸，到处都是黑漆漆的。

臧远方和带着老吕、曹强等一大群码头工人，有的提着灯笼，有的打着火把，他们在漆黑的夜色中边走边喊："远航、一飞，臧远航、郑一飞……"

臧远方望了望黑黝黝的芦苇，吩咐大家说说："我们分散到芦苇荡中找，任何一个角落都不可以放过。

所有人都异口同声地回道："是。"

于是，大家便分别钻进芦苇荡中，进行地毯式搜索。

他们一手提着灯笼，一手扒拉着芦苇，同时继续呼喊："远航、一飞，臧远航、郑一飞……"

不知道过了多久，忽然前边传来老吕的一声惊呼："这边有人！"

大家立刻将灯笼打过去，只见一个年轻男子双眼紧闭，仰面躺在芦苇荡中，大半个身子却在河里，随着一浪高过一浪的冲击，随时都有被冲进河里的危险。

臧远方对着男子的脸一照，忽然惊呼一声道："远航，远航……"

与此同时，不远处又传来一声惊呼："找到了，一飞找到了！"

陆家四合院里里外外张灯结彩，喜气洋洋。

陆慧珊穿着白色婚纱，坐在梳妆台前，手里拿着眉笔，正对着镜子端详着刚刚画好的眉毛，左看右看，生气地皱了皱眉，又擦掉重画。

丁玉红走进来，望着镜中的女儿，不解地问："刚才画得已经很漂亮了，为什么还要擦掉？"

陆慧珊恶狠狠地说："还不算太漂亮！我一定要画到最好，做最美丽的新娘，让那个该死的臧远航后悔去吧！"

丁玉红无奈地摇了摇头，劝慰道："慧珊啊，你马上就要嫁给远胜了，不应该再想着远航了。再说了，人家不喜欢你就是不喜欢你，你打扮得漂亮不漂亮，对他来说又有什么区别呢？"

陆慧珊闻听此言，不由猛地一惊，拿着眉笔的手，就停在半空。

忽然，她霍地站起身来，将梳妆台推翻，台上的镜子立刻"哗啦啦"碎了一地！

丁玉红见此情景，脸色不由一变，随即对着天"呸呸呸"了三口，然后双手合十，急切道："老天爷，你别和孩子一般见识啊，岁岁（碎碎）平安，岁岁（碎碎）平安。"

第二天一早，臧家大院上上下下欢天喜地的。

只有郭文芳焦急地在客厅里走来走去，并不时向门外张望着。

臧家梁走过来担心地问："怎么，远航还没回来？"

郭文芳忧虑地说："是啊，远方也一夜没回，我都快急死了。"

正在这时，臧增福夫妇、臧家栋夫妇笑容满面地走进来。

庄淑环刚一进来，就笑哈哈地说："家梁文芳啊，花轿应该就来了，我们快点出去迎接新人吧。”

臧家梁勉强笑道：“好，我马上就去。”

郭文芳却红着眼圈，没有说话。

庄淑环看了看她的脸色，惊讶地问：“哎呀，文芳，这一大清早的，你的脸色怎么这么难看呀？”

郭文芳哽咽地说：“远航，他还没有回来。”

臧家栋“哦”了一声，轻描淡写道：“着什么急呀，远航又不是三岁小孩子，肯定不会走丢的。可能是因为贪玩，想在外面多玩几天呢。”

庄淑环也阴阳怪气地附和说：“是啊，是啊。听说徐州‘醉仙楼’的姑娘们，一个赛一个地漂亮，远航血气方刚的，连个女朋友都没有，说不定……”

郭文芳连忙辩解道：“你不要乱说，远航绝对不是那种人！”因为心情不好，语气便有些冲了。

庄淑环冷笑一声，看上去颇不以为然。

曹秀英也有些不高兴了，责怪说：“文芳啊，这可就是你的不对了。今天是远胜的大喜日子，你不怪远航不回家来参加他二哥的婚礼，还冲你二嫂发火干什么？”

庄淑环听了婆婆的话，不禁得意地笑了，双眼满是挑衅。

郭文芳气得一跺脚，流着泪跑出了客厅，走进后院。

庄淑环冲着她的背影，对婆婆怒道：“妈，你看她大喜的日子里，哭哭啼啼的，成心想触我们霉头是不是？”

曹秀英瞪了她一眼，没好气地说：“你的嘴又是饶人的？”

庄淑环被噎得直翻白眼，这才没了脾气。

臧家大院外，随着一连串响亮的鞭炮声，人们纷纷向门口涌出，边涌边说：“花轿来了，花轿来了！”

与此同时，孩子们拿着糖果，欢快得像小狗似的，在人群中窜来窜去。

伴随着一阵锣鼓喧天声，一袭白色婚纱的陆慧珊，在本族全命人[①]的搀扶下，缓缓走下了花轿。

大家见状，全都吃了一惊，纷纷小声说：“这大喜的日子，怎么穿了白色，真不吉利啊！”

曹秀英更是脸色一沉，瞪了庄淑环一眼，转身就走！

一身长袍马褂、头戴礼帽的臧远胜胸佩红花，虽然心里也有些不舒服，但还是毫不犹豫地走向陆慧珊，幸福地牵起了她的手。

没想到正在这时，只见臧远茹跌跌撞撞地跑到门口，俯在三婶耳边，悄悄说着什么。

郭文芳原本焦虑的脸色，立刻变得煞白，几欲晕倒。

臧远茹连忙扶住她，一起匆匆向后院走去。

---

① 指儿女双全，无丧偶的中年妇女。——作者注

臧家梁立刻意识到不妙，但他到底是个男人，连忙强自镇静地紧随其后！

臧家栋见状，脸上的笑容也不由僵住了，犹豫了一下，也快步跟了上去。

好在这一切，都是悄悄进行的，外人并没有发觉，所以婚礼照常进行！

只是刚刚走下花轿的陆慧珊，敏感地捕捉到了什么，眉头立刻紧缩成一团！

与此同时，臧家大院后院的门大开着，一群人抬着昏迷不醒的臧远航，匆匆走进了家门。

臧远方边走边喊："快把门关上，不许走漏半点风声！"

郭文芳望着儿子苍白的脸和满是血污的衣衫，不由惊呼一声："我的儿啊！"便"扑通"一声晕倒在地。

臧家梁大脑也是一片空白，反应过来，立刻扑上去问："怎么了？远航你怎么了？"

紧随其后的臧家栋见状，立刻停住了脚步！

第35章　腰上的伤动了筋骨

臧家大院后院三房小院内，和前院婚礼上不时传来的鞭炮声、喧闹声相比，气氛显得寂静而压抑。

臧远航躺在卧室的床上，浑身都是泥水和血污，双眼紧闭，昏迷不醒！

赵延成正在给他清理腰部的伤口，洗出了一盆一盆的泥水和血水，伤口清理干净后，再上药并包扎。

臧家梁、臧远方等人站在外面的院子中，个个都是一脸焦虑。

不知道什么时候，臧家栋也跟着进来了，急切地问："远航呢？远航怎么样了？"

臧远方难过地说："远航腰部受到重物撞击，还在昏迷中！"

臧家栋拍着两手，痛心疾首地问："去徐州前不还是好好的吗？怎么搞成这样？到底发生什么事了？"

臧远方摇摇头，语气沉重地说："一飞说是遇到一伙来路不明的土匪，全都戴着灶王爷的面具，不要钱，只要命，应该是有备而来的。”

臧家栋脸色不由一变，厉声问：“那一飞还说了什么？他人呢？”

臧远方回道：“一飞就说了这些。好在他只受了些皮外伤，倒是没有什么大碍，已经回家养伤去了。”

臧家栋闻言，当即果断地说：“如此说来，一定是遇到土匪了，可恶的土匪！大运河两岸都属于青帮的地盘，一定要查清楚是哪路土匪干的，绝不轻饶了他们！”

臧家梁却摇摇头道：“我已经打电话给远航大舅了，他现在是青帮宿邳两地的堂主。在大运河两岸发生这样的事，又是自己的亲外甥，他也很生气，但是暂时也没查出来是谁干的。不过一般的土匪只要钱，并不要命。这伙人却是要命，所以绝不是一般的土匪所为。”

臧家栋试探地问：“那报警察局了吗？”

臧家梁无奈地说：“已经报了，没有用的。这伙人显然是有备而来，来无影、去无踪，警察局也查不到什么有用的线索。”

臧家栋眼珠一转，忽然想起了什么，一下子跳起来道：“王志信，一定是王志信，之前他为了夺走码头，一次次给我们下绊子，甚至还跑到北京去阻挠年审，因为没有抢到执照，所以就怀恨在心了！”

臧家梁却摇摇头："王志信这个人，我最近一直想要找到他们与我们为敌的蛛丝马迹，但是找来找去，除了偿还'辫子军'的那六十万大洋，碰巧有将近二十万是从他们钱庄取走的。除此以外，臧王两家别说深仇大恨了，甚至没有任何过节，他绝不会如此下狠手的。"

臧家栋又说："那就是吴俊锋，对了，一定是吴俊锋这个狗东西！上次他拿枪满大街追远航，这次又串通王志信，砸下近百万都没有拿到码头执照，他一定更加怀恨在心，所以才会痛下杀手的！"

臧家梁眉头一皱，理智地说："第一，吴俊锋串通王志信这件事，我们只是猜测，并没有任何证据，所以不能到处乱说；第二，退一步讲，即便我们的猜测是正确的，才更加证明，此事绝对不是吴俊锋所为。要知道，当初在陆市长的牵头下，市政府和商会发布了《三百六十余家商户联合声明》，明确指出，'若臧家梁之子臧远航人身安全受到任何外来威胁，均视为吴俊锋所为，吴俊锋必须承担由此带来的一切责任与后果！并且，所有窑湾商人，均不得再与吴家进行任何生意往来'。"

臧家栋却固执道："他只想远航死，想为他的哥哥报仇，才不会理会那么多呢！"

臧家梁沉吟片刻，仍然坚持说："吴俊锋虽然嚣张，但是并不愚蠢，他当然明白那份声明的威力。否则，他早就采取行动了，绝不会用这样的方式去争取码头执照的。"

臧家栋气急败坏道："这个也不是，那个也不是，那你说说，除了他们，我们臧家还得罪过谁了？"

臧家梁叹了口气："我们臧家一向最注重商誉，更与人为善，怎么会得罪人呢？"

臧家栋双手一摊道："这不就结了？远航不是他害的，还能是谁？"

臧远方也附和说："我同意二叔的话，这次绝对不能便宜了他！"

臧家栋看到有了同盟，不由一喜，立刻怂恿道："走，我们去找吴俊锋那个狗东西算总账去！"

大家听了，也纷纷作势往外走，同时怒吼着："对，找吴俊锋算总账去！"

臧家梁连忙拦住他们，焦急地说："大家绝对不能去！在事情没有查清楚之前，倘若轻举妄动，不但于事无补，还会惹得吴俊锋恼羞成怒，不知道会做出什么疯狂的事情来。到那时候，我们就被动了。"

臧家栋听了这番话，气得脸都红了，暴跳如雷道："家梁，远航是你的儿子，也是我的侄子，这事你这个当爸的不管，我这个当二大的一定要管！否则，吴俊锋还以为我们臧家无人了呢！"然后把手一挥说，"大家快跟我走！"

臧家梁见软的不行，只好把脸一沉，简直咆哮了："我看谁敢去！”

众人从没见他发过这么大的火，立刻就止住了脚步。

臧家栋连忙催促道：“走啊，都快走啊，还愣着干什么？”

但是没有人理他。

臧家栋知道自己的话不管用，顿感无趣，便自找台阶下：“不去就不去，反正又不是我的儿子。唉，不管你们三房这些破事了，我还是到前院参加我儿子的婚礼吧。”撂下这话，便扬长而去！

与此同时，前院又传来婚礼司仪洪亮的叫声：“一拜天地……二拜高堂……夫妻对拜，进入洞房！”

随即后院的大门，“砰”的一声被打开了，亲朋好友簇拥着一对新人走进了二房小院。

虽然因为情况特别，大家都很节制，并没有人嘻嘻哈哈，但是噼里啪啦的爆竹声，仍然不绝于耳！

好在考虑周全的臧远方，一早就关上了三房小院的门。

臧家大院后院三房小院臧远航卧室内，臧远航头部和后腰部都包扎好了，并且全身也扎满了银针。

赵延成已经开始起针了，起完最后一根针后，便到客厅来洗手。

臧家梁连忙迎上去，急切地问：“赵先生，远航头上的伤怎么样了？”

赵延成神情凝重地说：“头部没什么，都是些皮外伤……”

臧家梁这才暗中舒了一口气，连声道：“万幸啊，真是万幸。”

没想到，赵延成却接着说：“不过他腰上的伤动了筋骨，会留下不小的后遗症。”

臧家梁不由一呆，诧异地问：“不小的后遗症？什么意思？”

赵延成犹豫了一下，还是道：“也许要经过长期的康复，才有可能站起来；也许就永远不会站起来了。”

臧家梁“啊”的一声，差点儿晕倒，同时又感觉到头部传来一阵剧烈的疼痛！

但是他顾不了这些，而是沙哑着声音，抱着最后一线希望问：“那还可能传宗接代吗？”

赵延成字斟句酌地说：“‘尽人事，听天命。’”

臧家梁立刻明白了什么，只觉眼前一黑，差点儿晕倒！

但他还是强打精神，感激道：“多谢赵先生，以后还少不得麻烦你。”

赵延成将一张药方递给他，安慰说：“别太灰心了，按此服药，并定期扎针。”忽然想到什么，郁闷道，“要是涟泰能回来就好了。他很小的时候，我就把他送到深山里师从一位世外高人，学习中医针灸术，特别擅长治疗此类疾病。”

臧家梁听了这话，双眼不由一亮，连声问：“那他现在在哪里？什么时候才能回来？”

赵延成摇摇头，难过地说：“他现在在哪里我也不知道，我写了好多封信给他，但是他一封都没有回我，已经好久都联系不上他了。”

臧家梁听了这话，目光再次黯淡了下来。

入夜时分，吃酒的客人们陆续离开，臧家里里外外一片狼藉，地上满是鞭炮留下的红色碎屑。

臧增福夫妇、臧家栋夫妇、臧远方和臧远茹等人，神色凝重地走进三房小院。

此时，臧远航已经醒过来了。

郭文芳正强忍泪水，细心地喂他喝骨头汤。

曹秀英看到孙子浑身上下缠满了纱布，立刻就流下了眼泪：“我可怜的小孙子，可心疼死奶奶了。”

臧远航连忙笑着安慰道：“奶奶别哭，我这不是没事了嘛。”望了望几个人一身盛装的打扮，忽然想起了什么，“对了，今天是二哥大喜的日子，我还没有祝他新婚快乐呢。”

他说完这话，竟然想要跳下床！

臧家梁不由一惊，连忙劝道：“不要……”

但是已经晚了！

臧远航动了一下腿，竟然完全没有知觉！

他脸上的笑容立刻就僵硬了，恐慌而无助地问：“我的腿？我的腿？我的腿怎么了？”边说边双手一撑，仍然想要跳下床。

虽然他的双腿耷拉着，但是因为用力过猛，竟然“扑通”一声滚下了床！

但是双腿竟仍然没有感觉到疼痛，并且任他如何努力，依然毫无知觉！

臧远航立刻明白了什么，不由发出狼一样的哀嚎道："我的腿啊，我的腿……"

这悲痛而绝望的声音，划破了寂寞的夜空！

臧家大院后院二房小院小夫妻俩卧室内，一对新人刚刚喝过合卺酒，正准备相拥入睡。

听到这声音，臧远胜的神情不由一凛，连忙坐直了身子，难过地说："听说远航再也站不起来了，他还这么年轻，这以后的日子，可怎么办啊？"

陆慧珊唇边却闪过一丝不易察觉的微笑，幸灾乐祸道："该！"

臧远胜不由吃了一惊，疑惑地问："你说什么？你怎么可以这样说？"

陆慧珊连忙无辜道："我没说什么啊，我只是说你难过是应该的啊。"

臧远胜脸色这才缓和下来，但是神情却低落了不少。

与此同时，陆慧珊的心里也是五味杂陈：早知道臧远航会成这个样子，自己又何必非要嫁过来呢？

想到这里，她就更加怨恨了！

第36章　你这个胆小鬼

窑湾一直向北大约四五十里的地方，有一个古老的村庄，名曰草桥。

说起来草桥这个地名，还来自汉光武帝刘秀。传说他当年败走南阳时，被王莽追得人仰马翻，没想到路过此地时，正值大雨滂沱，地上到处都是淤泥，人一走过去，就会下陷。他情急之间，竟然想出一个绝妙的好主意，命令士兵找来稻草、麦秸等物铺在淤泥上当桥，于是率部顺利通过，由此也诞生了一个用了两千多年的古地名。

草桥和窑湾之间，很早就有关系了。

起源于窑湾的盐贩子们去背盐的时候，一般都是从东门出发，一路向北，直达草桥镇后，再转头往东。虽然比直奔位于东北方向的海州，稍微绕远了一些，但是这个路段两边的人烟十分稠密，所以治安也非常好。

地上本没有路，走的人多了，也便成了路。

久而久之，从窑湾到草桥，就形成了一条很宽敞平坦的路，名曰窑草公路。

在臧远航出事的第二天晚上，草桥镇纪集村西的沂河堰上，忽然闪过两个可疑的人影。

其中一个，竟然是昨天想要臧远航命的土匪老大。

此刻他依然戴着“灶王爷”的面具，掂了掂手中瘪瘪的钱袋子，对着一个背向他的黑衣人，用沙哑的声音，非常生气地说：“我有三个兄弟掉进水里，还淹死了一个，你就想用这点钱打发我们？”

黑衣人低沉了声音，语气也很不满：“你还好意思说！你答应我会做得干干净净的，以绝后患！没想到现在竟然搞成这个样子，把人弄得死不死、活不活的！”

土匪老大强压怒气解释道：“我接了你的订金后，马上就带弟兄们去了台儿庄码头，本想从那里混上船，找机会把他干掉，再直接推进河里的。没想到，他竟然没在船上，我就知道他没赶上客船，赶紧抄近路去了王楼岸边，拦了七八只船才拦到他……”

然后，他细细讲了当时的情况。

……

臧远航暗叫一声："此命休矣！"便绝望地闭上眼睛。

没想到恰在这时，又一股巨浪袭来，小船剧烈地颠簸了一下，土匪们立刻大喊大叫，东倒西歪了起来，甚至于有两个，还"扑通通"落入了水中。

很显然，他们并不精于水性！

臧远航借此机会，将全身的力气都凝聚在两只手中，猛地一撑甲板，毫不犹豫地翻进了汹涌奔腾的河水里！

……

黑衣人不耐烦地摆手道："你不必和我说这些，我不想听！"

土匪老大摊摊手，委屈地说："能做的，我都已经做了。只是没想到，他福大命大，竟然没有死，可是我已经尽力了呀。"

黑衣人怒斥道："这怎么叫尽力了？我给你钱让你杀人，结果你只把他打得半死不活的！"

土匪老大歉然地说："对不起，我承认是我失误。可是他现在都瘫成那个样子了，根本和死了没有什么区别呀。"

黑衣人气急败坏地说："我不管！反正我不是要他瘫，就是要他死！"

土匪老大踌躇片刻，提议道："要不，我再动一次手？"

黑衣人断然拒绝说："不用了。他爸那么精明，我们再动手，就等于自投罗网。只是酬金，另一半你就别想拿了。"

土匪老大连声说："不行，这绝对不行，必须按之前谈好的钱给！”

黑衣人不耐烦道：“你不用再说了，就这样决定了！”

吴家盐行总经理办公室，吴俊锋正在仰天长笑！

他边笑边说：“臧远航啊臧远航，之前我和你斗一次，你就赢一次，还以为你是打不死的蟑螂呢，没想到啊，你竟然也有今天！”然后倏地止住笑，咬牙切齿道，“不过，我哥死得那样惨，我爷爷也因此而死，你却只是下半身废了，这还不够，远远不够！”

正在这时，崔玉存忽然走进来说：“老板，王老板求见。”

吴俊锋冷哼一声，不耐烦地道：“他又来做什么？现在臧远航已经完了，臧家老的老、蠢的蠢，已经没有人是我的对手了，我想要得到码头，已如探囊取物，完全不需要他了。”

没想到话音刚落，王志信就闯了进来，同时急慌慌地说：“吴老板，吴老板……”

吴俊锋只好换了副笑脸道：“哦，王老板，多日不见，请问你有什么事吗？”

王志信开门见山地说：“吴老板，你可不能坑我啊！”

吴俊锋脸色不由一变，语带愠怒道：“你把话说清楚了，一直是你在坑我，我什么时候坑过你了？”

王志信郁闷地说：“你还说没坑我？现在全窑湾谁不知道，

之前我一次次与臧家为敌，想要夺走码头。现在你又对臧远航下这么狠的毒手啊？三岁小孩都知道是我做下的啊，可明明是你下的毒手啊！”

吴俊锋闻言，眉头不由一皱，没好气道：“什么叫我下的毒手？臧远航这件事，与我没有半点关系！”

王志信却不依不饶，继续指责说：“臧家在窑湾，向来讲究‘商誉’，所以除了你，没有任何仇家啊。”说到这里，不由哭丧着脸道，“都怪我当初贪钱，听信了你的话。现在好了，臧家要是报官的话，我肯定是第一个怀疑对象。现在就是跳进黄河，我也洗不清了啊……”

吴俊锋铁青着脸，再也听不下去了，一字一顿地说：“我再说一遍，臧远航这件事，与我无关，哼！”他撂下这话，便径直走出了门！

王志信不由一呆，对着他的背影，仍然喃喃自语道：“你说不是你就不是你，谁信呢？”

西大街上，吴俊锋迈开大步，气哼哼地往前走。

崔玉存跟在后面，小心翼翼地问：“老板，你想要去哪里啊？”

吴俊锋回道：“还能去哪里？去臧家！”

崔玉存不由吃了一惊，担忧地问：“这个时候，你去不太合适吧？”

吴俊锋气急败坏道：“没有什么合适不合适。连王志信都怀疑是我干的，我再不出面，别人就会更加怀疑了！”

短短一天之内，臧家就发生了一喜一悲两件大事，所以这两天，臧家大院比平时安静了许多。

这天清晨，臧家大院后院臧增福的小院内，老夫妻俩已经起床并洗涮完毕了。

忽然有女佣来报说：“老太太，胜少爷和少奶奶又来请安了。”

曹秀英愠怒地说：“不见！”

女佣为难道：“这少奶奶都嫁过来三天了，你还不见，是不是不太好啊？”

曹秀英没好气地说：“不太好又怎样？她个败家玩意儿，别人结婚穿红着绿的，她偏偏穿了一身孝服，才一进门就给我们臧家惹了这么大晦气，我还没找她算账呢，让她给我滚！”

女佣无奈之下，只好退出房间，走到院内说：“胜少爷、少奶奶，老太太身体仍然欠安，今天还是免了吧。”

臧远胜关切地问：“奶奶她怎么了？要不要找大夫看看？”

女佣还没来得及答话，陆慧珊便一把拉走他，同时气哼哼地说：“什么病啊，她肯定是装的，就是不想见我呗。”

臧远胜弱弱道：“也是，我们结婚是在家里，又没去教堂，你穿什么白色婚纱啊？”

陆慧珊双眉一竖，反唇相讥说：“我还没找你算账呢，你倒好意思说了？你在追我的时候，就答应我了，会有一场西式婚礼，为此我们还专门去挑了婚纱。可是为什么你只准备了中式婚礼，不准备西式婚礼？你眼里到底有没有我？”

臧远胜弱弱道：“我心里是这样想的啊，可知道他们不会同意，所以连说都没敢说呢。”

陆慧珊不由一呆：“啊，你竟然连说都没说，你这个胆小鬼！”边说边抡起小拳头，劈头盖脸地打了过去。

第37章　积善之家必有余庆

第二天晚上，市警察局内，陆文安和姜局长正在商量着什么。

忽然，臧家梁一脸忧伤地走进来。

陆文安连忙迎上去说：“家梁，等你好久了，快请坐。”

臧家梁刚一坐下，便焦急地问：“怎么样？有什么线索吗？”

姜局长郁闷地说：“我这两天组织人手，在发现远航的运河畔方圆十里，都仔细搜查了一遍，在河堰两岸的玉米地里，分别发现了三堆烟头。除此以外，没有任何线索。”

臧家梁脸色不由一凛，表情凝重道：“看来对方的目标就是远航了。并且听远航说，他们个个武功了得，出手就是直接要命的那种。”

陆文安点点，试探地问：“那么你认为，王志信和吴俊锋两个人的嫌疑，到底大不大？”

臧家梁摇摇头道：“这件事刚一发生，我就翻来覆去地考虑过了，感觉他们的嫌疑都不大。”

姜局长附和说：“我也认为不大。根据我们的了解，王志信自从北京回来后，情绪一直不高，平时连家门都很少出；吴俊锋活动范围也是很小，一般都是吴家大院和盐行，最多去烟丝店和码头转转，基本上都没怎么接触可疑的人。”

臧家梁忍不住喃喃自语起来，“可是臧家在窑湾根基深厚，为人也一向以和为贵，除了王志信和吴俊锋，并没有和别人结仇，不是他们，又会是谁呢？”

陆文安忽然想起了什么说：“对了，我们当初签订《三百六十余家商户联合声明》中说，‘若臧家梁之子臧远航人身安全受到任何外来威胁，均视为吴俊锋所为，吴俊锋必须承担由此带来的一切责任与后果！’所以我想找吴俊锋问问，你看怎样？”

臧家梁沉吟片刻，却摆手道：“如果不是他做的，此举未免太过轻率；如果真是他做的，我们没有足够的证据，他再打死不承认，恐怕难以服众。再说吴家家大业大，真的把他撵走了，对窑湾的经济秩序也是不小的冲击。不过我相信‘贼不打三年自招’。无论是谁做的，总有一天，会现原形的！”

陆文安不由竖起大拇指，由衷地称赞说：“家梁，你把所有苦累都扛在自己肩上，凡事从窑湾大局着想，真的是令我钦佩不已啊！”然后叹了一口气，感慨万千道，“但愿有一天，王志信和吴俊锋能理解你的一番苦心！”

臧家大院后院三房小院内，安静得有些可怕！

臧远航在长久的哀嚎过后，终于恢复了安静，但是目光却变得空洞起来，呆滞地望着房间的某处，不吃不喝，好像傻了一般。

郭文芳坐在儿子床边，不停地抹着眼泪。

臧家梁甚至抽起了早已经戒掉的香烟，一根接一根的。

正在这时，臧增福夫妇带着其余家人走了过来。

臧增福望着桌子上原封不动的饭菜，忧心地问："远航还没有吃吗？"

臧家梁点点头："是的，连口水都不喝，不哭不闹的。"

曹秀英红着眼圈，哽咽道："我的大孙子啊，这都三天三夜了，你再不吃喝会饿死的呀。"

臧增福沉吟片刻，便提议说："总这样闷在屋内，好好的人也会给憋死的呀，更何况病人呢，不如推出去走走，也好散散心吧。"

臧家梁连忙摇头："不行！现在还没几个人知道，要是推出去，那所有人都会看到了。"

臧家栋却道："管别人怎么说？再说发生这么大的事情，想瞒根本瞒不住的。还不如早点让大家知道，免得让别人瞎猜，猜得还特别难听。"

臧家梁想想也是，便点了点头。

于是臧远方便推着最先进的手摇轮椅，带着堂弟出了门。

一家人叹了口气，全都跟在了后面。

此时臧家门外，徐佩剑和几个七八岁的男孩子，叫着笑着，玩得正开心。

每个男孩子手里都拿着一根尺把长的木棍子，这叫“腊霉棍”，地上放着一个五寸左右的稍粗的木棍子，棍棒两头削得尖尖的，这就叫“腊霉”，意即打掉腊月的霉气。

男孩子玩得很高兴，却看到徐佩萍跑过来喊弟弟：“佩剑，佩剑，快回家吃午饭。”

徐佩剑又打了一下，于是腊霉就被打得好远。

他立刻惊喜地叫起来：“我赢了，我赢了！”

徐佩萍逮住他说：“快跟我回家！”

徐佩剑哀求道：“二姐，让我再玩一把嘛。”

他边说边又挥舞起腊霉棍，又打了起来。

没想到徐佩萍手上趁机用了力，想要把弟弟扯回家。

徐佩剑一时失手，竟然将原本应该在地上滚的腊霉一鞭子抽上了天空！

恰在此时，臧远航被推了出来！

正在扯弟弟的徐佩萍见到他，不由就怔住了！

原本目光呆滞的臧远航，还没来得及看清迎面飞来的东西是什么，就听“扑通”一声，腊霉上的一头尖尖，就不偏不倚地砸在自己的脚腕上！

血，立刻就如泉涌般地流了出来！

大家见状，全都惊呼起来。

郭文芳回过神来，连忙掀起儿子的脚腕，一边用手捂一边下意识地说：“别怕，别怕，等一下就不疼了。”

臧远航听了这话，原本呆滞的目光更加黯淡了，随即泪流满面地问：“我不疼，为什么我一点儿都感觉不到痛啊？”一边说一边捡起了腊霉！

徐佩剑情急之中，连忙喊道：“不要扔我的腊霉！”

但是已经晚了！

只见臧远航一咬牙，就发疯一般地把腊霉扔了出去！

徐佩剑连忙挣脱了姐姐，追着去捡。

臧家梁责怪地说：“远航，你怎么可以……”说到这里，忽然看到不远处的徐佩萍，立刻歉然道，“佩萍？”

没想到，徐佩萍立刻跺了跺脚，转头就跑了。

郭文芳不由责怪道：“叫你们不要推出来，你们偏要推出来，现在好了，徐家什么都知道了。”

臧家梁却叹了口气：“早知道也好，我正在发愁，不知道如何与他们说呢。”

郭文芳郁闷地说：“好什么好？要是退亲怎么办？”

臧家梁还没来得及回答，臧远航就面无表情地说：“退了也好，省得拖累人家一辈子。”

大家听了这话，不由面面相觑！

没想到正在这时，忽然传来一阵“哈哈哈”的大笑声。

众人循声望去，只见吴俊锋带着一行人，正笑容满面地朝这边走来。

看到他，臧家人的脸上，个个充满愤怒！

臧家栋率先没好气地说：“姓吴的，你来干什么？”

吴俊锋气焰嚣张道：“听说短短几天，臧家就一喜一瘫，这样千载难逢的大喜事，我怎么能不来看看呢？”

郭文芳痛苦地说：“你……”便想走上前去理论，臧家梁连忙制止了她。

臧家栋愤怒道：“吴俊锋，一定是你干的好事！要是查到证据，我们臧家绝不会轻饶你！”

吴俊锋却不屑地撇撇嘴，反唇相讥地说：“臧家栋，说话要讲证据！你怎么知道是我干的好事？还查证据？如果我查到证据是你干的，那臧家人是不是也不会放过你？”

臧家栋闻言，脸色不由一变，立刻暴跳如雷道：“你放屁，放狗臭屁！”

吴俊锋却并不生气，而是好脾气地说：“要想洗白自己，不是靠脏话，而是靠事实！”

臧家栋恼羞成怒道：“事实就是你想远航死，好为你哥哥报仇雪恨啊！”

吴俊锋冷笑一声，再不理他，而是转向臧家梁，认真地说：“臧会长，你是知道的，当初的《三百六十余家商户联合声明》，把我管得死死的，所以我特意来向你告之，臧远航这次受伤，与我没有任何关系。”

臧家梁还没来得及说话，臧家栋便抢先道：“你还有脸说与你没有任何关系？你以为自己躲在背后作恶，别人就不知道了吗？那我问你，从蛟龙号被贾以刚扣下，到联合八家钱庄提前要债，特别是到与臧家抢夺码头执照，这一连串的事情，哪样与你无关？”

臧家梁厉声道：“二哥！”

在没有确凿的证据前，他不想把这些猜测摆到台面上，以免被动。

吴俊锋却微微一笑说：“没错，我承认这些都是我干的……”

听了这话，所有人都吃了一惊！

臧家栋更有理了，得意地说：“你们听听，你们都听听，他承认了吧，他主动承认了！”

没想到，吴俊锋却坦然道：“臧会长，你应该记得这句话，‘若臧家梁之子臧远航人身安全受到任何外来威胁，均视为吴俊锋所为，吴俊锋必须承担由此带来的一切责任与后果！并且，所有窑湾商人，均不得再与吴家进行任何生意往来。’”

臧家梁表情凝重地说：“记得。”

吴俊锋这才长舒了一口气，继续说："正因为如此，所以这么长时间以来，我宁愿斥巨资，光明正大地与你们争夺码头，也绝对没有动臧远航一根汗毛。"说到这里，他顿了一顿，瞥了一眼臧远航无力耷拉的双腿，再次哈哈大笑起来！

笑罢，他才咬牙切齿道："不过我没动，不代表别人不动！这就叫'善恶终有报，天道好轮回。不信抬头看，苍天饶过谁'！"

臧家人气得干瞪眼，却也无力反驳。

臧远航虽然双腿废了，但是他年轻的胸膛，仍然是血气方刚的，再也忍不住了，便直截了当地说："你说得对，只要做了坏事，苍天从来没有饶过谁！但是我们臧家做的坏事，肯定没有你们吴家做的坏事多，因为苍天只让我瘫了，却让吴俊旺死了！"

吴俊锋听了这话，笑容立刻僵在脸上，脸色变得比猪肝还要难看，举起手指，哆哆嗦嗦道："你、你、你……"

臧远航毫不示弱地说："按照你刚才的逻辑，我说得很对，是不是？"

吴俊锋张了张嘴，想要反驳，却无言以对。

臧远航忽然话锋一转，又义正词严道，"我们曾经是最好的朋友，所以即便你之前要杀我，但是我仍然理解你失去兄长的心痛，并不愿意与你为敌，没想到你不但丝毫不知悔改，还一次次主动挑衅，甚至恶毒取笑我的残疾，那么从现在开始，不论我与你以前有多么深厚的友谊，也不论这次事件是不是你所为，我们之间的所有恩怨，至此全都一笔勾销，从此两不相欠！不过我有一句话要送给你，那就是‘积善之家必有余庆，积恶之家必有余殃’。吴老板，与你共勉。”

撂下这话，便示意堂哥，将自己推回了家！

吴俊锋不由气结，瞪着眼，却也无可奈何。

第38章　妈，我不嫁

徐家大院客厅内，徐立春夫妇和徐佩芸正坐在饭桌前，但是并没有动筷子。

柳兰香不住地望着门外，一脸焦急地说："这两个孩子，怎么还不回来呢？"

徐立春却苦着脸，一副心事重重的样子。

不大一会儿，徐佩萍便哭着跑进来了。

徐佩芸诧异地问："你怎么了？谁欺负你了？"

徐佩萍却趴到桌子上，失声痛哭。

徐立春夫妻连忙去哄，却怎么都哄不好。

正在这时，徐佩剑蹦蹦跳跳地进了家门。

柳兰香连忙问儿子："你二姐是不是被谁欺负了？"

徐佩剑茫然道："没有啊。"

柳兰香疑惑地问："那她怎么哭了？"

徐佩剑想了想说：“好像她看到远航哥坐在轮椅上，被人……”

柳兰香闻言，不由吃了一惊，呵斥道：“你胡说什么？远航好好的一个大小伙子，有胳膊有腿的，怎么会坐在轮椅上？”

徐佩剑眨巴了一下眼睛，还是坚持说：“是坐在轮椅上，被人推出来的。”

柳兰香立刻伸出巴掌，怒声道：“小小年纪，学会撒谎了不是？”

没想到，巴掌还没落下来，一直苦着脸的徐立春，便沉声说：“佩剑没撒谎，远航确实受奸人陷害，腰部筋骨受损，双腿不能活动，现在只能坐轮椅了。”

柳兰香不由吃了一惊，失魂落魄道：“啊！”忽然想起什么，冲丈夫大吼道，“原来你早就知道了，为什么要瞒着我？”

徐立春叹了口气：“我也不想瞒着你啊，我不是怕你们难过嘛。”

柳兰香狠狠地瞪了丈夫一眼，回过神来，便抱着小女儿哭喊着说：“我苦命的女儿啊，你还没有嫁过去，男人就这样了，这以后的日子，可怎么过啊？”

徐佩萍听了这话，却忽然停止哭，似乎松了一口气说：“对啊，反正我还没有嫁过去呢，我哭什么呀。”

徐立春却把脸一沉，不满地呵斥道：“佩萍，你不可以这样说话的！做人要讲信用，你已经接了臧家的婚帖，怎么能说不嫁就不嫁呢？”

徐佩萍又流泪了，求救地望着母亲，哭喊着说：“妈，我不嫁！要是嫁给一个瘫子，就毁掉我一生的幸福了啊！”

柳兰香连忙安慰道：“不嫁，不嫁，坚决不嫁！就是你愿意。妈也不会让你嫁给一个瘫子的！”

徐立春厉声说：“说话不要那么难听！什么瘫子不瘫子的，那是你女婿！”

柳兰香母女听了这话，哭得更加大声了。

徐佩芸望着她们，微不可闻地摇摇头，一脸的无可奈何。

臧家大院后院二房小院小夫妻俩卧室内，新婚的小两口正在生闷气。

陆慧珊坐在床上，气鼓鼓地说：“我连着七天给你奶奶请安，她都不见我，以后，谁爱请谁请，反正我是不请了。”

臧远胜安慰道：“我奶奶那是人老糊涂了，但是心地还是蛮好的。看在我的面子上，你就不要和她老人家计较了嘛。”

陆慧珊却轻哼了一声，颇不以为然地说：“看在你的面子上，你有什么面子？说大话也不怕咬着舌头！”

臧远胜不由一愣，随即走上前搂住她的肩，讨好道：“你说得对，我真的没什么面子，人人都说我纨绔子弟。让你受委屈了，实在对不起。”

陆慧珊瞪了丈夫一眼，眼珠一转，忽然微微一笑地说："眼下就有一个机会，可以让你有面子。"

臧远胜立刻好奇地问："什么机会？你快说！"

陆慧珊胸有成竹道："臧家在你这一辈，只有三个男孩子。现在远航瘫了，你大哥那个老实窝囊相，更是想都别想。所以只要你争取，码头当家的位置啊，我看是非你莫属了！只要你做了当家，谁敢不给你面子啊？"

臧远胜立刻把脸苦成了一大把，委屈地说："就为了这件事，我爸把我的耳朵都唠叨起茧了，没想到他还没消停，你又来了。"

陆慧珊闻言，双眼不由一亮，惊喜地问："怎么，你爸也想让你做当家？"

臧远胜点点头，不过却道："只是，我一直不想。"

陆慧珊正色地说："你要是真的爱我，就必须想！"

臧远胜只好道："那好吧，从现在开始，我想了！"说完，一把把她搂进了怀里。

陆慧珊趴在他肩上，眼角立刻闪过一丝怨恨，同时心中暗暗发誓："臧远航，你耍了我，就算你现在瘫了，我也绝不会让你好过！"

码头管理处会议室内，臧家栋坐在平时臧远航坐的位置上。

臧远胜、臧增年坐在一边。臧远方、臧远茹和脸上贴着纱布的郑一飞，坐在另一边。

臧家栋咳嗽了一声，郑重其事地说：“大家都已经知道了，远航被人暗算，腰部筋骨受损严重，已经不能站立起来了，估计要好长时间才能恢复，或者永远都不能恢复。我呢，身为长辈，以后就要多辛苦些，多出一些力了。大家放心吧，无论是谁坐在这个位置，都是为码头好。远方、一飞，你们说是不是？”

臧远方、郑一飞犹豫了一下，并没有回答。

臧家栋瞪了他们一眼，不满道：“你们怎么不说话？莫非是认为我不配坐在这个位置？”

臧远方、郑一飞点点头，又连忙摇摇头，又点点头，同时语无伦次地说：“是、不是，不是、是……”

臧家栋见状，不由火了，一拍桌子，怒声问：“到底是还是不是？”

臧远方、郑一飞互相看了看，只好同时点了点头，弱弱地说：“是。”

臧家栋这才缓和了语气道：“哦，好吧。既然大家都认为我应该坐在这个位置上，那我就不客气了。好了，现在我们来商定一下以后的工作吧。”

第39章　一损俱损

臧家大院客厅内，臧增福正在喝着茶。

臧家梁走进来问：“爸，你找我有事吗？”

臧增福亲热地招呼说：“家梁啊，来，坐。”然后给他倒了一杯茶说，“一飞那边怎么样了？”

臧家梁回道：“已经发了一笔不小的慰问金。不过他家上有老下有小，他又是家里的顶梁柱，所以只休息了几天，他就去上班了，好在只是些皮外伤。”

臧增福点点头说：“这就对了。”说到这里，忽然欲言又止。

臧家梁疑惑地问：“爸，还有别的事吗？”

臧增福为难道：“唉，有一件事，你二哥让我和你说，我不想说。但事到如今，不说也不行了啊。”

臧家梁诚恳地说：“爸，我是你儿子，有什么事，你尽管说吧。”

臧增福犹豫了一下，还是道："现在你身体不太好，远航又成了那个样子。老话说得好，'国不可一日无君，家不可一日无主'，我们那么大的码头，也不可一日无当家。所以你二哥和我说了，他想做这个当家。"

臧家梁脸色一变，当即反对说："爸，二哥的为人你不是不知道，他要是能当这个家，二十多年前就当了，不会等到现在的！"

没想到正在这时，就看到臧家栋带着臧远方、臧远茹、臧远胜和两个律师走了进来，个个神情严肃。

臧家梁见来者不善，便下意识地皱了皱眉头。

臧家栋走上前来，却好脾气地问："家梁，相信爸刚才已经和你说了吧。"

臧家梁戒备地回道："你到底想要怎样？"

臧家栋拍着胸脯，信誓旦旦地说："只要你信得过我这个二哥，就将你交给远航的那五成半股份，暂时交给我托管。不过请你放心，等远航能站起来后，我一定会把股份交给他的。"边说边将一份文件交给他说，"我已经拟了份股份托管初稿，无论是爸爸还是码头高层，也都很支持我。现在，我也把律师请来了，要是你没有异议，就请在这里签个字吧。"

臧家梁看了看父亲，疑惑地问："爸爸，你支持他这样做吗？"

臧增福叹了口气，无奈地说："依眼下这个情况，我也只能支持了。因为除此之外，再也没有别的办法了。"

臧家梁又将目光转向大侄子问：“远方，你也支持这样做吗？”

臧远方低下头，为难地说：“大家都支持，我也只好支持了。”

臧家梁苦涩地笑了笑：“好一个大家都支持……”

臧家栋见状，得意极了，便将文件和笔递过去说：“既然大家都支持，说明我还是很得人心的，你就签了这个字吧。”看着三弟不动，便又催促道，“签吧，签吧，快签了吧。”

臧家梁接过文件和笔，却冷笑一声，将文件合起来，走到臧远方面前，指着他，责怪道：“远方，你太让我失望了！你跟了我这么久，却什么都没有学到。你是鹦鹉吗？只会人云亦云！”他越说越气，不由抬高了声调，继续说，“如果之前，大家都支持王志信和吴俊锋吞掉我们码头，你是不是也支持啊？如果有人要打烂我们一千多名工人的饭碗，你是不是也支持啊？如果我们运河码头的金字招牌易主了，你是不是也支持啊？”

臧远方惭愧道：“三叔，我、我、我……”

臧家梁怒斥道：“我什么我？枉我培养你这么多年，别说独当一面了，连坚持原则都做不到！白费功夫，真是白费我的功夫啊！”

臧增福站起身来，安慰地说：“家梁，我们也不想这样做。不过现在这种情况，除了让你二哥担当大任，你还能想出更好的法子吗？”

臧家梁却正色道：“爸，一个人是聪明还是愚笨，其实并不重要，重要的是做事要讲良心，如果良心坏了，就只能成事不足，败事有余！”然后顿了一顿，转向大家说，“你们不要以为，这几天远航出事了，我也糊涂了。不，我心里像明镜似的。我就是想看看，到底谁是人，谁是鬼！好了，现在狐狸的尾巴终于露出来了！”说完，将文件夹猛地扔进二哥的怀里！

臧家栋不由恼羞成怒地说：“家梁，你在胡说什么？”

臧家梁却并不理他，而是面对众人，愤怒道：“我还没有死呢，就让我将股份让给他托管，这和明火执仗有什么区别！别说他没什么本事，就算他本事通天，你们也绝对不可以相信他！否则，码头就算不被别人抢去，也离完蛋不远了！”

臧家栋闻言，立刻暴跳如雷地说：“好心当作驴肝肺！不让我管，就让你那个瘫儿子管吧。”

臧家梁一字一顿道：“远航站不起来了，我还没死呢，我可以自己管！”

臧增福担心地说：“可是，家梁，你的身体这么差，万一有个三长两短的，可怎么办呢？”

臧家梁坚决道：“只要我还活着，只要我还有一口气，我就绝不会把码头交给他！”

臧家栋不由恼羞成怒起来，用手指着他，气急败坏地说：“你、你、你，唉，我不管了，你爱怎样怎样吧。”说完这话，便跺了跺脚，拂袖而去！

运河码头上，工人们正在议论纷纷。

工人甲神秘地问：“你们说，把老板打瘫的人，会是谁呢？”

工人乙撇了撇嘴回道：“这不是明摆着吗？臧家和吴家的仇最大，除了吴俊锋，还能有谁啊？就算不是吴俊锋，也肯定是王志信了。”

大部分工人纷纷点头附和说：“那倒是，那倒是。”

工人丁却摇摇头道：“要是你们说的是真的，警察不是早就结案了？”

大部分工人又纷纷点头附和说：“那倒也是，那倒也是啊。”

工人戊摆摆手道：“哎呀，不要吵了，不要吵了。现在老板瘫了，码头肯定要换当家，不知道由谁当家呢。”

一直不出声的老吕，忽然叹了口气，插话说：“还能有谁，论资格，当然是臧家栋了。”

工人甲的脸一下子就成了苦瓜：“这下惨了，那个臧家栋啊，爱占小便宜不说，对工人又苛刻。如果他做了当家啊，我们就没有好日子过了。”

工人乙想了想道：“说不定会让远方或远胜当家呢。”

工人丙更加沮丧了：“那就更惨了，远方性格老实懦弱，远胜就是个纨绔子弟，无论他们谁当家，都逃不出臧家栋手心的。”

工人们听了这话，全都无奈地摇摇头，议论纷纷。

正在这时，不远处的大运河堰上，一辆黑色轿车忽然戛然而止。

随即，臧远方率先走出轿车，然后搀扶出臧家梁。

然后叔侄二人，径直走向码头。

运河码头上的工人看到他们，立刻围了上来！

工人甲惊喜地喊道："臧会长！"

工人们也纷纷激动地跟着喊道："臧会长！"

臧家梁点点头，掷地有声地说："大家好！相信大家都已经知道了，远航遭奸人暗算，腰部筋骨受伤致使下肢行走障碍，暂时不能掌管码头了。所以从现在开始，码头暂时由我接管，直到物色到合适的人选，或远航能够重新站起来为止！"

刚才还忧心忡忡的工人们听了这话，立刻热烈地鼓起掌。

他们纷纷喊道："太好了，真是太好了，我们不用受臧家栋苛待了。"

经过前段时间的一惊一吓后，臧家大院客厅的早饭，终于又如期开始了。

这天早上，臧家人陆续走进客厅，相继坐在饭桌前。

陆慧珊跟在臧远胜后面，笑容满面的。

庄淑环忙招呼道："来来来，过来坐我旁边。"

陆慧珊走到婆婆身边，然后望着众人，乖巧地打着招呼：

“爷爷奶奶早安，爸爸妈妈早安，三叔三婶早安，大哥早安，姐姐早安。”

众人纷纷回道：“慧珊早安。”

只有曹秀英愠怒地将脸扭过去，冷哼了一声。

臧远胜连忙提醒妻子说：“还有远航呢。”

陆慧珊却像没看到一般，坐下来开始吃饭。

臧远航勉强笑道：“我是弟弟，理应我先打招呼才是，二嫂早安。”

在众目睽睽之下，陆慧珊不好装听不到，犹豫了一下，只好道：“远航早安。”

庄淑环看到两人的样子，再想想他们之前曾经好过，心里便有些不舒服，便假装叹气地说：“唉，远航原先腿多长啊，怎么说瘫就瘫了呢？”

臧远茹连忙提醒道：“妈，你不可以这样说的！”

与此同时，臧家的其余人，也都不满地望着她。

庄淑环立刻尴尬起来，连忙掩饰地拿起筷子说：“吃饭，嘿嘿，大家吃饭啊，今天的菜不错。”

郭文芳却瞪了她一眼，愠怒道：“远航不是瘫，只是腰部筋骨受伤而已！再说他之所以变成这个样子，还不是有人大喜的日子穿了身孝服！”

臧家梁厉声制止妻子说：“不说话没人当你哑巴！”

郭文芳立刻回瞪了他一眼，恨声道："怎么，我说得不对吗？我们老祖宗传了几千年的规矩，不是没有道理的！"

庄淑环一时竟然不知道如何作答了。

陆慧珊却冷笑一声说："三婶，就算我大喜的日子穿了身孝服，妨的也是我们二房，与你们三房有什么关系呢？"

郭文芳不由气结："你？"

曹秀英将饭碗往桌上重重一放，抢白道："念你是新媳妇，我就教你一个乖！在我们老臧家，大房、二房与三房本来就是一损俱损，一荣俱荣。如果有人连这点都不明白，那还嫁进来做什么！"

陆慧珊听了这话，小脸立刻涨得通红，却是敢怒不敢言。

臧远胜连忙打着圆场说："奶奶，你不要生气。慧珊在上海读过书，接受的是洋派教育，白色婚纱在西方代表的是纯洁，与妨不妨没有关系的。"

曹秀英却冷冷地回道："在西方代表的是纯洁，在东方代表的就是不吉利！"说完这话，便站起来，气鼓鼓地说，"这饭我不吃了，气都气饱了。"然后迈着小脚，颤巍巍地走了。

陆慧珊小声嘀咕了句："老顽固！"

臧远航看奶奶走了，也将饭碗一推，淡淡地说："奶奶气饱了，我吃饱了，你们慢慢吃吧。"说完便对新招的一个十六七岁的男孩子说，"吉祥，把我推出去走走。"

吉祥"哦"了一声，连忙把他推了出去。

郭文芳连忙站起来，想要追上去："远航，不能走得太远啊！"

臧家梁却制止道："他都那么大的人了，为什么不能走太远？"

郭文芳担忧地说："谁把他害成这个样子，还没有查清楚，我担心他再出意外。"

臧家梁冷哼一声，一字一顿道："你放心吧，警局和青帮都在彻查这件事，谁敢再有这个胆子，那就等于是自投罗网！"

臧家栋脸色一变，旋即连连点头说："就是，就是。肯定是王志信和吴俊锋那两条疯狗，把远航害成这个样子。总有一天，我会让他们好看！"

第40章　性情反复无常

臧家大院后院二房小院小夫妻俩卧室里，陆慧珊正在佩戴一只小小的珍珠耳环。

臧远胜提着大包小包的礼品走进来，催促道：“慧珊，快走吧，我妈说我们刚刚结婚，回娘家时间越早越好呢。”

陆慧珊戴好耳环，照了照镜子，不由沮丧地说：“这对珍珠耳环，是我外婆留下来的，我妈说是传家宝，就给我陪嫁了，看上去真是既土气又廉价呢。”

臧远胜打量了一下，赞叹道：“只有你这样的大美女，才能把既土气又廉价的耳环戴得这样好看呢。”

陆慧珊脸一红，娇嗔地说：“就你嘴甜。”但是并没有坚持再换，而是站起身来，喜滋滋地跟在了丈夫身后，径直走出门去。

没想到恰在这时，吉祥正好把臧远航推进来。

双方碰了个正着，彼此都有些尴尬。

好在臧远胜看堂弟的样子，还是十分心疼的，关切地说：“远航，今天外面风大，你还是少出去吧。”

臧远航点点头，礼貌道：“二哥、二嫂，你们要回陆大家吗？”

陆慧珊冷哼一声，抢白说：“要你管！”然后把头一昂，扬长而去。

臧远胜连忙道：“哎，等等我，别走那么快啊。”边说边屁颠屁颠地追了上去。

臧远航久久望着陆慧珊的背影，眉头却皱成了一个疙瘩！

吉祥连忙问道：“航少爷，你怎么了？”

臧远航不由喃喃自语地说：“佩芸也有一副这样的珍珠耳坠呢。”

因为他声音太小，吉祥没有听清楚，又问道：“佩什么？什么耳坠？”

臧远航却深深地叹了一口气。

臧家大院后院三房小院内，臧远航眉头依然皱成一个疙瘩，长久地望着面前的一丛雪白的栀子花，再也不说一句话！

码头管理处门口，臧家梁精神抖擞地走出来，上了停在门口的轿车。

但是刚一坐到车里，他之前的抖擞精神便一扫而空了，疲惫地仰躺在后椅靠背上，闭着眼睛，轻轻地揉着头部。

一辆黑色小车在臧家门口停住，臧家梁从车里钻了出来。

然后他走进家门，走进后院，走进自家小院。

此时在三房小院内，臧远航正呆呆地望着那丛怒放的栀子花，一言不发。

郭文芳正在一遍遍焦急地问儿子："你怎么又不说话了？你到底怎么了？"

臧家梁连忙走上去，关切地问："远航又怎么了？"

郭文芳抹着眼泪说："不知道，自从出事后，他要么就是发怒，要么就这样呆呆地不说话。"

臧家梁叹了口气道："他性情之所以反复无常，是因为心态没有调整过来，不能经受任何刺激。"沉吟片刻，便转头问吉祥，"航少爷不说话前，遇到了什么人？"

吉祥想了想说："我们到外面散心回来时，正好遇到胜少爷和少奶奶回娘家，打过招呼后，航少爷说了一句话，我听得不太清楚，'佩什么？什么耳坠'，然后就这样了。"

郭文芳眼睛一亮，立刻问："佩什么？佩芸还是佩萍？"

吉祥摇摇头："没听清。"

郭文芳忽然想起来，连忙问丈夫："你说远航他，是不是应该结婚了？"顿了一顿，又自言自语道，"说起来，他已经满二十了，要不是整天忙着码头的事情，也早该结婚了。”

臧家梁却苦笑着说：“结什么婚？他现在这个样子，连自己都照顾不了，哪个姑娘愿意嫁给他？”

郭文芳瞪了丈夫一眼，提醒道：“你不要忘了，徐家已经接了我们的婚帖，要不是远航出事，现在聘礼早就送过去了呢。不如，你去和徐老板商量商量，选个日子，把两个孩子的婚事办了吧。”

臧家梁当即摇头说：“不行，不行，绝对不行！这种丧尽天良的事情，我臧家梁是绝对不会做的！”

郭文芳没好气地说：“婚帖都接了，怎么能叫丧尽天良？反正儿子不是你一个人的，你不做我做！”

中宁街一家丝绸店内，陆慧珊正在挑选一块布料。

正在这时，窦玉美进来了，看到她，立刻走上去招呼道：“慧珊，你也在呢，好巧哦。”

陆慧珊回头一见，连忙笑道：“表姑，你来逛街啊，看到什么好玩的了吗？”

窦玉美亲热地说：“我刚才在老凤祥看中一款头面，做工可精致了，走，我带你去看看。”

陆慧珊眼睛一亮道：“好！”

于是姑侄俩手挽手，走出门来。

没想到恰在这时，忧心忡忡的徐佩萍正好迎面而来，看到她们，连忙低着头想要走过去。

姑侄俩对望一眼，便不怀好意地笑了，同时叫住她。

陆慧珊故作关心地说："哟，佩萍啊，看你没精打采的，遇到什么不开心的事情了吗？"

窦玉美却是阴阳怪气道："慧珊，你可真是哪壶不开提哪壶。未婚夫成了瘫子，她能高兴得起来吗？"

徐佩萍听了这话，不由红了眼圈，小声辩解说："他、他不是我未婚夫。"

陆慧珊吃惊地张大嘴巴，故作疑惑地问："不是吧？龙舟赛那天，你明明接了他的金舢板，还把香荷包送给他了呢。"

窦玉美附和道："对啊，我也早就听说，你接了臧家的婚帖了。"

徐佩萍自知理亏，不由心虚地说："这、这关你们什么事啊？"

陆慧珊见状，更不会轻易放过她了，紧追不放道："既然接了婚帖，做人就得讲信用，那么你们什么时候结婚呢？"

窦玉美语带玄机地说："结了婚，你们就成妯娌啦，可一定要好好相处哦。"

徐佩萍再也忍受不了，眼泪迅速流了下来，便跺了跺脚，捂着脸哭着跑开了。

徐家大院客厅内，柳兰香正在有一针没一针地织着大红毛衣，看上去忧心忡忡的。

忽然，就看到徐佩萍哭喊着冲进来，扑到她怀里，委屈地喊道：“妈，妈，呜呜呜。”

柳兰香连忙放下毛衣，焦急地问：“怎么了，谁又欺负我的宝贝女儿了？”

徐佩萍边哭边说：“妈，我不要嫁给瘫子，我不要嫁给瘫子！”

柳兰香忽然一拍脑袋道：“哎呀，你看我这个老糊涂，再过一个月你姐就结婚了，我整天忙得头晕，都把这件事给忘了。大清都亡了那么久，现在提倡新生活运动，别说你和那个瘫子没结婚，就是结婚也可以离呢。你放心，我马上去找白大婶退婚帖！”

徐佩萍摇摇头，难过地说：“可是爸爸他，好像不同意呢。”

柳兰香安慰道：“放心吧，你爸昨晚已经被我说通了。他之所以不愿意，不过是为了面子，但是和面子一比，女儿的幸福更重要呢。”

徐佩萍听了这话，立刻破涕为笑。

第41章　否则即为懦夫

东大街一个偏僻的拐角处，柳兰香拿着婚帖和金舢板走了过来。

她看了看四周的房屋，随手拦住前面一个正在急急行走的中年妇女问：“请问，白大嫂家住在哪里？”

中年妇女一转身，竟然是郭文芳！

两人不由同时惊叫起来：“怎么是你？”

柳兰香回过神来，连忙将手中的婚帖和金舢板藏在了背后。

但是眼尖的郭文芳已经看到了，立刻戒备地问：“你来找白大嫂做什么？”

柳兰香见瞒不住了，索性将婚帖和金舢板递过去，毫不客气地说：“见到你最好了，我也就不用麻烦白大嫂了。喏，这是婚帖和金舢板，我物归原主了，从此两不相欠。”

郭文芳连忙躲过了，扬了扬自己手中的那份婚帖，正色道：“龙舟赛那天，远航和佩萍交换了信物，这金舢板是纯金打造的，可不轻呢，就等于是我们下了聘礼了，当时在场的所有人都可以证明的。后来我们家下了婚帖，你们家也接收了。你现在才想起来赖婚，我告诉你，晚了！”

柳兰香却理直气壮地说：“可是，现在你儿子都成了瘫子了嘛，你叫我女儿还怎么嫁给他？”

郭文芳立刻涨了红脸，但还是强忍了火气，愠怒道：“谁说他是瘫子了，他只是暂时站不起来而已！”

柳兰香讽刺说：“他不是瘫子？你眼瞎了，你以为别人也和你一样瞎吗？”

郭文芳不知道对方还要说出什么恶毒的话来，便不想再和她纠缠下去，而是认真地说：“你仔细看看婚帖，上面可并没有说，我儿子瘫了就不可以娶你女儿了。所以啊，我儿子是娶定你女儿了！”

柳兰香却冷笑一声，断然道：“呵，娶我女儿？你儿子这辈子想都不要想！”说完，便想强行把婚帖和金舢板塞到对方手里。

郭文芳当然不接，两人很快就拉扯了起来。

正在双方闹得不可开交之时，忽然听到一个阴冷的声音响起：“徐太太，好久不见了啊？”

柳兰香听到这个声音，下意识地打了一个激灵。与此同时，手里的婚帖和金舢板，也应声落地！

她胆怯地抬头一看，果然是朱老六站在面前，刚才强硬的态度立刻就变了，脸上堆满了谄媚的笑意，讨好地说：“哦，是啊，多日不见了啊，你还好吗？”

朱老六却冷哼一声道：“我都没钱花，好个屁！”边说边皮笑肉不笑地，一步步向她逼来。

柳兰香情不自禁地连连后退。

旁边的郭文芳连忙捡起婚帖和金舢板，然后吃惊地望着他们两个。

不大一会儿，柳兰香就被逼到了墙角，无奈之下，只好胆怯地说问：“朱、朱老六，你想干什么？”

朱老六猛地抽出一把刀，横在她脖子上，咬牙切齿地说：“你少装疯卖傻了！我想干什么，你还不知道吗？”

柳兰香看着寒光闪闪的刀锋，连忙点头道：“我知道，我当然知道。”

朱老六怒喝一声：“知道了还不还钱！你还天天躲着我，臭娘们，你躲得了初一躲不过十五！今天再不还那十万块大洋赌债，老子就把你们母女二人奸了，再把你们家所有的人统统杀光。到那时，不但你们母女二人是我的，甜油坊也都是我的了，哈哈哈！”说完这话，不由仰天狂笑起来！

郭文芳闻言，不由惊诧地张大了嘴巴，害怕得紧紧贴着墙根。

虽然她也很恐惧，很想离开此地，但是巷子口却被朱老六那庞大的身躯堵得死死的，根本无法脱身。当然下意识中，她也想知道，刚才还嚣张到不可一世的所谓亲家，到底有多少不可告人的秘密，所以并没真的打算离开。

此时，柳兰香已经吓得浑身不住颤抖了，却还是嘴硬地说：“你、你、你敢动我们一根汗毛，我就找警察去抓你。”

朱老六轻蔑道：“你别以为老子是吓大的！你到骆马湖打听打听，我朱老六自小到大怕过谁？就算你找来警察，老子奸也奸过了，杀也杀过了，大不过赔上一命，十八年后又是一条好汉呢。”边说边把刀尖又逼近了些，同时催促说，“我劝你废话少说，还是识相点的，赶快把钱拿出来！”

柳兰香不禁左右为难，只好苦苦哀求说：“我手头真的没有那么多钱，只能问我丈夫要，就算我丈夫肯给，一时也凑不够十万块呀。”

朱老六不耐烦道：“老子管你那么多屁事！马上还钱！今天再不还，你就别想看到明天的太阳！”说完手下猛地一用力！

顿时，柳兰香的脖子上，就渗出了一小缕殷红的血丝来。她立刻害怕得尖叫起来，并拼命挣扎，没想到不经意间，正好看到被吓得缩成一团的郭文芳！

她情急之中，不由眼睛一亮，下意识地大声喊道：“亲家母快救我，亲家母救快我！”

郭文芳犹豫了一下，还是说：“你想要我怎么救你？”

柳兰香像抓住救命稻草似的，急切道：“借十万给我，快借十万块给我。”

郭文芳眼珠不由一转，当即脱口而出：“十万块别说借，给你都可以。不过你得先在我们两家的婚帖上，分别签上名按上手印，承诺绝不反悔。否则，我就把这婚帖拿出来，让你丈夫和儿女，还有全窑湾的人，看看你做下了怎样的丑事！”

柳兰香失声叫道：“这怎么行？我不能葬送女儿的下半辈子。”

郭文芳撇了撇嘴，便不再说话。

朱老六不由望向她，阴沉沉地问：“你是谁？”

郭文芳立刻意识到什么，机警地说：“我是商会会长臧家梁的太太、码头当家臧远航的妈。”

朱老六闻言，眼睛不由一亮！

他虽然是个粗人，但也知道商会会长和码头当家的分量，便不易察觉地点点头，回头阴冷地“嗯”了一声说：“再不还钱，这里就是你的葬身之地了！”边说边手下又用了些力！

于是柳兰香的脖子上，又渗出了更多的血丝来。

她顿感彻骨的疼痛，不由惨叫一声，同时求生的本能让她不得不妥协了，哀求地望着准亲家母，连声道：“好，我签，我签。”

郭文芳不由一喜，连忙将婚帖递了上去。

柳兰香哆哆嗦嗦地接过婚帖，叹了口气，但还是不得不签上了自己的名字，并按上鲜红的手印。

臧家大院后院臧增福卧室内，曹秀英将一张支票，飞快地递到焦急的三儿媳手里。

然后，她担心地望了望四周，压低了声音说："这是我的棺材本，连上次当老宅子，我都没舍得拿出来呢。"

郭文芳将支票藏在怀里，感激道："妈，谢谢你。"

曹秀英抹了抹眼泪，难过地说："远航以前那么孝顺，现在变成这个样子，怎么说也要给他娶门亲呀。你快去吧，免得夜长梦多。"

郭文芳焦虑道："好，我马上去。"走到门口，又返回来，叮嘱婆婆道，"妈，这件事，你千万不要告诉家梁啊。否则，他会骂我丧尽天良的。"

曹秀英也叮嘱儿媳道："我知道，这件事你也千万不要告诉你爸啊。否则，他会骂我死后会遭天打雷劈的。"

郭文芳郑重地点点头，便急慌慌地走了。

中宁街拐角处，郭文芳将一张价值十万块的银票，爽快地交给朱老六。

对方接过支票，仔细看了看，这才冷哼一声，放开柳兰香，然后扬长而去。

郭文芳连忙走过去，将早已吓瘫的准亲家，用力搀扶了起来。

然后，她又将已经签名的婚帖和金舢板递过去，亲热地说：

“亲家母，你受惊了。”

柳兰香犹豫了一下，还是不得不接过婚帖和金舢板，有气无力道：“亲、亲家母，谢谢你了。”

福建会馆天后宫神殿内，烟雾缭绕，香客不断。

徐佩芸跪拜在妈祖娘娘神像前，喃喃自语地说：“妈祖娘娘，我马上就要和俊锋结婚了，请娘娘保佑我家人平安、婚姻幸福；也请娘娘保佑臧远航能够早日康复，和妹妹喜结良缘！”

说完，她俯下身子，虔诚地拜了三拜，然后深深地叹了一口气，心事重重地走了出去。

此刻院内，郭文芳推着轮椅上的儿子，边走进来边语重心长地说：“远航啊，听妈的话，这妈祖娘娘可灵验了，只要有她保佑，你的腿一定会好起来的，好起来呢，就可以结婚生子，继续做码头当家了。”

臧远航心灰意冷道：“我这腿，怕是好不了了……”没想到说到这里，不经意间，竟然看到一个熟悉而陌生的人影，眼睛不由一亮，随即又迅速黯淡了下来。

郭文芳立刻意识到某种异样，连忙循着儿子的目光望去，立刻就看到了徐佩芸。

此时，对方也看到他们，不由就是一愣。

臧远航下意识地望了望自己的腿，便有些自卑，于是便催促母亲说：“妈，快把我推出去！”

但是已经晚了！

徐佩芸回过神来，便快步走过来，笑眯眯地说：“臧太太，远航，你们也来烧香啊。”

郭文芳是知道儿子的心意的，不由多看了几眼这个落落大方的姑娘，虽然心里有些不是滋味，但还是亲热地说：“哦，你就是佩芸吧。以后我们成了亲家，你可得多照顾这个妹夫哦。”

徐佩芸爽快地说：“臧太太，放心吧，我一定会的。”

臧远航顿感羞愧，不由抬高了声调，没好气道：“妈，你够了没有！我就算腿没用了，我的头脑还是清醒的！你说我一个堂堂男子汉，需要别人照顾吗？”

郭文芳连忙解释说：“远航，我不是那个意思，我……”

臧远航却梗着脖子，不依不饶道：“你还没回答我呢，需要吗？需要吗？我需要吗……”边说边疯狂地拍着轮椅，一次次试图站起来。

但是他不但没有站起来，还把轮椅弄得晃来动去，几欲倒下。

郭文芳连忙抓住他的手，心疼地哭喊起来：“远航，对不起，是妈错了，妈以后再也不会了，你不要生气了啊……”边说边俯在轮椅上，“呜呜呜”地哭喊起来。

臧远航却更急了，粗暴地推开母亲说：“你哭什么哭？我还没有死呢！”

听了这话，周围的人不由愣住了，全都怜悯地望着他，纷纷道：“可怜呢，原本多好的一个小伙子啊……”

徐佩芸眉头不由一皱，但是并没有安慰，而是冷冷道：“臧远航，我真没想到你竟然如此对待你母亲，简直太过分了！”

臧远航听了这话，更加恼羞成怒了，索性破罐子破摔起来，讥刺道：“那是我妈，我想怎样就怎样，关你什么事！”

徐佩芸毫不示弱道：“确实不关我的事！不过我想告诉你的是，你若想要证明自己是个真正的男子汉，并不是不需要别人照顾，更不是将自己的痛苦和不幸转嫁到爱你的人身上，以慰藉自己扭曲的心灵，否则即为懦夫！”

臧远航听了这话，气得脸青了又红，红了又紫，好半天，才咬牙切齿地说：“徐佩芸，你竟然敢说我是懦夫！”

郭文芳也吓得立刻停止了痛哭，心疼地望着儿子，哀求道：“佩芸，你不要说了，求求你不要再说了！”

没想到，徐佩芸仍然掷地有声道：“虽然人生会有很多意外和不幸，是我们无法预料和避免的，但是真正的大男人，应该不被任何困难吓倒，即便痛到深入骨髓，也能在最短的时间内调整好心态，然后勇敢地挺起胸膛，继续铁骨铮铮地做人，并且至死不渝！”

臧远航原本英俊的五官，竟然气得有些变形，显得有些狰狞，几乎是咆哮了：“好一个铁骨铮铮！好一个至死不渝！徐佩芸，你真是说得比唱得还好听！”

郭文芳吓得大气都不敢喘，连忙安慰儿子说：“远航，你别生气啊，你就当没听见。”然后又哀求道，“佩芸，我求求你。我儿子现在变成这个样子，已经够可怜的了，你不要再刺激他了，你快走吧。”

徐佩芸却提醒道：“臧太太，你若真的爱他，就不能任他这样由着性子，作天作地作父母啊……”

郭文芳以手合十说：“我愿意我愿意，你不要再说了，求你快走吧，快走吧。”

徐佩芸最后望了臧远航一眼，只好无奈地摇摇头，一步一回头地走出了院门。

此时，狂躁过后的臧远航，目光重又变得呆滞起来，再次陷入了可怕的沉默！

郭文芳见了，连忙推起了轮椅，心疼地说：“儿子，不要难过，妈带你去找妈祖娘娘，我们求求她，她一定会保佑你平安无事的。”

第42章　晴天霹雳

作为窑湾八大有名会馆之一的苏镇扬会馆，建于康熙年间，占地约七千平方米，仿照苏州园林建造而成，主体为典型的北京四进四合院结构，以商贸为主，内设有粮行、盐行及五洋百货，经营亚细亚、美孚石油公司的煤油。

今天正逢会馆成立二百三十周年纪念日，照例请来了徐州最大的柳琴戏班。所以早饭一过，其与江西会馆共同供奉的城隍庙前的空地上，便响起了锣鼓喧天的喧闹声。

唱的第一出，便是家喻户晓的柳琴戏名剧《姐妹易嫁》，扮演毛纪的小生身穿玉带大红袍、头戴七彩花翎帽，意气风发地粉墨登场了："春雷一声震天动，得中金榜第一名。万岁恩赐旨一道，荣归故里把亲迎……"

甫一亮嗓子，立刻就赢得了满堂彩！

柳兰香夹杂在围观的人群中，一边拍着巴掌欢呼，一边与身边的人交口称赞道：“好听，真是太好听了！”

此时舞台上，扮演毛纪的小生正在念白：“俺毛纪，山东掖县人氏，自幼家道贫寒，与人牧牛为生，皆因主人刻薄，不堪虐待，是我一怒归家，发奋攻读。今科得中头名状元，前往昌邑完婚。正是‘功名遂夙愿，婚事难称心’。”

中军念白：“启禀状元爷，来在石桥镇，离昌邑还有四十里。”

小生念白：“人马暂歇馆驿之内，明日午时到昌邑张有旺府上接我。”

中军念白：“遵命。”

小生念白：“即刻备下蓝衫一件，方巾一顶，我另有公干！”

……

徐家大院后院徐立春和柳兰香的卧室内，此时空无一人。

徐佩萍疾步走进来，打开墙边的柜子，开始翻找着什么。

她一边翻找一边自言自语道：“好奇怪啊，我上次买的那匹红绸缎，到底放到哪里去了呢？”

苏镇扬会馆内的大戏台上，小生毛纪的扮演者，已经脱下了玉带大红袍、七彩花翎帽，换上了朴素的蓝衫方巾，一看就是最寒酸的读书人打扮。

此时，他正佯装垂头丧气地唱道：“实指望今科身得中，见了素花话好说。谁想如今落了榜，我张着个大嘴说什么？别人迎亲抬花轿，我娶媳妇用小车，素花嫌贫不跟我，活活砸了我的锅！”

他自幼的订婚对象，扮演张素花的小旦偷听到后，不禁失望至极：“天哪！”

毛纪已经唱到哽咽了：“俺放牛娃子命好苦，连个媳妇也捞不着。”

身着大红嫁衣的张素花闻言，简直如晴天霹雳，气急败坏地唱道：“猫咬尿泡空欢喜，热身子凉了大半截。破衣烂衫牛屎气，我凤凰怎栖乌鸦窝！”

妹妹张素梅见状，连忙喊道：“姐姐，姐姐。”

戏台下，柳兰香一边听，一边兴奋地和旁边的人交头接耳！

徐家大院后院徐立春和柳兰香的卧室内，徐佩萍仍然在衣柜中，焦急地翻找着她的红绸缎。

忽然，她的目光被角落里一块红色的东西吸引，以为是布料，便随手扯了出来。

没想到竟然是婚帖，她下意识地打开，但仅仅是扫了一眼，便吃了一惊！她以为是自己眼睛花了，连忙揉了揉，却清楚地看到，在“臧远航、徐佩萍”的旁边，竟赫然多了母亲的签名以及鲜红的手印！

苏镇扬会馆内的大戏台上，张素花已经脱下了大红嫁衣！

张素梅正在苦口婆心劝姐姐："想当初咱与毛家同受苦，鱼水相帮度生涯。下坡剜菜在一起，上山砍柴，他帮咱姐妹一同背回家。皆因毛哥人品好，才把姐姐你许配他。现如今你嫌贫不愿把他嫁，这悔亲的话儿你叫爹爹，他怎对毛哥去回答？眼看天色已不早，我的好姐姐，你就该欢欢喜喜高高兴兴梳起妆来头戴绒花，再蒙上红布把他嫁。"

张素花甩开妹妹，生气地唱道："我用不着别人把我劝，我用不着别人把我说，我用不着别人夸贤惠，我用不着别人把牙磨。人人都往高处走，谁愿意种地受折磨？"

张素梅反驳地唱道："不种地不下坡，不收五谷吃什么？"

张素花不以为然地唱道："不种稻子吃大米，不种麦子吃馍馍，不用养蚕穿绸缎，不当匠人住楼阁。"

张素梅继续劝道："东西来得这样易，除非是作恶你去抢夺。咱不能嫌贫又爱富，留下骂名万人嚼。"

戏台下，柳兰香一边听着，一边对着戏台上的演员指指点点地评论着！

……

徐家大院客厅内，徐佩萍手里拿着剪刀，正要死要活地哭喊说："呜呜呜，我不活了，我死了算了！"

正在抹桌子的徐佩芸，连忙飞奔过去，大吃一惊道："佩萍，你别，千万别！"边说边强行夺下了剪刀。

没想到徐佩萍被夺了剪刀，又作势要撞墙。

徐佩芸连忙拉住她，急切地问：“你告诉我，到底谁欺负你了啊？我才好为你做主啊。”

徐佩萍却哭喊道：“你做不了主的，你做不了主的，我还是死了算了，呜呜呜！”边说边又要向墙上撞去。

徐佩芸只好死命拉住她，同时不断地劝道：“不要啊，千万不要！”

于是一个要撞，一个拉着，一时间乱作一团。

恰在这时，徐佩剑放学回来了。

他见此情景，连忙问：“大姐，二姐怎么了？”

徐佩芸摇摇头：“我也不知道呢，都闹了好一阵子了。你回来得正好，妈去苏镇扬会馆听戏了，你快去把她找回来劝劝吧。”忽然又想起什么，“对了，要小声和妈说，不要让外人听到笑话。”

徐佩剑点点头，连忙放下书包，快步跑出门去。

苏镇扬会馆内的大戏台上，张家姐妹俩的语气，都有些不友好了！

张素梅仍然耐着性子劝唱道：“姐姐，论人品毛哥哥不如哪一个，论才学毛哥哥不比哪家低。”

张素花却轻蔑地唱道：“人品高人品低，人品不是个好吃的。才高他也做不了官，也不过耪他那块四垅子地。”

张素梅连忙安慰地唱道："吕蒙正赶斋要过饭，到后来一举成名天下知。人穷不能穷到底，十年河东转河西。"

毛纪不禁竖起大拇指，赞叹地唱道："素梅句句是实话，二妹她果然有见识。"

张素花却理直气壮地回唱道："放牛小子好高比，硬拿蛤蟆上宴席。凤凰不落那无宝地，泥鳅一辈子钻烂泥。"

张素梅再也忍不住了，愠怒地唱道："把自己看得如珍宝，把别人贬得这样低。拿过镜子照一照，毛哥哥哪一点配不上你？"

至此，姐妹俩已经完全是吵架之势了！

张素花闻言，不禁气急败坏地唱道："你看他好你就去，把这个牛娃配给你！"

张素梅立刻羞愧难当，委屈地扑进父亲怀里："爹！"

戏台下，柳兰香痴痴地望着台上，完全入了迷！

徐家大院客厅内，徐佩萍仍然是要死要活的，并且越闹越凶。

徐佩芸死死拉住她，已经有些筋疲力尽了。

中宁街上，徐佩剑气喘吁吁地跑着……

苏镇扬会馆内的大戏台上，张素花已经气得跑到后台了。

张素梅正在提醒父亲念白："爹，俺毛哥可是落榜而归。"

扮演张有旺的老生，痛心疾首地念白："是啊。"

张素梅继续念白：“如今他心里挺难过，你要是……”

恰在这时，张素花又跑来了，听到这里，便讽刺地念白：“哟，看俺妹妹多疼她毛哥，这才是天生的一对！”

张素梅不由委屈地念白：“爹。”

没想到，张有旺却若有所思地比画了一阵，然后不好意思地念白：“素梅。”

张素梅心灰意冷地念白：“爹。”

张有旺迟疑了一下，还是挠了挠头，歉然地念白：“要不就照你姐姐说的那个样，办了吧，孩子。”

旁边的毛纪听了，不由惊讶地唱道：“岳父他想叫素梅代姐嫁。”

张素梅郁闷地唱道：“素梅心中乱如麻，爹爹呀，你这是说了一句什么话……”

戏台下，柳兰香像丢了魂一样，已经完全沉迷其间了。

没想到正在这时，徐佩剑却拼命挤进人群，从水泄不通的人群缝隙中，一把拉住她，焦急地说：“妈，回家，快回家，我二……”但是望了望四周的人，立刻想起大姐的话，只得欲言又止。

柳兰香听兴正浓，很不高兴被打搅，便一把甩开儿子的手，不耐烦地说：“我在听戏呢，等一下再回。”

此时戏台上，已经唱到了本剧的最高潮。

所以虽然徐佩剑不断地拉扯母亲的衣襟，但是都被母亲一次次甩开了。

柳兰香一边甩，还一边不耐烦地说："别打岔，等我听完，等我听完不行吗？"

这个时候，扮演张有旺的老生，已经开始自责地唱道："世上哪有我这样的爹，逼着妹妹代姐嫁。素梅，爹爹我有心不让你替她，你毛哥催，花轿等，邻里亲朋在楼下，都盼我快把轿来发，你姐她拼死闹活不愿嫁，爹爹我这也是没有办法的一个办法。"

张素梅抹了抹眼泪唱道："素梅不该把爹爹怨，只怪姐姐她一人差，若不是她翻脸无情要悔亲，老爹爹怎能让我代姐嫁……"

听到这里，有些泪点低的中老年妇女，竟然同情地抹起了眼泪。

于是，徐佩剑趁机挤到母亲身边，附在她耳朵边，小声说："妈，二姐在家都闹了好一阵子了，要不是大姐拦住她，就撞墙了呢。"

柳兰香不禁吃了一惊："啊？"

她这才慌了神，再也顾不得台上正唱到精彩处了，连忙连推带搡地挤出了人群！

但是临离开之前，她还是恋恋不舍地望了一眼戏台上。

此时毛纪正高兴地念白："妙啊，我此番乔装落榜，原为试探素花而来，如今姐妹易嫁，方得贤妻。这正是'祸福从来不由人，得失常在无意间’。”

柳兰香遗憾地叹了口气，便跟着儿子，火急火燎地向家里跑去！

苏镇扬会馆内的大戏台上，张素梅已经换上了大红色嫁衣。

张素花正在笑语盈盈地唱道：“妹妹替我嫁毛娃，我嘴里说不尽的感激话。我说妹妹呀，毛家要是断了顿啊，你尽管和俺妹夫到俺家，我保准不能慢待你，吃得香、喝得辣，冬穿绫罗夏穿纱。你姐夫衙门把官做，再提拔俺妹夫到俺府上当一个大管家。花开万朵一枝生，谁叫咱是一母同胞姐妹俩。”

张素梅很有志气地唱道：“姐姐心好量又大，素梅我哪有福气享受它。俺夫妻都有两只手，哪怕一辈子种庄稼，他种地我纺纱，勤勤俭俭地过生活，吃糠咽菜能充饥，破衣烂衫挡风刮，宁愿饿死守本分，要饭不进你府当管家，不落个嫌贫爱富万人骂！”

张素花恼羞成怒地唱道：“小妮子她句句话里都带刺，刺得我脸上热乎拉。”然后把蒙头红往妹妹脸上一盖，讥刺地唱道，“妹妹真是个好样的，你跟着毛娃享福去吧。”

第43章　炫什么好心

徐家大院客厅内，徐佩萍还在哭闹着往墙上撞，徐佩芸拼命拉住她。

柳兰香带着儿子跑进来，又着急又心疼地问：“乖女儿，谁欺负你了啊，快和妈说，妈一定帮你报仇的。”边说边温柔地拍着她的肩，同时斜眼看了大女儿一眼，用力推开道，“一边去！炫什么好心！”

徐佩芸只好无奈地走开了。

没想到，一向温顺的徐佩萍，却一把甩过母亲的手，从袖子里掏出一张婚帖扬了扬，哭哭啼啼地说：“我真是没想到，最欺负我的人，竟然是我的亲娘！”

柳兰香看到婚帖，不由大吃一惊，紧张地问：“哎呀，你怎么找到这张婚帖的？”

徐佩萍哭喊道：“你不是说……”

柳兰香戒备地看了看另外一对儿女，连忙捂住小女儿的嘴，然后一边哄一边拉，强行把她拖进了自己的房间，并紧紧地插上了门。

她这才稍微松了一口气，歉然地说："是妈错了，妈对不起你。"

徐佩萍边哭边道："妈，你不是说把婚帖退给臧家的吗？原来你是骗我的！你不但没有退，怎么还在上面签了名、按了手印，你这是成心要我死啊！"

柳兰香叹了口气，愧疚地说："这都怪妈不好！前年我在朱老六的赌坊赌钱，刚坐下就输了十几块，我当然不服气了，于是继续赌，想要扳回老本，没想到又输了一百多块……"

徐佩萍生气道："终于越输越多了，是不是？"

柳兰香讪讪地说："就是这样，后来输到二十多万，虽然我陆陆续续还了些，不过连本带利，还差了整整十万。"

徐佩萍闻言，不由大吃一惊道："十万！"

柳兰香点点头说："是的，十万。上次你也看到了，朱老六逼我还钱，可是我哪有那么多钱？甜油坊虽说赚了不少，你爸也对我不错，可是他知道我嗜赌，大钱他都紧紧地攥在手里呢。所以半个月前，我去白大嫂家退婚帖，没想到朱老六又找到我，还拿着刀子要抹我脖子。"说到这里，她摸了摸脖子上的伤痕，心有余悸道，"你不知道当时，他有多凶神恶煞啊，还想要我们一家人的命呢。

幸好，远航他妈仗义相救，当场就回家拿了十万块给我还债，我就只好在这婚帖上签名按手印了。”

徐佩萍越听哭得越凶了，抽抽泣泣道：“你这不是变相卖女儿吗？”

柳兰香委屈地说：“哎呀，我也不知道事情怎么会弄成现在这个样子嘛。是妈不好，妈知道错了，妈不该那么嗜赌如命，妈对不起你，你不要生妈的气好不好？”边说边连扇自己的耳光。

徐佩萍又有些心疼母亲了，连忙拉住她的手，同时难过道：“现在我生你的气还有什么用？”转而又可怜巴巴地哀求说，“妈，你快帮我想想办法吧。我以后要是整天面对那个瘫子，简直比守活寡还痛苦！我就是死，也绝不会嫁进臧家的！”

柳兰香心疼极了，连忙安慰女儿说：“哎呀，你死了妈也不能活了。你快别哭了，妈帮你想办法，妈帮你想办法。”边说边在房里踱着步，自言自语道，“佩萍，事情弄成这个样子，妈固然有责任，不过也怨你自己啊。龙舟赛那天，你干吗要接远航的金舢板呢，还把香荷包送给他。唉，真是的。”

徐佩萍边哭边道：“确实怨我，其实他那天根本不是送给我的，是送给我姐姐的，我是为了故意气俊锋才接的。”

柳兰香听了这话，立刻怨恨地说：“真不知道那个死丫头有什么好，那么多男人喜欢她！当初要不是她暗地里横刀夺爱把俊锋抢了去，怎么会发生现在这样的事呢？真是太可恶了，嫁给那个瘫子的人，不应该是你，而应该是她！”

徐佩萍却摇摇头道：“这怎么行？怎么能让姐姐嫁给那个瘫子呢？”

柳兰香眼珠一转，不由脱口而出：“也不是不可能啊！”

徐佩萍生气道：“妈，你是不是老糊涂了？姐姐还有半个月就要嫁给俊锋了，现在和那个瘫子有婚约的人，是我是我，不是姐姐！”

柳兰香也愁得不行！没想到情急之中，她忽然想起了刚才看的那出戏！

毛纪高兴地念白：“妙啊，我此番乔装落榜，原为试探素花而来，如今姐妹易嫁，方得贤妻。这正是‘祸福从来不由人，得失常在无意间’。”

柳兰香想到这里，双眼不由一亮！

她看了看女儿，试探地说出了一个好主意：“不过如果你能和你姐姐同一天出嫁，我们也来个“姐妹易嫁”！只要到时候，你上吴家的花轿，你姐姐上臧家的花轿，那不就成了吗？”

徐佩萍闻言，双眼不由一亮，立刻停止哭泣，但还是说：“不行，俊锋和姐姐是有婚约的，他喜欢的人，也一直是姐姐。要是花烛之夜，他发现娶的人竟然是我，我怎么和他交代啊？”

柳兰香却胸有成竹道：“蒙头红要等闹房的人都走了才能掀的。你到时候就主动一些，先把生米做成了熟饭就行了。吴家是窑湾首富，也是要面子的，就算明知道被调了包，也不好到处宣扬的呀。”

徐佩萍有些不好意思，但是想了想，依然摇头说：“不行！妈，就算吴家不说什么，可是我们骗姐姐嫁给那个瘫子，同样也会毁掉她一生的幸福啊！”

柳兰香循循善诱地问：“你这样说，是不是很想嫁给那个瘫子呢？”

徐佩萍连忙摇头说：“当然不是啊。”

柳兰香双手一摊道：“这不就结了吗？我辛辛苦苦把你养这么大，就是想让你嫁个金龟婿，一辈子吃香的喝辣的。你要是嫁给个瘫子，就等于是一脚跳进了火坑，这不是要把我活活心疼死吗！”

徐佩萍想了想，还是愧疚地说：“可是我们这样做的话，也就等于是把姐姐推进了火坑啊。”

柳兰香耐心地劝道：“你得想清楚了。现在我们和臧家有婚帖啊，我又签了名按了手印，如果找不到人嫁给那个瘫子，我就是犯法了，你知道不知道？就算不坐牢，也身败名裂了啊。与其这样，我不如死掉算了。”边说边作势要往墙上撞去。

徐佩萍连忙拉住她，害怕地说：“妈，妈，你不能这样啊。”

柳兰香这才转回身，佯装擦了擦眼泪道：“你要是不想妈死，就乖乖听妈的话，好不好？”

徐佩萍边哭边点头说：“嗯，我听妈的话。”忽然又想起什么，“可是我爸最疼姐姐了，一定不会同意我们这样做的。”

柳兰香安慰道：“那你就不要哭了，妈会安排好一切的。你就放宽心吧，只等着做吴家少奶奶就是了。”

中宁街旗袍店，徐家母女三人手挽手，笑语盈盈地向店内走去。

柳兰香边走边说：“我约的这家旗袍店的师傅，手艺是全窑湾最好的，他做的旗袍，小到七八岁女孩，大到七八十岁老太，没有不喜欢的。等一下，你们姐妹俩多做几件。”

徐佩萍乖巧道：“谢谢妈。”

徐佩芸从来没见过继母的好脸色，现在见她如此亲热地挽着自己的手，颇有些疑惑，所以看上去有些心事重重的。

第44章　喜上加喜

中宁街古玩玉器店门前，每天都是人来人往的，格外热闹。

一个戴眼镜的算命先生，坐在门口旁边的一张桌子前，桌子边竖着一张八卦旗。

他一边暗中观察着来来往往的行人，一边高声吆喝道："看八字、面相、手相喽，看八字、面相、手相喽……"

恰在此时，徐家母女三人提着大包小包的东西走了过来。

柳兰香一眼就看到了算命先生，便招呼大女儿说："佩芸，听说这位先生很灵的，我们过去给佩萍和远航合下婚，看看哪天是良辰吉日，好不好？"

徐佩萍听了这话，眼中立刻闪过一丝不安。

但是她望了望姐姐，咬了咬唇，还是顺从地说："好吧。"

徐佩芸诧异地问："你不是一直不想嫁给远航的吗？怎么还要挑选良辰吉日呢？"

徐佩萍张了张嘴，却不知道如何回答了，只好求救地望着母亲。

柳兰香连忙接口说：“你爸不是说了嘛，我们徐家在窑湾也是有头有脸的，怎么能做出这种背信弃义的事情呢？会被别人戳脊梁骨骂的！”

徐佩芸不禁担忧道：“可是佩萍，结婚是一辈子的大事，如果你不愿意的话，是可以退婚的。”

柳兰香立刻冲小女儿使了个眼色。

徐佩萍暗中咬了咬牙，只好说：“姐姐，你不用再说了，这是我的宿命，我想来想去，还是决定认命了。”

徐佩芸看到妹妹态度如此坚决，一时竟不知道说什么好了。

中宁街算命摊前，柳兰香将一张红纸给算命先生递过去。

算命先生看了看面前的三母女，便慢悠悠地问：“你想要看八字还是……”

柳兰香恭敬地说：“先生，请你帮我女儿合下婚。”

算命先生接过了八字，掐着指头，微眯着双眼，发出像念经一样的细语声。

徐家母女三人都十分紧张地望着他。

终于，算命先生微微睁开眼睛。

柳兰香急切地问：“先生，怎么样？你看我女儿什么时候结婚最好？”

算命先生沉吟片刻，便摇头晃脑地说：“这两人的八字嘛，若论生辰，男方的日干是丁，西方属阴火，男方的是火命；女方的日干是庚，庚属阳金，女方是金命，火克金啊……”

徐佩萍听了这话，竟然暗中松了一口气，冲母亲叫道：“妈，我和那个瘫子八字不合，终于可以不嫁了吧！”

徐佩芸也附和地说：“是啊，妈，你就别再逼佩萍了。”

柳兰香却瞪了女儿们一眼，不高兴道：“都给我住嘴，听先生怎么说！”回过头又连忙问，“先生，照你这样说，他们两个不能结婚了是不是？”

算命先生又微微闭了眼，掐起指头算了算，然后高深莫测地说：“你们不用着急，这合婚嘛，有的是公合命不合，有的是命合公不合。从你们给的八字上看，这男方是阴火，阴火即弱火；女方是阳金，阳金是强金。强金不怕弱火，所以两人八字并不相克；若论日支，男方是亥日生，女方是子日生，亥和子同样属水，命相相通；再看时辰，丑时和申时也不犯冲。按此推算，这两人的八字不但不相克，如果选对了结婚时辰，还可以阴阳互补，是上上吉呢。”

柳兰香立刻对着小女儿道：“你听到没有，连先生都说你们八字相合呢。”

徐佩萍烦躁地说：“相合又怎样？他还不是个瘫子！”

柳兰香并没有接话，而是又转回头问：“先生先生，那你再算算，他们什么时候结婚最为合适？”

算命先生再次掐指算起来：“今年是男方父亲的本命年，本命年犯太岁。但是如果能在本命年结婚的话，可以用婚礼的喜气把犯太岁的晦气冲掉。月份的话可以选狗月，也就是戌月，即农历九月。”

徐佩芸听了这话，不由惊叫起来：“农历九月？”然后急切地问，“具体是哪天？”

算命先生继续掐指算了算：“九月二十六，所谓六六大顺是也。如果在这个日子结婚，婚后必定大富大贵、儿孙满堂啊。”

徐佩芸更加吃惊了：“九月二十六？那不是和我同一天了吗？”

柳兰香却无所谓地说：“哎呀，同一天有什么关系，正好喜上加喜嘛。”然后又转向算命先生，“先生，那几时上轿最为合适？”

算命先生一锤定音道：“当然是巳时了。”

徐佩芸不由失声叫道：“巳时？那不是只比我晚了一个时辰吗？”

徐佩萍看了看姐姐，求救地望着母亲，语带玄机地问：“妈，只比姐姐晚了一个时辰，这怎么行呢？”

柳兰香却使了个眼色，同时安慰她道：“当然行了，刚才先生说了，今年是男方父亲的本命年，本命年犯太岁。但是如果能在本命年结婚的话，可以用婚礼的喜气把犯太岁的晦气冲掉。说不定，结了婚，远航就不瘫了呢。”转向大女儿，试探地问，“不过佩芸，要是和佩萍同一天结婚的话，你不会介意吧？”

徐佩芸沉吟了片刻，只好摇头说：“不介意，当然不介意了。就像你刚才说的那样，喜上加喜嘛，同时也希望选了良辰吉日吉时，远航能够重新站起来。”

徐佩萍望着姐姐真诚的眼神，不禁又急又愧，张了张嘴，似乎想说什么，但是望着母亲禁止的眼神，只好无奈地跺了跺脚，转身就走了！

徐佩芸连忙追上喊道：“佩萍，佩萍，你怎么了？”

与此同时，柳兰香看两个女儿走远了，便警惕地望了望四周，见并没有人注意，便掏出几块大洋，悄悄塞给了算命先生，同时叮嘱说：“辛苦你了，这事千万不要告诉任何人啊。”

算命先生惊喜地接过大洋，然后拍着胸脯道：“放心吧，徐太太。”

臧家大院客厅，一家正焦急地坐在饭桌前，只差郭文芳一个人。

臧远航自从那天从天后宫回来，虽然再也没有发过脾气了，但是却越发地沉默了。

曹秀英不时地望着门口，担忧地说：“也真是的，文芳怎么到现在还不回来呢？不会是遇到什么麻烦了吧？”

庄淑环阴阳怪气道："她那么聪明，她会遇到什么麻烦啊。"边说边似笑非笑地望了望坐着轮椅的侄子。

臧远航却像是没有听到一般。

曹秀英不高兴了，白了二儿媳一眼，没好气地说："你这么大的人了，还不知道吗？越聪明的人，越会遇到麻烦呢。"

庄淑环听了这话，张嘴便想要反驳。

好在这时，郭文芳急匆匆走进来，一脸的喜色。

臧家梁责备地说："你干什么去了，让一家人等你一个？"

郭文芳喜滋滋道："我刚才和柳兰香去喝茶了。"

曹秀英立刻焦急地问："她怎么说？"

庄淑环冷笑一声道："远航都成这个样子了，她还能怎么说，一定是想退婚了呗。"

陆慧珊火上浇油地问："啊？不会这么快吧？"

郭文芳却微微一笑说："不好意思，让你们婆媳俩失望了。她不但不退婚啊，还专门找了个算命先生，给远航和佩萍合婚呢，就定在这个月的二十六号。"

众人吃了一惊，异口同声地"啊"了一声！

臧增福暗中算了算，便问道："还有半个多月，是不是太快了些？"

郭文芳连忙解释说："不快，不快。徐家大女儿也在那天结婚，柳兰香说啊，这是喜上加喜，说不定能把远航的病冲好呢。"

臧家梁却皱了皱眉，反对道："这桩婚事，我不同意！"

所有人都愣住了！

曹秀英劝道："家梁，远航毕竟也是二十岁的人了，总要给他成个家才是啊。我不能让我的孙子，就这样一个人孤零零地过后半生。"

众人附和说："是啊，是啊。"

臧家梁严肃地说："你们不能只想着自己家，也要想着别人家。现在远航已经成了这个样子，佩萍又那么年轻，要是结了婚，就等于是害了佩萍一辈子。徐家不会不考虑到这点，但他们还是坚守婚约，说明是个厚道人家。他们越是这样，我们越不能害人家姑娘才是啊。"

臧增福点点头，又摇摇头道："家梁啊，虽然这件事，我也觉得委屈了佩萍。可是，她和远航毕竟是有婚约的嘛。"

郭文芳附和说："是啊，是啊。"

臧家梁坚决地说："总之我不同意。"站起身来道，"我马上去找徐立春退婚！"

郭文芳求救地望着婆婆。

曹秀英沉下脸来，将筷子"啪"地一放，大声道："家梁，你要是敢阻止这桩婚事，我就死给你看！"

臧家梁一听就急了，但还是说："妈，我们不能做这种丧良心的事情啊！"说完，抬腿就要往外走。

曹秀英连忙踮着小脚追过去，着急喊道：“家梁，家梁。”

她因为走得太急，竟然一个趔趄，差点儿摔倒。

随后而来的郭文芳，连忙搀扶住她。

臧家梁回头吩咐说：“你把妈送回房，好好劝劝她。”边说边抬腿又往前走。

曹秀英又气又急，猛地挣脱儿媳妇的搀扶，向三儿子喝道：“你去退婚吧，我现在就死给你看！”边说边一头向柱子上撞去，额头立刻涌出血来。

臧家梁听到声音，猛地回头，不由惊叫起来，连忙折回，抱住母亲，痛苦地喊道：“妈，妈，你这又是何苦呢？”

曹秀英艰难地睁开眼睛，有气无力地说：“这个婚，你还要退吗？你要是再退，我就再死！”

臧家梁边流泪边摇头道：“不退了，不退了，我再也不退了！”

虽然家人闹得不可开交，但是自始至终，臧远航都低垂着头，一句话都没有说。

臧远方迟疑了一下，还是小声问：“你的意见呢？”

臧远航拍了拍自己的腿，心灰意冷地说：“我都这个样子了，我的意见还有人会听吗？”

第45章　你离我远点

半个月的时间很快就过去了。

转眼间，就到了九月二十五的晚上，离徐、吴、臧三家大喜的日子，就剩一夜了！

徐家厨房的一只柴火灶上，茶壶里正在咕嘟咕嘟地冒着热气。

忽然，柳兰香偷偷走进来，警惕地望了望四周，看到四周没有人，便从口袋里摸出一小包药，迅速地把粉末倒进了茶壶内。

与此同时，徐家客厅内，徐立春正在查看礼单。

不大一会儿，柳兰香就提着茶壶走进来，麻利地沏上茶，殷勤地端给丈夫说："立春，这是我刚从茶叶店里买到的上好铁观音，你尝尝好不好喝。"

徐立春接过茶杯放在桌上，深情地望着妻子说："兰香，我以前总以为你自私、狭隘、好出风头，没想到你原来如此深明大义，竟然会同意佩萍嫁给远航。”

柳兰香理了理头发，矜持地说：“那是你误解我了，我虽然一时糊涂，但是在大是大非面前，还是分得清清楚楚的。佩萍当着那么多人的面，和远航交换了信物，现在远航出了这种事，我们要是退婚，不仅是窑湾人，就连周边地区省份的人，都会骂我们背信弃义呢。就算不考虑别人的眼光，女人的名节，也是很重要的，所以以后，谁还敢再娶佩萍？”

徐立春感激道：“你能这样想，就最好不过了。”

柳兰香看了看桌上的茶杯，忽然想起什么似的说：“哎呀，我们是夫妻嘛，就别说这些客套话了。你看，茶都快凉了，我们喝了这杯茶就去睡觉吧。按照规矩，女儿上花轿，要由父兄背的，佩剑年龄还小，你明天还要早起，背两个女儿上花轿呢。”

徐立春点点头，毫不犹豫地端起了茶杯，仰头一饮而尽！

夜幕降临了，臧家大院后院三房小院内，却还是灯火通明。

臧远航的床上，已经铺上了大红的被子。

曹秀英和郭文芳婆媳俩，正在往被子四周密密地撒着花生和红枣。

郭文芳一边撒一边感激地说：“妈，这次真的是谢谢你了。我已经将首饰卖了钱，再加上这次婚礼的礼金，一定会凑够十万块还你的。”

曹秀英却制止道："千万不要卖了，那些首饰，你以后还要戴的呀。"

郭文芳歉然地说："那怎么行，都是你的棺材本呢。再说要是让爸知道了，一定会和你吵架的。"

曹秀英笑笑道："等远航和佩萍生米做成熟饭了，他吵也没用了。"顿了一顿，又感叹地说，"唉，人老了，最开心的不是自己如何如何，而是看到儿孙都能成家立业，我也就知足了！"

婆媳俩还想说什么，正在这时，吉祥推着臧远航走进来。

臧远航看到花生红枣，不由诧异地问："奶奶、妈，你们这是干什么？"边说边随手捡起一颗红枣，就要往嘴里送。

郭文芳连忙夺下来说："不能吃，不能吃，这是为了让你早生贵子。"

臧远航闻言，脸色不由一变，冷冷地说："你们走吧，我困了，要先休息了。"

曹秀英连忙说："乖孙子，今天你不能睡这里，明天才能睡。"

臧远航闷声道："那我睡哪里？"

郭文芳毫不犹豫地说："我们院的书房好久没管理了，你就到你爷爷院内睡他的书房吧。"

臧远航叹了口气，示意吉祥把他推出去。

臧家大院二房小院小夫妻俩卧室内，陆慧珊仍然坐在梳妆台前。

她望着镜中自己娇美如花的脸，不由咬牙切齿地说："臧远航，你害了我！害我嫁给一个不爱的人，现在你却要娶别的女人过门。就算你瘫了，我也恨你恨你永远恨你！"说完这话，便手下猛地用力，竟然生生地把一把梳子折成了两段！

正在这时，臧远胜推门进来。

他并没有意识到妻子的异样，而是悄悄走到其身后，将一只精美的首饰盒往她面前一放，讨好地说："慧珊，你猜里面是什么首饰？"

陆慧珊却把首饰盒往地上一摔，霍地站起来，没好气地说："你一个大男人，整天就知道首饰、首饰的，你有点出息行不行？"

臧远胜脸上的笑容立刻就僵住了，委屈万分道："我也想要有出息，像你说的那样，做码头当家啊。不过就算按照我爸的主意，也是他先做上当家再传给我。可是上次他那样逼爷爷和三叔，他们也没有答应。我爸出马都不行，我肯定就更不行了。"

陆慧珊闻言，更加烦躁了，抢白地说："你爸的主意、你爸的主意、你爸的主意，你已经是二十多岁的人了，自己就没有主意吗？像你这么大时，我大哥已经从北京大学哲学系毕业了，二哥也已经黄埔军校毕业了。可你现在还一事无成，真是太让我失望了。"

臧远胜被训得低下头，小声嘟囔道："你发这么大脾气干什么？结婚前，你就知道我是什么样的人了。”

陆慧珊用手指着他，气急败坏地说：“你的意思是我有眼无珠，不是吗？”

臧远胜连连摆手道：“当然不是，当然不是，是我有眼无珠。”

陆慧珊更加气了，不由柳眉倒竖地说：“你是说你有眼无珠娶了我？臧远胜，你终于原形毕露了。既然如此，我回娘家算了！”

边说边站起身来，气冲冲地向门外走去！

臧远胜见事情闹大了，便扑通一声跪在地上，狠狠打了自己一个耳光道：“你看我这张臭嘴，是我错了，我不会说话，我……唉，你别走啊……”

臧家大院后院二房小院门外，臧远航恰好被吉祥推过来，听到里面的哭喊声，便示意吉祥停住脚步。

然后，他担心地问：“这么晚了，二哥和二嫂怎么还在吵架？”

吉祥还没来得及答话，就听见院门被“呼啦”一声推开。

借着微弱的灯光，就看到陆慧珊一头冲了出来，竟然不偏不倚地撞到臧远航的轮椅上！

她惨叫一声，立刻被弹了回去，跌倒在地。

臧远航立刻担心地问：“二嫂，你怎么样？”

陆慧珊看到他，不由双目喷火，怒声喝道：“都怪你，你离我远点！”

臧远航简直莫名其妙！

正在这时，臧远胜冲出来，连忙去扶妻子，同时心疼地问：“是不是脚崴了？怎么回事？”

陆慧珊指着臧远航，气急败坏地说：“都是他干的好事！”

吉祥连忙辩解道：“航少爷什么事都没干，我们只是正好路过而已。”

臧远胜看了看堂弟，不由恼怒地问：“你们半夜三更的不睡觉，跑到这儿来干什么？”

臧远航解释说：“明天我就要结婚了，我妈让我今天睡爷爷的书房。”然后冷冷道，“我走了，你们继续吧。”

吉祥立刻推着他，继续往前走。

陆慧珊望着他的背影，气得直跺脚！

臧远胜趁机搂住她说：“别闹了，我们也回吧。”

夜半时分，臧家大院后院臧增福院内的书房内，仍然亮着灯光。

臧远航并没有睡，他坐在轮椅上，如木雕泥塑一般。

不知过了多久，他才深深地、深深地叹了一口气，然后望了望下身，再次叹了一口气，绝望而又压抑！

第46章　帮你打了个圆场

徐家大院后院西厢房内，徐佩萍坐在桌子前，一副心事重重的样子。

柳兰香推门进来，神秘地说："佩萍，明天就要结婚了，我送你一样好东西。"说完，便掏出一个锦囊递给女儿。

没想到正在这时，外面忽然传来敲门声，同时响起了徐佩芸的叫声："佩萍，佩萍。"

柳兰香连忙把锦囊夺过去，并迅速藏进了衣服里。

徐佩萍望了望母亲，诧异地问："妈，那是什么？"

柳兰香却摆摆手说："哎呀，别问了，快去开门吧。"

徐佩萍答应了一声"好"，便快步走过去开了门，同时有些不安地招呼道："姐姐，快进来吧。"

徐佩芸跟在妹妹后面走进屋，没想到却看到继母，连忙说："妈，你也在啊。"

柳兰香戒备地问："明天就要结婚了，你不好好休息，来这里干什么？"

徐佩芸迟疑了一下，还是说："我睡不着。妈，你真的决定把佩萍嫁进臧家吗？"

柳兰香这才松了口气，不以为然道："当然决定了，他们两人有婚帖的嘛。"

徐佩芸提醒说："可是，佩萍并不想嫁过去呀。"

徐佩萍听了这话，顿感愧疚，不禁难过地问："姐姐，你也不为自己多想想，还担心我？"

徐佩芸歉然道："佩萍，我知道你很喜欢俊锋。可是，天意弄人，现在嫁给他的，却是我，是我对不起你。"

徐佩萍听了这话，就更加伤感了，忍不住想告知实情，便脱口而出："姐姐，你别这么说，其实我……"

柳兰香连忙拉开女儿，对她说："佩萍，我知道你的意思，你也不想嫁给远航的。但是因为你和远航有婚约，你不想做背信弃义的人，毁了自己和徐家的名节，对不对？"

徐佩萍摇摇头，激动道："可是，我真的不想姐姐嫁……"

柳兰香连忙打断她的话，掩饰地说："我知道你喜欢俊锋，所以不想你姐姐嫁给他，可是有什么办法呢？谁叫俊锋喜欢的是你姐姐呢。"边说边向她使了个眼色。

徐佩萍见母亲如此，又不好把真话告诉姐姐，只能为难地拼命摇头。

徐佩芸若有所思地望着她们，张了张嘴，似乎还想要说什么。

柳兰香便开始把她往外推，边推边说："走吧走吧，为了明天坐花轿，你们两个已经整整饿了三天三夜了，身体肯定很虚弱，今天都早点休息吧。"

徐佩芸犹豫了一下，还是被强行推了出去。

柳兰香刚把她推出门，就"砰"的一声，把门关上了。

然后她长长舒了一口气，回到小女儿身边，责怪道："佩萍，刚才差点让你把事情说穿了，幸亏妈帮你打了圆场。"

徐佩萍惭愧地说："妈，姐姐对我这么好，我真的不忍心再骗她了。"

柳兰香瞪了她一眼："那你是不是想嫁给那个瘫子呢？"

徐佩萍连忙摇头："不想不想，当然不想。"

柳兰香双手一摊道："这不就结了？你不嫁的话，那总得有人嫁吧。你以为妈忍心骗她，只是为了你的终生幸福，妈只好这样做了。"

徐佩萍想了想，还是说："可是，姐姐的幸福就毁了，除此之外，真的没有别的办法了吗？"

柳兰香不耐烦地说："没有别的办法！就算有，我们走到这一步，也骑虎难下了。我已经让郭文芳提前一个半时辰发轿了。她急着娶儿媳妇，答应得很爽快。"

徐佩萍不由吃惊地问："啊？本来臧家的花轿，是比吴家晚一个时辰，如此一来，不是要比吴家提前半个时辰了？"

柳兰香点点头，得意地说："是的。到时候，我就骗你姐姐说，吴家花轿提前半个时辰来了。等真正的吴家花轿来了，你就上轿。反正到时候你们都盖着蒙头红，什么也看不见，我说什么，还不就是什么了！"

徐佩萍提醒道："可是，我和姐姐各方面都不一样，就算别人发现不了，明天爸爸背我们上花轿时，一定会发现的。"

柳兰香却摆摆手说："哎呀，这个你就别管了。总之等到木已成舟，我们的姐妹易嫁之计，就算大功告成了。"

徐佩萍忽然想起什么，疑惑地问："妈，我是结婚，既不是做饭也不是坐船，你一会儿说'生米煮成熟饭'，一会儿说'木已成舟'的，到底是什么意思啊？"

柳兰香这才拿出刚才那个锦囊，神秘地说："喏，这个给你，你好好看就知道了。"

徐佩萍接过锦囊一看，见是上面是男女四肢相缠的裸体图，不禁尖叫一声，赶紧将它扔到了地上，同时恼羞成怒道："真是羞死人了！妈，你怎么给我看这么恶心的东西啊？"

柳兰香却将锦囊捡起来，责怪地说："你呀，都快要嫁人了，还这么单纯可怎么行？你不是想知道什么叫生米煮成熟饭，什么叫木已成舟吗？多看几遍，你就知道什么意思了！"边说边又把锦囊递给女儿。

徐佩萍为难地噘了噘嘴，只好接住了。

柳兰香这才露出笑容，走到门口，又不放心地回头叮嘱道：“记住啊，木已成舟！”

徐佩萍看着手中的锦囊，不由粉脸一红，只好无奈地点点头。

柳兰香才放心地走出去，喜滋滋地关上了门。

……

吴家大院后院吴俊锋卧室内，也已经布置成了一间喜气洋洋的新房。

吴俊莹和母亲一边撒着花生红枣，一边打趣地问：“二哥，你那么喜欢佩芸，明天就会如愿以偿了，真为你感到高兴。”

吴俊锋却白了妹妹一眼，佯装嗔怒道：“明天她就要嫁进来了，你还佩芸佩芸地叫着，真是没大没小的。”

吴俊莹撒娇地说：“妈，你看他，还没娶老婆呢，就忘了我这个妹妹了。”

窦玉美也是哈哈一笑道：“忘了妹妹还好，就怕到时候，他连我这个娘都忘记了。”

吴俊锋正色道：“妈、俊莹，你们放心吧。佩芸可是窑湾最通情达理的姑娘，等她过了门，一定会和我一样，好好待你们的。”

吴俊莹立刻点头说：“这个倒是事实，我早就听说她人品很好了。”

吴俊莹却傲娇道：“以我们吴家今时今日的地位，也只有这样的好姑娘，才配嫁进门。”

吴俊锋听到妹妹如此高的评价，原本不苟言笑的脸上，破天荒地露出了一丝幸福的笑容。

第二天天刚蒙蒙亮，一阵阵长长的鸡鸣声，就响彻了天际。

晨曦透过木格窗户的缝隙，照进徐家大院徐立春夫妇的卧室内。

徐立春却还躺在床上，呼呼大睡。

柳兰香倏地睁开眼睛，看到身边的丈夫睡得正酣。

她赶忙坐起身来，试探地推了推丈夫：“立春，立春。”

徐立春却依然打着呼噜，没有半点反应。

柳兰香拍了拍胸脯，这才放下心来，蹑手蹑脚地走下床，轻轻关上了房门。

臧家大院内，吹鼓手还在吹吹打打的。

郭文芳拉住臧远方，着急地问：“不是说好提前一个半时辰发轿的吗？怎么都还不走？”

臧远方为难地说：“远航怎么也不开门，我都急死了！”

郭文芳不由急了：“净耽误事。”边说边急忙向后院走去。

此时臧家大院后院内，一群人正在猛拍书房的门。

臧家梁一边拍，一边焦急地喊着："远航，开门，快开门啊，不要耽误了吉时。"

但是无论外面的人怎么喊，门就是不开！

臧家梁命令身边的人说："砸门！"

于是，几个人找来一块梁木，同时喊着"一二三"，开始撞门。

随着"呼啦"一声，门就被打开了。

大家便立刻想要硬闯进去！

没想到，臧远航却望着父亲，泪流满面地喊道："爸。"

臧家梁立刻明白什么，连忙示意大家散开，然后自己走进房间，关上门，催促道："远航，虽然爸也不同意你妈这样做，但事已至此，你还是换上衣服，去接新娘子吧，免得误了吉时。"

臧远航咬了咬嘴唇，绝望地说："爸，我……"

臧家大院后院书房外面，此时已经围了一大圈等待迎亲的人。

郭文芳正好走过来，连忙问："怎么回事？"

臧远胜沮丧地说："远航不出来，三叔进去了也没出来。"

郭文芳立刻走上去，焦急地拍门道："远航、远航，快出来啊，误了吉时就不好了。"

好在她话音刚落，门就被打开了。

与此同时，臧家梁红着眼圈走了出来。

郭文芳连忙冲儿子喊："远航，快换衣服出去放鞭炮啊，再晚就来不及了。"

没想到，臧家梁却摆摆手说："远航是太激动了，不管他了，先让花轿去接亲吧。"

郭文芳便想要反对："可是，远航……"

臧家梁果断地说："就这样定了，你不必再说。"然后又吩咐吉祥道，"给航少爷洗漱换衣服，等花轿来了，还要拜堂呢！"

臧家大院门口，一顶花轿带着吹吹打打的迎亲队伍，浩浩荡荡迎亲去了。

与此同时，徐家大院后院西厢房内，徐佩萍已经穿着大红嫁衣，打扮妥当了，却焦急地在房间里踱来踱去。

柳兰香气喘吁吁地跑进来喊道："佩萍，佩萍。"

徐佩萍连忙停止脚步问："妈，臧家的花轿到了没有？"

柳兰香摇摇头："还没有啊，我都快要急死了。"

徐佩萍担忧地问："要是吴家的花轿先来了怎么办？姐姐听到鞭炮声，一定会怀疑的。"

柳兰香双手一拍道："哎呀，快别说了，说得我心里更乱了。"又安慰女儿说，"你先别急，先别急，我再出去看看。"

然后，她就急慌慌向前院走去。

没想到刚出房门，甜油坊的沈掌柜就匆匆跑进来说："太太、太太……”

柳兰香连忙迎上去，急切地问：“怎么样？花轿来了吗？”

沈掌柜摇摇头回道：“还没有。不过太太，外面来了很多宾客，有不少是生意上的朋友，都想要见见老板呢。”

柳兰香想了想说：“老板一大早就出去了，你去找找吧。”

沈掌柜答应了一声，又跑了出去。

柳兰香焦急地望着大门，自言自语道：“哎呀，臧家的花轿怎么还不来呢？要是吴家的先到，佩芸上了吴家的花轿，那可就全完了呀！”

好在不久，外面就传来了锣鼓锁呐的吹打声！

柳兰香不由长舒了一口气，惊喜地说：“谢天谢地，终于来了！”

没想到恰在这时，身着大红嫁衣的徐佩芸，却从屋内冲了出来。

柳兰香不由大吃一惊，连忙拦住她问：“你出来干什么？”

徐佩芸委屈地说：“我爸呢？我都要出嫁了，他怎么连话都不和我说一句，这不像我爸的性格！”

柳兰香立刻搬出早就想好的一套说话：“你爸一大早就有事出去了，到现在还没回来呢。”

徐佩芸惊讶地问：“那怎么办？到时候谁背我上花轿？”

柳兰香不耐烦地说：“哎呀，背什么背，那些无父无兄的，还不是一样嫁？到时候你倒穿着你爸的鞋，我在前面给你引路就是了。”

徐佩芸断然摇头道：“不行，我要去找我爸，我一定要我爸背我上花轿。”说完，便想要往外冲。

柳兰香连忙拉她，哀求道：“你是新娘子啊，今天你不能出去，这不合规矩的，赶紧回房去、回房去。”

与此同时，吹打声也越来越大了。

徐佩芸虽然很着急，但是也没有办法，只好转身回了房。

柳兰香后怕地拍了拍胸脯，连忙向花轿迎去。

第47章　是不是太过分了

此时徐家大院外，一顶花轿吹吹打打地在门口停住了。

大门刚一打开，轿夫甲就笑眯眯地迎上前说：“主家太太，花轿已到，请新娘子上轿吧。”

柳兰香惊喜极了，但还是埋怨道：“哎呀，你们怎么这么晚才来？”

轿夫甲茫然地说：“不晚啊，说好是辰时的。”

柳兰香立刻张大了嘴巴：“什么？辰、辰时？”

她下意识地抬头一看，就看到花轿两侧的宫灯上，写着硕大的两个字“吴家”，不由就呆住了。

轿夫乙催促道：“请主家老爷快背新娘子上轿吧，误了吉时就不好了。”

柳兰香只好说：“就来，就来。”边说边急匆匆转身向后院走去。

徐家大院客厅前，徐佩芸正焦急地向外面张望着。

柳兰香匆匆走过来，不满地说："哎呀，你怎么又跑出来了？"

徐佩芸连忙迎上来，焦急地问："妈，是不是吴家的花轿来了？"

柳兰香眼珠一转，没好气地说："吴家可真是不讲信用，到现在还没来，反而臧家的先到了，你快进屋，快进屋，我得领你妹妹先上花轿。"

徐佩芸疑惑地问："怎么会呢？俊锋那么喜欢我，他绝不会误了吉时的！我不相信，我要出去看看！"

柳兰香忙把她推进客厅，拍着胸脯说："你放心，天大的事有我呢，你快进去吧。"边说边把半信半疑的徐佩芸强行推了进去。

徐佩芸却拼命地挣扎道："我不相信，我要出去看看！"

柳兰香却"啪"的一声把房门从外面锁上了。

徐佩芸不由愠怒地说："放我出去，快放我出去！"

柳兰香冷笑一声，快步走进了亲生女儿的房间。

早就等候多时的徐佩萍，连忙迎上去问："妈，是臧家的花轿来了吗？"

柳兰香却道："不，是吴家的花轿先来了。"

徐佩萍不由吃了一惊，焦急地问："那我怎么办？"

柳兰香立刻将一双男式青布鞋放在她面前，催促道："吴家的花轿来，快穿上你爸的鞋上轿。"

徐佩萍诧异地问：“我爸呢？为什么他不过来背我？”

柳兰香着急道：“来不及和你细说了，快跟我走！”

徐佩萍只好穿上青布鞋，蒙上红盖头，被母亲牵着往外走。

在她们经过东厢房时，里面却传来一个焦急的叫声：“放我出去，快放我出去！”

徐佩萍吃惊地掀下红盖头，却看到房门被从外面锁上了，不由埋怨地说：“妈，你怎么可以这样做？”

柳兰香瞪了她一眼，没好气道：“还不都是为了你！吴家的花轿来了，我要是不把她锁上，她就上轿了，你只能上臧家的花轿了。”

徐佩萍难过地说：“妈，我们这样骗姐姐，是不是太过分了？”

柳兰香猛地拉起她，同时催促道：“现在哪有时间想这些，快走吧。”

徐佩萍犹豫了一下，回头小声说了一句：“姐姐，对不起了。”

说完，便盖上红盖头，头也不回地跟着母亲走了出去。

正好这时，穿戴一新的徐佩剑走过来。

他扯住母亲的衣襟，期待地说：“妈，我要吃糖。”

柳兰香立刻甩开儿子的手，不耐烦道：“想吃就自己去找！”

她边说边拉着小女儿，很快就来到了门口。

轿夫甲疑惑地问：“怎么不是主家老爷背？”

柳兰香瞪了他一眼，没好气地说：“老爷身体有恙背不动，怎么？穿他的鞋上轿不也是一样吗？”边说边偷偷塞给他一份喜钱。

轿夫甲眉开眼笑地接了钱，连忙缓和了语气说道：“一样的一样的。”

就这样，徐佩萍顺利地上了吴家的花轿。

徐家大院后院徐立春夫妇的卧室内，传来一阵接一阵的呼噜声。

徐佩剑飞快跑进去，在房间内翻箱倒柜地找着什么。

他边翻边自言自语道：“妈妈到底把糖藏到哪儿去了呢？”忽然，他好像想起什么，朝床边走去。

当他打开蚊帐时，却看到父亲躺在床上，连忙摇晃着问：“爸爸，醒醒，你知道妈妈把糖藏到哪里去了吗？”

但是徐立春仍然不醒。

恰在这时，徐佩剑看到床头边放着一包糖，便放开父亲，拿着糖边吃边跑了出去。

与此同时，徐佩芸还站在客厅的窗户前大声叫喊：“放我出去，快放我出去！”看到远处的弟弟，不由大叫起来，“佩剑，佩剑。”

徐佩剑连忙走过去，惊讶地问：“姐姐，你怎么了？”

徐佩芸气急败坏地说：“快放我出去，花轿来了，我要上花轿！”递过钥匙说道，“快帮我把门打开。”

没想到门刚一打开，就听到院外传来一声吆喝：“起轿！”

接着是一声响过一声的喇叭唢呐声。

徐佩芸不由一惊，顾不得盖蒙头红了，连忙飞奔到门口，却只远远看到花轿的背影！

她便自我安慰道："一定是臧家的花轿把妹妹接走了，这么大的事，妈是不会骗我的。"

正在这时，刘妈恰好走进院内，看到她，不由诧异地问："哎呀，大小姐，你刚才不是上了吴家的花轿了吗？怎么还站在这儿呢？"

徐佩芸闻言，立刻大吃一惊，急切道："刘妈，你看清楚了，刚才真的是吴家的花轿吗？"

刘妈点点头，肯定地说："我虽然不识字，不过押轿的那几个吴家的小子，都是我从小看着长大的，怎么会认错呢。"

徐佩芸脸色不由一变，立刻恍然大悟道："妈！一定是妈！"

刘妈叹了一口气，怜悯地说："我知道太太一向偏心，没想到连这么大的事情，都做得出来，唉！"

事已至此，徐佩芸也顾不得埋怨了，而是焦急地哀求道："刘妈，我爸去哪儿了？我要他给我做主啊，快告诉我我爸去那儿了？

刘妈摇摇头，无奈地说："太太说老爷一大早就出去了，可我问了下人们，没有一个看到他的。"

徐佩剑听了这话，忽然道："大姐，我知道爸在哪儿。"

徐佩芸连忙问："爸在哪儿？快告诉我！"

徐佩剑指了指父母的卧室说："我刚才去爸妈房间找糖吃，看到爸爸还在床上'呼呼呼'睡大觉呢。"

徐佩芸、刘妈不由"啊"的一声，同时转身向后院跑去！

徐立春躺在床上，仍然在昏昏沉沉地睡着。

徐佩芸飞奔到床边，一边摇晃一边焦急地喊道："爸爸，爸爸。"

可是任凭她怎么用力摇，父亲还是沉睡不醒。

她试了试父亲的鼻息，这才冷静下来，疑惑地走到桌子边，看到茶壶上残留着药末，下意识地抹一点粉末放进嘴里尝了尝，眉头不由就皱成了一团。

刘妈惊讶地问："大小姐，怎么回事？"

徐佩芸面色一凛道："爸爸被人下了药！"

刘妈诧异地说："啊？老爷又没有仇人，会是谁干的？"

徐佩芸头脑飞速地旋转了一下，很快就将一连串事情理出了个大概，果断地说："一定是妈故意用药把爸迷昏，好让我们姐妹易嫁！"

刘妈不由吃了一惊，焦急地问："那现在怎么办呢？"

徐佩芸沉吟片刻，顺势从洗脸盆中端过一盆水，全部向父亲的脸上泼去！

第48章　看我不休了你

徐家大院门口，柳兰香还站在门口，远远地望着吴家的花轿渐渐远去，这才长长地舒了一口气，却又不知道接下来该如何交代，正焦虑地踱来踱去。

不大一会儿，又一顶花轿吹吹打打地停在了门口。

花轿两侧的宫灯上，写着两个硕大的字“臧家”。

轿夫丙迎上前去说：“主家太太，花轿到了，请新娘子上轿。”

柳兰香立刻生气道：“你们怎么这么晚才到，差点误了我的大事！”

轿夫丙连声道歉说：“对不起，对不起，一点小事耽搁了。对了，误了你什么大事？”

柳兰香一甩手帕，没好气道：“哎呀，我不和你说了，我去喊女儿上轿了。”边说边转回院内，直奔客厅而去。

她边走边笑语盈盈地大声喊：“佩芸，佩芸，吴家的花轿来了，快出来上花轿啊。”

没想到当她拿出钥匙，刚想开锁时，却看到门锁赫然落在地上，不由吃了一惊：“啊！”

与此同时，她听到身后却传来一声熟悉的怒喝：“柳兰香，你干的好事！”

柳兰香惊吓得一个激灵，手中的钥匙“吧嗒”一声掉在了地上！

她战战兢兢地回头，却看到丈夫和大女儿正对自己怒目而视！

徐立春咬牙切齿道：“真没想到，你竟然如此恶毒！”

柳兰香连忙赔着笑脸，讨好地说：“他爸、佩芸，你们怎么在这里啊？”

徐立春厌恶地瞪了她一眼，愤怒地说：“你想谋害亲夫啊，竟然给我吃蒙汗药！”

柳兰香自知理亏，胆怯地连连后退：“我、我、我……”

徐佩芸恨声道：“这些年来，我为了家庭和睦，为了让爸爸少生气，无论你做什么，我都一直宽容你、忍让你，希望能有一天，你会良心发现。可是万万没有想到，你不但没有良心发现，还变本加厉地欺负我，甚至在婚姻大事上，你竟然挖了这么大的一个坑让我跳！为了让佩萍上吴家的花轿，你不但强行把我锁起来，竟然还给我爸下药。要不是我发现得及时，你是不是也要强行把我架上花轿？！”

徐立春用手指指着她的鼻梁，厉声怒喝：“以前，我认为你只是有些小气、狭隘和好出风头，心地还算善良，没想到你竟然如此歹毒！我已经答应你了，你要是真的不愿意佩萍嫁入臧家，可以去退婚。你为什么不去退婚，还要让佩芸去做替罪羊？”

柳兰香自知无法再隐瞒下去了，只好装出一副可怜相，自责地说：“都怪我，我不该那么好赌。这几年，我在赌坊陆续输掉了二十多万块……”

徐立春父女闻言，同时惊叫道：“二十万块？”

柳兰香点点头，可怜巴巴地说：“是的，我陆陆续续还了十多万，可是连本带利，还差整整十万。于是赌坊老板朱老六，天天逼着我还债。一个月前，我去找白大嫂退婚，朱老六又拿刀子威胁我，还说我要是一天之内不还钱，他就把我们全家都杀了。我知道，现在甜油坊生意虽然好，但是赚的钱，你都用到扩大经营上了，所以就算告诉你，让你一天之内凑够十万块，肯定也不太可能。正好遇到去白大嫂家催婚的郭文芳，她得知此事后，就回家拿了十万块给我救了急，条件是要我在婚帖上签名、按手印……”

徐立春听到这里，气得浑身发抖，怒声道：“啊，你这是卖女儿还债啊！”

柳兰香赶忙低下头，连声说：“是我不好，都是我不好。”

徐立春见她如此，越发气愤了，暴跳如雷道：“我知道了！佩萍是你亲生的，你不忍心毁了她后半生的幸福，所以你用计把她嫁入吴家；反正佩芸不是你亲生的，你就昧着良心，要把她嫁入臧家，是不是？”

柳兰香连忙否认说：“不是，不是，我绝对没有用计！是我老糊涂了，没搞清楚状况，才让佩萍上了吴家的花轿。”

徐立春气得浑身发抖，简直咆哮了：“柳兰香，你还在强词夺理！你要是真的老糊涂了，你会给我吃蒙汗药、会把佩芸锁到房间里去？你分明是早有预谋，要把佩芸调包嫁入臧家！佩芸嫁给一个瘫子，一辈子就完了；佩萍虽然嫁给的是俊锋，但俊锋喜欢的人是佩芸！你知不知道你这样做，等于害了两个女儿，看我今天不打死你这个毒妇！”

说完，便脱下了鞋底，劈头盖脸地打过去！

柳兰香的脸上，顿时就印了一只大大的鞋印。

她立刻惨叫一声，吓得东躲西藏的。

与此同时，门口催轿的喇叭唢呐声，似乎越来越响了。

徐佩芸沉吟片刻，却拉住父亲说：“爸爸，别这样，反正我又没上臧家的花轿，佩萍现在应该还在路上，并没有到吴家，事情还有回转的余地。”说完，便径直朝门外走去！

柳兰香立刻过去阻拦她：“佩芸，你不能去！”

徐佩芸却理都不理她，执意要走出门去！

柳兰香却拼命抓着门沿，用尽全身力气阻止她！

母女两个一个要出，一个不让出，一时间竟争执不下。

但是徐佩芸毕竟年轻，又常年干体力活，所以很快就占了上风。

柳兰香眼看自己阻拦不住了，情急之中，竟然想起什么，灵机一动，大声喊道：“徐立春，你是个最要面子的人。要是和臧吴两家这么一闹，你的面子可就全完了啊！”

徐立春却反唇相讥地说：“你还有脸提面子！你不但好赌，为人还刻薄，这些年我的面子早就被你丢完了，看我不休了你！”

柳兰香竟然毫不示弱道：“我和你做了二十年的夫妻，你竟然不知道我是什么人，你是不是太愚蠢了？”

徐立春气得差点儿吐血，仰天长啸道：“老天爷啊，你打雷把我劈了吧！我当年到底是有多瞎啊，竟然娶了这么一个毒妇。”

柳兰香当然不会吃亏，当即骂了回去：“我才嫁了一个愚夫呢！”

于是，夫妻俩开始“毒妇”“愚夫”地互相骂起来，周而复始，没完没了！

与此同时，徐佩芸听到“面子”两个字，不由一怔！

好半天，她才回过神来，沮丧地说：“爸，别骂了，现在臧家迎亲的队伍，还在外面等着呢。事已至此，你怪她也没有用了，我们得想个解决的办法才是啊。”

徐立春这才停止叫骂，平静了一下心情，果断地说：“佩芸，无论如何，我不能让你嫁进臧家，我这就让他们的迎亲花轿回去！”边说边穿上鞋，抬脚就要往门外走。

没想到，徐佩芸却拦住他，郑重道：“爸，你不能这么做！”

徐立春诧异地问："为什么？"

徐佩芸叹了一口气说："爸，我刚才考虑了一下，就算我现在追到吴家又怎么样？就算我嫁给了吴俊锋，别人又会怎么看妹妹呢？到那时，所有人都会知道，你嫁错女儿了，也都知道妈拿亲生女儿卖钱了。如此一来，不仅我们徐家祖宗的面子都丢尽了，连带我们的甜油坊也会让人耻笑的！还有，臧家和吴家，在窑湾也都是有头有脸的人家，这件事如果传扬出去，他们同样会颜面扫地的。所以现在，要想保住三家的脸面，只有我嫁进臧家这一条路可走了。"

柳兰香这才稍微松了一口气，连连点头道："是啊，是啊，佩芸说得没错。"

徐立春瞪了她一眼，厌恶地说："这里有你说话的份儿吗？"

柳兰香自知理亏，张了张嘴，还是心不甘情不愿地闭上了。

徐立春望着大女儿，心疼地说："可是佩芸，你要想好了，如果你嫁进臧家，远航现在那个样子，恐怕你一生的幸福，就全都完了，我怎么对得起你死去的亲妈啊？"

徐佩芸坚决道："爸，你不用再说了。是我们徐家把事情搞得这么糟糕的，所以我们不应该只想着自己，而是要为臧吴两家着想。倘若从三家的大局考虑，我嫁进臧家，无疑是最好的办法了。"顿了一顿，不禁自言自语地说，"再说远航一直很喜欢我，他现在这个样子，也一定特别需要我。"

徐立春叹了口气，似乎还想再劝劝。

没想到这时，刘妈急匆匆跑进来：“老爷、太太，臧家人在催新娘子上轿呢。再不上轿的话，过了巳时，可就不吉利了。”

徐佩芸听了这话，毫不迟疑地将红盖头蒙到头上，镇静地说：“爸，背女儿上轿！”

徐立春抹了把眼泪，哽咽道：“好。”

说完这话，他便难过地蹲下身子，背起女儿，一步一步向门口走去。

柳兰香这才拍了拍胸脯，长长地舒了一口气。

徐家大院门口，徐立春背着女儿，脚步沉重地走向花轿。

到了轿门口，他将女儿放下，小声说：“你现在改变主意，还来得及。”

徐佩芸却摇摇头道：“爸，你回去吧，三朝回门，我会和远航一起来看你的。”说完，头也不回地掀开轿帘，钻了进去。

轿夫们立刻吆喝道：“起轿！”

于是，在一阵欢天喜地的锣鼓唢呐声中，花轿慢慢向臧家抬去。

吴家的花轿抬着新娘子，不急不缓地向吴家大院走去。

徐佩萍百无聊赖间，忐忑不安地掀开红盖头，随手掏出锦囊，反复回味着母亲的话。

柳兰香神秘地说：“佩萍哪，为了防止俊锋认出你，在揭开红盖头之前，你记得一定要提前把灯吹灭。木已成舟之后，他不敢不认账。要是他不认账，你就以退为进！”

第49章　花轿抬错了

臧家花轿抬着新娘子，因为担心误了吉时，急匆匆向臧家走去。

徐佩芸坐在颠簸不已的花轿中，神情却很平静。

她不由暗暗叹了口气，喃喃自语道："真是一步错，步步错。但是如果不能嫁给涟泰，那么嫁给任何一个别的男人，无论他是俊锋还是远航，无论他是健康还是残疾，对我来说，又有什么区别呢？更何况，现在远航远比俊锋更需要我！"

吴家大院内外张灯结彩，甚至连灶台上，都贴满了大红的双"喜"字。

吴俊锋身穿西装革履，笑容满面地走到门口。

吴俊莹立刻迎上去，祝福道："二哥，新婚大喜。"

吴俊锋打趣地说："我是大喜了，什么时候轮到你喜呀？"

吴俊莹大大咧咧道："我啊，想什么时候喜就什么时候喜。"

恰在这时，吴光淮夫妻走过来。

窦玉美听到女儿的话，用手指戳着她的额头，爱怜地说：“还想什么时候喜什么时候喜？一个姑娘家家的，说这话也不知道害羞！”

吴俊莹调皮地吐了吐舌头。

吴光淮看到儿子的西装革履，不由生气道：“你怎么穿这种不伦不类的衣服？快去换了，快去换了。”边说边把他向房间里推。

吴俊锋却坚持说：“不能换！我和佩芸说好了，先去天主教堂举行西式婚礼，再回家举行中式婚礼的。”

吴光淮没好气道：“你是中国人，又不信教，什么西式婚礼不西式婚礼的，快去换了快去换了。”

吴俊锋却有些为难。

好在这时，一群宾客涌了进来，纷纷向吴光淮贺喜道：“恭喜吴老爷，贺喜吴老爷啊。”

吴光淮只好转头回礼道：“各位，同喜同喜。”

宾客甲竖起大拇指，夸奖说：“你们家俊锋可真是有福气，徐家长女佩芸，自幼就聪明伶俐、顾全大局。她妈那样对她，她为了家庭和睦，都默默忍下了。”

宾客乙也附和道：“是啊，是啊，自从她到甜油坊帮忙后，把生意管理得头头是道，徐老板不知道有多轻闲呢。”

其余宾客们也纷纷称赞不已。

吴光淮得意地说：“那当然，我儿子的眼光，还能差了吗？”

吴俊锋见状，不禁松了一口气，连忙跑出去迎亲去了！

吴光淮眼角的余光看到，连忙喊：“唉，俊锋，俊锋！”

他原本还想追出去，但正在这时，隐隐传来了吹吹打打的锣鼓唢呐声，迎亲的队伍来了。

吴光淮不由跺了跺脚，连忙转头朝院内走去。

与此同时，人群也立刻激动起来，纷纷喊道：“花轿来了！快来看新娘子哦！”

在一阵阵热烈的欢呼声中，花轿终于颤巍巍地停了下来。

吴家请的全命人站到轿前，冲人群大喊道：“新郎呢新郎呢，快来踢轿门啊！”

吴俊锋连忙跑过去，连踢了三下轿门。

于是，全命人掀开了轿门！

立刻，一身红嫁衣的新娘子，便羞羞涩涩地走了出来。

女人们立刻赞叹起来。

有的说：“这嫁衣上盘龙绣凤的，都是上好的苏绣呢。”

有的说：“手上的镯子和戒指真多啊。

有的说：“一看就是有钱人家的女儿，浑身都是珠光宝气的。”

更多的人附和道：“那当然，徐家的甜油，现在都卖到全世界了，不知道多有钱呢。”

吴俊锋见了新娘子，却是不由一怔！

因为他认识的徐佩芸，素来是很俭朴的，平日里除了一对珍珠耳环，几乎没有什么像样的首饰。但是转念一想，再怎么说，徐家现在赚得也不少，在女儿出嫁时，多陪些首饰，也是应该的。

想到这里，他也就释然了，只是在她耳边悄声说："等一下中式婚礼过后，我们还要去教堂行一次西式婚礼的，到时候你可别忘记换婚纱哦。"

蒙头红下的徐佩萍听了这话，完全蒙了：她根本就不知道还有西式婚礼，更别说准备婚纱了！

吴俊锋原本还想说什么，但是刚张了张嘴，全命人就把他推开了，笑哈哈地说："新娘子要过火盆了。"

吴俊锋只好暂退到一边！

他望着新娘子纤细的腰身，还美滋滋地想着等一下对方穿婚纱的情形呢。

没想到正在这时，身边却响起一个责怪的声音："怎么还穿这个，赶紧换了！"

吴俊锋回头一看，只见父亲手里拿着自己的中式新郎服，正在往他身上披呢。

他连忙躲过了，同时急切道："不行不行，我等一下还要去教堂举行西式婚礼呢。"

吴光淮却瞪了他一眼，没好气地说："好好的中国人，充什么假洋鬼子！"

吴俊锋还想反驳，没想到父亲把手一挥。

立刻有几个本家身强力壮的小子，强行给他换上了长袍马褂青布鞋。

与此同时，他的西装革履，也被父亲强行没收了！

吴俊锋简直哭笑不得！

吴家大院内，新娘子已经跨过了去晦气的火盆，在新郎和全命人的带领下，缓缓走进了堂屋。

吴光淮和窦玉美已经端坐在八仙桌的两侧了。

吴俊锋终于娶到了心爱的姑娘，素来严肃的面孔，也破例笑逐颜开。

徐佩萍虽然也很高兴，但是一想到即将开始的西式婚礼，自己根本就没有婚纱，心里不免有些紧张。

好在，婚礼进展得还算顺利。

司仪高声喊道："一拜天地。"

一对新人拜了拜天地。

司仪再次喊道："二拜高堂。"

一对新人双双跪下，给吴光淮和窦玉美磕了三个头。

司仪又喊："夫妻对拜。"

一对新人面对面，互相拜了拜。

司仪最后喊："礼成，进入洞房。"

吴俊锋趁机歉然地说："佩芸，对不起啊，我爸把我的西装都收走了，西式婚礼只能取消了。"

他当然不会想到，蒙头红下的徐佩萍听了这话，提到嗓子眼的心，终于放了下来，长长舒了一口气。

与此同时，来宾们立刻簇拥着新人，走进了洞房！

相对于吴家的喧嚣和热闹，臧家因为众所周知的原因，请的宾客很少，看热闹的人群情绪也都非常节制。

臧远航在痛苦过后，似乎一脸的波澜不惊。

因为他没办法像别的新郎那样用脚踢，所以手里拿着一根长木棍，象征性地敲了三下轿门。

臧家人见状，心里更是难过，但毕竟是大喜的日子，所以也只能强颜欢笑。

于是全命人掀开花轿，徐佩芸走出轿来，跨过门口的火盆后，便向院内走去。

吉祥赶紧将那根长木棍放在轮椅边，然后推着臧远航的轮椅，尽量和她并排同行。

此时臧家梁和郭文芳，也已经端坐在八仙桌两侧了。

虽然没有惯常的喜气洋洋，但仪式还是一样都不能少了的。

司仪高声喊道："一拜天地。"

一对新人拜了拜天地。

司仪再次喊道：“二拜高堂。”

一对新人双双跪下，给臧家梁和郭文芳磕了三个头。

司仪又喊：“夫妻对拜。”

一对新人面对面，互相拜了拜。

司仪最后喊：“礼成，进入洞房。”

听了这话，吉祥便下意识地将轮椅转向左边的洞房方向，没想到脚下一慌，竟然绊到了轮椅边的那根长木棍！

立刻，新娘子的蒙头红，就被扯到一边，露出了大半张脸来！

徐佩芸不由一惊，连忙伸双手扯了回来！

虽然不过是刹那之间的事，并没有人太过注意，但是面对着她的臧家梁和郭文芳夫妻，却立刻就发现了，同时吃了一惊！

然后，夫妻俩对望一下，不由面面相觑！

与此同时，不知就里的来宾们，立刻向一对新人身边走来，要想簇拥他们进洞房。

臧家梁神情一凛，连忙站起来，对来宾们歉然道：“各位辛苦了！因为犬子的特殊情况，所以我想和新娘子先说几句，让她在以后的生活中，好有个精神准备。现在请各位先去上席，稍后再闹洞房，好不好？”

来宾们望着轮椅上的臧远航，倒也心领神会，闹哄哄地散去了。

一时间，偌大的客厅里，只剩下臧增福夫妇、臧家梁夫妇和一对新人了。

臧增福诧异地问："家梁，出什么事了？"

曹秀英也不高兴了："大喜的日子，哪有不闹洞房的道理？"

臧远航依然是面无表情。

臧家梁望着新娘子，沉声说："远航，把新娘子的蒙头红掀了！"

臧远航却嘟囔道："不是要到洞房才掀的吗？"

臧家梁严肃地说："叫你掀你就掀，废什么话！"

臧远航还有些犹豫，没想到，新娘子却说："不用了，我自己来。"边说边一把扯了下来。

臧增福夫妇同时"啊"了一声："佩芸？"

原先意兴阑珊的臧远航听了这话，连忙转头望去，随即双眼一亮，惊喜地说："佩芸！是你？"但是随即想起了什么的样子，目光再次黯淡了下来。

郭文芳不无惊讶地问："你今天不是应该嫁到吴家的吗？怎么嫁到我们臧家来了？"

徐佩芸平静地说："对不起，今天我和妹妹同时出嫁，可能是花轿抬错了。

曹秀英疑惑道："哎呀，结婚这么大的事，花轿怎么可能抬错呢？"

其余的人也都纷纷附和："就是，就是。"

臧家梁沉吟片刻说："抬错再换过来就是了！反正还没有洞房，快抬到吴家换过来吧。"

臧增福也催促道："是啊，是啊，快上轿吧，晚了就来不及了。"

徐佩芸安慰道："放心吧，我不会走的。"然后把头一扬说，"爷爷奶奶、爸爸妈妈，既然已经错了，那就将错就错吧。我和远航已经拜过天地，从此就是臧家的人了。"

臧远航却冷冷地看了她一眼，气急败坏地说："谁稀罕你是臧家人了？你赶紧走吧，走得越远越好，我再也不想看到你了！"说完，转头呵斥道，"吉祥，把我推走！"

臧增福夫妇和臧家梁夫妇见状，都面面相觑！

他的反应与徐佩芸料想中的千差万别，佩芸不由咬了咬嘴唇，委屈得红了眼圈。

第50章　生米做成熟饭

夜半时分，吴家大院后院小夫妻俩的新房内。

徐佩萍坐在床上，感觉到四下无人，便小心揭开蒙头红，然后掏出锦囊，仔仔细细地看了又看。

忽然，门外传来越来越大的嘈杂声。

徐佩萍连忙将锦囊收起来，并迅速将蒙头红重又盖在头上。

与此同时，门被人打开。

喝得醉醺醺的吴俊锋，被一群小伙子们簇拥着，歪歪斜斜地走了进来。

小伙子甲端着酒杯说："俊锋，来，再喝一杯。"

吴俊锋结结巴巴道："对不起，我、我喝醉了。"

小伙子乙却道："酒醉也有三分醒，是不是？"

小伙子丙附和道："是啊，我们在新房里再开个酒场，大家说怎么样？"

小伙子们纷纷起哄道：“对，对，叫新娘子来给我们斟酒。”

吴俊锋心情大好，索性往桌子前一坐，醉醺醺地喊道：“佩芸，这些都是我的好兄弟、好朋友，快过来给他们斟酒啊。”

小伙子们也学着他的声音，促狭地附和道：“佩芸，过来斟酒，哈哈哈。”

徐佩萍有些窘，当然更多的是紧张。

她知道这些闹洞房的人，玩得花样百出，一旦自己被掀开蒙头红，又没有像母亲说的那样“生米做成熟饭”，后果将不堪设想。

吴俊锋见她半天不动，便催促道：“娘子，怎么还不快过来斟酒呀？”

徐佩萍一时竟然不知如何是好了。

恰在这时，因为吴光淮夫妇担心婚礼太过闹腾，就让女儿过来救场。

吴俊莹走进来说：“各位大哥、各位小弟，刚又运来一缸上好的绿豆烧酒，大家快去喝酒啊。”

小伙子甲立刻怂恿道：“俊锋，一起去喝吧。”

吴俊莹大大方方地说：“我哥那份算我的。”

小伙子乙开心道：“吴大小姐，这可是你说的？”

吴俊莹果断地说：“放心吧。你们‘君子一言，驷马难追。’我是‘小女子一言，五马难追！’”

刚才还闹哄哄的小伙子们闻听此言，立刻嘻嘻哈哈地涌出新房。

小伙子丙临走前，还拍了拍新郎官的肩膀，意味深长地说：“俊锋哪，‘春宵一刻值千金’，千万不要虚度良宵哦，哈哈哈。”

其余小伙子们则边走边说：“喝酒去了，喝酒去了。”

大家闹哄哄地一走，室内顿时就安静了下来。

吴俊锋揉了揉太阳穴，迈着醉步，跌跌撞撞地向新娘子走去。

然后他坐在床边，深情款款地说：“佩芸，今天你辛苦了。”

徐佩萍听到姐姐的名字，虽然有些别扭，但还是强自镇静道：“俊锋，你也辛苦了。”

吴俊锋不由惊讶地问：“咦，怎么几天不见，你的声音就变了？”

徐佩萍连忙捏住鼻子，尽量学着姐姐的声音说：“人家已经三四天没吃东西了，声音当然会变了。俊锋啊，不如我们先把合卺酒喝了再说吧。”

虽然仍然不太像，但是吴俊锋本身就喝多了酒，倒也不再追究了。

他连声道：“好，好，我扶你过去。”边说边要伸手来扶她。

徐佩萍担心他会顺手掀开自己的蒙头红，便连忙后退一步说：“你醉了，还是我自己走吧。”说完，便三步并作两步走到桌子前。

吴俊锋无奈，只好坐到她对面，分别斟了两杯酒。

徐佩萍端起酒杯，恭敬地说："官人请。"

吴俊锋深情地回道："娘子请。"忽然道，"佩芸，你还是把蒙头红掀起来再喝吧。"

他边说边伸出手要去掀。

徐佩萍连忙偏过头，制止道："不要，官人，那样不合规矩的，喝完酒再说吧。"

吴俊锋只好无奈地说："那好吧。"

两人同时将酒杯一饮而尽。

吴俊锋放下酒杯，就要去掀蒙头红。

徐佩萍连忙躲开，同时柔声道："人家有些害羞，先把蜡烛吹了吧。"

吴俊锋不以为意地说："我们已经是夫妻了，还害什么羞啊。"边说边又要伸手去掀。

徐佩萍心里一急，连忙站起身来，想要自己去吹蜡烛。

吴俊锋伸手就要去拦，却一个没提防，绊了一下桌子。

徐佩芸故意用手推了一下烛台，然后惨叫一声，不偏不倚地压在了吴俊锋的身上！

顿时，烛台倒在地上，很快就熄灭了火。

臧家大院后院三房小院内，冷清的气氛与婚礼不太协调。

好在事出有因，宾客们倒也理解，散席后就早早退下了，并没有什么人闹洞房。

所以此时新房里，就只有徐佩芸一个人，安静地坐在床边。

与此同时，臧家大院客厅内，一家人全都在座，却是神态各异。

郭文芳疑惑地问儿子："远航，在你没有出事之前，不是一直就喜欢徐佩芸的吗？这次虽然是娶错了新娘了，倒也圆了你的一桩心愿，你怎么反而不高兴了呢？"

臧远航望了父亲一眼，没好气地说："因为她并不是真的想嫁给我，所以，我讨厌她！"

臧家粱语带玄机道："远航，你不要这样想。无论如何，佩芸都是一个好姑娘。"

曹秀英点点头："是啊，是啊，全窑湾谁不夸她啊，既聪明又通情达理。"

庄淑环却撇了撇嘴，不以为然地说："要我说啊，这里面八成还有别的事。你们想啊，哪有好好的姑娘，愿意嫁给一个瘫子的呢？"

陆慧珊附和道："是啊，那个徐佩芸，伶牙俐齿的，我看她啊，可不是盏省油的灯。"

臧远航张了张嘴，终是什么都没有说。

郭文芳讥刺地说："现在世道变了，又有哪一个年轻姑娘是省油的灯呢？”

陆慧珊被噎得直翻白眼。

臧远茹也称赞道：“我和佩芸算是很熟悉了，她从小到大，就是一个勤快善良的好姑娘。”

臧家栋却阴阳怪气地说：“坏就坏在，这么好的一个姑娘，要是没有别的居心的话，怎么会心甘情愿嫁给远航呢？你们可别忘了，远航现在、现在可是个……”

臧家梁立刻打断他的话，厉声道：“二哥，无论如何，远航也是你的侄子，请积点口德！”

臧增福也狠狠地瞪了二儿子一眼！

臧家栋只好不服气地闭上了嘴。

好在这时，臧远方急匆匆走进来。

臧家梁立刻站起身来，焦急地问：“你打听到什么消息没有？”

臧远方点点头说：“三叔，你猜得没错。我偷偷问了徐家的老用人刘妈，她告诉我说，一切都是柳兰香在里面搞的鬼。柳兰香不想把亲生女儿嫁给远航，就想用前房留下的女儿替代。为了顺利姐妹易嫁，她就想方设法把两个女儿出嫁的日子，放在同一天。不仅如此，她还用蒙汗药把徐老板迷昏，把佩芸反锁在屋内。其实佩芸如果坚持的话，完全可以将事情明说，让人把自己的花轿抬进吴家。她本来和吴俊锋就有婚约的，但是那样的话，佩萍的名节就完全毁了。所以，她为了妹妹的名节，为了徐家、臧家和吴家三家的声誉，还是坚持嫁到我们臧家来了。”

臧家梁连忙问：“那吴家现在，知道这件事吗？”

臧远方摇摇头：“还不知道。”

臧家梁不禁动容道：“真没想到啊，佩芸为了妹妹的名节，为了我们三家的脸面，竟然做出了这么大的牺牲！”然后又叮嘱家人，“我们不能白费了佩芸的一番苦心。今天这件事，你们谁都不许说出去！”

其余家人虽然各怀心事，但也知道事关重大，都重重地点了点头。

臧家梁感慨万千道：“远航真是何德何能，娶了这么一个通情达理、顾全大局的好姑娘！”然后望了望儿子，又果断地说，“这个媳妇，我臧家梁认定了！”

第51章 你睡床上我睡床下

臧家大院后院三房小院新房内，徐佩芸盖着蒙头红，心事重重地坐在床前。

过了好一会儿，门外才响起“吱吱嘎嘎”的轮椅声。

徐佩芸无论如何聪明隐忍，但毕竟只是一个二十出头的姑娘家，听到这声音，便知道臧远航过来了。

一想到今晚就是自己的新婚之夜，她感到非常紧张。

没想到轮椅声，却在屋中间戛然而止，甚至于过了好久好久，都没有声音了！

徐佩芸已经三天三夜没吃东西了，再加上这一天下来，心情大起大落，早已经精疲力竭了。

于是，她悄悄掀起蒙头红的一角，竟然看到臧远航坐在轮椅上，根本就没有看她，而是静静地望着红烛发呆！

按照规矩，应该是由新郎主动来掀蒙头红的。

但是既累又饿的徐佩芸，见此情景，再也忍不住了，有气无力地说：“快来把我的蒙头红掀了吧。”

臧远航终于不看红烛了，但是却愠怒地说：“你眼瞎啦！我要是能去掀你的蒙头红，还会娶你吗？”

徐佩芸不由一呆，随即叹了口气，只好自己掀了。

然后她犹豫了一下，还是走到轮椅前，对吉祥说：“你也累了一天了，回去休息吧。”

吉祥恭敬地说：“谢谢少奶奶。”说完，便退了回去。

臧远航脸上的表情变幻莫测，并没有吱声。

徐佩芸接过轮椅，把他推到桌子前，然后倒了两杯酒，体贴地递给他一杯说：“我们来喝合卺酒吧。”

臧远航接过酒，脸色竟然再次一变，气急败坏道：“徐佩芸，别再假惺惺了！还记得你在天后宫当着那么多人的面，把我骂得狗血喷头吗？你根本就看不起我，更不是想要真心嫁给我，我跟你合什么卺？赶紧滚！”说完，便把手中的酒，猛地泼到了她的脸上！

徐佩芸完全没有提防这一着，整个人彻底蒙住了！

说实在话，到目前为止，支撑她将错就错的理由，除了顾全大局，还有就是对于心灰意冷的她来说，只要不是嫁给赵涟泰，那么无论是嫁给吴俊锋还是嫁给臧远航，又有什么关系呢？

可是没想到摆在面前的现实，却是如此的不堪！

好在徐佩芸并没有发火，这不仅是因为她从小就受到继母的苛待与刁难，更重要的是，透过朦胧的泪光，她看到了对方坐着的轮椅，以及想起他之前对自己的好。

想到这里，她长吸了一口气，轻轻抹去脸上的酒水，然后努力平静地说："不喝就算了，夜深了，我、我们休息去吧。"

没想到，臧远航的态度并未因为她的退让有丝毫的软化，反而厌恶地说："既然我让你走，你偏不走。那么你就给我听着，我绝不会与一个曾经恶毒辱骂过我的女人同床共寝！从现在开始，你睡床上，我睡床下！"

徐佩芸闻言，不由目瞪口呆！

但是随即，她淡淡地"哦"了一声，还是麻利地在床边收拾了一个地铺。

不过当她把轮椅推到床边时，还想要把他抱到床上。

臧远航却冷冷道："我说了，我要睡床下！"边说边试图将身子坠下床。

没想到这次，徐佩芸再也不妥协了，强行把他推到了床上，同时淡淡地说："你身体不好，睡在地上，容易着凉的。"

虽然经过一系列事件后，她对这个男人已经没有半点好感了，但是让一个身体有恙的人睡在地上，这不符合她最起码的做人原则！

臧远航丝毫不领情，一边拼命挣扎，一边低声诅骂道："你这个恶毒的女人！我那么讨厌你，你为什么要嫁给我，你为什么还不快滚啊，滚得越远越好……”边说边再次坠到了地上。

此时，徐佩芸早已经精疲力竭，只好随他去了，但还是帮其盖上了被子，然后自己才爬上床。但是她想着刚才新婚丈夫的羞辱，根本无法入睡，只好目光呆滞地望着屋顶，一次次泪流满面。

与此同时，她的心里就更恨一个人了，忍不住暗想：“涟泰，你在哪里？此时此刻，你也在想着我吗？我曾经满怀着对你的爱，但是造化弄人，没有做成你的新娘，却嫁给了心理如此变态的一个人。如果当初，不是你辜负了我，我又怎么会落到如斯境地呢？”辗转反侧，又想起了自己的母亲，“妈，你为什么走得那么早呢？如果你还活着，我断不会被人如此欺凌的。你如果泉下有知，能不能告诉我，我今后的人生，究竟该怎么走下去啊？”

可怜的徐佩芸，在自己的新婚之夜，却一个人睡在空荡荡的床上，独自饮泣！

第二天一早，吴家大院后院新房内。

天已经蒙蒙亮了，吴俊锋还在沉睡之中。

徐佩萍已经身着睡衣，坐起身来，梳理起了昨夜被弄乱的头发。

忽然，院内传来一阵阵尖细而悠长的鸡鸣声。

吴俊锋很快就被惊醒了，望了望床上女人衣服，忽然就意识到昨天晚上发生的一切。

于是，他幸福地笑了笑，便坐起身来，深情地呼唤道："佩芸。"

徐佩萍正在梳理头发，听到这两个字，手中的动作立刻就僵住了。

吴俊锋把她肩膀扳过去，亲热地说："你起这么早做什么呀？"

徐佩萍完全没有提防，便被动地转过身去。

虽然她早有准备，但仍然是一脸惊慌。

吴俊锋这才看见到她的脸，不由吃惊地张大嘴巴！

好半天，他才结结巴巴地问："怎、怎、怎么是你？"边说边惊慌地跳下床，看了看凌乱的被褥，脸色都白了，"昨天晚上也是你？"

徐佩萍连忙追过去，急切地说："俊锋，是我。我们昨天晚上已经洞房，现在我已经是你的人了。"

吴俊锋像热锅上的蚂蚁一般，胡乱地在屋内走着，惊慌道："可是我娶的明明是你姐姐啊，怎么会变成你了？"

徐佩萍虽然也很害怕，但还是努力镇静着说："俊锋，你听我解释。昨天我和姐姐同时出嫁，本来是姐姐嫁给你，我是嫁给远航的，可是不知道怎么回事，花轿被抬错了。我被抬到你们家，姐姐被抬到了臧家去了。"

吴俊锋听了这话，半点也不相信，而是气急败坏道："抬错了？你认为我是三岁小孩吗？结婚这么大的事情，花轿怎么会抬错呢？现在弄成这个样子，怎么办？怎么办？你叫我怎么办啊？"

徐佩萍委屈地说：“俊锋，你是知道的，我从第一眼看到你时，就喜欢上你了。”

吴俊锋却斩钉截铁道：“可是你也知道，我从来就没有喜欢过你！”

徐佩萍听了这话，非常难过：“你真的没有喜欢过我？哪怕一点点？”

吴俊锋斩钉截铁地说：“没有！别说一点了，半点都没有！”

徐佩萍心里一冷，但还是哀求道：“可是事情已经是这样了，‘生米都做成了熟饭’，从现在开始，你就试着喜欢我，接受我做你的妻子，好不好？”边说边想要拉扯他的袖子。

吴俊锋却一把推开她，毫不犹豫地说：“不好，不好，不好！”然后厌恶地望了她一眼，完全不留情面地说，“你不要装出一副可怜巴巴的样子，现在被人当成冤大头的人是我，不是你！”

徐佩萍不禁红了眼圈道：“我知道，从一开始就是我自作多情，你自始至终，喜欢的人都是姐姐。但是昨晚，我们有了夫妻之实，我已经不是黄花闺女了，你要是不要我，我宁愿去死，也不愿意被你休掉！”

吴俊锋听了这话，更加恼羞成怒了，不由自主地抬高了声调，几乎是咆哮地说：“你还有脸说这种话？就算昨天花轿抬错了，你是哑巴吗？你不会说话吗？”

徐佩萍听了这话，更是又羞又愧，张了张嘴，却连一句话反驳的话都说不出！

吴俊锋继续咆哮道；“事实却是，你不但没有说话，还骗我喝合卺酒，甚至装作你姐姐的声音骗我上床，最后还把烛台故意碰倒熄灭了，分明就是你事先预谋好了的。真没想到，你是一个如此恶毒的女人，想死你就去死吧，哼！”撂下这话，便拂袖而去！

徐佩萍见状，哭得更凶了！

第52章　新嫂子上吊啦

吴家大院客厅内，吴光淮夫妇怒气冲冲地坐在八仙桌两侧。

吴俊锋站在父母面前，一脸沮丧地说：“这次我真的是被人算计了。”

一向还算温和的吴光淮，不由“啪”地一拍桌子，怒声道：“胡闹，真是太胡闹了！结婚这么大的事情，竟然都能搞错！如果这件事传出去，说吴半街家被人耍了，娶错了媳妇，祖宗八代的脸都要被你丢光了！”

窦玉美也没好气地说：“一定是柳兰香那个女人设的计！她不想亲生女儿嫁给一个瘫子，就让大女儿李代桃僵了。”

吴俊锋沉吟片刻，却摇摇头说：“未必都是徐家的事，也许是臧家搞的鬼！任谁都知道，无论人品还是才貌，佩芸都是窑湾姑娘中的翘楚。我记得臧远航在没有出事之前，一直都很喜欢佩芸。”说到这里，似乎更加肯定了，“对，一定是臧家搞的鬼！”

边说边作势要冲出门去。

吴光淮立刻喝住儿子："你要去哪？"

吴俊锋咬牙切齿道："臧家真是欺人太甚了，我找他们要人去！"

吴光淮连忙拦住儿子，缓和了语气说："俊锋啊，你先别着急，这件事我认为没那么简单。以我对臧家梁的了解，他这个人光明磊落、言必信行必果，绝不是那种做事不盖脚后跟的人！我认为你妈说得对，这场姐妹易嫁，分明就是徐家的一个阴谋！徐老板是个厚道人，一定是柳兰香那个疯婆子搞的鬼！你忘了上次在大街上，她是怎么羞辱我们爷儿俩的吗？"

窦玉美附和道："柳兰香这个女人，一直苛待前房留下的大女儿，除了徐立春被蒙在鼓里，窑湾没有人不知道的。更何况，臧远航那个样子，能娶到老婆就不错了，哪里还会挑三拣四呢？所以这件事，我认为与臧家是没有任何关系的。"

吴俊锋却怒声道："就算不关臧家的事，但是无论如何，是臧远航夺走了我心爱的女人，对我简直是奇耻大辱！臧家与我，之前有杀兄之仇，现在又有夺妻之恨，我一定不会再放过他们的！"

吴光淮叹了口气，语重心长地劝说："俊锋，你说得没错，夺妻之恨是男人最忌讳的事情，稍微有点血性，都绝不会轻饶。但是你想过没有，你昨晚已经和佩萍洞房了，如果你把姐姐找回来，再把她赶出去，她要是一时想不开，自寻短见了怎么办？"

吴俊锋恨声道："我管她，一切都是她自找的！明明知道我不喜欢她，还要牛不喝水强按头！是她骗了我，被她耍的人是我，想不开自寻短见的人也只会是我！"

吴光淮听了这话，也是急得团团转说："是啊，是啊，这件事要是传扬出去，我的老脸可往哪儿搁啊？柳兰香那个疯婆子当初就说过，要把我这个铁公鸡的毛都拔了。没想到，她没拔我的毛，竟然把我相中的好儿媳妇给换人了啊！"

窦玉美更是郁闷道："我们吴家向来'财旺人不旺'，实指望能找个聪明能干的媳妇帮你一下忙，没想到还是娶进了个'大门不出，二门不迈'的千金大小姐，唉。"

吴俊锋听了这话，更加激动了，一字一顿地说："所以，我一定要把佩芸要回来！"边说边抬脚就往外走！

吴家大院后院新房内，经过刚才一闹，到处一片狼藉。

徐佩萍哭了一阵子后，便翻出昨天拜天地的红绫，一头挂在房梁上，然后爬上了凳子。

她爬上凳子，又将红绫的另一头，小心翼翼地放在脖子上，不禁有些胆怯地喃喃自语道："会不会真的死啊？妈让我打个活结，应该不会吧？"

于是，她保持这个姿势，等了好一会儿。

但是门外却一直没有动静，她只好不断地变换着腿的姿势，都快要撑不住了。

就在她即将腿麻之际，忽然听到外面传来吴俊莹的叫声："嫂子，吃饭啦。"

徐佩萍闻声，连忙将红绫在脖子上打了一个活结，慌乱之中，竟然真的将凳子蹬倒了！

于是，她整个人被挂在半空中，不由发出一声凄厉的惨叫："啊！"

吴俊莹听到惨叫声，立刻意识到不好，连忙闯进来！

她望着眼前的情景，不禁尖声惊叫起来："快来人啊，不好啦，新嫂子上吊啦！"

吴家大院内，吴俊锋已经走出了客厅，正三步并作两步向大门口走去。

忽然后院传来一声惨叫："快来人啊，新嫂子上吊啦！"

吴俊锋不由吓了一跳，连忙停住脚步，下意识地朝后院跑去。

与此同时，吴光淮夫妻对望了一眼，也同时向后院跑去。

吴家大院后院新房内，尖叫声、哭泣声连成一片。

吴俊莹正抱着新嫂子的两条腿，用力往上托，早就力不从心了。

当她看到父母和二哥过来时，立刻哭喊道："你们再不过来，我就撑不住了啊。"

刚才还很生气的窦玉美，见状不由焦急地说："哎呀，佩萍，你这是干什么啊，有话好好说嘛。”

徐佩萍见人都来了，为了表现得逼真，嘴里一边呜呜着，一边不停地蹬着双腿。

大约是因为太过用力，忽然“刺啦”一声，房梁上的红绫断了。

徐佩萍立刻“扑通”一声摔了下来。

虽然并没有多高，但是吴俊莹还是扶住她，同时担心地问：“没事吧？你没事吧？”

窦玉美连忙走上去，和女儿一起把人扶到了椅子上。

吴光淮自己不好上前，只好催促儿子道：“俊锋，快帮忙啊。”

吴俊锋却站在一边，铁青着脸，一言不发！

徐佩萍偷偷瞄了一眼他的样子，又假意哭喊起来，边哭边说：“别拦我，我没脸活了，让我死了算了。”

吴光淮愠怒道：“你以为你死了就算了？如果事情传出去，姐妹易嫁就算了，还闹出了人命，喜事丧事连着办，你叫我老头子这张脸往哪里放啊？以后谁还和我们盐行做生意啊！”

窦玉美附和说：“是啊，这件事要是传扬出去，实在是太丢人了！”

吴俊锋听了父母的话，不由焦急道：“可是爸妈，就算再丢人，我也不能吃这个哑巴亏啊！”

吴光淮摆摆手，无奈地劝儿子说：“俊锋，这个亏你就吃了吧。依我看啊，这刚进门的媳妇，要是真的寻了短见，实在太触霉头了。所以为了吴家名誉，为了盐行的未来，你就委屈一下自己吧，啊？”

徐佩萍听了这话，才稍稍松了一口气，再次偷眼望向当事人。

没想到，吴俊锋看了她一眼，仍然坚持说：“如果她没有欺骗，也许我还会考虑考虑的，但是现在，让我吃了这么大的一个亏，门都没有！”

徐佩萍心里不由一缩，又假意地哭起来，边哭边说：“你们为什么要救我啊？还是让我死了算了！”边说边又捡起红绫往房梁上甩。

吴光淮夫妻和女儿连忙又按住她。

吴俊锋见状，更加厌烦了：“只有既无用又愚蠢的女人，才会遇到事情，就一哭二闹三上吊！这种女人，我最讨厌了！今天这个事情，如果是你姐姐，以她的性格，绝不会像你这样做的！所以你要是想死的话，就去死吧，我不会拦着你！”

徐佩萍原本只是用这种方法，让对方屈服，所以听了这话，简直绝望极了！

于是她一屁股坐在地上，这次是真的放声大哭了起来！

吴光淮一听她哭，头都大了，只好强忍了怨气，继续劝说儿子：“俊锋啊，她总是这样闹下去可不行啊。虽然你喜欢的是她姐姐，但是她姐姐已经嫁给远航了嘛。我看她虽然比不上姐姐聪明能干，但是长得也不错，看上去一副温柔贤淑的样子，再说你们昨夜又洞房了，娶她为妻，你也不算吃亏嘛。”

窦玉美附和道：“是啊是啊，看上去应该也是个过日子的好女人。”

吴俊锋却毫不客气地反驳道：“爸，婚姻大事怎么可以像做生意一样算计呢？再说两个人的感情，若是以欺骗开始，又怎么可能一辈子走下去呢？”

吴光淮夫妻对望了一眼，似乎还想说什么。

没想到正在这时，忽然门“咣当”一声被推开，接着一个女人，就气势汹汹地闯了进来。

吴家人见到她，同时就是一惊！

来人正是徐佩萍的母亲柳兰香。

她刚一进门，立刻直奔女儿，同时惊慌失措地问：“佩萍，你怎么这样？发生什么事了？”

徐佩萍见到母亲，胆子便有些壮了，边哭边爬起来说：“妈，都怪昨天抬错了花轿，别说了，我要回家！”

柳兰香听了这话，立刻就冷了脸！

然后她拉住女儿，走到那个一脸寒霜的男人面前，指着他的鼻子，厉声问：“姓吴的，你是畜生吗？昨夜刚刚洞房，今天裤子一提上，就翻脸不认账了？”

吴俊锋立刻涨红了脸，尴尬地说：“昨、昨夜，我以为她是佩芸呢。”

柳兰香听了这话，立刻柳眉倒竖、杏眼圆睁，怒声骂道：“你以为她是佩芸？你眼睛瞎了还是耳朵聋了？你把我两个女儿当马了吗？骑完一匹还想再骑一匹？”

这些粗俗的话，立刻让吴俊锋面红耳赤、张口结舌，好半天没说出一个字来。

窦玉美不满地说：“喂，你不要欺负我儿子年幼无知好不好！现在是我们家被你们家骗了，你还有理了你？”

柳兰香却用手指着她的鼻梁，盛气凌人道：“我骗你们？你们有什么证据？”

窦玉美立刻就被噎住了，被她逼得连连后退。

吴光淮见状，不由怒声说：“喂，你这个疯婆子真不害羞！你要不是有意欺骗我们，怎么大清早就闯进我们家？怎么一进家门，就知道他们俩昨夜洞房了？”

柳兰香立刻就被问住了！

但是她随即眼珠一转，讷讷道：“我、我、我猜的嘛，猜的嘛，亲家公。”

吴光淮冷笑一声，厌恶地说：“亲家公？我呸！”

柳兰香见硬的不行，只好来软的，于是换了副笑脸，并缓和了语气道：“亲家公，事到如今，是不是欺骗已经不重要了。重要的是，昨天吴家八抬大轿，热热闹闹地把我女儿娶进门，要是今天你们就把我女儿休了，她一时想不开出了人命，别人会怎么说你们？你们脸上也无光啊，是不是？”

这话正戳到吴光淮的软肋上了。

他不由叹了口气，但还是强撑着说：“我这老脸皮厚的，什么有光无光的。”

柳兰香只好转过头，讨好地问：“亲家母，你说是吧？”

窦玉美冷哼一声道：“丑事又不是我做的，我脸上怎么就无光了？”

柳兰香无法，只好拉着女儿，犹豫着走到当事人面前，讪笑着说：“我的好女婿啊，整个窑湾谁不知道，你们吴家不但有生财之法，又最尊孔孟之道了。孔孟之道最讲究的是什么？是‘礼义廉耻’！要是别人知道，你昨夜刚刚洞房，今天早上就要把妻子休掉，那多没面子啊，你说是不是？”

这也正是吴俊锋的软肋！

他的嘴唇不由抽搐了几下，却半天没有说出一句话。

吴光淮叹了口气，只好无奈地说：“好了，好了，别说了。事情再闹下去，对谁都不好看。”又回头劝儿子，“俊锋，你就吃了这个哑巴亏吧，啊。”

吴俊锋怨恨地望了望徐佩萍，只好勉强点了点头：“好……吧。”

在场的人听了这话，都长舒了一口气。

徐佩萍不由惭愧地低下头。

柳兰香却笑逐颜开地说：“好了，好了，这件事就一张纸掀过去，以后我们徐吴两家，就是好亲家了。”

窦玉美却摇摇头，喃喃自语道：“别人家结婚都是欢天喜地，我们家却是一哭二闹三上吊的，这可不是什么好兆头啊。”

与此同时，臧家大院却是从未有过的祥和宁静。

当第一缕阳光照进房间时，躺在床上的徐佩芸，疲倦地睁开眼睛，看到窗外的晨曦，立刻惊跳下床。

她边穿衣服边说：“糟了，来不及做早饭了！”然后看了看地铺上的臧远航，将他露在外面的大半个胳膊塞进被子里，便三步并做两步地冲进厨房。

其实臧远航也醒了，望着她的背影，脸上的表情颇有些变幻莫测。

第53章　特别助理

臧家大院厨房内，此时正是一天中最忙碌的时刻。

徐佩芸虽然并不熟悉这里的地形，但是看到冒烟的地方，就走过来了，果然是。

女佣们看到她，不由一惊，随即纷纷恭敬地招呼道：“小少奶奶早安。”

徐佩芸一边回着“早安”，迅速洗了手，然后拿起桌上的土豆。

张嫂连忙阻拦说：“小少奶奶，我来，我来。”

徐佩芸头也不回道：“没关系，我在娘家经常做的。”边说边飞快地切起丝来。

女佣甲不由惊讶地说：“切得可真快啊。”

女佣乙也赞叹道：“真是又快又细呢。”

其余女佣们，也纷纷交口称赞。

正在这时，郭文芳走过来站在门口，吩咐道："张嫂，今天三老爷要喝燕窝粥，记得炖上。"

张嫂答道："好的，太太。"

徐佩芸连忙问候说："妈，早安。"

郭文芳这才看到烟雾缭绕中的儿媳妇，不由吃惊地问："佩芸，你怎么在这里？"

徐佩芸理所当然地说："我来帮忙做早餐的啊。"

没想到，郭文芳却皱了皱眉，厉声道："你出来，我有话要和你说！"

徐佩芸吓了一跳，但是也只好放下菜刀，疑惑地跟在了婆婆的身后。

婆媳俩一前一后，很快走到了厨房外面。

徐佩芸望着一脸严肃的婆婆，有些胆怯地问："妈，什么事？"

郭文芳没好气地说："佩芸，你好歹也是大家闺秀，怎么能这么不懂事？厨房里的粗活重活，有用人做的嘛。臧家八抬大轿把你娶进家门，是让你当堂堂正正的臧家少奶奶，不是让你做用人的！"

徐佩芸辩解道："可是做人媳妇，不是要勤快的吗？再说这些事情，都是我自小在娘家就做惯了的。"

郭文芳听了这话，脸色才缓和下来，但还是坚持地说："那就是你妈的不对！现在你嫁到我们臧家来了，就得守臧家的规矩。这些粗活重活，不是你该做的。否则，被亲戚朋友看到了，不但要耻笑你，更要耻笑我们臧家没有规矩。特别远航又是那个样子，别说亲戚朋友了，有可能连用人都更加看不起你。所以从现在起，你要听我的话，拿出我们三房少奶奶的威严来！”

徐佩芸点了点头，但还是犹豫着说：“妈，我知道了，可是……”

郭文芳却斩钉截铁地说：“没什么可是！”看到儿媳妇委屈的样子，这才放缓了语气道，“佩芸，我知道你是个好姑娘。你嫁给远航，要是以前，也算是般配，可是现在实在是委屈你了。但是你放心，爸妈一定会补偿你的！”

自幼饱受继母苛待的徐佩芸，听了婆婆这番体贴入微的话，不由心生感激，但还是轻声道：“妈，你不要这样说。嫁给远航，是我的宿命，没有什么可抱怨的。我爸说过，只要一家人和和睦睦过日子，比什么都好。”忽然想起什么，“妈，对了，不说了，我去服侍远航洗漱去。”

郭文芳爱怜地望着她，赞赏地点了点头。

臧家大院后院三房小院小夫妻俩房间内，吉祥已经服侍臧远航穿好了衣服，正在准备洗脸。

徐佩芸犹豫了一下，还是走过去说：“我来帮你洗吧。”

吉祥“嗯”了一声，就想要把毛巾递给她。

没想到，臧远航忽然厉声问："吉祥，你进臧家时，三老爷是怎么说的？"

吉祥不由一呆，随即嗫嚅道："三老爷要我专门服侍航少爷你的饮食起居。"

臧远航怒声说："那你还愣着干什么？"

徐佩芸听了这话，担心吉祥又受责骂，连忙将毛巾递了过去。

然后她强压着委屈，像没事人一样，转身整理床铺去了。

臧家大院客厅，全家人陆续走到餐桌边。

吉祥推着臧远航，也走了进来。

徐佩芸跟在他们后面，礼貌而得体地一一打招呼："爷爷奶奶早安，二大二大娘早安，爸爸妈妈早安，大哥大姐早安，二哥二嫂早安。"

曹秀英见她如此周到，不由心生喜欢，亲热地说："佩芸，来，坐到奶奶身边。"

徐佩芸温顺地答道："好的，奶奶。"

没想到，她刚一坐下来，另一边的陆慧珊就捏着鼻子，一脸嫌弃地说："哎呀，你怎么一身的油烟味？你下厨房了？"

庄淑环立刻阴阳怪气地接口道："可不是，我听用人讲，她切土豆丝又快又细啊。"

陆慧珊闻言，更加不怀好意地说："哎呀，佩芸，不是我说你，臧家那么多用人，我们是少奶奶嘛，怎么能干那些粗活重活呢？”

庄淑环似笑非笑地道：“不过话又说回来了，佩芸你也是真能干，连粗活重活都干得那么好。徐老板生意那么大，怎么竟然和吴家的‘铁公鸡’一样抠门，还需要女儿下厨房，连个用人都不请呢？”

臧远茹责怪地说：“妈、慧珊，佩芸那是勤快，你们怎么能这样说话呢？”

徐佩芸微微一笑道：“没关系，我自小做惯了。”

郭文芳却不高兴了，于是她张了张嘴，便想要说什么。

臧家梁见状，便用目光示意了她，然后望了望大家，认真地说：“刚才二嫂说得对，我们三房这个儿媳妇，确实很能干。我听徐老板说，自从佩芸进甜油坊帮忙后，把所有的事情都管理得井井有条，他自己倒成了甩手掌柜了。既然现在佩芸已经嫁进臧家来了，我们就不能浪费了她的才干，所以我决定，等她三朝回门后，让她做我的特别助理，帮我管理码头！

所有人听了这话，都吃惊地“啊”了一声。

臧家栋更是一脸怒气！

徐佩芸不由一怔，随即连忙摆手道：“爸，不行的。以前能管好甜油坊，是因为我从小耳濡目染，对其工艺流程和出入货程序都很熟悉，但是对于码头，我并不了解啊。”

臧家栋忍不住冲口而出：“就是就是，再能干也不过是一介女流，她能做什么？”

臧家梁却平静地说：“二哥，你不得不承认，远茹虽然也是一介女流，但是她的账目和珠算水平，连最老的账房先生，都刮目相看。”

臧家栋一下子被噎得张口结舌。

臧增福也提醒道：“家梁哪，做财务毕竟不同于管理码头，再说，隔行如隔山啊。”

臧家梁坚持说：“做生意，一通百通。从昨天那场一波三折的婚礼来看，佩芸不仅聪明能干，还识大体、顾大局，我相信这样的人，一定能做好我的特别助理！”

徐佩芸还在犹豫：“可是爸，我对码头这块，可以说是一窍不通啊。”

臧家梁语重心长地说：“现在不通，以后会通的。你在徐家管理过甜油坊的出入货，你应该知道，码头是全市的交通枢纽，也是全市的经济命脉。所以运河码头不仅是属于我们臧家的，更是属于整个窑湾人的。我让你做我的特别助理，并不是因为你是我的儿媳妇，而是因为码头现在人才奇缺，急需要你这样一个识大体、顾大局、有担当、有责任心的人加入！”

徐佩芸沉吟片刻，便不再坚持，而是郑重道：“谢谢爸，我答应做你的特别助理。”

臧家梁脸上，立刻露出一丝微笑，但还是严肃地问：“你有信心吗？”

徐佩芸坚定地说：“我有！我相信只要用心，什么事情都可以做好的。”

臧家栋听到这里，再也忍不住了，便“啪”地将筷子一摔，起身拂袖而去。

陆慧珊霍地站起来，冷着脸说：“这饭，我看着就饱了！”撂下这话，也起身离去。

众人不禁面面相觑。

徐佩芸偷眼向丈夫看去，只见他虽然仍然没有说话，但是脸上表情却很平静，这才略略松了一口气。

第54章　晚上不用等我

臧家大院后院三房小院小夫妻俩卧室内，徐佩芸正呆呆地坐在桌前沉思。

忽然，门外传来敲门声，同时响起臧远茹的声音："佩芸，在吗？"

徐佩芸连忙打开门，亲热地说："远茹，快进来。"

臧远茹责怪地说："还叫远茹呀？"

徐佩芸不好意思道："大姐。"边说边赶紧搬过一张凳子给她。

臧远如看了看室内，有些同情地说："佩芸，远航现在这个样子，真是委屈你了。"

徐佩芸却淡然道："这是我的宿命。"

臧远茹虽然不置可否，但还是歉然地说："刚才妈和慧珊太过分了，她们就是那样小心眼，你别放在心上。"

徐佩芸坦然道："我不会的。不过你来找我，肯定不是为了这件事吧。"

臧远茹有些为难，犹豫了一下，还是说："嗯，有一件事，我一直想问你，又不好意思问。"

徐佩芸爽快道："现在我们已经是一家人了，有什么话，你尽管问好了。"

臧远茹这才字斟句酌地说："我早就知道，你和涟泰虽然没有婚帖，但是你们情投意合，又通了整整四年的信。为什么后来，你会突然和俊锋订婚了呢？"

徐佩芸脸色不由一黯，红着眼圈说："他、他不要我了。"

臧远茹立刻脱口而出："以我对涟泰的了解，他绝对不是那样的人！"

徐佩芸苦笑着道："我原先也是这样认为的，如果不是那封绝交信，我也不会相信的！"

臧远茹诧异地问："绝交信？他写给你的？"

徐佩芸点点头："是的。他在信上说，我已经配不上他了，他在美国已经别有怀抱了。"

臧远茹不由瞪大了眼睛，吃惊地问："真的？"

徐佩芸郑重地说："真的！"

凌晨时分，吴家大院后院小夫妻俩卧室内，床铺铺得整整齐齐，床上却空无一人。

徐佩萍独自坐在桌子前，不住地打着瞌睡。

吴俊锋打开门，面无表情地走了进来。

徐佩萍听到动静，连忙站起来，揉了揉眼睛，关心地问：“俊锋，你怎么现在才回来？我等了你整整一夜呢。”

吴俊锋冷冷地说：“我昨晚就回来了，睡在书房里。”边说边拿起一份账簿，就要走出去。

徐佩萍连忙喊住他，委屈地说：“俊锋。”

吴俊锋这才回过头，依然冷冰冰地说：“对了，你以后晚上不用等我了。”

徐佩萍诧异地问：“啊？那你睡在哪里？”

吴俊锋目光看都不看她，对着一面空墙说：“我睡书房。还有，吃饭你不用喊我，我自己知道吃的。对了，我要把衣服被子都搬到书房，你帮我收拾一下。”却又摆了摆手道，“算了，不麻烦你了，还是我自己收拾吧。”

徐佩萍失望极了，却又不敢发作。

吴家大院客厅内，吴家人正在吃饭。

但是桌子上却只有一小碟咸鱼，然后就是盐豆、咸菜、萝卜干几样菜。

自幼在徐家过惯锦衣玉食生活的徐佩萍，望着桌上的菜，一点提不起食欲，只好卷着空煎饼，有一口没一口地咬着。

吴家人却吃得很香。

吴俊莹看了她一眼，奇怪地问：“嫂子，你煎饼里怎么不卷菜啊？平常我们都是盐豆、咸菜和萝卜干，今天托你的福，多了一碟咸鱼。”

徐佩萍哭丧着脸，但还是掩饰地说：“我从小就饭量小，随便吃点就行了。”

吴俊莹提醒道：“饭量小可不行，会没有力气干活的呢。”

徐佩萍诧异地问：“啊？干活？”

窦玉美忽然想起什么了，郑重地说：“对了，现在俊锋结婚了，下面就该轮到俊莹了。从现在开始，俊莹就得准备绣嫁衣了，以后我们家衣食住行那些子粗活重活，就都交给佩萍做吧。”

徐佩萍不由吃了一惊，脱口而出道：“粗活重活？不是有伙计的吗？”

吴光淮不满地说：“请伙计不要钱的啊？怎么，你以前在娘家没有做过吗？”

徐佩萍尽管心里憋得难受，但是在这个时候，也不敢表现出来，只好连声道：“做过、做过，我都做过的。”

窦玉美这才点点头说：“这不就行了嘛。”转头吩咐女儿说，“吃过饭后，你把那些活计都交给她吧。”

吴俊莹开心道：“好的，我终于解放了！”

吴家大院香堂内，摆放着吴家的列祖列宗，其中赫然摆着窑湾始祖“吴洪兴”的牌位。

吴俊莹领着嫂子走进来，边走边介绍说：“我爸说‘百善孝为先’。所以你每天早上起来，都要先到这里来给列祖列宗上香，然后再去厨房准备早饭和其他的事情。”

徐佩萍温顺地说：“我记住了。”

吴俊莹却不相信地问：“你真的记住了？这里祖先众多，每个祖先上的香都是有讲究的，不能上错了。有的祖先要上长寿香，有的祖先要上檀香，有的喜欢线香，有的喜欢塔……”

徐佩萍当然记不住，不由急得一脸愁容。

吴家大院账房内，撂着好多账簿，却只有姑嫂二人。

吴俊莹刚一进来，就滔滔不绝地说：“这里就是我们家的账房，每天的开支用度，你都要记录在账，爸爸每天都要查的。全家每个月的开支费用，不得超过十个大洋，知道吗？”

徐佩萍吃惊地问：“十个大洋？那么少，如果超支了怎么办？”

吴俊莹瞪了她一眼，不以为意道：“每天粗茶淡饭，又没请几个用人，怎么会超支呢？除非你不节俭，花钱大手大脚的。不过呢，我爸常说‘小富由俭，大富由天’。”

徐佩萍小心翼翼地说：“可是，吴家号称‘吴半街’，已经是大富了呀，不必这么节省的吧？”

吴俊莹却轻描淡写道："那要看和谁比了。和你们徐家比呢，当然算是大富了。但是如果和以前的皇帝比呢，就只能算是小富即安了。"

徐佩萍听了这话，简直哭笑不得。

吴家大院厨房内，冷冷清清的。

徐佩萍想起自家厨房的热闹忙碌，不由苦笑起来。

好在吴俊莹并没有看到，继续介绍说："为了防止有人从中渔利，所以每日三餐，都要你亲自上街买菜；如果有日常物品破损需要更换的，你要把破损的物件拿给爸爸过目；买了新的物品以后呢，也要给爸爸过目，你记住了吗？"

徐佩萍只好点点头："记住了。"

吴俊莹继续说："还有啊，厨房里从洗菜到洗碗，都是分工明确的，不过只有一个老用人。所以你要随时过来帮忙的，包括劈柴！"

徐佩萍终于忍不住了，郁闷道："啊？劈柴，我从来就没有拿过斧头的啊！"

吴俊莹轻蔑地说："从来没有拿过斧头？那你还敢嫁进我们吴家的门？我告诉你，骗你姐姐嫁到臧家，用的是心眼。不过这些粗活重活，用的可是纯体力的哦，你慢慢学吧。"撂下这话，就扬长而去。

其实对于这个所谓的嫂子，她本来并无恶感的，但是搞出“姐妹易嫁”这场戏，真的是让她看不起！

徐佩萍望着面前一堆小山似的柴火，不由愁眉紧锁起来。

与此同时，臧家大院后院三房小院内小夫妻俩卧室内，吉祥正在服侍臧远航穿衣洗漱。

徐佩芸刚收拾好被子，忽然院内传来郭文芳的声音：“佩芸。”

徐佩芸忙去开门，同时说：“妈，你怎么这么早？”

郭文芳笑眯眯地说：“明天就是三朝回门了，今天你去街上，亲家公、亲家母喜欢什么，你就尽管买什么好了。”

徐佩芸连忙道：“谢谢妈。”

郭文芳递过一沓钱道：“这钱你先拿着，要是不够，你就直接让远航按手印，把账单送给我或你爸都行，我们会去付款的。”

徐佩芸连忙接过了，感激地说：“知道了。”但是扫了面无表情的丈夫一眼，还是小心翼翼地问，“远航，你会和我去街上吗？”

臧远航没好气地说：“不会！”

郭文芳却把眼一瞪道：“你敢不去！”然后又吩咐儿子说，“还有啊，三朝回门烤乳猪是不能少的，一定要买最大最肥的那个，你知道了吗？”

臧远航还是不高兴地说：“我这个样子，也帮不了什么忙，让她自己去就好了嘛。”

郭文芳正色道：“明天徐家两姐妹一起回门，东西少的话，你岳父母心里会不舒服的。我怕你不去的话，佩芸舍不得花钱，到时候面子不好看。”

臧远航听了这话，神情不由一凛，这才心不甘情不愿地说：“好吧，我去！”

第55章　一同回门

中宁街烤乳猪店内，一只只乳猪挂在门口，看得人垂涎欲滴。

吉祥推着臧远航走过来。

徐佩芸跟在后面，指着一只乳猪问：“老板，多少钱一只？”

乳猪店老板热情地说：“十块大洋！”

徐佩芸不由一惊：“这么贵啊？”立刻就犹豫了。

没想到，臧远航却坦然地说：“老板，我要订一只最肥最大的烤乳猪，明天早上来拿。”

乳猪店老板答道：“好哩。”

然后，徐佩芸和臧远航继续到各家店铺逛着，很快就买下了一盒盒包装精美的礼品。

很快，臧远航已经开始按手印了。

徐佩芸不由郁闷地想：“唉，就你那个变态的脾气禀性，就是按再多的手印，对我来说，也没有什么意义啊！”

吴宅大院内，太阳当空照。

徐佩萍挽起袖子，坐在院子里，一下一下地劈着木柴。

不大一会儿，她就汗流浃背了。

窦玉美正好走过来，望着那几块可怜巴巴的柴火，却不满地说："佩萍，你吃干饭的啊？整整劈了一个上午，怎么才劈好这么一点儿柴火啊？"

徐佩萍哭丧着脸，将双手伸过去，只见原本白嫩的双手，已经磨出好几个血泡。

她委屈地说："妈，我、我在娘家从来没做过这种粗重活。"

窦玉美却撇了撇嘴，不以为然道："那是你妈持家无道、教女无方！我告诉你，想做好我们吴家的媳妇，这些粗重活都要会干的。"

徐佩萍虽然不服气，但还是连连点头说："我会好好学的，妈。"

窦玉美冷哼一声，转身就走。

徐佩萍忽然想起什么，连忙追上去，讨好地问："妈，明天就是三朝回门了，你看……"

窦玉美想了想说："哦，你不说我差点忘记了。虽然我们吴家素来节俭，但是在外头的门面还是要撑的。礼品呢，你看家里有合适的就拿个两三样吧，记住不要拿太多；烤乳猪呢，虽然你是硬塞进俊锋裤腰带里的，不过怎么说也是个黄花大闺女嘛，就捡一个最小、最瘦的吧，最好是昨天或前天剩下的，这样价钱就会便宜点儿。”

徐佩萍不由失望至极，不由着急道：“啊？”

窦玉美不满地说：“你啊什么啊？我已经够大方的了，要是你爸，肯定连烤乳猪的钱都要省下的呢。”

徐佩萍只好郁闷道：“谢谢妈。”

窦玉美刚走两步，忽然又想起什么说：“记住，千万不要让外人知道我们家每天吃的是什么菜，更不要让外人知道你在我们家干粗重活，否则，我跟你爸会很没面子的，包括你自己的爸妈，知道了吗？”

徐佩萍哭丧着脸说：“知道了。”

徐家大院客厅内，一群亲友热热闹闹地涌进来。

他们纷纷祝贺道：“恭喜、恭喜，两个女儿今天一起回门，可真是双喜临门啊。”

柳兰香连忙迎上去，热情地说：“同喜、同喜，各位快请坐。”

徐立春不由皱了皱眉，将妻子拉到一边，责怪地说：“你怎么搞的，三朝回门，竟然请了这么多亲友？佩芸嫁给远航那个瘫子，你脸上很有光吗？”

男亲友甲却安慰道：“哎，立春，你话可不能这么说。佩芸嫁得不好，佩萍嫁的可是大名鼎鼎的吴半街家呀。”

男亲友乙称赞说："最主要的是，你的姑爷吴俊锋，那可是窑湾商界的后起之秀啊，谁不知道！"

女亲友甲也羡慕道："是啊，是啊。吴家是首富，儿媳妇回门的礼品，一定很丰厚哦。"

女亲友乙附和说："是啊，是啊，再说远航虽然瘫了，但是臧家可是有头有脸的哦，回门的礼品也一定不会少。"

女亲友丙转头问："表姐，那你们家是不是又要发一笔小财啦。"

柳兰香连连点头："是啊，是啊。"然后笑容满面地对丈夫说，"大家都这么说，你有什么不开心的呢？"

正在这时，门外忽然有人高声喊道："大小姐回门啦！"

随即，两个身强力壮的汉子，抬着一只红绸系着的烤乳猪，看上去又大又香。

亲友们同时发出了一声赞叹。

女亲友甲吞了吞口水说："哇，这只烤乳猪可真够大的啊。"

话音刚落，徐佩芸推着臧远航走进了门。

众亲友们脸上的笑容，立刻就消失了，纷纷摇头。

徐佩芸平静地招呼道："爸早安，妈早安，各位亲友早安。"

柳兰香赔着笑脸，心虚地说："哎呀，佩芸，臧家的烤乳猪可真是够大的哦。"

徐佩芸冷冷道："这还要感谢妈了，没有妈，臧家又怎么会送烤乳猪上门呢？”

柳兰香只好尴尬地笑了笑。

臧远航坐在轮椅上，面无表情地说：“岳父大人早安，岳母大人早安，各位亲友早安。”

亲友们连忙回道：“早安早安。”但是望着他轮椅上两条无力耷拉的双腿，却不知道说什么是好了。

徐佩芸见状，不由尴尬极了。

好在这时，又一个声音高喊道：“二小姐回门啦！”

众亲友立刻欣喜地向外望去。

柳兰香更是喜不自禁道：“吴家的烤乳猪，一定更肥更大！”

谁知道，烤乳猪抬到面前时，所有人都傻了眼。

只见那只烤乳猪又小又瘦，众亲友不由面面相觑。

女亲友甲忽然捏紧了鼻子说：“哪里飘来一股臭味？”

女亲友乙朝烤乳猪前走了几步，忽然也捏紧鼻子道：“哎呀，这只乳猪都臭了！”

众人闻言，纷纷退避三舍。

徐立春不由愠怒地说：“快抬走，快抬走！”

随即，徐佩萍走进客厅，后面跟着风度翩翩、举止斯文的吴俊锋。

吴俊锋刚一走进客厅，目光就盯在徐佩芸的脸上，徐佩芸连忙将目光移开来。

柳兰香见到小夫妻俩，刚才脸上的不快，立刻就烟消云散了。

只见她快步迎上去，向亲友们骄傲地介绍说：“这是我的小女婿，大家看看，是不是又英俊又斯文。”

众亲友纷纷称赞道：“真是一表人才哪。”

吴俊锋恭敬地说：“岳父大人早安，岳母大人早安，各位亲友早安。”

徐立春歉然道：“俊锋啊，谢谢你能原谅佩萍。虽然她有错在先，不过她和你已经是夫妻了，你一定要好好待她。”

吴俊锋点点头说：“我会的。”

柳兰香拉着小女儿的手，爱怜地说：“佩萍啊……”

忽然，她的手意识到某种异样，低头一看，只见爱女的手上，竟然裹着厚厚的纱布，不由“啊”地惊叫一声！

徐佩萍连忙下意识地将手缩回去。

柳兰香立刻心疼地问：“怎么回事？怎么回事？你的手怎么搞成这个样子？”

吴俊锋不以为然地说：“噢，是她……”

徐佩萍连忙接过话道：“是我绣花的时候，不小心弄破的，没事的。”

柳兰香这才放下心来，叮嘱说：“那你以后可要小心了。手是女人的第二张脸，看一个女人过得好不好，就是看她的手。你在娘家时，可是养尊处优惯了，十指不沾阳春水的。”

徐佩萍温顺地说：“知道了，妈。”

女亲友甲不满地嘀咕着：“首富又怎样？一表人才有什么用？送那样的烤乳猪，真是太小气了。”

女亲友乙撇了撇嘴，反驳道：“我看不是小气啊，摆明了是吴家没把硬塞给他们的媳妇瞧上眼呢！”

徐佩萍看到丈夫的目光一直盯着姐姐，便连忙走过去说：“姐姐，对不起。”

徐佩芸冷冷道：“什么对不起？你做过对不起我的事情了吗？”

徐佩萍不由尴尬起来。

柳兰香一看气氛不对，连忙转移话题说：“今天我们两个女儿女婿都回来了，是大喜啊，大家准备吃烤乳猪、吃烤乳猪吧。”

徐家大院后院内，徐佩芸正在手脚麻利地劈木柴。

徐佩萍连忙走过去，讨好地说：“我来帮你吧，姐姐。”

徐佩芸面无表情道：“你是大家闺秀嘛，这些粗重活，你怎么能做得来？”

徐佩萍委屈地说：“别看吴家生意做得那么大，家里用人请得很少的，这些粗活，都是要我自己做的。”

徐佩芸不由一愣，但还是讽刺道：“你为了嫁给俊锋，不是什么事都做得出吗？这点粗重活算得了什么？”

徐佩萍强行将斧头夺过去，心虚地说：“姐姐，你还在生我的气吗？”

徐佩芸眼皮都不抬，依然冷冷道：“你说呢？”边说边过去舂米。

徐佩萍又走过去，抢过舂杆说：“姐姐，我来舂。”

徐佩芸厌恶地说：“请你别再叫我姐姐了，我听着恶心！”

徐佩萍哽咽道：“姐姐，对不起，我不该那么自私，不该为了嫁进吴家，同意妈的姐妹易嫁之计。”

徐佩芸再也忍不住了，愠怒地说：“我真是想不到，从小到大，我那么疼你，你竟然出卖我！”

徐佩萍立刻红了眼圈，流着泪道：“对不起，姐姐，请你原谅我。”

徐佩芸冷冷地说：“你可知道，臧远航出事后，脾气性格大变，甚至不和我洞房。你把我一生的幸福都毁了，却让我原谅你？好啊，如果你能让时光倒流，让一切改变，我就原谅你！”说完，拂袖而去。

徐佩萍不由无力地蹲在地上，绝望地放声大哭起来。

徐佩芸听到哭声，心就软了。她不由停止脚步，叹了口气，走到妹妹身边，安慰道：“好了，不要哭了。你性格从小就脆弱，又没有主见，要是嫁给远航，肯定得天天以泪洗面的。我这一生，除了涟泰，没有任何一个人能走进我的心里。所以嫁给俊锋还是嫁给远航，对我来说，区别并不大。但是你却一心想嫁给俊锋，所以算起来，我也不算太吃亏，你说是不是？”

徐佩萍这才停止哭，感激地说：“姐姐，我知道你说这话，是为了让我安心。”转而沮丧道，“可是无论怎么算，还是你吃亏了。因为你若嫁给俊锋，痛苦的只有我一个。但是现在，痛苦的是我们三个啊，远航以前那么喜欢你，只有他称心如意了。”

徐佩芸苦笑了一下，但还是关切地问：“怎么，俊锋他对你不好吗？”

徐佩萍委屈地点了点头，又赶忙摇了摇头，忽然伏在姐姐的肩上，放声大哭起来。

第56章　一定比我还恨她

徐家大院客厅内，客人们吃过乳猪后，已经陆续散去了。

徐立春夫妇、吴俊锋坐在饭桌前，正在喝茶。

臧远航虽然也坐在饭桌前，但是那笨重的轮椅，让他显得颇有些格格不入。

徐立春眼睛望着小女婿说：“俊锋哪，你平时都有什么业余爱好？”

吴俊锋认真道：“白天呢，下下棋，做做慈善事业；晚上呢，看看书什么的。”

徐立春竖起大拇指，称赞说：“真不愧是青年才俊，业余爱好都这么高雅有品位，我女儿嫁给你，真是三生有幸啊。”

臧远航意识到自己受了冷落，便淡淡道：“岳父，你怎么不问我呢？”

徐立春苦笑了一下，喝了一口茶，无奈地问：“那你平时都有什么爱好呀？”他把“业余”两个字去掉了。

臧远航认真地回道：“你们知道的，我腿又不能走。白天呢，只好对着墙角的蚂蚁发呆；晚上呢，对着头顶的房梁继续发呆。”

徐立春听了这话，一口茶全喷了出去。

柳兰香眼睛更是瞪得好大，似乎强忍着笑。

吴俊锋则摇摇头，一脸的幸灾乐祸。

然后，他悲天悯人道：“说起来，我们以前也算情同手足，真是没想到造化弄人啊，你现在竟然如此没有上进心，唉！”望了一眼他的腿，又添了一句，“不过呢，就算你有上进心，可是又有什么用呢？你现在都成这副样子了。”

臧远航目光一凛，话中有话地说：“所以呢，那个陷害我的人毁了我的一生，倘若被我找到，一定要剥他的皮、喝他的血、吃他的肉，然后挫骨扬灰！”

吴俊锋立刻明白了什么，当即冷笑一声道：“你……”

幸好恰在这时，徐佩芸和徐佩萍端着菜，先后走了进来。

姐妹俩异口同声地说：“吃饭了。”

然后两人将菜放到桌子上，分别挨着各自的丈夫坐下来。

但是两个连襟却怒目而视，互不相让！

徐立春无奈地打圆场说：“唉，算了，算了，由他去吧。事到如今，别的都不好再计较了，最重要的是，只要一家人和和睦睦过日子，比什么都好。”

柳兰香附和道："是啊，是啊。"然后夹了一块鸡肉给小女婿，亲热地说，"俊锋吃菜。"

吴俊锋立刻端起酒杯，语带玄机地说："岳母大人，我先敬你一杯，感谢你的厚爱，小婿没齿难忘。"

柳兰香只好站起来，讪笑道："应该的，应该的。"

臧远航见状，知道自己再次受了冷落，索性也不说话，只是低下头一杯接一杯地喝闷酒。

徐立春望着他那笨重的轮椅，不由在心里长叹一声，也低头喝起了闷酒。

就这样，翁婿二人一杯接一杯地喝着，最后竟然无声地干起杯来。

吴俊锋唇边立刻浮现出一丝不易察觉的笑意，然后开始夹螃蟹。但是不知道何故，怎么也夹不稳，一次次掉在了桌子上。

于是，他故作惊讶道："怎么回事？这螃蟹已经煮熟了，怎么还会站起来走呢？"

柳兰香讨好地说："俊锋啊，螃蟹就算活着时，也是在地上爬的，不是站起来走的。"

吴俊锋听了这话，立刻扫了臧远航的轮椅一眼，一副似笑非笑的样子。

柳兰香这才恍然大悟，捂着嘴偷笑起来。

臧远航已经醉眼蒙眬了，但还是瞪了她一眼，毫不客气地说：

"岳母，怪不得我妈总是说你尖酸刻薄呢，果然如此！"

徐佩芸连忙捂住他的嘴，提醒道："你不可以这样胡说的！"

臧远航却一把推开她，厉声说："我偏要这样说！你别以为我不知道，你和你们家的人，压根儿就看不起我，更不想嫁给我，要不是这个尖酸刻薄的女人，你早就高高兴兴做吴家少奶奶了！所以你心里一定比我还恨她，是不是？"

徐佩芸气恼道："你胡说什么？"

臧远航却一把攥住她的手，咬牙切齿地问："你快说，是不是？"

柳兰香再也忍不住了，霍地站起来，厌恶地说："愿意不愿意，你心里就没有一点数吗？除了佩芸这个死丫头，谁好好一个姑娘家，会心甘情愿嫁给一个瘫子！"

臧远航气得差点儿吐血，就准备发火了！

于是为了壮声势，他拿起一瓶酒，"咕咚咕咚"地直接倒进嘴里，没想到却因为喝得太多太急，随即就晃晃悠悠地醉倒了。

徐佩芸连忙搀扶起他，同时焦急地喊道："远航，远航。"然后转过身来，"爸、妈，你们慢吃，我们先回去了。"

吴俊锋立刻站起身来，殷勤地说："我帮你吧。"

徐佩萍的脸上，不由掠过一丝阴影。

与此同时，吴俊锋已经抢过轮椅，很快将醉得不省人事的臧远航推出了门外。

臧远航还在兀自说着醉话：“瘫子？我不是瘫子，不是……”

恰好这时，吉祥迎面跑过来说：“小少奶奶，老爷太太让我过来接你。”

吴俊锋无奈，只好把轮椅递给他。

吉祥接过后，推着就走了。

徐佩芸这才稍稍松了一口气，平静地说：“谢谢你，我们先走了。”边说边想跟上去。

吴俊锋却拉住她，急急道：“佩芸，真没想到远航的性格会变得这么古怪，对你也并不好，我真的很难过。虽然我为了吴家的面子，不得不屈服于你妈和你妹妹。但是你知道，我喜欢的人明明是你。我没用，不得不接受了这个现实，我实在是个怯懦的人。”

徐佩芸坦然地说：“过去的都过去了，你不必计较。我妹妹性格天生脆弱，又没有吃过什么苦，你要好好对她才是。”

吴俊锋却冷冷道：“你别再说了！她采用卑鄙的手段出卖你、欺骗我，我永远都不会原谅她的！还有臧远航，我与他在杀兄之仇上，又多了夺妻之恨，从此更是不共戴天！”

追出门外的徐佩萍，正好在后面听到丈夫说的这番话，立刻委屈地流下眼泪来。

她绝望地喊道：“俊锋，你怎么可以这样对我？”

吴俊锋回头看到她，却不以为意地说：“哦，你都听到了，你听到了正好。”

徐佩芸连忙解释道："佩萍，他喝醉了，你不要听他胡说……"

徐佩萍却一把甩开她的胳膊，尖叫起来："你闭嘴，我恨你！"说完，扭头就跑开了。

徐佩芸催促道："俊锋，还不快去追？"

吴俊锋却站在原地，无所谓地说："她爱去哪里去哪里，关我什么事啊？"

徐佩芸跺了跺脚，只好追上去："佩萍，佩萍……"

徐家大院门口，徐立春夫妇看到哭喊着回来的小女儿，以及在后面追的大女儿，都是一愣。

柳兰香着急地问："怎么回事？发生什么事了？刚才几个人不还是好好的吗？怎么一转眼就闹成这个样子了？是不是俊锋还一直放不下佩芸？"

徐立春摇摇头，喃喃自语道："儿女之情还是小事，臧吴两家，原本就有旧仇，现在又添新恨，梁子怕是结得更深了。"

第57章　加双倍燃料

清晨，码头管理处总经理办公室内，臧家梁正在埋头批阅文件。

与此同时，他不停用手捶着头部，看上去很是疲倦。

徐佩芸身着一件合体的墨绿色旗袍，大大方方走进来，同时招呼道："爸爸早安。"

臧家梁抬起头，故作惊讶地问："佩芸？你怎么来了？"

徐佩芸笑道："你前天不是说过，三朝回门后，让我做你的特别助理吗？"

臧家梁这才点点头，满意地说："我以为年轻姑娘贪玩，所以并没有再特别提醒你，难得的是你一直记得，说明你很有责任心。做生意最重要的就是有责任心，只要有责任心，什么事都难不倒。好，我现在马上带着你，去熟悉码头各个环节的事务及流程！"

徐佩芸感激道："谢谢爸爸。"

码头管理处一楼大办公室内，职员们正在有条不紊地忙碌着。

臧家梁指着儿媳妇，郑重地介绍说：“大家好，这是我特招的特别助理徐佩芸。”

徐佩芸得体地招呼道：“大家好，以后请多关照。”

职员们纷纷鼓起掌，表示欢迎。

只有臧家栋冷眼旁观，一脸不屑。

大运河堰上，臧家梁带着徐佩芸，在各家货物前来回穿梭。

货主们热情地和他们打着招呼。

徐佩芸也一一友好回应。

运河码头上，臧远方带着徐佩芸走向正在搬运的货物前。

徐佩芸耐心地向搬运工人们请教着什么。

码头管理处总经理办公室内，臧家梁正在聚精会神地批阅文件。

徐佩芸推门进来，将一份文件递过去说：“爸，这是昨天的出入货记录。”

臧家梁拿起来看了看，称赞道：“你才来码头半个月，出入货记录就做得这么一目了然了，真的很了不起。”

徐佩芸不好意思地说：“爸，你过奖了。没什么事的话，我出去了。”

臧家梁却吩咐道：“今天你就不用去码头了，马上要开一个高级职员会议，你参加一下。”

徐佩芸有些不确定地问：“我？行吗？”

臧家梁果断地说：“当然行！”

他说完这话，便想要站起身来，但是却感到头部一阵剧痛，连忙一手捶胸，一手去扶住桌子，这才好不容易站住了。

徐佩芸连忙扶住他，关切地问：“爸，你怎么了？”

臧家梁好不容易才镇静下来，虚弱地说：“不知道为什么，最近我的头疼得特别厉害。”

徐佩芸担心道：“那赶紧去看医生吧。”

臧家梁却摇摇头说：“码头前段时间接连出事，先是年审问题，后来又是远航被害，简直乱成一团。现在好不容易走上了正轨，我不想再出什么乱子了。”说到这里，又叮嘱道，“记住，我头疼这件事，千万不要告诉任何人，包括你妈和远航。”

徐佩芸犹豫了一下，还是点了点头。

码头管理处会议室内，臧家梁正在主持会议。

臧家栋、臧远胜和臧增年坐在一边。臧远方、臧远茹和徐佩芸坐在另一边。

臧家梁强忍着头部的剧痛，歉然道：“不好意思，我还有点急事要办。大家有什么事，赶紧说吧。”

臧家栋将一个文件夹放在他面前，阴阳怪气地说：“你把这些文件签了，我急着要用呢。”

臧家梁打开文件看了看，却眉头一皱道：“安平造纸厂的这批货，他们有三百吨纸要运往杭州？”

臧家栋点头说：“是啊，我可是一切按程序办，绝对没有问题的。”

臧家梁沉吟片刻道：“程序是没有问题，可是货期时间卡得太紧了。我担心的是，现在阴雨连绵，就算是我们蛟龙号那样的大船，雨季航行也是困难重重，稍有失误便会延误船期。所以，我认为最好让他们重改货期，或毁约退货，大家觉得怎么样？”

臧家栋当即反对说：“安平造纸厂是我们的老客户了，一直合作很顺利，要是毁约，以后再想合作就困难了。更何况毁约的话，我们要赔人家双倍的订金！”

臧家梁刚想说什么，忽然再次感到一阵剧烈的头疼。

他痛苦地摇了一下头，强自镇静道：“他们可以改货期。否则，要是途中真遇到风雨，误了人家的货期，搞不好纸张再报废了，我们会赔得更多的。”

臧家栋却胸有成竹地说：“这个事情，我也想过了。如果蛟龙号不在上海停靠，而是加双倍的柴油直达福建的话，还有半个月的宽松时间。如此一来，就不会延误货期，大家认为如何？”

臧家梁刚想说什么，又痛苦地皱了皱眉。

徐佩芸担心地望着他。

臧家栋催促道：“如果你没有更好的办法，蛟龙号的事情就这样决定了。你快签了吧，免得耽误货期。”

臧家梁强忍着剧痛，只好说：“那好吧。”签好名，便匆匆道，“实在对不起，我有点急事，先走了。”

徐佩芸连忙跟了上去，担忧地说：“爸，我陪你去吧。”

臧家梁点点头，没有拒绝。

与此同时，会议室内其余的人，同样是一脸担忧。

臧远方自言自语地说：“加双倍燃料，这样做是很危险的。”

臧远茹附和道：“是啊，三叔以前不是这样子草率的，今天是怎么了？”

臧家栋安慰说：“你们放心吧，我坐的船比你们走的路都多，不会有事的。”转头命令道，“远方，你马上去通知蛟龙号，准备起航。”

臧远方只好无奈道：“好吧。”

臧家栋又得意地说：“四叔，安平这笔大生意算是做成了，走，我们爷儿俩去小蓬莱喝一杯去。”

臧增年点头哈腰道：“好。”

江西会馆济世堂内室，臧家梁正在治疗。

赵延成给他起了银针，便坐回诊室。

正在诊室内等候的徐佩芸，见他来了，连忙问道：“赵大，我爸怎么样了？”

赵延成担忧地说：“上次脑中风留下的后遗症。本来恢复得不错，但好像最近太劳累了，引起脑部供血不足。再这样下去，非常危险啊。”

徐佩芸闻言，不由吃了一惊。

正在这时，臧家梁从诊室走出来，急切地说：“赵先生，先给我开几服药吧。”

赵延成却摇了摇头，严肃地说：“再好的药，也是治标不治本，关键还是不要太劳累，更不能再受刺激。”

臧家梁无奈道：“好吧，我尽量。”

江西会馆济世堂外，臧家梁走向停在外面的轿车。

徐佩芸拿着几包药，跟在后面。

赵延成犹豫了一下，忽然叫住她：“佩芸，你等等。”

徐佩芸只好停住脚步问：“赵大，什么事？”

赵延成难过地说：“孩子，我以前听说你和吴家订了亲，私下还错怪过你。后来听你爸爸说，我才知道都是涟泰对不起你，真是委屈你了。”

徐佩芸摇摇头，苦涩道：“赵大，你别这么说，这一切都是我的宿命。”

赵延成担忧地说：“可是现在，我也有差不多一年没有得到涟泰的消息了，真是担心哪。”

徐佩芸安慰道：“赵大，你放心吧，他已经是大人了，又在美国结婚了，不会有事的。”

赵先生却摇了摇头，看上去不置可否。

中宁街上，一如既往地人声喧闹。

臧家的轿车缓缓行驶在街上，臧家梁坐在后排闭目养神。

徐佩芸担心地问：“爸爸，你感觉好点了吗？”

臧家梁点点头道：“刚才赵先生给我扎过针，就感觉好多了。对了，我这段时间天天忙码头，也不知道远航怎么样了？”

徐佩芸郁闷地说：“他很少出去，也很少说话，每天都在书房里看书。”

臧家梁好奇地问：“都看些什么书？”

徐佩芸想了想道：“大多数是古文，也有不少英文书，还有每天的报纸什么的。”

臧家梁点点头，满意地说：“看看书也不错，不过……”

没想到他刚说到这里，街道上忽然传来尖锐的火警声，人群立刻乱成一团。

与此同时，一群拿着水龙头的火龙会会员，慌慌忙忙跑过来。

火龙会会员甲边跑边喊：“失火了，失火了，消防队要救火，大家让让、让让……”

火情紧急，人群迅速让开一条通道。

于是火龙会会员们推着一辆消防车，快速经过。

青壮年男人们自发地跟在消防车后面，一起跑去救火。

臧家梁见状，立刻吩咐司机：“小于，停车，我下去看看。”

立刻，轿车戛然而止。

臧家梁钻出轿车，快步向人群走去。

徐佩芸也立刻跟了上去。

臧家梁边走边担忧地问：“这火看来不小，不知道是什么地方失火了。”

徐佩芸望了望前边，附和道：“是的，这么多消防车，火应该烧得很大。”

臧家梁望了望四周，不由疑惑地问：“奇怪，怎么看不到火光？难道不是城里着火了？”

正是这时，又一辆消防车开过来。

火龙会会员乙冲人群吆喝道：“大家让让、快让让。”

话音刚落，一个中年妇女慌慌张张地迎面跑来，边跑边喊：“吓死我了，那火呼啦啦烧得好大啊。大家赶快回家收拾收拾吧，说不定风一吹，就烧到城里来了。”

一个老人疑惑地问：“不可能吧，什么火能烧得这么大？”

众人纷纷附和道：“就是，就是。”

中年妇女却急切地说：“我刚才从运河堰上下来，大半个运河都烧红了，不信你们自己去看！”

臧家梁听了这话，立刻吃了一惊：“运河？”然后走到那位中年妇女面前，焦急地问，“大妹子，失火的是不是一艘船？”

中年妇女连连点头道：“是啊，是啊。那艘船还没出码头呢，已经烧得透体通红了，我活了四十多年，从来没有见过这么大的火啊。”

臧家梁脸色不由一变，紧张地问：“是什么船？”

中年妇女双手一张，比画了一下说：“那艘船好大啊，我看到时已经被烧得差不多了，好像上面有一个‘龙’字。”

徐佩芸不由脱口而出：“蛟龙号？”

中年妇女连连点头：“对对对，就是蛟龙号！”

臧家梁闻言，急忙朝前跑，但是因为头部剧痛，竟然扑倒在地！

徐佩芸立刻惊叫一声，连忙跑过去，急切地问：“爸爸，爸爸，你怎么样了？”

臧家梁忍着剧痛，焦急地说：“蛟龙号。”边说边艰难地想要站起来。

这时，司机小于见了，也连忙跑过来搀扶他。

徐佩芸阻拦道：“爸爸，你身体这个样子，不能去啊。”

臧家梁痛心疾首地说：“蛟龙号，我的蛟龙号啊。”

徐佩芸安慰道：“你先回家，我去看看。”

臧家梁疑惑地问：“你一个人去，行吗？”

徐佩芸坚定地说：“爸，你不是说过的吗？‘只要有责任心，什么事都难不倒’。”

臧家梁这才松口道：“好，你去吧，无论好坏，有消息就马上通知我。”

徐佩芸点点头说：“我会的。”吩咐司机道，“小于，你马上把三老爷送回家。”

小于回道：“放心吧，少奶奶。”

第58章　我宁愿臧家败了

臧家大院客厅内，臧增福夫妇、庄淑环、郭文芳和臧远胜正在边喝茶边闲聊。

陆慧珊穿着一身漂亮的白色连衣裙从后院走进来，炫耀地转了一个圈。

庄淑环赞叹道："慧珊，你今天漂亮得好像画一样。"

臧远胜得意地说："你儿子我的眼光，还能差了吗。"

陆慧珊眼珠一转，忽然想起什么，正色道："对了三婶，我看远航天天在书房里看书，好像很孤单的样子，你怎么不让佩芸在家陪他？"

郭文芳脸色一变，只好郁闷道："佩芸哪有这么闲，她要做事的嘛。"

庄淑环刚想说什么，就见臧远方慌里慌张地跑进来。

他边跑边说："不好啦，不好啦，蛟龙号着火了！"

所有人听了这话，都大吃一惊：“蛟龙号？”

臧增福率先反应过来，慌乱地说：“蛟龙号是我们码头最大的一条船。远胜，你赶紧多叫几个火龙会会员去救火，花多少钱没有关系，一定要救蛟龙号啊。”

臧远胜连忙站起来道：“好的，我马上去。”

臧远方却摇摇头，沮丧地说：“已经烧得差不多了，现在就算救回来，也只剩副骨架了。”

臧增福捶胸顿足道：“为什么出事的偏偏是蛟龙号啊？”

臧远方郁闷地说：“是二叔签了一份紧急合同，怕耽误货期，让人在蛟龙号里放了双倍的柴油。”

臧远胜不服气道：“这件事是我爸提议的不错，那也是三叔同意了的。”

臧增福责怪地说：“家梁怎么能这么草率呢？再这样下去，码头肯定会倒闭的。”

正在这时，小于搀扶着臧家梁，步履艰难地走进来。

众人连忙迎上去，纷纷问：“怎么了？”

臧家梁虚弱地坐在椅子上，痛心地说：“这次蛟龙号出事，是我决定的，都是我的错。要不是我头疼得受不了，急着去济世堂，匆匆签了字，蛟龙号就不会出事了。”

臧增福焦急地问：“那现在怎么办呢？”

臧家梁叹了口气说：“我已经让佩芸去处理了。”

江西会馆济世堂内室，几张病床上躺满了烧伤的船员和码头工人。

徐佩芸急匆匆跑进来。

伤员们见到她，纷纷招呼道："小少奶奶。"

徐佩芸点点头，安慰说："大家好好养伤，一切费用，我们码头会全权负责的。"

她边说边走到一个脸上有伤的中年男人面前，关切地问："陈船长，你伤势怎么样？"

陈船长坐起来回道："我没关系的，都是些皮外伤。"

徐佩芸又问："那其他船员的伤势怎么样？"

陈船长扫了大家一眼说："其他船员的伤势，也都不是很严重。"但还是歉然道，"不过，我们的蛟龙号这次是完了，我对不起码头，更对不起臧会长的精心栽培。"

徐佩芸这才稍微松了一口气，安慰道："陈船长，你千万不要这么说。这次事故根本与你无关，是柴油放得太多了，再加上运送的是纸张，燃烧起来当然一发不可收拾了。"然后转向所有伤员，郑重地说，"这次连累大家受伤，是码头对不起你们。现在最重要的是，大家静下心来，好好把伤养好，码头不能没有你们。"

船员和工人们听了这话，全都感激不已。

臧家大院后院三房小院客厅内，臧家梁坐在沙发上，痛苦地捶打着自己的头部。

不大一会儿，郭文芳端来一碗汤药，把丈夫扶起来说：“家梁，来，把这药喝了吧。”

臧家梁仰天长叹道：“蛟龙号是我们码头最大的一艘船，现在说没就没了，都是我的错啊。”

正在这时，徐佩芸匆匆走进来。

臧家梁连忙问：“佩芸，怎么样了？”

徐佩芸安慰道：“还好，伤员们的伤势都不严重。”

臧家梁这才松了一口气说：“人都没事，已经是万幸了。”说到这里，眉头又紧皱起来，“可是，这次我们损失了一条大船，再加上赔给安平造纸厂的钱，最少也要六万块！”

徐佩芸却道：“刚才我问过大姐了，码头现在运转正常，六万块还是不成问题的。”

臧家梁这才点点头，叹了口气说：“我现在头疼得不行，实在是有心无力了，别人我也不放心。善后的工作，就全权交给你代我处理吧。”

徐佩芸毫不犹豫道：“好，我马上去。”说完，便又急匆匆走出了门。

郭文芳望着她的背影，叹了口气。转身向丈夫，担心地问：“家梁，佩芸虽然能干，但毕竟是个女人家，码头那么大的一个摊子，交给她能行吗？”

臧家梁无奈地说："如果她不行的话，说明我们臧家和码头的气数，都已经尽了。"

郭文芳却没好气道："我不关心臧家和码头气数尽不尽，我只知道，远航每天孤单单的，连个陪他的人都没有！"

当天晚上，臧家大院后院二房小夫妻俩房间内。

臧远胜躺在床上，笑眯眯地说："老婆，快过来给我揉揉背。"

陆慧珊坐在梳妆台前，没好气道："揉背、揉背，你就知道揉背！你没看到，三叔越来越相信那个徐佩芸了，连事故善后这么重要的事情，都交给她处理呢。"

臧远胜却不以为意地说："不交给她处理交给哪个？三叔这段时间太累了，脑中风老毛病又犯了。再说这件事因我爸而起，不追究他责任都算便宜了，怎么还会让他去处理？大哥呢，和别人说话都脸红；至于我姐，除了算算账、跑跑腿，还能干什么？"

陆慧珊把眼一瞪道："不是还有你吗？"

臧远胜指了指自己的鼻子，嘲弄地说："我？我可不想费那个心思，多累啊。"

陆慧珊不由愠怒道："像你这个年龄的男人，正是做事业的好时候，你却如此没有上进心，真是太让我失望了！"

臧远胜委屈地说："我也很想有上进心啊，可是我一想到，有上进心那么累，我就不想有了。远航那么有上进心，现在又怎么样了呢，不是直接瘫了吗？再说了，要是真的怕佩芸夺当家的位置，你也可以亲自出马的嘛。”

陆慧珊却愤怒道：“‘嫁汉嫁汉，穿衣吃饭！’我是堂堂窑湾市市长家的千金大小姐，我在娘家除了上学，其余所有的工作就是吃喝玩乐。没想到嫁给你，你却叫我挑那么重的担子？做梦去吧你！”

臧远航嬉皮笑脸地说：“你看，我们夫妻俩都不想挑重担，多么情投意合的一对啊。”

陆慧珊恨铁不成钢道：“情投意合你个大头鬼啊！”然后怒声说，“我宁愿让臧家败了，也绝不让臧远航和徐佩芸得势！”

第59章　生个一男半女

晚上，臧家大院后院三房小院客厅内，站满了大房、二房和三房的人，连很少露面的臧远航也在，个个都神情严肃。

臧家梁坐在沙发上，有气无力地问："远方，现在码头的情况怎么样？"

臧远方郁闷地说："自从蛟龙号出事后，很多商户都不敢跟我们合作了。已经签了合同的，有的还说宁愿赔掉订金，也绝不和我们合作了，宁愿绕路去别的码头。"

臧家梁扫了众人一眼："对于这件事，你们都是什么意见呢？"

臧家栋用不容置疑的语气说："我的意见是，从现在开始降价，或许只有这个法子，才有可能尽量把客户留住。"

臧远方点点头："我赞成二叔的意见。从目前的情况来看，不降价会流失更多的客户。"

臧家梁又望着大家问："还有谁有不同的意见？"

徐佩芸张了张嘴，却欲言又止。

臧家梁立刻问："佩芸，你有什么意见？"

徐佩芸犹豫了一下，还是说："目前窑湾周边，可供商户使用的运河码头只有三个，一个是邳县码头，另一个是宿迁皂河码头，还有一个就是我们窑湾码头，这三个码头，只有我们码头的实力最雄厚、信用最好、商户最集中，也最快捷方便。可是为什么现在很多商户都扬言不想和我们做生意呢，其实并不是真的不想，而是想乘人之危，逼我们降价。"

说到这里，她口气一凛，诚恳道："不错，蛟龙号事故确实是我们的错，但每个人都不是神仙，都有可能犯错，错了不要紧，要设法补救才能反败为胜！所以我认为，在这关键时刻，我们不但绝不能降价，还要加价。我们要让商户们知道，我们码头的生意，绝对没有因为损失一艘货船有任何影响，仍然很好很好！"

大家听了这话，不由面面相觑。

臧家栋回过神来，率先跳起来喊道："加价？你疯了吗？你多大年纪，你才进码头几天？我吃的盐比你吃的米都多，走的桥比你走的路都多！"

臧家梁却一直紧皱着眉头。

臧远方也反对道："是啊，三叔，在这个时候加价，不太好吧。"

臧家梁似乎有些犹豫。

没想到，一直不吭声的臧远航，忽然掷地有声地说：“我同意加价！我们不能降价，还一定要加价，最少加上一成！”

听了这话，大家更加吃惊了！

徐佩芸万万没想到他会支持自己，于是便感激地朝他看去。

臧远航却将目光一缩，又转向了别处。

与此同时，臧家梁终于缓缓地说：“我赞同佩芸和远航的意见。”

臧家栋立刻跳起来说：“疯了疯了疯了，你们三房全都疯了！”

臧家大院后院臧增福小院的客厅内，臧家栋站在父母面前。

臧增福诧异地问：“加价？这真是家梁决定的吗？”

臧家栋语带愠怒地说：“那还有假？”然后又痛心道，“爸，家梁以前是很能干，但是现在他病得越来越糊涂了。上次和安平造纸厂的那份合同，也是他点头同意了的。还有这次，佩芸才进码头几天，他就不听我的话了，而是听他好儿媳妇的话！码头现在到了危急存亡的关键时刻，他不但不降价还要加价，这叫人怎么再相信他呢？”

臧增福责怪道：“家梁也真是的，怎么能听佩芸一个女人家的话呢？”

臧家栋眼珠一转，趁机催促地说：“爸，我知道你一直看不起我，认为我不如家梁和远航能干。但是你看他们俩父子现在，一个病成那个样子了，一个连站都站不起来，怎么可能再让他们做码头当家？你还是劝劝他，让他把股份给我托管吧，我虽然不像他那样能干，起码可以撑着码头不倒啊。等到远航能站起来了，我立刻就把股份还给他们。爸，再这么拖下去，码头真的要完了啊。”

臧增福不由连连叹气。

中宁街上，徐佩芸急匆匆向码头走去。

郭文芳却在后面喊道：“佩芸，佩芸。”

徐佩芸连忙回头问：“妈，什么事？”

郭文芳提议说：“这段时间，家里出了很多事，我想去天后宫拜拜，陪我一起去吧。”

徐佩芸犹豫了一下，还是说：“妈，现在码头加价一成，我有很多工作要做呢。”

郭文芳却道：“工作是做不完的，陪妈拜完你再去，好不好？”

徐佩芸只好无奈地说：“好吧。”

福建会馆天后宫内，臧家婆媳俩神情肃穆地走进来，先上了一炷香。

郭文芳上完香便说：“佩芸，虽然你是‘姐妹易嫁’错嫁入我们家的，但难得的是，你能接受远航，又这么能干。只是你嫁到臧家也有一段日子了，怎么肚子还没有一点动静呢？”

徐佩芸苦笑着摇摇头。

正在这时，一对母女走进来。

女儿噘着嘴说：“妈，你怎么又带我来天后宫啊？上个月不是刚来过吗？”

母亲神秘道：“你不知道啊，这里的妈祖娘娘很灵验的，不但管姻缘，也管生子。当年我就是在这里求了一道符，才生了你和你四个弟弟呢。”

郭文芳闻言，立刻惊喜地说：“一女四子，真灵验啊。”然后催促儿媳道，“我们也进去拜拜吧，别说生一女四子，你只要生个一男半女的，我也就心满意足了。”

徐佩芸犹豫了一下，还是难为情道：“妈，生孩子这件事，并不是我一个人想生就生得了的。”

郭文芳疑惑地问：“我私下里问过吉祥，他说每晚上都同房，还女上男下呢，难道不是吗？”

徐佩芸一个大姑娘家，脸顿时红得像血。

郭文芳见状，便试探地问：“告诉妈，是不是远航很少碰你？”

徐佩芸实在不想和婆婆谈论这个隐私的话题，只好模棱两可道：“这……这……这个，他是记恨我上次在这里把他数落了一通，还嫌弃我不是真心想嫁给他，连平日里和我说话，都没有好声气呢。”

郭文芳不由皱了皱眉头，自言自语道：“虽然他的两条腿不能走路，但他的身体应该完全是一个正常的成年男人了，是有那种需求的，只要你主动一点，就行了。”

徐佩芸不由一呆，结结巴巴地说：“这、这、这个事情，我、我、我怎么好意思主动呢？”

郭文芳忽然想起什么，得意道：“好了，好了，妈知道了，你毕竟是个姑娘家嘛。妈还没有老糊涂，早有准备了，不需要你主动，我自有妙招。”

徐佩芸疑惑地问：“什么妙招？”

郭文芳掏出一包药，神秘地说：“这就是我的灵丹妙药，刚刚在药店拿到的，只要你给远航煎着喝了，就算他再记恨你，也保准他控制不住……”

徐佩芸连忙摇头道：“这不行，远航现在身体不好，再贸然给他乱服药的话，他身体会更不好的。”

郭文芳叹了口气说：“佩芸，你独守空房这么久，没想到你现在还能为他着想。远航能娶到你，真是他前世修来的福分。但远航是我的儿子，我怎么会不心疼他呢？我咨询过了，只要不长期大剂量服用，对身体并没有太大伤害的。要是能生个一男半女的，说不定他性格就变好了呢。”

徐佩芸犹豫了一下，还是接过了那包药。

当天晚上，臧家大院后院三房小院小夫妻俩卧室内，徐佩芸面前放着一碗药，一副愁眉不展的样子。

吉祥推着轮椅，“吱吱嘎嘎”地走进来。

徐佩芸连忙迎上去说：“吉祥，我来吧。”

吉祥犹豫了一下，还是将轮椅把手给了她。

好在这次，臧远航破例没有发脾气。

徐佩芸一边推一边关切地问：“今天怎么没去书房？”

臧远航淡淡道：“那个房间有点漏风，等修好了我再过去。”

徐佩芸想了想说：“那可不要感冒了。”然后端起桌上的药，趁机道，“最近好多人都感冒了，我就熬了点预防感冒的草药，来，喝一碗吧。”

臧远航望着黑乎乎的药碗，若有所思地问：“既然是预防感冒，你也一起喝吧。”

徐佩芸心里暗想：“你倒是聪明。”只好站起来，又给自己倒了一碗，“好吧，我也喝一碗。”

没想到，臧远航刚喝一口便吐了出来，苦着脸说：“这是什么感冒药？这么苦？”

徐佩芸无奈道：“我这里正好有一块糖。”边说边给他放进碗里，并用勺子搅拌起来，然后说，“可以了，你喝吧。”

臧远航刚刚端起碗，忽然外面传来叫声：“小少奶奶，二少奶奶请你到她房间去一趟。”

徐佩芸只好放下碗说："你先喝吧，我去去就来。"说完，她便放下碗走出去。

臧远航这才端起碗，忽然想到什么，便将两只碗换了过来，然后将碗里的药一饮而尽。

与此同时，臧家大院后院二房小院小夫妻俩卧室内。

陆慧珊穿着一件漂亮的驼绒大衣，正美美地站在穿衣镜前。

徐佩芸推开房门问："二嫂，你找我有事吗？"

陆慧珊没好气地说："没事就不能找你啊？"说完又转了个圈圈问，"我的这件驼绒大衣，是远胜托人从上海带来的，你觉得好看吗？"

徐佩芸点点头道："很漂亮。"

陆慧珊得意地说："你也让远航托人去上海给你带一件呗。"

徐佩芸有些郁闷道："我想穿的话，自己会买，不需要托人带。"

陆慧珊忽然就笑了："对不起，对不起，我忘记远航他是个瘫子，哈哈哈。"

徐佩芸平静地说："二嫂，你要是没什么事的话，我就先走了。"

陆慧珊望着她的背影，笑得越发大声了起来。

第60章　我怎么这么热啊

臧家大院后院三房小院小夫妻俩卧室内，徐佩芸强按着怒火，气冲冲走进房间。

臧远航已经喝完了药，安静地坐在一旁看书。

徐佩芸想着刚才的屈辱，不由在心里长叹了一口气：“药再苦，也没有我的心里苦啊！”然后端起草药，一饮而尽！

她喝完后，咂了咂嘴，不由自言自语道：“奇怪，怎么有点甜呢？”

臧远航不以为然地说：“我不喜欢吃甜的，就把自己那碗给你了。”

徐佩芸闻言，立刻失声惊叫起来：“啊！我喝了灵丹妙药？”

臧远航诧异地问：“什么叫灵丹妙药？”

徐佩芸郁闷地说：“你别问了。”忽然脸色红涨，便焦躁道，“怎么这么热啊？远航啊，你热吗？”话音刚落，外面就刮过一阵大风。

臧远航缩了缩脖子，不满地说：“我冷都冷死了，你竟然还嫌热，不会是感冒发烧了吧？”

徐佩芸急得在屋里转来转去：“不会的，不会的，可是我怎么这么热啊？真是太热了！”

她说完这话，便急忙把外衣脱下来，露出了身体玲珑的曲线来。

臧远航似乎明白了什么，心里一沉，连忙将头别过去。

徐佩芸跑到他面前，一改之前的含蓄内敛，热情奔放道：“远航啊，不如我们一起去洗澡吧。”

臧远航瞪了她一眼，果断地说：“不洗！”

徐佩芸失望极了，却仍然好像身上被上了发条似的，急得在屋里团团转，忽然把脚一跺，旋风般地冲了出去。

臧家大院后院洗浴间内，屏风那边，臧远方刚刚提起裤子，还光着上半身。

徐佩芸直奔屏风外的水缸前，舀起一瓢冷水就往身上浇去。

臧远方听到动静，便下意识地喝道：“谁？”边说边冲了出来。

徐佩芸吓了一跳，连忙躲到屏风另一头。

就这样，两个人围着屏风转来转去。

臧远方灵机一动，站在屏风那头便不动了。

徐佩芸却不知道，又转了一圈回来。

于是，两个人立刻撞了个面对面，同时大吃一惊道：“啊！”

臧远方率先红了脸：“我以为是贼呢，怎么会是你啊？”

恰在这时，臧家后院洗浴间外，陆慧珊穿着新买的驼色大衣，从外面走过来。

她听到里面的声音，不由一愣，立刻停住脚步，趴在门前。

与此同时，洗浴间内，徐佩芸赶忙扣紧衣衫，但还是掩饰地说：“大哥，我好热啊，让我再洗一会儿。”

臧远方诧异地问：“啊，大冷的天，你怎么还热？”

徐佩芸又向头上冲了一瓢冷水，尴尬地说：“现在不热了，不热了。”

臧远方看得目瞪口呆。

徐佩芸胡乱冲完水，便飞也似的逃了出去。

洗浴间外的陆慧珊，听到动静，连忙躲到一边。

当她看到徐佩芸衣衫不整地走出来时，不由诡异地一笑。

第二天一早，臧家大院内，忽然笼罩着一层异样的气氛。

女佣甲招呼几个正在忙碌的用人说：“过来，大家都过来，臧家又出大新闻了。”

几个女佣连忙围上来。

女佣乙催促道：“快说，快说，什么大新闻？”

女佣甲神秘地说：“你们知道吗？昨天晚上，大少爷一个人进洗浴间洗澡了。”

女佣乙不以为意道：“哼，这也算什么大新闻？”

女佣丙附和地说：“就是，不一个人洗还能两个人洗啊？大少爷又没娶亲。”

女佣甲却微微一笑道：“还有呢，大少爷还没洗完呢，小少奶奶就进去了。听说，小少奶奶出来时，身上都湿了，衣服扣子都没扣好哦。”

女佣乙吃惊地说：“这么说，是小少奶奶勾引大少爷了？”

男佣甲摇头道：“不要乱说，小少奶奶看上去很正派的。”

女佣丙想了想却说：“这也难怪哦，小少奶奶年纪轻轻的，航少爷又那样……”

恰在这时，曹秀英带着臧家一群人走出来，听到了最后一句话。

臧远方和徐佩芸听了这话，不由难堪极了。

曹秀英呵斥道：“你们胡说什么！”

女佣丙连忙摆手说：“不是我说的，不是我说的。”

郭文芳呵斥道：“你们这些人，不好好干活，一大早就在这儿编瞎话。”

庄淑环却斜了徐佩芸一眼，阴阳怪气地说：“可是这瞎话，也编得太圆乎了吧。”

郭文芳冷笑一声道：“编得是圆是方不要紧，要紧的是，这瞎话是谁编的？”

用人们听了这话，立刻将目光集中到陆慧珊身上。

陆慧珊顿时慌乱起来，呵斥道：“你们都看着我干什么？”

曹秀英严肃地问：“慧珊，这到底是怎么回事？”

陆慧珊见事情败露，索性理直气壮道：“我没有编瞎话，我只是说出一个事实而已。昨天晚上，我是看到大哥和佩芸在洗浴间说话，接着佩芸就浑身湿漉漉地从里面出来，衣衫不整的。”

听了这话，所有人都把目光盯向徐佩芸。

郭文芳有些责怪地问：“佩芸，慧珊说的是真的吗？”

徐佩芸迟疑了一下，还是点点头说：“是真的。”

大家听了这话，都“啊”了一声。

徐佩芸连忙解释道：“我只是昨天太热了，想要去洗澡，没想到，大哥正好在里面。”

陆慧珊撇了撇嘴，幸灾乐祸地说：“这么冷的天，你还喊热，谁信呢？”

郭文芳看了看儿媳妇，立刻明白了什么，坚定地说：“我信！”

徐佩芸感激地望着她。

庄淑环却旁观不嫌局大道：“这可说不准啊，远航那个样子，能不能行人事还不知道呢。佩芸却年纪轻轻的，依我看啊，就算这次是个误会，她早晚都会守不住的……”

徐佩芸委屈地说：“你！”

庄淑环冷笑一声，似乎还想说什么。

曹秀英厉声道："淑环，再怎么说，你也是远航的长辈，这是一个长辈该说的话吗？"

庄淑环冷笑一声说："我不过是实话实说嘛，反正她早晚都要离开臧家的。"

曹秀英用拐杖直戳地面，气得浑身颤抖道："你给我闭嘴！佩芸如果会离开臧家，她就不会嫁过来了！这件事就这样过去了，我不想再听到任何风言风语，否则，我拿你是问！"

庄淑环不服气地说："拿我是问？凭什么啊？"

臧家大院后院三房小院内，显得十分安静。

臧家梁捂着头部，一步步向门口挪去。

好在这时，郭文芳推门而入。

她连忙迎上去扶住丈夫，焦急地问："不是让你好好休息吗？怎么就下床了？"

臧家梁担忧地说："我想出去听听，外面在吵什么？"

郭文芳欲言又止。

臧家梁不安地问："到底发生什么事了？"

郭文芳犹豫了一下，只好说："我昨天才刚知道，远航从来不和佩芸同房。我就让佩芸给他熬了补药，没想到阴差阳错，佩芸却喝了补药，热得受不了，就冲进洗浴间，正好撞到远方在洗澡。"

臧家梁责怪道："你真是糊涂啊，远航身体已经这样了，你怎么还给他吃补药？”

郭文芳分辩说：“我也是心急嘛，远航身体这样子不说，脾气又不好，最难过的人是佩芸了。只是没想到，二嫂和慧珊却借题发挥，还扬言佩芸一定守不住，迟早会离开臧家的。”

臧家梁沉吟片刻，冷笑道：“二房这是没安好心，想把佩芸撵走呢！他们一天不把码头当家的位置霸占到手，就一天不会安稳！”吩咐妻子说，“你马上把爸妈和大房、二房他们都找来，今天，我要做一个了断！”

第61章　以防生二心罢了

臧家大院客厅内，臧增福正在“吧嗒吧嗒”地抽着旱烟袋。

臧家栋站在他面前，焦急地说：“爸，你得拿个主意了。现在家梁下床都困难了，连提价这么大的事都听他儿媳妇的。再照这样下去啊，臧家就是不完，也会落在徐佩芸手里。再说远航那个样子，所以他那个儿媳妇啊，早晚会离开臧家的，到时候，码头就姓徐不姓臧了。”

臧增福刚想说什么，没想到背后却传来一个冷冷的声音：“你想得太多了！”

臧增福和臧家栋立刻回头望去。

只见臧家梁面色严峻地站在门口，后面跟着臧家所有人。

臧增福连忙说：“家梁，你二哥的担心，不是没有道理的。”

臧家栋附和道：“是啊，是啊，我这也是为臧家好嘛。”

臧家梁冷笑一声说：“如果真正为臧家好，你就不会做出那么多事情来了！”

臧家栋吃了一惊，随即暴跳如雷道：“你又给我扣屎盆子不是！我做什么事了？我做什么事了？”

臧家梁毫不示弱地说：“你做了什么，你自己心里最清楚！”

臧家栋不由一愣，似乎想要说什么。

正在这时，电话铃忽然响起来。

臧远方连忙过去接电话：“一飞，什么事？”他听着听着，脸上的笑容渐渐深了！

臧家梁连忙问：“远方，怎么了？”

臧远方连声道：“太好了，太好了！”转身对三房的人说，“三叔、远航、佩芸，一飞说现在有六家商行，愿意与我们继续合作，准备下午就过来签合同呢。”

所有人听了这话，都松了一口气。

臧家梁兴奋地说：“这说明，我们加价是对的。”然后转头吩咐儿媳妇道，“佩芸，你下午去码头，以总经理的身份和他们签约！”

大家听了这话，都吃了一惊：“啊，总经理？”

徐佩芸也十分诧异：“爸？”

臧家栋回过神来，即气急败坏地说：“总经理？”然后转向臧增福，“爸，你看我说得没错吧？他都糊涂成这个样子了，那么大的码头，竟然让一个女人做总经理？”

臧增福也反对道："是啊，家梁，佩芸再能干，可是她毕竟是个女人，能撑得起一个码头吗？"

臧家梁断然说："撑不撑得起码头，并不在于是男人还是女人，而在于，有没有一颗责任心！虽然佩芸进码头的时间并不长，但是她在上次姐妹易嫁中的表现，充分表明她不但有责任心，还是一个顾大局、识大体的人！只有这样的人，才能撑得起码头。而且，这次'蛟龙号'事故后的加价，也是她想出来的。试问，她若撑不起码头，臧家还有谁能撑得起来？"

臧家栋冷笑一声，还想反驳。

没想到正在这时，臧远茹忽然走进来说："三叔，顾律师来了。"

随即，西装革履的顾律师带着助手，拿着文件包走进来。

臧家栋惊讶地问："我们又不打官司，你们来这里干什么？"

顾律师回道："我们是受臧家梁先生委托，前来变更其名下股权的。"

臧家人听了这话，再次"啊"了一声。

臧家梁解释说："现在，远航被奸人暗算，我的身体又不好，所以我委托顾律师，将我的名下股权作了变更。"然后转向律师道，"顾律师，开始吧。"

顾律师点点头，拿出一份文件扬了扬道："各位，这份股权变更协议，完全是根据臧家梁先生本人意见所拟。即将臧家梁先生在运河码头五成五的股权以及他名下的所有田产、房契等物，全部交予其子臧远航。在臧远航重新站起来之前，这五成五的股份及所有田产、房契等物，均由徐佩芸女士全权处置。”然后转头说，“臧家梁先生，没问题的话，请在变更协议上签名盖章。”

所有人听了这话，全都面面相觑！

臧家梁并不看他们，只是问儿子：“远航，你同意我这么做吗？”

徐佩芸想起丈夫平时对自己的冷漠，不禁有些紧张起来。

没想到，臧远航却毫不犹豫地说：“我同意！”

徐佩芸听了这话，不禁有些意外，情不自禁地将目光转向他。

臧远航却倏地低下头，重又将目光望向了手中的报纸。

徐佩芸不由在心里深深地叹了一口气。

庄淑环见状，刚想说什么，但是却被陆慧珊拦住了。

臧家栋冷笑一声，气急败坏道：“荒唐，简直是太荒唐了！你怎么可以把臧家一大半的家业，交到一个外人手中？”

臧家梁不动声色地说：“佩芸不是外人，她是远航的合法妻子，也是我的儿媳妇！”

臧家栋听了这话，气得浑身发抖：“你、你、你……”

臧家梁却再不理他，果断地拿起笔，毫不犹豫地在变更书上签名盖章，然后说，“佩芸。”

徐佩芸温顺地答道：“爸。”

臧家梁严肃地说："从现在开始，你不但是运河码头的总经理，也是最大的股东。"边说边将一只早就准备好的小匣子交给她，郑重地说，"这里是码头的印章、和钱庄来往户头印章以及所有保险箱的钥匙，现在，我全部交给你。除此之外，还有远航，我也一并交给你。从现在开始，于公于私，臧家和码头的所有重担都压在你一个人的肩上了，我先谢谢你了！"

徐佩芸犹豫了一下，还是坚定道："爸，你放心吧，我一定会尽力而为，绝不会辜负你的重托。"

臧家梁点点头，又拍了拍儿子的肩膀："远航，以后无论发生什么，你都要毫无保留地支持佩芸。"

臧远航迟疑了一下，还是点点头说："放心吧，爸爸，我会的。"

臧家大院后院三房小院小夫妻俩的卧室内，还算新婚的夫妻，第一次面对面而坐。

徐佩芸感激地说："谢谢你，你以前对我那么凶，我以为你很讨厌我呢。真没想到，在这么大的事情上，你竟然会支持我。"

臧远航淡淡地说："我不是为了你，我是为了臧家和码头以及窑湾经济的整体发展。"说完，再次将目光望向手中的报纸。

徐佩芸顿感无趣极了，不由在心里自我安慰道："我这样做，也不是为了你，而是为了徐家和码头以及窑湾的整体发展。"

臧家大院后院二房小院客厅内，气氛从未有过的沉重。

臧家栋夫妇和臧远胜夫妇坐在室内，各怀心事。

臧远茹却是一副若无其事的样子。

臧家栋恼羞成怒地说：“真是气死我了！凭什么让那个徐佩芸做总经理？同样是臧家的媳妇，慧珊比她来得更早呢，这口气我实在咽不下去了。”

臧远胜却道：“有什么咽不下的啊，把那么重的担子压在她一个女人身上，得有多累啊。”

臧家栋不由怒喝一声：“你还有脸说！但凡你有一点上进心，这个位置也不会落到一个外姓人手里！”

臧远胜有些不服气，但想了想还是闭了嘴。

庄淑环也有些气急败坏地说：“你在码头没有功劳也有苦劳，没有苦劳也有疲劳，二三十年都没有做上这个总经理。”忽然想起什么，便问儿媳妇，“对了，刚才你为什么不让我说话？”

陆慧珊不以为然道：“有什么好说的啊。你们想没想过，三叔为什么把所有股份全部转给远航，而不是直接转给徐佩芸？”

听了这话，所有人都疑惑地问：“为什么？”

陆慧珊冷笑一声：“摆明了是三叔对她还没有足够的信任呗，表面上是所有股权由她处置，事实上，还是防着她一手呢。”

臧家栋疑惑地说：“可是就算你说得对，她有了托管权，也可以从中做手脚的啊？”

陆慧珊却冷笑一声道："谁做手脚，还不好说呢？！"

徐家大院客厅内，柳兰香正坐在桌子前，有滋有味地吃着鸡蛋。

正在这时，徐佩萍走进来说："妈。"

柳兰香连忙迎上来，亲热道："佩萍，来，快来吃鸡蛋。"

徐佩萍拿起一只鸡蛋，疑惑地问："红鸡蛋？妈，谁又生孩子了？"

柳兰香回道："你大表姐又生了个男孩。"忽然想起什么说，"我说佩萍，你也结婚有一段时间了，怎么肚皮还没鼓起来呢？"

徐佩萍低下头，难过地说："我也没办法，俊锋他、他每天晚上都去睡书房。"

柳兰香用手指头戳了一下女儿的额头，没好气道："你呀，真是根木头！你姐都做到码头总经理了，你怎么连一个男人都压不住？他睡书房你就让他睡书房啊，反了他了！"然后俯在女儿耳边，轻声说着什么。

入夜时分，吴家大院后院书房内，吴俊锋正在看书。

忽然，徐佩萍端着一盆水，推门进来，亲热地说："俊锋，我帮你烧了盆洗脚水。"

吴俊锋却连头都不抬，只是冷冷道："好的，先放在那儿吧。"

徐佩萍放洗脚盆的时候，故意一失手，立刻，洗脚盆里的水就全部倒在了床上。

她立刻惊叫一声，连声说：“对不起对不起，俊锋啊，被子全都打湿了，要不，你回卧室睡吧。”

吴俊锋却打开柜子，又抱出一床被子道：“没关系，这儿还有一床呢。”

徐佩萍不由气结！

大运河堰上，徐佩芸站在那棵古银杏树下，望着波涛滚滚的大运河，不由深深地叹了口气。

正在这时，忽然背后传来一个声音问：“姐姐，你在想什么？”

徐佩芸立刻回头，不由惊讶地说：“佩萍，是你？”与此同时，她眼角的余光，看到妹妹手上竟然缠着纱布，立刻抓起来，心疼地问，“你的手怎么了？怎么弄成这个样子了？”

徐佩萍凄然一笑道：“没什么，昨晚被洗脚水烫伤的。”

徐佩芸担忧地问：“俊锋现在对你怎么样了？”

徐佩萍欲言又止地说：“还、还好吧。”

徐佩芸安慰道：“只要俊锋对你还好就行，生活苦点、累点，都不算什么。夫妻相处之道，贵在细水长流。只要你付出真心，俊锋总有一天会被你感动的。”

这番话与其是说给妹妹听的，不如说是在安慰自己。

徐佩萍叹了一口气，不置可否地说：“但愿如此吧。姐姐，我真羡慕你，听说臧家都让你做码头总经理呢，这是真的吗？”

徐佩芸苦笑道：“傻丫头，你以为码头总经理是那么好做的吗？我公公只是将远航的股份交给我托管。一方面，他看准了我是个有责任心的人，一定会为码头尽力；另一方面，也可以借机用这个名号，把我和远航的利益紧紧拴在一起，以防我生二心罢了。”

徐佩萍诧异地说：“你公公的心机可真是够深的。不过既然你已经看得这么透了，完全可以不接受的呀。”

徐佩芸却摇摇头道：“自从我决定嫁进臧家的那刻起，我就没有再打算离开过。现在的问题是，码头这个担子，对我来说，实在是太重太重了。”

徐佩萍惋惜地说：“要是当初，远航不出事就好了。”

徐佩芸微微一笑道：“如果远航不出事，做臧家媳妇的人，也就不是我了呀。”

徐佩萍脸一红，歉然地说：“姐姐，对不起。”

徐佩芸淡淡一笑，立刻转过话题道：“对了，你来找我，有什么事吗？”

徐佩萍不好意思地说：“吴家每月给我的家用，只有十块大洋，所以我想问你一下，怎么才能买到最便宜的东西？”

徐佩芸坦率道：“这你可算问对人了。同样的商品，价格或多或少都有些差异的。所以啊，买东西最重要的是货比三家。如果你认准一家，并长期光顾他们的生意呢，还可以获得优惠哦。”

徐佩萍恍然大悟地说：“原来是这样啊，真是太谢谢姐姐了。”

徐佩芸又叮嘱道：“不过呢，俊莹经常光顾的那几家，都很会宰人的，你千万不要去。”

徐佩萍疑惑地问：“俊莹自己难道不知道吗？”

徐佩芸摇摇头说：“她呀，别看说话咋咋呼呼的，其实没有什么心计的，店家说什么，她就信什么，当然买不到便宜货了。”说到这里，忽然一拍额头道，“糟了，我还有一个会，要马上回码头了，有空再聊。”

徐佩萍本来还想多问一些呢，便有些失望，但还是道：“那好吧。”

她话音还未落，徐佩芸已经沿着运河堰，匆匆向码头管理处走去了。

第62章　算你狠

与此同时，码头管理处会议室内。

臧远方、臧远茹、臧远胜、臧增年和郑一飞等人，分别坐在会议桌前。

忽然，臧家栋推开门，带着三个陌生的职员走进来。

他边走边说："国不可一日无君，码头也不可一日无主。现在，家梁和远航都生病在家，无法管理码头，我只好勉为其难了。"说完，便理所当然地坐在总经理的位置上。

臧远方、臧增年和郑一飞不由吃惊地望着他。

臧远茹小声提醒道："爸，那是……"

臧家栋瞪了她一眼，愠怒地说："你到底是谁的女儿？这么多年，就算风水轮流转，也该轮到我了！"

臧增年如应声虫一般道："一朝天子一朝臣，现在总算轮到我们这些人出头了。"

他带来的职员甲也说："放心吧，有我们这帮人在，谁都不能把码头抢去！"

职员乙附和道："是啊，是啊，连吴俊锋都不行！"

职员丙表态说："就是，就是。"

臧家栋不由满意地点点头，对臧远方他们说："你们听着，从现在起，他们三个，开始参加高级职员会议。"

臧远茹皱了皱眉问："这件事，佩芸知道吗？"

臧家栋不屑地说："怎么说，我也是码头的老臣子了，她算什么东西？我决定的事，管她知道不知道？"

臧远方提醒道："可是，他们三个的级别不够呀！"

臧家栋胸有成竹地说："那好吧，现在我宣布。在远航管理码头的那段时间，不断出事，导致人浮于事、职责不分。所以，现在我在人事上做了一定的调整。郑天印呢，调到营业部做主任；王学军呢，调到货仓部当主任；杨怀平呢，调到财务部做主任，协助我管理整个码头的所有日常账目。"

臧远方闻言，不由吃惊道："一直以来，我们码头的人事都很固定。现在如此大幅度的人事调整，我认为不太妥当。"

臧增年也不支持："好像、好像真的有点草率了啊。"

臧远茹点头道："是啊，要不等佩芸回来，再和她好好商量商量？"

臧家栋却冷笑一声说："商量？她也配吗？"

郑一飞小心翼翼道："可是现在，码头的总经理就是她呀。"

臧家栋立刻恼羞成怒地说："是她又怎么样？她公公现在病得连床都下不了，她丈夫又是个瘫子，光家里的事情，就够她忙的了。要是再让她管码头，她会累得比远航还瘫的，你们知道不知道啊？"

正在这时，徐佩芸推门而入。

她扫了一下室内的情况，便歉然地说："对不起，我差点迟到了。"

臧家栋依然坐在座位上，岿然不动道："对不起，我坐了你的位置。"

徐佩芸不以为意地说："无所谓，我坐在哪里，哪里就是总经理的位置。"

臧家栋听了这话，立刻气结。

徐佩芸随便坐在桌子边，这才看到那三张陌生的面孔，诧异地问："咦，你们三个人进来做什么？"

臧家栋趾高气扬地说："是我叫他们进来的，我在人事上做了一些调整。郑天印呢，调到营业部做主任；王学军呢，调到货仓部当主任；杨怀平呢，调到财务部做主任，协助我管理整个码头的日常账目。你认为怎么样？"

徐佩芸一口回绝道："我不同意。一直以来，码头的人事都很固定。就算有调整，也需要根据人品、资历、工作能力等综合素质，来进行全面长期的考察，而不是任人唯亲。”

臧家栋没想到她如此干脆，立刻霍地站起来，气急败坏地说：“什么叫任人唯亲？谁任人唯亲了？你把话给我说清楚了！”

徐佩芸毫不示弱道：“我已经说得很清楚了。”望向三个人，冷冷地说，“不好意思，我们现在开的是高级职员会议，请你们出去。”

三个人看了看臧家栋，却坐着不动。

徐佩芸一字一顿地说：“那我就数一二三了，如果你们再不出去的话，我马上让财务给你们结算工资。”

三个互相望了望，只好灰溜溜地走了。

臧家栋一竖大拇指，恼羞成怒道：“好你个徐佩芸，你竟然连这点面子都不给我，是不是？”

徐佩芸毫不客气地说：“面子是自己留的，不是别人给的！”

臧家栋“啪”地一拍桌子，几乎是咆哮道：“好好好，看来是我小瞧你了，算你狠！”说完，拂袖而去。

徐佩芸好像刚打了一场硬仗似的，长长地出了一口气。

臧远茹歉然地说：“佩芸，我爸就这个脾气，你别在意。”

徐佩芸坦然道：“你放心，我不会在意的。”忽然想起什么，“对了，大哥，安平造纸厂已经决定继续与我们合作了，下午你去和他们好好谈谈吧。”

臧远方眼睛一亮，爽快地说：“好的。”

徐佩芸疲倦离开码头管理处，行走在大运河堰上。

很快，她走到堆积如山的货物中间，手里拿着账本，开始认真地核对着什么。

这时运河码头上，一艘客船由北向南而出，伴随着一声悠扬的长鸣，缓缓停靠在岸边。

乘客们陆陆续续从船上走下来。

一个身着西装的戴眼镜男子，提着皮箱，跟随着人流敏捷地跳下轮船，走上码头。他就是赵延成的儿子赵涟泰，虽然相貌普通，却自有一股成熟稳重的气质。

此刻，这个离家多年的游子，眺望着不远处的窑湾城，不由激动地喃喃自语说："整整五年了，我终于回到魂牵梦萦的窑湾了！"

忽然，赵涟泰的目光，定格在一个熟悉的姑娘身上。

不用说，那个姑娘，就是徐佩芸了。

赵涟泰不由一喜，立刻三步并做两步地走了过去。

与此同时，他情不自禁地伸开双臂，深情地呼唤道："佩芸，佩芸，我回来了。"

徐佩芸听到这熟悉而陌生的声音，浑身不由一震，立刻下意识地抬头！

当看到面前的来人时，她的眼睛不由一亮，立刻惊喜地说："涟泰？"边说边抬腿就想往前跑，但是忽然想起什么，倏地停住脚步，淡然道，“哦，你回来啦？”

可惜赵涟泰沉浸在久别重逢的欢乐之中，并没有意识到她神情的变化，猛地将她搂在怀里，激动地连声道：“佩芸、佩芸、佩芸！”

徐佩芸趴在他的肩头，忍不住泪流如注。

赵涟泰赶紧给她擦去泪水，爱怜地说：“不要哭了，以后我们再也不分开了！”

没想到，徐佩芸听了这话，却猛地推开他，擦干眼泪，冷冷道：“早知如今，何必当初？”

赵涟泰诧异地问：“当初？当初怎么啦？”

徐佩芸刚想说什么，忽然就看到，丈夫坐在轮椅上，正冷冷地望着自己！

她尴尬极了，连忙从曾经的爱人怀里抽身而出。

与此同时，赵涟泰也看到了臧远航，不由吃了一惊，试探地问：“你是远茹三叔家的小堂弟远航吧？”

臧远航立刻也认出了他，却冷冷地说：“谢谢涟泰哥还能认出我来。不过徐佩芸现在已经是别人的老婆了，念在你是我大姐同学的分上，这次我就不和你计较了，希望没有下一次。”

赵涟泰闻言，吃惊地望着日思夜想的爱人，困惑地问：“远航怎么变成这个样子了？另外，别人的老婆是什么意思？”

徐佩芸站在臧远航身边，努力平静地说：“他受奸人所害，腰部筋骨受损，导致双腿站不起来了。另外，他现在是我丈夫！”

赵涟泰听了这话，如遭电击一般，整个人都蒙住了！

好半天，他才结结巴巴道：“他、他、他是你丈夫？佩芸，你开什么玩笑？”

徐佩芸冷冷地说：“这要问你自己。”说完，推起丈夫说，“我们走吧！”

臧远航却恶狠狠地瞪了她一眼，没好气道：“我警告你，下次若再让我看到，决不轻饶了你！”

徐佩芸不由苦笑起来，但是仍然推着他，缓缓向前走去。

赵涟泰望着他们渐行渐远的身影，像木雕泥塑般地呆立在原地，久久没有有回过神来！

第63章　就是个铁石心肠

大运河堰上的古银杏树下，站着一对久别重逢的老同学。

赵涟泰悔恨万分地说：“如此说来，是我害了佩芸！”

臧远茹有些疑惑地问：“你好像还很紧张她？”

赵涟泰长叹一口气，缓缓地说：“我在国外这几年，无时无刻不在思念着她。我答应过她，要把我们的婚期，定在去年的九月。其后不久，我忽然有一个机会，可以参加一个无国界医疗组织，到落后贫困的国家进行人道主义救援。因为临行匆匆，所以没来得及给她写信。后来到达的那个非洲国家，实在是太过贫穷落后了，交通也不方便，根本无法通信。没想到，现在却是这样的结局。”

臧远茹不由诧异道：“可是据我所知，佩芸当初之所以答应嫁给俊锋，是因为接到你用红笔写的一封绝交信，信上说，你认为她已经配不上你了，所以就在美国找到和你相配的另一半了啊。”

赵涟泰闻言，立刻吃了一惊，连连摇头道：“不可能，这绝对不可能，我从来没有写过那样的信，其中一定有误会！”然后握紧拳头说，“不行，我一定要搞清楚这件事的来龙去脉！”

臧远茹摇摇头说：“可是老同学，你想过没有，就算告诉她又如何？只不过徒增她的痛苦而已。她现在已经嫁给了远航，这个事实是不可能改变的！”

赵涟泰将拳头猛击在树身上，痛苦道：“向来缘浅，奈何情深！”复又自信地说，“不，没有什么是不可改变的！我相信自己在她心中的位置是无人可以取代的。更何况，我昨天看到，远航对她并不好，连说话都是恶声恶气的！”

臧远茹其实并没有再听他后面的话，而是兀自喃喃自语地说：“真是向来缘浅，奈何情深啊。”

赵涟泰疑惑地问：“你说什么？”

臧远茹连忙摇头，掩饰地说：“哦，没，没什么。”

码头管理处会议室内，徐佩芸坐在主持人的位置上。

臧家栋、臧远胜、臧增年坐在一边。臧远方、臧远茹、郑一飞坐在另一边。

臧家栋正在用很少见的温和语气，炫耀地说：“现在，家梁等于是退休了，算起来，我在码头，是资格最老的了。不论以前我们私人之间有多少不愉快，反正都是为了码头好嘛。这段时间呢，我一直在和永升缫丝厂接洽，很辛苦才接到这笔生意。永升的蚕丝，那可是大名鼎鼎啊。能攀上这么个大客户，我们今年的业绩，肯定会更上一层楼！”

臧增年立刻附和道：“是啊，是啊。”

徐佩芸却提醒道：“二大，你既然是码头元老，就更应该知道，永升缫丝厂不仅拖欠货款，还好无事生非。以前就是因为和码头合作很不愉快，我们才主动解除合作，从此不再替他们运货的。”

臧家栋听了这话，脸色不由一变，不自觉地提高语气说：“喂，你才入职码头多久？你知道什么？”

徐佩芸不动声色道：“这与入职多久没有关系。所谓知彼知己，才能百战不殆。我在接受这个总经理的任命后，就查遍了码头与我们合作过的所有生意伙伴的资料。”

臧家栋立刻恼羞成怒地说：“我已经和他们签了合同，你说不做就不做啊？”

徐佩芸平静道：“我任职总经理，是爷爷和爸爸同意了的。也就是说，没有我的批准，你所签的那份合同，是无效的！”

臧家栋更加生气了，不无讥刺地说：“总经理、总经理，你别拿总经理的大帽子来压我！再说了，就算你是总经理又怎么样？码头的股份，也没有你一个子儿！我可是股东之一，难道我连签合同的权力都没有了？”

臧远胜附和道：“是啊，是啊，爸爸在窑湾也算是有头有脸的人物。现在他和别人签了合同，你却不批，让他怎么和别人交代？”

徐佩芸不以为意地说：“他当初怎么和别人签的，就怎么和别人交代。”

臧家栋暴跳如雷道：“我呸！我看你是吃了熊心豹子胆了，竟然敢和我叫板？要不是远航那个瘫子，你算老几？”

徐佩芸听到“瘫子”两个字，浑身不由一颤。

臧增年附和道：“就是，佩芸哪，不是我说你，别人给你一根稻草，你就拿来当金条了？”

徐佩芸紧咬着嘴唇，任由他们一唱一和，依然不为所动。

臧家栋彻底没辙了，只好气急败坏道：“你这个女人哪，就是个铁石心肠，以后在你手下混饭吃，别想有好日子过了。”然后怂恿说，“四叔、远胜，我们走！”说完，摔门而出。

臧增年和臧远胜互望一眼，也立刻跟在了他的后面。

其余人的见状，全都面面相觑。

臧家大院后院三房小院小夫妻俩的卧室，吉祥推着轮椅，“吱吱嘎嘎”地走进来。

臧远航揉了揉眼睛，疲倦地说：“我昨天睡得太晚，今天有些困了，你扶我到床上休息吧。”

吉祥答应了一声，便将他推到床边，服侍着躺下了。

臧远航又吩咐道：“这几天看你推轮椅好吃力，声音也比平时响了不少，可能是齿轮生锈了，你推出去上点机油吧，两点钟过来叫我。”

吉祥点点头：“好的，航少爷。”说完便放下蚊帐，推着轮椅出去了。

他刚一离开，徐佩芸就推门进来了。

虽然她依然笑眯眯的，但是看到房内没人，便反身关上门，脸色倏地一变，很是怒气冲冲，和之前的平静隐忍判若两人！

她猛灌了一大杯水后，便气哼哼地坐在桌前，然后拿起一支钢笔，用力在纸上写着“柳兰香”“臧家栋”“赵涟泰”“臧远航”等字样，但写着写着，忽然怒从心头起，恶向胆边生！

她先是胡乱地涂着这些名字，不一会儿，就开始用笔尖戳着，一边戳一边恨声道：“我前世究竟做错了什么？你们个个都欺负我！我为什么要忍？我为什么要忍？我为什么要忍？”

一时间，怒骂声和戳纸声充斥着整个房间。

刚刚进入梦乡的臧远航，很快就被惊醒了。

他掀开蚊帐，见此情景，不由怒吼道：“大白天的，你发什么人来疯！”

要是在以前，徐佩芸根本不会和他计较。

但是现在，正在气头上的她，完全失去了理智，反唇相讥地说：“就算人来疯又怎样？我最多发这一次，哪里像你，一天到晚都在发人来疯，不，狗来疯、猫来疯、驴来疯……”

没想到，臧远航听了这话，却并不生气，而是冷哼一声道：“我就发疯怎么了？你受不了可以滚！臧家大门随时敞开着，没有人拦着你！”

徐佩芸不由一怔，好半天，才一字一顿地说：“臧远航，你真是欺人太甚了！”

臧远航毫不示弱道：“徐佩芸，你装了这么久的通情达理，终于装不下去了，只是你的狐狸尾巴，露出得是不是太快了……”

徐佩芸没想到，自己一味忍让和牺牲，换来的竟然是这么是非不分的话！

她顿感气血上涌，完全失去了理智，咬牙切齿地说：“好，那我就不装了！一忍再忍，忍无可忍，无须再忍！”说完，便霍地站起身来，拿着钢笔，猛地扑到床前！

臧远航从来没见过她发火的样子，不由一惊道：“你想干什么？”

徐佩芸并没有回答，但是她的眼前，不由浮现出刚才码头会议室的场景：

臧家栋暴跳如雷道：“我呸！我看你是吃了熊心豹子胆了，竟然敢和我叫板？要不是远航那个瘫子，你算老几？”

于是，徐佩芸猛地掀起被子，握着笔尖就向丈夫的腿上戳去，一边戳还一边歇斯底里地咒骂着说：“你这个公夜叉、败家子，你为什么要瘫？你要是不瘫，我怎么会嫁给你？我不嫁给你，又怎么会当码头总经理？我不当码头总经理，又怎么会被人欺负？呜呜呜……”

臧远航终于明白了她发疯的原因，眼中不由闪过一丝不忍，所以开始的时候，任由她戳着。

但是忽然，他感觉到腿上越来越痛了，不由发出一声惨叫：“好疼啊，不要戳了……”

徐佩芸听到他的惨叫，这才恢复了理智，慌乱道：“对不起，对不起。”但是掀开裤腿，却只看到笔尖划过的白痕，却并没有看到流血。

她立刻想到了什么，双眼不由一亮，然后疑惑地问：“赵先生不是说你的腰部筋骨受损，导致下肢没有知觉的吗？你怎么会感觉到疼？”

臧远航不确定地说：“要不，你再戳我一下试试？”

徐佩芸拿起笔，又轻轻戳了一下。

臧远航示意道：“像刚才那样用力。”

徐佩芸只好稍稍用了力，没想到，臧远航果然疼得一咧嘴，甚至于腿部，还剧烈地抽动了一下！

两人不由对望了一眼。

恰在这时，吉祥推着轮椅进来说：“航少爷，两点了，该起床了。”

徐佩芸立刻吩咐说：“吉祥快来，把航少爷推到济世堂！”

第64章　康复的机会

江西会馆济世堂内室，臧远航躺在床上，刚刚起好针。

赵延成走到诊室，开始开药方。

徐佩芸充满期待地问：“赵大，他既然能感觉到疼了，是不是就表明，他很快就能站起来行走了？”

赵延成字斟句酌地说：“这很难说，不过能有感觉，就说明还有恢复的可能。最终能否站起来，就要看他已经损伤的腰部经脉对于药物和针灸的敏感程度了。至于结果，还是那句话，‘尽人事，听天命’。”

徐佩芸闻言，双眼立刻黯淡了下来。

正在这时，忽然赵涟泰拿着两包草药，从药架后面走了出来。

徐佩芸不由一怔，连忙将目光转向了别处。

赵涟泰却走上前来，诚恳地说：“佩芸，我现在在天主教堂的西医院，做神经科的主治医生，不如你将远航送到我们医院，进行系统的康复治疗吧。”

徐佩芸虽然不想理他，但听到这话，还是没好气地回道：“谢了！不过我们窑湾人生病，更相信中医，很少会去看西医。”

赵涟泰郁闷地说：“你那是偏见，事实上……”

徐佩芸毫不客气地打断他的话：“事实上，我不想听你说哪怕一个字。”

赵涟泰知道她心里有气，不由苦着脸，求救地望着父亲。

赵延成微微一笑，接过儿子的话头说：“佩芸，你这种想法，虽然代表了绝大多数人，但未免有些狭隘了。事实上，我是前清军机大臣张之洞先生的忠实拥趸，当初，就是他的‘中学为体，西学为用’打动了我。所以尽管涟泰的针灸术已经‘青出于蓝而胜于蓝’，但我还是决定送他去美国学习西医。中西医的不同在于：中医没有治不了的病，西医没有没病的人。所以中医讲究治本，西医讲究治标，但在某些疾病上，中医药效确实不如西医来得快。所以，如果能在中医的基础上以西医辅助，相信会更有助于远航腰部筋骨恢复，早日站起来的。”

徐佩芸听到这番话，感觉有些道理，但还是犹豫不决。

恰在这时，吉祥推着穿戴整齐的臧远航走出来。

大家立刻闭了嘴。

没想到，臧远航却坚定地说：“你们刚才的话，我都听见了，我同意在中医的基础上，以西医辅助进行康复治疗。”

徐佩芸却道：“我们还是回去问问爸妈的意见吧。”

臧远航不置可否地说：“要问你问。不过无论他们是什么态度，我都不会改变的。”

赵涟泰不由一喜，郑重地表示：“远航，你放心，我一定会竭尽全力，让你重新站起来的。”

当天晚上，臧家大院后院三房小院客厅内。

臧家梁半躺在藤椅上，正在看一份文件，脸上满是笑意。

郭文芳则心事重重地织着毛衣。

忽然，外面传来敲门声。

郭文芳站起打开房门，连忙招呼道：“佩芸，快进来，你爸刚才还在夸奖你呢。”

徐佩芸恭敬地说：“爸，妈。”

臧家梁热情地说：“佩芸，快坐。”然后扬了扬手中的文件，喜滋滋地说，“自从你接管码头后，两个月的营业额高达十万。你看，上个月，七万五，本月，八万二，真是没有想到，你竟然这么有能力。”

徐佩芸谦虚道：“这并不是我个人的功劳，而是因为爸苦心经营了码头二十多年，不但培养了一大批优秀的工人，还建立了良好的商誉，所以才能有今天的好成绩。”

臧家梁欣慰地说：“你能看到这一点，更说明这个总经理，我没有看错人。”

郭文芳自豪道：“那当然，我们远航的眼光，当然不会差了！”

徐佩芸听了这话，立刻就有些尴尬了。

臧家梁连忙转移话题说：“对了，佩芸，这么晚了，你有什么事吗？”

徐佩芸犹豫了一下，还是小心翼翼道：“远航腿部已经有了一点知觉，今天我们特地去了济世堂，没想到正好遇到刚从国外学成归来的赵涟泰，他建议把远航送到天主教会医院。”

郭文芳闻言，却眉头一皱地说：“天主教会医院，那可是以西医为主的，我还是更相信中医。”

徐佩芸解释道：“赵涟泰现在是那儿的主治医生，他是采用‘中学为体，西学为用’的治疗方法，连赵大都大加推崇呢。”

臧家梁肯定地说：“赵先生主张的事，一定是没错的。佩芸，我同意这个建议。”

郭文芳张了张嘴，似乎想要说什么。

臧家梁挥了挥手，果断道：“你不用再说了，这件事就这样决定了。”

徐佩芸犹豫了一下，还想说什么，但终究是没有说出口。

她暗中叹了一口气，还是强颜欢笑地说：“那我明天就把远航送去，谢谢爸妈，晚安。”说完，便鞠了一个躬，轻轻带上了门。

臧家梁见儿媳妇走了，这才不满地问妻子：“只要能让远航站起来，哪怕有百分之一、千分之一甚至万分之一的希望，我们都要尝试一下，你刚才为什么要阻拦？”

郭文芳忧心忡忡地说：“你只知其一，不知道其二。涟泰和佩芸识于微时，可谓青梅竹马，我担心儿子的病没治好，儿媳妇也飞了。”

臧家梁闻言，也不禁陷入了沉思。

臧家大院后院三房小院小夫妻俩卧室，吉祥正在收拾衣物用品。

臧远航静静地坐在桌子边，一言不发。

徐佩芸推门进来，闷闷不乐地说：“爸爸妈妈已经同意了。”

臧远航见状，便没好气地问：“你好像对我去天主教堂治病，很不高兴啊，是不是根本不希望我好起来？”

徐佩芸不由一呆，随即苦笑道：“我怎么可能不想让你好起来。你是知道的，我一个女人家管理码头，二大他们又不服我，真是太累了。我多么希望你能早日站起来，重新接过这副重担。”

臧远航听了这话，更加疑惑了：“既然现在有康复的机会了，你为什么还不想让我去？”

徐佩芸无奈，只好硬着头皮说：“你知道的，我以前和赵涟泰他……”

臧远航听了这话，眉头不由一皱，不满地问：“你们不是早就分手了吗？难道你还想着他？”

徐佩芸连忙摇头道：“没有，怎么可能，再说是他先辜负我的。”

臧远航冷哼一声道：“你知道就行。看他回来那天你们的样子，我还以为你们旧情复燃了呢。”

徐佩芸不由张了张嘴，但还是闭了嘴。

她觉得，和一个对自己有成见的人，实在是无话可说！

天主教堂是欧洲哥特式建筑，尖塔顶，楼房有百余间。

徐佩芸推着臧远航，走进神经科办公室。

吉祥拿着洗漱用具，跟在他们后面。

天主教会医院神经科诊室内，穿着白大褂的赵涟泰，正戴着听诊器，给病人听诊。

徐佩芸连忙退到门边，等病人走后，才推着丈夫走进诊室。

她望了望臧远航平静的脸，还是硬着头皮招呼道：“涟泰。”

赵涟泰连忙站起来，热情地说：“佩芸、远航，你们来啦，我马上带你们去病房。”

天主教会医院内，来来往往的医生，都穿着洁白的白大褂。

徐佩芸推着轮椅，和赵涟泰并肩而行。

臧远航不禁赞叹地说：“这座天主教堂，可真是大啊。”

赵涟泰自豪道：“当然，占地面积一万八千平方米，是苏北最大的天主教堂了。”

臧远航好奇地问：“只是我一直搞不明白，窑湾那么多房屋，怎么偏偏把医院设在这里？”

赵涟泰解释道：“本来就是教会医院，院长双神甫毕业于哈佛大学医学院，同时兼任上海天主教堂的副主教，历来热心于教会的公益事业。这个医院，就是他负责牵头建成的。”

几个人说着话，很快穿过长长的走廊，来到住院部。

天主教会医院神经科病房住院部内，赵涟泰打开一间空病房走进去。

徐佩芸推着臧远航，连忙跟了进去。

只见病房里，铺着一张床，桌椅板凳一应俱全。

赵涟泰介绍说：“远航，以后你就住在这里。怎么样，喜欢吗？”

臧远航点点头道：“不错，蛮干净的。”

与此同时，吉祥已经小心把他搂抱下轮椅，并想搀扶上床。

赵涟泰见状，立刻走过去，将臧远航的另一只胳膊架在自己脖子上，同时示范说：“以后搀扶病人时，不要把所有重量都放在自己身上，而是要适当让他承受一些，以锻炼他腿部肌肉，利于以后的恢复。”

吉祥听得，连连点头。

徐佩芸很麻利地为他垫了个枕头靠住，然后小心脱去他的鞋袜，并顺便给他揉了揉脚。

赵涟泰望着这一幕，脸上掠过强烈的嫉妒，但是瞬间又恢复正常，叮嘱道："以后每天都要给他进行全身按摩，特别是腿部和脚部。"边说边抬起臧远航的一只脚，用力示范起来。

徐佩芸见他手法如此专业，便信任地说："从现在开始，远航就拜托给你了，请多多关照。"

赵涟泰爽快道："不客气，治疗方面由我全权负责，以中医治疗为主，以西医治疗为辅。不过也希望家人，特别是你的配合，效果才更显著。"又深情地凝视着她，语带双关地说，"你放心，我一定不会辜负你的！"

徐佩芸连忙避开他的目光，望着丈夫说："你要好好听医生的话，码头还有事，我先走了。"

臧远航顺从地点点头，同时在心里长长叹了一口气。

不知道从什么时候起，他对她发脾气的声势，一天弱似一天了，直至已经完全发不出火了。

徐佩芸刚想走，又看到他的被角露了一个缝，连忙掖了掖，这才转身离去。

赵涟泰给臧远航做了简单的检查后，连忙追出去。

他却只看到徐佩芸匆匆而去的苗条背影，忍不住靠在墙上，痛苦地捶打着自己的脑袋！

第65章　从心里往外来气

入夜时分，小蓬莱依然灯火辉煌、人声鼎沸。

二楼某包间内，一对老同学正在推杯换盏。

林辉感激地说：“多谢老同学，我每次回家探亲，你都要摆上一大桌船菜给我接风洗尘，就是亲兄弟也不过如此啊！”

吴俊锋不以为然道：“哎，小菜一碟。来，为亲兄弟干杯！”

于是，觥筹交错间，两人一饮而尽。

酒酣耳热之际，吴俊锋感慨万分地说：“上学时，我们班男生中，我和你是最投脾气了，说实在的，之前我还打算把我的一个远房表妹介绍给你呢，好把你留在窑湾帮我，当然我这庙太小啦，不如跟徐先生混有前途啊，哈哈哈。”

林辉闻言，立刻来了兴趣，急切地问：“现在介绍也不晚啊。”

吴俊锋却摇摇头道：“晚了，她现在已经结婚啦。”

林辉不禁惋惜道：“那太可惜了，你的表妹，一定是既聪明又漂亮的。”忽然想起什么，充满歉意地说：“对了，你大婚之时，我却不在窑湾，没有去贺喜，真是遗憾哪。”

吴俊锋却摆摆手，沮丧地说：“别提那事了，一提我就心烦。徐家用了姐妹易嫁之计，把我喜欢的女人嫁给了别人，把我不喜欢的女人硬塞给了我。”

林辉不以为意道：“既然姐姐已经嫁给了别人，你也可以试着接纳妹妹嘛。”

吴俊锋没好气地说：“接纳个屁！一看她那副傻乎乎的样子，我从心里往外来气！”

林辉忍不住赞道：“确实如此。我在北京，经常听徐先生夸他大侄女，一个年纪轻轻的小女子，竟然把那么大的码头管理得井井有条，听说连臧家栋那个老油条，也都惧怕她三分呢。”

吴俊锋点点头，不无惋惜地说：“是啊，我当初要是娶了她，吴家盐行的生意肯定会更加发达的。哪里像她那个妹妹，都什么年代了，还整天做一副低眉顺眼的窝囊相，就差没弄块裹脚布绑在脚上了！”

林辉眼珠一转，忽然怂恿道：“说来说去，还是怪那个瘫子夺人所爱嘛！男人最忌讳的是什么？不外乎‘杀父之仇、夺妻之恨、胯下之辱’，长兄如父啊，老同学，三样你可是占了两样了啊！”

吴俊锋闻言，顿感气血上涌，索性拿起一只酒瓶，大口大口地喝了下去！

然后，他血红着眼睛说：“吴家和臧家，可谓旧仇又添新恨，所以我绝不会饶过他们！”

林辉试探着问：“那你打算怎样？”

吴俊锋把酒杯“啪”地放在桌子上，一字一顿地说：“当然是‘有仇报仇、有怨报怨’了，这段时间，我经过反复考量，已经想到一个好主意了。”然后趴在老同学耳边，低声说着什么。

林辉听得眉开眼笑，连连点头。

但是随即，他又为难道：“不过臧家个个都是人精，没那么好糊弄的，得找个可靠的人在当中牵头才是呀。”

吴俊锋嘿嘿一笑说：“你放心吧，我已经把这件事交给我妈了！”

夜半时分，吴家大院后院书房内。

吴俊锋合衣睡在床上，同时发出轻微的鼾声。

徐佩萍推开门进来说：“俊锋，爸说你今天去应酬，怎么这么早就回来啦？”忽然，她吸了吸鼻子，吃惊道，“啊，怎么这么大的酒气？”

她边说边将被子盖在丈夫身上。

吴俊锋受到打扰，醉醺醺地睁开眼睛，迷迷糊糊地问：“谁啊？”

徐佩萍关切地说：“俊锋，你喝得太多了，我去给你熬点醒酒汤吧。”

吴俊锋透过蒙眬的醉眼，竟然把妻子看成了自己日思夜想的女人。

他不由惊喜地问：“佩芸，怎么是你？”

徐佩萍不由一呆，随即故意学着姐姐的腔调说：“是我。”

吴俊锋猛地握住她的手，激动地说：“佩芸，我想死你了啊。”

徐佩萍不由一喜，顺势倒在了床上。

清晨，吴家大院后院书房内。

吴俊锋脸上一片春意盎然，微微睁开眼睛，甜蜜地望了望枕畔。

但是当他看到徐佩萍的脸时，当即大吃了一惊！

恰好徐佩萍也醒了，不由娇羞地说：“俊锋。”

吴俊锋却连忙爬起来，同时惊慌地问：“怎么又是你啊？”

徐佩萍脸上的娇羞，一下子就僵住了！

吴家大院厨房内，不时传来“砰砰砰”的声音。

只见徐佩萍拿着一把厚重的菜刀，站在砧板边，恨声说：“想当初我在娘家，十指不沾阳春水，没想到嫁到你们吴家，每天忍气吞声的，不但要伺候你，还要伺候你全家老小。我以为用真心会感动你，我把心都掏给你了，你还嫌它是腥的！吴俊锋，你有什么了不起？徐佩萍，你为什么要这么下贱？”

她越说越气，索性拿过一只茄子，然后挥起大菜刀，狠狠地剁了下去！

恰在这时，吴俊莹经过厨房，听到里面传出来的声响，立刻走了进来。

她见到眼前的情景，不由大惊小怪地说：“喂，茄子剁成这个样子了还怎么吃？”

徐佩萍瞪了她一眼，一改往日的温顺，没好气地说：“怎么不能吃了？茄子剁得再碎也还是茄子，你还能把它当成肉吗？”

吴俊莹瞪大眼睛，忍不住讥刺道：“大清早的，你发什么羊癫风？要是不想干活，当初就不该硬要嫁到我们家来！要是佩芸成了我嫂子，她绝对不会这个样子的！”

徐佩萍不由冷哼一声，恼羞成怒地说：“佩芸、佩芸、佩芸，你二哥是这样，你也是这样。这饭我不做了，你去请佩芸来做吧，哼！”说完，扔下菜刀，扬长而去！

与此同时，吴家大院客厅内，父子俩正在闲谈。

吴光淮问儿子：“俊锋啊，最近生意怎么样了？”

吴俊锋骄傲地说：“爸爸，你就放心吧。现在我们盐行的名气，是越来越大了，前几天又和上海一家洋行签订了一笔大合同呢。”

吴光淮正想说什么，忽然就看到徐佩萍拿着一只藤条箱，急匆匆向大门走去。

他连忙走出客厅，焦急地问：“佩萍，你这是干什么？”

徐佩萍面无表情地说：“我要回娘家！”边说边头也不回地继续朝前走。

吴光淮想拦又不好意思，只好焦急地问儿子：“你们俩又怎么了？”

吴俊锋搔了搔头，支支吾吾道：“我、我、我……”

吴光淮连忙催促地说：“哎呀，别‘我我我’的了，先把她追回来再说吧。”

吴俊锋却站着不动，语气冷淡道：“不追，随她去吧！”

吴光淮无奈地说：“我上辈子造的是什么孽啊？”边说边想要去追，“佩萍，有话好好说，你别走啊……”

但是徐佩萍已经走出大门，并“砰”地关上了门。

吴光淮回头望着原地不动的儿子，只能气得干跺脚。

徐家大院客厅内，徐立春一家三口刚刚吃完饭，用人正在收拾碗筷。

徐佩剑撂下一句：“爸妈，我出去玩了。”说完便跑走了。

柳兰香也站起来说：“我也去打牌了。”

徐立春听了这话，脸色不由一变，“啪”地一拍桌子，愠怒道：“喂，你把女儿都输掉了，还有脸再去打牌！”

柳兰香却洋洋自得地说：“谁说我输女儿了？佩萍嫁到吴家，

不知道有多少人羡慕呢。”

徐立春没好气道：“那你怎么不说佩芸嫁给那个瘫子呢？”

柳兰香刚想说什么，却见小女儿提着一个藤条箱，郁郁寡欢地走进来。

她立刻不由一惊，诧异地问：“哎呀，佩萍，你这是干什么？”

徐佩萍难过地说：“爸，妈，我离开吴家了，以后再也不回去了。”

柳兰香当即反对道：“不回去？那怎么行？你想让人看笑话吗？”

徐立春仔细打量了一下女儿，关切地问：“佩萍，是不是俊锋欺负你了？”

徐佩萍委屈地说：“他倒没有欺负我，但是比欺负我还让我难过！”说完，就抬起手擦了擦眼泪。

柳兰香望着她粗糙的手，眼睛立刻瞪得好大，连忙捧起来，心疼道：“还说没欺负你？你看，你看，这要干多少活手才能粗糙成这个样子！”

徐佩萍闻言，脸色不由一黯。

柳兰香见状，便越说越生气了，果断道：“今天你就在娘家住下吧，等俊锋来接你！我不给他点颜色看看，他还不知道马王爷长几只眼了呢！”

徐立春没好气地说：“你是女的，怎么就成马王爷了？”

柳兰香恨声道：“那就是王母娘娘！”

第66章　一朝天子一朝臣

来仕登西餐厅内，陆慧珊正在一杯接一杯地喝酒。

窦玉美正好经过，透过玻璃窗看到这一幕，连忙走进来。

她一把夺过酒杯，不满地说："你一个女孩子家家，喝得醉醺醺的像什么话？"

陆慧珊醉眼蒙眬地说："表姑，你别管我，我还要喝，我就是要借酒消愁！"

窦玉美似笑非笑道："你愁什么？你娘家有爸妈宠你，还有两个那么能干的哥哥，现在嫁到臧家，远胜又对你言听计从的！"

没想到陆慧珊听了这话，就更加生气了："他要是对我言听计从，就该好好努力，把码头从姓徐的那个女人手里给我夺回来，省得她天天一副春风得意的样子，看得我心烦！"

窦玉美火上浇油地说："怎么，你竟然还没有忘记远航啊？不过话又说回来，幸亏你当初没嫁给他，否则，他现在成了瘫子，你不就等于守活寡了啊。”

陆慧珊仿佛要把杯子捏碎一般，恨声道：“没错，他是成了瘫子，但是我对他的仇恨，并没有因为他成为一个瘫子而消失！就像我之前和他说过的，做不了爱人，就做仇人！”

她说到这里，忽然又沮丧地说：“只可惜，我是一个女人家，看来这个仇，只有等来世再报了！”

窦玉美诡异一笑，然后说：“要想报仇，我倒是有一个好主意，只不过看你愿意不愿意了。”

陆慧珊眼睛不由一亮，催促道：“什么主意？表姑你快说！”

天主教会医院住院部病房内，臧远航正倚在床头，认真地看书。

忽然，门被人推开了。

随即，吉祥端着食盒进来说：“航少爷，吃饭了，今天饭堂还做了鲫鱼汤呢。”

没想到，臧远航端起来只喝了一口，便“呸”地吐出来了，没好气地说：“什么破汤！少油无盐的，真是难吃死了，重新去买一份！”

吉祥为难道：“我问了饭堂的人，他们说病人不能吃口味太重的东西，所以这里的饭菜，都是很清淡的。”

臧远航把碗“啪”地往桌上一放，吩咐说：“那我就不在这里吃饭了，马上把我推回家！”

吉祥小心翼翼地问：“医院有规定，没有医生的允许，不能随便出院的。要不，我去问一下赵医生？”

臧远航瞪了他一眼：“你连我的话都不听了吗？”

吉祥看他发怒，只好连声道：“听，当然听。”边说边把他抱上了轮椅，然后径直推出了医院。

码头管理处会议室内，徐佩芸正在主持会议。

臧家栋、臧远胜、臧增年坐在会议桌一边。臧远方、臧远茹、郑一飞坐在会议桌另一边。

徐佩芸严肃地说：“各位，今天我要宣布一项新的人事调整，从现在开始，仓务部由大哥负责。”

臧家栋闻言，立刻跳起来道：“你是什么意思？仓务部已经由我负责二三十年了，你现在改由远方负责，你到底有没有把我这个老资格放在眼里？”

徐佩芸平静地说：“二大，码头所有的人都知道，这二三十年来，每年都有好多货不知去向，不但要赔钱给别人，还在一定程度上影响了我们的商誉。所以，我现在的人事安排，也是为了码头好。大哥本来就是负责出入货，由他直接管理仓务部，工作效率会更高一些，最主要的是……”

臧家栋把手一挥，不耐烦道：“真是‘官大一级压死人’，你既然都决定了，还说这么多废话做什么！”

徐佩芸点点头：“既然二大是个明白人，那我就无须多说了。”然后转头叮嘱说，“大哥，以后货仓就交给你了，除了货仓部人员，闲杂人员一律不准入内！”

臧远方扫了二大一眼，还是鼓起勇气说：“没问题。”

徐佩芸继续叮嘱道：“另外，所有货物在搬运之前，你一定要签名核实，不得有……”

臧家栋旁若无人地打断她的话，阴阳怪气地说：“我们码头从康熙年间建成，一直到现在，做的都是家族生意。自家人嘛，凡事都好商量，就是之前家梁和远航当家，也从来没想过要拿掉我管理货仓的权力。现在好了，不知道是哪只石头缝蹦出来的母猴子，竟然敢不把我放在眼里，我看她是活得不耐烦了！”

徐佩芸装作没听到，仍然继续道：“大哥，记住我的话，一定要盯紧货仓。至于出入货方面，还是由你负责，忙不过来的话，我会再找个人帮你的。”

臧家栋冷哼一声，更加大声地说：“再找个人，能找什么样子的啊？别说窑湾了，就是徐州、苏北甚至整个江苏省，都别想再找一个比我管理码头货仓经验更丰富的人啦。”

徐佩芸还是装作没听到，又道：“大哥，码头现在的职员和工人中，你认为……”

臧家栋再次打断她的话说：“‘天要下雨娘要嫁人啦’，都是没有办法的事情啊，按照这个架势，码头就要改姓徐啦。一朝天子一朝臣啊，我们这些老家伙不中用啦。”转头又问，“四叔，你今年多大啦？”

臧增年回道：“我五十五。”

臧家栋掐指一算说：“五十五啦，还有五年就是花甲之年啦，老啦，老啦，快退了吧，再不退就像我一样被人撵下去啦。你有没有听说过啊，长江后浪推前浪，前浪死在沙滩上啊……”

徐佩芸气得浑身发抖，这明摆着就是故意捣乱！

她表面上虽然还保持着微笑，但是知道这个会是没办法再开下去了。

其余的人见状，也全都面面相觑。

下班的铃声响了，职员们陆续走出码头管理处。

臧远茹回头歉然地说：“对不起啊，佩芸。我爸真是的，刚才我们是开会嘛，他净说些与会议无关的话。”

徐佩芸感动道：“谢谢你，大姐。自从我进码头后，你一直默默地支持我，我真不知道该怎么感谢你。”

臧远茹郁闷地说：“虽然我不如你能干，但是谁是谁非还是分得清清楚楚的。只是那是我爸，鼻子再臭，也不能割了去，我也是没有办法。”

徐佩芸只能无奈地笑了笑。

与此同时，臧家大院客厅内，却热闹非凡。

一身西装革履的赵涟泰，正在和臧家人聊天。

庄淑环好奇地问："对了，涟泰，我听说美国的月亮都比中国亮呢，是不是？"

赵涟泰正色道："可能在美国人的眼里，月亮比中国亮；但在我们中国人的眼里，月亮比美国亮。"

陆慧珊闻言，不由睁大了眼睛，惊讶地问："怎么会这样？不是同一个月亮吗？"

赵涟泰打趣道："因为杜甫在《月夜忆舍弟》中有一句诗，'露从今夜白，月是故乡明'呀。"

大家听了，立刻哈哈大笑起来。

连一向严肃的臧家梁也笑了，同时竖起大拇指说："不愧是喝过洋墨水的人，涟泰可真是幽默啊。"

正在这时，徐佩芸和臧远茹一起走进客厅。

陆慧珊眼珠一转，便不怀好意地问："佩芸，你看谁来了？"

徐佩芸抬头望去，不由吃惊道："涟泰？你怎么来了？"

赵涟泰落落大方地说："我是来接远航回医院的。他口味重，嫌那里的饭菜太清淡了，就自己跑回来了。"

徐佩芸为难道："是啊，如果他不吃饭，就保证不了身体的营养，还治什么病呢？"

赵涟泰胸有成竹地说："这个问题，我已经想过了。如果你能一起住进医院，每天按照我们的营养膳食，给他进行食疗，同时与针灸、按摩、西药治疗等相结合，四管齐下，治疗效果肯定会事半功倍的。”

徐佩芸疑惑道：“我？”

赵涟泰点点头，郑重地说：“是的。”

郭文芳鼓励道：“佩芸，涟泰这次登门，正是为此事而来，我们全家人很赞成他的想法。”

其余臧家人也纷纷点头附和说：“是啊，是啊。”

徐佩芸为难道：“可是码头那边，每天有很多事情需要处理，我不在不行的。”

臧家梁急忙说：“码头那边，就不用你管了。”

徐佩芸诧异地问：“那要谁管？二叔？”

臧家梁摇摇头说：“当然不是！不瞒你说，当初让你接管码头，也是实属无奈。这段时间，你和你二大的意见总是相佐，码头总是这样人心不齐可不行，所以我也一直在考虑更合适的人选，没想到刚才又聊起这件事时，慧珊就向我推荐了你二叔，我刚刚给他打过电话了，正式聘请他担任码头总经理一职，他也很爽快地答应了。”

徐佩芸将目光转向一直与自己不和的妯娌，惊讶地问：“你？”

陆慧珊点点头，亲热地说：“是我啊，佩芸，你忘记了吗？我和远航自幼要好，我也希望你能好好帮助他，让他早日站起来呢。”

徐佩芸皱了皱眉，郁闷道：“可是，二叔他以前在窑湾的口碑，是人尽皆知的，所以我担心……”

臧家梁却打断她的话，摆摆手说：“那都是些陈芝麻烂谷子的事情了，人都会变的。上次要不是他帮忙，我们也许根本拿不到码头新执照呢。更何况，现在码头也有他半成股份，他肯定会更加尽心尽力的。”

徐佩芸仍然有些犹豫：“可是……”

曹秀英不满地说：“佩芸，你就不要再可是可是的了。总之，我小孙子比什么都重要。只要有助于他康复，别说一个码头，就算天塌下来，也由我这个老太婆顶着！”

众人纷纷道：“是啊，是啊。”

徐佩芸又问：“那这件事，远航是什么意见？”

臧家梁却说：“常言道，‘知子莫若父’。我知道他肯定不会同意，所以并没有征求他的意见，等你二叔来上任后，再告诉他也不迟。”

徐佩芸犹豫道：“这样不好吧？”

郭文芳不高兴了：“什么好不好的？你奶奶说得对，没有什么比远航康复更重要的事情了。再说了，假如他站不起来，你要那码头又有什么用？”

徐佩芸见众命难违，只好无奈地说：“那……好吧，二叔什么时候过来？”

臧家梁肯定道：“三天后就会到。”

徐佩芸闻言，眉头又是一皱：“怎么这么快？”

陆慧珊立刻说：“不快，不快。他早一天到，你就可以早一天去医院，也许远航就会早一天站起来呢。”

众人纷纷附和道：“是啊，是啊。”

徐佩芸见事已至此，虽然不愿意，但也只好心不甘情不愿地说：“那好吧。等二叔过来，我把码头的事交给他后，就带远航去医院吧。”

赵涟泰的嘴角，立刻露出一丝不易察觉的微笑，连连点头道：“好好好，我等你。”

第67章　涂先生暂代总经理

当天晚上，臧家大院后院二房小院客厅内，臧家栋一脸阴郁，焦躁地在房间里踱来踱去。

庄淑环甩着手绢，不耐烦地说：“你能不能别晃来晃去，晃得人头晕！”

正在这时，小夫妻俩说说笑笑地推门走进来。

臧远胜看到屋里的气氛有些不对，便小心翼翼地问：“爸，你怎么啦？”

陆慧珊也意识到什么，连忙说：“爸好像不太高兴呢。”

臧家栋愠怒道：“我能高兴吗？你竟然推荐那个‘牛皮大王’回来跟我抢饭碗？你到底是不是我们二房的儿媳妇，你眼里到底还有没有我这个当爸的！”

陆慧珊理直气壮地说：“爸，你误会了，我是好心。”

臧家栋没好气道：“哼，好心我见得多了，就没见过你这样的！”

臧远胜小声说：“你做错了事，还不快向爸爸道歉！”

陆慧珊噘了噘嘴，不高兴道：“我又没做错事，凭什么要我道歉？”

庄淑环愠怒地说：“你都把你爸气成这样了，还说没做错事？”

陆慧珊耐心地解释道：“爸、妈，你们可听说过‘鹬蚌相争，渔翁得利’这句话？只有让徐立秋和三房互相争斗，我们二房才能从中得利呢。”

臧家栋冷哼一声说：“那你有没有听过‘螳螂捕蝉，黄雀在后’这句话？要是远航真的站起来了，就凭他的能力和才干，别说什么鹬蚌，连我这个渔翁都要陪葬了！”

庄淑环吃惊道：“陪葬，没那么严重吧？”

臧家栋不好直接骂儿媳妇，便把怒气都撒在她头上，厉声说：“你个妇道人家，头发长、见识短，你知道什么？”

庄淑环委屈极了：“关我什么事？又不是我出的主意。”

臧家栋被她一激，立刻转向儿媳妇，警告道：“慧珊，你来臧家时间也不短了，应该明白臧家的规矩。要么，你像徐佩芸那样精明能干，要么你就像你妈这样天天逛街、做衣服、看戏，别整天有事没事，净在背后搞些小动作，别以为我不知道，哼！”

陆慧珊委屈地说：“我哪有？”

臧远胜连忙辩解道："爸，你不要这样说，慧珊她也是想帮我们家的嘛。"

臧家栋瞪了他一眼，恨铁不成钢地说："你啊，你啊，女人说什么，你就信什么，你到底有没有长公鸡毛啊？有时，我真怀疑你是不是我亲生的！"

臧远胜嘟囔道："不是和你说了嘛，这事你得问我妈。"

臧家大院后院三房小院小夫妻俩卧室内，臧远航倚着床头，若无其事地看着书。

徐佩芸坐在桌子边，一会儿写字，一会儿揉成一团扔进垃圾篓，看上去烦躁不安的。

臧远航眉头一皱问："你今天怎么了？是不是有什么心事？"

徐佩芸犹豫了一下，还是说："是有心事，不过家里人都不让我告诉你。"

臧远航瞪了她一眼："那你还说？"

徐佩芸焦急道："可是事关重大，我觉得应该告诉你！"

臧远航有些不耐烦地说："什么事，快说吧，再不说我就要睡觉了。"

徐佩芸沉吟片刻，还是说道："今天涟泰来找你回去住院，家里人听说你是因为饭菜不合口，就让我去医院帮你做饭。"

臧远航眉头一皱问："那码头怎么办？"

徐佩芸郁闷道："慧珊提议说，让我二叔过来接任总经理。没想到，爸一打电话过去，二叔竟然立刻就同意了，并承诺三天后就过来。"

臧远航闻言，亦是一惊，随即便陷入了长久的沉思！

徐佩芸见他迟迟不语，便催促道："你说到底该怎么办啊？"

没想到，臧远航脸上竟然露出一丝笑意，然后懒懒地说："还能怎么办？就按他们说的办呗。"

徐佩芸疑惑地问："难道你也同意？"

没想到，臧远航的唇边却掠过一丝冷笑，一字一顿地说："这样也好！"

徐佩芸见状，只好闭了嘴。

运河码头上，徐佩芸推着臧远航，眺望着北方。

伴随着一阵响亮的汽笛声，一艘客船缓缓停靠在岸边。

西装革履的徐立秋，带着林辉等一帮跟班，随着人流走下甲板。

徐佩芸连忙招手道："二叔，二叔。"

徐立秋立刻快步迎上来说："佩芸，远航！"

臧远航也落落大方地招呼道："二叔。"

徐立秋望着他的双腿，不禁叹了口气，惋惜地说："真是世事无常啊。以前我们并肩作战的时候，我没有想到你这个聪明果断、志向高远的年轻人，会成为我的侄女婿，我更没有想到，你会变成现在这个样子！听说是吴俊锋干的好事，怎么样，找到证据了吗？”

臧远航苦笑着摇了摇头：“还没有呢。”

徐佩芸接口道：“所以这次请你来，就是因为我要到医院配合他治疗。”

徐立秋拍着胸脯说：“佩芸、远航，你们绝对放心，以后码头的事情，就都包在我身上了！

徐佩芸担心道：“以二叔的能力，我想绝对没有问题。只是现在码头人心不齐，可能不太好管理。”

徐立秋轻蔑地说：“那几个跳梁小丑，根本就不是我的对手。你不相信的话，就走着瞧吧！”

与此同时，臧远航的嘴边，再次浮现出一丝不易察觉的冷笑。

码头管理处会议室内，气氛看上去有些凝重。

臧家栋、臧远胜、臧增年的位置空着，几个职员坐在会议桌一边。臧远茹、郑一飞等职员坐在会议桌另一边。

不大一会儿，臧远方推门走进来。

在他身后，跟着打扮得气宇轩昂的徐立秋，以及林辉等三个跟班。

臧远方介绍说：“各位同仁，这位就是徐立秋先生。佩芸不在的这段时间，由徐先生暂代总经理的职务，大家欢迎。”

职员们纷纷道：“欢迎总经理。”

徐立秋客气地说：“大家好。”

他刚想向总经理的位置走去，没想到门“呼啦”一下，就被人从外面推开了。

随即，臧家栋带着臧增年和臧远胜，气势汹汹地走进来。

在经过总经理座位时，他还威严地咳嗽了几声，旁若无人地将徐立秋推开，然后一屁股坐了下来。

臧远茹立刻提醒道：“爸爸，徐先生现在是我们码头的总经理。”

臧家栋却冷哼一声，装作没听见一般。

徐立秋嘴角立刻闪过一丝冷笑，好脾气地说：“无所谓，我随便坐哪里都行。”边说边找了个空位子坐下来。

臧家栋见初战告捷，便扫视众人一眼，故意咳嗽了一声，然后严肃道：“各位同仁，佩芸因为私人原因，请了长假。从现在开始，码头的一切大小业务，均由我暂管。”然后傲然说，“远方，你们货仓部，最近管理很混乱啊。”

臧远方茫然地说：“没有啊，自从我负责货仓以来，一件货品都没有丢失过。”

臧家栋闻言，便有些尴尬了，但还是道：“没丢当然更好，我是想提醒你，要继续保持，嗯，继续保持。”

臧远方只好说：“噢。”

臧家栋又提醒道：“远茹，虽然你是我女儿，但我还是要说你，你们会计部是怎么做事的？帽壳厂虽然这次货款拖得久了些，但是你们也不能那么紧追不放啊？他们是我们的老客户了，早晚都会给的嘛，再说人家生意那么好，又不会不给我们钱。”

臧远茹气愤地分辩说：“他们不是没钱，就是想拖延，放在钱庄自己涨利息。”

臧家栋愠怒道：“人家涨利息是人家的事，与你有什么相干？”

臧远茹不由气结！

在他们说话时，徐立秋装作没听到一般，一直气定神闲地看着桌上的文件。

臧家栋好像现在才看到他似的，盛气凌人地招呼道：“哟，这位不是徐先生嘛，徐先生，别来无恙啊。”

徐立秋笑眯眯地说：“多谢挂念。”

臧家栋阴阳怪气道：“不过徐先生，你是北京来的大和尚，我们窑湾的运河码头只是座小庙。以你的口才（他故意在‘口才’两个字上加重了语气），当个总经理绝对没问题。不过呢，管理码头，可不是仅仅靠耍嘴皮子就可以的，还需要丰富的技术经验和业务能力，我也是混了三四十年啊，才有现在的老资格。所以呢，你先到事务部锻炼锻炼，你看怎么样？”

徐立秋不动声色地说：“好啊。”

臧家栋当即命令道："任青，以后徐先生就交给你了，你有什么杂七杂八的小事，尽管吩咐他做好了。"

任青只好说："噢。"

臧增年也狐假虎威道："我听说徐先生在北京呼风唤雨，连警察局长都听你的指挥啊，不过呢，强龙难压地头蛇，这个道理，徐先生还是懂的吧？"

徐立秋依然然笑眯眯地说："我懂，我懂。"

《运河码头》主要人物关系图

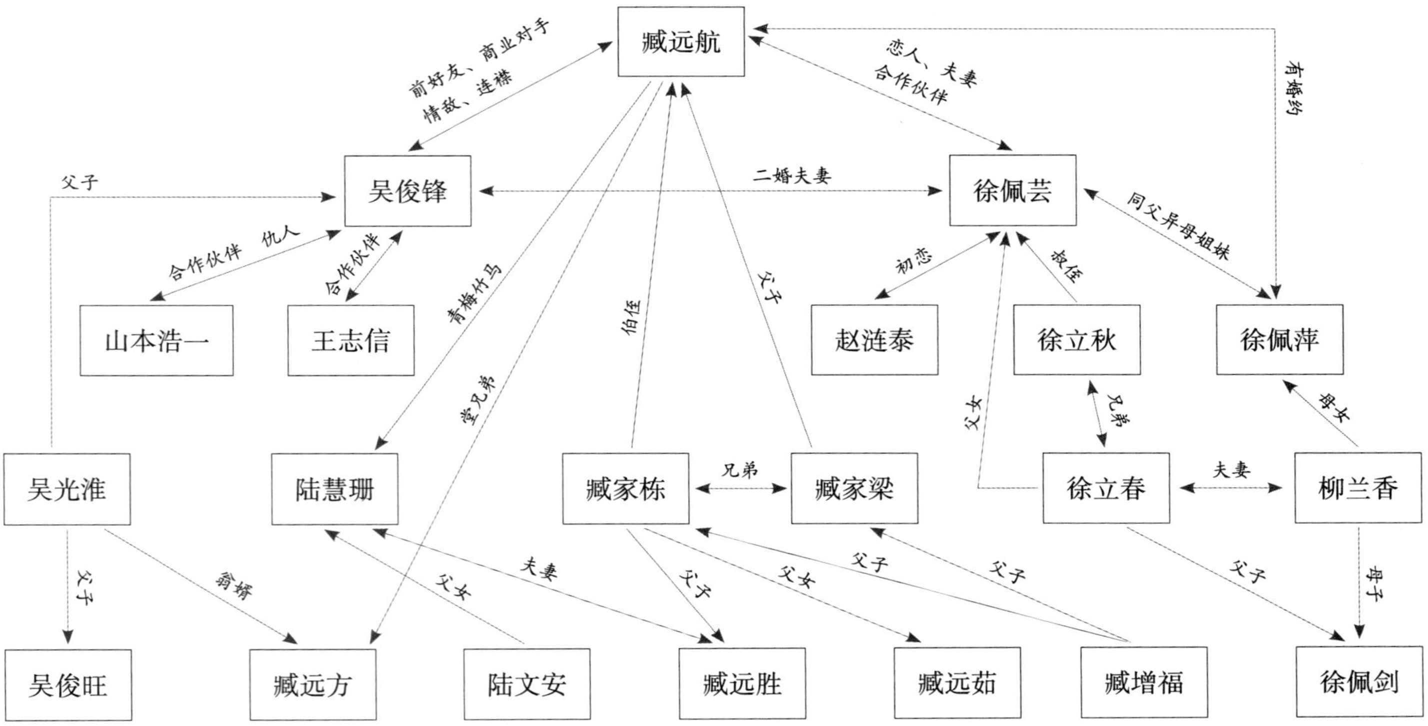